Bernd Rümmelein

Kryson

Zeit der Dämmerung

otherworld

Dorf
große Stadt
Nadelwald
Laubwald
Wüste
Grenze
Fluss
Vulkan
Sumpf
Wasser
Eis

Für Jonathan Elric,
in Liebe

Prolog

Die Zeit der Dämmerung, sie droht.
Lässt Licht und Schatten schwinden,
vereinigt in tiefem Rot.

Die Zeit des Sterbens, sie beginnt.
Verhüllt im Mantel des Schweigens,
erstickt den wahren Lebenswind.

Die Zeit des Verderbens, sie steht bevor.
Tod als Erlösung wir erleben,
den Weg sie öffnet zum Schattentor.

Kriegstrommeln rufen zur allerletzten Schlacht.
Dem Rufe zahlreich und tapfer sie folgen.
Tot oder lebend nach dem Blute streben.
Wer hat dies Feuer entfacht?
Die Erde wird unter ihren Füßen beben.

Vergänglich ist die Hoffnung alsbald,
all Flehen und Klagen ungehört bleibt,
wenn des dunklen Hirten Ruf erschallt.

Der Schäfer wird den Bruder loben,
just aus dem ew'gen Schlaf geweckt,
gemeinsam sie den Krieg erproben.
Schwarz und weiß vereint im Dämmerlicht.

Am Ende wird die Macht entscheiden,
wer Leben neu erschafft
und wer den Tod muss erleiden.

(aus den Schriften der Altvorderen,
»Die Prophezeiungen der Drachen«, Kapitel 3, 37.4)

Einer Statue gleich, gehauen aus Stein, kauerte die Gestalt am Rand eines Felsvorsprungs in den höchsten Höhen des Riesengebirges. Unter ihr drohte der Abgrund, dreißigtausend Fuß gähnender Leere. Der Schemen eines Mannes, der an das Symbol eines Kriegers aus längst vergessenen Tagen erinnerte, verschmolz mit dem Fels unter seinen Füßen zu einer Einheit, als sei er vor Urzeiten aus dem Stein emporgewachsen. Vielleicht hatten Wind und Wetter ihn über Millionen Sonnenwenden geformt. Womöglich war er das Werk eines verwegenen Bildhauers, der sich in die eisigen Höhen der Berge gewagt und das harte Gestein zeit seines Lebens unermüdlich bearbeitet hatte. Einzig, um sein Meisterwerk an unerreichbarer Stelle zu errichten.

Weder regte er sich noch atmete er. Das Gesicht wirkte kantig und grob gemeißelt mit ausgeprägten Wangen, einem kräftigen Kinn, schmalen Lippen, wie überhaupt der gesamte Körper nur wenig weich geschwungene Linien aufwies, dafür allerdings kräftig und athletisch ausgearbeitet war. Ohren und Nase hatte der Schöpfer offenbar vergessen. Oder geschah das Vergessen absichtlich? Haut- und Haarfarbe waren grau und in der Beschaffenheit nicht von der ihn schützenden Felsenrüstung zu unterscheiden. An manchen Stellen dunkel durchwachsen, an anderen wiederum heller gehalten.

Die Augen hielt er geschlossen und doch wirkte er auf eigenartige Weise lebendig, so als lausche er den tosenden Winden, die zornig um den Felsen tobten, als wollten sie diesen mitsamt der auf ihm kauernden Statue in die Tiefe reißen. Doch Felsen und Krieger hatten einen festen Halt und trotzten den an ihnen zerrenden Kräften.

Weder der Wind, dessen Stärke sich mit jeder weiteren Sardas der Intensität eines heftigen Sturms näherte, noch die Höhe brachten die Gestalt aus der Ruhe. Kein Wanken, kein Zittern. Nichts. Obgleich die Statue aussah, als schliefe sie, deutete ihre Haltung auf seltsame Weise einen äußerst wachen Zustand an, gerade so, als lauere sie auf eine Bewegung oder ein Geräusch. Jederzeit zum Sprung bereit.

Seit vielen Sonnenwenden schon wartete der steinerne Krieger auf dem Felsüberhang darauf, dass endlich jemand vorbeikäme, ihn aus seinem fortwährenden Schlaf zu wecken. Doch ob er schlief, träumte, tot war oder lebte. Er wusste es selbst nicht, war er doch aus Stein und ein fester Bestandteil der ihn umgebenden Berge. Die Felsen erzählten ihm viel, denn sie standen seit Anbeginn der Zeit an Ort und Stelle. Ob Erde, Kristall, Erz oder Stein, sie hatten alles gesehen und bargen Geheimnisse in sich, von denen niemand sonst je erfahren sollte. Geduldig lauschte die Statue den Geschichten und nahm das Wissen begierig in sich auf. Manchmal Fragmente nur, die wie Teile eines Rätsels erst verstanden und an der richtigen Stelle zusammengefügt werden mussten, um einen tieferen Sinn zu ergeben. Teils waren es Bilder, die sich ihrem Betrachter erst dann erschlossen, wenn er die ganze Geschichte gehört hatte. Es war ein schier endloses Flüstern und Stöhnen, ein Mahlen, Klopfen und Rauschen, das durch das Gestein bis in die höchsten Höhen und tiefsten Tiefen an jeden Fleck auf Kryson kroch. Das Band riss niemals ab. Erde und Stein waren an jedem Ort. Ihnen entging nichts und sie prägten sich seit Anbeginn der Zeit alles ein. Über ihm ragte der Gipfel des Choquai weitere dreitausend Fuß in die Höhe. Jener Gipfel, den nie ein Sterblicher erklommen hatte.

Ein Kratzen am Stiefel weckte den Krieger aus seinem Schlaf. Er öffnete die Lider, unter denen sich Augen so hell und klar wie Kristalle befanden. Das Licht der schwindenden Sonnen brach sich in den Farben des Regenbogens in der kristallenen Facettenstruktur.

»Mein Prinz, Ihr habt mich gerufen?«, fragte das unscheinbare Wesen die Statue stimmlos.

Das Wesen war ein Felsenfreund und sprach ausschließlich in Gedanken zu der Statue. Es war kaum größer als der Fuß des steinernen Kriegers und hatte sich neben dem Krieger niedergelassen, so als wären sie engste Vertraute. Am nackten, mit einer schwarz glänzenden Schuppenhaut versehenen Kopf und Schwanz glich der Felsenfreund einer Steinechse. Jedoch war der restliche Körper mit einem dicken grauen Pelz bedeckt. An den Innenflächen der sechs Füße und am vorderen Händepaar besaß der seltene Bergbewohner Saugnäpfe, mit denen er problemlos glatte Felswände emporklettern konnte.

»Goncha, mein kleiner Freund. Du bist fürwahr die treueste Seele unter den Felsenfreunden. Bist unermüdlich Zoll um Zoll die steilsten Felswände hochgekrochen, nur um mich hier oben zu besuchen«, antwortete der Prinz, ohne seine Lippen zu bewegen.

»Ihr wusstet, dass ich kommen würde, Euch zu sehen?«

»Ach Goncha«, seufzte der Prinz, »wie lange kennen wir uns schon? Du weißt, dass ich dich überall auf Kryson erreichen kann.«

Der Prinz verzog seine Lippen zu einem Grinsen und bleckte die Zähne. Er besaß ein Gebiss aus Stein mit breiten Zahnschaufeln, die eher zum Zermahlen fester Nahrung als zum Zerreißen von Fleisch und Knochen geeignet waren. Goncha kletterte am Stiefel über die Beine und den Rücken empor auf die Schulter des Prinzen, ließ sich dort nieder und begann sein Fell gründlich zu putzen, während er dem Steinernen antwortete.

»Mein ganzes Leben schon. Und vor mir mein Vater, Großvater, Urgroßvater und dessen Ahnen wiederum. Es scheint mir eine Ewigkeit zu sein, und wir geben unser Wissen über Euch von Generation zu Generation zu Generation an unsere Nachkommen weiter« – der Felsenfreund wiegte seinen Kopf hin und her – »ich hatte so ein Gefühl, als hättet Ihr mich zu Euch gerufen.«

»Das stimmt. Ich sandte meine Stimme durch die Felsen. Kryson verändert sich. Die Zeit der Dämmerung bricht an. Geh und wecke die Felsgeborenen aus ihrem fortwährenden Schlaf. Berichte meinem Vater, was Vargnar gesehen hat. Sie sollen sich bereithalten. Bald wird es Zeit, aufzubrechen. Wir werden an die alten Stätten zurückkehren und uns wieder holen, was einst uns gehört hat.«

»Ihr wünscht, dass ich zu den Steingräbern gehe?«, unterbrach der Felsenfreund das Putzen und sah Vargnar ängstlich von der Seite an.

»Ja, du warst schon einmal dort und wirst den Weg mühelos finden. Fürchtest du dich etwa?« Dem Prinzen war der Stimmungsumschwung der Pelzechse nicht entgangen.

»Die Golemwächter der Gräber werden mich wie einen Wurm zwischen ihren fetten Zehen zerquetschen, wenn sie mich dort entdecken sollten«, jammerte Goncha.

»Du brauchst dich nicht vor ihnen zu fürchten. Die Wächter sind seelenlose Wesen, die von uns geschaffen wurden, um die Feinde der Felsgeborenen von der Schlafstätte meines Volkes fernzuhalten. Sie sind unfertig, besitzen weder Sinn noch Verstand und folgen meinen Befehlen in bedingungslosem Gehorsam. Sie werden meiner Weisung folgen und dich in Ruhe gewähren lassen. Du bist ein Felsenfreund und kein Feind.«

»Unheimlich sind sie mir trotzdem, mein Prinz. Sie mögen mich nicht sonderlich.«

»Unsinn, Goncha. Sie fürchten sich vor dir, weil du ihnen so viel voraushast. Ein so kleines, friedfertiges und höchst nützliches Wesen, vor langer Zeit geschaffen von einem Lesvaraq als Geschenk für die Burnter. Niemand außer den Felsgeborenen ahnt, welch intelligentes und magisches Wesen in den Felsenfreunden tatsächlich steckt. Du wirst dich also, gleich nachdem ich dir die Botschaft für meinen Vater mitgeteilt habe, auf den Weg zu den Steingräbern der Felsgeborenen machen.«

»Ihr habt fürwahr ein Herz aus Stein, mein Herr.«

»In der Tat, Goncha. Du hast recht«, lachte der Prinz der Felsgeborenen, »… und selbst du wirst es nicht erweichen können. Wecke den König und sein Gefolge. Es ist wichtig, dass sie sich bereithalten.«

»Sehr wohl, Prinz Vargnar«, nahm Goncha den Befehl des Prinzen ergeben entgegen, »der König der Felsgeborenen wird sich gewiss über Nachricht von Euch freuen.«

»Das weiß ich nicht. Aber es wird ihm neue Hoffnung geben. Hör gut zu und vergiss nicht, was ich dir sage. Die Steine sprachen fortwährend zu mir«, fuhr Vargnar fort, »ich lauschte ihnen, entschlüsselte ihre rätselhaften Botschaften wieder und wieder, drehte und wendete jedes Geräusch, jedes Klopfen, Flüstern und jeden Hinweis in alle erdenklichen Richtungen, bis ich verstand, was sie mir mitteilen wollten. Zwei Kinder wurden jüngst geboren. Außergewöhnliche Kinder, die mit den Insignien der Macht gezeichnet sind. Das Zeichen der Sonnen und des Mondes zieren ihre Haut. Weder ein Brandzeichen noch eine Tätowierung. Ein Muttermal, das sie von Geburt an tragen. Eines wurde in den Wäldern geboren, das andere unweit von hier im ewigen Eis des Nordens. Sie sind die wiedergeborenen Lesvaraq, und doch sind sie anders, vielleicht stärker als die alten Lesvaraq es je waren. Daran gibt es keinen Zweifel. Aber die Kinder schweben in Gefahr. Noch sind sie ihren Widersachern hilflos ausgeliefert. Ihre Kräfte müssen wachsen und sie müssen lernen. Sie können ohne Schutz nicht überleben. Ihr Schicksal liegt im Nebel der Ungewissheit verborgen. Niemand vermag zu sagen, was mit ihnen geschehen wird. Jemand trachtet ihnen nach dem Leben und neidet ihnen die Macht, die in ihnen wohnt. Schon sammeln sich ihre Feinde, sie zu vernichten. Und doch haben sie auch Freunde, die sich verbünden, um ihr Leben zu schützen. Die Steine erzählten von einer blutigen Schlacht. Der schrecklichsten und verlustreichsten, die Kryson je gesehen hat. Sie zeigten mir das Bild eines begnadeten Kriegers und dessen Schwert. Er führte eine Klinge aus Blutstahl. Tödlich, den Feind vernichtend und mit einer Schneide ausgestattet, die selbst die steinerne Hülle der Felsgeborenen mühelos zu durchdringen vermag und ihnen die Seelen entreißen kann. *Solatar* flüsterten die Steine voller Ehrfurcht den Namen des stählernen Seelenfressers. Ich ließ meine Gedanken bis in die heiligen Hallen der Saijkalrae wandern und sah den dunklen Hirten auferstehen, nachdem das Blutopfer seiner Erweckung am Fluss Rayhin erbracht war. Er schart seine Diener um sich. Er ist es auch, der die Sonne verdunkelt und die Zeit der Dämmerung hervorruft. Die Steine berichteten mir von Schande und Verrat. Familienbande wurden mit Gewalt zerstört und warten darauf, gerächt zu werden. Die Geißel der Schatten wütet in den Klanlanden und wird nicht eher haltmachen, bis nur noch die stärksten Klan übrig sind. Die Letzten, die verzweifelt um ihr Überleben kämpfen werden. Ich spürte die Schwingen eines uralten Drachen aus Fee schlagen, auf dessen Rücken ein mächtiger Drachenreiter sitzt, der an sich selbst zweifelt und seiner Macht nicht gewahr wird. Sie ließen mich eine aus den Tiefen der Erde, entsprungen aus der Rachurenstadt Krawahta, aufsteigende Gefahr spüren, die nach Rache dürstet. Und noch etwas habe ich gehört, als ich den Steinen lauschte. Die Bluttrinker rüsten zur letzten Schlacht, um sich von ihren Fesseln zu befreien. Quadalkars Kinder werden unsere Burg verlassen und in den Krieg ziehen. Eine Frau führt die verfluchten Kinder in die Freiheit. Sie trägt das wohl älteste Blutschwert auf Ell. *Decayar* riefen mir die Steine ängstlich zu. Die Zackenklinge des Quadalkar, die selbst härtestes Gestein zu spalten vermag. Wir werden sehen, wie sich die Kriegerin mit den Fähigkeiten eines Bewahrers, ausgestattet mit dem Schwert, schlägt, sollte sie auf ihren wahren Meister treffen. Begleitet wird sie von einem der sieben Streiter aus der Prophezeiung, die sich auf die Suche nach dem Buch des Ulljan machen werden. Ich habe ihn gesehen und sofort erkannt. Das Buch muss für den Lesvaraq gefunden werden, der das Erbe des Ulljan antritt. Die Zeit der Klan und der Bewahrer geht zu Ende. Eine neue Ordnung beginnt.«

»Das Glück den Siebten verließ im Fluch, er wird finden nach langer Hatz das Buch«, zitierte Goncha die Prophezeiung des Ulljan.

»Oh, das ist gut«, lächelte Vargnar zufrieden, »du kennst die Worte und erstaunst mich immer wieder aufs Neue. Du weißt, wovon ich spreche, und hast ihn gesehen, nicht wahr? Ich bin selbst einer der Sieben und warte, bis ich gerufen werde, meine Aufgabe zu erfüllen.«

»Der Sechste geboren aus Fels und Erde, verbindet die Kraft der wilden Herde«, zitierte Goncha aus der Prophezeiung des Ulljan.

»Spute dich, Goncha«, sagte Vargnar, »die felsgeborenen Burnter werden eine Weile brauchen, bis sie aus ihrem Schlaf erwacht sind und sich frei bewegen können. Ich verweile noch hier oben, bis sich meine Füße vom Felsen gelöst haben, und folge dir dann zu den Gräbern.«

Flink löste sich der Felsenfreund von der Schulter der Statue, sprang zur Kante des Felsvorsprungs und kletterte kopfüber das steilwandige Gestein hinab. An manchen Stellen drückte er sich ab und ließ sich einfach fallen, so lange, bis ihn der Wind gegen die Felswände drückte und er wieder einen sicheren Halt fand. Die Steingräber lagen in einer tiefen Schlucht versteckt. In dieser rasenden Geschwindigkeit würde er sie schon binnen weniger Horas erreicht haben.

Das wohl seltsamste Volk unter den Völkern der Altvorderen waren die Burnter, die sich selbst als die Felsgeborenen bezeichneten. Genauso wie die Nno-bei-Maja waren sie nach schier aussichtslosen Kriegen spurlos vom Kontinent Ell verschwunden. Außer zahlreichen Gerüchten über das steinerne Volk zeugten lediglich noch ihre Bauten, Skulpturen und Städte von ihrer einst prächtigen Existenz. Sie stellten die wahren Baumeister Krysons dar. Kein anderes Volk hatte den Umgang mit Stein besser beherrscht als die Felsgeborenen und niemand würde ihre famose Kunstfertigkeit je wieder erreichen. Alte Schriften berichteten von nahezu unverwundbaren Wesen, deren Haut, Rüstungen und Waffen aus Stein waren. Lediglich durch Meisterhand zu Klingen geschmiedeter und magisch veredelter Blutstahl vermochte ihnen wirklichen Schaden zuzufügen. Sie fürchteten den Gang zu den Schatten nicht. Im Licht der Sonnen überstrahlten ihre gleißenden Augen aus Kristall den Tag. In ihrer Brust schlug ein steinernes Herz, das unermüdlich schwarzes Blut durch ihren Körper pumpte. Die Macht ihrer Magie bezogen sie aus der Erde und den Felsen, aus denen sie entsprungen waren. Außer ihnen selbst verstand niemand das stete Wispern der Steine. Die Felsgeborenen waren als stolz, stark und eigensinnig bekannt. Angeführt wurden sie von ihrem erwählten König Saragar und dessen Familie, denen sie aus freien Stücken ergeben dienten. Meist blieben sie unter sich und suchten nur selten den Kontakt zu anderen Völkern auf Ell.

Eine Legende erzählte, dass sie den Drachenkindern jedoch aus Dankbarkeit für das Überlassen eines Dracheneis die Felsenstadt Gafassa erbaut und anschließend großmütig aus freien Stücken geschenkt hatten. Natürlich gab es eine vollkommen andere Version über die Entstehung der Hauptstadt der Tartyk. In jener abweichenden Darstellung wurde behauptet, die Felsgeborenen hätten den Tartyk ein Drachenei gestohlen, woraufhin diese die Stadt erobert und erst nach ihrem Sieg zum Stammsitz auserkoren hätten. Tatsächlich wussten nur die Felsgeborenen und die Tartyk selbst, wie es zur Übergabe der Stadt Gafassa gekommen war.

Vargnar kannte die Wahrheit. Lange bevor das Antlitz Krysons nach Gutdünken der Lesvaraq geformt worden war, hatte es eine Zeit gegeben, in der die Altvorderen über die Geschicke ihrer Völker selbst und über den Kontinent Ell bestimmt hatten. Zu jener Zeit waren die ersten Drachen nach Ell gekommen und hatten ein Bündnis mit den frühen Tartyk geschlossen, die im Grunde kein eigenständiges Volk waren, sondern entfernt von den Naiki abstammten. Die Verbindung mit den Drachen brachte die Drachenkinder hervor. Sie waren die ersten echten Tartyk, in deren Adern magisches Drachenblut floss. Eine Symbiose, die den Tartyk erst die Langlebigkeit verlieh, die sie zu einem besonderen Volk der Altvorderen machte. Vargnar hatte sich zeit seines Lebens gefragt, woher die Drachen wohl stammten und was sie nach Ell getrieben hatte. Niemand hatte ihm diese Frage mit Gewissheit beantworten können. Es war die Rede von einem anderen Kontinent, der weit größer und magischer, aber auch vollkommen anders als Ell war. Der Name *Fee* war in diesem Zusammenhang des Öfteren aufgetaucht. Vielleicht war es ein Krieg um das Gleichgewicht oder eine Katastrophe auf dem fremden Kontinenten, der die Drachen zur Flucht veranlasste. Niemand außer den letzten überlebenden Drachen selbst vermochte dies mit Gewissheit zu sagen.

Die Magie der Drachen war stark und den meisten magiebegabten Völkern auf Ell deutlich überlegen. Nur vereint hätten die damaligen Altvorderen etwas gegen die Drachen ausrichten können. Aber die Völker waren sich untereinander nicht einig, standen in mancherlei Fehden gegeneinander und ließen die Drachen gewähren. Die Tartyk jedoch besaßen ohne die Drachen nichts. Schließlich einigten sich die Völker darauf, dass die Drachenreiter in einem abgegrenzten Gebiet im Südgebirge wohl am besten aufgehoben waren. Die Felsgeborenen traten ihnen zu diesem Zweck schweren Herzens die Felsenstadt ab, errichteten die Drachentürme und das mächtige Eingangsportal mit dem Symbol des Drachen von Gafassa. Im Gegenzug für diese großmütige Leistung versprachen die Tartyk, sich fortwährend neutral zu verhalten und ihren Wirkungskreis tatsächlich auf das Südgebirge und die unwirtlichen, aber an Rohstoffen durchaus reichen Gebiete Ells im Süden zu beschränken. Die Vereinbarung war niemals gebrochen worden. Unbegreiflich war es für Vargnar allerdings, wie die Legenden um das Drachenei entstanden waren. Das Interesse der Felsgeborenen, einen eigenen Drachen zu besitzen, erwies sich eher als gering. Was sollten sie mit einem Drachen anfangen? Sie waren in der Lage, aus Stein und Erde eigene Geschöpfe zu erschaffen, die ihnen wie die Felsenfreunde nützliche Dienste erweisen konnten. In mancherlei Belangen war ihnen ein Lesvaraq dabei behilflich gewesen. Ein solch magisches Wesen wie ein Drache wurde unter den Burntern eher als hinderlich angesehen. Womöglich hätten sie sich anders entschieden, wenn sie bereits gewusst hätten, was ihnen von dem damals aufstrebenden Volk der Klan drohte.

Als Ruitan Garlak die Stämme der Nno-bei-Klan unter seiner eisernen Hand nach langen Sonnenwenden des Kampfes endlich geeint und der letzte der sieben klanschen Stammesfürsten das Schwert in einer Geste der Unterwerfung zu den Füßen der Eisenhand abgelegt hatte, wandte sich der Anführer der Klan mit vereinten Kräften gegen die Altvorderen. Sein Ziel war es, die Magie und mit ihr die magiebegabten Völker der Altvorderen ein für alle Mal vom Angesicht Ells zu tilgen. Obwohl er die Saijkalrae nicht minder hasste und fürchtete wie die Altvorderen, stand er, von seinen schlimmsten Ängste getrieben, in der Grausamkeit seiner Handlungen, die magischen Wesen zu bekämpfen, den Brüdern Saijrae und Saijkal in nichts nach. Eine Angst, die ihm zeit seines Lebens schwer zu schaffen machte und ihn immer wieder aufs Neue grämte. Insgeheim hielt er die Altvorderen seinem eigenen Volk für überlegen. Sie waren in seinen Augen eine Gefahr für die Klan, die es zu vernichten, wenigstens jedoch aus ihren Stammgebieten zu vertreiben galt.

Ruitan Garlak hatte die Magie nie verstanden oder als gegeben akzeptiert. Er wusste weder, wo sie herkam, noch konnte er sich erklären, wie sie anzuwenden war und warum es Lebewesen gab, die der Macht des für ihn Unfassbaren zugewandt waren, während andere wiederum nicht den Hauch einer Ahnung davon hatten. In seiner zerstörerischen Idee, die Magie und mit ihr alle Begabten auszulöschen, wurde er tatkräftig von den Praistern unterstützt, die als Abgesandte und Vertreter der Kojos kein anderes Wesen duldeten, das mit Kräften ausgestattet war, die, ihrer strengen Lehre folgend, ausschließlich den Kojos selbst und ihren Abgesandten zu eigen sein durften. So verriet Ruitan Garlak seine engsten Freunde und Kampfgefährten an die Inquisition der Praister und führte gleichzeitig einen Mehrfrontenkrieg gegen die Brüder der Saijkalrae und die Völker der Altvorderen. Anfangs hatte es für den ungekrönten Regenten und die vereinigten Klan nicht nach einem Sieg ausgesehen.

Im Gegenteil, der Magie keineswegs gewachsen standen sie vor einer alles vernichtenden Niederlage. Sie verloren Schlacht um Schlacht, gleichgültig wie unerbittlich und grausam die Klan gegen die Magiebegabten vorgingen. Doch das Blatt wendete sich, als es den Saijkalrae gelungen war, Ulljan und dessen Geist zu vernichten. Als sie die Macht auf frevlerische Weise an sich gezogen hatten, begann das Gleichgewicht Krysons zu wanken. Die Brüder bündelten die Magie und hatten sofort damit begonnen, den Zugang für alle anderen Magier zu begrenzen. Die Macht der Altvorderen begann zu schwinden. Nur noch wenige besonders herausragende und erfahrene Hexen und Zauberer waren in der Lage, die Hürden zu überwinden und sich der ihren Völkern eigenen, freien Magie zu widmen. Aber sie waren viel zu wenige, um dem unermüdlichen Ansturm der Klan und ihrem Treiben auf Dauer standhalten zu können. An die weitere Gefahr aus den Tiefen des unterirdischen Reiches der Rachuren hatte zu jener Zeit niemand gedacht. Lediglich am Rande waren die Rachuren unter der Führung einer Saijkalsanhexe aufgetaucht, aber als unbedeutend wahrgenommen worden.

Vielleicht waren sie damals von dem Liebreiz und der umwerfenden Schönheit der Hexe Rajuru geblendet worden.

Die Tartyk hingegen verdankten ihr Überleben einzig den mit ihnen verbündeten Drachen, gegen die Ruitan Garlak nichts ausrichten konnte. Gewiss, die Eisenhand hatte nichts unversucht gelassen, den Langlebigen das Dasein schwer zu machen und ihre Bastion im Gebirge anzugreifen, doch seine Truppen kamen nicht einmal in die Nähe der Hauptstadt Gafassa und mussten sich ein ums andere Mal nach empfindlichen Verlusten auf der Hochebene vor dem Südgebirge geschlagen geben. Nach der vierten Niederlage in Folge und einem stark geschwächten Heer gab Ruitan Garlak den Versuch frustriert auf, die Tartyk mit ihren Drachen von Ell verdrängen zu wollen.

Alle anderen Altvorderen jedoch wurden in die Enge getrieben, und am Ende mussten sie der Übermacht weichen und sich zurückziehen. Sie suchten ihr Heil zunächst in der Flucht. Die Naiki waren in die Wälder geflohen, um dort im finsteren Herzen des Waldes im Geheimen zu überleben und gelegentlich Angriffe gegen die ihnen inzwischen verhasst gewordenen Klan zu führen.

Das verlorene Volk der Nno-bei-Maja sollte, den unglaublichsten Legenden über ihr Verschwinden folgend, gemeinschaftlich unter der Führung seiner Königin den Gang zu den Schatten angetreten haben. Es galt seither als verschollen.

Die Burnter allerdings verschwanden so, wie sie einst nach Ell gekommen waren. Erhoben aus Steinen und Erde verschmolzen sie mit den Felsen, aus denen sie einst geboren waren, und wurden selbst wieder Teil des Steins. So waren die Steingräber im Riesengebirge zur letzten Ruhestätte der Burnter geworden.

Nur für kurze Zeit war noch einmal Hoffnung unter den

Völkern der Altvorderen aufgekeimt. Es war die Zeit der Sonnenwenden gewesen, in denen Quadalkar die Klanlande mit seinem vernichtenden Rachefeldzug überzogen und sich am Ende gegen die Saijkalrae selbst gewandt hatte. Doch alle Hoffnung starb spätestens in jenem Moment, als Quadalkar vom Fluch der Brüder getroffen worden war. Rasch hatte sich die bittere Erkenntnis eingestellt, dass der Bann des ewigen Schlafes den schleichenden Entzug der Macht und die Konzentration der Magie auf die Saijkalrae noch verstärkt hatte. Die Niederlage vor Augen hatten die Altvorderen schließlich alle Gegenwehr aufgegeben, retteten, was immer sie noch für ihr Überleben sichern konnten, und zogen sich endgültig zurück. Jedes der magischen Völker auf seine ihm eigene Weise.

Es hatte einige Tage gedauert, bis sich Prinz Vargnar aus dem Felsen gelöst hatte und vollständig zum Leben erwacht war. Er streckte Arme und Beine aus, prüfte sorgfältig jeden Finger und Zeh auf seine Beweglichkeit. Mit dem Ergebnis zufrieden machte er sich für den Abstieg bereit. In einer Nische im Felsen kramte er einen ledernen Mantel hervor, den er mithilfe von eisernen Ringen und in das Leder eingelassenen Ösen an Armen und Beinen befestigte.

Auf Zehenspitzen stellte sich der Felsgeborene an die vorderste Kante des Vorsprungs, lehnte sich vornüber und blickte entlang der Felswände senkrecht in die Tiefe. Ein Gefühl der Erhabenheit und Freiheit durchströmte seinen Körper, als er den nicht enden wollenden Abgrund vor sich erblickte. Ein Kribbeln, als liefen tausend Spinnen über die Haut, ließ ihn das Leben und die freudige Erregung vor dem Sprung spüren. Dreißigtausend Fuß steil abfallende Felswände waren es bis zum mit dichtem Nebel überzogenen Boden. Der Prinz war in der Lage, den Nebel mit seinen Augen zu durchdringen. Nirgends auf Ell waren die Berge so hoch und die Wände so steil wie im Riesengebirge.

»Der eisige Norden mit seinen schwindelnden Höhen hat seine ganz eigenen Vorzüge«, dachte Vargnar bei sich, während sich die Erregung vor dem Kommenden auf seinen Körper ausbreitete.

Kein Normalsterblicher vermochte solche Höhen zu erklimmen und einen Aufenthalt gar zu überleben. Die meisten wagemutigen Kletterer mussten bereits nach der Hälfte des Weges zum Gipfel entkräftet und unter Atemnot aufgeben, wenn sie bis dahin nicht bereits der Wind von den Wänden gerissen hatte, der meist ungehemmt und in Sturmstärke über die Felsformationen fegte.

Vargnar breitete die Arme aus und stieß sich mit den Füßen ab. An der Unterseite der Arme über die Hüfte bis zu den außen liegenden Fußknöcheln entfaltete sich, aus einem Stück gefertigt, die Lederhaut, die ihm Schwingen verlieh und ihn aus der Entfernung wie einen Drachen oder eine zu groß geratene Fledermaus wirken ließ.

Eine kräftige Windböe erfasste seinen Körper, griff unter die gespannte Flughaut und trug ihn ein Stück in die Höhe, spielte mit dem Felsgeborenen, warf ihn hin und her, als habe sie seit Ewigkeiten auf den Sprung des Prinzen gewartet. Er ließ den Wind gewähren, der ihn mit sich riss, höher und höher hinaustrug, als wolle er ihm den höchsten Gipfel auf Ell zeigen.

Der Prinz freute sich über die stürmische Begrüßung der Naturgewalt, die ihn mit jeder Berührung spüren ließ, dass er wieder lebte und wie eh und je eng mit ihr im Einklang stand. Nach einer Weile des ungezügelten Auftriebs beendete Vargnar das fröhliche Spiel, indem er sich, Beine und Arme anziehend, zu einer Kugel zusammenrollte und dem Wind somit die notwendige Angriffsfläche entzog. Wie ein massiver Felsblock stürzte der Prinz plötzlich in die Tiefe, wurde schneller und schneller, bis er nach wenigen Fuß die höchstmögliche Fallgeschwindigkeit erreicht hatte. Er wollte vor Freude jauchzen, hielt sich jedoch im Zaum, um nicht den richtigen Moment zu verpassen, in dem er den freien Fall beenden musste.

Vargnar wusste, obwohl seine Hülle aus Stein war, konnte er bei einem Sturz aus dieser Höhe durch den Aufprall auf einen Felsen zerschellen und sein Körper würde womöglich in tausend Splitter zerbersten. Wenn es schon nicht der ungefährlichste Weg, aus den Höhen des Riesengebirges ins Tal zu gelangen, war, so stellte es immerhin den schnellsten Abstieg dar, den nur ein Felsgeborener bewältigen konnte. Jedes andere unbeflügelte Lebewesen hätte auf diese Weise mit Gewissheit seinen Gang zu den Schatten besiegelt.

Der Sturz in die Tiefe war wie ein einziger Rausch für den Prinzen, der ihm die stets so wachen Sinne vernebelte und beinahe vergessen ließ, wer und wo er war. Die Hitze des Fallens drang durch die Kleidung bis unter die obersten Schichten seiner Felsenhaut. Ihm wurde heiß und er dachte, er müsse durch den Reibungswiderstand jeden Augenblick verglühen, wenn der Fall zu lange dauerte. Er war hin- und hergerissen zwischen den ihn überwältigenden Gefühlen und der sich zur eigenen Sicherheit auferlegten Wachsamkeit. Stets musste er sich daran erinnern, dass er fiel und fiel und fiel. Er zählte jede Sardas, seit er sich zu einer Kugel zusammengerollt hatte, verdrängte den berauschenden Eindruck aus seinem Kopf, löste sich schließlich aus der Haltung, als er den Nebel näher kommen sah, und streckte gleichzeitig Arme und Beine weit von seinem Körper ab. Sofort wurde sein Fall langsamer, bis er die letzten Fuß gemächlich abwärtsschwebte und langsam, aber sicher in den Nebel glitt, der ihn sanft umhüllte, für neugierige Augen unsichtbar machte, seine erhitzte Felsenhaut mit feinen Wassertropfen benetzte und zugleich wohltuend abkühlte. Er hatte den Sturz aus großer Höhe sicher vollbracht und sich keine Sardas zu früh oder zu spät geöffnet. Als er mit den Füßen auf dem Boden aufkam, dabei nur ein kaum wahrnehmbares Geräusch verursachte, war Vargnar zufrieden mit sich und lächelte still in sich hinein.

Nach all den Sonnenwenden des Lauschens habe ich die Kunst des freien Falls nicht verlernt. Das ist ein gutes Zeichen für einen Neuanfang, dachte der Prinz und schlug sogleich die Richtung zu den Steingräbern der Felsgeborenen ein.

Vargnar kannte den Weg, obwohl er diesen sehr lange nicht mehr gegangen war. Er hatte die Sonnenwenden nicht gezählt, seit er die Wacht für sein Volk angetreten hatte, in denen er als lebende Statue unterhalb eines Gipfels des Riesengebirges regungslos verweilte und fortwährend den Erzählungen der Felsen gelauscht hatte. Gewiss waren es weit mehr als eintausend Sonnenwenden, dessen war er sich sicher.

Die Steingräber befanden sich in einer Schlucht mitten im Gebirge, umgeben von den höchsten Bergen Krysons. Die Schlucht hatte sich tief in die Felsen des Riesengebirges gefressen, und ihre zwischen den steil aufragenden Felswänden versteckte Lage verhinderte das Eindringen von Tageslicht. Außer wenigen spärlich verteilten und tiefgrünen Schattengewächsen gediehen keine weiteren Pflanzen in der Schlucht. Die Felsgeborenen nannten dieses Gebiet »Schattenschlucht«, obwohl sie mit dem Reich der Schatten nichts gemein hatte und sich die an den Wänden bewegenden Schatten meist durch das diffuse Licht als eine Täuschung des Auges entpuppten. Jedes noch so kleine Geräusch hallte von den eng zusammenstehenden Wänden mehrfach verstärkt wider. Jedes gesprochene Wort, selbst ein Flüstern schwoll zu einem unheimlichen, nur langsam verebbenden Gemurmel an und löste auf seinem Höhepunkt möglicherweise Steinlawinen aus.

Dies war der Ort, den sich die Felsgeborenen für ihren Rückzug ausgesucht hatten. Ein unwirtlicher Ort, den gewiss niemand freiwillig betreten hätte und der zu allem Überfluss von den Steingolems bewacht wurde. Die Golemwächter waren eigens zu diesem Zweck von den Felsgeborenen geschaffene Kreaturen, die weder einen eigenen Verstand noch eine Seele besaßen. Sechs riesenhafte Golems hatten die Burnter zu ihrem Schutz erschaffen. Jeweils drei der Riesen bewachten den Ein- und Ausgang der Schlucht zu den Steingräbern. Die Riesen erwachten aus ihrer Starre, sobald jemand auch nur einen Fuß in die Schlucht setzte und sich den Steingräbern näherte. Waren sie erst erwacht, gab es kein Zurück. Sie gaben keine Ruhe, bis sie den Eindringling – sei er auch noch so klein oder ungefährlich – gestellt und vernichtet hatten. Lediglich der Befehl eines Felsgeborenen, dem sie bedingungslos Folge zu leisten hatten, konnte ihnen Einhalt gebieten.

Der Felsenprinz hatte seine Befehle durch den Stein längst an die Golems gegeben, um sie nicht in Aufruhr zu versetzen, wenn der kleine Goncha die Schlucht betreten sollte und er ihm einige Tage später folgen sollte. Zufrieden registrierte er, dass sie ihn verstanden hatten. Als er den Eingang passierte, fand er die Golemwächter erstarrt vor und doch wusste er, dass sie nicht schliefen und jede Bewegung verfolgten. Goncha erwartete ihn mit einem Glucksen, das von den Felswänden widerhallte, zu einem

Stakkato anschwoll und glücklicherweise, ohne größeren Schaden anzurichten, verebbte. Bevor der Felsenfreund in seiner Freude weitere Geräusche des Wiedersehens und der Erleichterung von sich geben konnte, legte der Prinz den Finger auf die Lippen und wies den Felsenfreund durch ein Zeichen an, nur in Gedanken mit ihm zu sprechen.

»Es ist schön, dich zu sehen, Goncha«, begann der Prinz den Gedankenaustausch.

Der Felsenfreund kletterte auf die Schulter des Prinzen und machte es sich darauf bequem, bevor er antwortete.

»Lange hätte ich es alleine in diesem düsteren Loch nicht mehr ausgehalten. Es ist kalt, dunkel und unheimlich hier unten. Die Höhen der Berge sind mir weitaus lieber. Ich bin froh, dass Ihr endlich gekommen seid, mein Prinz.«

»Hast du getan, was ich dir auftrug?«

»Natürlich, auf Goncha dürft Ihr Euch stets verlassen«, der Felsenfreund begann mit einer ausgiebigen Pelzwäsche.

»Wo sind sie? König Saragar, mein Vater, und all die anderen?« Vargnar sah sich um, konnte aber nichts entdecken.

»Oh, verzeiht, mein Herr. Ich vergaß Euch zu berichten, dass sich die Burnter schneller aus ihren Gräbern erhoben haben, als ich dachte. Es war ein faszinierender Anblick, das muss ich zugeben. Einer nach dem anderen stieg aus den Steinen empor, löste sich aus den Felsen und wartete auf die Rückkehr des Königs. Saragar kam zuletzt, und ich glaubte Eifer und Freude in seinen Augen glühen zu sehen. Die Kristalle funkelten heller als das Licht der Dämmerung. Euer Vater bat mich, auf Eure Ankunft zu warten und Euch zu benachrichtigen, dass er mit dem Gefolge bereits zu den Eisprinzessinnen aufgebrochen sei. Er will sich mit Ihnen vereinen und sich ihre Macht zunutze machen. Er sagte, Ihr solltet als Vorhut die Lage um die Burg auskundschaften und sie nach Möglichkeit für ihn in Besitz nehmen, sobald die Bluttrinker auszögen, Ihr Schicksal zu erfüllen.«

»Saragar hätte auf mich warten sollen. Warum diese Eile? Ich kam, so schnell ich konnte. Was hätte ein Tag mehr oder weniger geändert?«

»Nichts, mein Herr. Das ist gewiss. Aber ich glaube, er mag die hübschen Gesichter der Prinzessinnen und ihre magische Aura.« Goncha deutete in Gedanken ein unverschämtes Lachen an.

»Mag sein, dass er zu lange im Felsen geschlafen hat. Jedenfalls darf ich für ihn die schmutzige Arbeit erledigen und die Burg für seine Rückkehr vorbereiten. Das hat er sich wunderbar ausgedacht. Und wenn ich auf zurückgebliebene Kriecher stoßen sollte, werde ich mich um diese wie selbstverständlich kümmern und sie in die Flammen der Pein schicken, wenn sie mich nicht zuvor verletzen und damit mein Ende besiegeln. Ich freue mich, danke, Vater«, die letzten, höhnisch gedachten Worte schickte Vargnar zornig durch den Stein.

»Ihr solltet auf Eure Worte achten. Saragar könnte Euch hören, mein Prinz«, gab Goncha zu bedenken.

Vargnar fürchtete den Zorn seines Vaters nicht. Im Gegenteil. Saragar sollte wissen, dass er verärgert war. Aber er war auch sein loyalster und treuester Sohn. Er würde tun, was von ihm erwartet wurde. So, wie er es immer getan hatte, wenn der König ihn um etwas gebeten hatte. An den Worten des Vaters gab es für ihn keinen Zweifel.

»Wirst du mich begleiten, Goncha?«, fragte Vargnar unverhofft.

»In die Burg des Quadalkar? Seid Ihr von Sinnen?«, kreischte Goncha in des Prinzen Kopf und begann am ganzen Leib zu zittern.

»Die Burg gehört den Felsgeborenen und nicht Quadalkar. Also reiß dich zusammen. Du bist keine Beute für die Bluttrinker, das weißt du genau. Und an mir beißen sie sich ohnehin die Zähne aus.«

»Ja, Ihr seid vor den Fangzähnen überwiegend sicher in Eurer Felsenhaut«, beschwerte sich Goncha, »aber ich? Ein ausgehungerter Kriecher würde mich im Handumdrehen mit nur einem Zahn durchbohren und mit einem einzigen Schluck leer saugen. Fürwahr, ich kann mir angenehmere Gesellschaft und vor allem ein schöneres Ende vorstellen.«

»Komm mit mir, Goncha. Ich werde dich beschützen, sollten sie dir zu nahe kommen. Die meisten von ihnen werden aber ohnehin schon fort sein, bevor wir dort sind. Vielleicht haben sie ein paar wenige Wachen und Kriecher zurückgelassen, die wir gemeinsam erledigen werden. Siehst du die schwarze Sonne? Der Zauber des dunklen Hirten wirkt bereits. Die Zeit der Dämmerung hat begonnen und Quadalkar zieht aus, seine alten Todfeinde, die Bewahrer, zu vernichten und die Klanlande für seinen Herrn zu unterwerfen. Sollte es ihm und seinen Kindern gelingen, die Bewahrer zu zerschlagen, stünde seinem übrigen Siegeszug nichts mehr im Wege. Ell würde sich nachhaltig verändern. Die Bluttrinker werden nicht an die alte Stätte zurückkehren. Von Beginn an war die Burg nur ein Gefängnis für sie und keine Heimat. Nach Sonnenwenden des Fluchs streben sie nach Freiheit. Für uns Felsgeborene jedoch ist die Burg weit mehr. Sie ist ein Neuanfang und ein Zuhause. Verstehst du das?«

»Ja, Herr«, antwortete Goncha wenig überzeugt.

»Du darfst so lange auf meiner Schulter sitzen, bis die Burg wieder uns gehört«, bot der Prinz an.

»Fein, das hört sich besser an. Wenn Ihr auf mich achtet und mir in der Not den Pelz rettet, komme ich mit. Ich weiß zwar nicht, wie ich Euch bei dem Vorhaben von Nutzen sein könnte, aber wenn Ihr darauf besteht, werde ich kaum widersprechen können.«

»Stimmt, das ließe ich nicht zu«, schmunzelte Vargnar in Gedanken, »und nun müssen wir los.«

»Welchen Weg wollt Ihr nehmen, Herr?«

»Wir gehen über die Berge und nehmen die Burg aus der Höhe ein. Das ist sicherer, denn auf diese Art können wir alles beobachten und zum richtigen Zeitpunkt zuschlagen.«

»Ich hätte mir denken können, dass Ihr ausgerechnet den schwierigsten Weg wählt«, seufzte Goncha.

Sie verließen die Steingräber am anderen Ende der Schlucht. Ein geschickter Kletterer wie Vargnar gewann rasch an Höhe. In fließenden Bewegungen erklomm er die steilsten Felswände, glitt elegant über Eisflächen, während Hände und Füße mit dem Untergrund auf wundersame Weise verschmolzen und ihm festen Halt gaben, als wäre er ein Teil der Wand. Der Felsenfreund war froh, den düsteren Ort verlassen zu können, war den schlafenden Wächtergolems mit großem Respekt begegnet und fühlte sich nur auf der Schulter des Prinzen sicher.

»Was geschieht mit den Wächtern? Jetzt, nachdem sie ihre einzige Bestimmung, die Steingräber zu bewachen, verloren haben?«, bohrte Goncha nach.

»Gut, dass du mich daran erinnerst, mein Felsenfreund«, antwortete der Prinz, »ich werde ihnen den Befehl geben, die Mauern vom Haus des hohen Vaters und der heiligen Mutter einzureißen und die in den Festungswällen gebundenen Steine zu befreien.«

»Ihr helft damit den Bluttrinkern, die es auf die Trutzburg der Bewahrer abgesehen haben. Haltet Ihr das für einen klugen Schritt? Ihr verletzt die Neutralität der Felsgeborenen und stört das Gleichgewicht.«

»Nein, ich helfe den Bluttrinkern nicht, und eine Verletzung des ohnehin verschobenen Gleichgewichts der Mächte sehe ich darin ebenso nicht«, antwortete Vargnar.

»Aber wofür soll der Einsatz der Wächtergolems dann gut sein?«

»Vielleicht, um eine schnellere Entscheidung herbeizuführen? Eine Belagerung könnte viele Sonnenwenden dauern, wenn es den Bluttrinkern nicht gelingt, durch die Wälle zu kommen. Die Bewahrer und die Orna sind vollkommen autark. Sie verschanzen sich einfach hinter ihren Mauern und müssen keinen einzigen Finger bewegen, um einen Angriff abzuwehren. Wir zwingen sie dadurch, sich der Herausforderung zu stellen. Sollten sie gegen Quadalkars Kinder verlieren, hätten wir das ihnen bevorstehende Schicksal lediglich ein klein wenig beschleunigt. Seit der Geburt der Lesvaraq hat beider Orden vornehmste Aufgabe, das Erbe des Ulljan zu bewahren, keinen Sinn mehr.«

»Wenn Ihr mir diese Anmerkung erlaubt, mein Prinz. Ihr habt mitunter merkwürdige Ideen«, meinte Goncha.

»Ganz, wie du meinst!« Vargnar zuckte mit den Schultern.

Der Felsgeborene machte sich Sorgen. Seit sich die zweite Sonne Krysons durch die Hand des schwarzen Saijkalrae-Bruders verdunkelt hatte, war das Tageslicht diffus und kam über den andauernden Dämmerungszustand nicht hinaus. Er fürchtete sich vor den Folgen, die das fehlende Licht für das Leben auf Kryson hätte, wenn der magisch herbeigeführte Zustand zu lange anhalten würde. Die Burnter brauchten das Tageslicht nicht, um zu überleben. Und für manch nächtliches Geschöpf mochte das schwindende Licht sogar ein Vorteil sein, da sie die Helligkeit für gewöhnlich scheuten. Doch Vargnar ahnte Schlimmstes.

Schon bald würde auch das Schicksal der Nachttiere und damit auch das der Felsgeborenen besiegelt sein. Sie fänden keine Nahrung mehr und müssten über kurz oder lang verhungern. Die Felsgeborenen durften nicht schlafen und untätig zusehen, wie der Einfluss des dunklen Hirten Tag für Tag wuchs und er durch seine Macht Ell dem Untergang weihte.

Die Lesvaraq waren zu jung und hilflos, um sich gegen die Saijkalrae durchzusetzen. Aber sie waren in seinen Augen die Einzigen, die auf absehbare Zeit in der Lage waren, den dunklen Hirten aufzuhalten und das Gleichgewicht wiederherzustellen. Ihr Leben war in großer Gefahr und sie brauchten Schutz. Schutz, den ihnen nur die Altvorderen oder ein den Saijkalrae mindestens ebenbürtiger Magier geben konnten. Vargnar musste etwas unternehmen. Er hatte lange genug als Statue verharrt, war voller Tatendrang und fühlte sich den Lesvaraq verpflichtet. Alle Hoffnung auf eine neue Ordnung und Wiederherstellung des Gleichgewichts beruhte auf den neugeborenen Kindern. Aber sie brauchten Zeit, sich zu entwickeln. Sie mussten wachsen, erstarken und lernen. Und doch hatten sie keine Zeit. Der dunkle Hirte und seine Diener rückten vor. Würden sie ihrer habhaft werden, wäre alle Hoffnung endgültig verloren. Eines Tages wären sie gewiss in der Lage, den Saijkalrae die Macht der Magie zu entreißen und den Altvorderen zurückzugeben. Wenigstens ein Hoffnungsschimmer, was waren schon zwanzig oder dreißig Sonnenwenden im Vergleich zur Ewigkeit.

Das wäre nur gerecht. Fünftausend Sonnenwenden hatten die Burnter auf die Rückkehr der Lesvaraq gewartet, hatten sich im Verborgenen in Gräbern versteckt gehalten und geschlafen. Niemand hatte noch an die Prophezeiungen geglaubt, die eine Wiedergeburt vorausgesagt und sieben Streitern im Kampf um das Gleichgewicht eine besondere Aufgabe zugedacht hatten. Viel zu lange hatten sie ausharren müssen und wären am Ende beinahe an ihrer aussichtslosen Lage verzweifelt. Die Lesvaraq wollten und wollten nicht zurückkehren. Insgeheim hatte Vargnar den Drachen der Tartyk die Schuld an der Misere gegeben. Ihr Auftauchen und ihre Verbindung mit den Tartyk hatte zu einer Verschiebung der Macht und zu einem Ungleichgewicht geführt. Die magischen Wesen mit ihren ledernen Schwingen und ihren Fähigkeiten gehörten nicht auf den Kontinent Ell. Ihr Erscheinen hatte die Altvorderen aus der Bahn geworfen, die Lesvaraq geschwächt und es am Ende den Saijkalrae erst ermöglicht, Ulljan zu töten und die Macht an sich zu reißen. Davon war er überzeugt. Aber dieses Kapitel der Geschichte gehörte längst der Vergangenheit an. Es gab nur noch wenige Drachen. Die wenigen ihrer Art würden aussterben, wenn sie nicht bald zu den Wurzeln ihres Ursprungs zurückkehrten.

Die Veränderungen waren für den Prinzen spürbar. Jetzt war es endlich so weit. Vargnar wusste, was er zu tun hatte. Er musste die anderen in der Prophezeiung erwähnten Streiter finden und sich ihnen auf der Suche nach dem Buch des Ulljan anschließen. Sein Entschluss stand fest. Sobald er die ihm zugedachte Aufgabe erledigt und seinen Vater wiedergesehen hatte, würde er sich auf die Suche nach den Mitstreitern machen und einen der beiden Lesvaraq aufsuchen.

Eisbergen, dachte er bei sich, *ich muss nach Eisbergen gehen. Der andere Lesvaraq scheint mir bei den Naiki vorerst sicher zu sein.*

»Sicher ist nur, dass Ihr uns beide zu Tode stürzen werdet, bevor Ihr einen weiteren Gedanken an die Stadt aus Eis und Schnee verschwendet, wenn Ihr Euch nicht sofort auf das Klettern konzentriert«, übermittelte ihm Goncha erschrocken einen Gedanken.

»Schon gut«, murrte Vargnar, der sich nicht vorgesehen und beinahe den Halt verloren hatte, »ich werde achtgeben.«

»Gut, sind wir bald da?«, meckerte Goncha plötzlich.

»Hab Geduld, mein Freund. Es liegt noch eine weite Strecke vor uns, bis wir die Burg erreichen.«

Auf dem schneebedeckten Gipfel eines Berges angekommen legten Goncha und der Prinz eine Rast ein und sahen sich um. Der Berggipfel lag unterhalb der unmittelbar hinter und neben ihm stehenden Gebirgsriesen, sodass ihnen die Sicht Richtung Eisbergen und in die Eiswüste versperrt war. Allerdings konnten sie die vor dem Riesengebirge liegenden nördlichen Klanlande und das karge Land der Bluttrinker sehen. Vargnar deutete mit der Hand gen Himmel.

»Siehst du, was ich sehe?«, fragte der Prinz den Felsenfreund auf seiner Schulter.

»Was? Ich kann nichts erkennen. Es ist zu dämmrig«, antwortete Goncha, der sich zwar redlich bemühte, aber tatsächlich nichts entdecken konnte.

»Sieh genauer hin.«

»Ich versuche es, mein Prinz. Aber da ist nichts.«

»Wenn du ihn nicht sehen kannst, dann fühle ihn. Ich spüre seine Macht schon eine Weile.«

»Ihr vergesst, dass ich eine gewöhnliche Echse in einem wärmenden Pelz bin und nicht die Fähigkeiten eines Felsgeborenen besitze.«

»Du bist weder eine Echse noch bist du gewöhnlich. Du bist ein Felsenfreund. Einzigartig. Der Lesvaraq achtete auf einige besondere Eigenschaften, als er euch Felsenfreunde schuf« – Vargnar deutete erneut mit der Hand in die Richtung, in welcher er eine Bewegung wahrgenommen hatte – »dort im Licht der helleren Sonne, weit oben vor den beiden großen Wolken, die wie die Fratze eines Baumwolfs und ein Turm aussehen. Ich habe keinen Zweifel. Nichts außer einem Flugdrachen bewegt sich auf diese Weise. Kannst du ihn denn wirklich weder sehen noch fühlen?«

Goncha reckte den Kopf in die Höhe, kniff die Augen zusammen, folgte erneut mit seinem Blick der Hand des Prinzen und stellte sich auf die Hinterbeine, um besser sehen zu können. Tatsächlich, der Prinz lag richtig. Ein kleiner, dunkler Schatten, kaum wahrnehmbar, bewegte sich in für ein Lebewesen unglaublicher Höhe vor den Wolken. Verwundert rieb sich die kleine Fellechse mit den beiden Vorderpfoten die Augen.

»Das könnte alles Mögliche sein. Ein Vogel oder vielleicht ein Käfer«, meinte Goncha.

»Unsinn! Wann hast du zuletzt einen Vogel in dieser Gegend gesehen? Stürzten sie nicht erst kürzlich tot vom Himmel? Und ein Käfer wäre viel zu klein, um ihn auf diese Entfernung erkennen zu können.«

»Gewiss, Ihr sprecht wahr, aber doch waren von dem Unglück nicht alle Vögel betroffen. Vielleicht ist es einer dieser Dschan, die von den Klan zu Späherdiensten eingesetzt werden.«

»Sahst du jemals einen Dschan fliegen? Er bewegt seine Schwingen anders. Was du dort oben siehst, ist ein Flugdrache! Zweifle nicht an meinen Augen. Kein Vogel auf Kryson erreicht diese Höhe und bewegt seine Flügel so anmutig wie dieses magische Geschöpf.«

»Dann erklärt mir bitte eines. Was sucht ein Flugdrache im Riesengebirge?«, fragte Goncha. »Ich dachte, sie beschränkten ihren Wirkungskreis schon vor langer Zeit auf das Südgebirge des Kontinents. Das sieht mir nach einem

Bruch der Vereinbarungen zwischen den Tartyk und den Völkern der Altvorderen aus.«

»So ist es, Goncha. Der Drache hat das Hoheitsgebiet der Tartyk verlassen und flog bis hierher in den Norden. Vielleicht denkt er, die Altvorderen erinnern sich nach all den Sonnenwenden in der Verbannung nicht mehr an die Vereinbarung. Welche Gründe ihn auch immer dazu bewogen haben, Tartyk zu verlassen, sie müssen gewichtig sein. Er fliegt sehr hoch, bestimmt um nicht von Spähern entdeckt zu werden, was bedeutet, dass er sich seiner Schuld bewusst ist. Wir werden ihn im Auge behalten. Sobald er gelandet ist, werde ich dem Flüstern der Felsen lauschen. Sie werden mir den Ort der Landung verraten. Wenn wir ihn gefunden haben, befragen wir seinen Reiter.«

»Ihr wollt einen Drachenreiter in Gegenwart eines Drachen befragen? Der Drache könnte Euch – und mich dazu – binnen eines Wimpernschlages in tausend Stücke zerschmettern.«

»Das wird er mit Sicherheit nicht wagen«, erwiderte Vargnar, »Drachen sind hochintelligente magische Wesen. Ihre Macht ist groß und er weiß, dass er von uns nichts zu befürchten hat. Er wird das Blut der Altvorderen respektieren, das in meinen Adern fließt, und sich an die Vereinbarung erinnern. Wenn wir Glück haben, wird ihn das schlechte Gewissen ob des Verstoßes plagen, und seine zur Wiedergutmachung angebotene Hilfe könnte sich für uns als nützlich erweisen.«

»Verzeiht, aber Eure Ideen sind nicht nur merkwürdig, sondern geradezu verwegen, wenn nicht gar absurd«, schüttelte Goncha den kleinen Echsenkopf.

Sie beobachteten den Drachen eine Weile und stellten fest, dass dieser seine Flughöhe allmählich verringerte, als er sich den ersten Ausläufern des Riesengebirges näherte.

Trotz des Dämmerlichtes konnte auch Goncha den Drachen zunehmend deutlicher erkennen und sogar die Konturen des buckligen Drachenreiters ausmachen, der sich geduckt auf dem Rücken des Drachen festklammerte.

Es wurde Zeit, die Rast zu beenden und aufzubrechen. Der Felsgeborene spannte erneut die lederne Haut zwischen Armen und Füßen und ließ sich mit einem beherzten Sprung vom höchsten Punkt des Gipfels von den Winden zur nächsten Felswand des gegenüberliegenden Berges tragen. Gemeinsam erklommen sie in Windeseile Gipfel um Gipfel, bis sie schließlich bei Sonnenuntergang an ihrem Ziel angelangt waren.

Mehrere tausend Fuß unter ihnen lagen die aus den Felsen gehauenen Türme der von den Bluttrinkern halb verlassenen Burg.

Vargnar konnte trotz der aufkommenden Dunkelheit ohne Schwierigkeiten in den Innenhof der Burg blicken und stellte mit Erleichterung fest, dass Quadalkar nur eine kleine Nachhut seiner Kinder zurückgelassen hatte, die sich um das Verladen einiger Blutsklaven kümmerte. Sie hatten die Sklaven in Käfige gesteckt und beabsichtigten offenbar, die Klan als Proviant auf einigen von Pferden gezogenen Karren nachzuführen. Dabei waren ihnen andere Klanmänner behilflich, die Vargnar eindeutig als nicht vom Fluch der Bluttrinker betroffen erkannte.

»Es ist genau, wie ich mir dachte«, sagte Vargnar, »Quadalkar gibt die Burg auf. Wenn wir lange genug warten, können wir sie nahezu kampflos in Besitz nehmen. Aber ich bin mir nicht sicher, ob wir die Zeit haben oder ob Saragar ein umgehendes Handeln erwartet. Allerdings bin ich überrascht, dass die Klan Quadalkar bei seinen Plänen zur Hand gehen.«

»Mein Prinz, auf Ell existiert nur ein Mann, dem dies

zuzutrauen ist. Für einen Sack voller Anunzen ist er sich für keinen Dienst zu schade. Vielleicht haben Euch die Steine seinen Namen bereits geflüstert. Es handelt sich um Jafdabh, den Todeshändler, und seine unerschrockenen Männer.«

»O ja«, nickte Vargnar, »den Namen habe ich tatsächlich gehört. Aber die Steine flüsterten nicht, sie schrien, als sie mir von ihm berichteten, so als bereitete ihnen alleine der Gedanke an diesen Todeshändler unsägliche Schmerzen. Er beschmutzt unsere Stätten mit seinem Unrat und hat den Tod verdient.«

»Das mag durchaus sein«, erklärte Goncha, »Jafdabh ist in jeder Hinsicht ein Ausbeuter allerübelster Sorte. Gewissenlos und ohne Skrupel. Er schreckt nicht davor zurück, bis tief in die Erde Stollen in die uralten Felsen hauen zu lassen, wenn er Gold, Silber und Blutstahl in den Adern der Steine wittert und sich dadurch einen Gewinn verspricht. Dabei ist es ihm gleichgültig, wie viele seiner von Rauschmitteln benebelten Sklaven in den Stollen ihr Leben lassen.«

»Was meinst du, Goncha, sollen wir angreifen und ihn zusammen mit den übrigen Bluttrinkern vernichten? Er rechnet bestimmt nicht mit einem solchen Ende.«

»Möglich, aber ich würde an Eurer Stelle lieber warten und eine Eroberung ohne Kampf vorziehen. Zieht heimlich, still und leise ein, säubert sie vom Unrat, beseitigt die Überbleibsel des Fluchs und bereitet alles Notwendige für die Rückkehr des Königs vor. Die Burg ist gewiss nicht mehr das, was sie einst war. Sie wandelte sich über die Sonnenwenden zu einem Ort des Grauens und der Dunkelheit. Wer weiß, welche Gefahren uns dort erwarten.«

Vargnar ließ den Felsenfreund an den in ihm plötzlich aufsteigenden Gefühlen teilhaben. Der Zorn auf den Klan, der dazu beigetragen hatte, die prächtigen Stätten der Felsgeborenen mit dem Blut Unschuldiger zu beschmutzen, wurde mit jeder Sardas stärker, schrie nach Rache und ließ den Felsenfreund erschaudern. Der überraschende Stimmungswandel war nichts Neues für Goncha. Er war die Gefühlsschwankungen und Launen seiner Herren gewohnt. Die Felsgeborenen waren bekannt für ihre Extreme. In einem Moment waren sie von einer Sache hellauf begeistert, während sie in der nächsten Sardas zu Tode betrübt und auf Zerstörung derselben aus waren. Es brauchte oft nur einen kleinen Auslöser, um diesen Wandel herbeizuführen. Dennoch hatte er Mühe, den Prinzen davon abzuhalten, sich nicht sofort in die Tiefe und auf die Gegner zu stürzen, um seinem ungezügelten Hass freien Lauf zu lassen. Ein Gemetzel war das Letzte, was die Burnter für einen Neuanfang gebrauchen konnten. Sie mussten sich finden, ihre Kräfte sammeln und von ihren Feinden möglichst lange unbemerkt bleiben, wenn sie zu alter Stärke zurückfinden wollten. Die Felsenfreunde waren die guten Geister und Ratgeber der Vernunft für die Felsgeborenen. Zu diesem Zweck waren sie einst erschaffen worden. Neben kleineren Diensten des Kundschaftens und des Überbringens wichtiger Botschaften fiel ihnen die schwere Aufgabe zu, das hitzige Temperament der Felsgeborenen, die den ihnen von den anderen Völkern der Altvorderen verliehenen Namen »wilde Horde« nicht zu Unrecht trugen, zu zügeln.

Goncha redete ohne Unterlass auf den Prinzen ein, fand unzählige Gründe, warum ein unvorbereiteter Angriff unmittelbar ins Verderben führen konnte, warnte davor, den Todeshändler zu unterschätzen, und wies auf zahlreiche Gefahren hin, denen sie alleine nicht gewappnet wären. Obwohl er von keinem seiner Argumente selbst überzeugt war, halfen seine in Gedanken übermittelten Worte, Vargnar von den Gefühlen abzulenken und die Hitze sanft zu drosseln. Schließlich hatte sich der Prinz wieder beruhigt und sie warteten gemeinsam schweigend, bis der letzte Wagen die Burg verlassen hatte.

Vargnar stand, ohne ein weiteres Wort zu verlieren, auf, legte die Lederhaut an Beine und Arme, packte den Felsenfreund mit einer Hand und sprang kopfüber in die Tiefe. Erst als Goncha befürchtete, sie würden mit ungeminderter Geschwindigkeit auf den Innenhof der Burg prallen, öffnete sich Vargnar und bremste den Sturzflug ab. Auf einem der außen stehenden Wachtürme landend, sah sich der Prinz zur Sicherheit noch einmal vorsichtig um, bevor er die Treppen zum Innenhof mit großen Schritten hinabstieg. Der Felsgeborene hielt inne, als sie ihr erstes Ziel erreicht hatten, drückte sich mit dem Körper an die Innenwand der Burgmauern und verschmolz nahezu unsichtbar mit den massiven Steinen.

»Es sind einige Kriecher zurückgeblieben. Ich kann sie durch die Steine fühlen. Sie lauern in der Dunkelheit im Inneren der Burg«, warnte er Goncha.

»Was wollt Ihr jetzt tun?«, wollte der Felsenfreund wissen.

»Ich werde sie töten! Du wartest hier.«

Vargnar löste seinen Körper von der Mauer, setzte den Felsenfreund ab und rannte über den Innenhof durch das geöffnete Tor ins Hauptgebäude der Burg. Dort hatte er die ersten Kriecher wahrgenommen. Die Steine hatten ihn nicht getäuscht. Er zögerte keinen Augenblick. Die Burg musste befreit werden. Ein Fauchen aus der Dunkelheit und das Aufblitzen mehrerer Augenpaare warnten den Felsgeborenen, dass er erwartet wurde. Als die Kriecher den Burnter witterten, stimmten sie ein fürchterliches Geheul an. Aus weit aufgerissenen, blutverschmierten Mäulern tropfte der Geifer. Vargnar konnte auch in der Dunkelheit herabhängende Fleischfetzen an ihren Zähnen erkennen. Offenbar hatten sie erst vor Kurzem gespeist, was Vargnar unschwer an dem in einer Ecke kauernden, mit zahlreichen Wunden und Bissmalen verunstalteten Blutsklaven erkennen konnte. Das Opfer war blutleer und würde sich bald selbst, von den Toten auferstanden, in einen Kriecher verwandeln.

Der Felsgeborene stürzte sich unerschrocken auf die Gruppe der sechs Kriecher, die sofort versuchten, die Zähne in seiner Haut zu vergraben und ihn mit ihren Klauen zu verletzen. Ihre Angriffe blieben jedoch wirkungslos und wurden stattdessen mit wilden Schlägen des Kriegers beantwortet. Die steinerne Faust des Felsgeborenen bohrte sich am gestreckten Arm bis tief in den Rachen eines Kriechers, riss dabei sämtliche Zähne aus dessen Kiefer mit sich. Ein Kriecher wollte sich in das Bein des Prinzen verbeißen, doch er glitt mehrfach ab und brach sich dabei jammernd die scharfen Spitzen ab, sodass am Ende nur noch unbrauchbare Stümpfe in seinem Mund zurückblieben. Ihre Krallen und Zähne hinterließen zwar Kratzspuren und Abdrücke auf seiner Haut, drangen aber nicht tief genug, um ihn schwer zu verletzen und seine Blutbahnen zu erreichen. Noch nicht jedenfalls.

Obwohl die Kriecher ständig versuchten, den Felsgeborenen zu überwältigen und zu Fall zu bringen, löste Vargnar in aller Ruhe einen aus zwei Teilen bestehenden Speer von seinem Rücken, steckte diesen zusammen, richtete sich auf und spießte damit zwei Kriecher gleichzeitig auf. Die Kriecher waren zäh, sträubten sich und starben nicht leicht. Obwohl sie verletzt waren, wie getretene Hunde jammerten und aus Leibeskräften schrien, wehrten sie sich nebenbei mit allen Kräften gegen den nahenden Gang in die Flammen der Pein. Die Bluttrinker mit dem Speer auf Distanz zu halten würde nicht reichen, um sich ihrer endgültig zu entledigen. Das wurde Vargnar klar, als sie trotz ihrer Wunden immer wieder aufs Neue angriffen. Die Kriecher mussten entweder enthauptet oder ihres Herzens entledigt werden, damit Vargnar als Sieger aus diesem Kampf hervorging. Der Felsgeborene wusste, was er zu tun hatte. Während er mit der einen Hand den Speer führte, griff er mit der anderen nach seinem an der linken Seite in einer Steinscheide angebrachten Schwert. Beide Waffen des Felsgeborenen waren aus Stein gefertigt und so lange bearbeitet worden, dass sie in ihrer Wirkung einer stählernen Waffe in nichts nachstanden.

Unter den Gegnern wie ein Berserker wütend, war der ungleiche Kampf zwischen Felsgeborenem und den zahlenmäßig überlegenen Kriechern bald beendet. Vargnar reihte die abgeschlagenen Köpfe der Kriecher nebeneinander vor dem Eingangstor auf. Darunter legte er ihre Herzen, die er vorsorglich aus ihrer Brust geschnitten hatte.

»Ihr beeindruckt mich, mein Prinz«, sagte Goncha, während er wieder zu Vargnar stieß, »und ich muss sagen, Ihr seid nicht zimperlich im Umgang mit Euren Feinden.«

»Das ist der Krieg, mein Freund. Unterhalb der Halle des Königs, in den Gängen zum Verlies, befinden sich noch weitere Bluttrinker. Ich kann ihre Anwesenheit spüren und höre das Kratzen ihrer Klauen auf Stein.«

»Worauf wartet Ihr? Erledigt die Kriecher und die Burg gehört wieder Euch.«

»Hab Geduld, Goncha. Du bist doch sonst derjenige, der mir Zurückhaltung und Vorsicht auferlegt. Vorher entzünden wir im Burghof ein Feuer. Wir werden ihre toten Leiber und die ihrer Opfer zu feiner Asche verbrennen. Man kann nie wissen, ob sie nach einer Zeit des Ruhens und der Erholung nicht wieder aufstehen.«

»Eure Idee sagt mir durchaus zu. Es ist kalt und ich könnte meine Glieder am Feuer aufwärmen. Kann ich Euch dabei helfen?«

»Du könntest hier draußen aufpassen, dass wir keine bösen Überraschungen erleben, bis ich in der Burg aufgeräumt habe.«

»Sehr wohl, mein Prinz!«

Ein Feuer war rasch entfacht, und die Körper der Erschlagenen brannten zum Erstaunen des Felsenfreundes innerhalb kürzester Zeit wie trockenes Reisig lichterloh, gerade so, als befände sich keine Flüssigkeit mehr in ihnen. Dennoch breitete sich, von tiefschwarzen, dichten Wolken getragen, ein beißender Gestank über die Burg und die nächste Umgebung aus. Der furchtlose Steinkrieger beobachtete für eine Weile regungslos, wie die Flammen die Leiber der Kriecher verzehrten und sich ihre Haut vom Fleisch schälte. Allmählich zerfielen sie zu Asche. Vargnar sah aus, als wäre er wieder zur Statue erstarrt und es war schwer zu erraten, was in jenem Moment der Nachdenklichkeit in ihm vorging. Mit einem tiefen Seufzer auf den Lippen löste er sich schließlich aus der Starre und begab sich wagemutig tiefer in die Burg hinein.

Das schwarze Licht in der Halle des Königs irritierte Vargnar und blendete seine empfindlichen Augen auf unnatürliche Weise. Für einen Augenblick fühlte er sich hilflos, gefangen in der Schwärze eines dunklen Zaubers, die ihn Gefahren aussetzte, die er nicht erfassen konnte. Er wusste, seine Augen würden sich nicht an das magische Licht gewöhnen. Sie waren nicht dafür geschaffen. Sobald die Burg befreit wäre, würde er sich darum kümmern müssen und mithilfe Gonchas den Fluch des schwarzen Lichtes entfernen. Auf allen vieren tastete er sich halb blind am Boden entlang durch die Halle, versuchte sich aus der Erinnerung heraus und durch das Flüstern der Steine zu orientieren. Er konnte die Kriecher durch seine Hände spüren. Jedes Geräusch trugen ihm die Steine zu, das Rascheln und Kratzen der krallenbewehrten Füße und Hände, das Knirschen ihrer Zähne. Sie mussten sich in unmittelbarer Nähe irgendwo unter ihm befinden. Wahrscheinlich hatten sie den Felsgeborenen und seine Hilflosigkeit längst bemerkt und warteten nur auf einen günstige Gelegenheit, sich auf ihn zu stürzen. Wenn sie es geschickt anstellten und in der Gruppe zusammenarbeiteten, konnten sie ihn in diesem Zustand tatsächlich überwältigen und verletzen. Sie waren gefährlich. Selbst für einen Felsgeborenen mit einer Haut, die gegen die meisten ihrer Bisse schützte, konnten die Bluttrinker in der Masse zu einer echten Herausforderung werden, wenn er sich nicht vorsah und vor allen Dingen dann, wenn er ihnen nahezu blind begegnete. Vorsichtig kroch Vargnar weiter, bis er ein Gitter unter sich spürte, das aus massivem Eisen gefertigt waren. Vargnar zählte mit den Händen insgesamt fünfunddreißig hintereinander angeordnete Stäbe, deren Abstand voneinander er auf jeweils zwanzig bis dreißig Zoll schätzte.

Das muss ein erstaunlich großes Loch im Boden sein, das es auf diese Weise zu bedecken galt, ging es ihm durch den Kopf.

Er erinnerte sich nicht mehr daran, dass es in der Halle des Königs eine Grube gegeben hatte, die mit Eisenstäben abgedeckt worden war. Quadalkar musste diese erst später hinzugefügt haben. Das Gitter konnte nur zu den Verliesen führen, dessen war sich Vargnar sicher.

Plötzlich erfasste ihn ein übler Gestank, den er über die Haut wahrnahm. Sie waren nah. Sehr nah.

Ich kann sie nicht sehen, verflucht, dachte Vargnar und verlor allmählich seine Gelassenheit.

Die Geräusche schwollen an und bestätigten ihm, dass sich die Kriecher in unmittelbarer Nähe befanden und bloß auf einen Fehler warteten. Mit einer Hand erreichte er das Ende des Bodengitters und versuchte die nähere Umgebung zu erkunden. Ein im Boden eingelassener Stein gab nach. Vargnar erschrak, als das Gitter plötzlich unter seinem Körper wegrutschte und er keinen Halt fand. Der Prinz stürzte in die Dunkelheit.

Für Goncha vergingen schier endlose Horas des Wartens in der nächtlichen Burg, bis Vargnar endlich müde und erschöpft, aber siegreich zurückkehrte. Er war zum eigenen Erstaunen unverletzt geblieben. Das Feuer war beinahe vollständig heruntergebrannt und hatte von den Kriechern nichts als Asche zurückgelassen. Die einst graue Rüstung des Felsgeborenen war über und über mit dunklem Blut besudelt.

»Ich glaube, ich habe alle erwischt«, meinte Vargnar kalt.

»Das hört sich gut an!« Goncha klang erleichtert. »Aber Ihr seht aus, als hättet Ihr im Blut gebadet.«

»Ja, durchaus. Aber das Wichtigste ist, die Burg ist jetzt unser. Es gibt viel zu tun, wenn wir die Rückkehr des Königs gebührend begehen wollen. Die Gänge und das Verlies liegen voller Knochen und Skelette. Es stinkt nach Tod und Verwesung. Auf den Böden und an den Wänden sind überall Blutspuren verteilt, teils schon uralt, eingetrocknet und verkrustet. Unrat stapelt sich in manchen Kammern bis zur Decke. Unmengen von Fledermäusen hausen in den untersten Kellerverliesen, und ich weiß nicht mehr, wie viel Ungeziefer, Ratten und Mäuse ich auf meinem Weg gezählt habe. Ich habe jeden Winkel durchforstet. Offene wie geheime Kammern und Gänge, soweit ich mich daran erinnern konnte. Es ist eine Schande, was die Bluttrinker aus dem einst prächtigen Königssitz gemacht haben. Ein Quell der Finsternis, den es zu reinigen gilt. Wir werden Magie anwenden müssen, wenn wir die Spuren des dunklen Fluches beseitigen wollen. Dabei wirst du mir helfen. Zuallererst entfachen wir das Feuer neu und verbrennen die Überreste der Kriecher.«

»Soweit ich es vermag, stehe ich Euch selbstverständlich mit Freuden und all meinen Kräften bei dieser Aufgabe zur Verfügung«, bot Goncha an.

Der Einzug des Königs in die Burg des Quadalkar gestaltete sich unspektakulär und ohne Ankündigung. Saragar hatte nicht einmal eine Botschaft durch die Steine geschickt. Er traf am zehnten Tag nach der Übernahme durch Vargnar mit seinem Gefolge in Begleitung der Eisprinzessinnen ein. Strammen Schrittes in aufrechter Haltung durchschritt er das reparierte Burgtor. Er sah sich rundherum um, erblickte seinen Sohn und hob den Arm zum Gruße. Doch ohne ein Wort zu verlieren, begab sich Saragar in die Halle des Königs, um seinen Platz auf dem ihm angestammten Thron einzunehmen. Der König war beinahe einen Kopf größer und wirkte wesentlich massiger als sein Sohn. Feine, dunkle Adern durchzogen die Felsenhaut des Königs. Ein Zeichen seines erhabenen Alters. Männlich markant gemeißelte Gesichtszüge, die ihm ein strenges, aber zugleich weises Aussehen verliehen, unterstrichen die beeindruckende Erscheinung Saragars. Wer ihm einmal begegnet war, nahm einen nachhaltigen Eindruck mit sich. Saragar war ein geborener Herrscher. Das war nicht zu übersehen.

Das Gefolge des Felsgeborenen war von jeher nicht sonderlich groß gewesen und während der Auseinandersetzungen mit den Klan sowie in den darauffolgenden Sonnenwenden stark geschrumpft. Die Burnter hatten zu keiner Zeit viele Angehörige aufzuweisen. Dafür galten sie als ein starkes Volk, in welchem jeder Einzelne von besonderer Durchsetzungsfähigkeit beseelt und mit den üblichen Waffen nahezu unverwundbar war.

Die wenigen Angehörigen der Felsgeborenen verloren sich in der Weite der Burg, sodass zuweilen der Eindruck entstand, das Gebäude sei unbewohnt. Die wilde Horde bestand neben Vargnar aus acht weiteren Kriegern, drei Eisprinzessinnen, fünf steinkundigen Frauen, fünf Wächterinnen, zehn Steinmetzen, drei Architekten, sieben Baumeistern und dem König selbst. Sie alle hatten einen Felsenfreund bei sich.

Vargnar und Goncha hatten die Burg während der Aufräumarbeiten tage- und nächtelang auf der Suche nach dem Thron durchforstet, bis sie das steinerne Möbelstück schließlich in der Dunkelheit des Verlieses gefunden und in die Halle des Königs geschleppt hatten. Über der hohen Lehne waren die Insignien der Felsgeborenen eingemeißelt worden. Es war die bekannte Faust, die einen Hammer führte, der wiederum auf einen Meißel schlug und am Ende einen Stein spaltete. Aus einem Stück gehauen besaß der Thron einen einzigen massiven Sockelfuß, auf dem sich die rundlich ausgearbeitete Sitzfläche befand. Die Armlehnen endeten im in Stein gehauenen Bildnis einer Echse.

Vargnar folgte dem Ruf seines Vaters in die Halle des Königs gegen Ende der Tsairu, die sich nach Verdunkelung der Sonne nicht wesentlich vom Rest des Tages unterschied. Es war ein seltsamer und zwischenzeitlich ungewohnter Anblick geworden, den König auf seinem Platz thronen zu sehen. Vargnar musste von der Treppe bis zum Thron seines Vaters zweihundert große Schritte zurücklegen, bis er vor Saragar stand und auf die Eröffnung des Gesprächs durch den König wartete. Das war ein ungeschriebenes Gesetz. Lediglich der König durfte eine Unterhaltung beginnen. Das Wort wurde gnädigerweise durch Saragar und niemanden sonst erteilt. Das galt sogar für seine Söhne.

»Es ist erstaunlich, nach all den Sonnenwenden erscheint mir die Burg unverändert. Alles steht an seinem Platz, als hätten wir die Stätte niemals verlassen«, meinte Saragar erfreut.

»Vater! Ich kann dir versichern, dass sich die Burg sehr verändert hatte, als ich vor zehn Tagen mit Goncha eintraf. Über Tausende von Sonnenwenden haben die Steine den Fluch des Quadalkar geatmet. Die Burg war verdorben. Wir haben die Zeit des Wartens genutzt, um dir deine Rückkehr so angenehm wie möglich zu gestalten«, erwiderte Vargnar.

»Das weiß ich zu schätzen, mein Sohn. Und wie ich sehe, habt ihr beide gute Arbeit geleistet. Ich kann keinen Unterschied erkennen, und glaube mir, die Erinnerung an die Burg ist nicht verblasst; als wäre es erst gestern gewesen und unsere Flucht läge nicht schon Tausende von Sonnenwenden in der Vergangenheit. Aber sage mir, wo sind die Wächtergolems? Hast du sie nicht zu deinem Schutz zur Burg gerufen? Ich habe sie für dich in der Schlucht bei den Steingräbern eigens zu diesem Zweck zurückgelassen.«

»Nein, Vater. Ich habe sie ausgeschickt, die Mauern vom Haus des hohen Vaters und der heiligen Mutter einzureißen.«

Saragar schien erschrocken, auch wenn seine Gesichtszüge keine Veränderung aufwiesen. Die Einmischung in die Angelegenheiten der Bluttrinker und der Bewahrer gefiel ihm nicht. Zu frisch war die Erinnerung an den langen Schlaf in den Steinen.

»Aber … warum … hast du das getan?« Seine Stimme erzitterte im Kopf des Prinzen und klang verunsichert.

»Quadalkars Kinder zogen aus, die Bewahrer zu besiegen und die Klanlande zu erobern.« Vargnar antwortete mit fester, von seiner Entscheidung überzeugter Stimme. »Feind steht gegen Feind. Sie werden sich gegenseitig vernichten. Zumindest jedoch schwächen. Die Belagerung der Bluttrinker könnte ewig dauern, sollten sich die Sonnenreiter nicht dem offenen Kampf stellen. Wir haben nicht die Zeit, um auf den Ausgang dieses Kampfes zu warten und tatenlos zuzusehen, wer am Ende siegen wird. Wir müssen uns einem der Lesvaraq anschließen, ehe es zu spät ist und die Saijkalrae seiner habhaft werden. Gleichgültig ob Bewahrer oder Bluttrinker als Sieger das Schlachtfeld verlassen werden, wir gewinnen in jedem Fall. Je früher die Entscheidung fällt, umso größer wird unser Vorteil sein und umso besser die Möglichkeit, den Lesvaraq vor dem Zugriff der Saijkalrae zu schützen.«

»Ich verstehe dich nicht, mein Sohn. Du redest von den Lesvaraq, die noch an der Brust ihrer Mutter liegen, und spielst mit der Waagschale des Gleichgewichts, als wäre dies ein Kinderspiel. Welchen Vorteil versprichst du dir davon, der uns Felsgeborenen helfen soll die alte Stärke wiederzuerlangen? Sobald die Bewahrer die Wächtergolems erkennen, werden sie wissen, dass die Burnter zurück sind, und uns gnadenlos verfolgen. Wir sind noch nicht stark genug, um einen solchen Angriff zu überstehen. Wir sollten sie zurückrufen.«

»Das wird nicht ohne Weiteres gehen. Werden sie einmal losgelassen, verfolgen sie ihr Ziel bis zum Ende. Und ja, du hast recht, die Klan werden uns verfolgen. Aber dann wird es bereits zu spät sein. Quadalkar kämpft für den dunklen Hirten. Die Bewahrer für sich selbst und um das Überleben der Nno-bei-Klan. Sie denken, sie müssten das Erbe des Ulljan bewahren, obwohl die Lesvaraq längst wiedergeboren wurden. Verliert Quadalkar, werden die Pläne des dunklen Hirten durchkreuzt. Verlieren die Bewahrer, wäre die größte Gefahr für unseren Fortbestand beseitigt. Der Herr der Grube wäre befreit und wir könnten ihn bitten, sich uns wieder anzuschließen.«

»Vargnar! Was weißt du schon über den Herrn der Grube? Er ist ein Lügner, der die Gedanken anderer vergiftet und sie in den Wahnsinn treibt. Er ist ein Teil der Dunkelheit, in der er seit langer Zeit lebt. Wir haben ihn nicht ohne Grund aus unserer Familie verstoßen.«

»Er ist ein Felsgeborener!«, entrüstete sich der Prinz.

»Er *war* einst ein Felsgeborener, obwohl ich selbst dies bezweifle. Heute ist er vor allem ein böser Geist, ein Gedankenschinder«, verbesserte Saragar seinen Sohn, »und gefährlich. Wir müssen uns mit den Felsgeborenen des Südens vereinigen, wenn wir erfolgreich sein wollen. Das alleine wird uns weiterhelfen. Und du, Vargnar? Kennst du deine Bestimmung? Warum beschäftigt dich die Auseinandersetzung zwischen Bluttrinkern und Bewahrern? Du hast einen Auftrag zu erfüllen. Du bist einer der Sieben!«

»Das weiß ich, Vater. Das Buch des Ulljan muss gefunden und den Lesvaraq gebracht werden.«

»Das Buch des Ulljan? Du meinst wohl eher das Buch der Macht, dessen wahrer Name nicht ausgesprochen werden darf, nicht wahr? Das Buch, das Ulljan an sich nahm und fortan als das seine ausgab, bis er es vor den Augen der Nachkommen versteckte. Niemand außer ihm sollte es verwenden. Er behauptete tatsächlich, nur die Lesvaraq könnten darin lesen. Aber es gehörte einst den Altvorderen. Doch das Wissen um das Geheimnis des Lebens war zu gefährlich für die Völker. Wir überließen es den Lesvaraq in der Annahme, sie könnten mit dem Inhalt umgehen und die Weisheit des Buches zur Wahrung des Gleichgewichtes einsetzen.«

»Aber dienten wir Felsgeborenen nicht dem Letzten der Lesvaraq? Du hörst dich an, als hieltest du auf Ulljan keine großen Stücke.«

»Ulljan war ein elender Verräter, mein Sohn«, erregte sich Saragar, »ein Opportunist, dem die Macht zu Kopfe gestiegen war und der eine neue Ordnung auf Kryson schaffen wollte. Eine Ordnung, in der die Altvorderen keine Bedeutung mehr haben durften und die ihn als den allmächtigen Lesvaraq auf ewig verehren sollte. Ein neugeborener Lesvaraq, der ihm hätte nachfolgen können, hätte dieses Vorhaben gewiss gefährdet und den Glanz der Erinnerung an Ulljan selbst geschwächt. Welches Volk hätte sich zu diesem Zweck besser geeignet, als die einfach gestrickten, begeisterungsfähigen und sich stetig vermehrenden Nnobei-Klan? Also verteilte er die Macht der Lesvaraq auf die Orden der Sonnenreiter und der Orna zur Wahrung seines Erbes und als wesentlichen Gegenpol des Gleichgewichtes. Einen größeren Teil gab er den Saijkalrae. Du musst den Steinen besser zuhören, Vargnar. Sie erzählen vieles, aber es ist oft schwer, sie richtig zu verstehen und ihre Botschaften zu entschlüsseln. Mit der Zeit wirst du Erfahrungen sammeln und deine eigenen Schlüsse ziehen dürfen. Jedenfalls verriet Ulljan uns, die wir ihm stets treu gedient hatten, in jenem Moment, als er die Saijkalrae-Brüder in der Absicht bei sich aufnahm, sie für seine Nachfolge zu bestimmen. Vielleicht unterschätzte er selbst die Boshaftigkeit der beiden Brüder, möglicherweise war er zu arrogant, um die Schwere, ja vor allem Schwäche seiner Entscheidung zu erfassen oder eine Gefahr in den Brüdern zu erkennen. Doch sein Ansinnen war eindeutig und kaum besser als das der Saijkalrae selbst. Den Altvorderen die Magie zu entreißen und sie für immer zu entmachten, war sein ausgemachtes Ziel. Er tötete Pavijur, den Lesvaraq des Lichts.«

»Ich dachte, der Tod des Pavijur sei ein Unfall gewesen. So erzählen es die Legenden«, unterbrach Vargnar den Vater.

»Ein Unfall? Keineswegs. Ich sagte doch, du sollst den Steinen richtig lauschen. Das wollte Ulljan die Völker vielleicht glauben lassen. Aber wir wissen es besser. Die schändliche Tat entging den Steinen nicht. Es war ein feiger und hinterhältiger Mord, den Ulljan absichtlich begangen hatte. Pavijur stand ihm im Weg, und Ulljan musste unbedingt den immer wiederkehrenden Zyklus der Lesvaraq durchbrechen, wenn er eine eigene Ordnung schaffen wollte, die das Gleichgewicht allerdings nicht zu sehr ins Wanken bringen durfte. Die Verteilung der Kräfte auf verschiedene Schultern war daher zwingende Voraussetzung für das Gelingen des Plans, der ihm am Ende aber aus den Händen glitt und ihn kläglich scheitern ließ. Dennoch war die Saat für eine neue Ordnung gelegt, und sie ging auf, nachdem die eigenen Schüler seinen Körper und Geist vernichtet hatten. Stimmt es etwa nicht, Goncha?«

»Doch, mein König, Ihr sprecht wahr«, antwortete Goncha eifrig.

Vargnar stand mit offenem Mund vor seinem Vater und wollte nicht begreifen, was ihm der König soeben freimütig eröffnet hatte. Der Mythos um den letzten Lesvaraq war eine Ernüchterung, aufgebaut auf einem einzigen Lügengespinst, erwachsen aus Machtgier, das sich im Lauf der Sonnenwenden in den Köpfen der Völker festgesetzt hatte und somit zur unumstößlichen Wahrheit geworden war.

Wie sollte er sich mit diesem Wissen frohen Mutes auf die Suche nach dem Buch machen? Warum sollte er einem Lesvaraq je wieder trauen oder gar dienen? War es richtig, diesen schützen zu wollen, oder sollte er sich auf den Weg machen, diesen zu töten, solange eine solche Tat noch möglich war? Der Prinz war verunsichert.

»Was soll ich tun?«, wandte sich Vargnar fragend an seinen Vater.

»Deiner Bestimmung wirst du nicht entgehen können, mein Sohn. Es ist schon richtig, dass das Buch gefunden werden und in die richtigen Hände gelangen muss. Mit der Hilfe des Buchs können die Saijkalrae-Brüder endgültig überwunden werden und die alte Ordnung der Zweifaltigkeit wiederhergestellt werden. Die Prophezeiung spricht von einem Felsgeborenen. Es gibt keinen Zweifel, dass du derjenige bist, der den sieben Streitern angehört und sich auf die Suche begibt. Die sieben Streiter müssen zusammenkommen. Dann finde das Buch mit der Hilfe der Gefährten. Aber überlege dir gut, wem du es am Ende überlässt. Die Neider werden zahlreich sein und du wirst dich schützen müssen, denn jeder will diesen unermesslich wertvollen und mächtigen Schatz für sich haben. Das Wissen um das Geheimnis des Lebens, ewiges Leben und ein Quell des immerwährenden Jungseins, wird Begehrlichkeiten wecken, die vor feigem Mord nicht zurückschrecken. Ich will dich nicht verlieren und bitte dich deshalb, bereite die Suche sorgfältig vor und prüfe, wie du vorgehen wirst. Es besteht kein Grund zur Eile. Dennoch solltest du dich bald auf den Weg machen und nach den sechs anderen Mitstreitern suchen.«

»Hast du die Prophezeiung entschlüsselt, Vater? Kennst du all meine Gefährten?«

»Ich kenne sie nicht, aber ich habe eine Ahnung, wie du

sie finden kannst. Goncha wird meine Vermutung gewiss bestätigen. Der erste Streiter ist ein Lesvaraq, was nicht schwer zu erraten war. Der zweite ist ohne jeden Zweifel ein Gestaltwandler. Ich vermute, dass es sich um einen Naiki handelt, wegen des Hinweises auf einen Jäger. Der dritte wird sich beizeiten zu erkennen geben, dessen bin ich mir sicher. Das dunkle Blut spricht für einen Saijkalsan, der sich dem dunklen Hirten verschrieben hat. Auch beim vierten Gefährten nehme ich an, dass es sich um einen Naiki handelt. Der unschuldige Geist und die Stärke sprechen für einen der seltsamen Maiko-Naiki, die aus reinster Inzucht hervorgegangen sind. Ein freier Magier ist der fünfte Streiter, das ist eindeutig. Er hinterlässt überall Spuren auf Ell. Auf ihn wirst du wahrscheinlich zuerst treffen. Du selbst bist der sechste Streiter. Der siebte ist für mich eine Herausforderung. Ich vermute, dass er einem Fluch zum Opfer gefallen ist. Womöglich handelt es sich um einen Bluttrinker«, führte Saragar seine Überlegungen über die sieben Streiter aus.

»Ich danke dir, Vater! Das ist eine sehr große Hilfe«, antwortete Vargnar.

»Schon gut. Nun geh und lass mich für eine Weile allein in der Halle, damit ich das Gefühl, wieder ein König zu sein, noch ein klein wenig genießen kann. Selbst wenn es nur eine Illusion bleiben sollte, so ist es doch besser als nichts«, lächelte der König.

Vargnar verstand und verabschiedete sich mit einer Verneigung von seinem Vater. Mit Goncha auf der Schulter begab er sich in eine im Westflügel der Burg gelegene Kammer, die er in der Zeit des Wartens auf des Königs Rückkehr für sich eingerichtet hatte. Während es sich der Felsenfreund auf dem Fenstersims gemütlich machte und, bevor er einschlummerte, gedankenverloren die vom Mond beschienenen Berggipfel des Riesengebirges betrachtete, legte sich der Prinz auf eine in die Wand eingelassene Steinpritsche. Lange dachte er über die Worte seines Vaters nach, während er dem Flüstern der Steine lauschte. Er wurde das Gefühl nicht los, dass ihn die geplante Begegnung mit dem Drachen, den er und Goncha hoch oben in den Wolken beobachtet hatten, seiner Aufgabe und dem Ziel näherbrachten. Die Nähe des Drachen und seines Reiters war spürbar. Sie konnten nicht weit entfernt sein und waren auf der Suche. Wonach sie allerdings suchten, blieb Vargnar verborgen. Er würde es gewiss herausfinden, sobald er sich auf den Weg machte, den Drachenreiter zu finden. Mit einem letzten Gedanken, der ihm ein Lächeln aufs Gesicht zeichnete, schlief er schließlich erschöpft ein. Zehn harte Tage ohne Schlaf, Rast und Ruhe hatten an seinen Kräften gezehrt. Die Felsen flüsterten. Der Schlaf war traumlos.

Die Felsgeborenen waren zurück.

Ein Lied für die Drachen

Der Schmerz war unerträglich, steigerte sich mit jeder Sardas von einem Höhepunkt zum nächsten. Unablässig peinigten die Flammen ihr Opfer. Sie drangen in Mund, Nase und Ohren, verzehrten begierig die Nahrung, die ihnen Haare und Fleisch boten. Ein stummer Schrei lag auf den von der Hitze verkohlten Lippen. Keuchend sog Nalkaar die flimmernde Hitze ein. Sie war überall um ihn herum. Es gab kein Entrinnen. Obwohl er verzweifelt versucht hatte die Luft anzuhalten, musste Nalkaar dem unweigerlichen Drang zu atmen nachgeben. Längst brannte das Feuer in seinem Innersten, brachte ihn zum Glühen, die Organe zum Schmelzen und hatte Stimmbänder und Lunge verbrannt. Die Zunge war ein welker, ausgetrockneter Stummel, auf dem eine Flamme tanzte und sich bläulich schimmernd von dem schwarzen Wurm abhob, von dem sie sich nährte.

Nalkaar hatte jedes Gefühl für Zeit und Raum und am Ende auch für sich selbst verloren. Es gab nur den Schmerz, der nicht nachlassen wollte. Anfangs hatte er versucht, sich dagegen zu wehren und sich nicht in der nicht enden wollenden Qual zu verlieren. Doch es war zwecklos. Der Widerstand gegen die Flammen der Pein hatte sein Schicksal verschlimmert. Wütend hatte das Feuer auf seine Respektlosigkeit reagiert und seine Haut vom Leib geschält. Die Flammen züngelten gierig um Beine und Arme, als wäre er ein hölzernes Stück Brennholz, dessen erste und einzige Bestimmung es war, zu Asche verbrannt zu werden. Kaum hatte er einmal das Gefühl, es sei nichts mehr von ihm übrig geblieben und er stünde vor dem unweigerlichen Ende seines Seins, hatte es von vorne begonnen. Inmitten der Flammen stehend setzte sich sein verbrannter Körper aus der Asche wieder zusammen und nahm ihm durchaus nicht unbekannte Konturen an.

Der Todsänger konnte jeden Zoll seines Körpers spüren. Seine Nerven waren bis aufs Äußerste gereizt und besonders empfänglich für die Qual des Verbranntwerdens. Er sah, wie sich die Haut von seinem Leib schälte und das darunter liegende Fleisch freilegte, das nur wenig später Blasen werfend versengt wurde. Danach fühlte er, wie die Hitze seine Augäpfel verdampfen und ihn erblinden ließ. Dabei sehnte er die Schatten herbei, erhoffte sich die *rettende* Kälte des Todes und Ruhe. Nichts als Ruhe. Ein kühler Hauch der ewigen Dunkelheit. Der endgültige Tod wäre das Entrinnen von den fortwährenden Schmerzen. Nichts war ihm länger wichtig oder vertraut. Warum kamen sie nicht und erlösten ihn von der Pein? Worauf warteten sie bloß?

Nalkaar wusste, dass die Schatten allgegenwärtig waren. Aus freien Stücken und ohne Zögern wäre er ihnen in ihr Reich gefolgt. Nur um die Erlösung zu erlangen. Aber sie kamen nicht. Alles Flehen und Schreien half nichts. Sie hörten ihn nicht. Wie sollten sie auch? Keinen Ton brachte er zustande. Sicher, sie beobachteten ihn. Vielleicht verspotteten sie ihn sogar. Schließlich ließ er die Hoffnung fahren und gab sich den Flammen hin. Das machte die Qualen zwar nicht leichter, aber das Vergessen half ihm, sein Schicksal besser zu ertragen.

Schon einmal zuvor hatte er sich in den Flammen der Pein gewunden. Doch die Erinnerung daran war schwach und lag tief in seinem Unterbewusstsein begraben. Lediglich das Wissen um die stete Folter und das Brennen seines Körpers waren geblieben. Am Ende standen der Zerfall und ein Häufchen Asche, das wieder und wieder auferweckt wurde. Es war wie damals, als er auf der Suche nach dem Geheimnis unendlicher Macht und ewigem Leben kläglich gescheitert war, sein Leben und seine Seele leichtfertig im Selbstversuch den Schatten überlassen hatte. Der ständige Frevel wider die Natur zu Lebzeiten hatte ihn nach seinem Ableben in die Flammen der Pein gebracht. Vielleicht war es seine Lehrmeisterin Rajuru gewesen, die ihm die Bestrafung zugedacht hatte. Immerhin hatte er gegen ihre strikte Anweisung und den Kojos zum Trotz gehandelt. Zuzutrauen war es der Hexe allemal.

Er vergaß, wer oder was er war, und glaubte irgendwann, schon immer Teil der Flammen gewesen zu sein. Hatte es etwas anderes gegeben? War er der Schmerz vielleicht selbst? War dies alles wirklich? Konnte ein unsterbliches Wesen auf solch schreckliche Weise leiden und die Pein bis in alle Ewigkeit ertragen? Hatte es diesen einst aufstrebenden Schüler der Saijkalrae je gegeben? Nalkaar war bereits lange tot. Er war so nahe daran gewesen, hätte das Geheimnis des Lebens und des Todes beinahe entschlüsselt, was ihm Macht und ewiges Leben eingebracht hätte. Stattdessen war er zu einem Diener der alten Saijkalsanhexe Rajuru geworden, der Königin der Rachuren. Ein Handlanger einer mit Dunkelheit geschlagenen Hexe zu sein, war nie erstrebenswert für ihn gewesen. Ihm allein sollten Ruhm und Ehre gebühren. Er dachte, er wäre ihr an Intelligenz und Talent weit überlegen, doch ihre Verschlagenheit hatte er nie erreicht.

Den magischen Gesang des Todes hatte er verfeinert und beherrscht wie kein anderer. Und trotzdem war ihm ein Fehler unterlaufen, der ihm den Tod eingebracht hatte. Fatal und schrecklich. Der Unfall hatte geschmerzt. Nicht mehr als die Zeit in den Flammen der Pein, aber immerhin so stark, dass sich ihm die Erinnerung über den Tod hinaus in sein Gedächtnis gebrannt hatte. Ausgerechnet ihm, dem ganz Ell, womöglich Kryson zu Füßen gelegen wäre. Jetzt war er tot oder zumindest untot oder in einem undefinierbaren Zustand dazwischen, erinnerte sich an nichts, lebte oder starb im Hier und Jetzt. Zu einer anderen Wahrnehmung war er nicht mehr in der Lage. Wenn er doch nur einen klaren Gedanken hätte fassen können. Aber sobald er auch nur an etwas anderes als die Flammen dachte, erhöhten sich die Schmerzen. Bald verschwand auch der Name Nalkaar aus seinem Gedächtnis. Lediglich das nicht abreißende Prasseln der Flammen war zu hören und raubte ihm den Verstand. Das namenlose Opfer konnte sich nicht mehr daran erinnern, weshalb es von den Flammen ohne Unterlass gequält wurde.

Eine Stimme rief einen Namen. Einen Namen, der ihm nichts bedeutete. Erst war es ein Flüstern, dann ein leises Klagen und schließlich ein forderndes Locken. Sie wirkte wie ein fremder Klang und doch war sie ihm auf seltsame Weise vertraut.

»Nalkaar«, rief eine Stimme aus weiter Ferne, so als käme sie aus einer anderen Welt.

Sie durchdrang das Reich der Schatten, durchforstete jeden Winkel, löste den grauen Nebelschleier aus den finstersten Gängen auf der Suche nach dem Todsänger, der sich längst in den Flammen der Pein verloren hatte.

»Nalkaar, komm zurück«, forderte sie.

Der Todsänger verstand nicht, was die Stimme von ihm wollte. Wen rief sie? Woher kam sie? Und wer war jener Nalkaar? Er versuchte sich zu erinnern, kramte in seinen Gedanken und stieß bis in die verborgensten Winkel seines Unterbewusstseins vor. Dort fand er eine schwache Erinnerung an einen ehemaligen Saijkalsan-Schüler, der diesen Namen einst trug. Lediglich ein Fragment, das in der

Dunkelheit schlummerte. Er griff danach mit klammen Fingern wie nach einem Stück Planke, das ihn nach einem Sturm im großen Meer des Vergessens vor dem Ertrinken rettete. Er zog die Erinnerung vor sein inneres Auge. Schlagartig wurde ihm bewusst, wessen Name die Stimme rief. Es war sein eigener. Nalkaar war ein Todsänger, weder tot noch lebendig.

»Nalkaar, nimm meine Hand und folge mir!«

Der Todsänger sah die Hand nicht, die er ergreifen sollte.

Verdammt!, dachte das Flammenopfer und schrie stimmlos auf.

Die Schmerzen nahmen augenblicklich zu, als die Flammen die Unaufmerksamkeit des brennenden Mannes bemerkten. Wer wagte es, den Todsänger in seiner Pein zu stören? Er hatte sich ablenken lassen und war für einen Moment aus der ihn quälenden Trance erwacht. Sie loderten an ihm empor, hüllten ihn von Kopf bis Fuß in einen undurchdringlichen Feuerwall, wurden heißer und heißer. Die Feuersbrunst verschluckte jedes Geräusch und versengte ihr Opfer bis auf die Knochen. Eine Hand streckte sich ihm, die Flammen durchbrechend, aus der Dunkelheit des Schattenreiches entgegen. Ohne darüber nachzudenken, griff er nach der Hand und bekam sie für einen Moment zu fassen. Sie fühlte sich kühl an, aber kaum hatte er sie berührt, entzog sie sich ihm wieder, als hätte sie sich selbst verbrannt. Zornig tobte das Feuer und schlug über ihm zusammen. Nalkaar schrie aus Leibeskräften. Doch niemand konnte ihn hören. Er verbrannte abermals zu feiner Asche.

»Wach auf!«, sagte eine Stimme zu Nalkaar, die sich anhörte, als stünde sie neben ihm.

Der Todsänger öffnete widerwillig die Augen. Etwas schien an der Stimme nicht richtig. Sie klang und gleichzeitig doch ganz anders als erwartet. Er fürchtete sich vor dem, was ihn wieder und wieder an Qualen erwarten mochte. Eine unendlich andauernde Marter, die seine von den Flammen versengten Augen nicht erblicken wollten. Aber er konnte nicht widerstehen. Was sollte ihm Übleres zustoßen, als ihm ohnehin schon zuteilgeworden war? Seiner inneren Stimme und Neugier folgend entschloss er sich, dem Drang nachzugeben und zu erforschen, wer oder was zu ihm gesprochen hatte. Es war die Stimme, die er durch die Flammen gehört hatte.

Nalkaar zeigte sich überrascht. Soeben glaubte er sich noch von den Flammen endgültig verschlungen. Doch nun lag er in einer Kammer, die er schon einmal zuvor gesehen hatte, wenn ihn seine Erinnerung nicht trog. Tief unter der Oberfläche des Kontinents Ell lag die Hauptstadt der Rachuren, Krawahta, und zugleich die Residenz der Königin aller Rachuren. Nalkaar drehte den Kopf und sah sich verwundert um. Bis er begriff, dass er den Flammen der Pein erneut entkommen war, vergingen einige Sardas. Der Schmerz war verschwunden.

Das sind Rajurus Gemächer, dachte er bei sich, *ich bin zurück. Sie muss es gewesen sein, die mich aus den Flammen befreit hat.*

Eine Frau hatte sich über ihn gebeugt und blickte ihn musternd an. Sie hatte die Stirn nachdenklich gefurcht. Ansonsten zeigte sich ihr Gesicht faltenfrei.

Wer ist sie? Sie ist so jung und ausgesprochen schön, ging es Nalkaar durch den Kopf. *Ich kenne sie nicht. Was sucht sie in Rajurus Gemächern?*

Ihre langen, roten Haarsträhnen fielen ihm ins Gesicht und kitzelten seine Nase.

»Endlich!«, sagte die Frau. »Steht auf und seht Euch an, damit Ihr zu Euch selbst findet. Ich befürchtete schon, Ihr würdet nicht wieder aufwachen. Das wäre bedauerlich gewesen.« Sie betrachtete ihn eindringlich. »Ihr habt Euch nicht verändert. Aber Euer Verstand hat in den Flammen gelitten. Beinahe hätte ich Euch für immer an die Schatten verloren.«

Nalkaar riss die Augen auf. Die Erkenntnis traf ihn wie ein Schlag. Die Frau war Rajuru höchstselbst. Es gab keinen Zweifel. Rasch wurde ihm klar, was ihn zuvor irritiert hatte. Die Herrscherin der Rachuren hatte nach langer Suche einen Weg gefunden, sich zu verjüngen und sich der ihr lästigen Spuren des Alterns vollständig zu entledigen. Von der Verwandlung war nicht nur ihr Äußeres betroffen, sondern auch ihre Stimme. Und der Todsänger ahnte, was sie getan hatte, denn er selbst hatte ihr die Möglichkeit erst eröffnet.

Die alte Hexe hat sich zu einer Seelenfresserin gewandelt, dachte er. *Verflucht soll sie sein, Rajuru wird mir die Nahrung streitig machen.*

»Ist es Euch nicht möglich, zu sprechen, Nalkaar?« fragte Rajuru mit einem hinterhältigen Lächeln auf den Lippen. »Das täte mir leid, denn wir sollten uns möglichst bald eingehend unterhalten. Wie ich sehe, haben Euch die Flammen zugesetzt. Ihr seht mitgenommen aus. Aber Ihr versteht mich gewiss. Die Bestrafung musste sein und war angesichts Eures Versagens angemessen.«

Nalkaar verdrehte die Augen und stöhnte. Wie konnte sie ihm das antun? Rajuru war schuld an seinem desolaten Zustand. Durch ihren Pakt mit den Schatten hatte sie ihn den Flammen der Pein überlassen. Das Leiden, das sie ihm zugemutet hatte, würde er bestimmt nicht vergessen.

Er hatte nach ihren Anweisungen gehandelt, war stets

treu und loyal zu ihr gestanden. Hätte er Grimmgour nach der verlorenen Schlacht seinem Schicksal überlassen, wäre dies bestimmt nicht in ihrem Sinne gewesen. Stattdessen hatte er sich den langen Weg nach Krawahta mit einem nörgelnden und verstümmelten Wrack durchschlagen müssen und wäre dabei fast verhungert. Sie brauchte ihn und seine Todsänger für ihre Zwecke und vor allem zur Befriedigung ihrer Gier nach Macht.

»Vielleicht lasse ich Euch für einen Moment in Ruhe, bis Ihr Euch von der Tortur der vergangenen Monde erholt habt«, sagte Rajuru, der Nalkaars Schweigen und die Reaktion auf ihre Willkommensgrüße nicht entgangen war.

Ihr spöttischer Tonfall gefiel ihm nicht. Sie hatte offenbar keine Vorstellung von den Qualen, die er durchlitten hatte. Wie lange hatte sie ihn im Reich der Schatten schmoren lassen? Er hatte kein Gefühl für die Zeit. Es kam ihm wie eine Ewigkeit vor.

Nalkaar fühlte Hass in sich aufsteigen. Abgrundtiefen Hass gegen die Herrscherin, die ihren treuesten Diener verstoßen hatte. Schlimmer als einen räudigen Hund hatte sie ihn getreten und einem unsäglichen Schicksal überlassen. Statt ihm für die selbstlose Hilfe zu danken, hatte sie ihn den Schmerzen ausgesetzt, die ihn, obwohl sie tatsächlich nicht mehr vorhanden waren, im Geiste spürbar verfolgten und seine Haut unangenehm kribbeln ließen.

Hass war ein Gefühl, das ihm beileibe nicht fremd war und ihm meist in vergangenen Tagen Kraft verliehen hatte. Aber er war zu geschwächt, um gegen Rajuru aufzubegehren. Er brauchte Zeit, um sich zu erholen und neue Kräfte zu sammeln. Doch dafür musste er so bald als möglich um Seelen singen.

Ich weiß nicht, wie sie den Quell der Jugend ohne mich gefunden hat. Aber eines ist gewiss: Sie brauchte die Todsänger, um die Seelen aus den Körpern der Opfer zu locken. Meine Todsänger! Und sie braucht mich, wenn sie sich die Jugend und Schönheit für die Zukunft bewahren will. Unzählige Seelen muss sie in meiner Abwesenheit verschlungen haben, um die Begleiterscheinungen ihres wahren Alters zu verschleiern und die Zeit für sich zurückzudrehen. Aber die Seelennahrung allein reicht nicht aus. Rajuru muss einen weiteren Weg gefunden haben, um ihre einstige Schönheit wiederzuerlangen, dachte Nalkaar bei sich.

Rajurus Leibwächter schleppten den Todsänger in seine Kammer und legten ihn auf ein mit Stroh bedecktes Holzgestell, das mehr einem zu niedrig geratenen Tisch als einem Bettlager glich. Er hatte nie große Ansprüche an seine Bequemlichkeit gestellt. Für gewöhnlich brauchte er keinen Schlaf. Wozu auch? Er war tot. Aber er war froh, sich für eine Weile von den Strapazen ausruhen und nachdenken zu können. Immerhin hatte er einige Gedankengänge nachzuholen und musste sich über das Geschehene ungestört Klarheit verschaffen. Sein Verstand musste sich daran gewöhnen, dass er nicht mehr mit Schmerzen bestraft wurde, wenn er an etwas anderes als an die Flammen der Pein dachte. Wo stand er? Was würde Rajuru von ihm verlangen? Und welches Schicksal erwartete ihn, wenn er der Herrscherin der Rachuren trotz der ungerechten Bestrafung weiterhin die Treue hielt? Seinem Dafürhalten nach viel zu früh wurde er in seinen Überlegungen unterbrochen. Als er jedoch bemerkte, dass Rajuru ihm zwei Klansklaven zur Stärkung schickte, besserte sich seine Laune erheblich. Immerhin wusste Rajuru offensichtlich, wonach ihm der Sinn stand und was er brauchte, um endlich wieder zu Kräften zu kommen. Das war ein gutes Zeichen. Seit Monden hatte er seine Stimme nicht mehr gebraucht und befürchtet, dass er das Singen womöglich verlernt hätte, oder schlimmer noch, seine Stimmbänder in den Flammen der Pein unbrauchbar geworden waren. Nichts dergleichen war eingetreten. Nalkaar sang und er sang so, als ginge es um sein längst erloschenes Leben. Ausgehungert und entkräftet, wie er war, gelang es ihm, beide Seelen gleichzeitig zu erreichen und sich einzuverleiben. Nie zuvor hatte er intensiver gesungen als unmittelbar nach seiner Rückkehr aus den Flammen der Pein. Endlich fühlte er sich besser und war in der Lage, sich aus eigener Kraft zu erheben. In seiner Kammer auf und ab schreitend wartete er darauf, abgeholt und zu Rajuru gebracht zu werden. Er war gespannt darauf, was sie ihm zu berichten hatte.

Ayomaar und Onamaar erschienen wie erwartet, um Nalkaar zu Rajuru zu geleiten. Wortlos und mit finsteren Gesichtern warteten sie mit verschränkten Armen in der Tür zu Nalkaars Kammer, bis dieser ihnen folgte. Die beiden Rachurenkrieger hätten gewiss jeden anderen, von dem Todsänger einmal abgesehen, alleine durch ihre Erscheinung beeindruckt. Sie wirkten gefährlich. Und Nalkaar wusste über die Leibwächter, dass der Schein nicht trog. Sie verkörperten tatsächlich die Gestalt, nach der sie aussahen. Waffenstarrende, tödliche Krieger mit grimmiger Miene und keinerlei Skrupel. Sie fürchteten sich vor nichts und niemandem. Perfekt, um Rajuru zu beschützen. Nalkaar hatte die gefürchteten Leibwächter Grimmgours, Kroldaar und Tromzaar, kennengelernt. Doch im Vergleich zu Ayomaar und Onamaar hatten sie harmlos und tumb gewirkt. Schweigend brachten die Leibwächter Nalkaar in die Gemächer Rajurus.

Die Saijkalsanhexe stand mit dem Rücken zur Tür und grübelte über einem Schriftstück, als sie die Gemächer betraten. Sie drehte sich um und blickte Nalkaar in die Augen. Er konnte sich des Eindrucks nicht erwehren, dass sie einige Sonnenwenden gealtert war, seit er sie zuletzt gesehen hatte. Das war nur wenige Horas zuvor gewesen. Offenbar hielt die Verjüngungskur nicht allzu lange vor, obwohl die Verwandlung in eine junge und äußerst attraktive Hexe durchaus beeindruckend war. Das musste Nalkaar anerkennend zugeben, obgleich er für derlei Reize kein Interesse hegte.

Ich werde mich wohl oder übel an den ungewohnten Anblick gewöhnen müsse, dachte Nalkaar, nachdem er sein Gegenüber und deren Veränderung eingehend betrachtet hatte.

»Es geht Euch besser. Das ist gut!«, begrüßte Rajuru den Todsänger.

»Danke. Meine Kräfte sind wieder hinlänglich hergestellt, sodass ich Euch für neue Taten zur Verfügung stehe, meine Gebieterin«, antwortete Nalkaar unterwürfig.

»Schön, dann werde ich Euch ins Bild setzen. Während Ihr … sagen wir … fort wart, haben sich die Ereignisse auf Ell überschlagen. Es gibt viel Neues zu berichten, das Euch bestimmt interessieren wird.«

»Ich brenne darauf, von den jüngsten Ereignissen zu erfahren.«

»Wohlan! Wie Ihr bereits wisst, hat der dunkle Hirte nach seinem Erwachen begonnen, die Hände nach Ell auszustrecken und seinen Einfluss Tag für Tag zu vergrößern. Mit der Macht seiner Magie hat er die Zeit der Dämmerung heraufbeschworen. Die magische der beiden Sonnen Krysons hat er in eine schwarze Sonne verwandelt. Jetzt ist sie die Sonne seiner Boshaftigkeit. Eine Ausgeburt der Dunkelheit, die das Tageslicht verschluckt, statt es zu verstärken und Leben zu ermöglichen. Anfangs war die Verdüsterung nur für geübte Augen zu erkennen. Der Wandel kam schleichend. Tag für Tag wurde es dunkler. Bis die Dämmerung das Licht des Tages verdrängt hatte. Inzwischen kann selbst jeder Blinde die verheerenden Auswirkungen erkennen und am eigenen Leib fühlen. Hier unten in Krawahta bemerken wir davon nichts. Noch nicht jedenfalls. An der Oberfläche allerdings herrschen Lichtverhältnisse, die uns vorerst entgegenkommen, später jedoch die natürliche Lebensgrundlage entziehen. Wir werden unsere Krieger, Chimären und Sklaven nicht mehr ernähren können. Die ewige Dämmerung wird Kryson und alles Leben in dieser Welt, wie wir es kennen, nachhaltig verändern, wenn sie nicht bald aufgehalten wird, bevor sie einen Schaden anrichtet, der nicht rückgängig gemacht werden kann.«

»Was soll das bedeuten? Stellt Ihr Euch in dieser Sache gegen Euren Herrn und Meister?«

»Keineswegs, Nalkaar. Ihr dürft mich nicht falsch verstehen. Ich liebe Saijrae. Bevor ich mich ihm mit Leib und Seele verschrieb, habe ich ihn bereits geliebt. Das wird sich niemals ändern. Aber er befindet sich auf dem falschen Weg. Er schmähte mich, weil ich in seinen Augen alt und hässlich geworden bin. Er verspottete mich, weil ich das Geheimnis ewiger Jugend und Schönheit nicht lüften konnte. Stattdessen hat er sich Kallahans verlogene kleine Hure zur Braut auserkoren. Kaum zu glauben, dass er nach fünftausend Sonnenwenden meiner treuesten Dienste und hingebungsvollen Liebe ein junges, unerfahrenes Mädchen meiner Herrlichkeit vorzieht. Das Schrecklichste daran ist, er kannte sie nicht einmal, als sie ihm während der Zeremonie des Erwachens von Kallahan vorgestellt wurde. Aber die Gier und die Wollust des wilden Mannes siegten über seinen Verstand. Der dunkle Hirte war nach all den Sonnenwenden der Entbehrung und des ewigen Schlafes hungrig. Wie ein kleiner Junge stürzt er sich selbst blind ins Verderben. Im Grunde ein unverzeihlicher Fehler, sich in Augenblicken der Schwäche nicht zu beherrschen und zurückhalten zu können. Obwohl er seine erste Gier sofort an dem Mädchen befriedigte und sie sich durch seine Berührung hörig machte, ist sein Verhalten nach wie vor vom unstillbaren Hunger nach Macht bestimmt. Sein Streben gilt samt und sonders uneingeschränkter Macht. Er glaubt, er könne Kryson nach Gutdünken und seinen Vorstellungen unterjochen, ohne das Gleichgewicht berücksichtigen zu müssen. Tallia unterstützt und bestärkt ihn in seinem Vorhaben. Diese falsche Schlange schmeichelt und flüstert ihm verlogene Worte in seine dankbaren Ohren. Und Saijrae hört auf sie.«

»Was wollt Ihr dagegen unternehmen?«, fragte Nalkaar und fuhr schmeichelnd fort. »Mir scheint, er ist Euch im Moment nicht wohlgesinnt. Undankbar wäre die richtige Bezeichnung, wenn ich bedenke, was Ihr für ihn getan habt.«

»Er unterschätzt mich und meine Fähigkeiten, wie er es des Öfteren schon aus Überheblichkeit tat. Um herrschen und gegen die wiedergeborenen Lesvaraq bestehen zu können, braucht er seinen Bruder Saijkal. Dafür muss Quadalkar sterben. Der Fluch kann nur durch den Tod des Bluttrinkers aufgehoben werden. Wenn wir Glück haben, erledigt sich diese Kleinigkeit von selbst, denn die Bluttrinker erheben sich zurzeit gegen die Bewahrer. Wer weiß, ob Quadalkar gegen die Stärke der Bewahrer bestehen kann. Zur Wahrung des Gleichgewichtes müssen die Saijkalrae ihre Kräfte bündeln. Alleine wird Saijrae alles verlieren. Aber ich werde ihm die Augen öffnen. Dafür muss ich ihn allerdings zurückgewinnen. Er wird meinen Reizen nicht widerstehen können, wenn ich ihm mit dem Antlitz blühender Jugend und Weiblichkeit entgegentrete. Es wird so sein wie vor vielen Sonnenwenden, als wir uns das erste

Mal begegneten. Im Grunde hat er sich mir verschrieben und nicht umgekehrt, selbst wenn er über meine Seele verfügt. Tallia hat dem nichts entgegenzusetzen. Rein gar nichts. Ich werde sie aus den heiligen Hallen vertreiben.«

»Gewiss gebührt ihr nicht der Platz an des dunklen Hirten Seite, der von jeher Euch gehören sollte, meine Herrin. Verjagt sie alsbald und holt Euch zurück, was Euer ist. Aber verratet mir, wie ist es Euch gelungen, die Folgen des Alterns zu verdrängen?«

»Ihr, Nalkaar, zeigtet mir den Weg. Die Seelen der Opfer stehen am Anfang. Doch reichen sie nicht aus, die Schönheit in ihrer Gänze zurückzubringen. Ein Bad in ihrem Blut, eine magische Beigabe und das Verzehren ihrer Herzen wirken allerdings wahre Wunder«, kicherte Rajuru hinter vorgehaltener Hand wie ein junges Mädchen. »Ihr solltet es vielleicht an Euch selbst versuchen. Euren Anblick zu ertragen ist nach wie vor grauenhaft.«

Das Kichern passte nicht zu der gebieterischen Lehrmeisterin, die Nalkaar einst kannte. Darüber hinaus störte es ihn, dass sie ihn wegen seiner Entstellungen verhöhnte. Der Todsänger wusste, dass er fürchterlich aussah. Der Unfall und seine Folgen hatten ihm eine Fratze des Schreckens und des Todes beschert. Dagegen war er machtlos.

Rajuru hatte sich dagegen stark verändert, das war unverkennbar, und sie war eifersüchtig auf Tallia. War es denn möglich, dass die stets kühl berechnende Hexe ihren Verstand aufgrund eines Neidgefühls eingebüßt hatte? Das sah ihr nicht ähnlich. Sie war zu erfahren, um sich von Gefühlsregungen steuern zu lassen. Glaubte sie etwa wirklich, dass sie den dunklen Hirten beherrschen konnte? Nalkaar hielt die Absichten der Rachurenherrscherin für einen äußerst verwegenen Plan.

»Im Gegensatz zu Euch bin ich bereits tot. Vergesst das

nicht, meine Gebieterin«, hielt Nalkaar den Worten Rajurus entgegen.

»Ich würde Euren Zustand eher als untot bezeichnen, Nalkaar. Sicher, Ihr verweiltet bei den Schatten, zweimal bereits, und ich habe Euch jeweils zurückgeholt. Vielleicht ist der Unterschied entscheidend. Möglicherweise nicht. Aber wie könnt Ihr das wissen, ohne es versucht zu haben?«

»Glaubt mir. Ich weiß es«, erwiderte Nalkaar, der seine Forschungen über dieses Gebiet längst abgeschlossen hatte.

Der Todsänger hatte alles nur Erdenkliche probiert und war gescheitert. Selbst das seitens Rajuru erwähnte Bad im Blut seiner Opfer und das Verspeisen deren Herzen hatte er dabei nicht ausgelassen. In dieser Hinsicht war Nalkaar mit allen Wassern gewaschen und niemand machte ihm in diesen Bereichen der Magie etwas vor. Im Gegensatz zu Rajuru würde es ihm nicht gelingen, die Zeit zurückzudrehen und das Aussehen, das er vor seinem Unfall besessen hatte, zurückzuerlangen.

»Wie auch immer«, fuhr Rajuru fort, »das sei Euch überlassen, obwohl ich von Eurem hässlichen Antlitz nur ungern meine Schönheit trüben lasse. Die Sache hat einen Nachteil. Die Wirkung hält nicht lange genug vor. Innerhalb nur eines Mondes wird der Zerfall des Alterns in seinem ganzen Ausmaß erneut sichtbar, es sei denn, die Prozedur beginnt zur rechten Zeit von vorne. Dafür brauche ich die Kunstfertigkeit der Todsänger. Sie müssen den Opfern die Seelen für mich entlocken, damit ich sie mir einverleiben kann.«

»Das dachte ich mir«, antwortete Nalkaar seufzend, als hätte er dies nicht ohnehin bereits geahnt. »Die Todsänger stehen Euch zur Verfügung.«

»Ich weiß«, nickte Rajuru, »das stelle ich nicht infrage. Ihr gehört mir. Ihr dient mir. Aber die Lösung unseres Problems liegt woanders. Das bringt mich zu einer Eurer Aufgaben, weshalb ich Euch zurückgerufen habe. Eine kleine Herausforderung für Euch, die es zu meistern gilt und die mich von Eurer wiedergefundenen Treue überzeugen soll.«

»Und die wäre?«, wollte Nalkaar wissen.

»Das Geheimnis der Jugend und Schönheit liegt in der Magie der Flugdrachen verborgen. Die Tartyk beziehen ihre Langlebigkeit und das verlangsamte Altern aus der Verbindung mit den Drachen. Ich hatte Euch gegenüber schon einmal erwähnt, was ich beabsichtige. Ich will in unseren Brutstätten eine neue Chimäre züchten. Eine Drachenchimäre.«

»Verzeiht, aber dies scheint mir aussichtslos. Ein Flugdrache wird sich nicht aus freien Stücken in die Brutstätten begeben, um sich mit einem Rachuren zu paaren.«

»Fürwahr, nicht freiwillig. Wenn es Euch aber gelänge, den Drachenfürsten auf unsere Seite zu ziehen, stiegen unsere Möglichkeiten. Singt für den Yasek Calicalar und bemächtigt Euch seiner Seele. Gehört er erst Euch, werdet Ihr seinen Drachen beherrschen«, erläuterte Rajuru ihren Plan.

»Wie stellt Ihr Euch die Durchführung vor? Soll ich unerkannt nach Gafassa spazieren, mich vor dem Haus des Yasek aufstellen und singen?«

»So ähnlich dachte ich mir das«, lächelte Rajuru betörend unschuldig, »mit ein wenig Geschick dürfte dies für den ersten der Todsänger keine unüberwindbare Schwierigkeit bedeuten.«

»Ihr holt mich also aus den Flammen der Pein und schickt mich dafür in die Höhle des Drachen. Mit etwas Glück könnte ich vielleicht die Hochebene unbemerkt überqueren. Spätestens vor den Toren der Felsenstadt werden sie mich entdecken und lynchen wollen. Ich kenne die

Magie der Drachen zu wenig, um mich gegen sie zu wappnen.«

»Was sollte Euch zustoßen, Nalkaar? Ihr sagt doch selbst, Ihr wäret tot. Weshalb, denkt Ihr, habe ich Euch den Flammen der Pein überlassen? Nur um Euch für Euer Versagen in der Schlacht am Rayhin zu bestrafen? O nein, das wäre zu einfach gewesen. Ich habe Euch dorthin zur Vorbereitung für diese Aufgabe geschickt. Ihr kennt bereits das Schlimmste, was einem Wesen, tot oder lebendig, geschehen kann, und habt es ertragen. Schrecklicher als die Flammen der Pein kann nichts sein! Und Ihr seid dadurch stärker geworden als zuvor.«

»Eure Pläne sind mir zuweilen ein Rätsel. Was wollt Ihr erreichen?«

»Denkt nach, Nalkaar! Ist Euch nicht klar geworden, was es bedeutet, einen Drachen in den eigenen Reihen zu haben und sein Blut mit dem der Rachuren zu vermischen? Stellt Euch vor, ich nehme die Seele eines Drachen zu mir, bade in dessen Blut und verschlinge sein Herz. Die Wirkung hielte sicher sehr lange vor. Wahrscheinlich würde ich niemals wieder altern. Und doch wäre es unverzeihlich, ein solch magisches Geschöpf nur für diesen Zweck zu opfern. Die Chimären hingegen werden zahlreich sein und ihren Zweck als Jungbrunnen erfüllen. Darüber hinaus erschaffen wir uns eine neue Armee mit Drachenchimären. Grimmgour wird diese Armee für mich in den Krieg führen und Ell für uns erobern. Auf diesem Feldzug werden die Rachuren nicht versagen. Niemand wird einer solchen Truppe Widerstand entgegensetzen, ohne den sicheren Tod zu finden.«

»Grimmgour? Er ist ein Wrack ohne Beine und Arme aus Fleisch und Blut. Ich erinnere mich daran, dass Ihr Eurem Sohn die Seele genommen habt, bevor Ihr mich zu den Schatten schicktet. Wie soll er eine solche Armee anführen?« Nalkaar zeigte sich überrascht.

»Ich bin erstaunt, dass ausgerechnet Ihr an mir zweifelt. Ihr habt mit eigenen Augen gesehen, was mit ihm geschah. Mit meiner und der Hilfe des Meisterschmiedes Joffra wurde ein neuer Krieger erschaffen. Das Herz des Kriegers ist voller Hass. Seine Rache wird verheerend sein«, sagte Rajuru verärgert.

»Verzeiht mir diese Bemerkung, aber Ihr habt Euch ein willenloses Werkzeug des Krieges geschaffen, das Euren Weisungen bedingungslos folgen wird. Außer seinem Hass und dem Gedanken an Rache habt Ihr ihm nichts gelassen. Er wird nicht in der Lage sein, eine Eroberungsarmee wie ein umsichtiger Rachurengeneral zu führen«, erwiderte Nalkaar.

»Nun …«, überlegte Rajuru kurz, während sie sich aufrichtete und dem Todsänger aus voller Überzeugung antwortete, »… Ihr habt mich durchschaut. Aber Ihr kennt Grimmgour und die ungeheuere Kraft, die in ihm schlummert. Und Ihr kanntet ihn vor dem Missgeschick mit Madhrab dem Bewahrer. Er war damals keineswegs besonnen und machte, was immer er wollte. Grimmgour muss die Truppen nicht führen, um respektiert zu werden. Das musste er nie. Sie werden ihm aus freien Stücken folgen, weil sie ihn fürchten. Und sie fürchten sich zu Recht. Er ist grausamer geworden. Darüber hinaus erwarte ich, dass Ihr ihn begleiten werdet, sobald Ihr aus Tartyk zurück seid. Den Rest übernehme ich. Ich sehe durch seine Augen und leite meinen Sohn, wann immer dies notwendig sein sollte. Bereitet Euch auf Eure Abreise vor. Der Weg nach Tartyk ist nicht weit. Ihr solltet die Aufgabe innerhalb von zwei Monden erledigt haben.«

Nalkaar schwieg, denn er wusste, dass es zwecklos war,

Rajuru zu widersprechen und von ihrem Vorhaben abzubringen, so sinnlos es ihm auch erschien. In ihrer Sturheit glich sie Grimmgour und duldete meist keine Widerrede. Ihre Bestrafungen für Ungehorsam waren nicht weniger grausam als die ihres Sohnes. Angst war der ständige Begleiter der Untertanen in Rajurus Gegenwart.

Die Machtbesessenheit ist ihr zu Kopf gestiegen, dachte er bei sich. *Sie hat ihr eigen Fleisch und Blut eiskalt geopfert, um sich die Niederlage gegen die Klan und den Echralla Dar nicht eingestehen zu müssen. Rajuru wird nicht ruhen, bis sie ihr Ziel erreicht hat, und sie wird mich, ohne nachzudenken, genauso opfern, sollte sie dies für notwendig erachten.*

Die Herrscherin der Rachuren hatte sich einen Plan zurechtgelegt. Diesen würde sie bis zum Ende verfolgen. Natürlich hatte die Saijkalsanhexe Nalkaar eine wesentliche Rolle bei ihren Überlegungen zugedacht. Er hatte nichts anderes erwartet. Schließlich brauchte sie jemanden, den sie für ein mögliches Scheitern am Ende verantwortlich machen konnte, und vor allem einen, der die schmutzige und gefährliche Arbeit für sie erledigte. Die Idee, einen Flugdrachen der Tartyk für die Zucht von Chimären einzusetzen, war in Nalkaars Augen mehr als verwegen, wenn nicht sogar unmöglich. Und doch hatte eben diese Vorstellung einen gewissen Charme, was den Todsänger reizte. Rajuru besaß Mut, das musste er ihr lassen. Das Unangenehme daran war nur, dass Mut und Entschlossenheit seiner Gebieterin ausgerechnet ihn selbst am meisten trafen.

Rajuru rief die Leibwächter und gab Nalkaar ein Zeichen, dass er ihnen folgen sollte. Ayomaar und Onamaar stampften mit schweren Schritten voraus durch die Palastflure. Wie ihm geheißen folgte Nalkaar ihnen auf dem Fuße. Rajuru bildete mit einigem Abstand den Schluss. Vor einer großzügigen, aber sparsam eingerichteten Zelle machten sie halt und die Hexe holte sie mit wenigen Schritten ein.

»Ich denke, es wird Zeit, Euch das Werk eines wahren Meisters anzusehen. Begrüßt Grimmgour und erweist ihm den Respekt, der dem Sohn der Rajuru zusteht, Todsänger«, herrschte ihn Rajuru an.

Onamaar schloss die Zelle auf und schubste Nalkaar unsanft hinein. Auf einer für seine Größe zu kleinen, in die Wand eingelassenen hölzernen Pritsche lag Grimmgour. Sein Blick war starr zur Decke gerichtet. Bestimmt konnte er dort nicht viel sehen, dafür war es zu dunkel in der kargen, unbeleuchteten Behausung. Nalkaar hatte das Gefühl, als nehme der Krieger die Besucher überhaupt nicht wahr. Er war wach und doch wirkte Grimmgour abwesend, so als verweilte er in einer anderen Welt oder träumte mit offenen Augen.

»Steh auf!«, befahl Rajuru ihrem Sohn.

Grimmgour erhob sich von seinem Lager und blieb neben der Pritsche stehen. Seine Bewegungen wirkten steif. Nalkaar konnte sich des Eindrucks nicht erwehren, dass sie nicht von ihm selbst kamen, sondern von Rajuru gesteuert wurden. Er erinnerte sich an das Bild eines Puppenspiels, das er lange vor seinem Unfall auf einem Jahrmarkt in Tut-El-Baya beobachtet hatte. Dort hatte ein unsichtbarer Puppenspieler eine Marionette an Fäden über die Bühne bewegt. Der Unterschied lag nur darin, dass diese übergroße wie massige Puppe an unsichtbaren Fäden einer Hexe hing. Der Todsänger blickte Grimmgour in die Augen. Er musste sich anstrengen und dabei nach oben sehen, denn der Krieger erschien ihm noch größer als zuvor. Gähnende Leere stierte ihm aus teilnahmslosen Augen entgegen.

Was hat sie aus ihm gemacht?, fragte sich Nalkaar insgeheim.

Der Todsänger hatte kein Mitleid mit Grimmgour. Solche Gefühle waren ihm von jeher fremd. Er war der Überzeugung, dass der Rachure sein Schicksal in all seiner Abscheulichkeit verdient hatte. Dennoch war ihm nicht wohl bei dem Gedanken, was aus dem einst prahlerischen Anführer geworden war. Eine seelen- und geistlose Kreatur, die kaum noch natürliche Züge aufwies. Sie hatten ihn in eine Vollkörperrüstung gesteckt, die Joffra, der Meisterschmied, eigens für den Rachurengeneral angefertigt hatte. Darunter befanden sich die künstlich geschaffenen Glieder aus Blutstahl. Dort, wo einst seine Männlichkeit geprangt hatte, die ihm den wenig schmeichelhaften Namen des »Schänders« einbrachte, ragte nun ein stählerner Dorn hervor. Nalkaar traute seinen Augen kaum, als er den spitzen, überlangen Dorn betrachtete, der als abschreckendes Folterinstrument gedacht war, wie der Todsänger vermutete. Rajuru wies zuweilen eine maliziöse Ader auf, wenn es darum ging, sich Eindruck vor ihren Feinden zu verschaffen. Sie wusste genau, welche Wirkung die zusätzliche Waffe auf Grimmgours Gegner zum Zeitpunkt des Wiedererkennens erzielen würde.

Furcht! Das ist es, was sie will. Die Klan sollen Grimmgour fürchten und in ihm den Schänder sehen, der ihre Frauen missbrauchte. Die Rache der Hexe wird perfekt sein, wenn er genau dies wieder tut, wovor sie sich während des Eroberungsfeldzuges am meisten ängstigten. Doch dieses Mal wird er keinen von ihnen verschonen. Der Krieger wird Frauen wie Kinder in seinem Hass einfach abschlachten, ging es Nalkaar durch den Kopf.

»Was ist mit Euch, Nalkaar?«, fragte Rajuru. »Ihr blickt, als sehet Ihr meinen Sohn heute zum ersten Mal. Möchtet Ihr dem Eroberer nicht die Ehre erweisen?«

»In gewisser Weise sehe ich ihn tatsächlich zum ersten

Mal. Zumindest das, was aus ihm geworden ist, meine Gebieterin«, gab Nalkaar zu.

Aber Nalkaar tat ihr den Gefallen und beugte sein Haupt vor Grimmgour, nur um ihm danach sofort wieder in die toten Augen zu sehen, der Frage nachgehend, ob er dort nicht irgendeinen Funken von Leben oder eigenem Willen finden konnte. Die Frage wurde rasch beantwortet, als Rajuru unerwartet rief.

»Wach auf, Grimmgour und zeige dem Gast, was in dir ruht.«

Sofort änderte sich der Ausdruck in den Augen des Rachuren. Die Leere wich binnen eines Wimpernschlages einem Blick, der selbst den Todsänger erschütterte. Blanker, abgrundtiefer Hass trat in die Augen Grimmgours und verzerrte seine Gesichtszüge zu einer Maske eines skrupellosen Rächers. Es war, als hätte Rajuru ihren Sohn soeben zu neuem Leben erweckt. Ein Leben, das auf nichts anderes als Zerstörung ausgerichtet war. Das Feuer loderte in den Augen des Kriegers. Plötzlich erkannte Grimmgour sein Gegenüber, und Nalkaar spürte, wie sich stählerne Hände schmerzhaft um seine Arme legten und ihn vom Boden hochhoben.

»Wen haben wir denn da?«, grollte Grimmgours für den Todsänger nur allzu bekannte Stimme wie ein Donnerhall durch den Palast. »Eure hässliche Fratze hätte ich am allerwenigsten erwartet. Ich dachte, Mutter hätte Euch ein für alle Mal den Flammen der Pein überlassen, und war ihr dankbar dafür. Das habt Ihr verdient. Ihr riecht nach Tod. Ich sollte Euch stinkende Made gleich hier und jetzt zerquetschen.«

»Ich habe Euch gerettet, Grimmgour«, keuchte der Todsänger. »Habt Ihr vergessen, dass ich Euch vom Schlachtfeld holte und den langen Weg nach Krawahta zurückbrachte. Ich habe Euch gefüttert und Eure Wunden versorgt. Ist das der Dank für die Treue und Fürsorge, die ich Euch entgegenbrachte?«

»Du hättest mich töten sollen, als du Gelegenheit dazu hattest und ich dich darum anbettelte. Jetzt ist es zu spät«, flüsterte Grimmgour kaum hörbar.

Grimmgours Griff wurde fester, bis die morschen Knochen Nalkaars unter dem Druck knirschten und der Todsänger vor Schmerz stöhnte. Ein Wiedersehen mit dem Rachurengeneral hatte er sich anders vorgestellt. Immerhin hatte er ihn durch Feindesland bis nach Hause begleitet. Neben mancherlei Unbequemlichkeit und dem Gezänk des Rachuren hatte er Opfer gebracht und Entbehrungen in Kauf genommen, die ihn selbst an seine Grenzen gebracht hatten. Aber offenbar hatte Rajuru die schrecklichsten Eigenschaften ihres Sohnes noch verstärkt, um die perfekte Waffe für sich zu schaffen.

»Lass ihn los!«, befahl Rajuru barsch.

Nalkaar fiel zu Boden, als sich der Griff des Rachuren sofort lockerte. Unter der Rüstung des Kriegers erkannte er die Beine aus Blutstahl, die wie Baumstämme vor ihm in die Höhe ragten. Joffra hatte wahrlich ein Meisterwerk der Schmiedekunst geschaffen. Die Konturen waren bis hin zu einzelnen nachgebildeten Muskelsträngen täuschend echt getroffen. Grimmgour beugte die Knie, die Finger einer Hand schlossen sich wie Schraubstöcke um das Kinn des Todsängers. Er zog Nalkaar an sich heran und kam ihm mit dem Gesicht gefährlich nahe. Nalkaar konnte seinen stinkenden Atem riechen. Offenbar hatte Grimmgour in der Zeit seiner Abwesenheit fleißig geübt. Selbst wenn die Bewegungen zuweilen steif wirkten, war er doch in der Lage, seine Gliedmaßen einzeln und kontrolliert zu steuern.

»Wollt Ihr den Krieger kämpfen sehen?«, fragte Rajuru, während sie die beiden Kontrahenten beobachtete und ihren Sohn keinen Moment aus den Augen ließ.

»Gewiss … das würde mir gefallen«, presste Nalkaar zwischen zusammengedrückten Lippen hervor.

Sein Kiefer schmerzte und drohte jeden Augenblick zu zerspringen. Was hatte Rajuru vor? Wollte sie ihm dieses Rachemonster auf den Hals hetzen, um ihn einzuschüchtern und ihm ihre Macht zu demonstrieren?

»Gehen wir in die Arena! Dort wartet Joffra auf uns. Er hat für Grimmgour neue Waffen geschmiedet. Ich bin gespannt, wie er damit zurechtkommen wird«, schlug Rajuru vor und wandte sich an ihren Leibwächter. »Ayomaar? Sind die Sklaven für den Kampf bereit?«

»Ja, Herrin«, bestätigte der Leibwächter, »aber sie werden keine Herausforderung für Grimmgour sein. Sollten nicht Onamaar oder ich gegen ihn antreten?«

»Für Grimmgour gibt es keinen Übungskampf, Ayomaar«, antwortete Rajuru, »so gut und erfahren Ihr beide auch sein mögt. Er würde Euch auf der Stelle töten.«

»Aber, Herrin, wie soll Euer Sohn seine Geschicklichkeit im Umgang mit den Waffen unter Beweis stellen, wenn ihm die Gegner nicht annähernd ebenbürtig sind«, gab Onamaar zu bedenken.

»Das ist allerdings ein guter Einwand«, grübelte Rajuru nach und strich sich gedankenverloren eine Strähne aus dem Gesicht. »Lasst den Klansklaven Dardhrab gegen ihn antreten. Er dürfte gut und stark genug sein, um für mehr als eine Sardas gegen ihn bestehen zu können.«

»Dardhrab ist einer unserer besten Minenarbeiter, Gebieterin«, merkte Ayomaar an, »wollt Ihr ihn wirklich opfern?«

»Wenn es sein muss, wird der Sklave sterben. Gebt ihm

eine gute Waffe in die Hand und kleidet ihn in eine Rüstung. Er wird gemeinsam mit den anderen Sklaven gegen Grimmgour antreten. Sagt ihm, sollte er den Kampf überleben, kommt er frei. Das wird ihn anspornen. Kommt er tatsächlich mit dem Leben davon, dann schickt ihn wieder in die Minen.«

»Sehr wohl, Gebieterin«, verbeugte sich Ayomaar und eilte davon.

»Grimmgour! Lass Nalkaar in Ruhe. Ich brauche ihn noch. Deine Kräfte kannst du in der Arena gleich mit anderen messen.«

Der Rachure gehorchte, stieg mit einem großen Schritt über den am Boden liegenden Nalkaar und folgte Onamaar und seiner Mutter in die Arena. Schwerfällig erhob sich Nalkaar, rieb sein lädiertes Kinn und schloss sich Grimmgour an. Der Weg zur Arena führte sie aus dem Palast hinaus, über die Brücke, die sich über den reißenden Fluss Gihaya zog, steil hinab in Richtung der Brutstätten, bis in die tiefsten Tiefen des unterirdischen Reichs der Rachuren.

Nalkaar hatte den Namen des Sklaven bereits mehrere Male vernommen. Dieser war berüchtigt. Obwohl er seit seiner Gefangennahme schon lange in den Minen als Sklave arbeitete und immer wieder zur Belustigung der Rachuren zu Schaukämpfen auf Leben und Tod herangezogen worden war, waren seine Kräfte im Gegensatz zu den meisten anderen Sklaven nicht geschwunden. Im Gegenteil, mit jeder Sonnenwende in der Sklaverei und mit jedem weiteren Kampf war er stärker und zäher geworden. Den Gerüchten zufolge handelte es sich bei Dardhrab um einen riesenhaften Klansklaven, dem enorme Kräfte, ein eiserner Wille und Talent für den Kampf nachgesagt wurden. Angeblich sollte er sogar Grimmgour an Körpergröße und Masse überragen, was sich der Todsänger freilich nur schwer vorstellen konnte. Obschon Nalkaar die Kämpfe für lächerlich und überflüssig hielt, war er tatsächlich gespannt, wie sich der Sklave gegen Grimmgour schlagen würde.

Als sie in der rund in den Stein gehauenen Arena über den Brutstätten der Rachuren ankamen, waren die Vorbereitungen für den Kampf bereits abgeschlossen. Der Meisterschmied Joffra begrüßte die Neuankömmlinge, indem er sich vor ihnen auf den Boden warf und den Blick gesenkt hielt. Rajuru lächelte ob der unterwürfigen Geste, schien sich aber insgeheim darüber zu freuen, dass ihr Joffra eine solche Ehrerbietung entgegenbrachte. Immerhin war er ein Klan, der sich anfangs wenig kooperativ gezeigt hatte und sich erst unter Androhung von Zwang und Folter bereit erklärt hatte, für sie zu arbeiten. Rajuru hielt ihn mit Verlockungen einerseits und Strenge andererseits bei Laune. Zuweilen überschüttete sie ihn mit den besten Speisen und Getränken oder füllte seinen Lederbeutel mit Anunzen. Sollte sie ihn jemals wieder ziehen lassen, was Nalkaar als unwahrscheinlich erachtete, würde der Schmied die Hauptstadt der Rachuren eines Tages als schwerreicher Mann verlassen. Aber nach des Todsängers Annahme würde sie ihn eher töten oder für einen ihrer zahlreichen Versuche einsetzen, sich die Jugend zu erkaufen.

Zehn Sklaven standen mehr oder weniger zitternd in einem Kreis in der Mitte der Arena. Bei genauerem Hinsehen stellte Nalkaar fest, dass sie bis auf drei von ihnen, teils aus Schwäche oder Krankheit, teils aus Unvermögen, kaum in der Lage waren, ihre rostigen Waffen zu halten. Einige von ihnen waren abgemagert bis auf die Knochen, andere wiederum standen krumm und gebeugt. Sie würden den Sklavendienst ohnehin nicht mehr lange überleben.

»Was soll das, Mutter?«, beschwerte sich Grimmgour, als

er die Männer erblickte. »Für dieses Gewürm brauche ich keine Waffen. In einem Handstreich fege ich sie alle zur Seite.«

»Du musst üben, Grimmgour«, versuchte Rajuru ihren aufbrausenden Sohn zu beschwichtigen, »ich weiß, dass sie keine Herausforderung für dich sind. Aber darum geht es nicht. Du sollst ein Gefühl für die Waffen und die Bewegung bekommen.«

»Schon gut«, murrte Grimmgour, »dann werde ich mich zuerst aufwärmen.«

Nalkaar hatte sich kaum gesetzt, da sprang der Rachure ohne Vorwarnung von den Rängen fünfzehn Fuß in die Tiefe und landete mit einem lauten Aufprall von Stahl auf Stein in der Arena. Der Krieger brauchte nicht lange, um sich zu orientieren, und rannte mit einem donnernden Kampfschrei auf den Lippen auf die Sklaven zu. Nach wenigen Schritten hatte er die ersten beiden erreicht, packte ihre Köpfe und zerquetschte diese im Bruchteil einer Sardas aneinander, als wären sie lediglich spröde gewordene und ausgetrocknete Nussschalen. Die Männer hatten nicht einmal gemerkt, wie ihnen geschah, da befanden sie sich schon auf dem Weg zu den Schatten. Einen dritten Sklaven bekam Grimmgour zu fassen, als dieser sich gerade erschrocken zur Flucht wenden wollte. Er zog ihn mit Wucht an seinen Körper heran und spießte ihn mit dem Dorn von hinten auf. Der Klan schrie den Todesschmerz heraus und krümmte sich, als der Dorn aus seinem Bauch vorne wieder heraustrat. Mit einem wüsten Lachen riss Grimmgour den Körper des an ihm hängenden Opfers mit bloßen Händen in zwei Hälften und trennte den Rumpf an der Taille vom restlichen Unterkörper. Achtlos warf er die beiden Körperteile von sich und erlöste den immer noch schreienden Klan durch einen Tritt auf dessen Schädel, der unter dem Gewicht des Fußes wie eine reife Melone auf dem Felsboden zerplatzte.

Grimmgour war schon immer eine Bestie gewesen, aber nie sah ich ihn so ungezügelt und enthemmt wie jetzt, dachte Nalkaar fasziniert und angewidert zugleich, *unglaublich, der General ist so voller Hass und Wut und er strotzt vor Kraft. Rajuru hat wahrlich einen Krieger geschaffen, vor dem sich nicht nur die Klan fürchten werden.*

»Halt!«, rief Rajuru. Ihre Stimme klang höchst ärgerlich.

Grimmgour blieb sofort stehen und blickte auf einmal ängstlich zu seiner Mutter hoch. Nalkaar erkannte im Blick des Kriegers etwas, das er einst bei einem kleinen Jungen in einem Dorf gesehen hatte, der sich einen üblen Streich erlaubt hatte und dabei von seiner Mutter ertappt worden war. In Erwartung einer Bestrafung wechselte der Gesichtsausdruck zwischen Betroffenheit, Schuldbewusstsein und Furcht.

Wie kann dieser entfesselte Rachure die Saijkalsanhexe immer noch fürchten?«, fragte sich der Todsänger. *»Ein Stoß mit dem kleinen Finger und sie wäre dahin.*

Dabei wusste er genau, dass Rajuru alles andere als einfach zu töten war. Wenn sie überhaupt sterblich sein sollte, dann würde gewiss nur Magie ihr Leben beenden können. Manchmal jedoch trieben ihm solche Gedanken durch den Kopf und sie gaben ihm ein Gefühl von Zufriedenheit. Kleine und häufig nur kurze Wunschträume, die sich nie erfüllen würden.

»Wie kannst du es wagen, Grimmgour?« Rajuru ging in eine keifende Stimmlage über. »Du weißt, was es bedeutet, sich meinen Anweisungen zu widersetzen und sich ungehorsam zu zeigen.«

Der Krieger fasste sich mit beiden Händen an die Schläfen und fiel mit einem scheppernden Geräusch auf die

Knie. Sein Gesicht verzerrte sich zu einer einzigen Maske des Schmerzes. Den Mund vor Entsetzen weit aufgerissen rann aus Nase, Ohren und Augen dunkles Blut.

»Habt Erbarmen, Mutter!«, winselte Grimmgour mit der kläglichsten Stimme, die Nalkaar je gehört hatte.

Die Hexe kontrollierte ihren Sohn offenbar vollständig, nicht nur dessen Geist. Sie fügte ihm nach Belieben Schmerzen zu und war in der Lage ihn auszuschalten, wann immer sie dies wollte. Erneut stellte Rajuru mit dem Schauspiel in der Arena ihre Grausamkeit unter Beweis. Sie war kalt. Eiskalt. Eine herzlose Mutter, die nur die Erweiterung ihrer Macht im Sinn hatte. Um dieses Ziel zu erreichen, war ihr jedes Mittel recht. Folter, Mord und Totschlag. Nalkaar erinnerte sich, wie er um Grimmgours Seele gesungen hatte. Mit seiner Hilfe hatte sie aus ihrem eigenen Fleisch und Blut eine zutiefst gequälte Kreatur geschaffen, der es nicht besser ging als ihm selbst. Einerseits verschaffte ihm die Vorstellung eine Art von Genugtuung, denn er hatte für den Sohn der Saijkalsanhexe nicht viel übrig. Andererseits fühlte er sich unwohl bei dem Anblick, den Grimmgour ihm bot. Er sah sich selbst in Flammen aufgehen und erinnerte sich an die unerträglichen Schmerzen, die ihm Rajuru zugemutet hatte.

Nalkaar hatte keinen Zweifel, sie war in der Zeit seiner Abwesenheit gewachsen und mächtiger geworden. Der Gedanke an ein rasches Ende der Herrscherin der Rachuren durch ihren Sohn verflüchtigte sich bei ihm genauso schnell, wie er gekommen war. Er musste sich zusammenreißen und vorsichtig sein, solche Gedanken waren gefährlich in Rajurus Gegenwart. Wie konnte er sich sicher sein, ob sie sich nicht noch weitere Fähigkeiten angeeignet hatte, die es ihr ermöglichten, selbst in seinen Gedanken unbemerkt zu lesen? Er sah sie von der Seite an. Rajuru war konzentriert, ließ sich aber ansonsten keine Regung anmerken. Als sie sich auf ihren Platz setzte, entließ sie Grimmgour aus ihrem Griff. Der Krieger erhob sich, wischte sich das Blut aus dem Gesicht und starrte auffordernd in Richtung des Meisterschmiedes. Joffra hatte verstanden, gab den Leibwächtern ein Zeichen, woraufhin diese Grimmgour ein Schwert brachten. Es handelte sich um ein riesiges Breitschwert, dessen Klinge gut und gerne vierzig Zoll breit war. Steckte er das Schwert mit der Spitze senkrecht in die Erde, konnte er das Kinn auf den breiten, mit Leder umwickelten Knauf am Ende des Griffes legen. Eine solch mächtige Waffe hatte Nalkaar noch nie zuvor gesehen. Selbst das Blutschwert des Bewahrers Madhrab, mit dem er beinahe Bekanntschaft gemacht hatte, wies nicht solche Maße auf. Dennoch fiel ihm auf, dass das Schwert im Gegensatz zu der berüchtigten Waffe des Lordmasters nicht aus Blutstahl gefertigt worden war. Das war ein Nachteil und machte das Schwert zwar nicht wertlos, immerhin war es ein Werk des besten Meisterschmiedes auf dem Kontinent Ell, aber in einer Auseinandersetzung gegen Solatar würde das Schwert nicht bestehen können. Offenbar waren den Rachuren die Vorräte an dem seltenen und wertvollen Rohstoff ausgegangen. Das meiste Erz durfte in den künstlichen Teilen stecken, die Grimmgours fehlende Beine und Arme ersetzt hatten. Ayomaar und Onamaar hatten dennoch Mühe, das Schwert zu schleppen, und legten es vor Grimmgours stählernen Füßen ab. Dieser hob das Schwert mit einer Hand auf, als wäre es leicht wie eine Feder. Nalkaar und Joffra staunten nicht schlecht. Der Schmied wusste, was das Schwert wog, und flüsterte nicht für andere Ohren bestimmt: *Unglaublich, welche Kraft diese seelenlose Kreatur besitzt. Die Kojos mögen uns helfen, wenn sie eines Tages auf unser Volk losgelassen wird.*

»Erinnert mich, dass wir bei der nächsten Lieferung von Jafdabh Blutstahl bestellen«, wandte sich Rajuru an ihre Leibwächter. »Es ist mir gleichgültig, woher er das Erz nimmt und wie viel es kostet. Grimmgour soll eine magische Waffe erhalten, bevor er erneut in den Kampf gegen die Klan zieht. Das Schwert ist ein gutes Übungsschwert für ihn. Was meint Ihr, Joffra? Werdet Ihr dieses Schwert noch einmal mit Blutstahl herstellen können?«

»Ich … ich weiß nicht, meine Gebieterin«, antwortete Joffra, erschrocken, von Rajuru aus heiterem Himmel angesprochen worden zu sein, »wir bräuchten sehr viel Blutstahl, um ein vergleichbares Schwert zu schmieden. Ich bezweifle, dass Euch dieser Jafdabh eine ausreichende Menge davon beschaffen kann.«

»Wir werden sehen. Jafdabh vermag oft mehr, als Ihr denkt, wenn er im Gegenzug für seine Dienste hervorragend bezahlt wird und das Gefühl hat, uns über den Tisch gezogen zu haben. Er wird einen Weg finden.«

In dieser Annahme lag Rajuru sicherlich richtig, was Nalkaar bestätigen konnte, seit er dem Todeshändler zuletzt begegnet war. Ihm traute er zu, das Unmögliche wahr zu machen und wenn es ihm für den Auftrag gelänge, Solatar zu ergattern und einzuschmelzen.

Auf ein Zeichen Rajurus wurde der Sklave Dardhrab barfuß in die Arena geführt. Sie hatten ihm um Hals, Handgelenke und Fußknöchel schwere Eisenketten gelegt, die ihn in eine gebückte Haltung zwangen und nur kleine Schritte zuließen. Außer einem zerfledderten Lendenschurz trug der Riese keine Kleidung. Trotz der erniedrigenden Behandlung in Ketten war für jeden ersichtlich, dass der Wille und Stolz des Klan keineswegs gebrochen war. Sein Blick war klar und selbstsicher, er wich niemandem aus, der ihm in die Augen sah. Nalkaar bekam plötzlich ein ungutes Gefühl, als er den Einmarsch des Klan mit zunehmender Spannung betrachtete. Dieser Klan war wirklich außergewöhnlich. Die Berichte über ihn stellten sich also als wahr heraus. Dardhrab überragte den Rachurengeneral um gut einen Kopf. Der Nacken eines ausgewachsenen und zur Schlachtung gemästeten Stiers war nichts im Vergleich zu den Muskelsträngen, die den Kopf des Riesen stützten und einen Kragen aus Fleisch und Muskeln bildeten, die diesen tatsächlich zu schützen vermochten. Die baumstammartigen Arme wurden lediglich von den noch breiteren Oberschenkeln übertroffen. Die Hände waren Pranken, das Gesicht kantig und markant geschnitten. Eine große hakenförmige Nase verlieh ihm das Aussehen eines scharf und gestreng blickenden Riesenraubvogels. Die schwarz glänzenden Haare waren links und rechts des Kopfes zu langen Zöpfen gebunden und reichten ihm bis zum Brustkorb, dessen enorme Breite entweder ein Herz von ungewöhnlicher Stärke und Größe versprach oder ein Atemvermögen, das seinesgleichen suchte.

»Nehmt dem Sklaven die Ketten ab und reicht ihm ein Schwert«, befahl Rajuru kalt lächelnd.

»Ich kämpfe nicht mit einem Schwert gegen diese Kreatur«, erlaubte sich Dardhrab scharf zu erwidern. »Gebt mir eine Keule oder einen sechs Fuß langen Stab aus massivem Holz. Das soll mir genügen.«

Grimmgour knurrte wie ein gefährliches Raubtier und fletschte die Zähne. Was bildete sich dieser Sklave ein! Wollte er den Rachurengeneral provozieren?

»Ihr wollt mit einer Keule oder einem Holzstab gegen Grimmgour antreten? Habt Ihr Euren Verstand am Ende in der Gefangenschaft doch noch eingebüßt? Seht Euch seine Waffe an, die Ihr gleich am eigenen Leib zu spüren bekommt. Ich biete Euch die Möglichkeit, die Freiheit wiederzuerlangen, solltet Ihr diesen Kampf überleben und Grimmgour besiegen.«

»Das ist ein großzügiges Angebot, wenn es ehrlich gemeint ist«, sagte Dardhrab, »doch lasst mich mit Holz gegen Stahl kämpfen, und ich versichere Euch, ich werde alles dafür geben, meine Freiheit zu bekommen.«

»Wenn Ihr unbedingt wollt«, antwortete Rajuru nachgiebig und wandte sich dann an ihre Leibwächter. »Bringt dem Mann, was er verlangt, und zwei Stäbe als Ersatz gleich dazu.«

»Ich danke Euch!«, sagte Dardhrab.

»Wollen wir um seine Seele wetten, dass er nicht einmal einen Angriff übersteht, sobald die anderen Sklaven in ihrem Blut liegen?«, wandte sich Rajuru an Nalkaar. »Was ist? Geht Ihr die Wette ein, Nalkaar? Ich schenke Euch seine Seele, wenn Ihr gewinnen solltet. Was bietet Ihr mir an, solltet Ihr verlieren?«

Rajuru hatte Nalkaars Ehrgeiz geweckt und er glaubte an die Stärke des Sklaven. Wenn dieser sich vorsah und es ihm gelang, den Blutstahlkrieger für eine Zeit auf Distanz zu halten, war er sich sicher, dass er die Wette gewinnen würde. Das war genau die richtige Wette für den Todsänger, und die Aussicht auf den Preis im Falle eines Sieges lockte ihn. Er bot ihr daher an, um die Seele eines Drachen für sie zu singen. Auch wenn sie den Drachen lieber für die Zucht von Drachenchimären eingesetzt hätte. Das war ein Wort und zumindest einen Versuch wert. Rajuru nahm den Einsatz an und schlug ein.

»Kämpft!«, befahl sie den Widersachern ungeduldig, nachdem sie mit dem Signal gewartet hatte, bis Dardhrab von den Fesseln befreit war und sich eines Holzstabes bemächtigt hatte.

Das ließ sich Grimmgour nicht zweimal sagen und ging

sofort zum Angriff über. Der Rachure sah rot und war auf Zerstörung aus. Brüllend rannte er auf die Gruppe der Sklaven zu, die sich auf Dardhrabs Geheiß Schutz suchend hinter ihm versammelt hatten. Grimmgour kannte keine Vorsicht; vor Geschwindigkeit schwer schnaufend stampfte er ohne Rücksicht auf Verluste oder auf seine Deckung achtend seinen Gegnern entgegen. Er hatte nur die Gegner im Auge, die es zu vernichten galt, und dafür wollte er seine ganze in ihm angestaute Wut mit größtmöglicher Wucht in sie hineinstoßen und sich mit dem Schwert durch ihre Leiber schneiden. Alleine der Aufprall des massigen Körpers würde verheerende Folgen haben.

Als er die Gruppe bis auf zwei Armlängen fast erreicht hatte, stieß Dardhrab überraschend zu. Bis dahin hatte er sich ruhig und abwartend verhalten. Die Bewegung sah leicht aus, so als koste sie ihn keinerlei Kraftanstrengung. Das Ende des Stabes wurde mit solcher Wucht gegen den Kopf des Rachuren geführt, dass dieser wie vom Blitz erschlagen zu Boden sank und betäubt liegen blieb. Allzu deutlich hatte Nalkaar das Geräusch splitternder Knochen vernommen. Sein Blick wanderte zu Rajuru, die kreidebleich neben ihm saß, sich die Hände vors Gesicht hielt und vor Schmerzen krümmte. Verzweifelt versuchte sie den Sturzbach an Blut aufzufangen, der aus ihrer Nase lief und ihr Gewand befleckte. Mit jedem Tropfen Blut, den sie verlor, alterte sie vor den Augen des Todsängers zusehends. Ihr Haar ergraute in wenigen Augenblicken, die Haut wurde fleckig und erschlaffte. Falten wurden zu tiefen Furchen. Sie schien zu schrumpfen und geradewegs in sich zusammenzufallen.

Interessant, dachte Nalkaar, *der Zauber vergeht. Die alte Hexe zeigt Schwäche. Sie hat es tatsächlich gewagt, sich mit Grimmgour enger zu verbinden, als ihr guttut. Nun spürt sie die Verletzungen und Schmerzen, die ihm andere zufügen, am eigenen Leib. Wie konnte sie so unvorsichtig sein und diese Gefahr eingehen? Wusste sie nicht, was es bedeutet, ein Geschöpf, dessen Seele sie zuvor nahm, auf diese Weise kontrollieren zu wollen. So sehr, dass sie sogar ihr eigenes Blut vergießt. Sie hätte ihm mehr Freiheiten lassen sollen. Jetzt ist es zu spät. Die Verbindung ist vollzogen. Vielleicht lässt sich die Erkenntnis tatsächlich eines Tages zum Vorteil nutzen.*

Wie gut es Nalkaar doch tat, zu sehen, dass Rajuru Fehler machte. Fehler, die er selbst vor langer Zeit gemacht und schwer dafür hatte büßen müssen. Obwohl er nach außen keine Miene verzog und sich bemühte betroffen auszusehen, freute er sich doch insgeheim über dieses Missgeschick.

Sie war zu gierig. Das rächt sich nun, und das Beste daran ist, sie schuldet mir die Seele dieses furiosen Kriegers. Zu schade eigentlich. Ich sollte ihn verschonen und belohnen, statt ihm seine Seele zu rauben und ihn zu einem Todsänger zu machen. Andererseits könnte er sich in den Reihen meiner Getreuen als sehr nützlich erweisen, beendete Nalkaar seine Überlegungen.

Das Nasenbluten hatte aufgehört. Entsetzt starrte Rajuru auf ihre Hände. Die Hände einer uralten Frau. Sie konnte nicht fassen, dass sie binnen weniger Sardas ihr ursprüngliches Alter mit allen Konsequenzen, für jeden gut sichtbar, wieder erreicht hatte.

»Nein, das darf nicht sein«, schrie sie verzweifelt. »Was geschieht mit mir? So helft mir doch, Nalkaar.«

»Verzeiht, meine Gebieterin«, begann Nalkaar die Verwandlung zu erklären, »Ihr seid eine unheilige Verbindung mit Eurem Sohn eingegangen, um ihn besser steuern zu können. Das bekommt Euch nicht gut. Wird er verletzt, werdet Ihr es auch, und überdies könnt Ihr es fühlen. Zwar nicht unbedingt im selben Ausmaß, aber jede seiner Wunden wird Euch schwächen. Sollte er krank werden, seid Ihr es auch. Eure Kraft und die Magie, die Euren Zauber der Jugend aufrechterhält, schwindet augenblicklich.«

»Wie kann ich die Verbindung rückgängig machen?« Rajuru hatte tatsächlich Tränen in den Augen.

»Das könnt Ihr nicht. Niemand vermag das. Habt Ihr Euch erst einmal gebunden, lässt Euch das gemeinsame Schicksal nicht mehr los.«

»Seht mich an, Nalkaar. Die Mühe war umsonst. Ich bin wieder alt und sehe gebrechlich aus.«

»Nun, Ihr wisst, wie Ihr diesen Zustand verändern könnt. Achtet auf Euren Sohn. Geschieht ihm nichts, dann werdet Ihr die Schönheit der Jugend länger aufrechterhalten und dem dunklen Hirten gegenübertreten können.«

»Aber er ist ein Krieger, für den Kampf geboren. Das ist seine Bestimmung. Er muss und wird die Klanlande für mich erobern.«

»Dann werdet Ihr fortan mit der Gefahr leben müssen«, stellte Nalkaar fest.

Rajuru war keineswegs glücklich über die Antworten, die sie erhalten hatte, bedeuteten sie doch, dass sie sich eingestehen musste, fehlbar zu sein. Doch der Todsänger hatte ihr die Wahrheit gesagt. Eine Wahrheit, die sie nur schwer ertragen konnte.

Grimmgour knirschte mit den Zähnen und schüttelte den Kopf. Er war gerade dabei, aus seiner Bewusstlosigkeit zu erwachen. Sein Schädel brummte, als hätte ihm jemand mit einem Hammer ein Loch hineingeschlagen. Die Nase war gebrochen. Aber der Rachure war hart im Nehmen und mindestens genauso zäh wie sein Gegenüber.

»Auf zur nächsten Runde, Rachure«, stachelte Dardhrab seinen Gegner an, »die erste ging augenscheinlich an mich.«

»Ich werde dich zermalmen«, donnerte Grimmgour, während er sich aufrappelte und zugleich seine Waffe aufnahm.

Obwohl er bei seinem nächsten Angriff umsichtiger vorging und versuchte, die Bewegungen Dardhrabs vorauszuahnen, zog Grimmgour erneut den Kürzeren. Dardhrab wich aus, entwaffnete den Rachuren mit einem gezielten Hieb und zog ihm nur einen Bruchteil einer Sardas danach die Beine weg. Der Rachure krachte wie ein nasser Sack mit einem dumpfen Aufprall auf den Boden, der die Ränge erzittern ließ. Der Todsänger vermeinte, ihn hätte es von seinem Sitz gehoben, aber das mutete doch zu unwahrscheinlich an. Der folgende gezielte Schlag auf den Hinterkopf ließ Grimmgour noch einmal ins Reich der Träume gleiten, bevor er überhaupt Gelegenheit hatte, sich zu erheben.

Nalkaar beobachtete Rajuru, die das Schauspiel fassungslos verfolgte. Dardhrab führte ihren Sohn nach allen Regeln der Kunst vor. Als er ihn zu Fall gebracht und ihn erneut schwer getroffen hatte, musste sie sich vor den Augen des Todsängers übergeben. Ihr Kopf schmerzte so heftig, dass sie dachte, er müsste jeden Moment platzen.

»Vielleicht solltet Ihr der Auseinandersetzung Einhalt gebieten«, schlug Nalkaar vor. »Ihr könntet Schaden nehmen, wenn Ihr den Sklaven weiterhin gewähren lasst.«

»Ayomaar, Onamaar«, nahm Rajuru den Vorschlag auf, »entwaffnet Dardhrab und legt ihn in Ketten!«

»Sehr wohl, Gebieterin«, salutierten die Leibwächter im Chor, bevor sie sich auf den Weg in die Arena machten.

»Ihr habt mir die Freiheit versprochen, wenn ich Euren Sohn besiege«, begehrte Dardhrab lautstark auf. »Ich habe ihn zweimal hintereinander besiegt. Haltet Euch an Euer Versprechen.«

»Du hattest Glück. Grimmgour war nicht bei der Sache und besiegt ist er noch lange nicht«, gab Rajuru bissig zurück. »Außerdem verspielte ich Eure Seele in einer Wette gegen diesen Todsänger hier. Ich werde Euch nicht gehen lassen.«

»Das hatte ich befürchtet. Ich hätte auf Leben und Tod setzen sollen. Dann muss es so sein. Aus freien Stücken werde ich mir die Ketten nicht anlegen lassen. Kommt und holt mich.«

In Erwartung der beiden Leibwächter machte sich Dardhrab kampfbereit. Ayomaar und Onamaar zögerten und blickten Rajuru Hilfe suchend an. Da kam Nalkaar ein rettender Gedanke. Er erhob sich und folgte den Leibwächtern in die Arena.

»Was habt Ihr vor?«, fragte Rajuru.

»Überlasst ihn mir! Ich fordere meinen Preis.«

»Wollt *Ihr* gegen ihn kämpfen?« Rajuru entlockte die Vorstellung ein spöttisches Lachen.

»Kämpfen? Ein Krieger war ich nie! Aber ich werde um die Seele des Helden singen«, antwortete Nalkaar kalt. »Die anderen Sklaven gehören Euch, sollten sie nicht widerstehen können.«

»Gut, Ihr sollt ihn haben!«, Rajuru hatte verstanden. »Ayomaar, Onamaar, lasst ihn gewähren.«

Der Klan sah den sich ihm nähernden Todsänger verdutzt an. Als er bemerkte, wie sich die Leibwächter zurückzogen, verstand er nicht, was Nalkaar im Schilde führte. Offensichtlich wusste er nicht wie ihm geschehen würde und welche Macht ihm gegenüberstand, die sein Leben grundlegend zu verändern vermochte. Einer schrecklichen Vorahnung folgend klammerten sich die übrigen Sklaven an den Riesen. Nalkaar konzentrierte sich auf sein Opfer und begann zu singen. Seine Stimme klang weich, anmutig und schmerzlich zugleich. Ein Wehklagen erhob sich, dem sich die Sklaven nicht entziehen konnten. Es gab kein Entrinnen. Die ersten sanften Töne erreichten die Klan. Sie verfehlten ihre Wirkung nicht. Der Gesang erwischte den Krieger unvorbereitet; er ließ sofort den Stab fallen, den er zuvor noch kampfbereit fest umfasst hatte. Ungläubig, ob des ihn überwältigenden Gesanges, starrte er den Todsänger an. Wie konnte jemand solch liebreizende Töne erzeugen, die zugleich fürchterlich schmerzten und einem gestandenen Krieger das Herz zerrissen? In die Augen des Riesen traten Tränen, und sein Blick verklärte sich, so als ob er dieser Welt entzückt entfliehen wollte. Nach nur wenigen Klängen war Dardhrab seiner Umgebung bereits entrückt. Seine vollkommene Wehrlosigkeit gegen die Schönheit der Musik zeigte sich zunächst in einer Erstarrung seines Körpers.

Ein Lächeln schlich sich auf Nalkaars Lippen, während er sich von den leisen Tönen allmählich zu einer Steigerung hinreißen ließ, die sein Gegenüber und mit ihm die versammelten Sklaven in die Knie zwang. Der Todsänger wusste genau, dass er bereits gewonnen hatte. Er musste lediglich die Seelen aus den Körpern der Klan locken, um sie an sich reißen zu können. Und er lockte sie hervor, wie er es schon so oft getan hatte. Der Gesang wurde intensiver. Aus der anfänglichen Erstarrung wurde ein Zucken. Die Männer wanden sich auf dem Boden. Sie griffen sich an die Ohren und versuchten der schmerzlichen Verlockung, die sich für sie zur Unerträglichkeit steigerte, zu entgehen. Einige begannen sich zu verletzen, indem sie sich mit den rostigen Schwertern selbst tiefe Schnitte zufügten und den Schmerz aus sich herausschneiden wollten. Doch Nalkaar ließ nicht locker und sang weiter. Er wurde immer stärker. Ein Sklave stach sich die Augen aus, ein anderer riss sich ein Ohr ab, ein dritter schlug sich den Kopf wund, und Dardhrab hämmerte mit den Fäusten verzweifelt auf den Boden der Arena, bis sie bluteten. Es konnte nicht mehr lange dauern und die ersten Seelen würden sich von den Körpern lösen. Nalkaar machte sich bereit und winkte Rajuru zu sich. Begierig, die Seelen der Sklaven in sich aufzunehmen, folgte Rajuru der Aufforderung des Todsängers und begab sich zu ihm. Der Gesang konnte ihr und den anderen Zuschauern nichts anhaben, da er nur auf die jeweiligen Opfer wirkte, für die er gedacht war und auf deren Seelen sich Nalkaar konzentrierte. Dennoch wirkte insbesondere Joffra beim Anblick des Gesangsschauspiels und bei dem Kampf um die Seelen der Männer aus seinem Volk zutiefst betroffen.

Der Todsänger deutete Rajuru an, aus welchem Körper er die erste Seele erwartete. Es war der Sklave, der sich selbst mithilfe des rostigen Schwerts geblendet hatte, dessen Seele nur wenig später zum Vorschein kam. Die alte Hexe stürzte sich darauf, als wäre sie am Verhungern, und verschlang die seltene Kost in einem Zug. Weitere Seelen folgten in kurzen Abständen, die sie sich ohne nachzudenken einverleibte. Die Gier enthemmte die Herrscherin. Sie war nicht mehr Herrin ihrer selbst und gebärdete sich, als sei sie eine Süchtige. Nalkaar konnte zusehen, wie die Mahlzeit auf Rajuru wirkte. Mit jeder weiteren Seele, die sie zu sich nahm, verjüngte sie ihr Aussehen um einige Sonnenwenden. Schließlich löste sich die letzte Seele aus Dardhrabs Körper. Nalkaar hatte große Mühe, die Saijkalsanhexe in ihrer Gier zurückzuhalten, er musste um seinen verdienten Preis mit ihr kämpfen. Dardhrab würde er ihr nicht freiwillig überlassen. Seine Erfahrung als Todsänger brachte ihm den entscheidenden Vorteil. Gerade als sie mit weit aufgerissenem Mund zur Tat schreiten wollte, drängte sich Nalkaar dazwischen und schnappte ihr den begehrten Happen vor der Nase weg. Rajuru schrie enttäuscht auf und begann mit den Fäusten auf den Todsänger einzuschlagen, um ihm die Beute zu entreißen. Doch es half nichts. Er war schneller und holte sich nur, was ihm zustand.

»Beruhigt Euch«, beschwichtigte Nalkaar die Herrscherin der Rachuren, »ich überließ Euch sieben Seelen. Im Vergleich zu mir seht Ihr geradezu umwerfend aus, und Euer Aussehen ist um viele Sonnenwenden jünger geworden. Freut Euch, der Gesang hat gewirkt.«

Langsam gewann die Saijkalsanhexe ihre Beherrschung zurück. Ihr Blick streifte den immer noch bewusstlosen Grimmgour. Sobald er aus seinem unfreiwilligen Schlaf erwachen sollte, würde er wenigstens eine Lektion gelernt haben. Kraft und Wut allein reichten nicht aus, um gegen einen erfahrenen Krieger zu bestehen. Die Ernüchterung über den missglückten Auftritt ihres Sohnes traf Rajuru nicht minder hart. Sie hatte sich in der Annahme getäuscht, sie habe einen unbesiegbaren Krieger geschaffen, den sie beliebig und gefahrlos lenken könnte. In dieser Hinsicht musste sie ihre Pläne neu überdenken. Wenn es ihr nicht gelang, die Zügellosigkeit und den Hass ihres Sohnes abzumildern, geriete sie während einer Eroberung selbst in Gefahr. Grimmgour musste lernen, mit seinen ungehemmten Trieben und Gefühlen umzugehen und sich zu beherrschen. Er war weder unverwundbar noch unbesiegbar, was Dardhrab überdeutlich demonstriert hatte. Bei einem Aufeinandertreffen mit einem Bewahrer wie Madhrab wäre der Rachure in seinem derzeitigen Zustand mit hoher Wahrscheinlichkeit sicher unterlegen. Rajuru konnte sich eine weitere Niederlage nicht leisten. Alleine die Schmach, die sie erwartete, wenn sie dem dunklen Hirten gegenübertrat und ihm von einem Versagen berichten musste, erschien ihr unerträglich. Sie musste ihrem Sohn im eigenen Interesse zur Seite stehen. Es würde ein harter und langwieriger Weg werden, den sie gemeinsam gehen mussten, wenn sie am Ende siegen wollte. Aber sie wäre nicht die Herrscherin der Rachuren, wenn sie vorschnell aufgeben würde und Rückschläge nicht überwinden könnte. Sie wies ihre Leibwächter an, Grimmgour in seine Zelle im Palast zurückzubringen. Sie wollte sich später um ihn kümmern.

»Schneide die Herzen der Sklaven heraus und bereite ein Bad mit ihrem Blut vor«, befahl Rajuru dem Todsänger. »Ich will die Zeit nutzen, um den Zauber der Verjüngung zu erneuern.«

»Sehr wohl, Herrin«, willigte Nalkaar in die ihm zugedachte schmutzige Arbeit ein, »wenn Ihr erlaubt, werde ich Dardhrab nicht den Schatten übergeben. Das wäre Verschwendung. Ich möchte ihn zu den Meinen rufen und ihn als Todsänger ausbilden.«

»Wenn Ihr meint. Ich habe keinen Einwand gegen Euer Vorhaben. Aber bildet ihn gut aus, damit er für mich singen kann, und vergesst nicht die Aufgabe, die ich Euch zugedacht habe. Sie ist von höchster Wichtigkeit.«

»Selbstverständlich, meine Gebieterin«, lächelte Nalkaar, »wie könnte ich dies vergessen. Ihr werdet gewiss zufrieden sein.«

Nalkaar hatte vieles gesehen und begriffen an jenem denkwürdigen Tag. Einiges davon rückte das Bild, das er bislang von Rajuru und Grimmgour hatte, in ein gänzlich anderes Licht. Sie war und blieb eine äußerst fähige Hexe, die er niemals unterschätzen durfte und die ihm in seinem Dasein zwischen Leben und Tod empfindlich schaden konnte. Aber sie machte Fehler und dadurch wurde sie für ihn plötzlich angreifbar. Hatte er sie bislang als unantastbar gesehen, so nahm er sie nun als eine zwar mächtige, aber auch verletzliche Frau wahr, deren Schwäche nicht nur ihre neuerdings enge innere Verbindung mit ihrem Sohn war, sondern auch ihre Machtbesessenheit und die Eifersucht, die sie dem dunklen Hirten in mehrerlei Hinsicht entgegenbrachte. Vielleicht würde sich eines Tages die Möglichkeit bieten, Rajuru die Qualen und Zumutungen mit gleicher Münze heimzuzahlen, die sie ihm über all die Sonnenwenden seiner Dienste an ihrem Hofe bereitet hatte. Nie war ein Wort der Anerkennung über ihre Lippen gekommen. Sie hatte ihn und seine Todsänger stets zu ihrem eigenen Vorteil ausgenutzt. Der Dank für die Treue waren Verrat und Bestrafung. Ähnliches galt für den Rachurengeneral Grimmgour, für den er weder vor dessen Begegnung mit Madhrab noch danach Sympathien empfunden hatte. Nur auf Rajurus Befehl hin hatte er ihm geholfen. Außerdem hatte er sich einen persönlichen Vorteil erhofft, wenn er ihn zwar verletzt, aber immerhin lebend nach Krawahta zurückbrachte. Allerdings wäre es ein mindestens genauso schwerer Fehler, die Gefährlichkeit eines Schänders zu missachten. Nur weil dieser sich in der Arena – geblendet durch seine eigene Stärke – von überschäumenden Gefühlen hatte leiten lassen, konnte er einem Riesen im Kampf unterliegen. Ihn deshalb aus den Augen zu lassen, konnte ein fatales Ende nach sich ziehen. Grimmgour war und blieb brandgefährlich, solange er am Leben war.

Andere Erlebnisse an diesem Tag wiederum kamen ihm hilfreich vor, um seine eigenen Pläne voranzutreiben. Er dachte an seine bevorstehende Reise zu den Drachen nach Tartyk. Was auch immer ihn in Gafassa erwartete, ob Gutes oder Schlechtes, die Aufgabe war eine Herausforderung, und doch hatte Rajuru mit ihren Bemerkungen recht. Er war für den Auftrag gerüstet. Wovor sollte er sich ängstigen? Die Begegnung mit den Drachen schreckte ihn nicht annähernd so sehr wie die Vorstellung, noch einmal in den Flammen der Pein leiden zu müssen. Wer konnte schon sagen, welche Möglichkeiten sich ihm durch die Reise zusätzlich eröffneten.

Mit einem Lächeln auf den Lippen beugte er sich über einen der Sklaven, setzte die ersten Schnitte und entnahm dem geöffneten Brustkorb das noch pochende Herz, damit es die Hexe in ihrer Habsucht verschlinge.

Das Ende des Winters

Auf Pfählen aufgespießte Köpfe zierten den Eingang zu dem einst malerischen Bergdorf. Von der Kälte gezeichnet, blau und hart gefroren, die Augen von hungrigen Krähen ausgehackt, waren die Gesichter der Enthaupteten schwer zu erkennen. Diejenigen Bewohner, die den Winter überlebt hatten, wussten jedoch, wer sich hinter den Masken des Todes verbarg, und sie würden weder ihre Namen vergessen noch welches Schicksal sie erlitten hatten. An einem der zahlreichen Pfähle lehnte ein abgemagerter, verwahrloster Junge, der eine zutiefst traurige Weise auf einer Flöte spielte, die jedermanns Herz berührte, der die Gelegenheit hatte, den Klängen zu lauschen. In seinen Augen standen Tränen.

Mit dem Winter war der Schrecken nach Kalayan eingezogen. Das Grauen der Einwohner Kalayans, das sich unter der Uniform eines Sonnenreiters verbarg, trug einen Namen. Chromlion, seines Zeichens Lordmaster der Bewahrer und erstgeborener Sohn des Fürstenhauses Fallwas. Er war mit anderen Bewahrern und einem Trupp Sonnenreiter auf der Jagd nach einem verurteilten Gesetzesbrecher gekommen und hatte den Winter über im Dorf gewartet. Nach dem feigen Mord an der Familie des Gesuchten hatten sie die Bewohner aus ihren Häusern getrieben, das Vieh geschlachtet und sich an den Vorräten gelabt. Wie Maden im Speck hatten sie gelebt und sich bedienen lassen, als wären sie die Herren über das Dorf. Aus Langeweile hatten sie ihre grausamen Spiele mit den Dorfbewohnern getrieben, die den ein oder anderen zu den Schatten gebracht hatte. Ohne zu bitten oder zu fragen, hatten sie sich genommen, was immer sie wollten. Selbst vor den Frauen des Dorfes hatten sie entgegen den strengen Regeln des Ordens der Bewahrer keinerlei Respekt gezeigt. Nicht einmal vor Vergewaltigungen waren sie zurückgeschreckt. Wer sich bei Lordmaster Chromlion über die Behandlung beschwerte, musste befürchten, verspottet oder gar öffentlich hingerichtet zu werden. Die Köpfe der Hingerichteten waren neben den Köpfen der Brüder, Mutter und Schwester Madhrabs zur Abschreckung aufgespießt worden. Wie oft hatten sie die Kojos um Hilfe gebeten, doch sie war ihnen nicht gewährt worden. An den schrecklichsten Tagen des Winters war ihr Wunsch nach einer Rückkehr des Bewahrers des Nordens, Lordmaster Madhrab, ungehört geblieben. Die Hoffnung war spätestens zu jener Zeit gschwunden, als sich eine der beiden Sonnen verdunkelte und das Tageslicht verschluckte. Das Dorf versank in der Dunkelheit der Zeit der Dämmerung. Nachdem ihnen fremde Hilfe von außen versagt worden war, hatten sie es mit Flüchen versucht. Doch selbst der schrecklichste Fluch hatte sie nicht von der Plage befreit. Im Gegenteil. Eine Hungersnot hatte das Dorf am Fuße des Choquai gegen Ende des Winters heimgesucht, während Chromlion mit seinen Männern auf den Vorräten saß und sich weigerte, Lebensmittel an die Einwohner von Kalayan auszugeben. Er wäre in der Lage gewesen, die Vorräte einzuteilen. Niemand im Dorf hätte Hunger leiden oder gar sterben müssen. Doch er bestrafte sie für etwas, das sie nicht verstanden. Madhrab war ein Sohn ihres Dorfes gewesen, bevor er als Kind von den Bewahrern entdeckt und für den Dienst auserwählt worden war. Sie hatten ihn stets verehrt. Es gab keinen Grund, ihren Stolz auf den Helden ihres Dorfes und seine Taten zu verhehlen. Das alleine und die Tatsache, dass sie ihm eine Führung über den Choquai nach Eisbergen verweigert hatten, genügte Chromlion, um sie leiden zu lassen und ihnen die dringend benötigte Hilfe zu verweigern. Viele Dorfbewohner mussten noch in den letzten Tagen des Winters ihr Leben lassen. Wenn sie nicht verhungerten, erfroren sie aus Schwäche, mit ausgestreckten Händen um ein Stück Brot bettelnd, mitten auf den unbefestigten Straßen des Dorfes. Die erkalteten Leiber der Toten wurden liegen gelassen. Niemand kümmerte sich um ihre Bestattung bis auf den seltsamen Jungen, der für sie auf seiner Flöte spielte und die Schatten herbeirief, um ihnen das letzte Geleit zu geben. Der Lordmaster der Bewahrer zeigte kein Mitleid. Niemand durfte das Dorf während der Wintermonde verlassen. Chromlion hatte jeden Fluchtversuch mit brachialer Gewalt unterbunden.

Doch der Winter ging vorbei und die Wege über den Choquai wurden mit der einsetzenden Schneeschmelze begehbar. Selbst die Zeit der Dämmerung konnte daran nichts ändern. Als die erste Handelskarawane Kalayan erreichte, rief Chromlion die Bewahrer und Sonnenreiter zum Aufbruch zusammen. Die wenigen Händler, die sich der Karawane angeschlossen hatten, zeigten sich entsetzt, als sie das Dorf betraten.

Während der Eroberungskriege der Rachuren hatten sie auf ihren Reisen durch die Klanlande Schreckliches gesehen. Das Antlitz des Krieges hatte Spuren in ihren Köpfen hinterlassen. Dennoch erinnerte sich keiner daran, jemals Grausameres als in Kalayan erblickt zu haben. Zu jeder Sonnenwende waren sie nach Einsetzen der Schneeschmelze in das Dorf gezogen und stets zuvorkommend und freundlich behandelt worden. Wenn die erste Karawane nach dem Winter in Kalayan eingetroffen war, hatte es ein gemeinsames großes Freudenfest gegeben. Ein Fest des Wiedersehens, das den Winter endgültig vertreiben und erfolgreiche Geschäfte bescheren sollte. Die Dorfbewohner waren im Lauf der Zeit zu ihren Freunden geworden.

Die Händler stellten keine Fragen, sondern betrachteten in stiller Trauer das sich ihnen bietende Bild. In ihren Gedanken malten sie sich aus, was geschehen war und welchem Schrecken das Dorf über den Winter ausgesetzt gewesen sein musste. Unter den Überlebenden fanden sie keine lachenden Gesichter, keine Freude oder Erleichterung ob ihres Erscheinens. Sie waren nicht weniger tot als die Toten selbst. Die Schatten hingen wie ein Fluch über Kalayan. Es würde lange dauern, bis sie sich eines Tages verziehen würden. Sollte dies nach Generationen je geschehen, würden die Opfer dieses Winters dennoch nie vergessen werden und in den Köpfen der Hinterbliebenen sowie deren Kindern weiterleben. Und ein Name würde sich wie ein Schatten in das Gedächtnis der Klan brennen. Vom Großvater zum Vater, vom Vater zum Sohn würde der Name weitergegeben. Mal flüsternd, mal laut.

Chromlion.

Schneller als geplant brach die Karawane in Begleitung des Bewahrers Chromlion zum Choquai-Pass auf. Als die Sonnenreiter das Dorf verließen, blickten ihnen dreiundzwanzig Augenpaare nach. Dreiundzwanzig Frauen, Männer und Kinder von einst über zweihundert Einwohnern des Dorfes. Die übrigen weilten unter den Schatten. Sich an den Händen haltend verfolgten die Überlebenden schweigend den Abzug des Bewahrers, bis er aus ihrem Blick verschwunden war. Der Junge namens Madsick spielte auf seiner Flöte. Bis auf ihr Gefühl der Zusammengehörigkeit war ihnen nichts geblieben. Sie empfanden keine Erleichterung und auch keine Trauer oder etwa Hass. Die Hoffnung hatten sie längst fahren lassen und die Zeit der Dämmerung drückte zusätzlich auf ihr Gemüt. Eine unglaubliche Leere erfüllte ihre Herzen. Da war nichts anderes zu finden.

Einfach nur nichts.

In nur fünf Tagen ohne Zwischenfälle hatte die Karawane den Choquai überquert und erreichte die ersten Ausläufer von Eisbergen. Die Händler wurden unter großem Jubel in den Straßen der Stadt empfangen. Nach den Katastrophen, die Eisbergen vor dem Winter heimgesucht hatten, war dies die erste Karawane aus den übrigen Klanlanden, die in der nördlichsten Stadt des Fürstentums Alchovi eintraf. Die Schiffe würden den Hafen erst viel später anlaufen können. Nachrichten aus den Klanlanden wurden wissbegierig aufgenommen. Schnell bildeten sich große Ansammlungen von Klan, die es sich nicht nehmen lassen wollten, ihre Freude zu zeigen und die Händler zu begrüßen. Sie umringten die wenigen Frauen und Männer, um sich bloß nichts entgehen zu lassen. Dabei war es ihnen gleichgültig, wie abenteuerlich oder ausgeschmückt die Berichte der Händler ausfielen. Hauptsache, sie erhielten überhaupt Informationen, und sei es nur zu ihrer reinen Unterhaltung. Seit Monden waren die Eisbergener in jeglicher Hinsicht vom restlichen Kontinent abgeschnitten. Auch sie hatten das Phänomen der sich langsam verdunkelnden Sonne mit Bangen beobachtet. Die Auswirkungen auf die Stadt im hohen Norden waren allerdings nicht so gravierend wie in den vor dem Riesengebirge liegenden Klanlanden, sodass sich die meisten Einwohner der Stadt nur schwer vorstellen konnten, wie die schwarze Sonne das Licht verschluckte. Im Norden waren die beiden rotierenden Sonnen stets gut sichtbar und bewahrten das Licht meist auch über die Nacht. Der Wandel zwischen Tag und Nacht war zu den restlichen und vor allem zu den mittleren

Gebieten nicht vergleichbar. Hier im Norden gab es keine andauernde Dämmerung, obwohl das Tageslicht durch die schwarze Sonne insgesamt dunkler geworden war.

Die Händler berichteten gerne und in allen Einzelheiten von ihren Erfahrungen und Erlebnissen, die sie auf der Reise nach Eisbergen gemacht hatten. Ihre jüngst gemachten Beobachtungen in Kalayan sparten sie vorerst aus. Dafür war die Zeit noch nicht reif. Erst gegen Abend in einem der zahlreichen Wirtshäuser unter dem starken Einfluss eines warmen Weines, der in Eisbergen mit einem gebrannten Korngeist versetzt war, würden sich ihre Zungen lockern und über das gesehene Grauen berichten. Sie sprachen aber auch über große Ereignisse, Politik, Fürstenhäuser, die allgemeine Entwicklung und Lage und ließen dabei weder die Seuche noch die Auswirkungen des Krieges oder das Ableben des Regenten Haluk Sei Tan aus. Überraschend traf sie allerdings die Nachricht über den Tod des Fürsten Fallwas. Diese Neuigkeit verbreitete sich wie ein Lauffeuer in der Stadt und entging selbst Lordmaster Chromlion nicht, der sich ansonsten nicht für die Erzählungen der Händler interessiert hatte. Der Bericht über den Gang seines Vaters zu den Schatten traf ihn unvorbereitet. Er war erschüttert, zumal der Tod bereits einige Monde zurücklag und er während der Zeit des Wartens in Kalayan nichts davon vernommen hatte. Schlimmer noch als die Nachricht selbst war der Bericht eines Händlers über die Bestattungszeremonie, in welcher der oberste Praister und ständige Begleiter seines Vaters, Thezael, die Schatten angerufen hatte. Die Zeremonie war nach den Worten des Händlers in einem Chaos untergegangen und hatte die Hauptstadt Tut-El-Baya in Verzweiflung und Barbarei gestürzt. Die Schatten schritten durch die einst vor Leben blühenden Straßen der Stadt und forderten ihren Tribut.

Die Rede war von einer entvölkerten Geisterstadt, in der die Kranken und Verseuchten aus Neid und Hunger Jagd auf die Gesunden machten, während sich die Toten in den Gassen und auf den öffentlichen Plätzen stapelten und die Luft mit ihrem Gestank verpesteten. Die Geißel der Schatten zeigte ihr fürchterlichstes Gesicht in der Stadt des Regenten. Es war, als würden die Einwohner Tut-El-Bayas für die Zeit der Freudenfeste und des Überflusses bestraft. Erst wenn sich die Schatten des letzten mit der Seuche Infizierten bemächtigt hatten, würde wieder Ruhe und Ordnung einkehren.

Wütend und traurig über die Nachricht löste sich Chromlion mit dem Trupp der Verfolger von der Karawane. Sie hatten ein anderes Ziel. Während die Händler der Karawane von den sie unter frenetischem Beifall begrüßenden Klan singend und tanzend durch die Straßen in Richtung Marktplatz von Eisbergen gedrängt wurden, bogen die Sonnenreiter unter der Führung des Lordmasters zum Eispalast ab. Chromlion vermutete, dass Fürst Alchovi dem Verurteilten und der ihm versprochenen Orna Schutz und Unterkunft gewährte. Darauf gefasst, die Gäste des Fürstenhauses nicht aus freien Stücken überlassen zu bekommen, stellte er sich auf einen Kampf ein. Gleichgültig ob sie diesen Kampf gewinnen konnten oder nicht, war er fest entschlossen, jeden Preis zur Erreichung seiner Ziele zu bezahlen und wenn diese das Leben der ihn begleitenden Gefährten kosten sollte. Er befand sich in der richtigen Stimmung für eine gewaltsame Auseinandersetzung. Mit geballten Fäusten marschierte er dem Trupp voraus. Die nicht verarbeitete Trauer um seinen Vater, der ihm Vorbild und Freund zugleich gewesen war, nagte an ihm wie eine Krankheit, die sein Herz zerfraß und sein Gemüt verdunkelte.

*

»Es geht mir viel besser«, sagte Elischa zu Madhrab, dessen Gesicht voller Sorge um die Gesundheit der jungen Mutter war, »wirklich. Mach dir keine Sorgen. Ist er nicht ein wundervoller und süßer Junge, unser Tomal?«

Elischa nahm Madhrab an der Hand und führte ihn zu einem mit weißen Fellen ausgekleideten Bettchen, in dem Tomal friedlich schlief. Der Bewahrer war erst vor wenigen Horas aus dem ewigen Eis zurückgekommen, wo er sich während des letzten Mondes um die Ausbildung der Eiskrieger gekümmert hatte. Zufrieden mit den Fortschritten der Eiskrieger hatte er sich eine Auszeit gegönnt, in der er nach Elischa und dem Kind sah. Solange der Winter angedauert hatte, wähnte er seine Familie unter dem Dach des Fürstenhauses Alchovi in Sicherheit. Niemand stellte die Herkunft des Kindes infrage. In Eisbergen war Tomal der Sohn und Erbe des Fürstenpaares. Alvara hatte Elischa eine wunderschöne Kammer mit einem Balkon und einem überwältigenden Ausblick auf den Hafen und das Riesengebirge einrichten lassen, damit sie Tomal stets nahe sein konnte. Den Dienst einer Amme für den Jungen verrichtete die Orna nur zu gerne. Verdacht wurde deshalb nicht geschöpft. Es war durchaus üblich in den Fürstenhäusern der Klan, dass die Fürstenkinder in den ersten Monden von einer Amme gefüttert und aufgezogen wurden und später eine Kinderfrau zur Seite bekamen, die sich um die Erziehung kümmerte und mit den Kindern spielte.

»Das ist er in der Tat. Aber ich muss zugeben, dass ich mir Gedanken gemacht habe. Die Geburt hat dich Kraft gekostet und schwer mitgenommen. Und als ich Tomal zum ersten Mal nach der Geburt sah, hatte ich ein seltsames Gefühl.«

»Was meinst du?«, fragte Elischa, die nicht wusste, worauf Madhrab anspielte und angenommen hatte, Madhrab sei mindestens genauso glücklich und stolz wie sie über den gemeinsamen Sohn.

»Es lässt sich schwer erklären. Tomal öffnete die Augen und ich hatte das Gefühl, als gefröre das Blut in meinen Adern. Sein Blick war … wie soll ich sagen … kalt. Keine gewöhnliche Kälte, die dich frösteln lässt. Der Blick besagte weit mehr als das. Wie eine finstere Kälte, die langsam, aber unaufhaltsam durch den Körper kriecht und dich mit Boshaftigkeit erfüllt und dein Herz in Eis einbettet. Nur für einen Augenblick zwar, aber lange genug, damit ich es sehen und fühlen konnte.«

»Deine Sinne müssen dich getäuscht haben. Ich habe seit seiner Geburt nichts dergleichen festgestellt. In seinen Augen findest du nichts außer Liebe, Wärme, Dankbarkeit und Güte. Die Freude eines Kindes über das Leben selbst.«

»Das meinte ich nicht. Natürlich gedeiht er prächtig, schließlich ist er ein Lesvaraq und muss stark sein. Glaube mir, Elischa. Ich sah seine Augen. Du weißt, ich sehe gut. Da ist etwas, was ich mir nicht erklären kann und das mich besorgt macht. Sehr sogar. Tomal trägt die Insignien der Macht an zwei Stellen seines Körpers. Was hat das zu bedeuten?«, fragte Madhrab, wohl wissend, dass Elischa keine Antwort auf die Frage hatte.

»Ich glaube, die Schlacht, die Zeit im Verlies und die Folter haben dich misstrauisch und unsicher gemacht. Die Vergangenheit belastet dich. Du hast die Ereignisse nicht verarbeitet. Sie arbeiten in deinem Inneren, bewusst und unbewusst. Deine Träume werden von den schrecklichen Erlebnissen bestimmt, und überall lauern nur noch Gefahren. Ich bitte dich, Madhrab, übertrage das nicht auf unseren Jungen. Er soll unbeschwert aufwachsen. Die Zeit wird früh genug kommen, in denen er Verantwortung für Kryson übernehmen und die Bürden der Macht tragen muss.«

»Vielleicht hast du recht«, stimmte Madhrab zu, der sich plötzlich nicht mehr sicher war, ob er das alles nur geträumt oder gar auf das Neugeborene als einen Spiegel seiner selbst übertragen hatte. »Ich sollte nicht so viel nachdenken, das Grübeln führt zu nichts. Wahrscheinlich habe ich mich wirklich getäuscht oder geträumt. Ich war aufgeregt und die Zeit davor war anstrengend.«

»Ich weiß, Madhrab. Lass uns versuchen die Vergangenheit zu vergessen. Wir haben es so weit geschafft. Du hast jetzt einen Sohn, der dich braucht, und wenn du möchtest, eine Frau. Die Eiskrieger lieben dich für das, was du für sie getan hast. All das, was wir uns gewünscht haben, könnte in Erfüllung gehen.«

»Das ist bloß eine Illusion, Elischa. Der dunkle Hirte ist erwacht und bringt das Gleichgewicht auf Ell in Gefahr. Die Zeit der Dämmerung wird all das zerstören, was wir kennen und lieben, wenn wir nicht handeln. Ich würde für dich und den Jungen sterben, das weißt du. Und ich würde entgegen aller Regeln nichts lieber tun, als dich auf der Stelle zu bitten meine Frau zu werden. Aber das geht nicht. Noch nicht jedenfalls. Ein Leben auf der Flucht stünde uns bevor. Wir müssten jeden Tag fürchten entdeckt zu werden. Es wäre nicht richtig, den Fürsten zu bitten, uns länger als nötig Schutz zu gewähren. Er brächte sich selbst in Gefahr. Und ich würde dich und Tomal gefährden, wenn ich bliebe. Der Winter ist vorüber. Ich muss nach Antworten suchen und mich dem Orden stellen«, sagte Madhrab mit finsterer Miene.

»Wozu soll das gut sein?«, ereiferte sich Elischa. »Sie haben dich betrogen und dein Vertrauen missbraucht. Sie haben dich gefoltert und schreckten nicht einmal davor zurück, dich töten zu wollen. Glaubst du denn wirklich, sie versuchen es nicht noch einmal? Du bist eine Gefahr für den Overlord, du bist zu mächtig und du weißt zu viel. Wir brauchen dich, Madhrab. Weder mir noch Tomal ist geholfen, wenn du für uns oder deine gefühlte Verpflichtung stirbst.«

»Hab keine Angst. Dieses Mal bin ich gewappnet und der Gang zu den Schatten ist weit. Hätte ich die Gelegenheit gehabt, mich Boijakmar eher zu stellen, hätte ich sie genutzt. Aber ich war zu schwach, um ihm gegenüberzutreten, und ich musste dich zuerst in Sicherheit wissen. Das war der Grund, warum ich aus dem Haus des hohen Vaters geflohen bin. Ich bin dem Orden verpflichtet, das ist nicht nur ein Gefühl. Es ist ein Teil meiner selbst. Meine Kindheit und Jugend habe ich unter den Bewahrern verbracht. Boijakmar war mein Mentor, Ausbilder und väterlicher Freund. Von Anfang an. Ihm habe ich es zu verdanken, was ich geworden bin. Ich schulde ihm zumindest einen Blick in die Augen und sei es auch das letzte Mal, dass wir uns gegenübertreten. Und er schuldet mir Erklärungen. Außerdem will ich mich vergewissern, dass Brairac und den getreuen Sonnenreitern, die uns bei der Flucht halfen, nichts zugestoßen ist. Das könnte ich mir nicht verzeihen.«

Elischa fiel es schwer, Madhrab in die Augen zu sehen. Sie wusste, dass sie ihn nicht davon abbringen konnte, sich seinem Schicksal zu stellen, und war deshalb den Tränen nahe. Den Winter über hatte sie all die offenen Fragen verdrängt, was werden würde, wenn die Wege aus Eisbergen über den Choquai oder das Ostmeer wieder offen waren. Sie hatte sich etwas vorgemacht und von einer sicheren Zukunft geträumt. Frei von Zwängen, den Mauern und Regeln der Orden und dem belastenden Gefühl der Verfolgung, das wie ein dunkler Schatten über ihren Gedanken hing und ihr das Herz drückte. Doch Madhrab und sie befanden sich mittendrin im Spiel um die Macht; sie waren

Teil des großen Ganzen und stellten vielleicht die winzig kleine Feder dar, die den entscheidenden Ausschlag auf der Waagschale geben mochte, um das Ungleichgewicht der Welt wieder auszugleichen.

Alle hatten sich rührend um Tomal und sie gekümmert. Madhrab stattete ihnen Besuche ab, wenn er während der Zeit der Ruhe und Erholung im Eispalast verweilte, um Kräfte zu sammeln, genauso wie Alvara und Corusal, wenn Madhrab mit der Ausbildung der Eiskrieger in den Einöden des ewigen Eises beschäftigt war. Der Lordmaster hatte dem Fürsten versprochen, sich um den Wiederaufbau seiner Leibgarde der Eiskrieger zu kümmern, damit sie ihre alte Stärke und mehr noch wieder erreichen konnten. Diesen Wunsch hatte er ihm unmöglich abschlagen können. Nach alle dem, was der Fürst für Elischa und ihn getan hatte. Madhrab weilte durch diesen Freundschaftsdienst des Öfteren für Tage oder gar Wochen fern vom Eispalast und konnte daher Elischa und Tomal nicht sehen. Als Gegenleistung für den fortwährenden Schutz und die Wiedergutmachung für den hohen Verlust an Eiskriegern während der Schlacht am Rayhin war dieses vergleichsweise geringe Opfer jedoch mehr als angemessen. Fürst Alchovi wusste die Unterstützung zu schätzen. Ohne die Hilfe des Bewahrers wäre es in der Kürze der Zeit nicht gelungen, die Eiskrieger während der Wintermonde zu einer solchen Schlagkraft zurückzuführen.

Es war zu schön, um auf Dauer wahr zu bleiben. Insgeheim hatte sie geahnt, was kommen musste. Madhrab hatte recht. Er war ein Bewahrer und durfte nicht bleiben, um sich unter dem Schutz des Fürsten zu verstecken und in vermeintlicher Sicherheit zu wiegen. Es gab nur diesen einen Weg. Er musste die Auseinandersetzung suchen, wenn es sein musste, Boijakmar und den Brüdern den offenen Kampf ansagen. Sie verstand den Lordmaster, obwohl sie dies ihm gegenüber nie zugegeben hätte. Er hatte keine andere Wahl, wenn er dem Schrecken ein Ende setzen wollte. Vielleicht sah Madhrab eine Möglichkeit, die Bewahrer und Sonnenreiter wieder zu einen und zu sammeln, wenn er sich ihnen zeigte. Gemeinsam könnten sie stark genug sein, sich den Dienern des dunklen Hirten zu widersetzen und gegen ihn selbst zu bestehen. Doch das war ein langer und harter Weg für Elischa, den sie aus freien Stücken mit Madhrab gehen musste, ohne ihn mit ihren Sorgen und Nöten zu belasten, wenn sie eine gemeinsame Zukunft haben wollten. Ihre Aufgabe war es, in der Obhut des Fürstenhauses Alchovi auf Tomal zu achten und ihn notfalls mit ihrem Leben zu schützen, während Madhrab alles versuchte, um die ihr Leben gefährdenden Umstände wieder ins richtige Lot zu rücken.

Unter den wachsamen Augen seiner Amme Elischa und der Adoptivmutter Alvara entwickelte sich Tomal prächtig. Er wuchs und lernte viel schneller als andere Kinder. Nach wenigen Wochen stand er bereits und nach zwei Monden machte er die ersten Schritte auf Elischa zu. Mitunter waren ihnen die raschen Fortschritte des Kindes unheimlich. Sie staunten und mussten sich immer wieder ermahnen, nicht euphorisch zu werden. Der Junge war ein Lesvaraq und als solcher außergewöhnlich. Die ersten verständlichen Worte sprudelten aus ihm heraus, als wäre es eine Selbstverständlichkeit für einen Säugling. Doch an manchen Tagen überforderte er Elischa und insbesondere Alvara mit seinen Fähigkeiten, die oft überraschend und ohne Vorwarnung auftraten und sich danach stetig verbesserten. Er verstand offensichtlich jedes Wort, und an manchen Tagen ertappte Elischa Tomal dabei, dass er versuchte in ihren und Alvaras Gedanken zu lesen. Wie oft sie seine Versuche allerdings nicht bemerkt hatte und ihm ein Eindringen in die Köpfe anderer gelungen war, wusste sie nicht. Womöglich wollte sie es gar nicht wissen. Ihr war bewusst, dass Tomal bald einen Lehrer brauchte, der ihm alles Notwendige beibringen konnte. Einen Teil konnten sie und Madhrab sicher selbst beitragen. Doch wenn es um die Grenzen der Magie und darüber hinaus ging, waren weder Elischa noch Madhrab in der Lage, den Lesvaraq zu leiten und zu beschützen.

»Geh …«, seufzte Elischa schließlich, während sie Madhrab umarmte und mit Küssen überhäufte, »… und bring in Ordnung, was andere zerstört haben. Kämpfe um unsere Zukunft und unser Glück. Beende zum Guten, was andere im Schlechten angefangen haben. Aber versprich mir eines! Komm zu mir und deinem Sohn zurück, sobald du erreicht hast, was du wolltest.«

»Aye, das verspreche ich«, antwortete Madhrab mit dem gescheiterten Versuch eines Lächelns, » ich werde noch ein paar Tage im ewigen Eis mit den Eiskriegern verbringen, um ihnen die letzten Prüfungen abzunehmen. Danach breche ich zum Haus des hohen Vaters auf. Baylhard bot mir an, mich auf dem schnellsten Wege über das Ostmeer an die Nordküste zu bringen. Allerdings müsste ich mich dann durch das Land der Bluttrinker schlagen, und er stünde dem Fürsten in der Zeit seiner Abwesenheit nicht als Leibwächter zur Seite. Ich werde deshalb über den Choquai zurückgehen und meine Familie auf dem Rückweg in Kalayan besuchen. Sie werden sich gewiss über Nachrichten von dir und Tomal freuen. Du wirst sehen, noch vor dem nächsten Winter bin ich zurück. Alles wird gut.«

Elischa und Madhrab verabschiedeten sich mit einer innigen Umarmung voneinander. Es fiel ihnen schwer, loszulassen, denn beide hatten das Gefühl, dass sie sich für eine lange Zeit nicht wiedersehen würden.

*

Nach Umwegen endlich an den Toren des Palastes angelangt, fand Chromlion diese zu seinem Verdruss verschlossen vor. Die beiden vor den Toren postierten Stadtwachen, die ihm den Zutritt in das Innere des Palastes verweigerten, kamen ihm gerade recht, um seine angestaute Wut an ihnen auszulassen. Nicht nach passenden Worten suchend oder gar um Einlass bettelnd, löste der Lordmaster das Problem, indem er seinen Männern durch ein Zeichen befahl, die Wachen zu töten und die Tore mit Gewalt aufzubrechen. Als die Sonnenreiter mit der Ausführung des Befehls zögerten, schritt Chromlion verärgert selbst zur Tat und erschlug die von dem brutalen Angriff überraschten Wachen mit seiner Axt.

Die Bluttat blieb jedoch nicht unbemerkt. Der Todesschrei eines der beiden Wachposten alarmierte die Dienerschaft und die innerhalb des Palastes wachhabenden Eiskrieger, die sich eiligen Schrittes zum Palasteingang begaben und die Eindringlinge mit gezogenen Waffen erwarteten. Als die Tore zwar unter den Schlägen des Bewahrers nicht nachgaben, wohl aber plötzlich von innen geöffnet wurden, fand sich Lordmaster Chromlion einer Übermacht von Eiskriegern gegenüber, die ihn und die Sonnenreiter mit grimmigen und zu allem entschlossenen Gesichtern ansahen. Fürst Alchovi war sowohl über die Ankunft der Bewahrer und Sonnenreiter als auch deren ungebührliches Verhalten benachrichtigt worden und traf nur wenig später erbost in Begleitung des Eiskriegers Baylhard und eines rot gewandeten Praisters an den Palasttoren ein. Die versammelten Wachen und Eiskrieger bildeten eine Gasse und ließen den Fürsten mit seinem Leibwächter und dem Praister passieren.

»Was geht hier vor?«, verlangte Corusal von Chromlion eine Erklärung.

Der Fürst klang zornig und war mit erhobenem Schwert erschienen. Niemand hatte es je zuvor in seiner Stadt und vor den Toren des Eispalastes gewagt, das Schwert gegen einen seiner Männer zu erheben oder sich gewaltsam Zutritt zum Palast zu verschaffen. Eine Antwort ungeduldig abwartend wechselte Corusal das Schwert des Nordens von einer Hand in die andere, jederzeit bereit zuzustoßen. Überall in den Klanlanden war bekannt, dass der Fürst die beste Waffenausbildung genossen hatte und – gleichgültig mit welcher Hand – meisterlich mit dem Schwert umgehen konnte. Iskrascheer verlieh ihm ein mächtiges und gefährliches Aussehen. Mehr als der Fürst dies mit seinem Schwert vermochte, wurde Chromlion jedoch von der Erscheinung des neben Corusal stehenden Hünen beeindruckt. Ein wilder Eiskrieger, dessen wachsamem Auge nichts entging, und der sich jederzeit schützend vor den Fürsten stellte, sobald Chromlion einen Angriff wagte. Der Lordmaster war sich in seiner Einschätzung nicht sicher, ob der Leibwächter des Fürsten nur besonders verwegen aussah oder ob er tatsächlich in der Lage war, einen Bewahrer aufzuhalten.

»Ich frage Euch ein letztes Mal, erklärt Euch …« Der Fürst verstummte und dachte für einen Moment angestrengt nach, als er dem Bewahrer direkt in die Augen sah. Er kannte das Gesicht offenbar, konnte es aber nicht sofort zuordnen und fuhr daher nur zögernd fort. »… Ihr seid … wartet … verwandt mit … Fürst Fallwas. Welcher Fallwas seid Ihr und was wollt Ihr?«

»Chromlion, Lordmaster der Bewahrer«, stellte sich

Chromlion kalt lächelnd vor. »Ich gehe wohl recht in der Annahme, dass Ihr der Fürst dieses Hauses seid. Alchovi, nicht wahr?«

»Für Euch Fürst Alchovi oder mein Herr, wenn es nicht zu viel verlangt ist, die Gepflogenheiten des Hauses und die einfachsten Regeln des Anstandes einzuhalten. Ihr tötet meine Wachen und beschädigt das Tor des Palastes. Selbst wenn Ihr der Sohn eines Fürsten seid, werte ich Euer Eindringen als feindlichen Akt, für den Ihr Euch zu verantworten habt.«

»Langsam, werter Fürst«, sagte Chromlion, »ich bin gekommen, einen Verurteilten zu fassen und zurückzubringen, damit das Urteil an ihm vollstreckt werden kann. Das Urteil verleiht mir das Recht, notfalls mit Gewalt vorzugehen, wenn der begründete Verdacht besteht, dass dem Verurteilten Unterschlupf gewährt wird und wir in der Verfolgung gestört werden. Es besteht die Gefahr, dass der Verbrecher entkommt. Ich hege diesen Verdacht schon seit geraumer Zeit, wurde aber durch den Winter aufgehalten. Zu Euren Gunsten nehme ich wohlwollend an, dass Ihr das Urteil noch nicht kanntet, sonst würdet Ihr gewiss nicht versuchen, mich und die Sonnenreiter abzufangen. Aber Ihr kennt die Regeln. Hier, seht Euch die Schriftrolle und das Siegel an. Der Verbrecher wurde von einem Gericht der Bewahrer, dessen Vorsitz der hohe Vater höchstselbst führte, für seine schändlichen Taten verurteilt. Er floh unmittelbar nach dem Urteil und entzog sich so der Vollstreckung. Ihr seid wie jeder Klan an das Urteil der Bewahrer gebunden. Hindert Ihr uns an der Erfüllung unserer Aufgabe, macht Ihr Euch schuldig und seid nicht besser als der Verbrecher selbst.«

Chromlion reichte dem Fürsten eine Schriftrolle aus Leder, die Baylhard für den Fürsten entgegennahm und an diesen weitergab. Der Fürst las das Urteil der Bewahrer aufmerksam durch und blickte zwischendurch immer wieder hoch, um das Gesicht des Fürstensohnes und dessen Regungen zu ergründen. Zum Schluss studierte er das unter dem Urteilsspruch prangende Siegel eingehend und reichte das Schriftstück schließlich mit einem Seufzer auf den Lippen an Baylhard zurück.

»Das ist das Leder nicht wert, auf dem es steht. Sämtliche Anklagepunkte riechen nach einer Intrige gegen den Lordmaster. Einige unserer Eiskrieger, die aus der Schlacht zurückkehrten, werden Euch eine andere Geschichte erzählen. Fürwahr, Ihr schwingt große Reden auf für Euch fremdem Boden, Lordmaster Chromlion«, sagte Fürst Alchovi, nachdem er sich von der Echtheit des Dokumentes mit eigenen Augen überzeugt hatte, »dennoch habt Ihr zwei meiner Männer getötet und Eure Befugnisse damit deutlich überschritten. Wer sagt Euch, dass sich Lordmaster Madhrab im Eispalast aufhält? Ihr hegt einen Verdacht gegen das Fürstenhaus Alchovi, aber begründet habt Ihr ihn nicht. Gleichwohl habt Ihr mir gegenüber keinen Anlass für Eure Zweifel an meiner Aufrichtigkeit genannt. Ihr solltet besser nicht vergessen, mit wem Ihr redet. Wollt Ihr mich in meinem eigenen Haus bedrohen? Ist das Eure Absicht? Ihr wollt ein Lordmaster der Bewahrer und Sohn eines der ersten und wichtigsten Fürsten der Klanlande sein, indem Ihr alles vergesst oder außer Acht lasst, was sie Euch beigebracht haben? Ihr könntet einen Krieg damit heraufbeschwören. Ist Euch das klar?«

»Dummes Geschwätz, Lügen und Spitzfindigkeiten eines schwachen Mannes, der sich im Unrecht weiß. Ausflüchte und Fragen führen Euch nicht weiter, Corusal. Ich weiß, dass Ihr den Verbrecher Madhrab beherbergt. Im Übrigen wurden dem Bauernsohn sämtliche Titel aberkannt, also nennt ihn nicht Lordmaster und beschmutzt damit den Orden der Bewahrer. Ihr habt das Urteil gelesen. Wir verfolgten seine Spur bis hierher. Er ist ein Freund Eurer Familie, was allgemein bekannt ist, oder wollt Ihr das ebenfalls abstreiten?«

»Ihr nennt mich einen Lügner? In meinem Haus? Vor meinen Kriegern?«, brauste Fürst Alchovi auf. »Denkt scharf nach, Lordmaster. Ich habe Euch nicht angelogen. Wollt Ihr die Beleidigung zurücknehmen? Ich biete Euch zum allerletzten Mal die Gelegenheit, Euer Verhalten zu überdenken. Was meint Ihr, Henro? Ihr seid Praister und Schriftgelehrter, die Gesetze sind Euch gut bekannt. Besser als mir selbst. Ist es dem Sohn des Fürsten Fallwas erlaubt, offen an meiner Ehrenhaftigkeit zu zweifeln?«

»Ungestraft nicht, mein Fürst«, antwortete Henro, dem die angespannte Situation Vergnügen zu bereiten schien. »Ihr solltet ihn für diese Frechheit angemessen bestrafen. Der Rang eines Lordmasters der Bewahrer gibt ihm keineswegs das Recht, Euch als Lügner zu bezeichnen. Dies ist Euer Land. Ihr habt die Hoheit und die Urteilsgewalt in Eurem Hause.«

»Hört ihm gut zu, Lordmaster Chromlion«, wandte sich der Fürst erneut an den Bewahrer, »in Eisbergen gelten die Gesetze des Hauses Alchovi und Ihr habt sie gebrochen.«

»Gebt den Weg frei, Alchovi. Ich sage es noch einmal, Ihr seid ein Lügner und habt Euch mitschuldig gemacht. Ob mit oder ohne Eure Hilfe werde ich mir den Bastard holen und an den Haaren aus dem Palast zerren, wenn es sein muss.«

»Ihr werdet den Eispalast nur über meine Leiche betreten, Chromlion«, antwortete Corusal finster.

»Wie Ihr wünscht. Das könnt Ihr haben, Alchovi«, drohte der Lordmaster.

Ohne weitere Vorwarnung stürzte sich Chromlion auf den Fürsten. In seinen Augen stand der Wille, seinen Gegner zu töten. Der auf den Kopf des Fürsten gezielte Axthieb erreichte sein Ziel jedoch nicht. Geistesgegenwärtig hatte sich Baylhard zwischen den Lordmaster und seinen Herren geschoben und fing den Hieb mit gekreuzten Schwertern ab. Ein Ruf des Leibwächters und die anderen Eiskrieger bildeten einen Schutzwall aus waffenstarrenden Körpern um Corusal.

Sich mit einem kräftigen Stoß gegen die Brust des Bewahrers befreiend, wurde Chromlion zurückgeworfen, als wäre er mit Schwung gegen ein Mauerwerk geprallt.

»Ihr wollt Fürst Alchovi töten?«, fragte Baylhard mit donnernder Stimme, während er seine Kleidung aus Moldawar-Haut zurechtrückte, »dann müsst Ihr zuerst an mir vorbei.«

Chromlion warf dem Eiskrieger wütende Blicke zu. Er spuckte Gift und Galle, weil ihm der Leibwächter einen schnellen Triumph verdorben hatte. Ihm blieb nichts anderes übrig, als sich zuerst mit Baylhard auseinanderzusetzen. Der Eiskrieger würde nicht eher weichen, bis sein Blut den Schnee vor den Toren des Palastes rot färbte und das Eis den letzten Atemzug gefrieren ließ. Er erteilte den übrigen Bewahrern und Sonnenreitern Befehle, die anderen Eiskrieger im Auge zu behalten und ihm den Rücken frei zu halten. Erst dann wandte er sich seinem neuen Gegner zu.

»Ich bin ein Bewahrer«, wies Chromlion den Eiskrieger auf seine Überlegenheit hin, »Ihr könnt nicht gewinnen. Also gebt den Weg frei, sonst werdet Ihr mit dem Fürsten sterben.«

»Mag sein, dass ich Euch nicht besiegen kann«, antwortete Baylhard, »aber bevor ich durch Eure Hand sterbe, werde ich mehr als nur einen von Euch mit mir nehmen. Das versichere ich Euch.«

»Ihr seid verrückt. Aber … vielleicht seid Ihr tatsächlich klüger, als Ihr ausseht«, stellte Chromlion fest, als er die plötzliche Verunsicherung in den Augen seiner Gefährten bemerkte. »Ihr werdet diesen Kampf nicht überleben. Gebt auf. Ich bin nicht an Eurem Tod interessiert.«

Baylhard wich jedoch keinen Zoll zur Seite. Seine in der Haltung und im Blick für jeden sichtbare Entschlossenheit, notfalls für den Fürsten zu sterben, war unumstößlich und brachte Chromlion in einen Gewissenskonflikt. Der Lordmaster hatte sich bereits zu lange auf sinnlose Wortgefechte eingelassen und dadurch den ersten Angriffsschwung verloren. Die anfängliche Wut wich einem Kalkül über die beste Vorgehensweise, an sein Ziel zu gelangen. Für Umkehr war es zu spät. Der Stolz hinderte ihn daran, sich zu entschuldigen. Er war bereits zu weit gegangen. Andererseits wusste Chromlion, dass er weder den Leibwächter noch den Fürsten ohne einen greifbaren Beweis für seine Anschuldigungen einfach zu den Schatten schicken könnte, da er sich ansonsten vor dem Rat der Fürsten, schlimmstenfalls vor dem hohen Gericht der Bewahrer verantworten müsste. Der Einsatz war hoch und er hatte sich in einer Stimmung der Wut und Trauer über den Tod des geliebten Vaters hinreißen lassen.

Egal wie er das Problem drehte und wendete, wollte Chromlion an den Fürsten herankommen und die Sache zu einem Ende bringen, musste er den Eiskrieger töten. Das sollte für ihn nicht allzu schwer sein, schließlich war der Eiskrieger in seinen Augen keine echte Herausforderung. Dennoch zögerte er immer noch, Baylhard anzugreifen. Der Leibwächter würde seine ganze Aufmerksamkeit erfordern, und er war sich nicht sicher, ob er sich währenddessen auf die anderen Bewahrer und Sonnenreiter verlassen konnte. Sie hatten ihm bis Eisbergen mehr oder weniger loyal zur Seite gestanden, weil er sie in Kalayan gewähren ließ und sie sich durch das Urteil im Recht glaubten. Zwar hatten sie sich an manchen Tagen beschwert, den ein oder anderen Zweifel offen oder versteckt geäußert und ihn hin und wieder auf die Einhaltung der Ordensregeln hingewiesen, doch niemals hätten sie es gewagt, die offene Auseinandersetzung zu suchen, sich gegen einen Befehl aufzulehnen oder gar zu meutern. Auf seltsame Weise war es ihm gelungen, die anderen Bewahrer und Sonnenreiter, durch sein Vorbild der Gewalt und Grausamkeit gegen die ihnen hilflos ausgelieferten Dorfbewohner in der durch den Winter vom Rest der Klanlande abgeschnittenen Umgebung Kalayans, zu Kaltherzigkeit und ansonsten undenkbaren Gräueltaten zu verführen. Sollte er unrecht gehandelt haben, dann steckten sie mit ihm unter einer Decke. Sie hatten sich die Hände schmutzig gemacht und waren ebenso mitschuldig. Dort waren sie für eine lange Zeit unter sich geblieben. Niemand außer den Dorfbewohnern konnte sie wegen ihrer Handlungen anklagen. Doch seit sie Kalayan über den Choquai mit der ersten Karawane der frühen Sonnenwende verlassen hatten, hatte sich die Einstellung geändert, und einige der mit ihm reitenden Krieger waren erst nachdenklich, dann mürrisch geworden. Er wusste nicht mehr, wie sie zu ihm standen, seit sie Eisbergen verlassen hatten.

Der Tumult vor den Toren hatte weitere Zuschauer aus dem Palast angelockt. Ihm wurde bewusst, er konnte sich nicht gegen alle wenden. Zu viele Augenpaare, unmittelbar Beteiligte wie Unbeteiligte, beobachteten sein Handeln. Noch fand er sich durch das Urteil der Bewahrer im Recht, wenn sein Verdacht bestätigt würde. Chromlion sah sich um, ohne den Eiskrieger dabei aus den Augen zu lassen. Dieser regte sich nicht, sondern wartete auf den ersten Schritt des Bewahrers. Plötzlich entdeckte der Lordmaster ein Gesicht in der Menge, die sich hinter den Eiskriegern versammelt hatte. Die Frau mit den unterschiedlichen Augenfarben kam ihm mehr als bekannt vor. Ihre betörende Schönheit erschien ihm in der Zeit ihrer Abwesenheit noch gewachsen zu sein. Das war der Beweis, nach dem er gesucht hatte. Elischa.

Sie war einer der Gründe, warum er sich auf den langen Weg nach Eisbergen gemacht und den ganzen Winter über bis zur Schneeschmelze in Kalayan ausgeharrt hatte. Statt mit ihm das Band der Orna und der Bewahrer zu knüpfen und seinen Eid entgegenzunehmen, hatte sie sich für die Flucht mit Madhrab entschieden. Wie sehr diese Zurücksetzung an ihm nagte, wurde ihm erst jetzt bewusst, als er ihr Gesicht erblickte. Warum musste es ausgerechnet Madhrab sein? Immer schon war es Madhrab gewesen, der ihm einen Schritt voraus war. Sie hatten zur selben Sonnenwende bei den Bewahrern angefangen. Aber Madhrab war disziplinierter, vernünftiger, mutiger und von Anfang an in allen Belangen einfach besser gewesen, obwohl er nicht den Ehrgeiz des Fürstensohnes besaß und offenbar auch nicht brauchte, um bis ganz nach oben zu gelangen. Die Ausbildung war ihm leichtgefallen, wo andere nahezu verzweifelten. Die Meisterstufen bis zur als unerreichbar geltenden höchsten Stufe erklomm er mühelos und bekam die Macht und den Einfluss, welche Chromlion stets für sich beanspruchen wollte. Chromlion war immerhin der Sohn eines Fürsten, wie konnte er sich von einem einfachen Klan aus einem kleinen Bergdorf ausstechen lassen. Doch es war Madhrab und nicht er, der von den Bewahrern bevorzugt wurde. Der Sohn eines Bauern und Bergführers aus Kalayan wurde schon bald der persönliche Zögling des Overlords und genoss Privilegien und Freiräume, die anderen Bewahrern verwehrt blieben. Schließlich hatten sie Madhrab im Rang eines Lordmasters zum Bewahrer des Nordens ernannt und ihm die Führung über das größte Heer anvertraut, das es auf Ell je gegeben hatte. Das war des Guten zu viel für Chromlion. Der Neid auf den Rivalen aus den eigenen Reihen zerfraß ihn und wurde im Lauf der Zeit immer unerträglicher. Aber er hatte sich für die stets aufs Neue erlittene Schmach gerächt, die Anklage wegen vermeintlicher Verfehlungen mit Inbrunst geführt und Madhrab war tief gestürzt. Tiefer, als er dies am Anfang beabsichtigt hatte. Aber dann hatte er von der Verbindung mit Elischa erfahren, was ihn erneut zutiefst getroffen hatte und sofort die alten Gefühle wieder aufleben ließ. Jetzt war er hier in Eisbergen und hatte sie gefunden. Er war sich sicher, Madhrab konnte nicht weit entfernt sein.

Als Elischa dem Blick des Bewahrers begegnete und die Situation offenbar erfasst hatte, wandte sie sich erschrocken ab. Er sah noch, wie sie mit Alvara tuschelte und entsetzte Blicke tauschte, bevor die beiden Frauen gemeinsam mit eiligen Schritten im Palast verschwanden. Dies war der Augenblick, zu handeln. Sie durfte ihm nicht entkommen und würde den Preis für ihr frevlerisches Verhalten bezahlen müssen.

Chromlion griff an. Wenn es sein musste, würde er jeden zu den Schatten schicken, der sich ihm in den Weg stellte. Kein langes Vorgeplänkel oder Hinauszögern. Er wollte die Überlegenheit eines Bewahrers ausspielen und die Sache möglichst rasch zu Ende bringen. Aber er hatte den Eiskrieger unterschätzt, denn dieser parierte den Angriff mit Leichtigkeit und wich geschickt aus, als hätte er bereits vorher geahnt, wie ein Bewahrer für gewöhnlich vorging, um einen Vorstoß zu eröffnen. Das erwies sich als Überraschung für den Lordmaster, der damit gerechnet hatte, leichtes Spiel zu haben. Der Leibwächter des Fürsten musste ein äußerst fähiger und erfahrener Kämpfer sein, um einen solch raffiniert und schnell vorgetragenen Vorstoß, wie ihn Chromlion gezeigt hatte, mühelos abwehren zu können. Mindestens jedoch musste er einen Bewahrer beim Kampf beobachtet haben und sich dessen Stil und Besonderheiten eingeprägt haben. Anders konnte sich der Lordmaster das Glück des Eiskriegers nicht erklären.

Chromlion drehte sich um die eigene Achse, ließ sich fallen und zielte mit der Axt auf die Beine Baylhards. Doch dieser vollführte einen Sprung und zauberte, noch während er sich mit den Beinen in der Luft befand, von seinem Rücken einen Speer hervor, mit dem er den Bewahrer durchbohren und auf dem Eis festnageln wollte. Beinahe zu spät hatte der Lordmaster die Absicht des Eiskriegers erkannt, sodass er sich erst im allerletzten Moment durch eine Seitwärtsrolle vor dem tödlichen Stoß retten konnte. Chromlion wäre allerdings kein Bewahrer, wenn er sich nicht zu helfen wüsste. Er kämpfte am Boden auf dem Rücken liegend nicht minder gefährlich als stehend. Und dieses Mal nutzte er seinen Vorteil und führte die Axt noch in der Rollbewegung sofort von unten nach oben gegen das Bein des Eiskriegers, dessen durch den Sprung und die Landung eingeschränkte Bewegungsmöglichkeiten ihn an einem Ausweichen hinderten. Die Schneide der Axt schnitt sich tief in den Oberschenkel des Leibwächters und fällte diesen wie einen Baum. Baylhard biss die Zähne zusammen und knurrte vor Schmerzen wie ein verwundeter Schneetiger. Zäher, als Chromlion geglaubt hatte, kroch der Eiskrieger plötzlich entschlossen auf den Bewahrer zu und bekam diesen an den Füßen zu fassen. Der Lordmaster spürte die Kraft, die in dem Klan steckte. Es gelang ihm nicht, sich durch heftiges Treten aus dem Griff zu befreien, sodass er unaufhaltsam an den Eiskrieger herangezogen wurde und sich dieser mit seinem ganzen Gewicht auf ihn warf. Die schwieligen Hände umklammerten den Hals des Bewahrers, dass diesem Hören und Sehen verging. Chromlion fühlte sich an den Kampf in Kalayan gegen Madhrabs Bruder erinnert, der ihn ebenfalls erwürgen wollte.

Verzweifelt versuchte er an seine Dolche zu gelangen, um sich auf ähnliche Weise des Eiskriegers zu entledigen. Aber der Kampf auf Leben und Tod war wie verhext. Baylhard schien in seinen Gedanken lesen zu können, denn kaum hielt er die Dolche in Händen, ließ dieser von ihm ab und brachte sich außer Reichweite, um sofort wieder nachzusetzen. Der Speer traf Chromlion an der Schulter, durchschlug die Rüstung des Bewahrers und blieb nur knapp über dem Herzen stecken. Der Lordmaster spuckte Blut, rappelte sich hustend auf und wollte den angeschlagenen Eiskrieger trotz seiner Verwundung erneut angreifen, um diesem endlich das letzte Geleit zu den Schatten zu geben. Bevor er allerdings eine Bewegung in Richtung seines Gegners machen konnte, bemerkte er zu seinem Entsetzen, dass sich wie aus dem Nichts eine Schlingenklinge über seinen Kopf um seinen Hals gelegt hatte. Wenn er sich jetzt bewegte oder sein Gegner die Schlinge zuzog, würden sich die Klingen in seinen Hals bohren und ihm den Kopf abreißen. Dies wäre sein sicheres Ende. Den Atem anhaltend wagte er nicht, sich zu regen, und wartete was geschah. Baylhard humpelte mit schmerzverzerrtem Gesicht auf den Bewahrer zu und zog den Speer aus der Wunde. Chromlion schrie vor Schmerz. Baylhard war es jedenfalls nicht, der dem Lordmaster die gefährlichste Waffe der Eiskrieger um den Hals geworfen hatte.

»Ich lebe noch, Bewahrer«, sagte Baylhard in bissigem Ton, »und Ihr hattet Glück, dass meine Augen vom Schmerz getrübt waren, sonst hätte der Speer Euer Herz durchbohrt und nicht nur die Schulter. Vielleicht hättet Ihr mich getötet, wenn wir für eine Weile weitergekämpft hätten. Aber Ihr habt eines übersehen: Ich bin ein Eiskrieger. Im Gegensatz zu euch Bewahrern kämpfen Eiskrieger niemals alleine, es sei denn, sie gehen auf die Jagd nach Moldawars. Dann aber auch nur, um ihre Kameraden nicht zu gefährden. Wir helfen uns, wenn einer unserer Gefährten in Not gerät. Ich rate Euch, seht Euch um.«

Der Lordmaster gehorchte den Worten des Eiskriegers und drehte seinen Kopf sehr vorsichtig und langsam in die Richtung, die ihm Baylhard angedeutet hatte, damit ihn die an der Innenseite der Schlinge angebrachten Klingen nicht noch tiefer verletzen konnten. Er blutete bereits an einigen Stellen am Hals. In seinem Rücken, in etwa sechs Fuß Entfernung, stand ein weiterer Eiskrieger, dessen Rüstung in den Farben des Regenbogens schimmerte. Der Eiskrieger hielt die Schlingenklinge fest in der Hand und nickte dem Bewahrer mit ernster Miene zu.

»Ich bin Hassard«, stellte sich der Eiskrieger vor, »der Anführer der Eiskrieger. Ich lasse nicht zu, dass Ihr einen meiner besten Männer tötet und den Fürsten bedroht. Aber Ihr dürft wählen, welchen Tod Ihr für Eure Unverschämtheit sterben wollt. Hier und jetzt gleich durch die Schlingenklinge oder später im ewigen Eis. Ich verspreche Euch, die Schlingenklinge wird Euch den Kopf so schnell von Eurem Rumpf trennen, dass Ihr denkt, er säße noch auf Euren Schultern, obwohl Ihr längst bei den Schatten weilt. Es wird nur ein klein wenig schmerzen. Der Tod im ewigen Eis hingegen dauert länger, und wir wissen, dass die zu diesem Schicksal Verurteilten daran verzweifeln, dass sie sich nicht für den schnellen Tod entschieden haben. Aber dafür leben sie länger und erhalten Gelegenheit zur Reue. Ich versichere Euch, ein Tag im ewigen Eis kann sehr lang sein.«

Chromlion schluckte. Sie hatten ihn festgesetzt und er hatte keine Möglichkeit, einer Gefangennahme zu entgehen. Als er sich noch ein weiteres Mal vorsichtig umsah, erkannte er, dass seine mit ihm gereisten Gefährten ebenfalls überwältigt und entwaffnet worden waren. Sie hatten sich von den Eiskriegern überrumpeln lassen, als sie den Kampf ihres Anführers beobachteten. Die Jagd nach Madhrab und Elischa war für ihn vorerst vorbei. Er hatte versagt und Madhrab war ihm wieder einen Schritt voraus gewesen.

Die Wahl, die ihm Hassard gelassen hatte, fiel ihm nicht schwer. Chromlion wollte nicht sterben. Nicht hier, nicht jetzt und nicht auf diese Weise. Obwohl ihm das drohende Schicksal in der Eiswüste unbekannt war, entschied er sich dafür. Die Aussicht auf ein längeres Leben schien ihm verlockender als der sofortige Tod. Noch hatte er das Ziel nicht aufgegeben, Madhrab eines Tages zu überwinden und Elischa ihrer von ihm zugedachten Bestimmung zuzuführen. Hätte er gewusst, was ihm in der Eiswüste blühte, hätte er sich vielleicht jedoch anders entschieden.

»Legt den Eindringlingen Eisen an«, befahl Corusal, »aber jene Eisen, die selbst ein Bewahrer nicht lösen kann. Und Hassard, bevor Ihr den Lordmaster ins ewige Eis verfrachtet, will ich mit ihm sprechen.«

»Selbstverständlich, mein Fürst«, gab Hassard statt, »er ist Euer Gefangener. Verfahrt mit ihm nach Belieben. Wir werden ihn mit den stärksten Eisen binden, bevor wir ihn zu Euch bringen. Der Bewahrer wird sich in Eurer Gegenwart nicht regen können.«

»Gut, gut, aber lasst ihn noch am Leben. Wo ist eigentlich Lordmaster Madhrab? Es wäre möglicherweise von Vorteil, wenn er bei seiner Befragung dabei sein könnte«, meinte Corusal.

»Der Bewahrer übt mit den Eiskriegern und nimmt ihnen in der Eiswüste die letzten Prüfungen im Kampf ab«, antwortete Hassard. »Wir können ihn in den Eispalast nach Eisbergen rufen, wenn Ihr wollt. Aber es wird einige Tage dauern, bis er eintreffen wird.«

»Wenn das so ist, dann soll er die Prüfungen abschließen und die Eiskrieger zu meisterlichen Schwertkämpfern erheben. Ich werde das Verhör ohne ihn führen. Baylhard und Ihr werdet mich gewiss dabei unterstützen.«

»Wie Ihr wünscht, mein Fürst«, sagte Hassard.

»Sehr gerne, Herr«, brummte Baylhard, der dabei die Hand zur Faust ballte und sich auf das Verhör einstellte.

Während Chromlion und seine Sonnenreiter abgeführt wurden und so unfreiwillig in den zweifelhaften Genuss kamen, den Eispalast am Ende doch noch betreten zu dürfen, hatten sich die Eiskrieger bereits darangemacht, das Gepäck der Bewahrer zu untersuchen.

»Lasst uns sehen, was die Bewahrer mit sich führen. Durchsucht ihr Gepäck gründlich nach Waffen und magischen Gegenständen. Seid vorsichtig damit. Wir wollen sichergehen, nichts übersehen zu haben. Sie wollten den Fürsten töten«, trug Baylhard den übrigen Eiskriegern auf.

Sie mussten nicht lange suchen, bis sie auf einen großen wie langen und in Leinentuch verschnürten Gegenstand stießen. Zwei Eiskrieger schleppten den Fund zu Baylhard, der sich das Bündel genauer ansah. Er öffnete die Schnüre mit einem Messer und schlug das Leinentuch zurück. Als sein Blick auf den Inhalt fiel, trat er einen Schritt nach hinten und seine Augen weiteten sich vor Erstaunen. Ein reichlich mit Kristallen, Edelsteinen und Runen verziertes Blutschwert lag vor ihm. Vieles, Gutes wie Schlechtes, hatte er über die seltenen Blutschwerter gehört, aber niemals hatte er eines in der Hand gehalten. Magische Eigenschaften wurden den Schwertern nachgesagt. Die Klan erzählten sich, die Schwerter seien Seelenfresser. In manchen abenteuerlichen Geschichten ging dies so weit, dass ihnen ein Eigenleben nachgesagt wurde. Baylhard wagte nicht, den überaus wertvollen Schatz zu berühren, für den es zwei kräftige Krieger gebraucht hatte, um diesen zu ihm zu bringen.

»Habt Ihr etwas Interessantes gefunden?«, wollte Hassard wissen, der den Blick des Eiskriegers erkannt hatte.

»Das kann man wohl sagen«, entgegnete Baylhard. »Seht Euch dieses Schwert an!«

Hassard kam sofort, um zu sehen, was Baylhard entdeckt hatte. Sobald er erkannt hatte, was vor Baylhards Füßen lag, blieb er in angemessenem Abstand stehen. Auch er traute sich nicht, näher an das Schwert heranzugehen, und hatte großen Respekt vor der Waffe.

»Bei allen Kojos«, rief er überrascht, »ich will verdammt sein. Das ist Solatar. Eindeutig. Ich habe die rot schimmernde Klinge in der Schlacht am Rayhin wüten sehen. Das Schwert des Bewahrers Lordmaster Madhrab. Kaum zu glauben, das Blutschwert kehrt zu seinem Herren zurück. Baylhard, Ihr müsst Solatar sofort zu Madhrab bringen.«

»Wenn ich es tragen kann, werde ich das tun«, merkte Baylhard an. »Es hat ohne Zweifel sein Gewicht und ich bin mir nicht sicher, ob ich stark genug bin.«

»Versucht es! Ihr seid der Stärkste unter den Eiskriegern. Soweit ich gehört habe, verweigert es sich den meisten Schwertträgern, die mit dem Schwert kämpfen wollen und sich dadurch einen Vorteil erhoffen. Aber womöglich ist es Euch wohlgesinnt, wenn es weiß, dass Ihr es seinem eigentlichen Herrn zuführt. Nur Madhrab ist in der Lage, das Schwert zu meistern. Solatar wählt sich den Krieger aus und nicht umgekehrt.«

»Ihr sprecht von dem Schwert, als würde es leben, Hassard.«

»Vielleicht lebt es tatsächlich. Wer weiß? Nicht einmal Joffra, der Meisterschmied, kennt das Geheimnis, das dieses Blutschwert umgibt, und immerhin hat er die Klinge geschmiedet. Schenkt man den Geschichten um das Schwert Glauben, hat es bereits unzählige Seelen geraubt und besitzt einen eigenen Geist und eine Seele, die mit jedem getöteten Feind stärker werden.«

Baylhard trat an das Schwert heran, bückte sich und versuchte es mit beiden Händen anzuheben. Kaum hielt der das Schwert in Händen, bemerkte er seinen Fehler. Er hatte zu viel Kraft aufgewendet. Solatar gab ein metallisches Kreischen von sich, während es in die Luft gerissen wurde, über den Kopf wirbelte und den Eiskrieger gleichzeitig nach hinten zog. Er verlor das Gleichgewicht und stürzte mitsamt dem Schwert auf den Rücken. Zu seinem Glück wurde er von der Klinge nicht verletzt.

»Es ist leicht wie eine Feder«, keuchte Baylhard erstaunt, während er ächzend wieder auf die Füße kam. »Ich dachte, es wäre schwer und ich müsste mich anstrengen, um das Schwert aufzuheben.«

»Dann ist es also wahr. Solatar gehorcht nicht jedem. Aber offensichtlich gefallen ihm Eure Absichten. Ihr werdet keine Mühe haben, das Schwert zu Madhrab zu bringen«, stellte Hassard fest. »Sobald wir diesen Chromlion vernommen haben, wird es Zeit für den Aufbruch. Macht Euch am besten bereit, bevor wir Corusal aufsuchen.«

»Aye!«, bestätigte Baylhard. »Ich werde bereit sein.«

Ein Lächeln umspielte seine Lippen. Es war ein gutes Gefühl, ein solch edles Schwert in den Händen zu halten, und er hatte keine Mühe, Solatar einhändig zu führen. Das Gewicht war für ihn kaum spürbar, und es wunderte ihn nicht mehr, dass ein Krieger mit solch einem Schwert, während eines Kampfes nicht müde wurde. Jedenfalls nicht wegen Solatar.

Schwere Eisen um Hals, Handgelenke und Fußknöchel zwangen Lordmaster Chromlion zu kleinen, trippelnden Schritten. Die Hände waren am Rücken mit Ketten gefesselt, eine davon reichte stramm gezogen bis zu den Füßen und zwang ihn aufgrund der knapp und zu kurz gehaltenen Kettenglieder in eine unkomfortable, nach hinten gebeugte Haltung. Ein massiver Block am Bein erschwerte ihm das Gehen zusätzlich. Chromlion keuchte vor Anstrengung, während er, von wütenden Blicken der Dienerschaft des Eispalastes begleitet, von den Wachen durch die glatt polierten Flure gezerrt wurde. Mehrfach war er auf dem spiegelglatten Boden ausgerutscht und der Länge nach mal nach vorne, mal nach hinten gestürzt. Dabei hatte er sich Prellungen, Schürfwunden und eine blutige Nase zugezogen. Mit jedem Schritt musste er den Eisenblock nachziehen und befürchtete, dass ihm jeder weitere Trippelschritt das Bein ausreißen würde. Aber das Bein blieb an seinem Platz, lediglich die Anstrengung und die Schmerzen steigerten sich mit jedem Schritt. Der Bewahrer war froh, als er endlich die Tür zu den Gemächern des Fürsten erblickte, die von dem Hünen Baylhard bewacht wurde. Der Eiskrieger war hart im Nehmen, das musste er ihm lassen. Er hatte sich lediglich die Wunde am Bein versorgen lassen und war sodann pflichtbewusst auf seinen Posten zurückgekehrt, um dem Verhör auf Wunsch des Fürsten beizuwohnen.

Baylhard öffnete die Tür, ließ den Gefangenen passieren und folgte ihm auf dem Fuße. Die Wachen blieben draußen und hatten Anweisung, während des Gespräches niemanden in die Gemächer des Fürsten einzulassen. Fürst Alchovi, Hassard und der Praister Henro waren in ein Gespräch vertieft, als Chromlion eintrat. Sie hatten den Lordmaster jedoch bereits erwartet. Auf einen mit Fellen bedeckten, schlicht geformten Stuhl aus Eis deutend, bot der Fürst dem Bewahrer einen Platz an. Chromlion musterte die Anwesenden aufmerksam. Er fragte sich, in welcher Beziehung der Praister zu dem Fürsten stand. Sie waren sich schon einmal begegnet. Er kannte den Mann und erinnerte sich daran, dass er ein enger Vertrauter des obersten Praisters Thezael sein musste, der sich wiederum im Schatten des Regenten Haluk Sei Tan insgeheim mit Fürst Fallwas die Macht in Tut-El-Baya geteilt hatte. Die Verbindung zwischen Thezael und seinem Vater hatte ihm nie gefallen. Chromlion respektierte die Praister zwar in ihrer Funktion als Vertreter der Kojos, aber er hatte nie viel von ihnen gehalten. Sie waren in seinen Augen hinterhältig und gefährlich, scheuten aber die offene Auseinandersetzung. Und doch konnte sich niemand sicher sein, ob er nicht schon bald vergiftet oder mit einem Dolch im Rücken bei den Schatten endete, wenn er den Zielen der Praister im Weg stand oder einfach nur lästig geworden war. Einmal hatte der Lordmaster sie in der Gegenwart des Vaters als ungesund bezeichnet und dadurch den Zorn des Fürsten erregt. Aber der Fürst hatte ohnehin nie auf seinen Sohn gehört, schon gar nicht in staatspolitischen oder diplomatischen Angelegenheit.

»Ihr wisst, warum ich mit Euch sprechen möchte?«, fragte Corusal den Gefangenen in einem freundlichen Tonfall.

Chromlion spuckte dem Fürsten zur Antwort auf die

Pantoffeln und fing sich für die Geste der Verachtung von dem unmittelbar hinter ihm stehenden Eiskrieger einen kräftigen Schlag auf den Hinterkopf ein.

»Wie ich sehe, seid Ihr nicht in bester Laune«, fuhr Corusal unbeirrt fort, »nun … das macht nichts. In Ketten fällt es schwer, frei zu sprechen. Das verstehe ich. Wir werden trotzdem ein klein wenig plaudern, und Ihr werdet Euch Mühe geben, Antworten auf meine Fragen zu finden. In Eisbergen müssen wir meist lange auf Nachrichten aus den übrigen Klanlanden warten und uns in Geduld üben. Jedenfalls habt Ihr Euch für ein Schicksal in der Eiswüste entschieden, weil Ihr vermutlich leben wollt. Das zeigt mir, dass Ihr Euch noch nicht aufgegeben habt und wir zumindest einen gemeinsamen Ansatz haben, der Eure Bereitwilligkeit für ein Gespräch wecken sollte. Ich bin mir allerdings nicht sicher, ob Eure Entscheidung tatsächlich klug war und Ihr nicht doch eher das erste Angebot Hassards hättet annehmen sollen.«

»Was soll das?«, regte sich Chromlion plötzlich, »Ihr nehmt einen Bewahrer gefangen und behandelt ihn, als wäre er ein Stück Vieh, das zur Schlachtbank geführt wird.«

»Verzeiht, Lordmaster. Aber Ihr seid gefährlich. Ihr habt Euch nicht zurückgehalten, als Ihr ohne Einladung oder meine ausdrückliche Erlaubnis in den Eispalast eindringen wolltet. Ihr habt meine Wachen getötet und wolltet mich angreifen. Was hättet Ihr an meiner Stelle getan?«

»Das will ich Euch sagen. Ich hätte das Urteil der Bewahrer akzeptiert, das selbst die Klanfürsten bindet. So lautet das Gesetz. Es steht Euch nicht zu, Euch darüber hinwegzusetzen.«

»Daran scheiden sich die Geister. Ihr nanntet mich einen Lügner und hattet doch keinen Beweis für Euren Verdacht.«

»Meine Augen sehen gut, Fürst. Und ich sah, was ich sehen musste.«

»Was glaubt Ihr gesehen zu haben, was Euch das Recht gab, mich anzugreifen?« fragte der Fürst.

»Ich sah eine Orna. Ihr Name ist Elischa, und sie floh mit Madhrab aus dem Haus des hohen Vaters und der heiligen Mutter. Sie legten eine blutige Spur, als sie die Häuser verließen. Die Ermordung der heiligen Mutter wurde bislang nicht aufgeklärt, aber wir sind uns heute sicher, dass Madhrab hinter dem feigen, frevlerischen Mord stecken muss und Elischa ihm dabei half.«

»Die heilige Mutter? Ermordet? Das ist entsetzlich. Aber das eigentlich Verheerende daran ist, dass Ihr den Mord Eurem eigenen Ordensbruder und einer Orna anhängen wollt«, entrüstete sich Fürst Alchovi.

»Verschließt nur Eure Augen vor der Wahrheit, die Ihr nicht wahrhaben wollt. Es kommt nur ein Mörder aus den eigenen Reihen infrage. Der Held vergangener Tage stürzte tief und zeigte sein wahres Gesicht. Ich habe ihn entlarvt. Madhrab ist nicht mehr mein Ordensbruder. Lest das Urteil aufmerksam. Auch Elischa hat ihre Rechte als Orna vertan, indem sie ihre Pflichten vernachlässigte und ihrer wahren Bestimmung entgehen wollte. Deshalb bin ich hier, um beide auf den rechten Pfad zurückzuführen. Madhrab wird der Bestrafung auf Dauer nicht entgehen, es sei denn, er wird für den Rest seines Lebens auf der Flucht sein. Ihr werdet ihm keinen Schutz gewähren können, ob Ihr mich nun gefangen nehmt, tötet oder laufen lasst.«

»Keine Sorge, ich werde Euch nicht freilassen. Denn auch Ihr werdet Eurer Bestrafung nicht entgehen. Das ist Gerechtigkeit, Lordmaster«, sagte der Fürst, der von der Uneinsichtigkeit des Bewahrers unangenehm berührt war.

»Hassard, erklärt dem Lordmaster, was ihn in der Eiswüste erwartet. Möglicherweise überlegt er sich dann, ob er uns weiterhin mit seinen vernunftlosen Überlegungen langweilen will.«

»Gerne, mein Fürst«, nickte Hassard.

In der Eiswüste, am äußersten Ende Krysons, befand sich ein Arbeitslager für Gefangene. Die Eiskrieger nannten den Ort Harrak, was nichts anderes als Ende im ewigen Eis bedeutete. Unter schwerster Bewachung fristete dort in der Kälte des Nordens der sogenannte schlimmste Abschaum der Klan ein allerletztes, beklagenswertes Dasein in Ketten. Sie waren der Albtraum der Klanlande. Reduziert auf die niedersten Instinkte kämpfte jeder Gefangene für sich, Tag für Tag und Nacht für Nacht, ums nackte Überleben. Umschlossen von einer sechzig Fuß hohen und vierundzwanzig Fuß breiten Mauer aus Eis gab es dort nichts außer den Gefangenen selbst und den eigens zu diesem Zweck abgestellten Wärtern, die auf den Mauern wachten und darauf achteten, den Häftlingen nicht zu nahe zu kommen. Hartgesottene, in ihrem Lebensalter fortgeschrittene sowie erfahrene Klan erklärten sich aus freien Stücken zu dieser schwierigen Aufgabe bereit. Das Fürstenhaus bezahlte sie hervorragend für ihre Dienste. Sieben Monde mussten sie auf der das Lager umgebenden Mauer ausharren, bis sie von anderen Freiwilligen abgelöst wurden. Sie kehrten dann für die restlichen sieben Monde der Sonnenwende nach Hause zu ihren Familien zurück, um sich von den Strapazen des Wachdienstes in der unwirtlichen Gegend erholen zu können. Danach ging es wie in einem steten Kreislauf wieder zurück auf die Mauer des Lagers. Die Wärter und Gefangenen waren umgeben von Eis und Schnee. Außerhalb der Mauern umrundeten Schneetiger das Lager in gleichbleibenden Abständen, in der Hoffnung auf einen Happen, der ihre hungrigen Mägen füllte.

Die schwersten Verbrecher der Klanlande wurden in das Lager gebracht, um mit bloßen Händen Schnee und Eisblöcke aus dem ewigen Eis zu kratzen und zu schlagen, die für den Ausbau der Stadt Eisbergen und Ausbesserungsarbeiten dringend gebraucht wurden. Mörder, die eine traurige Berühmtheit durch die besondere Grausamkeit ihrer Taten erlangt hatten, Vergewaltiger und unverbesserliche Kinderschänder, die Mütter wie Väter in tiefe Verzweiflung gestürzt hatten, teilten sich das Schicksal des Arbeitslagers meist für eine kurze Verweildauer bis zu ihrem unweigerlichen Ende im ewigen Eis. Die Gefangenen wurden nach vollbrachtem Tageswerk sich selbst überlassen. Mit blutenden Händen, schweren Erfrierungen an Beinen und im Gesicht schufteten sie, angetrieben von den singenden Peitschen der Wärter, den ganzen Tag bis spät in die Nacht. Sie bekamen keine Unterkunft, erhielten nur einmal in jedem Mond Abfälle aus Eisbergen als Verpflegung. Gegen das Verdursten musste Schnee genügen. Die Eiskrieger karrten die Abfälle auf großen, von Schneetigern gezogenen Schlitten an und warfen die Reste über die Mauern des Arbeitslagers. Doch jedes Mal, wenn sie das Lager aufsuchten, wurden die Schneetiger durch ein in der Mauer angebrachtes, ansonsten von außen fest verriegeltes Stahltor in das Innere des Lagers gelassen, um sich an den Leibern der Häftlinge sattfressen zu können. An manchen Tagen wurde ein aus der Not geborener Kannibalismus beobachtet, der zur Tötung der meist schwächsten oder kranken Mitinsassen führte. Ein grausamer Alltag herrschte im Lager vor, der das Leben für die Insassen fortan bestimmte. Wer das Lager und die Gefangenen einmal gesehen hatte, vergaß die Eindrücke zeit seines Lebens nicht wieder. Die meisten unter den Insassen überlebten den ersten Mond nicht. Die Stärksten hielten vielleicht eine Sonnenwende durch, bis sie schließlich selbst zu den Schwachen und Kranken zählten und mit jedem weiteren Tag im Lager ihrem sicheren Ende entgegenblickten.

Die Aussicht, den Rest seines Lebens in diesem Arbeitslager verbringen zu müssen, verängstigte den Bewahrer. Das Gefühl war ihm unbekannt. Zum ersten Mal in seinem Leben spürte er, wie die Angst in seine Glieder kroch, der Schrecken ihm die Haare zu Berge stehen ließ und seine Gedanken lähmte. Ihm wurde schmerzlich bewusst, dass die Entscheidung für das Leben nicht in jedem Fall die beste war. Um sich zu beruhigen, führte er sich immer wieder vor Augen, dass er ein Bewahrer war und nicht nur irgendein Ordensbruder unter einer Vielzahl von Sonnenreitern. Er war ein Lordmaster, dem Rang eines Fürsten gleich, der sich diesen Titel durch seine Fähigkeiten und Stärke verdient hatte. Chromlion war sich sicher, dass er sich am Ende durchsetzen würde. So schnell gab er nicht auf.

»Zu schade«, meinte Corusal, nachdem Hassard mit seinen Ausführungen über Harrak geendet hatte, »erst Euer Vater und nun Ihr. Die Nachricht hatte mich ehrlich überrascht. Ich wollte Henro nicht glauben, als er in Eisbergen eintraf und mir davon berichtete. Was soll nun aus dem Hause Fallwas werden, wo Euer Vater doch wie eine Spinne im Netz auf die Regentschaft lauerte? Er scheiterte so knapp vor dem Ziel. Wie nennt man das? Ironie des Schicksals?! Haluk Sei Tan wurde zu den Schatten geleitet und Euer Vater folgte ihm stehenden Fußes nach. Oh … bevor ich es vergessen sollte, möchte ich Euch mein Beileid ausdrücken.«

»Ihr könnt Euch die Häme sparen«, spuckte Chromlion aus, »wir sind noch lange nicht am Ende angelangt.«

»Wir werden sehen«, sagte Fürst Alchovi, »bevor Ihr allerdings nach Harrak geht, will ich Euch nicht verschweigen, dass wir das Schwert aus Eurem Gepäck seinem Besitzer zurückgeben werden. Euer Blick spricht Bände, Ihr wisst, was ich meine. Solatar gehört Madhrab. Ihr habt es Euch unrechtmäßig angeeignet. Der Lordmaster verbrachte den Winter in Eisbergen und half uns bei der Ausbildung der Eiskrieger.«

»Ich wusste, dass Ihr ein Lügner seid. Von Euch hatte ich nichts anderes erwartet, Alchovi. Aber bitte, gebt dem Mörder das Schwert in die Hand. Wie Ihr wollt. Hoffentlich wird er es einst gegen Euch verwenden. Dann wisst Ihr, mit wem Ihr es in Wahrheit zu tun habt.«

Fürst Corusal Alchovi ließ sich nicht auf die Provokationen des Bewahrers ein, obwohl er selbst schon einmal an die Gefährlichkeit Madhrabs gedacht und an dem Freund gezweifelt hatte. Diesen Gedanken hatte er jedoch wieder verworfen. Madhrab war ein treuer und guter Freund, der ihn niemals enttäuschen würde, dessen war er sich sicher. Die Befragung war nicht in seinem Sinne verlaufen. Während er sich von dem Versuch einer Unterredung mit Chromlion Antworten erhofft hatte, war er noch nicht einmal dazu gekommen, die drängenden Fragen zu stellen, von denen er sich Aufklärung erhofft hatte. Stattdessen hatte ihm der Lordmaster den Beweis für eine Verblendung geliefert, die aus falschen Idealen und Ehrgeiz entstanden. Es hatte keinen Zweck, weiter mit Chromlion zu reden, dessen Hass gegen Madhrab auf Angst und Neid fußte; und der Mann war keinerlei Einsicht zugänglich. Corusal war besser daran, das Gespräch zu beenden, bevor er sich zu anderen Maßnahmen hinreißen ließ, um den Lordmaster am Ende doch noch gefügig zu machen.

»Baian hall korrada, Bewahrer. Wenngleich Euch dieser

Gruß der Eiskrieger nicht gebührt«, beendete Corusal das Gespräch.

Auf ein Handzeichen des Fürsten wurde Chromlion abgeführt und noch am selben Tag nach Harrak gebracht. Der Gefangene wehrte sich nicht, sondern schwor noch in den Gemächern des Fürsten, sich für die Behandlung zu rächen. Der Gedanke an Rache war ein Stachel, der anspornte, den Aufenthalt in Harrak zu überstehen. Er war schließlich der Sohn eines Fürsten und Lordmaster der Bewahrer. Er besaß kein Gewissen und ihm war jedes Mittel recht, wenn es um sein Überleben ging. Das waren die besten Voraussetzungen, um sich in Harrak tatsächlich durchzusetzen.

Der dunkle Schatten bewegte sich lautlos und beinahe unsichtbar durch die Flure des Eispalastes, er beobachtete jeden von Chromlions Schritten und schmiegte sich unterdessen immer wieder in finstere Nischen, um nicht entdeckt zu werden, doch Chromlion bemerkte all dies durch die finsteren Wolken in seinem Kopf nicht. Niemand hatte den schwarz gewandeten Eindringling gesehen.

Er musste sich im Tumult am Tor des Eispalastes unerkannt eingeschlichen haben. Hassard hatte am Palasttor neue Wachen aufstellen lassen. Doch genau wie für ihre Kameraden zuvor war dies kein guter Tag für sie gewesen. Sie lagen, vor den Augen der anderen Palastbewohner gut verborgen, mit aufgeschnittenen Hälsen in einer selten besuchten Kammer des Eispalastes. Was immer das Begehr jener Gestalt war, es musste mit Chromlion, Elischa und Madhrab zusammenhängen. Trachtete sie dem jungen Lesvaraq nach dem Leben, waren auch Madhrab und Elischa in großer Gefahr. Am Schicksal des Bewahrers Chromlion zeigte sie jedenfalls ein reges Interesse.

Die Gestalt wartete, bis Chromlion und die Eiskrieger

außer Sicht waren. Sie sah sich vorsichtig um, reckte die Nase in die Höhe und sog die Luft tief ein. Sie hatte einen Duft wahrgenommen, der ihr gefiel. Sofort setzte sie sich lautlos in Bewegung. Es war die Richtung, in der sich Elischas Kammer befand.

Die Geisterstadt

In den Gassen von Tut-El-Baya war Ruhe eingekehrt. Eine trügerische Ruhe, die den Einwohnern eine Auszeit gönnte, bis der nächste Sturm losbrach. Das geschah jeden Tag, sobald sich der Tag zur Nacht verabschiedete, wenngleich der Unterschied zwischen den Zeiten kaum merklich war. Ein wenig dunkler war die Nacht und die Einwohner fürchteten sich vor den Schatten, die des Nachts durch die Straßen zogen und nach Sterbenden Ausschau hielten, die sie mit sich in ihr Reich nehmen konnten. Thezael, der oberste Praister, hatte die Schatten während der Bestattungszeremonie für den einstigen Regenten Haluk Sei Tan und den Fürsten Fallwas nach Tut-El-Baya gerufen. Jedenfalls gab ihm die Mehrheit der Einwohner der Stadt die Schuld an dieser Misere. Ob sie mit der Annahme richtiglagen, war nicht beweisbar. Das brauchten sie auch nicht, denn am Ende war es gleichgültig, ob der Praister die Schatten gerufen hatte oder diese mit der Seuche gekommen waren. Das Ergebnis war in jedem Fall fatal. Der Tod wandelte in der Gestalt eines durch die Geißel der Schatten Verseuchten durch die Stadt und berührte jeden, der ihm zu nahe kam oder den er sich als Opfer auserkoren hatte.

In einer Sache hatten die Einwohner allerdings recht, Thezael war es, der die Barbarei der Inquisition mitsamt ihren Foltermethoden zurückgebracht hatte und sich das Wohlwollen der Kojos mit dem Blutopfer lebender Klan erkaufen wollte. Seit dem abrupten Ende der Bestattung, die in einer Massenpanik und vielen Toten und Verletzten geendet hatte, war Thezael nicht mehr in die Stadt gegangen, um sich sehen zu lassen und den Segen der Kojos zu verkünden. Stattdessen hatte er sich im Kristallpalast mit seinem Gefolge, den Hinterbliebenen der Regentenfamilie, dem Hofstaat und der gesamten Dienerschaft eingeschlossen. Die Gartenanlagen blieben für Besucher geschlossen. Vielleicht fürchtete sich Thezael vor dem Bild, das sich ihm in der Stadt bieten würde. Sämtliche Zugänge zum Palast waren abgeriegelt worden. Schwer bewaffnete Krieger bewachten den Palast weiträumig und ohne Unterlass bei Tag und Nacht. Sie wurden von Bogenschützen unterstützt, die erhöht in jüngst errichteten Holztürmen saßen und jeden erschossen, der die Markierung der dichten Abwehr überschreiten wollte oder den patrouillierenden Wachen zu nahe kam. Niemand kam rein, keiner kam raus. Zeigte eine Wache auch nur leichte Anzeichen der Seuche, wurde sie sofort entwaffnet, aus dem Dienst entlassen und augenblicklich in die Stadt gejagt.

Tut-El-Baya hatte sich verändert. Aus der einst vor Leben blühenden Regentenhauptstadt war eine Stadt der Geister geworden. Dort, wo einst Gaukler die Marktplätze zierten und ihre Kunststücke darboten, schwelten halb verkohlte Leichenhaufen. Der Wind, der regelmäßig zur Abenddämmerung auffrischte und seit der Zeit der Dämmerung fast ständig in gleicher Stärke blies, trug die Asche der Toten durch die Stadt und färbte die weiß getünchten Häuser schwarz.

Dort, wo einst singende und fröhlich tanzende Klan während ihrer Feste und Feiern durch die Straßen zogen, lauerten Plünderer auf ihre Beute. Sie hatten sich aus der Not zu Banden zusammengeschlossen, um im Chaos der Seuche und der Dämmerung zu überleben. Vorratskammern und Geschäfte waren geplündert, Schätze aus Häusern entwendet, Frauen und Kinder entführt worden. Wer nicht aus freien Stücken gab, wurde mit Gewalt gezwungen oder getötet. Dort, wo einst Musik zum Tanz aufspielte, ertönten in den langen Nächten die qualvollen Todesschreie der Sterbenden. Das Stöhnen der Siechen und Kranken durchzog die Gassen, als läge Tut-El-Baya im Todeskampf. In den Straßen regierte der pure Wahnsinn. Wer sich nicht mit der Seuche angesteckt hatte, wurde von den Kranken aus Neid, Hass oder Hunger gejagt. Entweder die Gesunden wurden auf diese Weise ebenfalls mit der Seuche infiziert oder wurden getötet und landeten sofort in den Schlünden der nach frischem Fleisch Hungernden.

Die schlimmsten Befürchtungen hatten sich mit dem Einzug der Geißel der Schatten bewahrheitet. In den Gassen der Stadt türmten sich die Toten und Opfer der Seuche und verpesteten die Luft mit ihrem Gestank. Überall stapelte sich Schutt und Müll. Die Hoffnungslosigkeit war allerorts spürbar und lag wie eine dunkle, bedrückende Wolke über Tut-El-Baya. Niemand vermochte sich den Schrecken zu entziehen. Der Kampf ging längst nicht mehr ums Überleben. Die meisten in der Stadt wohnenden Klan hatten mit ihrem Leben abgeschlossen. Nichts als Trostlosigkeit erwartete sie Tag für Tag aufs Neue. Manche ergaben sich lieber freiwillig ihrem Schicksal, das ihnen früher oder später ohnehin blühte. So dachten sie jedenfalls, schlossen die Augen und warfen sich den Infizierten in die Arme, damit ihr Elend endlich ein Ende fände. Zwar war dies ein Ende mit Schrecken, aber das war in den Augen mancher unter ihnen immer noch besser, als jeden Tag vor Angst zu zittern und so lange zu warten, bis die Seuche oder die Schatten von selbst zu ihnen fanden. Verstecken war zwecklos. Wenn die Geißel der Schatten Opfer suchte, so fand sie sie auch. Wie lange dieser Zustand vorhalten würde, war ungewiss. Bestenfalls vielleicht einige Wochen, womöglich ein paar Monde oder im schlimmsten Fall sogar eine Sonnenwende und länger. Irgendwann musste allerdings selbst die Geißel der Schatten weichen und der Spuk wäre von einem Tag zum anderen vorbei. Solange die Seuche allerdings ihre Opfer fand, hatte sie die Hauptstadt der Klan fest im Griff und beherrschte das traurige Stadtbild.

Überaus verärgert kam Thezael mit wehenden Gewändern in den Festsaal des Palastes gerauscht. Er war außer Puste und hielt sich nach Luft ringend an einem schweren Vorhang neben der Eingangstür fest. Angewidert starrte er auf das sich ihm bietende Bild der Feiernden, von denen nicht wenige ihren Rausch unter den Tischen und in den Ecken des Saales laut schnarchend ausschliefen. Die Regentin hatte ihn rufen lassen, und er hatte ihretwegen wieder einmal wichtige Studien und Geschäfte unterbrechen müssen. Das war eine dreiste Geste, die ihr in seinen Augen nicht zustand. Er musste Raussa diese Angewohnheit schnellstens austreiben, wusste allerdings nicht, wie er das anstellen sollte. Seit Tagen beging sie ihre zwanzigste Sonnenwende mit einem rauschenden Fest. Draußen herrschte der Wahnsinn des Todes und drinnen im Palast die Dekadenz eines Hofstaates, der sich in den letzten Zügen befand.

Wie kann sie nur so schamlos sein? Vögelt vor den Augen ihrer Gäste mit dem halben Hofstaat und zecht sich zwischendurch den Verstand weg, ging es Thezael durch den Kopf, *dabei sieht dieses lüsterne Weib noch so unverschämt verlockend aus, dass ich glatt schwach werden könnte.*

Die Monde der Trauer über des Regenten Gang zu den Schatten waren noch nicht einmal vorüber, schon wurden auf Anweisung der Regententochter die ersten rauschenden Feste im Kristallpalast gefeiert. Ohnehin tat Raussa, was ihr gefiel, und behandelte den obersten Praister, als wäre er einer ihrer Diener. Sie ließ keine Gelegenheit aus, ihn zu demütigen. Wenn es ihr gefiel, sogar vor den versammelten Augen des Hofstaates. Es war ein Desaster, seine Pläne der Machtübernahme lagen in Scherben. Die Stadt war ein Trümmerhaufen und ein Hort der Krankheit. Nur wer seinen Verstand verloren hatte, wagte einen Schritt in die Nähe der Häuser unterhalb der Gartenanlagen, und wer den schnellen oder qualvollen Tod suchte, sogar noch ein Stück weiter hinein. Die Hauptstadt war für Thezael wertlos geworden. Er hatte die Hoffnung aufgegeben. Tut-El-Baya war nicht mehr zu retten. Selbst die Orna, die mit einem Gegenmittel hätten helfen können, waren nicht in der Stadt erschienen. Nicht eine Abgesandte hatten sie zu ihm geschickt.

Es ist alleine die Schuld des Ordens, wenn die Stadt der Klan am Ende stirbt, dachte Thezael verbittert, *sie betrauern den Tod ihrer alten Mutter und warten währenddessen mit dem Wissen um das Heilmittel untätig auf die Wahl einer neuen Mutter. Bis dahin legen sie die Hände in den Schoß und sehen dem Untergang zu. Vielleicht schreiben sie ein paar warme Worte des Nachrufs auf Tut-El-Baya.*

In der Annahme, die Regententochter kontrollieren und beraten zu können, war die direkte Nachfolge in der Regentschaft mit dem Wohlwollen der Klanfürsten im Wesentlichen auf sein Betreiben hin zurückzuführen. Das Fürstenhaus Alchovi war nicht gefragt worden. Corusal hätte eine solche Wahl ohnedies abgelehnt.

Wahrscheinlich hätte Fürst Alchovi recht behalten, als er uns schon vor geraumer Zeit im Rat der Fürsten davor warnte, Raussa die Nachfolge des Regentensitzes anzuvertrauen und dafür eintrat, den Sitz an eine andere Fürstenfamilie zu vergeben. Wir hätten ihn frühzeitig in die Frage der Nachfolge einbeziehen sollen«, dachte Thezael mürrisch. »*Welch seltsame*

Ironie des Schicksals! Wie konnte ich mich von ihr täuschen lassen? Sie ist wie ihr Vater. Sturköpfig, herrisch, ohne Sinn und Verstand und manchmal doch brillant. Das Feiern wird bald zur Sucht bei ihr. Vergnügen, pah … sie sucht nichts als Vergnügung und Ablenkung. Und die dämlichen Höflinge küssen ihr die Füße dafür.

Tatkräftig unterstützt wurde Raussa von einem Gaukler, der vor Ausbruch der Seuche nach Tut-El-Baya gelangt war und die Aufmerksamkeit der Regententochter während einer Veranstaltung am Marktplatz erregt hatte. Der kleinwüchsige Klan mit den krummen Stummelbeinen war dem Praister von Anfang an ein Dorn im Auge. Er übte keinen guten Einfluss auf die Regententochter aus. Als er den im Kreis herumspringenden und dabei laut grölenden Irrwisch im Saal erblickte, bildete sich eine Zornesfalte auf der Stirn des Praisters und seine Augen verengten sich zu Schlitzen. Dieser Wahnsinn musste ein Ende haben. Der Gaukler musste verschwinden.

»Er ist eine Plage«, murmelte Thezael leise, »schlimmer noch als die Geißel der Schatten, die uns heimsucht.«

Eine zu kleine Flickenmütze mit sieben Zipfeln in jeweils anderen Farben und mit je einem Goldglöckchen abgesetzt, zierte das Haupt des Narren, wodurch sein Kopf überdimensional groß wirkte und ihm ein insgesamt groteskes Aussehen verlieh. Bewegte er seinen Kopf hin und her, klang jedes der Glöckchen für sich verschieden hell. Unter der Mütze ragten rote Locken hervor, die aber bereits mit grauen Strähnen durchzogen waren, und sein flaches Kinn schmückte ein langer grauer Ziegenbart; dies stand jedoch im Gegensatz zu seinen wachen, grauen Augen und dem kantig geschnittenen, noch faltenlosen Gesicht, in dem eine große rote, vom Weingenuss mit blauen Äderchen durchzogene Knollennase prangte. Gewiss musste der missgestaltete Zwerg mittleren Alters sein, überlegte Thezael. In dem Mund des Zwergs herrschte gähnende Leere, denn lediglich drei gelbbraun, fleckige Zähne – einer oben, zwei unten – steckten in dem rot entzündeten Zahnfleisch. Es grenzte an ein Wunder, dass diese noch nicht ausgefallen waren. Das beinahe zahnlose Sprechen verlieh seinen Vorträgen eine ganz besondere Note des Irrsinns.

Der Narr hatte sich einen schäbigen Mantel über das ebenfalls aus Flicken bestehende Unterkleid geworfen, der für seine Körpergröße schlicht viel zu groß wirkte. Durch die zu kurz geratenen Beine, die ihm einen einer Ente auf Landgang nicht unähnlichen Watschelgang verliehen, befand der ein oder andere Klan den Schausteller des skurrilen Humors tatsächlich für lustig.

An den Füßen trug der Narr durchgelaufene Sandalen, die den Blick auf zu lange, nach unten gebogene Fußnägel zuließen, unter denen sich der Schmutz dauernder Wanderschaften wohl über Sonnenwenden hinweg gesammelt hatte. Die Hände sahen kaum besser gepflegt aus. Erst kurz vor dem Tod des Regenten vor einigen Monden zusammen mit einer Gruppe anderer Gaukler nach Tut-El-Baya gekommen, die sich auf den Festen ein paar Handvoll Anunzen mit ihren Künsten verdienen wollten. Die Einwohner der Stadt hatten als freigiebig gegolten, wenn ihnen eine Darbietung gefallen hatte. Während der meisten Feierlichkeiten war es in der Hauptstadt der Klan oft fröhlich zugegangen. Die ausgelassene Stimmung hatte den Gauklern zu guten Geschäften, Applaus und Anerkennung verholfen. Davon ließ es sich über längere Zeit gut leben. Das hatte sich in den Klanlanden herumgesprochen, was wiederum im Lauf der Zeit immer mehr Sänger, Geschichtenerzähler, Zauberkünstler und Artisten in die Stadt gelockt hatte, die sich dann um die besten Plätze für ihre Darbietungen stritten. Meist war nicht auf die Qualität der Vorstellungen geachtet worden. Hauptsache, das Publikum wurde bestens unterhalten, wobei die Geschmäcker vielfältig waren und es daher oft nicht allzu schwer war, eine ausreichende Zahl an begeisterten Zuschauern zu bekommen, die bereitwillig ein paar Anunzen springen ließen. Die meisten seiner Reisegefährten durch die Klanlande waren in den vergangenen Monden gestorben. Entweder die Seuche hatte sie dahingerafft oder sie waren Opfer des in der Stadt vorherrschenden alltäglichen Wahnsinns geworden. Der Narr hatte Glück gehabt und die Gelegenheit beim Schopf gepackt, als ein Gaukler zur Unterhaltung und Aufmunterung der Regententochter Raussa gesucht worden war. Sie war für einen unkonventionellen Geschmack in Sachen Unterhaltung bekannt, da kam ihr der Narr mit den zu kurzen Beinen und der Flickenkappe offenbar gerade recht. Die überwiegende Zahl seiner Zuschauer fand ihn weder lustig noch irgendwie interessant. Im Gegenteil. Mit der Art seines Humors stieß er meistens auf taube bis ablehnende Ohren. Häufig war die Rede von ärgerlich und unverschämt, wenn es um die Darbietungen des Narren ging. Bis auf Raussa, die seine von einem birnenförmigen Saiteninstrument vorgetragenen Lieder und Reime – die keine waren – liebte und sich vor Lachen den Bauch hielt und Tränen vergoss. Der Narr hörte auf den klangvollen Namen Tarratar. Ob dies sein wirklicher oder ein Künstlername war, wusste nur er selbst. Tarratar erzeugte schiefe und schräge Klangfolgen auf seinem Instrument, die den Zuhörern nahelegten, dass er überhaupt nicht spielen konnte, und in den Ohren gar fürchterlich schmerzten. Raussa hingegen bezeichnete sein Spiel als virtuos und überaus künstlerisch. Übertönt wurden die Missklänge von einer heiseren bis schrillen Stimme, die kaum noch als solche bezeichnet werden durfte. Doch seine Zunge war so scharf wie keine andere und er übergoss die Gesellschaft des Hofes stets auf Neue mit ätzendem Spott und Hohn. Hätte ihn die Tochter des Regenten nicht unter ihren persönlichen Schutz genommen, wäre er längst einen Kopf kürzer gemacht worden oder eines anderen unnatürlichen Todes gestorben. Die Praister kannten durchaus wirksame Mittel, sich des Problems still und leise anzunehmen. Kein Aufsehen, kein Vermissen. Aber Raussa hing aus unerfindlichen Gründen an dem Narren, der sogar zuweilen lüstern unter ihre Decke kroch.

Ich will mir nicht vorstellen, was er dort treibt, dachte Thezael und verdrehte die Augen, *das ist wider die Natur.*

Raussa war unberechenbar. Thezael fürchtete sich jedoch vor ihren Zornesausbrüchen, wenn sie erfahren hätte, dass Tarratar verschwunden wäre. Sie hätte umgehend Verdacht geschöpft und ihn zur Rechenschaft gezogen. Einmal hatte sie sich in einer öffentlichen Versammlung völlig überraschend – ohne ihren Vorwurf näher zu begründen – erlaubt, Thezael des hinterhältigen Mordes an ihrem Vater und Fürst Fallwas zu bezichtigen. Ein Raunen und Flüstern war durch die während der Versammlung anwesenden Höflinge gegangen, als sie die Worte der Beschuldigung ausgesprochen und nicht wieder zurückgenommen hatte.

Wie nicht anders erwartet hüpfte der Narr auch jetzt auf seinen Stummelbeinen im Kreis aufgeregt um die Regentin und bedachte deren eifrig laszives Liebesspiel mit einem entfernten Verwandten des Fürstenhauses Habladaz, der auf den Namen Ayadaz hörte, und einem Diener namens Darfas unentwegt mit derben Sprüchen und üblen Zoten. Die Regentin störte sich nicht daran, sondern lachte lauthals über die Kommentare ihres Narren, während sie sich von den beiden Männern befriedigen ließ, und lud ihn schließlich mit einer deutlichen Handbewegung dazu ein, mitzumachen. Die Aufforderung ließ sich Tarratar nicht zweimal geben. In weniger als einer Sardas war er bis auf seine Flickenkappe, die er auf dem Kopf behielt, entkleidet und stürzte sich mitten auf die sich in den Kissen auf einem Podest räkelnden Leiber. Thezael sah dem Treiben aus der Entfernung für eine Weile zu, bevor er sich dazu entschloss, sich zu nähern und durch ein lautstarkes Räuspern bemerkbar zu machen.

»Ihr habt mich rufen lassen, Regentin«, begann der Praister vorwurfsvoll, ohne eine Aufforderung zum Sprechen abzuwarten, »meine Zeit ist kostbar. Was kann ich für Euch tun?«

Verdeckt von den sich auf ihr im stetig steigernden Rhythmus des Liebesspiels bewegenden Körpern, sah Raussa überrascht zu Thezael auf, der sich breitbeinig und mit in die Hüfte gestemmten Armen vor ihr aufgebaut hatte. Ihr Blick war vom Genuss zahlreicher Rauschmittel in den vergangenen Tagen glasig geworden. Berauscht und abgelenkt nahm sie den Praister nur halb durch einen dichten Nebel ihres Bewusstseins wahr. Sie fühlte sich durch die Anwesenheit Thezaels gestört und deutete ihm mit einer unwirschen Kopfbewegung an, er solle sich entfernen. Thezael dachte nicht daran.

»Schande über Euch und Eure Familie. Ich habe genug von Euren Ausschweifungen und Launen«, beschwerte sich Thezael verärgert. »Ihr bestellt mich und bietet mir ein Trauerspiel voller Dekadenz und Perversion. Ihr seid eine impertinente Hure. Nicht besser als die Frauen, die sich für ein paar Anunzen oder einen Schluck Starkgebrannten dem nächstbesten stinkenden Hafenpenner an den Hals werfen. Und dieser Idiot von einem Zwerg, der sich in Eurer Gegenwart Narr nennen darf, beleidigt meine Sinne mit seinem Gezeter. Das hat nun ein Ende.«

Da sprang der Narr plötzlich auf, schüttelte den Kopf, bis die Glöckchen an seiner Kappe klingelten, und umkreiste den Praister nackt tanzend. Thezael blieb ruhig und wartete auf die Gardisten und Praister, die ihm zu Hilfe eilten. Bevor er zu Raussa gegangen war, hatte er bereits die Absicht gehegt, den Narren gefangen nehmen zu lassen und einen der untergebenen Praister nach den Gardisten geschickt. Die Musiker beendeten ihr Spiel und im Festsaal trat Stille ein, als ob die Gäste den Atem anhielten.

»Hoi, hoi … hört den Klang des heiligen Mannes«, rief Tarratar, während er von einem Bein auf das andere hüpfte. »Außer sich vor Wut vergreift er sich, zeigt Mut … zum ersten Mal. Hoi, hoi … seht das Antlitz der Schatten, schon ruft er Hilfe suchend nach den Ratten. Ein Praister, fein und doch so klein, will mächtig sein. Seht ihn Euch an, den roten Robenmann. Wie stolz er ist und blind. Denkt, er rette die Welt vor dem Dunklen geschwind. Magie, ein Wort, das er nicht kennt, und kommt sie nun, die Ungläubigen zu richten, der Praister rennt.«

»Schweigt, Ihr elende Missgeburt von einem Zwerg«, herrschte Thezael den Narren an, »oder ich lasse Euch die Zunge herausschneiden. Ihr wisst nicht, wozu ich imstande bin.«

»Oh, natürlich weiß ich das, mein Herr«, erwiderte Tarratar, »Ihr seid ein Mann der Kojos, ein Praister, und Ihr habt Euch viele Getreue mitgebracht. Viele schöne Geschichten werden über Euch erzählt. Von der Inquisition über verräterische Intrigen, Folter, Attentaten bis hin zu heimtückischer Mordlust war alles an Abscheulichkeiten vertreten, was sich meine Ohren wünschen könnten. Auserkoren, den Unbegreiflichen zu dienen, sagt Ihr über Euch selbst. Ein Praister, der nach Macht strebt und unerwartet vor den Trümmern seiner Träume steht. Nicht wahr? Das muss ein Schock für Euch gewesen sein. Ihr steht am Abgrund, wolltet herrschen und hattet eine Vision vom Glanz der Macht. Ihr wolltet endlich in der Sonne stehen und nicht mehr im Schatten eines Regenten. Der dunkle Hirte und seine folgsamen Diener haben Eure gierigen Pläne durchkreuzt. Auferstanden aus dem ewigen Schlaf rief er die Zeit der Dämmerung hervor und überzog das Land mit Katastrophen und der Geißel der Schatten. Ja, die Altvorderen und die Saijkalrae sind Euch einen Schritt voraus. Jetzt grämt Ihr Euch, weil Ihr nicht gesehen habt, was kommen musste. Doch Narren seid Ihr allesamt. Denkt immer noch, Ihr könntet verhindern, was unabwendbar ist. Glaubt, die Rückkehr des Magischen durch Folter und Opfer zu unterbinden. Seht mich an. Der Narr sollte ich sein. Aber in Wirklichkeit seid Ihr es. Wollt Ihr meine Kappe haben?«

»Hütet Eure Zunge gut«, blaffte Thezael, »ich scherze nicht.«

»Nein, Schattenmann. Ihr seht wahrlich nicht danach aus, als besäßet Ihr auch nur einen Funken Humor. Den solltet Ihr aber besser haben, wenn Ihr das nächste Mal den Schatten gegenübertretet. Den Todgeweihten steht ein Lächeln auf den Lippen gut, vor allem wenn es ihr Letztes ist, was sie vor den Flammen der Pein retten könnte.«

»Wer seid Ihr?«, stutzte Thezael plötzlich. »Ein Gaukler gewiss nicht. Dafür seid Ihr zu gerissen. Woher nehmt Ihr Euer Wissen? Ein Betrüger oder Hochstapler würde zu Euch passen.«

»Wer ich bin und was ich weiß, tut nichts zur Sache. Ein Bote, ein Prophet, der Meister der Rätsel oder gar ein Magier? Tarratar dürft Ihr mich nennen. Ein Name unter vielen bloß. Ob ich es bin? Wer weiß das schon. Euer Ende ist nah, Praister. Aber Ihr verschließt Euch davor. Lasst die Gesellschaft am Hofe das Leben in vollen Zügen genießen. Was habt Ihr zu verlieren, Thezael? Nichts. Sie …«, er zeigte auf Raussa, die einem Höhepunkt entgegensteuerte, »… hat längst erkannt, dass sie über nichts herrscht. Das Erbe ihres Vaters ist wertlos. Tod und Verderben. Wer will darüber schon regieren? Weshalb seht Ihr es nicht? Es ist vorbei. Eure Stadt geht unter. Seht sie Euch an, die Regentin der sterbenden Rasse. Jung und lüstern, hört Ihr sie Liebesschwüre flüstern. Sie ist das Sinnbild moderner Klan. Reduziert auf die niedersten Triebe frönt sie dem Vergnügen und der Lust. Dekadenz in ihrer höchsten Form. Bald schon werden die Altvorderen auf den Plan treten und altes Recht einfordern. Eine neue alte Ordnung entsteht, wenn die wiedergeborenen Lesvaraq die Macht ergreifen. Dient ihnen, vielleicht lassen sie Euch für eine Weile leben. Stellt Euch gegen sie und sie werden Euch hinwegfegen, als wärt Ihr verdorrtes Laub.«

»Schafft mir dieses Monster endlich aus den Augen«, wies Thezael die hinter im versammelten Gardisten an.

»Dumm, dumm, dumm!« Tarratar zeigte mit dem Finger auf die Umstehenden und blieb in der Drehung um die eigene Achse direkt vor Thezael stehen. »Ich hatte meinen Spaß mit Euch in der Stadt der Geister und der Toten. Wer weiß, womöglich hätte ich Euch in der Not und Eurer Machtlosigkeit helfen können. Aber jetzt muss ich gehen und Ihr werdet es nie erfahren. Einen letzten Kuss dem willigen Fleisch werdet Ihr mir gewiss gestatten? Sie ist so … sinnlich in ihrer Ekstase«, kicherte Tarratar und rieb sich die Hände.

»Untersteht Euch!«, schrie Thezael aufgebracht, »Wachen! Nehmt den Zwerg gefangen.«

»Ich bin kein Zwerg, mein werter Herr Praister«, antwortete Tarratar spöttisch, »und nun, da Ihr dies wisst und die Erkenntnis über das, was ich nicht bin, für Euch nichts wert ist. Sterbt wohl.«

Thezael starrte fassungslos auf die Stelle, wo er den Narren zuletzt gesehen hatte. Er hatte sich vor seinen Augen mit einem Lachen einfach in Luft aufgelöst, bevor ihn die Wachen ergreifen konnten.

Wie war das möglich?, fragte sich der Praister insgeheim.

Die Stimme Tarratars dröhnte in seinem Kopf, als stünde der Narr direkt neben ihm. *Ach … fast hätte ich es vergessen … ich bin ein Wächter des Buches, dessen geheimes Wissen Ihr so sehr begehrt,* waren die letzten Worte des Narren, die ausschließlich ihm galten.

Ich hätte es mir denken können, ärgerte sich Thezael, *er hat uns den Narren nur vorgetäuscht und seine Anwesenheit im Kristallpalast hatte eine tiefere Bewandtnis.*

»Und nun zu Euch«, wandte sich der Praister zunächst an Darfas, den Diener, »runter von der Palasthure. Das Fest ist zu Ende. Schämt Euch, Darfas. Euer Verhalten wird Folgen haben.«

»Aber … aber … sie hat es mir befohlen, Herr«, stammelte Darfas und gehorchte, »ich konnte mich ihrem Wunsch nicht widersetzen.«

»Ihr seid nicht irgendein Diener, Darfas. Ihr hättet ihr Drängen ablehnen müssen und Euch dezent entfernen sollen, wie es sich für einen Diener des Kristallpalastes gehört. Soweit ich mich erinnere, habt Ihr den Rang des Ersten Dieners in diesem Palast inne. Dies jedenfalls seid Ihr die längste Zeit gewesen. Über andere Maßnahmen unterhalten wir uns später. Ich denke, Ihr werdet für den Rest Eures erbärmlichen Lebens die Verliese putzen. Dort wird es keine Versuchungen für Euch geben. Packt Euer Gewand und verschwindet aus meinen Augen, sonst opfere ich Euch an Ort und Stelle den Kojos, um ihren Zorn über das Gesehene zu beschwichtigen.«

Darfas blickte beschämt zur Seite, packte sein Bündel Kleider und rannte, so schnell er konnte, aus dem Festsaal. Den Verwandten der Habladaz, Ayadaz, zog Thezael eigenhändig und höchst unsanft am Haarschopf zu sich.

»Ihr beschmutzt den guten Ruf Eures Hauses, mein Junge«, flüsterte der Praister dem Habladaz-Abkömmling zu. »Fürst Habladaz wird wenig erfreut sein, wenn ich ihm Eure heldenhaften Taten am Hofe und im Schoß der Regentin vor dem Rat der Fürsten vortrage.«

»Ich bitte Euch, tut das nicht«, seine Stimme zitterte vor Erregung.

»Vielleicht überlege ich mir das noch einmal unter der Voraussetzung, dass Ihr die Regentin zu einem Ausflug in die Stadt begleitet«, lächelte der Praister, »dort könnt Ihr ungestört mit ihr machen, was Ihr wollt.«

»Aber ehrwürdiger Praister«, stammelte Ayadaz, »ich habe nichts Unrechtes getan. Sie wollte es so haben. Wisst Ihr denn nicht, dass dies unser sicherer Tod wäre?«

»Und? Den habt Ihr Euch redlich verdient. Ich gebe Euch die einmalige Gelegenheit, zu entkommen. Wollt Ihr sie mit Euch nehmen und vor den Seuchenopfern beschützen?«

»Nein … ich … Ihr bringt mich nicht in diese Stadt, in der die Schatten regieren und die Hungrigen nach frischem Fleisch Ausschau halten. Niemals!« Der junge Adlige zitterte am ganzen Leib.

»Ihr werdet gehen, wenn ich es sage. Das ist mein letztes Wort«, schloss Thezael den Disput.

Der Höfling ließ den Kopf hängen. Er war dem Praister in keiner Hinsicht gewachsen und musste sich in sein

Schicksal fügen. Raussa hingegen hatte sich inzwischen zornig von ihrem Kissenlager erhoben und war dicht an Thezael herangetreten, während dieser sich mit dem Höfling beschäftigt hatte. Sie wirkte plötzlich ganz nüchtern, so als habe sie über die Tage der Feier weder Rauschmittel noch Wein oder Gebranntes zu sich genommen. Sie schob ihren aufreizenden Körper zwischen ihren Liebhaber und Thezael. Er konnte ihre Hitze und die Rundungen durch den Stoff seines Gewandes spüren. Sie roch nach blumigem Körperöl, Schweiß und dem süß-säuerlichen Nektar ihrer Liebhaber.

»Was erlaubt Ihr Euch, Praister«, fauchte sie Thezael an, »ich bin die Regentin der Klanlande und Herrin in diesem Palast. Niemand belästigt meine Gäste. Auch Ihr nicht. Ihr wart der Berater meines Vaters. Doch meiner seid Ihr nicht. Ich ließ Euch rufen, um Euch mitzuteilen, dass ich Euch aussende, dem Schrecken der Geißel ein Ende zu machen. Ihr werdet in das Haus der heiligen Mutter gehen und die Orna um ein Heilmittel für die Krankheit bitten.«

Thezael glaubte sich verhört zu haben. Raussa schickte ihn weg. Er war der oberste Praister, wie konnte sie es wagen, ihn, einen heiligen Mann der Kojos, für Botengänge zu missbrauchen. Ein Diener, ein Krieger oder eine Wache hätte diese Aufgabe übernehmen können. Vielleicht ein Novize, der auf die Weihe zum Praister wartete, aber nicht der oberste Praister selbst. Sie musste vollkommen von Sinnen sein, wenn sie ihm dies vor dem versammelten Hofstaat auftrug. Ihr Wunsch war mehr als eine Missachtung seiner Stellung am Hofe. Es war eine Demütigung.

»Schickt Euren Diener Darfas«, regte sich Thezael auf, »er war sonst recht zuverlässig und ganz offensichtlich habt Ihr das größte Vertrauen in seine Dienste.«

»Nein«, schrie Raussa mit schriller Stimme und stampfte barfüßig auf, »Ihr werdet gehen. Ich befehle es und dulde keine Widerrede.«

Thezael schüttelte den Kopf. Er musste diesem Spiel endlich ein Ende machen und suchte deshalb die offene Konfrontation.

»Wachen …«, befahl er. »Nehmt die Tochter des Regenten in Gewahrsam. Ich übernehme inzwischen die Geschäfte des Regenten so lange, bis wir einen Neuen gefunden haben.«

»Wachen …«, konterte Raussa, »*ich* bin die Regentin. Ihr untersteht mir und nicht dem Praister. Tötet ihn! Seht Ihr denn nicht, was geschieht? Er will mich stürzen und die Regierungsgeschäfte an sich reißen.«

»Unsinn, ich will retten, was zu retten ist. Nehmt sie gefangen!«, beharrte Thezael auf seiner Anordnung.

Die Wachen zögerten. Sie wussten nicht, was richtig oder falsch war. Wer war stärker? Auf wen sollten sie hören, ohne einen Fehler zu begehen, der ihnen am Ende selbst zum Verhängnis werden konnte. Sie mussten Farbe bekennen und konnten sich doch nicht entscheiden. Wessen Befehl sollten sie Folge leisten. Die Entscheidung war schwierig, denn folgten sie den Gesetzen der Klanlande, hatten sie keine Wahl und mussten Raussa gehorchen. Schlugen sie sich auf die Seite der Regentin, würden im Kristallpalast wilde, von Raussa inszenierte Feiern auf sie warten. Der Nachteil daran war, dass sie möglicherweise nicht lange Freude daran hätten, wenn der Praister mehr Anhänger um sich scharen konnte und mächtig genug war, die Regentin zu vertreiben. Hinzu kam, dass sie ihnen keine Hoffnung auf die Überwindung der Schrecken bot. Ihre Zeit der Herrschaft konnte über kurz oder lang im Chaos enden. Die Vorstellung über ein Leben in Saus und Braus war zwar verlockend, aber eben nicht alles. Entschieden sie sich für die von Thezael erteilte Weisung, waren sie sich nicht sicher, ob Raussa tatsächlich stark genug war, sich dem Praister zu stellen und ihn mit ihren Anhängern zu überwinden. Sie hatte die Regentschaft erst vor wenigen Monden nicht unter den besten Voraussetzungen angetreten und bislang nicht bewiesen, dass sie in der Lage war, die Klanlande aus den fortwährenden Katastrophen und Krisen herauszuführen. Im Gegenteil, ihr Verhalten deutete vielmehr auf eine Resignation hin.

Plötzlich breitete Thezael die Arme aus und rief ein einziges Wort:

»Schatten …!«

Er sah sich aufmerksam um und musterte die Gesichter der umstehenden Gäste und Wachen. Ein angstvolles Flüstern ging durch die Reihen: *»Der Praister ruft die Schatten in den Kristallpalast. Wir müssen fliehen.«* Die Wirkung hatte Thezael durchaus beabsichtigt. Erinnerungen an die Bestattungszeremonie wurden wach. Schnell breitete sich Angst unter den Höflingen aus, die sich bei jedem weiteren noch so kleinen Anlass zu einer Panik ausweiten konnte. Die Grundlage für das Feuer war gelegt. Ein kleiner Funke genügte, um es zu entfachen. Bleiche Gesichter, aus denen binnen kürzester Zeit jegliche Farbe gewichen war, starrten den Praister erschrocken und entsetzt an. Sie hatten sich im Palast bis zuletzt sicher gefühlt, obwohl die Welt außerhalb der Mauern vor ihren Augen zerfiel und von Dunkelheit bedroht wurde. Durch ein einziges Wort aus dem Mund des obersten Praisters war die Sicherheit verflogen. Manchen schlotterten die Knie. Andere klapperten mit den Zähnen oder kauten nervös auf ihren Fingernägeln herum. Wieder andere zitterten am ganzen Körper ob der Vorstellung, dass die Schatten jeden Augenblick durch die

Tür des Festsaales kommen konnten und die Gesellschaft mit sich nehmen würden.

»Wachen, Praister! Tut, was ich Euch sage, und es wird Euch nichts geschehen«, sagte Thezael klar und deutlich, »verweigert mir die Treue und ich rufe die Schatten, wie ich es schon einmal tat.«

»Hört nicht auf ihn«, versuchte Raussa ihre Haut zu retten. Ihr schwante das Schlimmste. »Er will Euch hinters Licht führen. Thezael ist dazu nicht in der Lage.«

Niemand im Festsaal glaubte ihr, denn die meisten unter ihnen hatten den Praister während der Zeremonie erlebt und das Ergebnis seiner Anrufung war in ihren Augen eindeutig. Seit jenem Tag wanderten die Schatten durch Tut-El-Baya, und die eine Sonne hatte sich zur Zeit der Dämmerung verdunkelt. Die Gardisten entschieden sich rasch, packten die Regentin unsanft an den Armen und hielten sie fest. Raussa wehrte sich nicht gegen die Gefangennahme. Ihr war bewusst, dass sie die Auseinandersetzung verloren hatte und dies das Ende ihrer Regentschaft war. Eher früher als später hatte sie ohnehin damit gerechnet. Vielleicht war sie tatsächlich zu weit gegangen und hätte weiterhin die naive Tochter des Regenten spielen sollen, die sie nicht war. Aber diese Rolle wollte sie nie leben. Sie wäre nicht frei gewesen und wäre am Ende ohnehin nach Belieben des Praisters ausgetauscht worden. Die Provokation der offenen Konfrontation ihrerseits musste in ihren Augen sein. Wenigstens wollte sie es versuchen und an der aufkeimenden Macht des Praisters kratzen, solange sie dies noch vermochte. Thezael herrschte durch Furcht und Gewalt und war mit jedem Tag mächtiger und einflussreicher geworden. Die Klan fürchteten den Praister mit der dunklen Ausstrahlung. Raussa hatte insgeheim auf einen Fehler des Praisters gehofft, der sich für gewöhnlich scheute, offen zu agieren, und als vorsichtig galt. Doch sie hatte vergeblich gehofft. Thezael war zu erfahren, um sich darauf einzulassen.

»Was sollen wir mit ihr machen, Herr«, fragte eine Wache.

»Schneidet ihr die Haare ab, gebt ihr zehn Schläge mit einem eisernen Stock auf Beine und Rücken, jagt sie anschließend aus dem Palast und schickt sie in die Gassen der Stadt. Nackt, wie sie sich zuletzt am liebsten zeigte. Sollen sich die Einwohner von Tut-El-Baya um ihre Regentin kümmern. Sie werden ihre Herrlichkeit gewiss zum Fressen gernhaben. Danach geht und verhaftet Ukulja in ihren Gemächern. Die Mutter der Regentin ist die Letzte aus der Familie der Sei Tan. Wir wollen gnädig sein und sie den Kojos opfern, denn sie hat sich außer ihrer Blutsverwandtschaft mit der Regentschaft nichts zuschulden kommen lassen«, genoss Thezael seinen Triumph in vollen Zügen.

Auf ein Kopfnicken des Praisters wurden Raussa und ihr Liebhaber abgeführt. Thezael hingegen machte sich mit einer Gruppe von Getreuen sofort zu den Gemächern der Regentinmutter auf.

Ihr Herz und Blut wurden noch in derselben Nacht den Kojos übergeben.

Nicht alleine die Kälte ließ das durch die Straßen von Tut-El-Baya streifende Paar frieren und zittern. Die Angst saß ihnen im Nacken. Die Frau war splitternackt unter dem dünnen Leinenumhang, welchen sie von ihrem Begleiter fürsorglich um die Schultern gelegt bekommen hatte. Ihr Kopf war kahl geschoren. Wer auch immer die Klinge während der Tortur geführt hatte, war nicht vorsichtig gewesen. Zahlreiche mit Blut verkrustete Schnitte und Abschürfungen zierten die Kopfhaut. Sie war verletzt und lief barfuß. Wie unschwer zu erkennen war, hatten andere ihr die Verletzungen zugefügt. Ihr Rücken wies mehrere verheerende und schmerzhafte Prellungen auf. Ein Rippenbogen ragte unnatürlich heraus. Gewiss ein Bruch, der nicht ohne die Hilfe eines Heilers gesunden würde. Mit einer Hand an der Hüfte und einer vornübergebeugten Haltung musste sie sich von ihrem Gefährten stützen lassen, während sie unter Schmerzen ein gebrochenes Bein nachzog. Es war ein offener Bruch, bei dem Knochen und Splitter aus Schienbein und Fußknöchel aus der noch blutenden Fleischwunde herausragten. Die Wunden waren frisch und offensichtlich nicht versorgt worden.

Der Mann sah sich nach beinahe jedem zweiten Schritt nervös und hektisch um. Jedes Geräusch ließ ihn aufhorchen. Kaum hatten sie sich ein paar Schritte auf den gepflasterten Wegen vorangeschleppt, blieben sie stehen und lauschten, ob sie in ihrer Nähe etwas Verdächtiges wahrnehmen konnten. Erst nachdem sie sich vergewissert hatten und keine Gefahr vermuteten, liefen sie weiter hinkend in die Stadt hinein. Auf einem Wachturm entlang der Gartenanlagen des Palastes stand Thezael im Schutze der Gardisten und beobachtete kalt lächelnd das sich abmühende Paar.

»Wir müssen einen sicheren Platz suchen und uns verstecken«, flüsterte Raussa, »die Schmerzen werden mit jedem Schritt unerträglicher. Ich kann mit dem Bein nicht mehr weit gehen.«

»Ihr müsst die Zähne zusammenbeißen, Regentin«, antwortete Ayadaz, »ich habe Freunde außerhalb des Palastes in Tut-El-Baya. Sollten sie die Seuche und die Plünderungen überlebt haben, werden wir dort in Sicherheit sein. Es ist zumindest eine Hoffnung auf ein Überleben. Aber es ist noch ein gutes Stück des Weges bis zu ihrem Haus. Wenn wir uns nicht beeilen, werden wir einige Horas benötigen.«

»*Ich* kann nicht schneller, Ayadaz«, entschuldigte sich Raussa, nicht ohne einen leisen Vorwurf für die Ungeduld ihres Begleiters durchklingen zu lassen.

»Das Beste wäre, wir bringen Euch gleich in ein nahe gelegenes Haus und verstecken Euch dort vor den Seuchenopfern, so gut es eben geht. Ich ziehe alleine weiter und versuche mich zu meinen Freunden durchzuschlagen. Ich bitte sie um Hilfe, komme zurück und hole Euch, sobald ich sie gefunden habe«, schlug Ayadaz vor.

»… und der junge Held kehrt niemals wieder«, verzog Raussa ihr Gesicht zu einem schmerzlich verbitterten Ausdruck, »… geht und versucht Euer Glück. Ich bin am Ende.«

»Ich bitte Euch. Ihr dürft Euch nicht aufgeben. Die Klan brauchen Euch. Wenn es uns gelingt, die Fürsten gegen Thezael aufzubringen, hat seine letzte Hora bereits geschlagen.«

»Ich wusste nicht, welch Träumer Ihr seid. Wenn mich weder die Geißel der Schatten, Plünderer oder Vergewaltiger holen sollten, wird mich mit Sicherheit das Fieber eines Wundbrandes oder der Blutverlust zu den Schatten bringen. Und wenn es das nicht ist, werde ich verhungern und verdursten. Thezael ist zu gerissen, um sich von den Fürsten absetzen zu lassen. Er steht mit Mächten im Bunde, denen wir nicht gewachsen sind. Eher wenden sich die Fürsten gegen mich, als ihn herauszufordern und gegen sich aufzubringen. O nein, Ayadaz, Ihr habt das falsche Pferd geritten.« Das ihren Worten folgende kehlige, raue Lachen klang bereits wie das einer Wahnsinnigen.

Ein heulendes Jaulen in ihrer Nähe, das sich wie der

Jagdruf eines überaus hungrigen Raubtiers anhörte, ließen Raussa und Ayadaz erschrocken aufhorchen. Sie konnten bereits das Geräusch über das Pflaster laufender Stiefel und Füße hören, die sich ihrem Standort unaufhaltsam näherten.

»Lasst mich hier und bringt Euch in Sicherheit, Ayadaz«, flüsterte Raussa, »es wird nicht mehr lange dauern, bis sie uns aufgespürt haben.«

»Aye«, antwortete Ayadaz und blickte die Regentin mitleidig von der Seite an, »zieht Euch in den nächsten Hauseingang zurück, verhaltet Euch still und wartet, bis sie vorüber sind. Euer Wunsch ist mir Befehl. Ich gehe und suche nach Hilfe.«

Er nahm Raussa den Umhang ab, verhüllte sich darunter und ließ sie stehen, ohne sich noch einmal umzublicken. Ayadaz war schnell in der Dunkelheit der vor ihnen liegenden Gasse verschwunden. Ohne die Unterstützung des Höflings war sie zu schwach, um sich auf den Beinen zu halten. Sie fiel auf die Knie, heulte vor Schmerz auf, fluchte und zog sich mit den Händen über das Pflaster bis zum nächsten Hauseingang. Die Tür stand glücklicherweise offen, hing sie doch halb herausgerissen und schief in den Angeln. Mit dem Kopf voran schob sich Raussa durch den Türspalt. Im Inneren des Hauses war es stockfinster. Sie konnte nicht einmal die eigene Hand vor Augen sehen. Ein aufdringlicher Verwesungsgestank schlug ihr entgegen, sobald sie den Kopf durch die Tür gestreckt hatte. Sie tastete sich vorsichtig an der Wand entlang weiter nach innen, und das Herz schlug ihr bis zum Hals, als sie mit den Händen auf einen leblosen Körper stieß, dessen Haut sich kalt und schwammig anfühlte. Ohne jeden Zweifel verbreitete der Tote einen Teil des Gestankes im Haus. Sie hatte versehentlich in offene Wunden gegriffen und zog rasch und angewidert ihre Hand mit einem schmatzenden Geräusch zurück, das ihr eine Gänsehaut über den zerschlagenen Rücken jagte. Die Wundränder des Toten hatten sich nass und glitschig angefühlt – der Leichnam war angefressen worden.

Das Jaulen aus der Gasse kam näher. Die Kranken, die sich auf die Jagd nach den letzten Gesunden machten und sich in ihrer Not zusammengerottet hatten, verständigten sich häufig über die rufenden Laute, die sie in ihren noch intakten Kehlen erzeugten, weil die Seuche ihnen oft bereits die Zungen und Lippen zersetzt hatte. Der Hunger trieb sie, und solange sie noch laufen oder kriechen konnten und nicht im letzten Stadium der Krankheit in einer Art Delirium dahinsiechend auf die Schatten warteten, entwickelten sie erstaunlicherweise enorme Kräfte und Geschwindigkeiten. Ohnehin reduzierte die Geißel der Schatten neben äußerlich unschönen Entstellungen ihren Verstand auf den Instinkt eines Tieres. Das war für die Opfer der Seuche bestimmt besser so, da sie nicht mehr mitbekamen, was aus ihnen wurde, wenn sie ihre Identität und ihren Verstand allmählich verloren.

Vorsichtig kroch Raussa weiter in die Dunkelheit hinein. Sie stieß dabei mit einer Ratte auf Nahrungssuche zusammen, die sofort laut quiekend ihre Gefährten alarmierte. Plötzlich kamen aus allen Richtungen Ratten angelaufen, die das frische Blut gewittert hatten und sich auf die Regentin stürzten, als wäre sie bereits tot und lediglich ein Stück lebloses Fleisch, an dem sie sich laben konnten. Sie wehrte sich nach Kräften, schlug um sich, packte die wendigen Leiber am struppigen Fell und schleuderte einige gegen die Wand. Aber sie hatte große Mühe, sich der hungrigen Tiere zu erwehren, die nicht von ihr lassen wollten und sich in ihre Wunden verbissen. Raussa hätte vor Schmerzen schreien können, aber sie hielt sich aus Angst vor Entdeckung durch die in den Gassen lauernden Seuchenopfer zurück und brachte stattdessen nur ein leises Stöhnen hervor. Ihr Atem ging schnell und sie biss sich auf die Zunge, als sie die Ratten von ihrem Bein riss und von sich schleuderte. Gerade als die Flut der Ratten endlich nachlassen wollte und nur noch wenige Tiere nachströmten, machte sich jemand an der Tür zum Hauseingang zu schaffen. Vor Entsetzen erstarrt blickte Raussa zurück und erkannte die Silhouetten zweier Gestalten, die sich gleichzeitig durch die Tür drücken wollten, sich dabei aber gegenseitig im Weg standen. Wie rasend versuchte eine der beiden Gestalten, die Tür vollends aus den Angeln zu heben. Raussa stellte sich tot, legte sich hinter dem Leichnam flach auf den Boden und presste ihren Körper, so dicht sie konnte, an die Hauswand, wobei sie ihr verletztes Bein zu schützen suchte. Das gelang ihr jedoch nur teilweise. Sie hielt den Atem an und versuchte jedes Geräusch zu unterdrücken. Dabei musste sie sich ruhig verhalten und die übrig gebliebenen Ratten gewähren lassen. Während die Ratten an ihrem Bein nagten und ihr mit spitzen Zähnen Fleischstücke aus den Wunden rissen, ballte Raussa die Hände zu Fäusten. Ihre Fingernägel bohrten sich in die Handinnenflächen, bis diese bluteten. Durch den Gegenschmerz versuchte sie sich von den Rattenbissen abzulenken. Die Tür fiel mit einem lauten Krachen nach innen und mit ihr stürzte eine der Gestalten in den Hausflur. Andere Kranke drängten von außen nach. Manche von ihnen trugen Fackeln bei sich, deren Flackern ein gespenstisches Licht auf die entstellten Gesichter warf. Sie jammerten, stöhnten, heulten und kreischten, als sie sich in dem Hausflur umsahen. Ihre Blicke verrieten trotz des sie treibenden Irrsinns Enttäuschung über den Fund.

Aufgrund der Geräusche aus dem Hausinneren waren sie sich sicher gewissen, auf lebende Opfer zu stoßen. Doch die von Ratten übersäten und angenagten Leichname zweier verwesender Klan waren nicht das, was sie sich von ihrem Beutezug erhofft hatten. Wenigstens lebten einige der verletzten Ratten noch. Die Gruppe der Seuchenopfer machte sich über die Körper der noch zuckenden und zappelnden Tiere her und verzehrte diese gierig mit Haut und Haaren. Lediglich Schwanz und Kopf waren für sie ungenießbar. Diese wurden mit den Zähnen abgebissen und wieder ausgespuckt. Die leblosen Körper ließen sie allerdings liegen. Offenbar besaßen sie genügend Verstand, sich nicht über vermeintlich verdorbenes Fleisch herzumachen.

Raussa schloss die Augen, die sich vor Schmerzen mit Tränen füllten. Sie konnte den Anblick der sich am Fleisch von Ratten ernährenden Kranken nicht ertragen. Wie lange würde sie die Tortur aushalten, ohne laut schreien zu müssen oder in Ohnmacht zu fallen? Es kam ihr vor wie eine Ewigkeit, bis die Seuchenopfer die Tiere vertilgt hatten und sich auf die Suche nach weiterer Beute machten. Sie entfernten sich heulend aus dem Haus und ließen Raussa unbehelligt in der Dunkelheit und ihrem Schmerz zurück.

Die Regentin wartete und zählte mit zusammengebissenen Zähnen bis zweihundert, bevor sie sich zu regen traute und mehrmals tief ein- und wieder ausatmete. Wütend entfernte sie die übrigen Ratten von ihrem Bein und drehte in ihrem Zorn einem der Nagetiere krachend den Hals um. Ihr wurde plötzlich bewusst, welch großes Glück – das nicht zuletzt den Ratten und dem Toten zu verdanken war – sie gehabt hatte, vorerst der viel größeren Gefahr entgangen zu sein. Ein Lachen der Verzweiflung, das einem Weinen glich, schüttelte ihren Körper. Ihre Nerven waren überstrapaziert und sie brauchte lange, bis sie sich dazu entschloss, das Haus weiter zu erkunden und sich ein besseres Versteck in einem der angrenzenden Räume zu suchen. Sie bewegte sich kriechend fort und stieß während ihrer Erkundung auf weitere tote Hausbewohner, die, ihrem Gestank und Zustand nach, bereits einige Tage zuvor von den Schatten geholt worden waren. Ob sie das Opfer der kranken Jäger geworden waren oder selbst an der Seuche gestorben waren, konnte Raussa in der Dunkelheit nicht mit Gewissheit feststellen.

Die Türen zu den einzelnen Kammern des Hauses standen offen. Raussa kroch in einen Raum, zog die Tür hinter sich zu und tastete sich über umgestürzte Möbel in die hinterste Ecke. Ihre Augen hatten sich allmählich an die Dunkelheit gewöhnt. Durch einen schmalen Spalt einer ansonsten von innen mit offensichtlich in Eile angebrachten Holzdielen verriegelten Fensterluke fiel ein fahler Lichtstrahl, der ihr die Orientierung ein wenig erleichterte. Sie befand sich in einer Küche. Über der längst erkalteten, in den steinernen Fußboden eingelassenen Feuerstelle in der Mitte des Raumes hing an einer Kette von der Decke ein vom Ruß geschwärzter Topf. Noch einmal raffte sich Raussa auf, nahm die ihr verbliebene Kraft zusammen und zog sich am Rand des Topfes hoch, um hineinblicken zu können. Enttäuscht ließ sie sich zurücksinken. Der Topf war leer. Auf allen vieren krabbelte sie wieder in die Ecke, wo sie sich hinter einem umgestürzten Tisch verkroch. Sicherheit war ein Luxus, den sie in ihrem Versteck nicht erwarten durfte. Aber immerhin würde sie nicht sofort entdeckt werden. Erschöpft fiel Raussa in einen unruhigen Schlaf.

Die Nacht legte sich über Tut-El-Baya, und der Mond über der Stadt verlieh den Häusern einen silbergrauen Anstrich. An den Hauswänden entlang bewegten sich ruhelose Geister und Schatten. Einer dieser Schatten war Ayadaz. Kaum hatte er sich von der Regentin getrennt, war die Hetzjagd losgegangen. Er war auf eine Gruppe mit der Geißel der Schatten Infizierter im fortgeschrittenen Krankheitszustand gestoßen, die sich sofort an seine Fersen geheftet hatte, als sie ihn durch die Gassen laufen sah. Ihr Heulen ging ihm durch Mark und Bein. Es hatte keinen Zweck, sich vor ihnen zu verstecken. Sie waren zu dicht hinter ihm her. Er musste laufen, so schnell er dies vermochte, und Ayadaz hoffte darauf, dass seine Kräfte reichten. Vielleicht konnte er sie abschütteln. Aber das war nur eine vage Hoffnung.

Ayadaz hatte nicht vor, die Regentin zu retten. Als er sie alleine in der Gasse zurückgelassen und seinen Umhang an sich genommen hatte, stand sein Entschluss bereits fest. Er musste sie ihrem Schicksal überlassen und sich um sich selbst kümmern, wenn er überleben wollte. Sich später auf die Suche nach ihr zu machen, war zu gefährlich und wahrscheinlich aussichtslos. Wenn er zurückginge, wäre sie mit ziemlicher Sicherheit bereits tot. Wozu also die Mühe und die Gefahren auf sich nehmen, wenn der Versuch einer Rettung von vornherein aussichtslos schien? Diesen Weg würde er bestimmt nicht noch einmal gehen. Sie war verletzt und zu geschwächt, um in dieser Geisterstadt bestehen zu können. Nahm er sich ihrer an, brachte er sein eigenes Leben in Gefahr. Ayadaz kannte den Weg zu seinen Freunden. Dennoch verpasste er eine Abzweigung und verlief sich zweimal, während er von den Seuchenopfern durch die Gassen gehetzt wurde.

»Pssst«, hörte er ein leises Zischen, gefolgt von einem Flüstern, »hier herein, schnell.«

Der Höfling sah sich im Laufen um und erblickte eine eifrig winkende Frau hinter einem Tor, das nur einen Spaltbreit geöffnet war. Er änderte augenblicklich die Richtung und lief zu der Frau, die ihm das Tor weiter öffnete, um ihn hineinzulassen. Als er durch den Torbogen trat, befand er sich in einem Vorhof, von dem aus mehrere dahintergelegene Häuser und Stallungen zu erreichen waren. Der Hof wirkte aufgeräumt. In einer Stallung auf der rechten Seite erspähte er einen Kutschenwagen. Daneben befanden sich Boxen, in welchen mehrere edle Pferde untergebracht waren. Ayadaz staunte nicht schlecht. Hier wohnten offensichtlich reiche Klan, die von den Wirren und der Seuche in der Stadt weitestgehend verschont geblieben waren.

»Folgt mir«, sagte die Frau leise, während sie das Tor von innen mit einer schweren Eisenstange verriegelte, »rasch!«

Sie führte den Adligen über den Innenhof zu einem hölzernen Vorbau. Nach dreimaligem Klopfen an einer Luke wurde diese von innen entriegelt und geöffnet. Wer auch immer dahinter saß, war sehr vorsichtig. Der Lichtschein von Laternen und Kerzen blendete Ayadaz für einen Moment. Von der Luke führten grob gehauene Stufen in ein hell erleuchtetes Kellergewölbe unter den Häusern. Die Frau ließ Ayadaz passieren, schloss die Luke hinter ihnen und stieg dann ebenfalls die Stufen hinab.

»Ich bin sehr froh und dankbar, dass Ihr mich vor der Horde dort draußen gerettet habt«, eröffnete Ayadaz das Gespräch freimütig, »mein Name ist Ayadaz. Ich bin ein Verwandter des Fürsten Habladaz.«

»Sieh an«, sagte die Frau schmunzelnd, die ihn hereingelassen hatte, »da haben wir uns ja einen fetten Vogel eingefangen.«

»Ich bin Euch wirklich zu großem Dank verpflichtet. Die Kranken hätten mich bestimmt bald gefasst und mich entweder angesteckt oder aufgefressen.«

»Gewiss, das hätten sie. Es sind arme Schweine. Sie sind übel dran. Die Krankheit zerfrisst ihren Verstand und ihren Körper, und sie haben außer den sich munter vermehrenden Ratten nichts zu beißen. Was sollen sie machen? Da kommt ihnen ein Habladaz gerade recht«, sagte ein groß gewachsener, bärtiger Mann mit einer rauchig belegten Stimme, der sich mit einem Messer in der einen und einem Stück Wurst in der anderen Hand von einem Schemel erhoben und diesen in die Nähe von Ayadaz geschoben hatte, um den Neuankömmling zu begutachten und sich gleich wieder zu setzen.

»Ihr habt sicher recht. Sie tun mir auch leid, und doch fürchte ich mich vor ihnen oder besser vor dem, was aus ihnen geworden ist«, meinte Ayadaz. »Könnte ich helfen, würde ich es tun.«

»Das könnt Ihr. Nur keine Sorge. Wir werden Euch Gelegenheit dazu geben«, antwortete der Mann und wandte sich darauf an die Frau, »Livaya, möchtest du uns dem Gast nicht vorstellen?«

»Sicher doch«, antwortete die junge Frau, »ich bin Livaya, die Tochter des Hauses. Und das hier, der Mann mit den markigen Worten, ist Guylamar. Er liebt Wurst und ein gutes Stück Käse, wie Ihr unschwer erkennen könnt. Er ist neuerdings der Herr des Hauses und der größte Straßenräuber von Tut-El-Baya, wie er selbst von sich behauptet. Aber es ist wahr, Haluk Sei Tan hatte zu seinen Lebzeiten sogar ein hohes Kopfgeld auf ihn ausgesetzt. Da hinten sind Freydhab, Mirya, Honnjaku, Fitso, Mayele, Haddar und all die anderen netten Klan, die sich uns angeschlossen haben. Wir befinden uns hier in einem der Häuser des wohl berühmtesten Händlers von Ell. Er ist der reichste Mann in den Klanlanden und besitzt mehr Vermögen als alle Fürstenhäuser zusammen. Das schließt die Familie des Regenten mit ein. Ihr kennt ihn bestimmt. Sein Name ist Jafdabh. Für gewöhnlich arbeiten wir für ihn. Aber seit Ausbruch der Seuche hat er sich hier nicht mehr sehen lassen. Ihm wird nicht gefallen, was der Praister Thezael aus *seiner* Stadt gemacht hat. Wir wissen nicht einmal, ob er noch lebt. Tut-El-Baya ist von der Außenwelt abgeriegelt.«

»Der Todeshändler? Was hat das zu bedeuten?«, wollte Ayadaz wissen. Das Herz war ihm bei der Nennung des Namens Jafdabh und ob der Vorstellung einiger Anwesender beinahe stehen geblieben. »Seid Ihr eine dieser Banden, die das Chaos in den Straßen ausnutzen, Häuser und Einwohner plündern?«

»Ein kluger Kopf, der schnell versteht«, stellte Guylamar fest. »Aber wir sind nicht eine dieser Banden, sondern *die Bande* schlechthin, zumindest so lange, bis Jafdabh zurückkommt und Ordnung schaffen wird.«

»Oha, Ihr seid ganz blass um die Nase geworden«, meinte Livaya, »vom Regen in die Traufe, nicht wahr?«

»Ich … ich … weiß nicht. Was … was wollt Ihr von mir? War das etwa keine Rettung vor den Seuchenopfern?«, stammelte Ayadaz.

»Mitnichten«, lachte Livaya. »Seht Euch nur sein Gesicht an. Er hat doch tatsächlich gedacht, wir wollten ihm helfen. Jetzt hat er Angst, der arme kleine Narr. Sprecht, was seid Ihr wert?«

»Nichts. Ich fiel in Ungnade und wurde aus dem Palast in die Stadt gejagt.«

»Sieh an. Er hat also keinen Wert, unser Schmuckstück aus dem Hause Habladaz. Das nenne ich wirklich Pech für

Euch. Keine Habseligkeiten, wirklich gar nichts? Überlegt lieber gut, bevor wir eine Entscheidung treffen«, riet Guylamar dem Höfling. »… und es sollte etwas sein, das uns gefällt. Seht Euch um …«, er zeigte im Gewölbe nacheinander auf einige Eisentüren, die meisten davon waren mit schweren Ketten gesichert, »… dahinter befinden sich Reichtümer, die Ihr Euch in Euren kühnsten Träumen nicht vorstellen könnt. Warum Jafdabh niemals nach der Herrschaft gegriffen hat, ist uns allen ein Rätsel. Magische Artefakte, Gold, Anunzen, Blutstahl, die seltensten und geheimsten Waffen auf Ell, Nahrungsmittelvorräte und Heilmittel im Überfluss, ja sogar ein Heiltrank gegen die Seuche befindet sich darunter. Die Menge würde genügen, die Klanlande von der Geißel der Schatten zu befreien. Und das ist nur ein kleiner Teil von Jafdabhs Vermögen. Jafdabh ist der wahre Herrscher über Tut-El-Baya. Sein Reichtum verleiht ihm Macht. Er könnte sich jede noch so große Armee kaufen und Ell mühelos unterwerfen, wenn er dies nur wollte. Also, wie Ihr seht, mangelt es uns an nichts. Wir könnten Sonnenwenden hier unten verbringen, ohne verhungern oder verdursten zu müssen. Was habt Ihr für Euer Leben anzubieten?«

Ayadaz hatte verstanden. Er musste sich etwas einfallen lassen, was das Interesse der Plünderer weckte und ihm Zeit verschaffte. Da kam ihm eine Idee, die er während seiner Flucht vor der Geißel der Schatten beinahe verdrängt hatte. Raussa. Natürlich, sie war die Lösung seiner Schwierigkeiten. Er erinnerte sich daran, wo er sie ihrem Schicksal überlassen hatte, und hoffte darauf, dass sie noch lebte.

»Ich biete Euch die Regentin der Klanlande an«, sagte Ayadaz, »Raussa, die Tochter des Haluk Sei Tan. Ich weiß, wo Ihr sie finden könnt.«

»Hm, das wäre ein seltsamer Tausch für ein Leben«,

grübelte Guylamar nach, »wahrscheinlich hat sie sich im Kristallpalast hinter Kissen, umringt von Leibgardisten versteckt. Jedes Kind weiß, wo es die Regentin finden kann. Nur wird niemand an sie herankommen. Ein schlechter Handel.«

»Nein, Ihr habt mich nicht verstanden!« Ayadaz merkte, dass sein Vorschlag zumindest Aufmerksamkeit bei der Bande erweckt hatte. »Sie wurde mit mir zusammen aus dem Palast gejagt und befindet sich in der Stadt. Sie ist ohne jeden Schutz und sehr wertvoll für Euch. Jafdabh würde Euch reich belohnen, wenn er ihrer habhaft werden könnte. Stellt Euch vor, Ihr hättet die Regentin der Klan in Euren Händen. Die Klanfürsten lägen Euch zu Füßen und Thezael würde selbst zu den Schatten geschickt, die er gerufen hat. Ihr müsstet sie nur holen, wenn ich Euch den Weg beschrieben habe. Raussa ist verletzt und wird nicht gehen können.«

»Ihr habt die Regentin einfach schutz- und hilflos zurückgelassen? Was für ein Klan seid Ihr?« Guylamar zeigte sich überrascht. »Sollte dies ein billiger Versuch sein, Euer Leben zu verlängern oder Zeit zu schinden, wird er Euch schlecht bekommen. Wir werden Euren Vorschlag prüfen. Wenn Ihr gelogen habt, werden wir kurzen Prozess machen. Ist sie inzwischen tot oder infiziert, wird dies auch Euer Ende sein.«

»Sucht in den Häusern in der Nähe der Gartenanlagen nach ihr. Aber ich kann nicht für ihr Leben garantieren. Ihre Verletzungen sind schwer. Ihr solltet Euch beeilen, vielleicht ist es noch nicht zu spät«, meinte Ayadaz.

»Das ist eine gefährliche Gegend. Die Seuche ist erst vor wenigen Tagen bis dorthin vorgedrungen, und die Kranken sind in diesen Gassen noch beweglich und vor allem hungrig. Dennoch … unser Handel gilt. Ist sie tot oder an der

Seuche erkrankt, schicken wir Euch in die Gassen. Sollte dies eine Falle sein oder finden wir sie nicht, verfüttern wir Euer Fleisch für einen guten Zweck an die Kranken. Und ich verspreche Euch, Ihr werdet nicht weglaufen können.« Nach einer Pause betretenen Schweigens fuhr er fort, indem er sich seinen Gefährten zuwandte. »Wir brechen sofort auf …« Guylamar sprang von seinem Stuhl auf. »… Livaya, du bleibst hier und passt auf unseren Freund auf. Wird er frech, setz ihn mit gebrochenen Beinen vor das Tor. Freydhab, Mirya, Fitso und Haddar, rüstet und bewaffnet Euch bis an die Zähne und nehmt einen Beutel mit Heiltränken und Verbänden mit, wir werden uns durchkämpfen müssen.«

Es dauerte nicht lange und die vier Männer und eine Frau waren mit Lederrüstungen, schweren Äxten, Speeren und Schwertern ausgerüstet. Mit den Speeren wollten sie die Seuchenopfer auf Distanz halten, während die anderen Waffen dazu gedacht waren, sich notfalls durch die Reihen der Kranken zu hacken. Die fünf machten auf Ayadaz den Eindruck, dass sie sich auf den Umgang mit Waffen verstanden.

Mayele sah nach, ob sie das Tor gefahrlos öffnen und die Gefährten auf die Suche nach Raussa schicken konnte. Die Luft war rein, und die Straßenräuber machten sich auf den Weg durch die Gassen von Tut-El-Baya.

Als Raussa zitternd aus dem Erschöpfungsschlaf erwachte, war ihr heiß und kalt zugleich. Sie wusste nicht, wo sie war und wie lange sie geschlafen hatte. Waren es wenige Horas oder gar Tage? Ihr war übel und sie fühlte sich schwach. Das Loch in ihrem Magen machte sich durch ein verräterisches Knurren deutlich bemerkbar, und sofort war sie wieder da, die Angst, das Geräusch könnte gehört und sie entdeckt werden. Die Wunden stachen, hatten sich entzündet, und sie fühlte, wie das Wundfieber allmählich ihren Körper ergriff. Würde die aufsteigende Hitze ihre Sinne erst erfasst haben und ihren Körper in Fieberanfällen durchschütteln, hätte ihre letzte Hora bald geschlagen. Ihre Zunge war angeschwollen und wie gelähmt, ein ausgetrockneter Klumpen Fleisch in ihrem Mund, der ihr das Schlucken und Atmen erschwerte. Es war, als müsste sie jeden Augenblick verdursten. Sie versuchte sich in der Küchenkammer zu orientieren und mit zugequollenen Augen einen Krug oder ein anderes Behältnis mit Wasser zu erspähen. Jedoch ohne Erfolg. In dieser Küche gab es weder etwas Essbares noch Wasser, Wein oder andere trinkbare Flüssigkeiten. Nur totes, stinkendes Fleisch. Vor ihr musste bereits jemand in dem Haus gewesen sein, der sich um die Bewohner *gekümmert* und die Vorräte geplündert hatte.

Raussa war verzweifelt. Ihr Zustand ließ es nicht zu, dass sie sich auf die Suche nach einem anderen Versteck und Vorräten machte. Wo blieb Ayadaz? Hatte er ihr nicht versprochen, Hilfe zu holen und zurückzukommen? War er überhaupt durchgekommen oder etwa selbst ein Opfer der Seuche geworden? Oder hatte er sie aufgegeben, um sich selbst zu retten, wie sie es von Anfang an vermutet hatte? Vertrauen konnte sie diesem Mann nicht, das hatte sie schon im Palast gespürt. Er war kein Held, und gewiss war er ihr nicht zu Diensten gewesen, weil er sie liebte. Raussa war ihm als Frau im Grunde einerlei, das konnte sie fühlen. Sie war nur so lange für ihn begehrenswert gewesen, wie sie eine Regentin mit Macht und Einfluss verkörpert hatte. Sie wollte nicht darüber grübeln und verwarf sofort den Gedanken wieder. Eine andere Wahl, als auf Ayadaz und seine Loyalität zu setzen, hatte sie nicht.

Was blieb ihr also anderes übrig, als ihm zu vertrauen, wollte sie den letzten Funken Hoffnung nicht verlieren? Wenn ihr Gefährte allerdings versagt hatte, war sie verloren. Ermattet sank Raussa zurück und rollte sich auf dem Steinboden zusammen, so als wolle sie Schutz suchen, den es in dieser Geisterstadt der Kranken und Toten nicht gab. Für eine Weile lauschte sie reglos in der Dunkelheit. Jedes Geräusch, ob es sich nun um ein Kratzen oder ein Rascheln handelte, kam ihr ungeheuer und laut vor. Sie wollte nicht sterben. Jedenfalls nicht hier und nicht auf diese Weise. Das Klappern eines Fensterladens ließ sie aufschrecken. Die Wehklagen eines Kranken in den Gassen verursachten einen Schauer auf ihrer Haut. Als sie den Todesschrei eines Tieres vernahm, zuckte sie vor Schreck zusammen. Allein und verlassen, umgeben von Tod und Verwesung und dem Zerfall ihrer Welt, fürchtete sie sich und wünschte sich die Geborgenheit ihrer Kindheit zurück.

»Mutter, hilf mir! Bitte!«, rief sie, doch ihr Flehen blieb ungehört. Hätte Raussa gewusst, dass Ukulja bereits den Kojos geopfert worden war und Thezael von ihrem Blut gekostet hatte, ihre Verzweiflung wäre noch weiter gestiegen.

Schlaf überkam sie erneut, und sie dämmerte in einen Traum hinein, der sich seltsam anfühlte. Es war, als könnte sie die Bilder als Teil einer Realität greifen, und doch entglitten sie ihren Versuchen immer wieder im letzten Augenblick. Ein Mann stand aufrecht neben ihr. Trotzdem sie ihn nicht kannte, kam er ihr auf eigenartige Weise vertraut vor. Obwohl der Traum auf sie erschreckend und niederschmetternd wirkte, ihr beinahe jede Hoffnung raubte, strahlte der Fremde Macht und Zuversicht aus. Weder war der Mann attraktiv noch in seinem Herzen ein guter

Klan, das konnte sie spüren. Aber es war etwas Besonderes an ihm, eine Kraft und Stärke, die sie sich nicht erklären konnte. Dennoch fühlte sie sich an der Seite des Mannes auf merkwürdige Weise wohl und geborgen. Raussa saß neben ihm auf einem Kutschbock. Sie schwiegen und blickten mit Wehmut von einem Hügel auf ein sterbendes Land hinab. Die Bäume warfen ihre Blätter ab und blieben kahl. Bleiche Gestalten zogen von Kummer und Gram gebeugt durch die Ebene vor ihnen, über verdorrte Gräser und Blumen hinweg, deren Blüten sich nicht wieder öffnen würden. Ausgetrockneter Boden wechselte sich mit schlammigem Untergrund ab, der ihre Schritte schwer machte und in welchem sie immer wieder stecken blieben. Es handelte sich um Klan auf der Flucht, die seit langer Zeit kein Licht mehr gesehen hatten. Die Ernte war ausgeblieben, und sie mussten sich einen Platz suchen, an dem sie bleiben und überleben konnten. In dem Wissen, dass es diesen Ort nicht gab, zogen ihre Untertanen auf ihrer letzten Reise in die Sklaverei des dunklen Hirten, um diesem bis zum Ende zu dienen. Wer wollte sie aufhalten, wer den Schrecken beenden?

»*Tja … nun …*«, sagte der Mann aus ihrem Traum und blickte ihr dabei tief in die Augen, »*… das gefällt mir nicht. Dagegen werden wir etwas unternehmen müssen. Habt Vertrauen! Es wird alles gut.*« Und sie wusste, dass er die Wahrheit sprach. Er zeigte mit dem ausgestreckten Arm auf einen Krieger in roter Rüstung, der auf einem Streitross und mit hoch erhobener Blutklinge gegen den mächtigen Feind ritt. Die Klinge schimmerte in der Dämmerung und leuchtete ihm den Weg, als wäre sie in der Lage, die Dunkelheit alleine mit Gewalt zu durchbrechen und das Licht nach Ell zurückzubringen. Er sah zu ihnen herüber. Ein alter Mann mit traurigen Augen, wettergegerbtem, faltigem Gesicht, grauem Bart und kahlem Kopf, den zahlreiche rituelle Tätowierungen zierten. Es konnte nur ein Bewahrer sein. Aufgrund seines fortgeschrittenen Alters vielleicht ein Letztgänger. Sein Blick verriet ihn, dieser Krieger hatte das Leid gesehen, am eigenen Leib erlebt und unzählige Feinde getötet. Aber an dem Bild stimmte etwas nicht. War er nicht der Schuldige am Tod Lordmaster Kaysahans, den sie im Grunde ihres Herzens hassen und an dem sie Vergeltung üben sollte? Wie konnte sie all ihre Hoffnung auf Rettung in den vermeintlichen Mörder ihres Geliebten stecken? Die Gedanken an Rache verflogen, als ihre staunenden Augen ein magisches Geschöpf am Dämmerungshimmel erblickten. Über dem Krieger zog ein Flugdrache seine Kreise, auf dessen Rücken ein Drachenreiter saß. Er hielt einen leuchtenden Stab in der Hand und strahlte eine Macht aus, die ihr unheimlich und fremd war. Trotz seiner Macht konnte sie seine Skepsis fühlen, die ihn offenbar daran hinderte, seine in ihm schlummernden Fähigkeiten zur Gänze zu entfalten, und ihn an einem Erfolg zweifeln ließ.

Ein fürchterliches Heulen riss sie aus ihrem Schlaf. Schlagartig war sie hellwach. Nichts hatte sich geändert. Nach wie vor fühlte sich Raussa elend. Auf ihrer Haut perlte Schweiß, der allerdings nur wenig Abkühlung brachte. Das Wundfieber schien gestiegen und das Heulen der Kranken hatte sich so schrecklich nah angehört. Kamen die Seuchenopfer etwa wieder zurück? Sie duckte sich zitternd, so tief sie konnte, hinter den umgestürzten Tisch. Schreie und Stimmengewirr drangen von draußen zu ihr. Jemand brüllte mit heiserer Stimme knapp und barsch Befehle. Den Anweisungen folgten das Klirren von Waffen und dumpfe Geräusche, die sich anhörten, als würden Tiere geschlachtet, und Klingen drangen durch Fleisch und

Knochen. Zwischendurch nahm Raussa in dem Chaos aus Schreien und Heulen, das von Schlägen, Gesprächsfetzen und Flüchen begleitet wurde, unterschiedliche Stimmen wahr.

»Verdammt … der Mistkerl hat mich gebissen … Pass auf … Guylamar hilf … eine Falle … unser Ende … Schlag ihr den Kopf ab … Wo kommen die plötzlich alle her … umzingelt … Fitso ist erledigt …«

Plötzlich wurde es still. Doch wenige Wimpernschläge später vernahm Raussa schwere Stiefeltritte, die sich ihrem Versteck näherten.

»Das ist jetzt bereits das zwölfte Haus, das wir durchsuchen«, sagte eine genervte Frauenstimme, »überall nur Tote und verrottendes Fleisch. Hier stinkt es bestialisch. Sieh dir diesen von Ratten zerfressenen, aufgedunsenen Leichnam an. Ich glaube, mir wird schlecht.«

»Reiß dich zusammen, Mirya«, antwortete ihr eine raue Männerstimme, »wenn wir sie hier nicht finden, brechen wir die Suche ab. Fitso ist tot. Ein hoher Preis für das Leben eines Höflings, dessen Worten wir Glauben schenkten.«

Die Tür zu der Kammer wurde mit Gewalt aufgestoßen. Das Holz splitterte und ein Teil fiel mitsamt dem Rahmen in die Küche. Der Lichtschein einer Laterne blendete die Regentin.

»Mirya, sieh hinter dem Tisch nach«, befahl die rauchige Stimme.

Raussa hörte, wie sich ihrem Versteck Schritte näherten. In panischer Angst presste sie ihren Körper an den Boden, versuchte so ruhig und flach wie möglich zu atmen und stellte sich erneut tot.

»Da liegt ein nackter Frauenkörper«, sagte Mirya, als sie hinter die Tischplatte spähte. »… sieht nicht gut aus. Sie atmet nicht. Am Bein zeigen sich Verwesungsspuren und es stinkt wie bei den anderen nach verrottendem Fleisch. Sie kann aber noch nicht lange tot sein.«

»Verdammt«, fluchte die näher kommende Männerstimme, »wir brechen ab und geben die Suche auf.«

Raussa fühlte, wie sich jemand über sie beugte und ihren Arm berührte.

»Wartet …«, raunte der Mann, bei dem es sich offensichtlich um den Anführer handelte, »du hast dich nicht vergewissert. Ihr Körper fühlt sich warm an. Sie kann nicht tot sein.«

»Oh, tatsächlich …«, Raussa fühlte eine weitere kühle Hand auf ihrer Haut, »sie glüht vor Fieber. Wir sollten uns vorsehen, falls sie uns anfällt. Wenn sie die Seuche hat, dann mögen uns die Kojos Gnade schenken.«

»Unsinn, ich glaube nicht, dass sie von der Geißel der Schatten befallen ist. Außer dem hohen Fieber kann ich keine weiteren Anzeichen erkennen. Sieh dir das Bein an. Sie hat Wundfieber«, meinte der Anführer der Gruppe. »Hoffen wir, dass wir ihr Bein retten können. Los, nehmen wir sie mit und sehen zu, dass wir hier wegkommen. Im Gewölbe können wir die Wunden besser versorgen. Mirya, gib ihr etwas von dem Heilsaft zu trinken, der lindert die Schmerzen und senkt das Fieber. Das wird fürs Erste genügen, damit wir sie tragen können. Hat jemand einen Umhang mitgenommen?«

Die Regentin öffnete die Augen und blickte in besorgte Gesichter, die sich über sie gebeugt hatten.

»Danke«, flüsterte Raussa stimmlos.

Hatte sie sich getäuscht und Ayadaz Wort gehalten? In großen Schlucken trank sie begierig und dankbar den gereichten Saft, der sich wohltuend in Mund und Rachen ausbreitete, den Durst nahm und ein Gefühl der Leichtigkeit verlieh. Sie spürte kaum, wie sie von mehreren Händen hochgehoben und aus ihrem Versteck durch die Gassen von Tut-El-Baya getragen wurde.

Raussa war vorerst in Sicherheit.

Das Bündnis der Magier

Der Drache hatte Sapius hoch hinausgetragen. Höher, als sich der Magier dies je erträumt hätte. Sie waren an Grenzen und mit Leichtigkeit darüber hinausgestoßen, die er nicht für möglich gehalten hatte. Und Sapius erhielt eine für ihn wichtige Erkenntnis. Die Magie des dunklen Hirten war begrenzt. Der Bruder der Saijkalrae benutzte einen einfachen, aber wirksamen Trick, um eine der beiden Sonnen von Kryson zu verdunkeln. Haffak Gas Vadar hatte Sapius im Fluge darauf aufmerksam gemacht. Es war die Illusion eines schwarzen, undurchdringlichen Wolkenbandes, das sich wie eine schwarze, zähflüssige Masse hoch über Ell wand und das Licht einer Sonne verschluckte. Sie hatten das Band der Täuschung überflogen und weit unter sich gelassen. Aus der Höhe wirkte es harmlos wie ein schmutziger Wurm; Sapius hätte niemals angenommen, welch verheerende Auswerkung es haben könnte, wenn er es nicht besser gewusst hätte. Aber ihm war durchaus bewusst, dass die Erzeugung einer solch gewaltigen Sinnestäuschung eine enorme Kraftanstrengung erforderte und nur ein wahrer Meister der magischen Begabung in der Lage war, diese konstant aufrechtzuerhalten. Dem dunklen Hirten musste es irgendwie gelungen sein, das Wolkenband zu verselbstständigen, damit es sich im Lauf der Zeit vergrößerte und seine Wirkung fortlaufend verstärkte. Anders konnte sich Sapius dieses Phänomen nicht erklären, da Saijrae ansonsten zu sehr damit beschäftigt wäre, diesen speziellen Zauber dauerhaft zu erneuern und zu pflegen. Für andere Aufgaben wäre er dann zu geschwächt und abgelenkt. Letzteres jedenfalls schloss Sapius aus.

Es war ein unbeschreibliches Gefühl von Glück und

Freiheit, das den Magier während des Fluges durchflutete. Der Kontinent Ell war ihm winzig klein vorgekommen. Alle Schwierigkeiten, Gefahren und Herausforderungen, die es für ihn zu meistern galt, verschwanden in der Bedeutungslosigkeit. Auf dem Rücken eines Flugdrachen gab es für ihn nichts anderes als den Flug selbst. Der Traum seiner Kindheit und Jugend war in Erfüllung gegangen. Er hätte vor Freude jauchzen und singen mögen, hielt sich jedoch aus Respekt vor dem mächtigen Wesen, das ihm dieses Gefühl ermöglichte, vornehm zurück. Der Drache Haffak Gas Vadar hätte ihn vielleicht sogar verstanden, aber der Magier wollte sich keine Blöße geben und es nicht darauf ankommen lassen. Sapius fühlte sich in Sicherheit, niemand konnte ihm etwas anhaben. Selbst der dunkle Hirte vermochte es nicht, ihn vom Rücken des Drachen herunterzuholen, wenn er ihn denn überhaupt entdeckt hätte.

Sapius war mächtig stolz. Vielleicht zum ersten Mal in seinem Leben empfand er so etwas wie Dankbarkeit und Zufriedenheit für das, was er war und aus sich gemacht hatte. All die Mühen, die er auf sich genommen hatte. All die Zweifel und Schuldgefühle, die er gehegt hatte, waren verflogen.

»Halte dich an den Dornen auf meinem Rücken fest und setze deine Magie ein, wenn du diesen Flug überleben willst. Wir fliegen hoch und schnell. Wir wollen nicht gesehen werden. Es wird kalt sein und die Luft zum Atmen wird dir fehlen. Ich werde gewiss keine Leiche auf meinen Schwingen ins Riesengebirge tragen«, hatte ihm der schwarze Drache, kurz nachdem sie Gafassa verlassen hatten, in Gedanken übermittelt.

Sapius hatte sich gewundert, woher Haffak Gas Vadar wusste, wohin sie das erste Ziel seiner Reise führen würde. Er hatte ihm jedenfalls nichts dergleichen offenbart. Augenscheinlich unterschätzte er die Fähigkeiten der Drachen gewaltig. Haffak Gas Vadar musste seine Gedanken durchforstet haben und dabei auf das Riesengebirge gestoßen sein. Oder er wusste mehr, als er von sich preisgab, und wollte Sapius in die Richtung führen, die er für angemessen hielt. In ihrem Gespräch hatte der Drache allerdings sehr wohl erwähnt, dass Sapius Kallahan aufsuchen sollte. Es hieß, der Saijkalsan habe sich vor langer Zeit in die Einsamkeit der Berge des Riesengebirges zurückgezogen. Der Drache wusste vieles und offenbar auch, wo er Kallahan suchen musste.

»Was wäre so schlimm daran, wenn wir während des Fluges gesehen werden?«, wollte Sapius plötzlich wissen.

»Im Grunde nichts«, antwortete der Drache in Gedanken, »nur dass wir damit eine uralte Vereinbarung zur Wahrung des Gleichgewichtes brechen.«

»Eine Vereinbarung?«

»Ja, sie wurde vor langer Zeit zwischen den Völkern der Altvorderen und den Drachenreitern getroffen. Sie bindet uns Drachen an das Hoheitsgebiet der Tartyk.«

»Das wusste ich nicht«, gab Sapius zu.

»Das wundert mich nicht. Du weißt vieles nicht und musst daher noch reichlich lernen und erfahren, Sohn des Yasek. Hättest du dich nicht von uns abgewandt, wärest du schon ein gutes Stück weiter.«

»Schon gut. Du musst es mir nicht direkt unter die Nase reiben …«, erwiderte Sapius verärgert, »… selbst wenn du ein Drache bist. Ich wählte meinen eigenen Weg und bin weit gekommen, ob richtig oder falsch wird sich erweisen.«

»Wir Drachen wollen dir keinen Vorwurf machen. Das steht uns nicht zu. Und wir beurteilen deinen Weg nicht nach Fehlern. Das können wir nicht. Niemand kann das, denn am Ende gibt es kein Richtig oder Falsch. Das Ergebnis liegt im Auge des Betrachters. Doch alles, was du anfängst oder unterlässt, wird sich auf die eine oder andere Weise auf den Lauf der Zeit auswirken und Kryson verändern. Deshalb war es nur eine Feststellung, Sapius. In der Tat bist du andere Wege und weiter gegangen als manch anderer vor dir und du bist viel mächtiger, als du denkst. Wer kann schon von sich behaupten, im Land der Tränen gewesen zu sein und wieder von dort zurückzukehren. Dennoch muss ich dich warnen. Ruhe dich nicht auf dem Erreichten aus. Deine Gegner sind stark und in der Lage, dich zu vernichten. Dann wären all dein Leiden und die Mühe umsonst gewesen. Lerne und wandere mit offenen Augen durch Kryson. Solltest du eines Tages in unsere alte Heimat nach Fee gelangen, wirst du verstehen.«

»Ist Fee nicht nur ein Mythos?«, wunderte sich Sapius über die rätselhaften Andeutungen.

»Keineswegs. Der große Kontinent existiert, so wie du auf meinem Rücken sitzt und dich unter Krämpfen bemühst, nicht hinabzufallen. Fee ist der Ursprung und das Ende alles Magischen. Fee besitzt die klarste Struktur von Tag und Nacht, die du dir vorstellen kannst. Es gibt kein Dazwischen. Die Pole sind deutlich getrennt. Ell hingegen ist das Gegenteil und kennt keine eindeutigen Grenzen. Alles verwischt im grauen Einerlei. Du wirst dort eines Tages hingehen müssen, wenn du Kryson und das Gleichgewicht verstehen willst. Die Antworten auf all deine Fragen wirst du auf Fee erhalten.«

»Wirst du mir davon erzählen?«

»Nein«, lehnte Haffak Gas Vadar das Ansinnen des Magiers ab.

»Aber … ich verstehe nicht«, Sapius klang enttäuscht, »wie soll ich lernen, wenn ich nicht …«

»Das ist der Kern deiner Schwierigkeiten und deiner

Zögerlichkeit, Sapius«, antwortete der Drache in seinem Kopf. »Du verstehst es nicht, weil du es nicht verstehen willst. Ich kann dir nichts über Fee erzählen, weil du es selbst erfahren musst. Nicht alles lässt sich erklären. Daran musst du arbeiten.«

»Dann bring mich nach Fee«, forderte Sapius.

»Das geht nicht. Du bist noch lange nicht so weit, um auf Fee bestehen zu können. Deine Aufgaben sind hier. Erfülle sie und lerne. Eines Tages wirst du so weit sein. Du wirst erkennen, wann die Zeit für Fee gekommen ist. Die Drachen werden dich nicht dorthin begleiten. Sie kehren erst an ihren Ursprung zurück, wenn das Drachensterben begonnen hat.«

»Was ist das Drachensterben? Wann wird das sein?«, fragte Sapius, der vor Neugier beinahe platzte. Der Drache konnte ihm so viel Wissen geben, wenn er nur wollte.

»Wir Drachen haben leider keine Kenntnis über das Drachensterben. Wahrscheinlich ist es besser für uns, wenn sich uns dieses Geheimnis nicht erschließt, oder möchtest du heute erfahren, wann und wie du sterben wirst? Wir wissen nicht, was uns dabei erwartet. Aber wir alle fühlen, dass es kommen wird. Bald schon. Es ist eine düstere Vorahnung. Mehr nicht«, antwortete Haffak Gas Vadar betrübt.

Sie flogen über die Hochebene von Tartyk und passierten das Land der Rachuren. Der Drache drehte sofort Richtung Ostmeer ab, nachdem sie die Grenze überquert hatten. Die Luftströmungen waren dort günstiger und weniger anstrengend, versuchte er Sapius den Kurswechsel zu erklären. Einen Flug über die westlich gelegenen Gegenden von Ell hatte der Drache als zu gefährlich abgelehnt. Die Vulkane waren unberechenbar und spien Feuer und Asche oft meilenweit in die Höhe. Und die Grenzlande bargen selbst in der Höhe unbekannte Gefahren und Strömungen, die sie weit vom Kurs gen Norden hätten abbringen können. Der Drache glitt beinahe lautlos durch die Lüfte. Über dem Meer ließ er sich bis auf vierzig Fuß über die Meeresoberfläche abfallen, um Sapius einen ausgewachsenen Moldawar zu zeigen, der den Drachen an Länge beinahe überragte, wenn man den Schwanz nicht hinzurechnete.

»Diese Raubfische sind die perfekten Jäger«, erklärte Haffak Gas Vadar. »Sie strecken ihre Beute mit tödlicher Präzision nieder. Du solltest sie respektieren. Es gibt nur wenige Klan auf Ell, die den Moldawars nachstellen. Ihre Vorfahren jagten einst die Drachen. Auch heute noch müssen sie tödlicher, schneller und besser sein als ihre Gegner aus den Tiefen des Meeres. Eine seltene, bewundernswerte Gabe, die sehr viel Mut und Hingabe erfordert, aber – und das macht ihre besondere Eigenschaft aus – sie haben großen Respekt vor ihrem Gegner. Es besteht immer eine besondere Verbindung zwischen Jäger und Gejagtem. Wenn du eines Tages einen solchen Jäger treffen solltest, versuche seine Freundschaft zu gewinnen. Ein solcher Freund könnte sehr hilfreich für dich sein. Die Moldawar sind so alt wie wir Drachen und gehören zu den ersten Wesen auf Kryson. Ihr Reich ist das Meer. Dort sind sie die uneingeschränkten Herrscher. Sie wären in der Lage, einen Drachen aus der Luft zu holen und zu töten, wenn er ihnen in ihrem Revier zu nahe kommt. Deshalb fliegen wir nicht tiefer.«

Die Vorstellung, ein Raubfisch spränge aus dem Wasser und zöge ihn mitsamt dem Drachen in die Tiefe, beunruhigte Sapius, zumal er den Eindruck gewonnen hatte, dass sie der Moldawar im Überflug bemerkt und fortan sein kaltes Fischauge auf sie gerichtet hatte.

Auf der Höhe von Tut-El-Baya kehrten sie über das Land zurück.

»Tut-El-Baya ist eine verlorene Stadt. Sie hat ihren Glanz der vergangenen Tage verloren. Siehst du die Geister und die Schatten, die durch die Gassen huschen? Wir sollten Abstand gewinnen. Es ist nicht gut, wenn wir die Aufmerksamkeit der Schatten erregen«, schlug der Drache vor.

Sapius stimmte dem Vorschlag zu. Hätte er gewusst, was ihn in Bälde erwartete, hätte er sein Einverständnis noch einmal wohlüberdacht.

»Festhalten!«, rief Haffak Gas Vadar.

Noch bevor der Drache die Warnung ausgesprochen hatte, stieg er mit zwei, drei kräftigen Schlägen seiner Schwingen steil nach oben. Der abrupte Richtungswechsel raubte Sapius den Atem. Verkrampft klammerte er sich mit beiden Händen an Dornen und Schuppen des Drachen fest, um nicht abzurutschen und den Halt zu verlieren. Das kostete ihn Kraft. Seine Beine und Füße baumelten gefährlich frei in der Luft, weil der Drache einen Steigungswinkel gewählt hatte, der nahezu senkrecht in die Höhe führte. Ein Sturz aus dieser Höhe in die Tiefe wäre das Letzte, was sich Sapius wünschte. Er hatte zwar gelernt zu fliegen, oder besser zu schweben, war sich aber nicht sicher, ob ihm dies im Notfall helfen würde.

Erst als die Hauptstadt der Klanlande unter ihnen lediglich als kleiner Punkt wahrzunehmen war und sie den Illusionszauber des dunklen Hirten hinter sich gelassen hatten, beendete Haffak Gas Vadar den Aufstieg. In der Ferne konnten sie die im Dunst liegenden Berggipfel des Riesengebirges erkennen. Sie lagen unterhalb des schwarzen Wolkenbandes.

»Wir kommen in das Land der Bluttrinker«, bemerkte

der Drache, »es ist nicht mehr weit bis zum Riesengebirge. Mach dich bereit für die Landung in den Bergen.«

»Hast du mir etwas verschwiegen, das ich über die Landung wissen sollte?«, fragte Sapius.

»Nein, du solltest dir nur einen festen Halt suchen. Der Anflug könnte stürmisch werden. Die Winde sind an den Felswänden unberechenbar. Wir landen, sobald ich eine geeignete Stelle dafür gefunden habe. Übrigens ... wir werden beobachtet.«

»Hast du etwa jemanden aus dieser Höhe gesehen?« Sapius wurde mulmig zumute.

»Schule deine Augen, Sapius!«, tadelte der Drache den Magier. »Auf einem Berggipfel vor uns stand jemand, der uns beobachtete. Ich bin mir nicht sicher, ob ihm gefällt, was er gesehen hat. Wenn du nichts bemerkt hast, dann ist dir bestimmt auch entgangen, dass die Bluttrinker in die Klanlande ziehen.«

»Ähm ... doch, doch. Ich habe sie gesehen und gleich erkannt, klar und deutlich«, log Sapius.

»Natürlich, Sapius«, antwortete der Drache; er schien über die Bemerkung des Magiers in Gedanken zu lächeln. »Du weißt, was das bedeutet. Eine wichtige Entscheidung steht unmittelbar bevor. Sie wird die Stabilität des Gleichgewichtes beeinflussen.«

Der Drache hatte nicht zu viel versprochen. Der Anflug und die anschließende Landung waren ungemütlich. Drei Versuche hatten sie gebraucht, bis der Drache auf einem Felsvorsprung mit den Krallen endlich ausreichend Halt gefunden hatte. Mal hatten ihn die Winde zu weit nach oben gezogen, sodass er abrupt abdrehen und es erneut versuchen musste. Beim zweiten Versuch waren sie zu dicht an die Felswand gedrückt worden. Um einen Zusammenstoß zu vermeiden, war Haffak Gas Vadar in letzter Sardas steil nach oben geflogen, und Sapius wäre dabei beinahe vom Rücken gerutscht, wenn er sich nicht mit einer Hand hätte festhalten können und sich der Stab zu seinem Glück in einer Drachenschuppe verfangen hätte.

Sapius ließ sich vom Rücken des Drachen gleiten. Seine Beine fühlten sich wacklig an, er hatte weiche Knie und ihm war elend zumute.

»Wenn du dich übergeben musst, dann achte darauf, dass unter dir niemand steht«, stichelte der Drache, »und wage es nicht, dich auf den Landeplatz zu entleeren.«

»Danke, ich werde mir deine guten Ratschläge merken«, antwortete Sapius säuerlich.

»Klettere die Felsen hinab und suche die Hütte des Einsiedlers. Ich werde hier oben auf dich warten«, schlug Haffak Gas Vadar vor.

»Bist du verrückt?«, entsetzte sich Sapius, als er über die Felskante nach unten blickte, während ihm der Wind eisig ins Gesicht blies und ihm schwindelig wurde, »das ist eine mindestens dreitausend Fuß senkrecht abfallende Felswand, die zu allem Überfluss auch noch vereist ist. Der Wind wird mich wegreißen. Ich werde mir den Hals brechen!«

»Bist du eine Maus oder ein Magier?«, fragte der Drache in aller Gelassenheit und blickte Sapius aus einem großen Auge verschmitzt an. »Warum zweifelst du an dir? Nutze deine Möglichkeiten. Niemand verlangt von dir, dass du dich als Bergsteiger betätigst oder auf den Einsatz von Magie verzichtest.«

Der Drache holte tief Luft, blies seine enormen Lungen auf und pustete den angesammelten Atem in Richtung des Magiers. Abwehrend hielt Sapius die Hände vor sich, seine Augen weiteten sich vor Schreck und er versuchte verzweifelt, den Drachen mit einem Ruf aufzuhalten.

»Nein … nicht!«

Doch es war bereits zu spät, der von dem Drachen ausgestoßene Atem war zu stark. Sapius wurde sofort von der Strömung erfasst, die wie eine warme, nach Schwefel und Eisen riechende Wand auf ihn prallte, ihn von den Beinen riss und über die Kante stieß. Ein lang gezogener Schrei voller Entsetzen entwich der Kehle des Magiers, als er fiel. Im Fallen hörte er die Stimme des Drachen in seinem Kopf.

»Manchmal bedarf es eines kleinen Anstoßes zum Glück. Guten Flug, Drachenreiter!«

Der Wind riss an Sapius' Kleidern und warf ihn hin und her, als wäre er eine Feder, die den Naturgewalten nach Belieben ausgeliefert wäre. Er hörte nur seinen eigenen nicht enden wollenden Schrei, doch als ihn der Wind gefährlich nahe an die Felswand drückte, besann er sich darauf, wer und was er war.

Verdammt, ich bin Sapius, ein Magier und Drachenreiter!

»Ich will fliegen!«, rief er mit aller Kraft.

Er erinnerte sich daran, wie er diese Übung zum ersten Mal erlernt hatte. Auf seinem Weg nach Tartyk war er von der Klippe gestürzt und hatte sich in seiner Not nichts sehnlicher gewünscht, als fliegen zu können. Und siehe da, es hatte geklappt. Auch dieses Mal wurde der freie Fall aufgehalten. Sapius schwebte vor der Felswand und blickte nach unten. Die Hälfte des Weges nach unten hatte er mit sich gekämpft, bis ihm eingefallen war, wie er den Sturz abfangen konnte. Er ärgerte sich über seine Unfähigkeit, schließlich hatte er das Fliegen geübt.

Warum bedarf es erst einer Not, bevor ich mich auf die Magie besinne? Es wäre so einfach, wenn ich meine Begabung wie von selbst einsetzte.

Bedächtig schwebte Sapius an der Felswand entlang nach unten. Der Wind konnte ihm nichts anhaben. Solange er den Flugzauber einsetzte, war er vor äußeren Einflüssen wie durch einen Schild geschützt und konnte sich in einer stabilen Lage halten. Als er sein Ziel, ein auf mittlerer Höhe gelegenes Felsplateau, erreicht hatte, sah er sich in aller Ruhe um. Von der schmalen Hochebene hatte er einen guten Überblick. Links und rechts des Plateaus führten enge, natürlich gewachsene Bergpfade ins Tal. Bis zur Tiefebene und den ersten schroffen Ausläufern des Landes der Bluttrinker waren es gut und gerne weitere fünftausend Fuß Höhenunterschied. Sapius hatte gehört, dass die Hütte des Saijkalsan mitten in den Bergen lag. Er würde nicht bis ins Tal absteigen müssen, um sie zu erreichen. Dennoch stand ihm ein längerer Abstieg über unwegsame Pfade bevor, der ihm nicht leichtfallen würde. Das steife Bein und der Buckel kamen ihm dabei nicht entgegen. Sicher, er konnte den Schwebezauber einsetzen, sobald ihm der Weg zu anstrengend und gefährlich wurde. Doch er wollte seine magischen Kräfte nicht verschwenden, solange dies nicht zwingend notwendig war. Zu seinem Bedauern hatte er festgestellt, dass die Magie bei übermäßigem oder zu langem Gebrauch nachließ und damit auch die Wirkung der eingesetzten Zauber. Und darüber hinaus bestand immerhin die Möglichkeit, dass ihm Kallahan nicht freundlich gesinnt war.

Eine aus dem Fels gehauene Statue erregte plötzlich seine Aufmerksamkeit. Sie war groß, dem Bildnis eines steinernen Kriegers nachempfunden und war bis zu den kleinsten Details und den gefährlich wirkenden Waffen und Rüstungsteilen perfekt gearbeitet. Wäre sie nicht aus Stein angefertigt worden, hätte sie auf Sapius durchaus den Eindruck gemacht, als würde sie leben.

Ein Meisterwerk!, dachte Sapius erfreut und zugleich erstaunt. *Wie kommt eine solche Figur an einen Ort wie diesen? Markiert sie das Gebiet eines Kriegerstammes? Vielleicht ist die*

Statue eine Schöpfung der Felsgeborenen aus längst vergangenen Zeiten.

In der Freude über die ungewöhnliche Entdeckung aus der Vergangenheit trat er näher an die Statue heran, um sie besser betrachten zu können. Bei genauerem Hinsehen entdeckte er auf der Schulter der Statue ein seltsam anmutendes Wesen. Halb Echse, halb Nager mit einem dichten, warmen Pelz und mehreren Beinen ausgestattet, hatte es sich zusammengerollt und schlief. Sapius hatte nie zuvor ein ähnliches Tier gesehen.

Was ist das bloß für ein putziges Kerlchen?, fragte er sich.

Er wollte das Tier nicht wecken und setzte sich in den Windschatten der Statue, um sich auszuruhen. Nach der kurzen Rast auf dem Plateau entschied sich der Magier für den Weg, der nach Osten führte. Dieser schien ihm weit weniger steil, breiter und einfacher begehbar. Ob er ihn ans Ziel führte, vermochte er hingegen nicht mit Sicherheit zu sagen. Aber er hatte ein gutes Gefühl, und der Einladung zu einer weit weniger anstrengenden Kletterrunde konnte er nicht widerstehen. Sapius stand auf, um sich auf den Weg zu machen. Aus dem Augenwinkel heraus nahm er eine Bewegung wahr.

Überrascht blickte er sich um.

Er hatte den Eindruck, als habe sich die Statue bewegt. Als er sich vergewissern wollte und noch einmal hinsah, stand die Figur des Kriegers unverändert. Wie konnte das sein? Litt er an Wahnvorstellungen? Das Pelztier aber war erwacht und hatte eifrig begonnen sein Fell zu putzen. Vielleicht war es das gewesen, was der Magier wahrgenommen hatte. Er atmete durch, schüttelte das mulmige Gefühl ab und setzte sich erneut in Bewegung. Doch just in dem Moment, als Sapius das Plateau verlassen wollte, sprang der Krieger aus der Erstarrung vor ihn hin und versperrte ihm ein Fortkommen. Der Magier erschrak und taumelte überhastet einige Schritte zurück. Den Stab des Farghlafat schützend vor sich haltend, ging er langsam zurück, bis er an die Kante des Plateaus gelangte und nicht mehr weiterkonnte. Die Statue stampfte schweren Schrittes bedrohlich auf ihn zu. Zu Sapius' Erstaunen waren diese kaum hörbar, und er glaubte gesehen zu haben, dass die Stiefel mit dem felsigen Untergrund verschmolzen. Wenige Fuß entfernt blieb der Krieger vor ihm stehen. Sapius war wie gelähmt und stand staunend mit offenem Mund, verwirrt und verängstigt zugleich vor dem Wesen. Mit dem Rücken zum Abgrund stehend wagte er keinen weiteren Schritt rückwärts. Es konnte nicht mit rechten Dingen zugehen. Womöglich war Kallahan in der Nähe und hatte den Krieger mit einem Zauber in Bewegung gesetzt, um sich gegen Eindringlinge zu schützen. Diese Erklärung schien Sapius wenigstens annähernd plausibel. Die Augen des Geschöpfes übten eine faszinierende Wirkung auf ihn aus, die seine Neugier weckten und ihn unablässig starren ließen. Er war nicht in der Lage, den Blick abzuwenden.

»Wer seid Ihr und was sucht Ihr hier in meinem Revier?«, donnerte die Statue mit einer rauen und seltsam hohl klingenden Stimme, die von einem Geräusch unterlegt war, das sich anhörte, als würden Steine aneinander gerieben.

Und wieder war Sapius überrascht, die Statue konnte nicht nur laufen, sondern auch sprechen. War dies etwa eine weitere Illusion des Saijkalsan, der durch die Statue mit ihm sprach?

»Ich … nun … bin Sapius«, stammelte der Magier verwirrt, »… und ich befinde mich auf der Suche nach einem Einsiedler. Sein Name ist Kallahan. Seid Ihr es?«

»Sehe ich aus wie ein Einsiedler?«, fragte die Statue verärgert.

»Nein, keineswegs. Aber Ihr könntet mit ihm in Verbindung stehen, und er wäre in der Lage, durch Euch mit mir zu sprechen.«

»Wofür was haltet Ihr mich? Habt Ihr noch nie etwas von den Felsgeborenen gehört? Goncha, erkläre dem Eindringling, mit wem er es zu tun hat!«

»Sehr wohl, Herr«, antwortete das pelzige Echsenwesen zu Sapius' Überraschung. Es bewegte die Lippen nicht, aber er konnte die glockenhelle Stimme klar und deutlich in seinem Kopf hören. »Ihr steht Prinz Vargnar gegenüber, dem erstgeborenen Sohn des Königs der Felsgeborenen Saragar. Erweist ihm die Ehre, die ihm gebührt, denn Ihr seid in das Hoheitsgebiet der Burnter eingedrungen.«

»Das verstehe ich nicht!«, entgegnete Sapius verblüfft. »Die Felsgeborenen haben sich vor Tausenden von Sonnenwenden zurückgezogen und verschwanden vom Antlitz Ells mit den anderen Völkern der Altvorderen. Was geschieht hier? Was seid Ihr für ein Wesen?«

»Oh … ich vergaß mich vorzustellen. Man nennt mich Goncha, einen Felsenfreund. Der Beginn einer Zeit der Dämmerung dürfte Euch nicht entgangen sein. Seht Euch um. Ell verändert sich. Der Rückzug der Felsgeborenen ist beendet und sie beanspruchen ihr uraltes Recht auf die ihnen angestammten Gebiete.«

Sapius wusste wenig über die Felsgeborenen und hatte nie damit gerechnet, jemals einen zu treffen. Die Aussicht auf eine solche Begegnung war gering, da die Zahl der Burnter von jeher nur spärlich war, und nach ihrem Verschwinden hatte niemand damit gerechnet, dass sie eines Tages wieder auftauchen könnten. Ein Hochgefühl überkam ihn. Erst die Begegnung mit den Naiki im Herz des Waldes und nun ein Felsgeborener mitten im Riesengebirge. Er konnte sein Glück kaum fassen, selbst wenn ihm sein Gegenüber als durchaus bedrohlich erschien und nicht bester Laune war. Dies konnte kein Zufall sein.

»Ihr kamt auf einem Drachen ins Riesengebirge«, setzte Vargnar die Befragung fort. »Erklärt Euch. Ist Euch bewusst, dass Ihr eine Vereinbarung gebrochen habt?«

»Ich hörte erst jüngst davon. Der Drache unterrichtete mich während unseres Fluges von einer solchen Vereinbarung zwischen den Völkern der Altvorderen und den Tartyk.«

»Dann wisst Ihr also, dass die Drachen nicht über das Land der Tartyk hinaus fliegen dürfen. Ihr seid kein Drachenreiter. Das fühle ich. Aber Ihr seid der Magie kundig. Ich habe Euch am Felsen gesehen. Woraus leitet Ihr Eure Kraft ab, wenn nicht aus den Drachen?«

»Ich bin ein freier Magier«, gab Sapius zu, »aber ich bin auch ein Tartyk und darf mich Drachenreiter nennen. Euer Gefühl täuscht Euch, denn ich verstehe ihre Sprache und stehe mit ihnen in Verbindung.«

»Die Steine erzählen anderes. Aber möglicherweise deute ich ihr Flüstern falsch.«

»Nein, Herr«, mischte sich Goncha ein, »ein geborener Drachenreiter ist er nicht. Aber er spricht dennoch die Wahrheit, und die Drachen dienen ihm aus freien Stücken. Sie erkannten seine Macht und wissen von der alten Prophezeiung.«

»Was willst du mir damit sagen, Goncha?«, hakte Vargnar nach.

»Lauscht den Steinen, mein Prinz!«, forderte der Felsenfreund ihn auf. »Sapius ist einer der sieben Streiter. Ich glaube, der fünfte, sollte ich mich nicht täuschen. Sterben musste der fünfte im Namen der Freiheit, er verkörpert Magie und trägt der anderen Leid.«

»Das ändert vieles«, meinte Vargnar. »Wenn dem so ist,

werden wir Euch auf Eurer Suche nach dem Saijkalsan behilflich sein, Sapius.«

Vargnar trat einige Schritte zurück und gab seine bedrohliche Haltung auf. Sapius folgte dem Felsgeborenen und fühlte sich sogleich deutlich wohler, als er den kalten Wind aus dem Abgrund nicht mehr so stark in seinem Rücken spürte.

»Oh, das wäre überaus freundlich!«, antwortete der Magier verwundert. »Wisst Ihr, wo ich den Einsiedler finden kann?«

»Natürlich. Die Felsen werden uns den Standort des Gesuchten offenbaren. In den Bergen unserer Heimat bleibt uns nichts verborgen. Jetzt, wo wir sozusagen Gefährten sind, spricht nichts mehr dagegen, Euch unsere Hilfe anzubieten.«

»Gefährten?« Sapius hatte nicht verstanden, worauf Goncha und der Prinz anspielten.

»Auf der Suche nach dem Buch der Macht«, erklärte Vargnar, »ich bin der sechste Streiter, und Goncha hat Euch als einen der anderen Mitstreiter erkannt.«

»Ich … bin durchaus angetan von dieser Kunde … aber auch höchst erstaunt. Erlaubt mir die Frage, wie kamt Ihr darauf?«

»Ihr seid ohne Zweifel ein Magier. Da Ihr Euch als frei bezeichnet, seid Ihr gewiss nicht an die Beschränkungen der Saijkalrae gebunden. Das habt Ihr selbst angedeutet, und die Erinnerung an das Land der Tränen klingt in Euren Gedanken nach, so als verweiltet Ihr noch immer dort. Doch selbst wenn dies nicht ausreichen sollte, um Eure Zugehörigkeit zur Gruppe der Streiter aus der Prophezeiung zu beweisen – Euer Stab ist aus dem Holz des Farghlafat gefertigt. Der Baum des Lebens wächst jedoch nur im Land der Tränen. Nur wenige können von sich behaupten, ein solch magisches Holz für sich zu beanspruchen. Es ist den Lesvaraq vorbehalten. Ihr müsst dort gewesen sein. Wenn Ihr aber dort wart, müsst Ihr tot gewesen sein. Auch diese Erfahrung findet sich in Euren Erinnerungen wieder«, erklärte Goncha seine Annahme.

»Das ist erstaunlich! Habt Ihr in meinen Gedanken gelesen?«, wollte Sapius erschrocken wissen.

»Verzeiht unsere Neugier und Ungeduld«, entschuldigte sich Goncha, »die Felsgeborenen und Felsenfreunde tauschen auf diese Weise Informationen untereinander aus. Ähnlich, wie es die Drachen mit ihren Drachenreitern tun. Ihr müsst wissen, dass Felsenfreunde nicht in der Lage sind zu sprechen. Dafür senden sie ihre Gedanken aus. Eine höchst nützliche Gabe, sich unbemerkt zu unterhalten. Einige Völker der Altvorderen beherrschen diese Fähigkeit des Gedankenaustausches ebenfalls. Die Naiki nutzen sie und die Felsgeborenen haben sie perfektioniert. Die Erfahrung lehrt uns, dass wir vorsichtig sein müssen und daher lieber vorher wissen wollen, ob wir einem Freund oder Feind gegenüberstehen.«

»… ich bin überwältigt«, sagte Sapius. »Wusstet Ihr, dass ich bereits zwei weitere Streiter in den Wäldern von Faraghad traf? Einen Naiki-Jäger und einen Maiko-Naiki namens Belrod.«

»Ja, ich habe das gesehen«, antwortete Vargnar, »und es wird uns eine spätere Zusammenkunft erleichtern. Wir werden ab jetzt in Verbindung bleiben. Ich kann Euch und den anderen Streitern Botschaften durch den Stein senden. Aber die Suche nach dem Buch hat Zeit. Zuerst gibt es für jeden von uns andere Aufgaben zu erledigen. Lasst uns Euch helfen und den Saijkalsan suchen.«

»Gerne, welchen Weg schlagen wir ein?«

»Die Steine flüstern, Ihr sollt Euch von hier aus nach

Westen wenden. Der Weg führt Euch direkt zur Hütte des Einsiedlers«, gab Vargnar die Richtung vor.

»Ihr begleitet mich nicht?«, fragte Sapius mit enttäuschter Miene.

»Nein«, antwortete Vargnar, »das ist Eure Aufgabe, nicht die unsere. Wir waren lediglich neugierig und wollten wissen, wer auf einem Drachen ins Riesengebirge kam. Für den dreisten Bruch der Vereinbarung werden wir allerdings eines Tages einen kleinen Tribut von Euch und Eurem Drachen einfordern. Ihr werdet sicher verstehen, dass die Altvorderen dies nicht ohne Weiteres hinnehmen dürfen. Wir werden für Euch aber gewiss einen angemessenen und nicht allzu belastenden Gefallen finden, den Ihr für uns erbringen dürft.«

»Ich verstehe«, sagte Sapius, »dann werde ich jetzt wohl oder übel klettern müssen. Lebt wohl.«

»Wir sehen uns wieder, wenn die Zeit der Zusammenkunft gekommen ist, Sapius. Bis dahin wünsche ich Euch Glück«, verabschiedete sich Vargnar.

»Auf Wiedersehen«, schickte ihm Goncha eine lautlose Botschaft.

Der Abstieg über den steilen Weg durch die Felsen war beschwerlich. Sapius kam nicht umhin, zwischendurch, entgegen dem ursprünglichen Plan, zur Überwindung von Hindernissen auf seine magische Begabung zurückzugreifen. An manchen Stellen brach der Weg einfach ab, und er stand plötzlich vor einem meterbreiten und tiefen Abgrund, den er überspringen musste, um auf die andere Seite zu kommen, wenn er dem Pfad weiter folgen wollte. Das fiel ihm mit dem steifen Bein so schwer, dass er sich dazu entschied, unter Einsatz von Magie über diese Lücken hinwegzuschweben. An anderen Wegstücken wiederum war der Weg durch Felsen blockiert und er musste viele Fuß wieder nach oben klettern, wollte er diese umgehen.

Das permanent vorherrschende Dämmerlicht war zwar lästig, weil er Mühe hatte, genug zu erkennen, um nicht über Steine zu stolpern oder auszurutschen. Aber es erschien ihm weit weniger bedrohlich als noch zuvor, nachdem er erkannt hatte, auf welche Weise die Dämmerung entstanden war und was genau das Tageslicht verschluckte. Dennoch war er sich darüber im Klaren, dass er etwas dagegen unternehmen musste. Und zwar schnell. Er durfte keine Zeit verlieren, denn die Auswirkungen auf Ell mussten auf lange Sicht verheerend sein, wenn dem magischen Phänomen des dunklen Hirten nicht bald ein Ende gesetzt wurde. Umso wichtiger stufte er ein baldiges Treffen mit Kallahan ein.

Sapius bemerkte die Hütte des Einsiedlers erst im letzten Augenblick, nachdem er beinahe daran vorbeigelaufen war, wenn er nicht mit der Nase darauf gestoßen wäre und den Geruch eines stark gewürzten Eintopfes wahrgenommen hätte, der ihn schmerzlich daran erinnerte, dass er seit seiner Landung im Riesengebirge nichts mehr zu sich genommen hatte. Die Behausung des Einsiedlers war schlicht und hob sich nur unwesentlich von den sie umgebenden Felsen ab. Es war ein gutes Versteck und vor allem geschickt getarnt. Aus der Ferne war die Hütte nicht ohne Weiteres zu entdecken, es sei denn, ein Beobachter wusste, wonach er Ausschau halten musste. Sapius stand vor der Hütte Kallahans, des alten Einsiedlers und Saijkalsan, unschlüssig ob der Entscheidung, sich entweder durch Klopfen oder Schreien bemerkbar zu machen oder einfach in die Hütte zu gehen und sich vorzustellen. Das Dach der Behausung war mit größeren und kleineren Steinen eingedeckt. Massive Holzbalken stützten den einfachen, aber stabilen Aufbau und bildeten den Rahmen der Hütte. Die Außenwände hingegen waren aus naturbelassenen, unterschiedlich großen und ungleichen Steinen hochgezogen worden, deren Zwischenräume ordentlich mit Lehm und Stroh ausgestopft und abgedichtet worden waren. Lediglich zwei Fenster befanden sich in der Hütte. Das eine zeigte nach Süden und war durch einen Holzladen gesichert. Das andere war gen Osten ausgerichtet und war offen. Dahinter hatte der Einsiedler zum Schutz gegen Wind und Kälte ein Fell angebracht.

Sapius ging um die Hütte herum und entdeckte auf der nach Westen Richtung Choquai gewandten Seite eine niedrige hölzerne und mit Eisen beschlagene Tür, in die magische Runen eingeritzt worden waren und sich bei genauerem Hinsehen als Schutzrunen herausstellten. Die Tür zeigte allerdings deutliche Anzeichen von Verwitterung und würde bald ersetzt werden müssen. Sapius entschied sich schließlich für die höflichere Variante des sich Ankündigens sowie seines weiteren geplanten Vorgehens. Immerhin suchte er die Unterstützung des Saijkalsan im Kampf gegen den dunklen Hirten und nicht dessen Feindschaft. Er klopfte zaghaft an die Tür, weil er fürchtete, sie fiele in sich zusammen, sollte er energischer pochen. Aber das musste er nicht, denn von innen vernahm er eine Stimme, die ihm deutlich machte, dass sein Klopfen gehört worden war.

»Wer seid Ihr und was wollt Ihr? Stellt Euch vor, sonst bleibt die Tür geschlossen«, tönte die Stimme des Saijkalsan aus dem Inneren der Hütte.

Sapius nannte seinen Namen und sagte freiheraus, dass er, dem Rat der Drachen folgend, die Hilfe des Saijkalsan suche. Für eine Weile tat sich nichts, dann sprang die Tür jedoch wie von selbst auf und der Magier trat ein. Da der Saijkalsan weder Kerzen noch Laternen entzündet und die Fenster verhängt hatte, war es im Inneren der Hütte stockfinster. Für Sapius war es schwierig, den Einsiedler auszumachen, der es sich auf einem mit Fellen gepolsterten Stuhl mit hoher Rückenlehne vor seinem Bettlager bequem gemacht hatte und in die Dunkelheit starrte. Sapius tastete sich vorsichtig vor, umging einen Schemel und einen Tisch mit schiefen Beinen und blieb schließlich vor Kallahan stehen.

»Ich sehe nichts«, sagte Sapius, »versteckt Ihr Euch immer im Dunkeln?«

»Macht Euch nichts daraus«, antwortete Kallahan, »ich sehe auch nichts. Mein Augenlicht war der Preis, um die Macht der Saijkalrae zu nutzen.«

»Fürwahr ein hoher Preis. Ihr müsst viel genommen haben, wenn sie Euch dieses Opfer abverlangten.«

»Möglich. Aber vielleicht bestrafte mich der dunkle Hirte für meine Aufsässigkeit. Heute bin ich mir nicht mehr sicher, ob der Einsatz das Opfer wert war«, antwortete der Einsiedler, »aber sprechen wir nicht davon. Ich kann mit meinem inneren Auge trotzdem sehen, was ich sehen muss. Das genügt, damit ich mich zurechtfinde. Reden wir über Euch. Ich bin froh, dass Ihr den langen Weg auf Euch genommen und zu mir gefunden habt. Wir sind uns nie zuvor begegnet, obwohl wir beide schon seit vielen Sonnenwenden den Saijkalrae dienten. Ich um einiges länger als Ihr, dennoch trafen wir uns nicht in den heiligen Hallen. Ihr habt von Euch reden gemacht und seid beim dunklen Hirten in Ungnade gefallen. Er lässt Euch suchen. Wisst Ihr das?«

»O ja, das ist mir nicht entgangen. Im Wald Faraghad entkam ich nur knapp den Leibwächtern des dunklen Hirten. Danach verloren Haisan und Hofna meine Spur.«

»Er war gewiss nicht erfreut, als er davon erfuhr. Ihr solltet Euch allerdings nicht allzu sehr in Sicherheit wiegen, und mir fällt zu meinem Bedauern auf, dass Ihr unvorsichtig seid. Woher wisst Ihr, dass ich Euch wohlgesinnt bin und Euch nicht an Saijrae verrate? Vielleicht gibt er mir die Sehkraft zurück, wenn ich ihm in dieser Hinsicht zu Diensten bin«, meinte Kallahan.

»Ich bin ein Tartyk und vertraue den Drachen«, antwortete Sapius. »Wem sollte ich sonst vertrauen? Ihr werdet mich jedenfalls nicht an den dunklen Hirten verkaufen, selbst wenn er Euch dafür alles verspricht. Das kann ich fühlen. Mein Schüler Malidor hat mich einst verraten und ich habe seine Absichten zu spät erkannt. Das wird nicht noch einmal geschehen. Erst später wurde mir bewusst, welch unbeabsichtigten Gefallen er mir damit getan hat. Ohne ihn wäre ich nicht ins Land der Tränen gelangt und hätte mich nicht von den Fesseln der Saijkalrae befreien können.«

»Lobt die falsche Schlange nicht zu sehr. Ein interessanter Aspekt, den Verrat eines Saijkalsan an einem anderen Saijkalsan auf diese Weise zu sehen. Nach meinem Dafürhalten zerfraß ihn der Neid auf seinen Meister, so wie einst die Saijkalrae ihren Lehrer vernichten wollten, nachdem sie feststellten, dass sie einem Lesvaraq an Stärke nicht annähernd gewachsen waren und die Fähigkeiten niemals erreichen würden.«

Der Saijkalsan erhob sich aus seinem Stuhl, nahm einen Kessel vom Tisch und füllte diesen aus einem daneben stehenden Tonkrug mit Wasser. Er gab einige Kräuter hinzu, sprach unverständliche Worte und stellte den plötzlich dampfenden Kessel wieder zurück auf den Tisch.

»Gießt Euch einen Becher ein, Sapius«, bot er dem Magier das Getränk aus dem Kessel an. »Das ist Morgenruf, auf magische Weise zubereitet. Er weckt müde Geister, schärft die Sinne und wird Euch nach der Wanderung guttun. Und wenn Ihr schon dabei seid, wärt Ihr bitte so freundlich und schenkt mir auch einen Becher ein? Solltet Ihr Hunger haben, bedient Euch nach Belieben am Zwiebeleintopf. Es ist genug für eine Woche da. Brot findet Ihr in der Truhe neben dem Tisch. Es ist trocken, schmeckt aber nach Monden immer noch. Weicht es ein, damit Ihr Euch nicht die Zähne daran ausbeißt.«

Kallahan deutete auf einen weiteren Kessel, aus dem es herzhaft duftete. Das war der Geruch, der ihn auf die Hütte aufmerksam gemacht hatte. Sapius nickte. Durst und Hunger zeigten sich inzwischen überdeutlich und ließen ihn nicht in Ruhe. Ein Becher Morgenruf und ein Teller Eintopf waren genau das, was er jetzt brauchte. Der Magier fühlte sich sofort besser, nachdem er den ersten Schluck getrunken und einen Löffel des Eintopfes gekostet hatte. Auf das steinharte Brot verzichtete er, nachdem er sich vergeblich bemüht hatte, ein Stück davon abzubrechen.

»Kommen wir zur Sache, Sapius. Ich werde Euch zuhören und bin neugierig, was Ihr mir erzählen wollt. In welcher Angelegenheit, die er selbst vielleicht besser erledigen könnte, sucht ein freier Magier, wie Ihr einer seid, die Unterstützung eines alten Einsiedlers, der den Großteil seines einsamen Lebens an die Saijkalrae vergeudet hat?«

Sapius erzählte Kallahan alles, was er über den ewigen Schlaf der Saijkalrae, das Erwachen des dunklen Hirten, dessen Pläne und die Zeit der Dämmerung herausgefunden hatte. Dabei sparte er nicht aus, welch schwierige Aufgabe ihm das Schicksal zugedacht hatte. Den Schutz der Lesvaraq konnte er auf Dauer nur gewährleisten, wenn er sich gegen die Feinde der Neugeborenen wandte. Er berichtete, dass er den Knappen Renlasol und dessen Gefährten deshalb auf die gefährliche Reise in das Land der Bluttrinker geschickt hatte, um Quadalkar in seinem Kampf gegen die Saijkalrae um Hilfe zu bitten. Die Lösung bestand für ihn nach wie vor in der Erweckung des weißen Schäfers. Nur er wäre im Moment in der Lage gewesen, seinem Bruder zur Wahrung des Gleichgewichtes Einhalt zu gebieten. Sie waren sich schnell darüber einig, dass nur die Selbsttötung des Bluttrinkers Quadalkar den Fluch wirksam aufheben konnte.

»Meine Überlegungen gingen in eine ähnliche Richtung«, seufzte Kallahan nachdenklich. »Jedenfalls glaube ich, dass die Saijkalrae nur überwunden werden können, wenn sie beide wach sind. Der Fluch muss zuvor aufgehoben werden, denn er schützt die Schlafenden. Unglücklicherweise erstreckt sich dieser Schutz auch auf den dunklen Hirten, obwohl er bereits erwacht ist. Das liegt daran, dass der Fluch in den Hallen weiterhin wirkt. Ist der weiße Schäfer aber wach und der Fluch beendet, werden sie beide verletzlich. Der dunkle Hirte weiß davon und wird versuchen, den Fluch so lange wie möglich aufrechtzuerhalten. Und er wird Quadalkar für sich gewinnen wollen. Das ist einer der Gründe, warum er die Zeit der Dämmerung heraufbeschworen hat. Er kommt Quadalkar mit der Schaffung für ihn idealer Bedingungen entgegen, damit dieser endlich aus der Verbannung zurückkehrt. Ich habe Quadalkar vor wenigen Tagen in seiner Burg aufgesucht und mich bemüht, ihn von der Wichtigkeit seiner Selbstaufgabe zu überzeugen. Er kennt und respektiert mich. Einst war ich wie ein Bruder für ihn und half ihm der Folter der Inquisition zu entkommen. Das ist lange her und inzwischen ist viel geschehen. Aber Quadalkar hat sich verändert. Dennoch hörte er zuweilen auf mich. Dieses Mal jedoch nicht. Er zeigte sich stur und sehr abweisend. Mein

Ansinnen lehnte er strikt ab, und möglicherweise hätte er mich sogar angegriffen. Das ist umso bedauerlicher, als er auch Eure Botschaft missachtet und die in Eurem Auftrag entsandten Gefährten stattdessen in seine Familie aufnahm. Ich habe sie in der Gewalt des Bluttrinkers gesehen. Renlasol, Yilassa und Pruhnlok. Sie sind jetzt seine Kinder und gehorchen ihm. Ihre Seelen wurden während der Verwandlung und mit dem ersten Blut des Jägers verdorben.«

Und ich bin schuld an der Misere, dachte Sapius zutiefst betroffen.

Nun hatte er Gewissheit über das Schicksal von Renlasol. Der Magier zog den Schemel zu sich heran; er musste sich dringend setzen. Wie hatte er annehmen können, dass sein Plan aufging und Quadalkar seiner Bitte folgen würde? So oft hatte er sich schon geirrt. Das Schlimmste daran war, dass seine Fehler nicht nur ihn selbst trafen, sondern andere mit in den Schlamassel hineingezogen wurden. Er würde nicht wiedergutmachen können, was er angerichtet hatte. Wie würde Madhrab reagieren, wenn er davon erfuhr? Der Magier war betrübt und wusste keinen Ausweg. Er hätte selbst gehen und Quadalkar um Unterstützung bitten müssen. Gleichgültig ob er ihm hätte gegenübertreten können und dessen Macht gewachsen war. Aber die Angst vor der letzten Begegnung mit dem Bluttrinker, bei der er beinahe sein Leben gelassen hatte, saß ihm dräuend im Nacken und hatte ihn in dieser Hinsicht handlungsunfähig gemacht.

»Ihr fühlt Euch verantwortlich für das Schicksal des Knappen, nicht wahr?«, fragte Kallahan.

»Ich hätte das niemals zulassen dürfen«, antwortete Sapius betrübt.

»Es ist, wie es ist. Ihr könnt das Geschehene nicht rückgängig machen und musstet wenigstens diesen Versuch unternehmen. Mir ging es ähnlich, als ich meine Schülerin Tallia zur Erweckung des dunklen Hirten mitnahm. Sie blieb bei ihm, um mich zu schützen. Das dumme Mädchen. Er hat sie verdorben und benutzt nun ihre Macht zur Aufrechterhaltung der Dämmerung. Durchdrungen von seiner Dunkelheit bis in die tiefsten Winkel ihrer Seele ist sie es, die das lichtverschlingende Band über Ell ausspeit und mit ihren finstersten Gedanken speist. Wenn Ihr so wollt, Sapius, tragen wir eine ähnliche Bürde. Ich versuche nicht daran zu denken und dennoch weiterzumachen, obwohl ich keinerlei Hoffnung hege, dass sie sich je wieder von der Verderbtheit reinwaschen kann.«

»Wir sind uns offenbar in mancherlei Hinsicht ähnlich«, stellte Sapius fest.

»Das stimmt. Aber im Gegensatz zu mir seid Ihr jung, habt Euren Irrtum früh erkannt und könnt nun einiges wieder ins richtige Licht rücken. Ich hingegen dachte, Ulljan habe gewollt, dass ich den Saijkalrae diene, weil ich niemals auf die Idee kam, dass sie tatsächlich in der Lage wären, einen Lesvaraq zu vernichten, und er sein abscheuliches Ende absichtlich zuließ. Aber das war falsch. Ich war viele Sonnenwenden lang Ulljans Schüler und später sein Magier; wenn Ihr so wollt, seine rechte Hand. Ich hätte es besser wissen müssen. Ein Irrtum, genauso wie der Eure, als Ihr dachtet, die Saijkalrae hätten Euch vor dem Tod und dem Schicksal des Bluttrinkers gerettet. Doch nun sind die Lesvaraq wiedergeboren und die Herrschaft der Saijkalrae geht allmählich zu Ende. Vielleicht erleben sie noch einen letzten Höhepunkt ihres Strebens. Es wird Zeit für eine Abkehr von den gemeinen Brüdern, auch wenn es für mich schon beinahe zu spät ist.«

»Stimmt es, dass Ulljan der Lesvaraq der Nacht war?«, wollte Sapius plötzlich wissen.

»Oh … Ihr überrascht mich? Woher wisst Ihr das? Dieses Wissen ging über die Sonnenwenden fast gänzlich verloren. Die Saijkalrae haben ganze Arbeit geleistet, um die Erinnerung an ihren Lehrer auszulöschen. Nur wenige, die ihn kannten und nicht von den Saijkalrae zum Vergessen gezwungen oder vernichtet wurden, haben noch Kenntnis von Ulljans Seite der Macht. Und selbst diese zweifeln zuweilen, ob ihre Erinnerung sie nicht trügt.«

»Sagen wir, ich habe außer Euch noch jemanden kennengelernt, der Ulljan kannte, und die Drachen wissen ebenfalls das ein oder andere über die Vergangenheit Ells.«

»Das erklärt vieles. Und es ist die Wahrheit. Ich muss es schließlich wissen, denn ich war sein Schüler, bevor ich den Saijkalrae diente.«

»Dann seid Ihr mit dieser Seite der Magie vertraut?«

»Gewiss. Ulljan war ein guter und geduldiger Lehrer, obwohl er nicht ohne Fehl und von dem Gedanken besessen war, eine neue Ordnung zu schaffen«, bestätigte Kallahan.

»Wisst Ihr etwas über sein Buch?«

»Das ist wahrlich eine gefährliche Frage, Sapius. Ich nehme an, Ihr meint *das Buch* der Bücher. Das Buch der Macht, dessen Name das Ende der uns bekannten Welt verheißt. Ihr solltet Euch vorsehen. Die Saijkalrae wollten es einst unbedingt haben und sie begehren es noch, obwohl es ihnen der alten Prophezeiung nach nicht bestimmt ist, das Buch zu finden. Ich habe es schon einige Male gesehen, doch das ist lange her. Ulljan jedoch hat mich nie darin lesen lassen. Irgendwann versteckte er es auf einer seiner Reisen. Niemand weiß, wo sich das Buch befindet und wie es beschützt wird. Ich kann mir nicht vorstellen, dass er es einfach vergraben hat. Dennoch, es sieht danach aus, als würde die Zeit der Suche bald beginnen. Spätestens wenn die neugeborenen Lesvaraq das richtige Alter erreicht haben und der Zyklus der Lesvaraq mit den Streitern an ihrer Seite von Neuem beginnt. Laut Ulljan soll es nur einem Lesvaraq vergönnt sein, darin zu lesen. Alle anderen sollen dem Buch nicht gewachsen sein und ein übles Ende nehmen, wenn sie sich daran versuchen. Ich bin mir allerdings nicht sicher, ob er mit dieser Aussage nicht gelogen hat, um mich vom Lesen abzuhalten.«

Für eine Weile schwiegen die beiden Magier und nippten nachdenklich an ihren Bechern mit dem ihre Sinne schärfenden Morgenrufgebräu. Sapius dachte über die Informationen nach, die ihm der Einsiedler gegeben hatte. Einiges davon war zwar nicht neu, das meiste davon allerdings mehr als aufschlussreich. Kallahan konnte ein mächtiger Verbündeter im Kampf gegen die Sajkalrae werden. Wie die nächsten seiner Schritte allerdings aussehen sollten, war ihm alles andere als klar. Für die Suche nach dem Buch war es zu früh. Die Lesvaraq waren noch nicht alt und stark genug. Natürlich würde er sie möglichst bald aufsuchen müssen, um sich zu vergewissern, dass sie in Sicherheit waren. Er hatte keinerlei Zweifel daran, dass es dem Lesvaraq bei den Naiki gut erging und Metaha auf sie achtete. Der Lesvaraq in Eisbergen hingegen brauchte seinen Schutz und einen Lehrer mit magischer Begabung, dessen war er sich sicher. Sapius hatte das Gefühl, als sei dies aller Voraussicht nach seine ihm vom Schicksal zugedachte Aufgabe. Allerdings durfte er dabei das Ziel nicht aus den Augen verlieren. Er konnte den Lesvaraq nur schützen, wenn er sich zugleich gegen die Saijkalrae wappnete und auf das Erwachen des weißen Schäfers hinarbeitete. Die Zeit der Dämmerung durfte nicht zu lange aufrechterhalten bleiben, sonst wäre es für ihn ungleich schwerer, seine Aufgabe den Lesvaraq gegenüber zu erfüllen.

»Und was machen wir nun?«, fragte Sapius in die Stille

hinein, nachdem er mit seinen Überlegungen nicht weiterkam.

»Wir könnten hier im Dunkel meiner Hütte sitzen bleiben und uns gegenseitig bemitleiden. Das wäre eine nette und langwierige Beschäftigung«, schlug Kallahan mit einem schiefen Lächeln vor.

»Bei all den Fehlern, die ich beging, und Eure hinzugerechnet würde dies bis in alle Ewigkeit dauern. Nein, ich halte das für keine gute Idee. Wir sollten bald möglichst etwas gegen die Dämmerung unternehmen.«

»Vielleicht ... wartet ... wir sollten nicht vorschnell handeln. Manchmal ist es besser, in aller Ruhe abzuwarten. Mir kam soeben ein Gedanke, der Euch interessieren könnte«, grübelte Kallahan laut, während Sapius plötzlich interessiert aufhorchte. »Ich weiß nicht, ob Euch das bekannt ist, aber Quadalkar zieht mit seinen Kindern in den Krieg. Ich habe das nicht verstanden, als er seine Absichten bei unserer letzten Begegnung erwähnte. Welchen Zweck sollte dieser Krieg haben? Den Gedanken an Befreiung nahm ich ihm nicht ab. Dafür kenne ich ihn zu gut.«

»Der Drache erwähnte so etwas vor der Landung«, erinnerte sich Sapius an den Tadel des Drachen.

»Ihr kamt mit einem Drachen in das Riesengebirge?«, zeigte sich Kallahan überrascht.

»Ja«, bestätigte Sapius, »ich bin ein Tartyk und neuerdings mehr oder weniger freiwillig Drachenreiter.«

»Das ist ein Vorteil für Euch. Ihr könnt mit dem Drachen schnell reisen, wenn es vonnöten sein sollte.«

»Er wird mir leider nicht auf Dauer zu Diensten sein. Ich habe ihn mir ... sozusagen ausgeborgt. Der Drache dient meinem Vater, dem Yasek der Drachenreiter. Was ist nun mit Eurem Gedanken?«

»Ach ja ... verzeiht. Ich vergaß«, entschuldigte sich Kallahan. »Einen Drachenreiter trifft man schließlich nicht alle Tage. Wir waren bei Quadalkars Feldzug. Ich fragte mich, warum er ausgerechnet gegen die Bewahrer zieht und das Haus des hohen Vaters und der heiligen Mutter belagert. Es hätte andere, leichter zu erreichende Ziele gegeben. Aber er wendet sich ohne Umschweife gegen den Erzfeind der Bluttrinker. Der Ausgang einer solchen Belagerung ist offen. Die Bewahrer wissen sich gegen Bluttrinker zu wehren. Ich kann mir nicht vorstellen, dass er eine solche Schlacht gewinnen kann.«

»Was wollt Ihr damit andeuten?«, hakte Sapius nach.

»Der Eroberungsplan passt nicht zu Quadalkar. Bei aller Veränderung, die er durch den Fluch erfahren hat, ist er dennoch stets klug und vorsichtig geblieben. Er weiß, was ihn erwartet.«

»Ihr denkt … er plant sein eigenes Ende und das seiner Kinder?«

»Genau davon gehe ich aus. Das wäre die für ihn einfachste Lösung, dem Fluch der Saijkalrae zu entkommen und dabei das letzte Kapitel seiner Geschichte selbst zu schreiben. Im Grunde ist er unsterblich und würde sich niemals selbst in einer stillen Kammer einen Pflock durchs Herz bohren oder sich den Kopf abreißen. Das würde ihn – wie jeden Bluttrinker – in die Flammen der Pein bringen. Diesem Schicksal kann er nur dann entgehen, wenn es einem Bewahrer tatsächlich gelingen sollte, den Fluch aufzuheben, bevor Quadalkar stirbt. Verlässt er Kryson, dann mit erhobenem Haupt und ohne den Fluch. Am Ende einer unendlich langen Zeit der Verdammnis der Legende Quadalkar steht ein ehrenvoller Heldentod. Er strebt nach einem Platz im Land der Tränen. Das würde zu ihm passen.«

Sapius fand die Ausführungen des Einsiedlers schlüssig. Allerdings war er sich nicht sicher, ob sie nicht eher einem

Wunschdenken als der Realität entsprangen. In seinen Augen war Quadalkar, neben all seinen Fähigkeiten und Erfahrungen, in erster Linie eine nach Blut dürstende Bestie, obwohl er wusste, dass dies nicht stimmte und hinter dem Monster weit mehr steckte. Dennoch fiel es ihm schwer, an die Theorie des Saijkalsan zu glauben.

»Ich weiß nicht. Eure Geschichte klingt vernünftig und doch will sie mich nicht recht überzeugen. Was schlagt Ihr vor, Kallahan?

»Mag sein, dass ich meine Gedanken nicht ausreichend geordnet hatte, als ich Euch davon erzählte. Aber je mehr ich darüber nachdenke, desto wahrscheinlicher erscheint mir diese Theorie.«

»Und wenn Quadalkar nur wieder dem dunklen Hirten dienen will, sich nach Liebe in seinem Herzen sehnt und sich durch die Gnade der Saijkalrae Erlösung vom Fluch erhofft? Dann könnte er weiterleben, wenn ihm der dunkle Hirte hilft.«

»Das kann ich mir nicht vorstellen, Sapius. Quadalkar ist viel zu erfahren und kalt, um an die Gnade der Saijkalrae zu glauben, die er in all den Jahren selbst nie erfahren oder erleben durfte. Ich sah ihn mit meinem inneren Auge und sage Euch, er ist des Fluches müde. Er würde den Saijkalrae niemals in der Gestalt eines Bluttrinkers dienen. Der dunkle Hirte könnte den Fluch nicht von ihm nehmen, selbst wenn er dies wollte. Niemand vermag das, es sei denn, es gelänge ihm, den Bluttrinker tatsächlich zu töten. Und da sind wir wieder bei den Bewahrern. Ob sie ihn am Ende überwinden könnten, weiß ich nicht. Jedenfalls schlage ich vor, dass wir das Ergebnis der Belagerung abwarten, bevor wir unsere weiteren Schritte zum Schutz der Lesvaraq planen.«

»Gut, dann warten wir ab. Allerdings könnte die Belagerung sehr lange dauern. Die Bewahrer sind in der Lage, sich über viele Sonnenwenden hinweg selbst zu versorgen. So lange dürfen wir unmöglich warten.«

»Habt Geduld, Sapius. Es wird nicht lange dauern. Ich weiß das und Ihr wisst es auch. Die Zeit der Dämmerung wird die Bewahrer zum Handeln zwingen. Schon bald wird eine Entscheidung erzwungen werden. Sollte sich meine Theorie am Ende bewahrheiten, werde ich Euch beim Kampf gegen die Saijkalrae behilflich sein, soweit dies ein blinder, alter Saijkalsan vermag, der sich soeben von den Saijkalrae losgesagt hat und im Gegensatz zu Euch nicht auf die Macht aus dem Land der Tränen zurückgreifen kann. Aber mir bleibt nicht mehr viel Zeit. Der Zyklus der Lesvaraq wird bald beginnen und mit ihm wird unweigerlich mein Ende verknüpft sein. Das ist der natürliche Lauf der Dinge und das Gesetz der Macht, die uns dieses Schicksal auferlegen. Ihr jedoch, Sapius, habt eine große Zeit vor Euch, wenn Ihr es denn richtig anstellt.«

»Aye, ich verstehe. Dann beschließen wir hier und jetzt unser Bündnis, Kallahan«, antwortete Sapius. »Ich bin froh, einen solch mächtigen Verbündeten zu haben, und sei es auch nur für kurze Dauer. Berührt den Stab des Farghlafat.«

Sapius hielt Kallahan den Stab aus dem Baum des Lebens entgegen. Der Saijkalsan tastete im Dunkeln und umfasste das Ende des Stabes mit beiden Händen, als er ihn erreicht hatte. Sofort begann das Holz zu vibrieren. Ein in gleichmäßigem Rhythmus pulsierendes Licht erhellte das Innere der Hütte. Das Leuchten war so grell, dass Sapius nicht direkt hinsehen konnte, ohne befürchten zu müssen, geblendet zu werden. Kallahan hingegen sah in das Licht, das seine getrübten Augen durchdrang und sein Innerstes ausfüllte.

Dies war der heilige Bund freier Magier, der niemals gebrochen werden konnte. Und … es war eine weitere Abkehr von den Saijkalrae, den diese als Frevel aufs Schwerste zu zerstören trachteten, wenn sie davon jemals erfuhren. Kallahan stöhnte plötzlich auf und ließ den Stab los, als hätte er sich daran verbrannt. Er schlug die Hände vors Gesicht, so als ob er seine Augen schützen wollte. Das Licht erlosch und Sapius zog den Stab zurück.

»Was habt Ihr getan?«, keuchte Kallahan, der offenbar starke Schmerzen litt. »Das Licht durchbrach die Dunkelheit meiner Seele und erleuchtete mein schwarzes Herz. Es war nicht zu ertragen. Habt Ihr vergessen, dass ich selbst der dunklen Seite angehöre? Es ist unglaublich!«, rief der Einsiedler vor Überraschung, während ein Auge zwischen seinen Fingern hervorblickte und sich neugierig von links nach rechts umsah. »Ich kann Euch sehen. Ihr habt mir mein Augenlicht zurückgegeben.«

»Das muss eine Nebenwirkung unseres Bündnisses sein. Mein Stab hat dies bewirkt.« Sapius verblüffte, was der Stab des Farghlafat vermochte. Er selbst hatte ihn jedenfalls nicht dazu gebracht, die Augen des Einsiedlers zu heilen.

Kallahan sprang von seinem Stuhl auf und umarmte Sapius spontan.

»Ihr seid so mächtig und habt nicht die leiseste Ahnung, was Ihr tatsächlich vermögt und welches Potenzial ihr mit Euch und Euren Gegenständen herumtragt«, sagte Kallahan. »Ich wäre gerne in Eurer Nähe und würde Euch auf Eurer Reise begleiten. Aber das geht nicht, es wäre zu gefährlich. Bedauerlicherweise könnt Ihr noch nicht einmal für diese Nacht hier in meiner Hütte bleiben, und ich muss Euch sofort wegschicken, sosehr ich es bedauere. Der dunkle Hirte könnte Euch über mich finden. Ihr solltet jetzt lieber gehen – beeilt Euch, bevor er Verdacht schöpft. Der Bund war geladen durch eine starke magische Energie, die ihm nicht entgangen sein kann. Er hat eine Verbindung zu allen Saijkalsan. Geht und begrüßt die Lesvaraq. Ich nehme an, Ihr wisst, was nur wenige wissen und wo Ihr sie finden könnt. Erzählt mir bitte nicht, wo sie sich befinden. Ich will es nicht wissen. Denn wenn ich es weiß, könnte der dunkle Hirte es ebenfalls erfahren. Wer weiß, vielleicht sucht er nach mir und foltert mich. Ich kenne zwar die Folter, weiß aber auch, wo meine Grenzen liegen. Irgendwann fällt jeder Gefolterte um und singt wie ein Vogel am Morgen, wenn es denn noch welche gäbe und er nicht zuvor zu Tode kam. Wenn die Zeit gekommen ist, werde ich in meiner Hütte auf Euch warten.«

»Aye, das ist gut. Ich danke Euch für Eure Gastfreundschaft. Gebt auf Euch acht. Ich werde Eure Unterstützung brauchen.«

Die Magier verabschiedeten sich voneinander, und Sapius machte sich im Dunkel der Nacht auf den beschwerlichen Rückweg. Er wusste, dass er für den Aufstieg Magie einsetzen musste, und hoffte, dass er den Drachen unbeschadet würde erreichen können. Frohen Mutes schritt er voran. Er hatte mehr erreicht, als er sich von dem Treffen mit Kallahan erhofft hatte. Es war ein gutes Gefühl, im Kampf gegen die Saijkalrae nicht mehr alleinestehen zu müssen und einen wichtigen Verbündeten wie den alten und erfahrenen Einsiedler an seiner Seite zu wissen. Ohnehin fügten sich zu den Niederlagen und Fehlentscheidungen Stück für Stück endlich einige Erfolge hinzu, die ihn auf bessere Zeiten hoffen ließen. Sapius war gespannt, was ihn in Eisbergen bei dem Lesvaraq erwartete. Dies war das nächste Ziel seiner Reise und würde ihn sicher lange Zeit in Anspruch nehmen. Ein seltsam mulmiges Gefühl aus froher Erwartung und Ungewissheit stellte sich ein, als er daran dachte, einem solch mächtigen Wesen zu begegnen. Er würde zum ersten Mal in seinem Leben einen Lesvaraq zu Gesicht bekommen. Viele Fragen brannten ihm auf der Seele …

In der Stadt Eisbergen würde er bald Antworten erfahren.

Tanzende Schatten

Das Blutschwert Solatar auf dem Rücken erreichte Madhrab Kalayan nach einem vier Tage und Nächte dauernden strammen Marsch von Eisbergen über den Choquai-Pass. Der Eiskrieger Baylhard hatte ihm das Schwert noch im ewigen Eis überreicht und ihm von der Gefangennahme des Bewahrers Chromlion berichtet, den sie nach Harrak geleitet hatten. Madhrab war überrascht und erstaunt zugleich, dass Solatar dem Eiskrieger gestattet hatte, sich von ihm tragen zu lassen. Viel mehr noch war er allerdings von den Nachrichten über Chromlion angetan. Den Eiskriegern galt sein höchster Respekt. Sie hatten geschafft, was im Grunde unmöglich war. Einen Lordmaster und sein Gefolge auf diese Weise zu entwaffnen und zu überwältigen verdiente Anerkennung. Doch Baylhard hatte ihm nicht nur das Blutschwert zurückgebracht, sondern auch schlechte Kunde mit auf den Weg gegeben. Wie befürchtet hatte das oberste Gericht der Bewahrer Madhrab in allen Anklagepunkten für schuldig befunden und ihn zu einem Schicksal in der Grube verurteilt. Das Urteil machte den Lordmaster nachdenklich. Sie hatten ihn in keinem einzigen Punkt der Vorwürfe angehört, bevor sie über ihn eine der schrecklichsten und gefürchtetsten Strafen auf Ell verhängt hatten.

Vielleicht wollte Boijakmar mich vor diesem Schicksal bewahren, als er meinen Tod durch Sick anordnete, dachte Madhrab, *das wäre immerhin eine Erklärung für sein Verhalten, wenn die Information stimmt.*

Andererseits zweifelte Madhrab an seinen eigenen Gedanken. Es gab keinen Grund mehr, dem Overlord zu vertrauen oder ihm Gutes unterstellen zu wollen. Er hatte ihn dazu gebracht, sich im Verlies einsperren zu lassen, und hatte ihm diesen Foltermeister geschickt. Und schließlich war es der hohe Vater selbst, der dieses Urteil gefasst und unterzeichnet hatte. Das ergab alles keinen Sinn. Der Overlord hätte selbst in der festen Überzeugung von Madhrabs Schuld die Möglichkeit gehabt, aufgrund der Verdienste des Lordmasters Milde walten zu lassen und ihn sogar freizusprechen. Davon hatte er offensichtlich keinen Gebrauch gemacht. Madhrab konnte sich nicht erklären, warum der hohe Vater ihn auf diese Weise hatte fallen lassen. Die Angst, Madhrab könnte zu mächtig werden oder der Orden könnte durch den Lordmaster Schaden nehmen und an Einfluss verlieren, reichte ihm alleine als Begründung nicht aus. Hinter diesem Machtspiel musste mehr stecken. Die Umstände deuteten darauf hin, dass Boijakmar Madhrab vollständig vernichten wollte. Das Urteil zu einem Schicksal in der Grube sprach Bände. Und doch war dort ein winziger Zweifel in Madhrabs Kopf, der ihn den Mentor und väterlichen Freund nicht vergessen ließ. Der hohe Vater kannte ihn besser als jeder andere und traute ihm Unmögliches zu. Ebenso wie er an den aussichtslosen Sieg in der Schlacht am Rayhin geglaubt hatte. Auf die Stärken und Fähigkeiten des Lordmasters vertrauend, bestand immerhin die Möglichkeit, dass er Madhrab für fähig befand, aus der Grube zu entkommen. Vielleicht hatte der Overlord für den Orden den Anschein eines offiziellen Verfahrens wahren müssen und deshalb nur auf unglückliche Weise daran mitgewirkt. Nur so war es für Madhrab nachvollziehbar, warum er ihn nicht zum Tode, sondern ihm ein Schicksal in der Grube zugedacht hatte. Eine Bestrafung, die der Lordmaster aus eigener Kraft überwinden konnte. Madhrab führte den Gedankengang sogar weiter und versetzte sich in die Lage des Overlords. Dieser wusste, dass Madhrab alles daransetzen würde, der Folter durch Sick zu entgehen. Hinzu kamen die Gabe des Kriegers und der unbedingte Überlebenswille. Möglicherweise war in den Augen des hohen Vaters jede Anordnung, die den Tod des Lordmasters zur Folge haben sollte, von vornherein zum Scheitern verurteilt. Natürlich war dies ein höchst gefährliches Spiel, das jederzeit in die falsche Richtung laufen konnte. Aber es war nicht ausgeschlossen, dass ihm Boijakmar eine letzte Prüfung auferlegt hatte, die er bestehen musste. Je mehr er darüber nachdachte, umso eher drängte es ihn danach, sich Gewissheit zu verschaffen.

Der winzig kleine Funken Hoffnung, der soeben in ihm zu keimen begonnen hatte, wurde allerdings jäh zunichtegemacht, als Madhrab die Grenzen seines Heimatdorfes am Fuße des Choquai erreichte. Erwartungsfroh hatte er sich auf ein Wiedersehen mit seinen Brüdern, der Schwester und Mutter gefreut. Stattdessen trafen ihn der Anblick von Trostlosigkeit, Verzweiflung und Trauer der Überlebenden eines Winters voller Schrecken unvorbereitet und hart. Die Auswirkungen der Zeit der Dämmerung waren ihm bereits auf seinem Weg über den Choquai aufgefallen. Doch diesseits des Riesengebirges wurde ihm erst richtig bewusst, dass das Tageslicht verschwunden und der ewigen Dämmerung gewichen war. Jegliche Farbe wich aus seinem Gesicht, die Hände ballten sich zu Fäusten und seine Augen starrten entsetzt auf das sich ihnen bietende Antlitz des Terrors. Obwohl sie bis zur Unkenntlichkeit entstellt waren, hatte Madhrab die auf den Pfählen aufgespießten Köpfe seiner Familie sofort erkannt. Im ersten Augenblick glaubte er an eine Sinnestäuschung und dachte, er befände sich in einem grauenvollen Albtraum, aus dem er unbedingt erwachen musste, wenn er nicht um seinen Verstand fürchten wollte.

Unmöglich, das kann nicht sein. Sie sind nicht tot. Wach auf,

Madhrab. Wach doch endlich auf, hörte er sich selbst in seinen Gedanken schreien, während er vor dem Kopf seiner Mutter auf die Knie fiel, die ihn aus leeren Augenhöhlen vorwurfsvoll anstarrte.

Nein, nein … Mutter. Bitte! Das dürft ihr mir nicht antun. Nythrab, Solhab, Hira … was ist geschehen? Sprecht zu mir …, Madhrab war wie gelähmt und zu keinem anderen Gedanken imstande.

Auf Knien kroch er von einem Pfahl zum anderen in der verzweifelten Hoffnung, eine Regung oder irgendein Lebenszeichen zu entdecken. Doch nichts bewegte sich. Niemand sprach zu ihm. Nicht einmal seine Mutter fand tröstende Worte. Ihm war es unmöglich, aus dem Albtraum zu erwachen, sosehr er sich auch mühte. Der anfänglichen Fassungslosigkeit folgte eine Hilflosigkeit, der sich Madhrab nie zuvor in vergleichbarer Weise ausgesetzt sah. Er konnte nicht aufhören, die Köpfe der Enthaupteten oder das, was von ihnen übrig war, anzustarren.

Madhrab befand sich in einem langen dunklen Gang, an dessen Ende ihn nicht das Licht, sondern Schatten erwarteten. Er sah die verwesenden Leiber seiner Brüder, die mit dem Kopf unter dem Arm den Gang entlangschlurften. Orientierungslos stießen sie gegen die Wände. Nythrab stürzte und der Kopf rollte vor Madhrabs Füße. Der Lordmaster wollte ihn behutsam aufheben und ihn seinem Bruder auf den Hals setzen. Die Augenhöhlen waren leer und die Lippen bewegten sich. Eine Made kroch aus der Mundhöhle.

»*Wo warst du Bruder, als wir dich brauchten?*«, fragte Nythrab.

»*Warum hast du uns nicht geholfen?*«, echote eine Stimme durch den Gang, die, wie Madhrab unschwer erkannte, Solhab gehörte.

»Wir waren so stolz auf dich, großer Bruder. Du brachtest uns in Gefahr. Wie konntest du uns auf diese Weise sterben lassen?«, warf ihm Hira vor.

»Mein Sohn. Wir irren durch die Finsternis der Schatten und finden keine Ruhe. Wer waren die Männer, die meine Kinder töteten und die sich zuvor als deine Brüder ausgaben?«, sprach Madhrabs Mutter zu ihm.

»Nein, ihr seid nicht tot!«, schrie Madhrab. »Das dürft ihr nicht!«

»Wir sind tot!«, sagte Nythrab.

»Wir sind tot!«, antwortete Solhab.

»Wir sind tot!«, bestätigte Hira.

»Wir sind tot!«, rief Madhrabs Mutter.

»Ich hole euch zurück. Jeden Einzelnen von euch und wenn ich dafür die Schatten überwinden muss«, versprach Madhrab.

»Zu spät … viel zu spät … du kannst nichts mehr für uns tun. Lebe wohl, Madhrab«, verabschiedete sich seine Mutter.

»Zu spät … viel zu spät. Vielleicht sehen wir uns eines Tages in den Schatten wieder«, meinte Nythrab und verschwand durch den Gang.

»Du hättest uns in der Not beistehen müssen. Aber du kamst … zu spät … viel zu spät. Auf Wiedersehen, Bruder«, antwortete Solhab zum Abschied.

»Ach Bruder, sei nicht allzu traurig«, versuchte Hira ihren Bruder noch im Entschwinden zu trösten, *»wir sind zusammen hier in der Finsternis der Schatten, aber du kamst … zu spät … viel zu spät. Ich wünsche dir Glück.«*

»Wer hat das getan?«, verlangte Madhrab wissen, der plötzlich feststellte, dass er sich in der Wirklichkeit befand, aus der es kein Erwachen gab.

Auf eine Antwort der Geister der Verstorbenen wartete

Madhrab vergebens. Allerdings weckte ihn ein Flötenspiel aus seiner Abwesenheit. Die Klänge kamen ihm bekannt vor und jagten ihm einen Schauer über den Rücken. Traurig und süß, verlockend und abstoßend zugleich. Aufgrund seiner betrübten Stimmung erreichte die Musik sein Innerstes im Nu.

Madsick, ging es ihm durch den Kopf.

Natürlich. Nur dieser Junge spielte die Flöte so virtuos und unverkennbar. Madhrab blickte auf und drehte sich in Richtung der merkwürdig klingenden Töne. Und dort, lässig angelehnt an die Holzwand eines Stalls unmittelbar in der Nähe des Ortseinganges, stand der hagere Junge. Kein Zweifel, es war Madsick. Er sah verwahrloster und magerer aus als bei ihrer letzten Begegnung, bevor er ihn von der Passhütte zurückgeschickt hatte, den Winter in Kalayan zu verbringen. Offensichtlich hatte er Hunger leiden müssen und das Elend miterlebt. Madhrab plagten Schuldgefühle, als er Madsick erblickte, wenngleich er nicht vollständig überschauen konnte, was sich tatsächlich ereignet hatte. Madsick steckte die Flöte ein und bewegte sich auf wackeligen Beinen auf den Bewahrer zu. Er sah geschwächt aus und hatte Mühe, sich aufrecht zu halten.

»Madsick«, begrüßte der Lordmaster den Jungen, doch seine Stimme klang belegt. »Bei allen Kojos, was ist geschehen?«

»Lordmaster Madhrab«, entgegnete Madsick den Gruß, »Ihr seid endlich zurück und doch zu spät … viel zu spät. Ihr könnt Euch nicht vorstellen, welches Grauen das Dorf heimgesucht hat.«

»Ich habe eine Ahnung, aber du musst mir alles erzählen. Wer hat das getan?«

»Bitte, habt Ihr etwas zu essen für mich, Herr?«, fragte Madsick mit schwacher Stimme. »Mich quält der Hunger, und ich fürchte, mit meinen Erzählungen nicht weit zu kommen.«

»Natürlich!« Madhrab kramte Brot, Käse und geräucherten Fisch aus seinem Reisebündel hervor.

Die Eiskrieger hatten den Lordmaster vor seiner Abreise reichlich mit Proviant versorgt, und Baylhard hatte darauf bestanden, dass er das geräucherte Moldawarfleisch mitnehmen sollte. Es sei eine köstliche Besonderheit für wahre Männer, sehr gesund und nahrhaft, hatte er ihm mit einem Augenzwinkern mit auf den Weg gegeben. Madsick achtete nicht darauf, was ihm der Bewahrer reichte. Er verschlang das Essen mit einem Heißhunger, als habe er tagelang nichts mehr zu sich genommen. Danach fühlte Madsick sich besser, und sie suchten sich einen geschützten Platz, an dem der Junge berichten konnte. Mit jedem Wort verfinsterte sich die Miene des Bewahrers. Trauer und Wut bestimmten seine Gefühle. Er hatte Mühe, sich zu beherrschen. Der Drang, auf der Stelle aufzuspringen und umzukehren, wurde immer größer. Chromlion hatte seine Familie kaltblütig hingerichtet. Das Verlangen nach Rache stieg in ihm empor. Ungehemmt und explosiv – ein Sturm, der jederzeit aus ihm herauszuplatzen drohte. Der Ordensbruder hatte einen Großteil seines Lebens zerstört, indem er Madhrabs Familie genommen hatte. Niemand außer Elischa und Tomal waren ihm geblieben. *Chromlion, du wirst leiden. Du Bestie! Du Mörder! Feige warst du, hast das Urteil für deinen Hass genutzt. Warte, mein* Bruder. *Ich jage dich bis ans Ende meiner Tage. Ein langsamer und qualvoller Gang zu den Schatten steht dir bevor*, dachte Madhrab. Er war verrückt vor Schmerz! Der Lordmaster war nicht mehr er selbst, als er drohte, sich in seinem Hass auf Chromlion zu verlieren. Madhrab kämpfte gegen das ihn überwältigende Gefühl an, schlug mit den Fäusten zornig gegen die Pfähle und auf den Boden, bis er sich verausgabt hatte. Und es gelang ihm tatsächlich, sich zurückzunehmen. Keuchend und mit verdrehten Augen schwankte die Welt um ihn, bis er wieder ein deutliches Bild sah.

Er musste nachdenken. Welchen Sinn hatte es jetzt noch, Chromlion sofort für seine Taten büßen zu lassen. Er würde ihn verfolgen und stellen; wenn es sein musste, bis in die letzten Winkel von Kryson. Er würde Chromlion überall finden und wenn es das Letzte war, was er in seinem Leben vollbringen musste.

Die Eiskrieger hatten den Bewahrer nach Harrak gebracht. Dort war er sicher verwahrt, und soweit Madhrab informiert war, würde das Leben in Harrak alles andere als angenehm sein. Sollte der Mörder in seiner Erbärmlichkeit doch für eine Weile hinter den eisigen Mauern des Lagers bleiben. Er hoffte insgeheim, dass Chromlion das ihm bevorstehende Martyrium von Harrak überleben würde, damit er persönlich mit ihm abrechnen konnte.

Baylhard hatte ihm jedoch berichtet, dass die meisten Gefangenen nicht einmal eine Sonnenwende in Harrak durchhielten. Aber Madhrab kannte seinen Ordensbruder besser.

Er traute Chromlion zu, dass er sich in den Mauern von Harrak behaupten konnte. Wenn er seinen Gefühlen jetzt nachgab und Chromlion tötete, verlöre er wertvolle Zeit, um die gegen ihn veranlassten Intrigen richtigzustellen. Zeit, die er nicht verschwenden durfte. Freunde befanden sich in Gefahr. Doch die Vernunft siegte am Ende. Zuerst würde er sich um die Angelegenheiten des Ordens kümmern und sich Boijakmar und dessen Urteil stellen. Die Rache an Chromlion musste warten. Als er den Jungen an seiner Seite betrachtete, kam ihm plötzlich ein eigenartiger Gedanke.

»Madsick«, fragte Madhrab, »kannst du mit deinem Flötenspiel in das Reich der Schatten vordringen?«

Der Junge horchte auf. Das war fürwahr eine Frage, die er nicht gerne beantwortete. Was bezweckte der Lordmaster? Wollte er ihn etwa prüfen?

»Herr?« Madsick klang verunsichert. »Ich weiß nicht, was Ihr meint.«

»Wie soll ich es dir erklären? Ich weiß selbst nicht, ob und wie das möglich ist. Deine Musik erinnert mich an eine Art von Magie, die ich schon einmal am eigenen Leib zu spüren bekam. Sie stammt nicht von dieser Welt und ist sehr eigenständig, unbeeinflusst von jeglicher anderer Magieströmung. In der Schlacht am Rayhin habe ich die Todsänger erlebt. Sie sind weder tot noch lebendig. Doch sie kehrten aus dem Reich der Schatten in die Welt der Lebenden zurück. Der Schlüssel ihres Geheimnisses liegt in ihrem Gesang verborgen, mit dem sie ihren Opfern die Seelen entlocken. Sapius, der Magier, behauptete, er könne nichts gegen den Gesang unternehmen. Es gäbe kein Mittel und keine Magie, ihn zu unterbinden. Ich glaube, dein Flötenspiel ist womöglich stärker als der Gesang der Todsänger, die angeblich in der Lage sind, die Toten aus den Schatten zurückzurufen. Erinnerst du dich an unsere Begegnung auf der Passhütte am Choquai? Die Klänge deiner Flöte lähmten mich und brachten die Sarchas in Rage. Sie hätten mich glatt in Stücke gerissen, wenn Elischa nicht gewesen wäre und das Flötenspiel beendet hätte.«

»Ich erinnere mich mit Bedauern daran, Herr«, antwortete Madsick betrübt. »Es tut mir leid, Euch in Gefahr gebracht zu haben.«

»Unsinn, das ist Schnee von vor dem Winter und längst vergessen«, erwiderte Madhrab. »Was ist? Denkst du, das

Flötenspiel könnte die Schatten erreichen und aus ihrem Reich hervorlocken?«

»Ich weiß nicht, Herr. Denkt Ihr nicht, das wäre zu gefährlich?«

»Mag sein, dass es mit Gefahren verbunden ist, die wir nicht kennen. Aber es wäre einen Versuch wert. Ich hatte eine Begegnung mit meiner Familie, bevor ich dein Flötenspiel vernahm und sie in den Schatten entschwanden.«

»Ihr wollt sie zurückholen?«, fragte Madsick verwundert.

»Sie und andere, die durch die Hand des Bewahrers Chromlion unschuldig sterben mussten«, sagte Madhrab. »Ich war nicht in Kalayan, als sie meine Hilfe brauchten, und es ist meine Schuld, dass sie unter Chromlion litten und den Tod fanden. Doch wenn ich rückgängig machen könnte, was geschehen ist, würde ich mich deutlich besser fühlen.«

»Ihr seid verrückt, Herr!«, erwiderte Madsick. »Verzeiht, aber wisst Ihr, meine Musik vermag vieles, aber … die Schatten … ich fürchte mich.«

»Willst du es versuchen? Die Angst ist ein guter Begleiter. Sie macht dich vorsichtig, aber sie darf dich nicht beherrschen.«

»Herr …«, Madsick zögerte, bevor er fortfuhr, »ich muss Euch etwas gestehen. Schon einmal ließ ich die Schatten zu den Klängen meiner Flöte tanzen. Das Tor zum Reich der Schatten öffnete sich. Sie kamen, sprangen und hüpften um mich herum und wollten mich mit sich nehmen. Mein Vater stieß damals das Tor zu, bevor Schlimmeres geschehen konnte. Anschließend erhielt ich eine Tracht Prügel, an die ich mich bis heute erinnere. Eine Woche konnte ich vor Schmerzen meine Lagerstätte im Verlies nicht verlassen.«

»Ich verspreche dir, dass ich nichts dergleichen tun werde. Aber verrate mir, wer dir das Flötenspiel beigebracht hat. Ich habe dich nie danach gefragt«, antwortete Madhrab.

»Sicher, wenn es Euch interessiert. Es war in der Grube, Lordmaster. Ich war noch sehr klein …«, begann Madsick seine unglaubliche Geschichte, denn niemand zuvor hatte das Loch unter dem Haus des hohen Vaters jemals lebend verlassen.

Im Verlies aufgewachsen hatte Madsick nie das Tageslicht gesehen. Aber dafür kannte er sich bestens in seiner Umgebung aus. Jeder Winkel, jeder Geheimgang und jedes Versteck im Verlies waren ihm vertraut. In der Neugier eines Kindes hatte er aus einem seiner Lieblingsverstecke heraus beobachtet, wie die Bewahrer eines Tages einen Gaukler zur Grube brachten; verurteilt wegen Vergewaltigung und Mordes an einer Hure und anschließender Lästerung der Kojos in einer schäbigen Spelunke am Hafen Tut-El-Bayas. Das Urteil der Bewahrer lautete auf ein Schicksal in der Grube.

Der Gefangene trug eine Flöte bei sich. Während er in Ketten am Versteck des Jungen vorbeigeführt wurde, begegneten sich für einen Augenblick ihre Blicke. Madsick hatte sich ertappt gefühlt, doch der Gaukler zwinkerte ihm lächelnd zu, legte die Flöte an die Lippen und begann ein fröhliches Lied zu spielen, das er bis zum Rand der Grube fortsetzte. Das Urteil wurde vollstreckt, das die Grube bedeckende Gatter geöffnet und der Gaukler in die Dunkelheit des tiefen Loches hinabgelassen. Erst als sich die Bewahrer von der Grube entfernt hatten, traute sich Madsick aus seinem Versteck und rannte dorthin, wo er den Gaukler verschwinden sah. Als er durch die dicken Stäbe des Gatters in die Finsternis spähte, konnte er zwar nichts erkennen, aber das Flötenspiel war für ihn deutlich wahrnehmbar. Das Instrument faszinierte ihn. Er hatte so etwas nie zuvor gesehen. Die Töne gefielen ihm und sie zogen ihn geradezu magisch an. Er musste eine Flöte haben, denn in jenem Moment wusste er, dass er sie eines Tages spielen würde und für die Musik geboren war. Doch die Musik endete abrupt und wurde von einem markerschütternden Schrei durchbrochen, der Madsick das Blut in den Adern gefrieren ließ. Madsick hatte die Bewahrer, während diese das Gatter geöffnet hatten, beobachtet. Es gab einen Hebelmechanismus, mit dem es leicht war, die Abdeckung zu entfernen. Alle Vorsicht und Warnungen missachtend, die Angst überwindend, ließ sich Madsick an einem Seil, das er zuvor in einer der im oberen Bereich des Verlieses befindlichen Werkzeugkammern unbemerkt entwendet hatte, in die Grube hinab. Die schmale Plattform, mit der die zu diesem Schicksal Verurteilten in die Grube hinabgelassen wurden, konnte er nicht verwenden. Diese wurde ausschließlich von oben bedient. Der Abstieg in die Grube war lang und anstrengend. Beinahe wäre er an manchen Stellen abgeglitten und gestürzt, ohne den Boden vor Augen zu haben. Aber er hatte Glück und erreichte nach einer Weile, die ihm wie eine Ewigkeit vorgekommen war, den Grund der Grube. Seine Augen waren an die Dunkelheit gewöhnt, sodass es ihm leichtfiel, ohne Laterne oder Fackel etwas zu erkennen. Kaum war er am Boden angelangt, entdeckte er die Flöte vor seinen Füßen und nahm sie an sich. Das Instrument war blutverschmiert. Daneben lagen eine herausgerissene Zunge und Lippen, die als solche jedoch schwer zu erkennen waren. Aber der Gaukler war weit und breit nicht zu sehen. Madsick machte sich auf die Suche. Vom Grund führten sechs Gänge weg. Er folgte dem Geruch frischen Blutes und stieß schon bald auf den Gaukler. In den Augen des Gefangenen schimmerte Wahnsinn. Von seinen Händen tropfte Blut. Die Lippen und die Zunge musste sich der Gaukler selbst mit bloßen Händen ausgerissen haben. Madsick zeigte dem Verurteilten, was er gefunden hatte. Aber dieser nahm ihn nicht mehr wahr. Der Glanz war aus den Augen des Flötenspielers verschwunden; sein Gesicht stellte bloß noch eine blutende Fratze dar. Der Gaukler wog seinen Oberkörper in gleichbleibendem Rhythmus vor und zurück, offenbar befand er sich in einer gänzlich anderen Welt. Doch da war noch etwas anderes. Anfangs fühlte es sich für Madsick an, als würde er beobachtet. Das Gefühl steigerte sich, bis er eine erste Berührung spürte. Ein Wesen verbarg sich in den Gängen der Grube, tastete nach ihm, doch hielt sich stets im Verborgenen. Der Junge wusste sofort, dass sich das Wesen nicht offen zeigen würde. Dafür war es zu vorsichtig, was Madsick spüren konnte. Aber er bemerkte auch, dass sich das Wesen seiner Gedanken bemächtigen wollte und sein Drängen stärker und stärker wurde. Ihm wurde bewusst, dass er den Gaukler zurücklassen musste, und zwar schnell, wenn er sich nicht der unsichtbaren Gefahr aus den Gängen der Grube aussetzen wollte. Was immer dort lauerte, war mächtig und es wollte ihn haben. Madsick rannte mit der Flöte des Gauklers in der Hand um sein Leben. Obwohl er sich den Weg durch die Gänge gemerkt hatte, verlief er sich und fand nicht zurück. In seiner Panik vor der drohenden Gefahr hatte er die anderen in den Gängen umherirrenden Gefangenen nur unbewusst wahrgenommen. Sie alle hatten sich entweder selbst verstümmelt oder ihnen waren durch andere Verletzungen beigebracht worden. Seine Beine trugen ihn nicht länger und er stürzte zu Boden. Sofort spürte er die ungeheure Präsenz des Wesens in seinem Kopf, das mit jeder Sardas stärker wurde und ihm Kopfschmerzen bereitete. Eine Stimme sprach zu ihm. Sie war drängend, geradezu fordernd. *»Spiel mir das Lied der Grube, Kind!«* Madsick weigerte sich, indem er dem Wesen klarmachen wollte, dass er überhaupt nicht spielen konnte. Aber es zeigte sich unnachgiebig. *»Ich bin der Herr der Grube«*, sagte die Stimme zu Madsick. *»Spiel auf der Flöte! Ich zeige dir, wie es geht. Vertraue mir, ich weiß, dass du es kannst. Denn ich kann sehen, wer du bist. Spiel für mich. Dies ist meine Welt. Niemand widersetzt sich meinen Wünschen.«* Madsick gehorchte und spielte. Er staunte über sich selbst, zu welchen Tönen er plötzlich imstande war. Es war, als spielte die Flöte von selbst. Dabei war es der Herr der Grube, der durch ihn auf dem Instrument spielte, wodurch Madsick allerdings schnell lernte, wie er mit der Flöte umzugehen hatte.

»Er ließ mich gehen«, sagte Madsick, »ich weiß nicht warum, aber ich durfte die Grube verlassen. Vielleicht konnte er mit meinen Gedanken nichts anfangen. Sie waren ohne Wert für den Herrn der Grube. Ich war ein kleines Kind und hatte nichts anderes gesehen als das Verlies. Die Macht und der Wahnsinn waren spürbar. Und …«, Madsick zögerte und atmete einmal tief aus und wieder ein, »… er ist immer noch in meinem Kopf. Er ernährt sich von den Erinnerungen und Gedanken der Gefangenen, nimmt sie in sich auf, stiehlt ihr Wissen und treibt sie in den Wahnsinn ewiger Umnachtung. Aber er nahm auch ihre Boshaftigkeit in sich auf und machte sie sich zu eigen. Es waren die Geister der Mörder und anderen Verbrecher, die ihn zu dem Wesen machten, das er heute ist, dessen bin ich mir sicher. Er war nicht von Anfang an schlecht. Und … da ist noch etwas …«

Madsick stockte, sein Gesicht verzog sich zu einer schmerzverzerrten Fratze. Er griff sich an die Schläfen und aus seiner Nase trat Blut.

»… ich kann … darf es Euch nicht sagen«, quälte sich

der Junge die Worte von den Lippen, »… der Herr der Grube verbietet es.«

»Lassen wir es dabei bewenden«, erlöste Madhrab den Jungen. »Du hast genug erzählt. Das soll mir als Erklärung deiner Kunstfertigkeit reichen. Ich werde deinem Herrn der Grube sicher bald begegnen.«

»Das dürft Ihr nicht«, keuchte Madsick, »ich bitte Euch. Er wird Euch niemals gehen lassen. Ihr seid zu wertvoll für ihn. All das Wissen, die Erfahrungen und Talente, die Ihr als Bewahrer mitbringt. Durch Euren Geist würde er noch mächtiger werden. Vielleicht gelänge es ihm, sich durch Eure Hilfe aus der Grube zu befreien. Das ist es, was er will, und das wäre verheerend für Kryson.«

»Ich werde in die Grube hinabsteigen müssen, Madsick. Denn sie ist eines der ungelösten Rätsel im Haus des hohen Vaters und mein Schicksal, dem ich mich, dem Urteil der Bewahrer folgend, stellen muss. Wenn ich entkomme, werde ich frei sein und die Schuldigen zur Rechenschaft ziehen.«

»Und wenn Ihr nicht entfliehen könnt, wäre alles verloren, für das Ihr Euch eingesetzt habt.«

»Dieses Wagnis werde ich eingehen müssen. Aber zunächst möchte ich, dass du deine Talente nutzt, die dir der Herr der Grube mit auf den Weg gegeben hat. Öffne für mich die Pforte zu den Schatten.«

»Bitte zwingt mich nicht dazu, Herr!«, jammerte Madsick. »Ich flehe Euch an, Ihr wisst nicht, worauf Ihr Euch einlasst.«

»Wenn ich ehrlich bin, wusste ich das noch nie, und im Grunde ist es mir gleichgültig. Schlimmer, als es im Moment ist, kann es kaum werden. Also fürchte dich nicht. Ich bin bei dir und will es versuchen. Spiel, Madsick. Spiel auf deiner Flöte, bis sich die Pforte öffnet. Den Rest überlasse ruhig mir.«

Zitternd setzte Madsick die Flöte an die Lippen und spielte. Die ersten Töne hörten sich leise und unsicher an, so als habe der Junge seine Furcht vor den tanzenden Schatten nicht überwunden.

»Lauter, Madsick!«, wies Madhrab den Flötenspieler an. »Lauter und ohne Angst. Konzentriere dich auf die Musik.«

Madsick nickte, nahm all seinen Mut zusammen und flötete weiter. Der Klang des Instrumentes wurde mit jedem Ton klarer, und Madhrab spürte, dass der Junge auf dem richtigen Weg war. Die Töne erfassten ihn, umspülten seine Sinne mit Schwermut und lähmten seinen Geist. Ein Nebel kam auf. Undurchdringlich und grau waberte die Erscheinung erst um die Füße des Bewahrers und kroch dann langsam an den Beinen hinauf, bis er schließlich eingeschlossen war von einem Dunst der Schatten, der das noch verbliebene schwache Dämmerungslicht verdrängte und ihn mit sich zog. Madhrab konnte den Jungen nicht mehr sehen, wohl aber hörte er die drängender werdende Musik, so als gebiete sie den Schatten, sich endlich zu zeigen. Plötzlich wurde es kalt und der Bewahrer sah den eisigen Atem vor seinem Mund. Aus dem Nebel drangen Stimmen an sein Ohr. Erst leise, wie Flüstern, das langsam zu einem Schreien anschwoll. Madhrab bewegte die Arme, wie wenn er gegen eine Strömung schwimmen wollte. Der Nebel teilte sich vor seinen Augen und gab einen Pfad frei, der in eine vor ihm gelegene Höhle führte. Die Höhle war mit dem Nebel angefüllt und knapp über dem Boden zogen sich Nebelschwaden entlang. Langsam ging Madhrab auf den Eingang der Höhle zu. Mit jedem Schritt wurde die Umgebung fühlbar kälter. Abrupt blieb Madhrab stehen, als vor ihm konturlose Schatten aus dem Nebel auftauchten. Für seine Augen zerflossen sie mit den sie umgebenden Nebelschwaden und wurden jeden Augenblick aufs Neue daraus geboren. Ihre Bewegungen folgten der Musik. Sie schienen zum Rhythmus des Liedes zu hüpfen, sich im Kreis zu drehen und zu tanzen. Madhrab hatte keinen Zweifel mehr. Madsick hatte die Pforte zum Schattenreich für ihn geöffnet. Schlagartig kam das Bewusstsein zurück, dass er den Jungen schützen musste. Das hatte er ihm versprochen. Er wusste nicht, wie er das anstellen sollte. Denn offenbar hatten die Schatten ihre Ohren nur der Musik geöffnet und ihre Sinne auf den Jungen gerichtet. Obwohl er nahe vor ihnen stand, nahmen sie von ihm kaum Notiz oder maßen ihm keine Bedeutung zu.

»Hör auf zu spielen, Madsick«, rief Madhrab. Seine eigene Stimme kam ihm weit entfernt und hohl vor.

Das Lied verklang. Die Schatten blieben wie angewurzelt stehen. Es war, als ob sie sich unschlüssig waren, was sie aus der Höhle hervorgelockt hatte und was sie als nächstes unternehmen sollten. Vor ihnen stand jemand, ein Fremder aus der Welt der Lebenden, der nicht hierhergehörte, ihren Tanz gestört hatte, und das gefiel ihnen nicht. Der Nebel begann sich wieder zu bewegen und wurde dichter. Madhrab hörte erneut Stimmen. Dieses Mal waren sie an ihn gerichtet und klangen wenig freundlich.

»Verschwinde, sterbliches Fleisch. Du hast in unserem Reich nichts verloren.«

»Bitte … ich bin auf der Suche nach meiner Familie. Wollt Ihr mir helfen sie zu finden?«, fragte Madhrab, der an seiner Idee zweifelte.

»Wir sind Schatten«, riefen die Schatten im Chor, *»du lebst und darfst nicht hier sein. Noch nicht.«*

»So versteht doch«, Madhrab klang verzweifelt, »ich will nicht bei Euch verweilen. Aber unter Euch befinden sich Klan, die ebenfalls nicht hierhergehören. Es ist meine Schuld, dass sie zu früh zu Euch kamen. Lasst sie mich sehen und mit ihnen sprechen.«

»Jeder, der von den Schatten geholt wurde, gehört in das Reich der Schatten. Geh oder zahle den Tribut für deine Dreistigkeit!«

»Ich gehe nicht ohne meine Familie und die Bewohner des Dorfes Kalayan, die jüngst zu Euch kamen.«

»Sie sind tot«, antworteten die Schatten, *»du kannst sie nicht mitnehmen.«*

»Aber es gibt Magie, die vermag, was Ihr mir verwehrt. Die Musik des Flötenspielers und der Gesang der Todsänger …«

»… und der Lockruf des Totenerweckers, der Schrei des Blutschwertes, das Wispern der Praister, die Zauber der Magier, die Harfe der Nno-bei-Maja, das Flüstern der Felsgeborenen und das fürchterliche Saitenspiel eines Narren, dem Wächter des Buches. Das ist anders. Sie zwingen uns Schatten zu tanzen und ihnen zu dienen. Aber sie zahlen alle ihren Tribut. Früher oder später.«

»Was verlangt Ihr?«, wollte Madhrab wissen.

»Wir wollen nichts und doch gibt es den Tribut. Manchmal ist es das Leben, manchmal die Zeit, der Geist, die Seele oder das Herz. Nichts ist umsonst und jede Magie hat ihren Preis.«

»Nehmt mein Leben, aber lasst meine Familie gehen. Ich bitte Euch.«

»Nein, verschwinde! Du bist nicht auserwählt, eine solche Aufgabe zu erfüllen. Wir tanzen nicht für dich. Geh und lass uns in Ruhe. Eines Tages wird jemand kommen, der dazu bestimmt ist, ein Volk aus den Schatten zu führen. Das verlorene Volk. So sagt es die Prophezeiung. Selbst wenn du diesem Volk angehören solltest. Du bist nicht der Auserkorene!«

Ein Schatten löste sich aus der Gruppe und schwebte auf

Madhrab zu. Madhrab erkannte durch den Nebel schwach das Antlitz seines Vaters.

»Mein Sohn, es ist nicht richtig, dass du zu den Schatten kamst. Was du forderst, ist falsch. Unsere Familie wurde getötet, Madhrab. Unsere Freunde und Nachbarn aus Kalayan starben durch die Hand eines Ordensbruders. Sie alle werden als Schatten unter den Schatten verweilen, so wie ich vor langer Zeit zu den Schatten ging. Du verlangst das Unnatürliche. Das darf nicht sein. Du jedoch lebst und bist hier nicht erwünscht. Versteh doch und nimm endlich an, was wir dir sagen, bevor der Weg zurück für dich verschlossen ist. Du wirst nichts erreichen. Kehre um, Madhrab. Dies ist nicht deine Bestimmung.«

Die Stimme des Vaters zu hören und noch viel mehr die Zurückweisung schmerzten Madhrab. Sie waren alle tot. Wie konnte richtig sein, was er als falsch und ungerecht empfand? Betrübt drehte er sich um und suchte nach einem Ausweg aus dem Nebel der Schatten. Plötzlich überkam ihn Angst, denn überall, wohin er blickte, waberte der Nebel und kein Weg war in Sicht. Es war ihm, als befände er sich in einem unendlichen Raum ohne Ausgang.

»Madsick!«, rief er und seine Stimme war für ihn selbst kaum zu hören. »Hol mich hier raus!«

»Madsick ist es, den wir wollen«, flüsterten die Schatten gemeinsam. *»Gib uns den Flötenspieler und wir bieten dir einen Tausch an.«*

»Was für einen Tausch?«, fragte Madhrab überrascht.

»Du darfst jemanden aus deiner Familie mit dir nehmen, wenn du uns den Jungen bringst. Es liegt dir doch nichts an dem Flötenspieler.«

Madhrab zögerte und dachte nach. Es war ein verlockendes Angebot, dennoch fiel es ihm schwer, den Tausch überhaupt in Erwägung zu ziehen. Er hatte Madsick versprochen, ihn vor den Schatten zu schützen; wenn er ihn nun gegen ein geliebtes Familienmitglied eintauschte, wäre das Verrat. Das konnte er Madsick nicht antun. Aber seine Familie war ihm ungemein wichtig und sie weilten alle unter den Schatten. Der Lordmaster überlegte hin und her, zermarterte sich das Gehirn, wie er sich entscheiden sollte. Wen aus seiner Familie sollte er erwählen? Mutter, Vater? Sie würden seine Wahl nicht gutheißen. Einen der Brüder, das wäre denkbar, oder eine der Schwestern, wahrscheinlich die jüngste.

»Höre nicht auf die Einflüsterungen der Schatten«, sagte die Stimme des Vaters, *»sie sind falsch und voller Boshaftigkeit. Beeile dich, Madhrab, bevor es zu spät ist. Denke nicht einmal darüber nach!«*

»Ruhe!«, riefen die Schatten. *»Steckt den Verräter in die Flammen der Pein!«*

Aus dem Nebel stiegen zahlreiche Schatten empor, die sich schnell bewegten. Im Nu hatten sie den verräterischen Schatten umzingelt und zogen ihn von Madhrab weg. Der Lordmaster versuchte ihn festzuhalten. Doch seine Hände griffen ins Leere, und er musste tatenlos zusehen, wie der Schatten seines Vaters fortgebracht wurde.

»Nein, nicht … neeein!«, schrie der Vater. Die Stimme erlosch und erstickte in einem einzigen langen Schmerzensschrei, der Madhrab durch Mark und Bein ging, als sie den Schatten des Vaters wegzerrten.

»Vater! Komm zurück. Bei allen Kojos, das habe ich nicht gewollt!« Madhrab war der Verzweiflung nahe.

»Was ist nun? Du kannst deinen Vater wählen und ihn aus den Flammen zurückholen, wenn es dir gefällt. Du weißt, was wir dafür von dir verlangen. Es ist ganz einfach. Oder du lässt ihn bis in alle Ewigkeit schmoren.«

»Ihr verdammten … Madsick! Mach endlich und öffne mir die Pforte!«, schrie Madhrab aus Leibeskräften.

Plötzlich durchdrangen die Töne des Flötenspiels den Nebel und zerrissen die Schwaden. Madhrab erkannte einen Weg unter seinen Füßen und rannte, so schnell er konnte.

»Unser Angebot besteht … überlege es dir wohl …«, riefen ihm die Schatten nach und verblassten.

Außer Atem stand Madhrab vor dem Jungen und starrte diesen entgeistert an. Der Junge setzte die Flöte ab und erwiderte den Blick.

»Was ist geschehen? Wart Ihr erfolgreich?«, fragte Madsick.

»Du hattest recht«, keuchte Madhrab, während er die Luft in seinen Lungen stoßweise ausblies und zischend wieder einsog. »Ich hatte keine Ahnung, was mich erwartet. Wir sollten in Zukunft vorsichtiger sein. Und Madsick … wappne dich, denn sie wollen dich haben. Soweit ich das vermag, werde ich dich schützen. Versprich mir, dass du ihnen keine Gelegenheit bieten wirst. Sonst kann ich dir nicht helfen.«

Der Junge blickte betroffen auf den Boden. Er hatte die Schatten nicht tanzen lassen wollen. Das war Madhrabs Idee gewesen. Madsick und Madhrab kamen überein, dass sie das Erlebte für sich behalten und auch in Zukunft nicht mehr darüber reden würden.

In den folgenden Tagen waren sie damit beschäftigt, den wenigen Überlebenden zu helfen. Sie entfernten die Mahnmale und bestatteten die Opfer des Winters. Was zerstört worden war, wurde wieder aufgebaut, so gut es eben ging. Obwohl die Dorfbewohner ihrem einstigen Helden dankbar waren und er sich nach Kräften bemühte, fühlte er sich in seiner Haut nicht wohl. Die Arbeiten gingen Hand in Hand, aber die Klan zeigten sich wortkarg. In ihren Blicken lag Traurigkeit, und ihn beschlich das Gefühl, dass sie ihn insgeheim für das Geschehene verantwortlich machten.

»Erwarte nicht zu viel, Madhrab«, eröffnete ihm ein in Kalayan ansässiger Bergbauer, der einst eng mit seinem Vater befreundet war. »Der Winter war hart und die Eindrücke des Terrors sitzen tief. Was geschah, wird niemals vergessen werden. Du warst nicht da, als wir dich brauchten. Wir wissen wohl, dass du nichts dafürkannst und auf der Flucht warst. Wie hättest du uns da helfen sollen? Und, vergiss das nie, du bist und bleibst einer von uns. Niemand macht dir einen Vorwurf und dennoch hängt all das Elend mit dir zusammen. Vielleicht wäre es besser gewesen, wenn du nie mehr nach Kalayan gekommen wärst. Das hat sich im Bewusstsein der Kalayaner eingeprägt und wird sich nicht mehr ändern. Es tut mir leid, dass es so weit kommen musste. Zieh bald weiter. Solange du in Kalayan verweilst, bleibt die Erinnerung an die Bewahrer und ihren Schrecken wach.«

»Aye«, nickte Madhrab und legte dem Bauern eine Hand auf die Schulter, »ich verstehe und danke dir für die offenen Worte. Du warst Vaters Freund und wirst gewiss sehen, dass ich nichts Schlechtes im Sinn hatte. Ihr liegt mir am Herzen, genauso wie es meine Familie tat, die nun tot ist.«

»Ich weiß, Madhrab. Suche nach deiner Schwester in Tut-El-Baya. Wir haben lange nichts mehr von ihr gehört. Aber vielleicht lebt sie noch. Für deine kleine Schwester indes besteht keine Hoffnung mehr. Das ist schrecklich. Uns alle haben Krieg und Katastrophen schwer gezeichnet. Wir haben Familie, Freunde und Klan verloren, die wir liebten. Nun müssen wir von vorn beginnen. Die Hoffnung stirbt zuletzt.«

»Aye, das ist wahr, auch wenn es momentan schwerfällt, sich daran festzuhalten«, meinte Madhrab.

»Glaube an das Gute, dann wird es eintreten. Da fällt mir ein, die Pferde, die du mitbrachtest, wurden am Leben gelassen. Sie stehen in meinem Stall und sind trotz wenig Futter bei guter Gesundheit und frohen Mutes.«

»Das ist eine gute Nachricht«, freute sich Madhrab und umarmte den Bauern. »Lebe wohl. Ich werde alles für meinen baldigen Aufbruch vorbereiten. Wann immer ihr mich brauchen solltet, lasst nach mir schicken.«

Najak und Feera wieherten freudig und scharrten mit den Hufen, als sie den Bewahrer erblickten. Der Lordmaster erkannte auf den ersten Blick, dass die Tiere dringend Bewegung und gutes Futter brauchten. Ihr Fell glänzte zwar, aber an den Flanken zeichneten sich deutlich ihre Rippen ab. Während eines Rittes durch die Klanlande würde er die Pferde schonen und langsam an die Ausdauer heranführen müssen. Schweren Herzens packte er seine Sachen in einem Bündel zusammen. Nur wenige Erinnerungsstücke an seine Familie waren geblieben. Ein stählerner Ring seines Bruders, die Kette seiner Mutter, eine aus Holz geschnitzte Haarspange der Schwester und das Lederarmband des jüngsten Bruders. Madhrab wusste nicht, was er mit den Habseligkeiten anfangen sollte. Die meisten der übrig gebliebenen Besitztümer verschenkte er an die Überlebenden aus Kalayan. Von den Erinnerungsstücken wollte er sich nicht trennen, auch wenn diese keinen unmittelbaren Nutzen versprachen und sie ihn jedes Mal, wenn er sie hervorholen würde und nachdenklich zwischen den Fingern drehte, schmerzten. Der Lordmaster verschnürte die Sachen in einem Lederbeutel, den er sich um den Hals hängte und unter seinem Hemd verbarg. Madsick würde ihn begleiten, das hatte er dem Jungen versprochen, für den er sich auf seltsame Weise verpflichtet fühlte. Noch einmal wollte er ihn nicht zurücklassen.

Sie verzichteten auf eine Verabschiedung und verließen das Dorf, sobald die Pferde gesattelt waren.

Die Reise durch die in der Dämmerung versunkenen Klanlande führte sie an Gegenden vorbei, die böse Erinnerungen weckten. Während des Winters waren die Folgen der Schlacht am Rayhin von den Schneemassen zum größten Teil verdeckt worden. Doch als sie an der Tareinakorach vorbeiritten und an den Ufern des Flusses die unzähligen Skelette, Knochenreste und langsam verrostenden Rüstungsteile und Waffen sahen, kehrten die Bilder der Schlacht und der Gefallenen zurück. Zwar führte der Rayhin klares Wasser und der Verwesungsgestank war mittlerweile verflogen, sodass der Ritt in der Nähe des Ufers erträglich war. Dennoch drückte die Vorstellung über die vergangenen Ereignisse auf die Gemüter. Madsick, der sich bislang keine Vorstellung über das Ausmaß der Schlacht gemacht hatte, wurde zunehmend schweigsamer und gewann einen Eindruck, wie viele Klan und Rachuren ihr Leben am Rayhin gelassen hatten. Im Dämmerungslicht sah die Tareinakorach gespenstisch aus. Der Junge fröstelte und spürte eine unheilige Stimmung, die von den Ufern zu ihm herüberkroch und sich zu einem düsteren Nebel verdichtete.

»So viel Tod an einem Ort«, flüsterte er mit Ehrfurcht in der Stimme. »Es ist, als könnte man die Seelen der Gefallenen mit Händen greifen. Die Schatten sind nah. Ein Fluch liegt über diesem Ort. Ich fühle sie, je näher wir uns zum Ufer des Rayhin bewegen. Manche von ihnen werden niemals Ruhe finden, weil ihnen keine Bestattung gewährt wurde.«

»Mach dir keine Gedanken darüber. Die Natur wird für ihre Bestattung sorgen. Fleisch und Knochen sind vergänglich, wie du sehen kannst. Es war uns unmöglich, ihnen das letzte Geleit zu den Schatten zu geben. Nicht gerade ehrenvoll, ich weiß. Soweit es die Klan betrifft, hätten sie eine bessere Behandlung verdient. Es waren einfach zu viele Gefallene.«

Schweigend ritten Madhrab und Madsick weiter. Vorbei an halb verfallenen Dörfern und Gehöften. In manchen, vor allem den größeren, Dörfern waren Scheiterhaufen errichtet worden, die längst zu einem Haufen Asche herabgebrannt waren, die der Wind mit sich fortgetragen und über das Land verteilt hatte. Offenbar hatte sich jemand die Mühe gemacht, die Seuchenopfer zu verbrennen, bevor die Geißel der Schatten auch den letzten der Einwohner erwischt hatte. Mancherorts reihten sich Steingräber mit Opfergaben für die Kojos aneinander.

Felder waren unbestellt geblieben, das Vieh in den Ställen und auf den Weiden verhungert. Überall stießen sie auf Tierskelette, nur selten trafen sie auf Leben. Dort, wo die Klan aus ihren Heimatdörfern und Häusern geflohen waren, stießen sie bei seltenen Gelegenheiten auf wenige verwilderte Schweine, die von der Seuche verschont geblieben waren. Nur zweimal trafen sie auf einen Klan und eine Familie, die nicht aufgegeben hatten, geblieben und offensichtlich von der Geißel der Schatten verschont worden waren. Aber es war augenscheinlich, wie schwer die Zeit der Verluste und Entbehrungen, wie hart der Kampf gegen Seuche und Hunger gewesen sein musste. In Kalayan hatten sie die Folgen des Terrors gesehen, hier, in den Ebenen der Klanlande, die Konsequenzen des Krieges und der Krankheit.

Sie schliefen kaum, und wenn, dann nur schlecht oder begleitet von schrecklichen Träumen, aus denen sie lieber sofort wieder aufgewacht wären.

»Für dieses verlorene Land zu kämpfen lohnt sich nicht«, stellte Madsick nüchtern fest.

»Unterschätze die Klan nicht«, erwiderte Madhrab. »Du siehst Hoffnungslosigkeit und eine Zeit der Dämmerung, die von einem nahenden Ende kündigt. Aber das täuscht. Die Klan sind zäh und die Natur ist robuster, als du denkst. Gib ihnen Zeit, sich zu erholen. Wenn wir die Dämmerung überwunden und die Geißel der Schatten besiegt haben, wird es rasch wieder aufwärtsgehen. Neue Dörfer werden gegründet, Gemeinschaften bilden sich, und du wirst sehen, dass die Sonnen scheinen und das Land in einigen Sonnenwenden wieder lächeln wird.«

»Das habt Ihr schön gesagt, mein Herr. Wenn ich denn nur daran glauben könnte!«

»Du musst daran glauben, Madsick. Sonst verzweifelst du. Die Hoffnung ist es, die uns die Stärke, durchzuhalten, gibt. Schon immer gab es Schlachten, in denen Klan gefallen sind. Ich habe es in den Grenzkriegen erlebt. Das ist der Kreislauf des Gleichgewichtes, das sich mal auf die eine, mal auf die andere Seite verschiebt. Es gab Katastrophen und sogar die Geißel der Schatten tobte nicht zum ersten Mal über das Land. Quadalkar verwüstete der Legende nach in seinem Zorn mehr als die Hälfte der Klanlande. Die Lesvaraq kämpften in ihrem Ringen um Macht und zur Wahrung des Gleichgewichtes und zerstörten ganze Landstriche. Doch immer standen die Klan wieder auf. Sie begannen neu und wurden oft stärker als zuvor.«

»Findet Ihr nicht, dass es die Klan dieses Mal schlimmer getroffen hat? Es könnte der Todesstoß für unser Volk gewesen sein.«

»Hätten die Rachuren den Krieg gewonnen, wäre dies das Ende der Klan gewesen, dessen bin ich mir sicher. Aber die Klan leben noch. Viele von ihnen fristen ihr Dasein in den Brutstätten der Rachuren. Vielleicht sollten wir bis nach Krawahta vorstoßen und sie von dort befreien. Und denke an Eisbergen. Überall wirst du auf Überlebende stoßen. Sie sind über die ganzen Klanlande verstreut und werden sich sammeln.«

»Woher nehmt Ihr Euren Optimismus, Herr? Nach allem, was Ihr erlebt habt?«, fragte Madsick.

»Ich bin ein Bewahrer, mein Junge. Und ich lebe. Ich überstand die Grenzkriege, schlug mich in der Schlacht gegen die Rachuren, entkam der Folter deines Vaters, entfloh der Gefangenschaft des Verlieses, habe die Verfolgung, die Seuche und den Winter überlebt. Du reitest neben mir und solltest ebenso denken.«

Der Junge schüttelte den Kopf. Nach Madsicks Dafürhalten verkannte der Lordmaster die aussichtslose Lage, obwohl er sie jede Sardas um sich spüren und sehen konnte. In den Klanlanden regierten die Schatten und die Dunkelheit. Das musste doch selbst ein Bewahrer erkennen.

Nach langen dunklen Tagen und noch dunkleren Nächten erreichten sie ein Gehöft. Madhrab hatte Madsick erklärt, dass sie es nicht mehr weit bis zum Haus des hohen Vaters hatten. Je näher sie dem Gehöft allerdings gekommen waren, desto ruhiger und zurückhaltender war der Lordmaster geworden. Es kam Madsick so vor, als befürchtete Madhrab das Schlimmste und würde den Hof lieber meiden, als sich zu vergewissern, ob sie dort auf Leben trafen. Vor dem Haus stießen sie auf ein Steingrab, dessen Steine teils heruntergerissen worden waren. Am Kopfende des Grabes hatte jemand ein Schwert in den Boden gesteckt, das nun wie eine Warnung schief dastand. Die Tür zum Haus stand offen, hing halb herausgerissen in den Angeln und wies deutliche Kratz- und dunkle Blutspuren auf, die sie trotz der schlechten Lichtverhältnisse erkennen konnten. Es war still und dunkel im Haus. Vorsichtig glitt der Bewahrer vom Rücken Najaks und gebot Madsick, auf Feera sitzen zu bleiben und sich für eine rasche Flucht bereitzuhalten. Er entzündete mithilfe zweier Feuersteine eine Fackel aus ihrem Gepäck und betrat das Haus mit gezücktem Blutschwert. Was ihn dort erwartete, stimmte ihn alles andere als froh. Ein Kampf hatte getobt. Die Möbel waren umgeworfen und größtenteils zerstört worden. Geschirr lag in viele Stücke zersprungen auf dem Boden und der massive Topf über der Feuerstelle war umgekippt. Überall auf den Wänden und dem Boden befanden sich Spuren von Blut. Eine Axt steckte mit der Klinge, an der noch Haarbüschel klebten, tief in der Wand. Was immer sich hier ereignet hatte, musste sich bereits vor einigen Tagen abgespielt haben. Madhrab wunderte sich, dass er nicht auf Verletzte oder tote Körper stieß. Von Sorgen geplagt durchsuchte er panisch jeden Winkel des Hauses und fand nichts. Er zermarterte sich den Kopf, welche Entdeckung er soeben gemacht hatte. Waren dies die sichtbaren Folgen eines mörderischen Verbrechens an einer Familie? Hatten Plünderer und Mörder das Gehöft seines Freundes ausgeraubt und die Familie Gwantharabs getötet oder verschleppt? Hatte er erneut versagt? Er hatte Gwantharab im Todeskampf versprochen, dessen Familie zu schützen und für sie zu sorgen. Allem Anschein nach war ihm dies abermals nicht gelungen. Er war zu spät gekommen, wie schon zuvor in Kalayan. Fassungslos stand er im Inneren des Hauses und betrachtete die zerstörte Einrichtung. Was war mit Tadeira und den Kinder geschehen? Das Rufen Madsicks weckte ihn aus seinen Gedanken.

»Herr, bitte kommt nach draußen ... das solltet Ihr Euch besser ansehen!«

»Was gibt es?«, wollte Madhrab wissen, der schnellen Schrittes das Haus verließ und sich an Madsicks Seite begab.

»Seht doch!« Madsick zeigte mit dem ausgestreckten Arm in die Richtung, in der sich das Haus des hohen Vaters befand.

»Was siehst du? In diesem verdammten Dämmerungslicht kann ich auf die Entfernung nichts erkennen. Wie kannst du mehr sehen, als ich es vermag?«

»Ich wuchs im Verlies auf. Die meiste Zeit verbrachte ich in der Dunkelheit. Meine Augen gewöhnen sich daher schnell an die Dämmerung, Lordmaster Madhrab. Wahrscheinlich sehe ich bei diesen Lichtverhältnissen besser als bei hellem Tag, wenn die Sonnen scheinen«, erklärte Madsick seine Fähigkeiten. »Das Haus des hohen Vaters … es wird belagert. Ich kann leider nicht alles erkennen. Die Zahl der Belagerer ist hoch. Ich schätze zwei- bis dreitausend Mann. Aber der Großteil der Belagerer bewegt sich auf allen vieren auf die äußeren Mauern zu.«

Trotz großer Anstrengung seiner Augen war Madhrab nicht in der Lage, viel mehr zu erkennen. Das Haus des hohen Vaters lag etwa einen Tagesmarsch vom Gehöft seines Freundes entfernt. Madhrab lauschte und hörte leise das Jammern und Winseln der Kriecher.

»Das erklärt einiges«, sagte Madhrab verbittert, »die Bluttrinker waren hier und haben sich gestärkt, bevor sie weiterzogen. Wahrscheinlich haben sie die ganze Familie mitgenommen und mit dem Fluch des Bluttrinkers belegt.« Er kniete sich vor dem Grab seines Freundes nieder. »Verzeiht mir die Nachlässigkeit, mein Freund. Ich wollte helfen und beschützen und hätte trotz Tadeiras Einwänden die Zwillinge sofort an mich nehmen müssen. Nichts ist mir geglückt. Sie sind verloren.«

»Herr? Was meint Ihr?«, hakte Madsick nach. »Habt Ihr in dem Haus etwas gefunden?«

»Nein … und das ist höchst bedauerlich. Es war das Haus meines Freundes, in welchem seine Familie lebte. Das Grab vor dem Haus, das du vorhin bemerkt hast, ist das Seine. Mir kam der schreckliche Verdacht über Quadalkars Kinder, als du mir von der Belagerung berichtet hast und ich das Heulen der Kriecher leise vernommen habe. Wer außer den Bluttrinkern könnte es wagen, den Orden der Sonnenreiter und Bewahrer anzugreifen. Das Haus des hohen Vaters gilt als uneinnehmbar. Selbst für einen Bluttrinker wäre dies eine enorme Herausforderung und ein unkalkulierbares Wagnis.«

Madsick horchte auf. Ein Geräusch hatte plötzlich seine Aufmerksamkeit geweckt. Offensichtlich war sein Gehör sehr fein ausgebildet. Nervös sah sich der Junge um.

»Da ist jemand im Haus. Ihr solltet lieber noch einmal nachsehen«, schlug Madsick leise vor und deutete mit zitternden Fingern auf den Eingang.

»Das kann nicht sein, ich habe alles durchsucht«, sagte Madhrab mit Bestimmtheit.

»Wahrscheinlich habt Ihr etwas übersehen. Da war ein Laut, ein Scharren oder Kratzen. Ich bin mir nicht sicher. Aber es kam aus dem Inneren des Hauses.«

»Gut. Ich werde das überprüfen. Du wartest und passt auf, dass uns niemand überrascht. Wenn die Bluttrinker so nah sind, dann könnten sie uns genauso gut in der Dunkelheit auflauern.«

Nachdem Madsick erfahren hatte, wer das Haus des hohen Vaters belagerte, fühlte er sich in seiner Haut sichtlich unwohl. Er zitterte und fror und hoffte, dass der Bewahrer schnell wieder zu ihm stoßen würde.

Madhrab verschwand im Inneren des Hauses. Dieses Mal durchsuchte er alles noch gründlicher als zuvor. Er drehte jedes Möbelstück um. Klopfte die Wände, die Decke und den Fußboden ab. Und tatsächlich, in der hintersten Ecke des großen Wohnraumes unterschied sich der Klang des Bodens von den anderen Stellen. Es klang hohl. Mit fliegenden Fingern untersuchte der Bewahrer den Boden unter seinen Füßen und fand eine verschlossene Luke. Die Einlassung war so unscheinbar und gut getarnt, dass sie mit bloßem Auge nicht zu erkennen war. Er hatte die Ränder mit den Fingern ertastet und ein kleines Loch gleich einem Astloch in einer Holzdiele im Fußboden entdeckt. Es sah danach aus, als könnte ein Schlüssel in das Loch passen. Fiebrig suchte Madhrab weiter. Der Schlüssel musste irgendwo im Haus versteckt sein. Es kam ihm unendlich lange vor, als er endlich eine schmale Stelle hinter der Wand entdeckte, in der ein rostiger Schlüssel lag. Der Bewahrer rannte fast zu der Luke, steckte den Schlüssel hinein und drehte ihn im Schloss. Ein Klicken deutete ihm an, dass er erfolgreich war.

Nicht schlecht, mein Freund, dachte Madhrab, *Ihr habt wirklich an alles gedacht, um Eure Familie zu schützen, wenn Ihr nicht zu Hause wart.*

Langsam und vorsichtig öffnete Madhrab die Luke, die einfach nach oben weggeklappt werden konnte. Der Einlass in die daruntergelegenen Kammern war schmal. Der Lordmaster würde sich durchzwängen müssen, wenn er erkunden wollte, was sich dort unten befand. Eine steile Holztreppe führte in die Dunkelheit. Madhrab lauschte, konnte aber kein verdächtiges Geräusch vernehmen. Ihm war bewusst, dass er sich vorsehen musste, denn wer auch immer ihn im Keller erwartete, würde ihn so oder so nicht sofort als Freund und Retter erkennen. Und wenn es Bluttrinker waren, würde er sich auf einen Kampf in der

Dunkelheit einstellen müssen. Quadalkars Kinder wären ihm gegenüber im Vorteil, denn er müsste nahezu blind kämpfen. Der Bewahrer versuchte sich durch die Öffnung zu quetschen. Aber es hatte keinen Sinn. Er musste einen Teil seiner Kleidung und Waffen ablegen, um hindurchzupassen. Schließlich hatte er es geschafft und stand auf der Treppe, die nach unten führte. Den Kopf einziehend hielt er die Fackel auf Abstand vor sich und stieg nach unten. Jeder Schritt knarrte auf den Stufen. Madhrab war überrascht, wie tief der Keller war. Mindestens fünfzig Stufen hatte er bis zum Kellerboden gezählt. Was auch immer sich Gwantharab einst dabei gedacht haben mochte, als er diesen Keller erbaute und gut vor den Augen Dritter versteckte, Madhrab würde es wohl nie erfahren. Die Decken waren erstaunlich hoch und die Luft war weder feucht noch modrig. Im Gegenteil, Madhrab hatte den Eindruck, dass die Luft hier unten klar und unverbraucht war, so als würde der Keller unmittelbar von außen mit Frischluft gespeist.

Ich bin wirklich erstaunt, Gwantharab, lobte Madhrab den verstorbenen Freund in Gedanken, *wann und zu welchem Zweck habt Ihr dieses Meisterstück des Geheimen erbaut? Ein Keller diesen Ausmaßes? Habt Ihr damit gerechnet, Ihr müsstet Euch eines Tages mit Eurer Familie für immer unter der Oberfläche verstecken?*

Der Lordmaster sah sich um und leuchtete mit dem Licht seiner Fackel in alle Ecken des Kellers. Die Flamme flackerte durch einen Luftzug. Er lag also richtig in der Annahme, dass Gwantharab an eine Frischluftzufuhr gedacht hatte. Neben ansehnlichen Vorräten an Lebensmitteln und Wasser fand er eine Menge nützlicher Dinge. Werkzeuge, Wolldecken, Kleidung, Rüstungsteile, Waffen, mit Stroh und Heu gefüllte Matratzen und sogar eine Kiste mit Anunzen und eine weitere mit wertvollen Kristallen angefüllt. Gwantharab hatte für Notzeiten vorgesorgt und wahrscheinlich jede Anunze und jedes Stück Sold und Beute aus den Grenzkriegen zurückgelegt, die er nicht unmittelbar zur Versorgung mit dem Notwendigsten gebraucht hatte. Keine Frage, eine neunköpfige Familie wie die des verstorbenen Kaptans konnte von den Vorräten eine Sonnenwende und länger durchhalten, ohne in der Zwischenzeit auch nur einmal für Nachschub sorgen zu müssen.

Wieder lauschte der Lordmaster in die Stille hinein. Und dieses Mal hatte er Glück. Verwundert über die Fähigkeit des Flötenspielers, dieses leise und kaum wahrnehmbare Scharren hinter einer der drei Holztüren, die aus der Lager- und Vorratskammer wegführten, draußen vor dem Haus wahrgenommen zu haben, ging er langsamen Schrittes auf die Tür zu, hinter der er das Geräusch vermutete. Nach einem Augenblick der Besinnung, trat er die Tür mit einem kräftigen Tritt aus den Angeln, um den Überraschungseffekt für sich zu nutzen. Der Rahmen splitterte und die Tür flog mit einem Krachen in die dahinterliegende Kammer. Madhrab hatte ein schwaches Licht und sich rasch bewegende Schatten gesehen, die in Panik das mit Tüchern gedämpfte Licht einer Laterne ausgeblasen hatten. Das Herz schlug ihm bis zum Hals, sodass er es in der Stille deutlich hören konnte. Noch etwas nahm er wahr. Atemgeräusche, die nicht seine eigenen waren. Das Atmen klang schnell und unregelmäßig und es kam aus mehr als einer Lunge. Der Lordmaster wusste, was dies bedeutete. Wer sich in dieser Kammer verbarg, hatte panische Angst, entdeckt zu werden. Den Geräuschen nach zu urteilen waren es mindestens zwei, die sich versteckt hielten. Er nahm an, dass es sich nicht um Bluttrinker, sondern um Mitglieder aus Gwantharabs Familie handelte. Madhrab beschloss daher, offen vorzugehen und sich zu erkennen zu geben. Die Bedrohung ging von ihm aus und nicht umgekehrt.

»Zeigt Euch«, sagte Madhrab mit ruhiger Stimme, »ich bin es. Lordmaster Madhrab. Ein Freund Eures Vaters. Ihr kennt mich und ich bin gekommen, Euch zu helfen.«

Es dauerte hundert Herzschläge, bis sich in der Kammer etwas regte. Madhrab war drauf und dran, den ersten Schritt in die Kammer zu tun und sich zu vergewissern, dass ihn seine Sinne nicht getäuscht hatten. Mit erschrockenen, weit aufgerissenen Augen traten geduckt und scheu die Zwillinge Foljatin und Hardrab in den flackernden Lichtschein von Madhrabs Fackel. Die Jungen sahen verstört und ungewaschen aus. Doch als sie den Bewahrer erkannten, schlich sich ein Leuchten der Freude und der Hoffnung in ihre dunkel umrandeten Augen und ein leichtes Lächeln umspielte ihre Lippen.

Der Lordmaster breitete die Arme aus und forderte die Zwillingsbrüder auf, zu ihm zu kommen. Sie zögerten keinen Augenblick, warfen sich dem Bewahrer in die Arme und vergossen Sturzbäche von Tränen an seiner Brust. Tränen der Trauer und vielleicht sogar der Erleichterung, nach Wochen im Kellerversteck wieder ein vertrautes Gesicht zu sehen. Der Lordmaster bedeutete Sicherheit für die Kinder. Das war dank Gwantharabs Einfluss schon immer so gewesen. Madhrab hatte bei den Kindern und insbesondere bei den Zwillingen eine Sonderstellung eingenommen. Die Brüder mussten unter Schock stehen und brauchten in der nächsten Zeit viel Zuneigung und Pflege, die er ihnen zu seinem Bedauern nicht geben konnte. Das schlechte Gewissen plagte ihn, denn sein Versprechen gegenüber Gwantharab band ihn. Und doch musste er sich dem entziehen. Die Gefahr durch die Bluttrinker war akut. Er durfte und konnte Quadalkar nicht gewähren lassen, nicht nach dem, was er gesehen und ihm Madsick berichtet hatte. Eine Belagerung der Häuser beider Orden. Das war undenkbar und doch war sie just in diesem Moment in vollem Gange. Was nutzte ein Versprechen, wenn er die Sicherheit der Kinder nicht gewährleisten konnte, weil dort draußen vor ihrem Haus eine große Gefahr auf ihr Leben und ihre unschuldigen Seelen lauerte.

Als sich die Kinder beruhigt und das von Schüttelkrämpfen begleitete Schluchzen aufgehört hatte, ließ Madhrab locker und wagte es, Fragen an die Brüder zu stellen.

»Sagt, Foljatin, Hardrab, was ist geschehen? Wo sind eure Mutter und die Geschwister geblieben?«

»Sie sind tot«, antwortete Hardrab, während er sich mit dem schmutzigen Ärmel die Tränen aus dem Gesicht wischte und dabei den Dreck verschmierte.

»Bluttrinker kratzten an unserer Tür. Sie heulten und jammerten, baten um Einlass. Aber sie kamen ohne Vorwarnung und überfielen uns«, führte Foljatin aus, »sie waren wild und haben Vaters Grab geschändet.«

»Ja genau«, bestätigte Hardrab, »Kriecher. Da waren überall Kriecher vor unserem Haus. Mama hat sich mit einer Axt bewaffnet. Dann hat sie Foljatin und mich im Keller versteckt und die Klappe geschlossen. Unsere älteren Geschwister blieben bei ihr.«

»Es gab einen schrecklichen Kampf. Wir haben Geräusche und Schreie gehört und hielten uns aneinander fest. Wir hatten solche Angst. Es hat unendlich lange gedauert, bis es unheimlich still wurde. Dann fraßen die Kriecher. Schlürfen, Schmatzen und Grunzen. Es war schlimm. Wir hörten Mama schreien. Unsere Brüder und Schwestern weinten. Das werden wir nie vergessen. Wir haben uns die Ohren zugehalten. Aber das Grauen hörte einfach nicht auf – die ganze Nacht lang. Dann wurde es wieder still.

Und … dann, das Kratzen auf Holz, Jammern und Heulen. Sie bettelten nach Blut. Darunter war Mamas Stimme. Sie klang jetzt ganz anders, aber wir haben sie gehört, sie und unsere Geschwister. Sie kamen nicht in den Keller, um uns zu holen. Die Stimme eines Fremden befahl ihnen, das Haus sofort zu verlassen und mitzukommen. Seither sind sie nicht zurückgekommen.«

»Sie haben sich verwandelt. Aber es gibt noch eine geringe Möglichkeit, ihr Leben zu retten«, dachte Madhrab laut nach.

»Sind sie nicht verloren?«, fragte Hardrab unsicher.

»Vielleicht«, grübelte Madhrab, »aber wenn ich die Wurzel allen Übels abschneide, dann … Jedenfalls werde ich versuchen sie zurückzubringen. Versprechen kann ich nichts, aber wir dürfen die Hoffnung nicht aufgeben. Leider muss ich euch bitten, hier im Keller zu bleiben und auf meine Rückkehr zu warten. Ein älterer Junge wird sich um euch kümmern. Sein Name ist Madsick. Sollte er euch ein Lied auf der Flöte vorspielen wollen, verbietet ihm das und hört ihm nicht zu.«

Die Brüder nickten und versprachen sich an Madhrabs Anweisungen zu halten. Wenigstens wusste der Lordmaster nun, was sich ereignet hatte und welchem Gegner er bald gegenüberstehen würde. Hardrab und Foljatin boten ihm die Gelegenheit, sein Versprechen gegenüber Gwantharab halten zu können. Dieses Mal wollte er es richtig machen, selbst wenn er dafür die Zwillinge unter der Obhut Madsicks im Haus zurücklassen musste.

Wenn es mir gelänge, Quadalkar zu töten, könnte ich Gwantharabs Familie retten, dachte der Bewahrer, … *ich darf keine Zeit mehr verlieren und muss in den Kampf ziehen.*

Madsick wartete vor dem Haus ungeduldig auf Madhrab und war heilfroh, das vertraute Gesicht des Bewahrers unversehrt auftauchen zu sehen. Mit großen Augen hörte der Junge dem Bericht des Lordmasters über die glückliche Entdeckung im Keller des Hauses zu. Allerdings war er nicht erfreut, als ihn Madhrab bat, sich um die beiden Jungen zu kümmern und bei ihnen zu bleiben. Lieber hätte er den Lordmaster in den Kampf begleitet, sah jedoch ein, dass dieser handeln musste und ohne seinen Beistand schneller vorankam und besser kämpfen konnte. In einer Schlacht gegen die Kriecher war es dem Bewahrer unmöglich, auf den Flötenspieler zu achten.

In der Ferne beobachteten sie blaues Feuer. Der Wind trug Kampfgeräusche bis zu Gwantharabs Haus.

»Es regnet Haijarda von den Mauern«, stellte der Bewahrer fest. »Der Sturm auf das Haus des hohen Vaters hat begonnen.«

»Ihr wollt wirklich alleine in den Kampf gegen die Bluttrinker ziehen?«, fragte Madsick.

»Das ist meine Bestimmung, Madsick«, antwortete Madhrab. »Ich bin ein Bewahrer und besitze die Gabe des Kriegers. Die Häuser sind stark befestigt und besitzen eine Verteidigung, die ihresgleichen sucht. Ob sie diesen Widerstand jemals brechen und die Hürden überwinden werden, ist mehr als fraglich. In jedem Fall wird die Belagerung Quadalkars Kinder beschäftigen und ablenken. Bis sie mein Eingreifen in die Schlacht bemerken, werde ich bereits bei ihnen sein und viele von ihnen in die Flammen der Pein schicken. Sei für dieses Mal mein Knappe und hilf mir die Runenrüstung anzulegen.«

»Sehr gerne, Herr«, freute sich Madsick.

Der Bewahrer des Nordens war zurück, die Stätte, die er einst sein Zuhause nannte, zu befreien und das Versprechen zu halten, welches er einem Sterbenden gab. Doch er wollte mehr als das. Die Bluttrinker standen ihm dabei im

Weg. Der Lordmaster suchte hier und jetzt eine Entscheidung; wenn es sein musste, würde er diese mit Solatar erzwingen. Das Ende des Ordens vor Augen, dessen Zweck sich durch die Geburt der Lesvaraq überholt hatte, legte er es darauf an, die Verhältnisse in seinem Sinne zu ordnen. Der Mord an seiner Familie schrie nach Rache. Nach Antworten für den Verrat suchend musste er den Verrätern Auge in Auge gegenübertreten und Genugtuung fordern. Dennoch war all dies ohne Bedeutung, solange der dunkle Hirte an den Fäden des Schicksals zog, eine Gefahr für Elischa und seinen Sohn darstellte und Ell durch die Zeit der Dämmerung langsam zugrunde richtete.

Ein einsamer Bewahrer in roter Rüstung ritt auf seinem Streitross, um sich der Übermacht von Quadalkars Kindern entgegenzuwerfen und denjenigen zur Seite zu stehen, die ihn betrogen hatten.

In der Dunkelheit der Dämmerung schimmerte das Blutschwert Solatar und tauchte den mächtigen Krieger in ein blutrotes Licht.

Kallya

Kallya war ein wunderhübsches Mädchen mit überaus frohem Gemüt. Sie besaß meerblaue Augen und hatte die Haarfarbe ihrer Mutter Solras geerbt. Ihr unwiderstehliches helles Lachen vertrieb dunkle Gedanken und ließ die Herzen der Naiki augenblicklich höherschlagen. Jedem, der ihr begegnete, vermittelte sie ein Gefühl von Glück und Freude. Kallya war schneller als andere Kinder gewachsen. Innerhalb nur weniger Monde hatte sie Laufen und Sprechen gelernt. Das Erstaunlichste jedoch war, dass das Mädchen die Zeit der Dämmerung ignorierte, als sei diese nicht von Bedeutung oder existiere überhaupt nicht, obwohl sie allerorts und unmittelbar um sie herum sicht- und spürbar war.

»Macht euch nichts daraus«, hatte sie den Naiki freudestrahlend zugerufen, »die Dämmerung ist eine Illusion, hervorgerufen von einem faulen Zauber eines Scharlatans. Lasst euch nicht von ihr täuschen, dann verschwindet sie von selbst.«

Seit der Lesvaraq geboren wurde, hatte sich in der Siedlung im Herzen des Waldes einiges verändert. Die Naiki hatten ihre Zuversicht zurückgewonnen. Das Mädchen mochte die Dunkelheit nicht sonderlich, und als das Licht der einen Sonne verschluckt und von der Dämmerung abgelöst wurde, war es sogleich auf die höchste Plattform der Siedlung gestiegen, hatte zweimal in die Hände geklatscht und so im Handumdrehen die Dunkelheit über der Siedlung vertrieben. Wie eine sonnige Insel mitten im vom dunklen Sturm umtosten Meer hob sich das Herz des Faraghad vom übrigen Wald ab. Selbst die alte, im Umgang mit Magie erfahrene Naikihexe Metaha war in ungläubiges

Staunen verfallen ob der Leichtigkeit, mit der Kallya ihre Behauptung bewiesen, die einige Mitglieder des inneren Rates anfänglich nur als kindliche Träumerei und Übermut abgetan hatten, und das Licht zurückgebracht hatte. Dennoch blieb Metaha skeptisch.

Der dunkle Hirte wird keine Mühe haben, unsere Siedlung zu finden, dachte sie missmutig, ... *und jeder andere ebenfalls nicht. Unser Volk erstrahlt im hellsten Licht, während um uns herum die Welt in Dunkelheit versinkt.*

Überall, wo Kallya wandelte, folgte ihr zur Verwunderung der Naiki das Licht. Berührte sie die Knospe einer Blüte, ging diese augenblicklich auf und streckte sich der Hand des Kindes entgegen. Ohnehin reagierten die Pflanzen auf das Mädchen. Blätter, Äste und Stängel wendeten sich ihr zu, ging sie an ihnen vorbei, so als ob sie durch das Licht des Kindes gespeist würden. In manchen Augenblicken dachten die Naiki, das Licht der Sonnen scheine aus dem Kind. Sie besaß eine geradezu magische Anziehungskraft auf jegliches Leben, die alles andere in ihrer Umgebung erblassen und verstummen ließ. Betrat das Mädchen einen Raum, waren sämtliche Blicke auf sie gerichtet. Kallya strahlte Wärme, Liebe und Sanftmut aus. Die Naiki hörten ihr zu, sogen jedes Wort von ihren Lippen, wenn sie sprach. Metahas ermahnende Worte im inneren Rat blieben ungehört.

»Bedenkt, Kallya ist noch ein Kind, auch wenn sie jeden von euch in ihren Bann schlägt. Sie kennt die Gefahren nicht, hat außer unserer Siedlung nichts gesehen und weist keine Erfahrungen auf. Schenkt ihr die Aufmerksamkeit, die ihr gebührt, aber nicht mehr. Vergesst nicht, dass sie lernen und wachsen muss. Lasst sie Kind sein. Die Magie muss in ihr reifen. In all ihrer Stärke ist sie doch ungezähmt. Haltet euch zurück mit der Bewunderung und, bei den Kojos, gebt ihr nicht das Gefühl, sie sei allmächtig. Wenn euch dies schwerfällt, lenkt euch ab. Sie ist ein Lesvaraq und als solches ein Kind des Lichts. Das Licht ist jedoch nicht minder gefährlich als die Dunkelheit, wenn es verdorben wird.«

Metaha musste sich von manchen Ratsmitgliedern den Vorwurf gefallen lassen, sie sei neidisch, weil Kallyas Fähigkeiten die ihren angeblich bei Weitem überstiegen. Und sie sei zuweilen zu streng zu dem Kind, wenn sie sich mühte, die Magie in dem Lesvaraq zu zügeln und in geordnete Bahnen zu lenken. Kallya sei schließlich ein Lesvaraq, musste sie sich anhören, und gewiss erfülle sie als Wiedergeborene und Erbin der magischsten und mächtigsten aller zauberbegabten Wesen bereits im zarten Kindesalter sämtliche Voraussetzungen, um den Naiki und anderen Völkern der Altvorderen zu ihren angestammten Rechten zu verhelfen und sie an die Macht über Ell zurückzuführen.

Die Hexe schüttelte nur energisch den Kopf, wenn sie derlei Reden vernahm. Die Verlockungen schier unbegrenzter Macht waren groß, das wusste sie selbst am besten, musste sie diesen doch stets auf Neue widerstehen. Und das fiel ihr beileibe in manchen Situationen nicht leicht. Sie hatte es sich zur Aufgabe gemacht, das Kind vor schlechten Einflüssen zu schützen und ihm einen Weg aufzuzeigen, mit dem es seine Macht bestmöglich zum Wohle des Lichts nutzen konnte. Dabei war es ihr gleichgültig, ob sie sich bei den Naiki deswegen unbeliebt machte. In ihren Augen war es ein Fehler, das Schicksal des Volkes in die Hände eines kleinen Kindes zu legen, einzig auf seine Stärke zu vertrauen und Kallya damit zu überfordern. Wie leicht war es, diesem Drang nachzugeben und die drohende Gefahr durch den dunklen Hirten zu unterschätzen oder gar zu verdrängen. Metaha hatte sehr wohl erkannt, dass es Kallya überaus leichtgefallen war, die Dämmerung über der Siedlung und dem Herzen des Faraghad auszuschalten. Dies durfte jedoch nicht darüber hinwegtäuschen, dass der Zauber des Saijkalrae-Bruders nach wie vor wirkte und der Rest des Kontinents in Dunkelheit versank. Mit fatalen Folgen, wie sie annahm.

Die starke Abneigung Kallyas gegen die Nacht und die Dunkelheit störte Metaha, denn sie hatte zur Folge, dass das Mädchen insbesondere dem Jäger Baijosto mit Zurückhaltung und gar Skepsis begegnete.

»Er ist ein Dunkler«, hatte Kallya Metaha eines Tages gestanden, »ich mag ihn nicht.«

Sie hatte versucht dem Lesvaraq zu erklären, wie es zu dem Fluch gekommen war, den Baijosto seit seiner Begegnung mit dem Krolak in sich trug, die ihn beinahe das Leben gekostet hatte, und wie wichtig der Waldläufer für die Naiki-Siedlung war. Es war ihr allerdings nicht gelungen, Kallya zu überzeugen und ihr Baijosto näherzubringen. Möglicherweise war es für ein Verstehen zu früh für das Kind. Für sie war und blieb er ein Krolak und gehörte als solcher den Geschöpfen der Dunkelheit an. Diese wiederum stellten eine Gefahr für sie selbst und die Naiki dar.

In seiner Nähe fühlte sich der Lesvaraq nicht wohl. Sie konnte den in ihm schlummernden Fluch des Krolak jederzeit am eigenen Leib spüren und meinte, er nehme ihr das Licht und bringe die Kälte in ihr Herz. Die Gefahr für das Leben Baijostos erkennend, das Mädchen könnte die Naiki mit ihrer Einstellung gegen Baijosto beeinflussen und der Naiki-Jäger dadurch allmählich in der Gemeinschaft ausgegrenzt werden, hatte sie ihn gebeten, der Siedlung für eine Weile fernzubleiben. Zumindest so lange, bis Kallya hinzugelernt hatte und ein tieferes Verständnis für die Bedeutung des Gleichgewichtes entwickelt hatte. Das war umso schwieriger für sie, da das Mädchen gleichzeitig von anderer Seite wegen ihrer Lichtgestalt geradezu vergöttert wurde. Es brach ihr das Herz, ansehen zu müssen, wie die Ablehnung gegen Baijosto wuchs. Er und sein Bruder Taderijmon waren wie eigene Söhne für die Hexe, und sie fürchtete, dass sich eine offene Feindschaft zwischen Kallya und Baijosto entwickeln könnte, die ein übles Ende nahm, wenn es ihr nicht gelang, das Mädchen zu überzeugen. Dabei war er es, dem Kallya letztlich zu verdanken hatte, dass sie unter ihrer und der Obhut der Naiki aufwachsen konnte. Der Waldläufer hatte die Bedeutung ihrer versklavten Mutter erkannt, sein Leben für sie riskiert und den inneren Rat davon überzeugt, zu handeln und Solras aus den Klauen der Rachuren zu befreien. Ohne Baijostos selbstlosen Einsatz wäre Kallya in den unterirdischen Brutstätten der Rachuren geboren worden und, aufgrund Rajurus Verbundenheit mit dem dunklen Hirten, dem Zugriff der Saijkalrae schutzlos ausgeliefert gewesen. Ihr Leben hätte keinerlei Wert besessen. Der dunkle Hirte hätte sie einfach ausgelöscht, so als hätte sie niemals existiert. Kallya musste schnellstmöglich begreifen, dass das Licht nicht ohne Schatten existieren konnte und die Zugehörigkeit zur Nacht nicht gleichbedeutend mit dem Bösen war. Auf beiden Seiten gab es gut und schlecht in allen denkbaren Schattierungen. Stimmte das Gleichgewicht der Verhältnisse, glichen sie sich gegenseitig aus und ergänzten sich in den meisten Fällen sogar. Nur auf diese Weise konnte das Leben in der Vorstellung Metahas auf Ell bestehen.

Taderijmon hingegen wurde von Kallya sehr geschätzt und er erwiderte ihre Zuneigung wie ein großer Bruder. Sie hatte ihn in den vergangenen Monden oft an seinem Krankenlager besucht, während er sich von der Folter der

Häscher des dunklen Hirten langsam erholte. Er war nicht mehr derselbe, seit ihm Haisan und Hofna die Haut vom Gesicht gezogen hatten. Über dem Fleisch hatte sich eine frische, rosige Narbenhaut gebildet, die ihn entstellte und ihm das Aussehen eines Maskierten verlieh, dessen Gesicht durch ein Feuer zerstört worden war. Doch Taderijmon litt nicht alleine an den nach außen sichtbaren Folgen der Folter. Der Schmerz und die Erinnerung saßen tiefer. Er hatte die Unbeschwertheit, die Fröhlichkeit und den Mut des Naiki-Jägers verloren. Die meiste Zeit über lebte er zurückgezogen in seiner Behausung innerhalb der Siedlung und wollte niemanden sehen. Er mied die Ratssitzungen und erledigte die wichtigsten Gänge unter dem Schutz eines Kapuzenmantels, wenn die Lichter in der Siedlung längst gelöscht worden waren. Natürlich kümmerte sich Metaha nach Kräften sowohl um seine äußeren als auch um seine inneren Narben. Aber nachdem sich Baijosto zunehmend weniger in der Siedlung blicken ließ, um seinen Bruder zu besuchen und mit ihm über gemeinsam erlebte Abenteuer, die Jagd oder wichtige Angelegenheiten der Siedlung zu plaudern, hatte sich sein Gemütszustand verschlechtert. Hinzu kam die fortwährende Sorge um seinen Bruder, der mit den Baumwölfen durch den Wald zog. Die Gefahr war groß, dass sich Baijosto eines Tages ganz den Baumwölfen widmete und den Krolak in sich gewähren ließ, wenn er in der Siedlung nicht die Sicherheit und Geborgenheit fand, die er brauchte, um den Kampf gegen den Krolak immer wieder aufs Neue zu gewinnen. Das Lächeln war längst aus Taderijmons Gesicht verschwunden. Lediglich in Gegenwart des Kindes blitzte in seltenen Momenten sein altes Wesen wieder auf und zauberte auf wundersame Weise das Lächeln zurück.

In den übrigen Tagen verbrachte Kallya die meiste Zeit

mit Metaha oder ihrer Mutter und dem Maiko-Naiki Belrod im Spiel. Belrods Wunden aus dem Kampf mit den Leibwächtern des dunklen Hirten waren gut verheilt. Zur Freude Metahas war Solras ein Vorbild an Lernbereitschaft. Sie gewann die durch das Löschen ihrer Erinnerungen verloren gegangenen Fähigkeiten wesentlich schneller zurück als angenommen, und obwohl sie nach Metahas Eingriff auf den Stand eines neugeborenen Kindes gefallen war, durchschritt sie die verschiedenen Entwicklungsstufen der Kindheit und Jugend in kürzester Zeit und entwickelte allmählich das Bewusstsein einer jungen Frau. Die Naikihexe war zufrieden mit diesem Fortschritt, beruhigte sie dadurch doch ihr schlechtes Gewissen, das sie mitunter plagte, weil sie dem Schutz des Levaraq Vorrang vor dem Willen der damals werdenden Mutter eingeräumt hatte. Und sie war davon überzeugt, dass sie Solras am Ende einen Gefallen getan hatte, die ihr einen unbeschwerten Neuanfang ermöglichte und auf ein Leben ohne Albträume hoffen ließ.

Auf Metahas Wunsch hin trat der innere Rat der Naiki zusammen. Bis auf Taderijmon und Baijosto waren die Ratsmitglieder pünktlich erschienen und hatten auf ihren Stühlen Platz genommen. Die blinden Augen der Naikihexe fixierten jeden Anwesenden. Nicht nur den Brüdern war dieser forschende und bis ins Innerste reichende Blick während der Sitzungen unangenehm gewesen. Jeder wusste, dass Metaha blind war. Und doch erfasste sie mit ihren Augen oft mehr als jeder Sehende. Selbst für die ihr nahestehenden Naiki war dies ein Rätsel und sie grübelten oft darüber nach, wie sie das bewerkstelligte.

»Fangen wir an«, eröffnete Metaha die Sitzung, die als Einzige vor ihrem Stuhl stehen geblieben war, »es hat keinen Zweck, auf Taderijmon und Baijosto zu warten. Ich glaube nicht, dass sie kommen werden.«

»Die Brüder sollten ihren Sitz aufgeben und anderen überlassen, die sich als zuverlässiger erweisen«, rief Ralijo dazwischen. »Wir sollten die Geschicke unserer Siedlung nicht von einem Krolak und dessen Bruder mitbestimmen lassen. Letzterer meidet die Gemeinschaft und ist nicht mehr er selbst, seit ihn die Leibwächter des dunklen Hirten bearbeitet haben. Wer weiß, ob er nicht unter der Folter zusammengebrochen ist und uns längst verraten hat.«

»Nein, die beiden Jäger sind wichtig für uns«, schnitt ihm Metaha verärgert das Wort ab. »Wir sind nicht zusammengekommen, um über Baijosto und Taderijmon zu sprechen.«

»Weswegen sollten wir sonst hier sein?«, fragte Ralijo in provozierendem Tonfall. »Haben wir denn noch ein anderes Problem außer den Brüdern?«

»Was soll diese Rede, Ralijo?«, ermahnte Metaha den Giftmischer. »Willst du uns gegen unsere eigenen Männer aufhetzen? Was versprichst du dir davon? Sie sind die besten Jäger, die wir in der Siedlung haben. Sie mussten zuletzt viel mitmachen und litten unter den schrecklichen Erfahrungen der vergangenen Monde.«

»Mag sein, dass sie einst gut waren und ihre Aufgaben pflichtbewusst erfüllen konnten«, meinte Falarijon, »aber ich muss Ralijo leider zustimmen. Die Zeiten ändern sich. Baijosto ist mit seinen Baumwölfen eine Gefahr für uns alle. Ich weiß, dass du den Fluch gemildert hast und er den Krolak beherrschen kann. Aber das bedeutet nicht, dass er eines Tages nicht doch unterliegt und uns angreifen könnte. Wenn sich Taderijmon nicht wieder fängt, ist er für uns wertlos. Wir werden ihn durchfüttern müssen. Im inneren Rat hat er nichts mehr verloren.«

»Hörst du das, Metaha? Ich stehe nicht allein mit meiner Meinung«, warf Ralijo dazwischen.

»Ich mag zwar alt sein, aber mein Gehör täuscht mich nicht. Natürlich habe ich vernommen, was in euren Köpfen vorgeht. Ihr konntet eure Gedanken klar und deutlich genug zum Ausdruck bringen«, antwortete Metaha, die eine solche Einstellung von Falarijon nicht erwartet hatte.

Falarijons Stimme im Rat war Metaha besonders wichtig gewesen, denn die übrigen Ratsmitglieder hörten für gewöhnlich auf ihn. Es war zum Verzweifeln, sie hatte keinesfalls beabsichtigt, diese Fragestellung zu diskutieren, geschweige denn eine Entscheidung darüber herbeizuführen. Allerdings zeigte sie ihr deutlich, dass die Saat des Lesvaraq bei den Naiki aufgegangen war und sie aufpassen musste, die Situation nicht zu verschärfen.

»Lasst uns die Frage nach einer Umbesetzung des Rates zurückstellen«, schlug Metaha vor. »Baijosto und Taderijmon sollten Gelegenheit bekommen, sich zu den Vorwürfen zu äußern. Das sind wir ihnen schuldig.«

»Wir können über die Abberufung hier und jetzt entscheiden«, meinte Ralijo. »Wozu warten? Schon seit geraumer Zeit zeigen wir uns handlungsunfähig.«

»Unsinn! Sollten wir keine Entscheidung treffen können, dann liegt das nur an uns selbst. Wir haben dringendere Probleme, über die wir beraten müssen.«

»Und die wären, Metaha? Hast du uns etwas verschwiegen? Wir dachten, du hättest die Leibwächter des dunklen Hirten besiegt. Das hast du uns jedenfalls erzählt«, versprühte Ralijo sein Gift auf andere Weise als sonst üblich.

Metaha atmete durch und seufzte.

Ralijo stellte ihre Geduld auf eine harte Probe »... was der Wahrheit entsprach. Ich habe sie geschlagen, jawohl. Und sie wurden dorthin geschickt, wohin sie gehören. Unter die Erde. Aber ich glaube nicht, dass sie tot sind. Ihre Körper mögen zerstört sein. Jedoch solltet ihr alle nicht vergessen, dass sie Saijkalsan sind und zum engsten Kreis der Vertrauten des dunklen Hirten gehören. Sie sind starke Gegner, die ihr Handwerk beherrschen. Wenn es ihnen gelungen ist, rechtzeitig einen Zugang zu öffnen, bevor ihre Körper von der sie umgebenden Erde zerquetscht wurden oder sie an ihr zu ersticken drohten, konnten sie ihren Geist mit Sicherheit retten und in die heiligen Hallen bringen.«

»Was bedeutet das für uns?«, wollte Falarijon wissen.

»Ich habe den dunklen Hirten herausgefordert. Er weiß nun, wer sich mit ihm angelegt hat. Ich nehme an, dass er die Herausforderung annehmen wird und keine Ruhe gibt, bis er die Siedlung gefunden hat. Das dürfte ihm nicht schwerfallen. Sie ist weithin sichtbar, hebt sie sich doch durch das Licht deutlich von der Umgebung ab. Wir bringen ihn dadurch seinem Ziel näher.«

»Wir haben einen Lesvaraq in unseren Reihen und eine Hexe mit durchaus passablen magischen Fähigkeiten, wovor sollten wir uns also fürchten? Ist es nicht so, dass die Lesvaraq den Saijkalrae überlegen sind?«, fragte Ralijo.

»Natürlich sind sie das. Das waren sie schon immer. Aber die Saijkalrae töteten den letzten Lesvaraq für fünftausend Sonnenwenden. In der Zwischenzeit wurden sie gewiss nicht schwächer. Das Kind in unserer Siedlung ist ihm keinesfalls gewachsen. Ihr solltet des Mädchens Fähigkeiten nicht überschätzen. Es wird Sonnenwenden dauern, bis sie ihm gegenübertreten kann, und selbst dann werden die Saijkalrae noch eine Gefahr für sie sein«, meinte Metaha.

»Und was ist mit dir? Du hast ihn herausgefordert, nicht wir. Wäre es da nicht richtig, wenn du dich ihm alleine entgegenstellst, damit die Siedlung und unser aller Leben nicht gefährdet wird?«, verlangte Ralijo von der Hexe.

»Damit wäre weder dir noch den anderen Naiki geholfen. Ganz abgesehen davon, dass ich mich über die Feigheit meines eigenen Volkes sehr wundere. Ich kann mich gegen ihn zur Wehr setzen, sicher, am Ende wäre ich dennoch seinen Kräften unterlegen. Nein, wir müssen uns vorbereiten und den Lesvaraq vor seinem Zugriff schützen. Gemeinsam könnten wir es schaffen.«

»Dieses Gewäsch sollten wir uns nicht länger anhören. Du bringst uns in Schwierigkeiten, lehnst es ab, für deine Fehler selbst geradezustehen, und nennst uns feige, wenn wir unser Überleben sichern wollen?«, stichelte Ralijo weiter.

»Lass es gut sein!«, mischte sich Falarijon ein. »Deine Rede schafft nur böses Blut. Damit ist keinem geholfen. Du weißt genau, dass uns Metaha nie im Stich gelassen hat. Sie wird tun, was in ihrer Macht steht, um die Siedlung und den Lesvaraq zu schützen, nicht wahr? Wenn sie sagt, wir sollen uns vorbereiten, dann werden wir das prompt angehen und sie dabei unterstützen, was immer dazu notwendig sein sollte.«

»Na wunderbar!« Ralijo klatschte verächtlich in die Hände. »Wir knicken ein und die Beratung ist beendet. Metaha ruft, wir streiten und am Ende bekommt sie von uns genau das, was sie wollte. Es ist doch immer dasselbe. Wozu schufen wir einen inneren Rat, wenn Metaha tun und lassen kann, wie es ihr beliebt?«

»Geht es dir um die Macht des inneren Rates oder um die Sache?«, hakte Metaha nach.

»Wie du siehst, lässt sich das nicht ohne Weiteres trennen.«

»O doch! Ich strebe nicht danach, das letzte Wort zu haben oder meinen Willen unbedingt durchzusetzen. Bring vernünftige Vorschläge ein, Ralijo, dann entscheidet der

Rat zu deinen Gunsten und ich gebe mich gerne geschlagen.«

»Na gut, dann nehmen wir unseren anfänglichen Vorschlag wieder auf und reden über die Ablösung der Brüder Baijosto und Taderijmon.«

»Ich sagte *vernünftig* und meinte damit nicht schwachsinnig. Über diese Frage wird ohne Anhörung nicht entschieden werden. Du kannst gerne eine weitere Ratssitzung anberaumen und die Brüder zur Anhörung dazu einladen. Danach werden wir beraten und eine Entscheidung fällen«, Metaha zeigte sich unnachgiebig, »… und jetzt lasst uns endlich über jene Maßnahmen sprechen, die den Vorstoß des dunklen Hirten aufhalten sollen.«

Die Beratung dauerte lange. Erst am nächsten Morgen kamen die Ratsmitglieder aus ihrer Kammer, streckten und dehnten übermüdet die vom Sitzen eingerosteten Glieder. Als sie auf den Vorplatz vor dem Ratshaus traten, wartete Kallya auf die Ratsmitglieder und begrüßte diese mit einem strahlenden Lächeln.

»Ein wunderschöner Tag«, rief sie erfreut und lachte, »wollen wir nicht alle gemeinsam *Jagt den Krolak* spielen?«

»Nein, das wollen wir bestimmt nicht«, wies Metaha das Kind verärgert zurecht, »… und das werden wir auch in Zukunft nicht spielen. Geh nach Hause und spiel so lange mit Solras und Belrod, bis ich komme. Es wird Zeit, dass du einige Lektionen lernst.«

Kallya zog ein Gesicht, als hätte sie seit Monden nichts anderes als Finsternis erlebt. Allerdings wusste sie, ein Aufbegehren gegen Metahas Anweisungen bekäme ihr nicht gut. Sehr schnell hatte sie zu unterscheiden gelernt, wann Metaha es ernst meinte und in welchen Situationen sie noch einen Schritt weitergehen konnte. Mit der Strenge der Naikihexe war nicht zu spaßen und offensichtlich war sie von der Ratssitzung noch immer aufgebracht. Das Mädchen tat besser daran, ihren Worten zu folgen und ihr so lange aus dem Weg zu gehen, bis sich ihre Laune gebessert hatte.

Metaha begab sich nach der Versammlung geradewegs zu Taderijmon. Sie klopfte und rief seinen Namen. Als keine Antwort erfolgte, öffnete sie einfach die Tür und trat ein. Der Naiki-Jäger lag auf dem Rücken, ausgestreckt auf seinem Bettlager und starrte gedankenverloren auf die Deckenbalken über ihm. Viel konnte er dort nicht erkennen, denn er hatte die Fenster mit Fellen verhängt, sodass es dunkel in seiner Behausung war.

»Taderijmon«, sprach ihn Metaha leise an, »was soll aus dir werden? Ich bin ratlos und weiß nicht, wie ich dir noch helfen kann. Deine äußeren Wunden sind verheilt. Ich habe versucht das Schlimmste zu verhindern und setzte all meine Kenntnisse über die Heilmagie für deine Genesung ein. Das ist mir geglückt, obwohl ich nicht so geschickt wie eine Orna dabei bin. Dir fehlt nichts. Du könntest längst wieder jagen und dich an den Ratssitzungen beteiligen.«

»Sieh mich an«, sagte Taderijmon, »aber das kannst du ja nicht. Wie soll ich einer blinden, alten Frau erklären, wie ich mich fühle?«

»Für mich siehst du aus wie immer. Ich höre deine Stimme und fühle deine Nähe. Und doch hast du dich sehr verändert, mehr noch als dein Bruder Baijosto durch den Fluch, wie mir scheint.«

»Wo treibt er sich herum? Ich habe ihn lange nicht gesehen.«

»Ich musste ihn für eine Weile wegschicken. Kallya fürchtet sich in seiner Nähe und nutzt ihre Möglichkeiten, um die Siedlung gegen ihn aufzuhetzen. Taderijmon, wir brauchen dich. Das Mädchen hört auf dich. Warum sie auf einen solchen Dummkopf hört, ist mir ein Rätsel. Immerhin könnten wir deinen Einfluss nutzen, wenn du nur wolltest. Sei vernünftig und nimm dein Leben wieder auf. Wenn du es nicht für mich tust, dann wenigstens für deinen Bruder. Ich fürchte, dass er bald aus der Siedlung fortgejagt wird. Dann werden sie ihn wie ein Tier verfolgen, bis sie ihn gestellt und getötet haben. Wir müssen handeln, bevor es so weit kommen kann.«

»Er ist ein verdammter Krolak! Manchmal bin ich mir nicht mehr sicher, ob er mein Bruder ist. Vielleicht starb er, als der Fluch auf ihn übersprang. Nur du weißt, was in jener Nacht geschehen ist, als du ihn behandelt hast.«

»Das darfst du nicht sagen«, antwortete Metaha erschrocken, »nicht einmal so denken solltest du. Du redest wie Kallya. Hat sie dich etwa beeinflusst? Er ist dein Bruder. Was vor ihm keinem gelang, hat er geschafft. Er hat den Krolak in sich besiegt und lenkt ihn.«

»Schon gut, du sprichst wahr. Er ist mein Bruder und zugleich mein bester Freund. Das wird sich nicht ändern. Und was Kallya angeht, so lasse ich mich nicht von einem Kind umdrehen. Im Übrigen wird dies niemandem gelingen. Wenn du mich fragst, kommt das Mädchen nur zu mir, um mich zu bemitleiden. Ich habe jedes Mal den Eindruck, dass sie dieses Gefühl auf seltsame Weise braucht und sich dabei gut und überlegen zugleich fühlt.«

Metaha dachte nach. Sie war erstaunt, wie scharf Taderijmon den Lesvaraq beobachtet hatte und nach ihrer Ansicht die richtigen Schlüsse aus den Besuchen gezogen hatte. Ihr selbst war ein ähnliches Verhalten an dem Lesvaraq aufgefallen. Welch schwierige Aufgabe hatte sich die Hexe nur ausgesucht? Womit hatte sie das in ihrem hohen Alter verdient? Pavijur, der letzte Lesvaraq des Lichts, war schon groß und reif gewesen, als sie ihm zum ersten Mal begegnet war und er sich anschließend dazu entschlossen hatte, sie als seine Schülerin aufzunehmen und später als Hexe dienen zu lassen. Der Lohn für diese Ehre war eine äußerst lehrreiche und machtvolle Zeit an der Seite des Lesvaraq, die sie stolz und mächtig gemacht hatte. Mit Kallya war das anders. Sie unterschied sich von Pavijur so sehr, dass Metaha an manchen Tagen dachte, sie würde das Kind niemals erziehen und auf den richtigen Weg bringen können. Aber sie hatte eine Theorie, warum Kallya zuweilen ein solches Extrem darstellte. Ihre Ausstrahlung in Form einer reinen Lichtgestalt war enorm. Selbst die Schatten verschwanden in ihrer Gegenwart und versteckten sich vor dem grellen Licht des Lesvaraq. Die Erklärung, die sich Metaha zurechtgelegt hatte, war denkbar einfach. Sie vermutete, dass das Gleichgewicht der Mächte daran schuld war und mit der Geburt Kallyas ein deutliches Gegengewicht zur derzeit überwiegenden Dunkelheit schuf. Sie hatte davon gehört, dass es auf dem Kontinent Fee ähnlich eindeutige Polarisierungen gab, die entweder nur schwarz oder weiß waren. Für jedes Wesen der Nacht gab es ein entsprechendes Wesen des Tages. Lediglich die Drachen waren von dieser Regel ausgeschlossen: Sie bildeten einen dritten Pol der Macht, der sich zwischen den starken Polen von Tag und Nacht aufrieb. Die Drachen hätten diesen Kampf zwischen den Mächten nicht überlebt – so nahmen die Magiebegabten auf Ell an –, wenn sie nicht aus ihrer Geburtsstätte Fee geflohen und sich mithilfe einer Symbiose mit den Tartyk auf Ell niedergelassen hätten. Nur auf diese Weise war es den Drachen schließlich gelungen, zu überleben. Das jedoch war Kryson in seiner reinsten Form. Zur Gänze verstehen konnte dies nur ein Magier, der Fee mit eigenen Augen gesehen hatte. Kallya kam diesem Prinzip der Eindeutigkeit schon sehr nahe, obwohl das auf Ell ungewöhnlich war und bislang, soweit sich Metaha erinnern konnte, in dieser Ausprägung noch nicht vorgekommen war. Sollte ihre Vermutung stimmen, dann konnte Kallya nichts für ihre Ablehnung der Dunkelheit. Sie musste so handeln, wie es nun bereits im Kindesalter vorgezeichnet war. Dies bedeutete allerdings, dass, solange die Waagschale ein Übergewicht zugunsten der Nacht zeigte, sie keine Möglichkeit hatten, den Lesvaraq auf einen gemäßigteren Kurs zu bringen. Auf der anderen Seite musste, der Gesetzmäßigkeit ihrer durchaus logischen Annahme folgend, der zweite Lesvaraq weitaus gemäßigter sein und wahrscheinlich eine nur schwer wahrnehmbare Ausprägung für die Dunkelheit haben. Womöglich war dieser Lesvaraq irgendwo in der Mitte zwischen den beiden Gegenpolen anzusiedeln und hegte womöglich eine gewisse Zuneigung für das Licht. Das konnte durchaus seine Vorteile haben, machte es ihn doch weitaus vielfältiger in der Wahl seiner Mittel zur Wahrung des Gleichgewichtes. Andererseits ließ sich ohne Weiteres die Gegenmeinung vertreten, denn es konnte eine Schwäche sein; wenn er nicht die höchste Stufe des jeweiligen Gegenpols erreichen konnte, fehlten ihm womöglich die absoluten und oft als zerstörerisch bekannten Mittel, die jeweils nur an der äußersten Grenze von Tag und Nacht zu finden waren.

Warum musste dies alles nur so kompliziert sein? Kallya überforderte ihre Geduld und zuweilen ihre Fähigkeiten.

Ich bin zu alt für diesen Unfug!, dachte sie verbittert.

»Wirst du deinem Bruder und mir beistehen? Bitte, Taderijmon. Nimm all deine Kraft zusammen, steh auf, geh dort zur Tür hinaus und hilf mir. Ich habe die Kraft nicht mehr, mich alleine um dich, Belrod, Solras, Kallya, den Rat und deinen Bruder zu kümmern. Nebenbei werden wir uns gegen den Angriff des dunklen Hirten wappnen müssen.«

»Mein Gesicht und große Teile meines Körpers sind verwüstet, Metaha«, antwortete Taderijmon. »Ich habe keine Lippen mehr, verlor Ohren und Nase, als mich die Leibwächter des dunklen Hirten häuteten. Meine Augen quellen hinter störendem Narbengewebe hervor, das einst Augenbrauen war. Ich fürchte, auf Dauer blind zu werden. So wie du. Im Licht brennen meine Augen und trocknen aus, weil ich sie nicht durch die Lider schützen kann. Sie haben mir wie einem Tier das Fell abgezogen.

»Aber du bliebst am Leben, besitzt Arme, Beine und einen ganz vernünftigen Kopf zum Denken. Setze ein, was du hast, und sei wieder der Taderijmon, der du zuvor warst. Niemand verlangt von dir, dass du perfekt sein musst.«

»Perfekt? Davon war und bin ich weit entfernt. Die Leibwächter schufen ein Monster. Ich sehe abstoßend aus.«

»Das ist nicht wichtig. Wenn es dich allerdings so sehr stört, verhülle dein Antlitz oder trag eine Maske, hinter der du dein Gesicht verstecken kannst. Aber bleib nicht liegen und grüble über dein Schicksal nach. Es wird dich schnell einholen, wenn du untätig bleibst.«

Taderijmon starrte nach wie vor an die Decke. An seinem Fingerspiel, wobei die Finger, einer nach dem anderen, nervös auf und ab hüpften und ein klopfendes Geräusch verursachten, konnte Metaha sehen, dass der Naiki-Jäger wenigstens darüber nachdachte.

»Gut«, sagte er überraschend, »ich werde dir helfen meinen Bruder zu retten. Diese üble Rede unseres Volkes gegen Baijosto mutet mich ungerecht an, wenn ich daran denke, dass er den Lesvaraq im Grunde vor einem Schicksal bei den Rachuren bewahrt hat. An diesem Bild stimmt etwas gewaltig nicht.«

»Ich danke dir, Taderijmon. Du hast ein gutes Herz«, lobte Metaha den Waldläufer.

»Wer weiß? Wenn ich das tue, dann nur für meinen Bruder und nicht, um dir einen Gefallen zu tun.«

»Nichts anderes hatte ich erwartet. Es ist mir gleichgültig, wie, weshalb oder für wen du etwas anpackst. Hauptsache, das Ergebnis deiner Handlungen stimmt und du tust tatsächlich etwas. Ich schicke dir Kallya alsbald vorbei, damit du mit ihr reden kannst. Wenn sie versteht, wird sich ihre Einstellung gegenüber Baijosto ändern.«

»Ich hätte nie gedacht, dass du eine Träumerin bist«, sagte Taderijmon mit einem bissigen Unterton in der Stimme.

»Ich bin eine Hexe, Taderijmon, die Träume habe ich längst hinter mir gelassen. Aber ein wenig Fantasie kann für die Begabung niemals schaden.«

Zufrieden mit dem Ergebnis der Unterredung ließ sie Taderijmon in seiner Behausung zurück. Mit vereinten Kräften würden sie Kallya den richtigen Weg weisen.

Viel Zeit hatte Baijosto damit verbracht, über das Mädchen Kallya nachzudenken. Ihre Ablehnung schmerzte ihn. Sie war ein Kind und er wusste wohl, dass er sich ihre Zuneigung nicht erkaufen konnte. Ihr natürlicher Instinkt und ihre Begabung schützten sie vor Unbill und den Einflüssen der Dunkelheit. Das war im Grunde sehr praktisch und hilfreich, denn umso leichter würde es Metaha fallen, den Lesvaraq vor dem dunklen Hirten und dessen Dienern zu schützen. Dennoch grämte ihn die Situation, in die er ob ihrer Einstellung geraten war. Das Schicksal meinte es nicht gut mit ihm. Immerhin hatte er Solras gefunden und für ihre Befreiung gekämpft, um den Lesvaraq in die Siedlung zu bringen. Doch was hatte ihm dies am Ende eingebracht? Die Geborgenheit und Sicherheit der Siedlung unter seinesgleichen gehörte der Vergangenheit an. In den letzten Monden war er häufiger mit dem Rudel durch die Baumwipfel des Faraghad gezogen, als dass er sich bei Freunden und seinem Bruder in der Siedlung hatte blicken lassen.

Das wilde Leben mit den Baumwölfen war nicht in seinem Sinne. Trotz ihrer Intelligenz lernte er sie als triebhaft und primitiv kennen. Wenn sie nicht jagten, fraßen oder sich paarten, stritten sich die männlichen Mitglieder des Rudels meist um die stärksten Weibchen und trugen Kämpfe untereinander aus. Baijosto hatte rasch festgestellt, dass es nicht darum ging, die Kräfte untereinander nur spielerisch zu messen oder den Kampf zu üben, sondern um den jeweiligen Rang innerhalb des Rudels. Dieser Rang bestimmte letztlich, welcher Baumwolf zuerst fressen und sich mit einem Weibchen paaren durfte. Die Kämpfe unter den Baumwölfen waren hart und endeten oft tödlich. Hin und wieder wagten sich besonders forsche Männchen daran, sogar den Krolak herauszufordern und ihm seinen Rang streitig zu machen. Anfangs hatte sich Baijosto nicht darauf einlassen wollen, aber die Gegner waren aggressiv, ließen nicht locker und griffen ihn schließlich an. Er musste sich verteidigen und töten, wenn er unter den Baumwölfen überleben wollte. So hatte er bereits drei seiner Kontrahenten im Kampf getötet und ihnen die Kehlen herausgerissen. Sich anschließend mit dem stärksten Weibchen des Rudels zu paaren, hatte er allerdings abgelehnt. Gewiss, er hatte die Raubtiere des Öfteren dabei beobachtet und konnte nicht abstreiten, dass ihn manch prächtiges Weibchen zuweilen erregte, zumindest solange er als Krolak durch die Wälder zog. Aber diese Vorstellung belastete ihn. In der Gestalt des Naiki war er angewidert. Niemals wollte er sich der Triebhaftigkeit eines Baumwolfs hingeben. Das war ausgeschlossen. Er war ein Naiki und kein Räuber. Andererseits wusste er nicht, ob ihn die Baumwölfe auf Dauer als Anführer akzeptierten, wenn er sich nicht zumindest mit dem ersten Weibchen des Rudels paarte.

Sie hatte gegrollt und ihn mit gefletschten Zähnen angeknurrt, als er ihre Annäherungsversuche barsch von sich gewiesen und ihr einen Hieb mit der Pranke versetzt hatte, um ihr zu zeigen, dass er ihre Nähe nicht duldete. Die übrigen Baumwölfe hatten mit Spannung zugesehen und ihm das Verhalten als Schwäche angelastet. Er hatte Tage gebraucht, um sich den Respekt des Rudels wieder zu verdienen. Sollte er noch einmal in eine solche Verlegenheit kommen, was sehr wahrscheinlich war, musste er sich etwas Besseres einfallen lassen. Vielleicht wäre es ihm möglich, die Paarung vorzutäuschen, sodass die Mitglieder des Rudels nichts merkten. Wie er dies anstellen wollte, war ihm allerdings nicht klar. Vor allem machte er sich Sorgen über die Reaktion des ersten Weibchens, wenn sie die Täuschung bemerken sollte. Das Leben im Rudel war nicht leicht für den Naiki-Jäger. Er beobachtete an sich selbst, dass sich sein Geist und seine Wahrnehmung durch das ständige Zusammensein mit den Baumwölfen veränderten. An manchen Tagen glaubte er, dass er bereits wie ein Baumwolf dachte und handelte.

Je länger Baijosto in der Gestalt des Krolak verweilte, desto schwerer fiel es ihm, sich in seine ursprüngliche Gestalt des Waldläufers zu verwandeln. Und er sehnte sich sein altes Leben zurück. Manchmal träumte er davon, wie er mit Taderijmon und Freunden auf die Jagd gegangen und stets mit fetter Beute aus den Wäldern zurückgekehrt war. Doch die Erinnerungen an jene Zeiten verblassten mit jedem Tag, den er mit dem Rudel verbrachte, mehr. Aber was sollte er dagegen unternehmen?

Metaha hatte ihn weggeschickt und ihn gebeten, sich von der Siedlung fernzuhalten. Jetzt fürchtete er sich davor, eines Tages als Krolak zu enden. Wenn er sich diesem Leben hingab und sich mit dem Rudel treiben ließ, würde der Fluch früher oder später die Gewalt über Sinne und Körper gewinnen. Das durfte nicht geschehen.

In den vergangenen Wochen war das Rudel unruhig geworden. Baijosto hatte eine wachsende Unzufriedenheit festgestellt. Von Osten nach Westen über die Baumwipfel und wieder zurück hatten sie weite Strecken ohne nennenswerten Erfolg zurückgelegt. Zwar war ihnen das diffuse Licht der Dämmerung dabei entgegengekommen, aber sie hatten dadurch keinen Vorteil gewonnen, wenn sich die anderen Bewohner des Waldes in der Dunkelheit vor ihren Augen, Ohren und Nasen verborgen hielten. Die Baumwölfe sahen in der Nacht und zur Zeit der Dämmerung besonders gut, besser als bei hellem Tageslicht. Deshalb hatte ihnen die Verdunkelung der Sonne keinerlei Schwierigkeiten bereitet. In anderer Hinsicht litten sie allerdings unter der Zeit der Dämmerung. Es war schwer, ausreichend Beute zu finden, um die knurrenden Mägen des stets hungrigen Rudels zu füllen. Die meisten Tiere des Waldes hielten sich im Dickicht versteckt und mieden die Dunkelheit. Ein beträchtlicher Teil der an Arten zahlreichen Waldbewohner hatte sich friedlich, aber nachhaltig unterhalb der Siedlung der Naiki versammelt, weil sich dort, dank Kallyas Fähigkeiten, beide Sonnen zeigten und sie ausreichend Futter zum Überleben fanden. Dieser Ort war jedoch dank Baijostos Einschreiten für die Baumwölfe tabu. Baijosto würde das Rudel niemals aus freien Stücken in das Herz des Waldes führen, nur um dort Beute zu machen und dabei die Siedlung zu gefährden. So weit durfte es nicht kommen.

Als der Späher endlich zum Rudel zurückkehrte, berichtete er von einer Siedlung in der Nähe ihres vorübergehenden Ruheplatzes. Der Baumwolf beschrieb aufgeregt eine Ansammlung einfacher Hütten in einer Senke am Waldboden. Die Hütten seien versteckt und die Dächer mit Blätterwerk getarnt, sodass sie von oben nur schwer auszumachen waren, führte er aus.

Baijosto hatte die Sprache der Baumwölfe rasch gelernt, gerade so, als hätte er sie immer schon beherrscht. Das Lernen war ihm erstaunlich leichtgefallen. Der Waldläufer hatte daher keine Mühe, dem Bericht des Spähers zu lauschen. Er vermutete, dass es an dem Fluch des Krolak lag, der ihm die Baumwölfe nähergebracht hatte, als ihm lieb gewesen war. Die Sprache hörte sich einfach an, bestand aber überwiegend aus knurrenden und jaulenden Lauten in einem breiten, aber für ungeschulte Ohren kaum unterscheidbaren Variantenreichtum. Zu allem Überfluss wurden die Laute von Zeichen, Gesten und Körperbewegungen begleitet, die jedem Zuhörer die volle Aufmerksamkeit abforderten und gelegentlich überforderten.

Wer siedelt an einer solchen Stelle im Faraghad?, fragte sich der Naiki insgeheim.

Bevor er das Rudel zu dieser Siedlung führen würde, musste er sich einen eigenen Eindruck verschaffen. Die Baumwölfe waren hungrig. Er würde sie in diesem Zustand nicht zurückhalten können, wenn sie Blut und frisches Fleisch rochen. Er wies das Rudel an, sich ruhig zu verhalten und zu warten, bis er zurück war. Dann machte er sich auf den Weg zu der Siedlung. Erst glaubte der Krolak, er habe den Späher falsch verstanden. Doch schließlich entdeckte er die gut verborgenen Hütten direkt unter sich. Sie waren in der Tat schlicht, aber Baijosto erkannte sofort die Handschrift der einzelnen Bauten. Kein anderes Volk baute Hütten auf diese Weise. Dies war ohne jeden Zweifel das Werk der Naiki. Allerdings wunderte er sich darüber, dass die Siedlung am Waldboden und nicht in den Baumwipfeln errichtet worden war. Dies wiederum war untypisch für das Waldläufer-Volk.

Baijosto legte sich auf die Lauer und wartete auf eine Bewegung oder ein anderes Lebenszeichen aus der Siedlung. Als sich nach einer Weile nichts dergleichen ereignete und er durch das Warten schläfrig wurde, wagte sich der Krolak näher an die Hütten heran. Er stieg vorsichtig den Baum hinab und machte sich daran, eine der Hütten näher zu untersuchen.

Bevor er allerdings den Eingang erreicht hatte, spürte er einen stechenden Schmerz in seiner Flanke, der ihn herumwirbeln ließ. Ein kleiner schwarzer Pfeil ragte mit dem Schaft aus seinen Rippen. Panisch versuchte er den Schaft mit den Zähnen zu entfernen, wobei dieser abbrach und die mit winzigen Widerhaken versehene Spitze stecken blieb. Der Naiki-Jäger wusste, womit er es zu tun hatte und dass ihm nur wenig Zeit blieb. Er musste seinen Gegner ausschalten oder sich in Sicherheit bringen, bevor das Gift seine Wirkung entfaltete. Am Geruch hatte er es gleich erkannt. Es würde ihn für ein oder zwei Horas lähmen, aber nicht töten. Dennoch war die Gefahr für sein Leben groß. Sobald die ersten Lähmungserscheinungen eintraten, war er dem Schützen hilflos ausgeliefert. Ein zweiter Pfeil traf ihn am Hals und ein dritter bohrte sich in seine zum Schutz erhobene Pranke. Jedoch verriet der dritte Pfeil den verborgenen Schützen. Baijosto heulte wutentbrannt auf. Mit einem gewaltigen Satz sprang er in die Richtung, in der er das Blasrohr gesehen hatte. Der Schütze erkannte die missliche Lage und gab die Stellung auf.

Nur ein Naiki-Jäger hat solche Beine und kann so schnell und geschmeidig laufen wie dieser Heckenschütze, dachte der Krolak, während er dem Fliehenden nachsetzte.

Baijosto war unschlüssig, ob er den Schützen fangen und töten sollte, oder ob er sich dem Naiki durch eine Verwandlung in seine ursprüngliche Gestalt als seinesgleichen zu erkennen gab. Er erwog, eine Auseinandersetzung im Kampf zu vermeiden, die für einen von ihnen tödlich enden würde. Im Lauf bemerkte er, dass ihm seine Beine nicht mehr gehorchen wollten. Der Krolak knickte mit den Vorderbeinen ein und landete mit dem Gesicht auf dem Boden. Solange sein Geist nicht betäubt war und er den Krolak beherrschen konnte, musste er handeln. Noch während er sich verwandelte, schleppte er sich mühsam voran und blieb schließlich keuchend und erschöpft vor dem Eingang der Hütte liegen, in die sich der Schütze vor dem wütenden Verfolger gerettet hatte. Der Kopf eines Naiki schob sich aus dem Eingang und sah sich vorsichtig um. Baijosto erkannte das Gesicht des Jägers, bevor die Lähmung seine Gedanken erfasste und ihm das Bewusstsein raubte.

Ikarijo …, dachte der Waldläufer überrascht und versank in der Welt der Träume.

»Wie geht es dir?«, fragte Kallya.

»Ich fühle mich deutlich besser«, antwortete Taderijmon.

Der Lesvaraq hatte den Naiki-Jäger auf Weisung Metahas aufgesucht. Das war ihr recht, entkam sie doch auf diese Weise der schlechten Laune und den Vorwürfen der Hexe, wenn es um ihre Ablehnung des verfluchten Krolak ging.

»Erzähle mir von deinem Bruder!«, bat Kallya den Waldläufer. »Ich weiß nicht viel über ihn, außer dass mir in seiner Nähe kalt wird und ich mich vor ihm fürchte. In ihm schlummert etwas Dunkles, das jederzeit auszubrechen droht und mich vernichten könnte. Metaha sagt, ich dürfe nicht verlangen, dass er sich von der Siedlung fernhält, und sie wird sehr böse, wenn ich mit den anderen über ihn rede. Sie denkt, ich stachle die Naiki gegen ihn auf und verbreite böses Blut.«

»Ist das so? Was redest du mit den Naiki der Siedlung über Baijosto?«

»Ich sage ihnen, dass ich ihn nicht um mich haben will und sie ihn fortjagen sollen!« Die Offenheit des Lesvaraq erstaunte den Waldläufer.

»Er ist mein Bruder und ein guter Naiki, Kallya. Ich liebe ihn. Jedes deiner Worte gegen ihn schmerzt mich. Wird er fortgejagt, werde ich mit ihm gehen. Die Siedlung ist unsere Heimat, der Ort, an dem wir aufwuchsen und uns geborgen fühlen. Verliert er die Sicherheit der Familie und die Freundschaft der Naiki, wird er sich sehr verändern. Er braucht die Siedlung und die Siedlung braucht ihn.«

»Das ist mir gleichgültig. Sollen sie ihn jagen, erlegen und ihm sein Fell abziehen. Ein Krolak ist dunkel und böse.«

»Kallya! Wie kannst du so etwas sagen?« Taderijmon war entsetzt. »Ich vertraue ihm mein Leben an. Immer noch, obwohl er den Fluch in sich trägt. Der Fluch ist böse, aber nicht Baijosto. Wie oft hat er mir in den Wäldern das Leben gerettet und ich ihm das seine. Er hat deine Mutter und dich vor einem furchtbaren Schicksal bewahrt. Der Preis, den er dafür zahlen musste, war hoch. Viel zu hoch, wie sich nun herausstellt. Der Fluch des Krolak traf ihn und wird bis zu seinem Ende nicht mehr von ihm lassen. Verstehst du nicht, was das bedeutet? Er hat sich für dich geopfert. Sicher nicht bewusst, sondern aus Unachtsamkeit. Doch das Ergebnis seines Handelns ist identisch und ein Übel, mit dem er fortan leben muss.«

»All dies liegt in der Vergangenheit und bedeutet nichts. Ein sinnloses Opfer, wenn es denn tatsächlich eines gewesen wäre. Lebst du in der Erinnerung, wirst du dein Leben vergeuden. Dein Bruder ist nicht mehr der, der er einmal war. Er hat sich verändert, und das, was aus ihm geworden ist, muss bekämpft werden. Ein Lesvaraq blickt nach vorne in die Zukunft. Was einst war oder warum etwas so geworden ist, wie es sich uns heute zeigt, darf uns nicht davon abbringen, das Richtige zu tun. Ein Lesvaraq verändert und schafft eine Welt im Gleichgewicht, die ihm gefällt. Dein Bruder stört das Gleichgewicht und ist ein unnatürlicher Teil der Dunkelheit, die Ell im Augenblick beherrscht. Ich kann nicht gutheißen, dass er sich frei in der Siedlung bewegt, wie es ihm, dir oder Metaha gefällt. Er unterliegt der Veränderung wie alle anderen Dinge, mit denen sich ein Lesvaraq beschäftigt, und wird am Ende weichen oder sterben müssen.«

»Du willst mir also damit sagen, dass Baijosto gehen muss, weil er dich stört?«

»Nein«, antwortete Kallya mit einem kindlich mädchenhaften Lächeln auf den Lippen, »er kann genauso bleiben und sterben. Einen anderen Ausweg gibt es nicht. Die Gefahr muss an ihrer Wurzel vernichtet werden.«

»Aber Metaha hat den Fluch gemildert. Es gibt keine Gefahr, Kallya. Baijosto beherrscht den Krolak und hat das Schlimmste überwunden. Er wird uns eine große Hilfe im Kampf gegen die Saijkalrae sein.«

»Die Saijkalrae interessieren mich nicht. Sie sind nichts im Vergleich zu den Lesvaraq. Für deinen Bruder mag das Leben leichter sein, wenn der Fluch abgeschwächt wurde. Das ändert nichts mehr daran, dass er ein Krolak ist. Wir brauchen ihn nicht. Wenn die Zeit gekommen ist, werden wir die Saijkalrae hinwegfegen.«

»Du redest, als wärst du kein Kind mehr und wüsstest über alles bestens Bescheid«, stellte Taderijmon fest.

»Ich bin ein Lesvaraq. Wiedergeboren mit dem Wissen aller Lesvaraq vor mir. Mein Bewusstsein ist vollständig ausgeprägt. Metaha unterschätzt mich, weil sie denkt, ich sei wegen meines kindlichen Körpers und Aussehens noch ein kleines Kind, das beschützt werden muss.«

»Meinst du nicht, dass du dich überschätzt und tatsächlich noch viel mehr lernen und vor Fehlern bewahrt werden solltest?«

»Keineswegs. Ich weiß, was ich bin und was ich kann!« Die Antwort Kallyas wirkte auf Taderijmon seltsam trotzig. »Willst du sehen, wozu ich in der Lage bin?«

Ohne seine Antwort abzuwarten, legte Kallya ihre Hände auf das vernarbte Gesicht des Waldläufers. Ihre Finger fühlten sich kalt an. Taderijmon zuckte davor zurück, ehe er die Berührung nach einem erneuten Versuch des Lesvaraq zuließ. Ein Kribbeln lief über seine Haut, als ob ihn tausend Spinnenbeine gleichzeitig berührten. Dann brannte die Berührung plötzlich fürchterlich, und er dachte, sie würde ihm die Haut noch einmal vom Gesicht ziehen. Mit seiner Einschätzung traf er beinah ins Schwarze. Kallya entfernte die Narbenhaut des Naiki-Jägers tatsächlich, bis unter ihren Händen das bloße Fleisch lag. Während er ihre Behandlung über sich ergehen ließ und trotz der Schmerzen und der aufkommenden Erinnerung an die Tortur durch die Leibwächter des dunklen Hirten tapfer die Zähne zusammenbiss und kein Laut des Klagens über seine Lippen kam, lag ein Kinderlied auf ihren Lippen, das sein Herz anrührte. Es erfüllte den Raum mit Wärme und Behaglichkeit und linderte den Schmerz.

Stück für Stück begann sie die Haut zu erneuern. Das anfänglich empfundene Kribbeln stellte sich dabei wieder ein.

»Siehst du, ich bin fertig mit meinem Werk!« Sie wies

keinerlei Anzeichen von Müdigkeit oder Erschöpfung auf, obwohl sie sehr lange gebraucht und mit Sicherheit Magie für die Heilung eingesetzt hatte. »Schau in einen Spiegel. Ich habe mit Leichtigkeit geschafft, was Metaha nicht gelingen wollte.«

Taderijmon war überrascht und erstaunt, welche Fähigkeiten das Mädchen bereits beherrschte. Metaha hatte an den Wunden des Waldläufers ebenfalls ihr Bestes gegeben. Im Gegensatz zu Kallya war es der Hexe dabei allerdings nur gelungen, die äußeren Verletzungen zu heilen und Taderijmons Überleben zu sichern. Gegen seine Entstellung durch die nachgewachsene Narbenhaut war sie allerdings trotz größter Anstrengungen zum Bedauern des Waldläufers erfolglos geblieben. Niemand würde Kallya eine solch starke Heilmagie nachmachen können, nicht einmal die Orna, dessen war er sicher. Schon jetzt, wo sie doch gerade erst vor wenigen Monden geboren war, schienen ihm ihre Talente unerreichbar. Wie sollte dies werden, wenn sie erst voll entwickelt und ausgewachsen war? Bei aller Bewunderung und Dankbarkeit dafür, dass sie ihm sein altes Gesicht wieder zurückgegeben hatte, traute der Waldläufer dem Mädchen nicht. Er wusste jedoch nicht genau warum.

Immerhin war sie ein Lesvaraq, was zweifelsohne feststand. Aber war ein Lesvaraq nun gut oder schlecht? In jedem Fall, und da hatte Kallya recht, bedeuteten diese magischen Wesen Veränderung. Wurde ein Lesvaraq geboren, brach ein neues Zeitalter an, das zwangsläufig eine neue Ordnung nach sich zog – die Ordnung der jeweiligen Lesvaraq.

Wie in einem fortwährenden Zyklus herrschten sie über Kryson für die Dauer von eintausend Sonnenwenden. Mal waren es mehr Sonnenwenden, mal weniger. Sie zogen sich

Helfer und Schüler heran, die ihre Lehren unterstützten und die Macht der Lesvaraq mehrten. Sie gründeten Orden, die ihre Geheimnisse und ihr Erbe bewahrten. So war es schon immer gewesen.

Metaha hatte ihm und Baijosto davon erzählt, denn sie war einst selbst eine Schülerin des letzten Lesvaraq des Lichts. Selbstlos hatte sie Pavijur gedient und ihn im Kampf um die Wahrung des Gleichgewichts gegen Ulljan unterstützt. Der Preis, den sie dafür am Ende bezahlen musste, war hoch wie bei vielen anderen Aufgaben, die mit der magischen Begabung zusammenhingen. Die Unsterblichkeit, die sie mehr als Last denn als Gewinn seit jener Zeit mit sich trug, quälte sie. Anfangs hatte sie ein Gefühl des Glücks empfunden. Eine Ehre, zu den Unsterblichen zu gehören, die sie mit Stolz und sogar mit Hochmut erfüllt hatte, wie sie heute unumwunden und zu ihrem Bedauern zugibt. Doch je mehr Sonnenwenden vergingen, desto belastender wurde die Bürde der Unsterblichkeit. Freunde und Familie starben, wieder und wieder, doch Metaha musste weiterleben. Es war ihre Aufgabe, die Erinnerung und das Wissen Pavijurs für die kommenden Generationen zu bewahren und eines Tages an den neuen Lesvaraq weiterzugeben.

Ihre Hoffnung bestand darin, dass ihr Ende mit der Geburt der neuen Lesvaraq nahe war. Bald würde sie ihre Aufgabe erfüllt haben und Ruhe finden. Andere Streiter für das Gleichgewicht würden gefunden werden und erstarken, um die Last des ewigen Kampfes zu tragen. Des Öfteren hatte Metaha den freien Magier Sapius erwähnt, dem sie diese Aufgabe zutraute. Vielleicht würde er die nächsten eintausend Sonnenwenden die Geschicke Krysons entscheidend mitbestimmen. Ihre Gegenspieler damals hatten klangvolle Namen wie Quadalkar, Kallahan,

Saijkal und Saijrae, Haisan, Hofna und Rajuru getragen. Im Laufe der Zeit hatten sich die meisten, bis auf Kallahan, Haisan und Saijkal, dem dunklen Hirten verschrieben und dienten somit dem Scharlatan der Dunkelheit. Metaha hatte ihn oft einen fahlen Abklatsch des wahren Meisters genannt, obwohl sie wusste, wie gefährlich er sein konnte, und nie dahintergekommen war, über wie viel an Macht er tatsächlich verfügte. Sie nahm an, dass es ein deutliches Minus zu Ulljans wahren Möglichkeiten war. Sicher würde es andere geben, die das Erbe Ulljans antreten mussten, das der letzte Lesvaraq umständlich auf viele Schultern verteilt hatte. Wer auch immer ihm tatsächlich nachfolgen sollte, würde Mühe haben, die vielen Bruchstücke seines Wissens aufzuspüren und wieder zusammenzusetzen. Ein Teil des Ganzen wäre sicherlich bei den Bewahrern und den Orna zu finden. Anderes Wissen stand, nach einer Prophezeiung, im Buch der Macht, das von sieben Streitern des alten Blutes wiedergefunden werden musste. Wesentlich schwieriger zu erreichen war das bei den Saijkalrae verborgene Wissen Ulljans. Niemand vermochte genau zu sagen, was und wie viel sie von Ulljan nach dessen Tod in ihrer Gier an sich gerissen hatten. Mit Gewissheit aber würden sie ihr Wissen nicht freiwillig herausgeben. Der Lesvaraq würde es ihnen eines Tages mit Gewalt nehmen müssen. Würde es ihm gelingen, ihnen die Macht zu entreißen, an der sie so sehr hingen, oder würden sie diese mit in ihr Grab nehmen?

Der Zyklus der Lesvaraq wurde durch die Saijkalrae-Brüder erstmalig durchbrochen, was in der Geschichte Krysons bis zu jenen dunklen Tagen einzigartig war, und Ulljan hatte einen wesentlichen Teil dazu beigetragen, dass es so weit kommen konnte. Am Ende war es seine Ordnung, die sich durchgesetzt hatte und nun schon über fünftausend Sonnenwenden dauerte. Eine Ewigkeit für ein sterbliches Wesen und eine lange Zeit der Verantwortung selbst für eine Unsterbliche wie Metaha.

Taderijmon wusste, dass Metaha Zweifel hatte, ob sie diese Verantwortung einfach aufgeben und das Wissen an Kallya weitergeben durfte. Er teilte ihre Zweifel, denn er hielt das Kind für gefährlich. Erst recht nach diesem Gespräch. Das kleine Mädchen war in seinen Augen wesentlich weiter gediehen, als sie bislang angenommen hatten. Ob sie stark genug war, dem dunklen Hirten zu begegnen und ihn zu besiegen, vermochte er hingegen nicht zu sagen. Dies zu beurteilen, war Metaha deutlich geeigneter. Kallya konnte gewiss Gutes leisten, wenn sie wollte. Aber genauso war sie in der Lage, für das Streben nach Macht über Leichen zu gehen. Und das ängstigte ihn.

Kallya war in dieser Hinsicht anders als Pavijur, obwohl sie eindeutig dem Licht angehörte. Niemals war er aufsässig gewesen oder hatte ein Wesen wegen eines dunklen Fluches verachtet, wie Kallya es mit Baijosto tat. Sie konnten nur darauf hoffen, dass es ihnen bald gelänge, dem Kind diese Gedanken auszutreiben.

»Ich danke dir, Kallya«, sagte Taderijmon mit echter Freude. »Wahrlich … das ist wundervoll. Dabei hatte ich mich doch schon an mein neues Gesicht und die Narben gewöhnt.«

»Oh … ich kann es wieder rückgängig machen. Komm zu mir und lass mich meine Hände erneut auf dein Gesicht legen. Es ist ein lustiges Spiel!«

»Nein, bloß nicht«, wehrte Taderijmon mit den Händen gestikulierend den Vorschlag ab, »ich bin sehr zufrieden mit dem Ergebnis. Und für mich ist es ganz gewiss kein Spiel.«

»Schade …« – sie verzog schmollend ihr Gesicht –

»… vielleicht das nächste Mal, wenn wir uns wieder unterhalten.«

»Bestimmt nicht. Ich bin mir nicht sicher, ob es für uns ein nächstes Mal geben wird, wenn du an deiner Einstellung zu Baijosto festhältst.«

»Du drohst mir?«

»Nein, das tue ich nicht! Was könnte an dieser Feststellung bedrohlich sein? Wie ich schon sagte, werde ich mich meinem Bruder anschließen, wenn du und die Siedlung ihn nicht mehr haben wollt. Andere Jäger und Naiki werden es mir gleichtun. Es gelingt dir nicht, alle von deinen Ansichten zu überzeugen. Wir werden in den Wäldern zurechtkommen. Was dann allerdings mit der Siedlung geschieht, liegt einzig und allein in deinen Händen. Wirst du diese Verantwortung übernehmen?«

»Wozu sollte das gut sein? Ich werde die Siedlung nicht brauchen, wenn ich erwachsen bin. Sie ist nutzlos für meine Zwecke«, sagte Kallya, während sie den kleinen Kopf stolz in den Nacken warf.

»Nutzlos?« Taderijmon schüttelte verständnislos den Kopf. »Die Naiki geben dir alles, gewähren dir Schutz und Nahrung, damit du gut behütet aufwachsen kannst. Und du nennst die Siedlung nutzlos, die lange Sonnenwenden um dein Überleben gekämpft hat?«

»Natürlich ist sie das. Verstehst du nicht? Wenn meine Zeit gekommen ist, wird sie mir keinen Vorteil mehr gewähren. Erwartest du, dass sich ein Lesvaraq dankbar zeigt und aus einer gefühlten Verpflichtung heraus zurückgibt, was ihm gewährt wurde? Das würde mich hindern, Kryson nach meinen Vorstellungen zu gestalten. Es wird Vergangenheit sein, so wie das Licht in deinem Bruder vergangen ist. Erklärte ich dir nicht bereits, dass ein Lesvaraq nicht zurückblickt?«

»Was ist das für eine Welt, in der die Kinder ihre Väter und Mütter verraten?«

»Du redest Unsinn, Taderijmon. Meine Mutter ist Solras. Sie gehört genauso wenig zur Siedlung wie ich. Dank der alten Hexe ist sie selbst noch ein Kind; und mein Vater? Kennst du ihn? Vielleicht werde ich ihn eines Tages finden und ihm meine Dankbarkeit dafür erweisen, dass er mich gezeugt hat.«

»Du solltest jetzt besser gehen«, sagte Taderijmon, der entrüstet aufgestanden war und dabei einen Stuhl umgeworfen hatte, »unsere Unterredung führt zu nichts. Es tut mir wirklich leid, dass es so kommen musste. Ich werde Metaha und den inneren Rat selbst von meiner Entscheidung unterrichten.«

»Lebe wohl, Taderijmon«, sagte Kallya kalt lächelnd, »ich mochte dich gerne. Doch ab jetzt gehörst du der Vergangenheit an.«

Der Lesvaraq stand auf, drehte sich um und verließ, ohne sich noch einmal umzublicken, die Behausung des Waldläufers. Sie ließ einen zutiefst verstörten und nachdenklichen Naiki-Jäger zurück, der sich ernsthafte Sorgen um die Zukunft seines Volkes machte, wenn sie auf dieses Mädchen hörten und ihr Schicksal in die Hände des Lesvaraq legten. Noch heute wollte er sich auf den Weg machen, seinen Bruder in den Wäldern zu suchen. Er hoffte nur darauf, dass er dem richtigen Rudel Baumwölfe begegnete. Sonst würde es ihm schlecht ergehen. Zuvor musste er allerdings Metaha und den Rat von seiner Entscheidung unterrichten. Er würde seinen Platz im inneren Rat zur Verfügung stellen. Vor allem aber wollte er seinen Freunden unter den Waldläufern Lebewohl sagen. In der Hoffnung, es fände sich ein Naiki-Jäger, der seine Empfindungen teilte und sich mit ihm auf die Suche nach seinem Bruder machen würde.

Ikarijo…, dachte der Waldläufer, *wir hätten dich niemals ziehen lassen dürfen. Das war unrecht und es scheint sich zu wiederholen.*

Ein Gedanke setzte sich in seinem Kopf fest. Wenn es ihm gelänge, den Freund in den Wäldern zu finden, könnten sie gemeinsam nach seinem Bruder suchen und eine neue Siedlung nach ihren eigenen Vorstellungen aufbauen. Der Gedanke fühlte sich verlockend an.

»Baijosto, alter Freund«, die Stimme klang weit entfernt und dumpf, als käme sie aus einer anderen Welt und dränge durch den Nebel an sein Ohr.

Der Schädel des Waldläufers brummte, als würden tausend Hummeln in seinem Kopf herumsausen. Gelegentlich stach ihn eine von innen gegen die Schädeldecke und ließ ihn vor Schmerzen zusammenzucken. Er hatte das Gefühl, als zielten sie absichtlich auf seine ohnehin stark strapazierten Nerven. Die Wirkung des Gifts ließ mittlerweile langsam nach und hob die Lähmung Stück für Stück wieder auf. Baijosto kannte die Wirkung nur allzu gut. Er hatte dieses Mittel selbst des Öfteren auf der Jagd angewandt, wenn er das Überleben eines Tieres sicherstellen wollte.

Zuerst erwachte sein Gehirn zu Leben und danach würden die einzelnen Glieder und Muskeln beweglich. Erst der kleine Finger, dann ein Zeh, und einige Horas später würde er sich frei bewegen können. Wie lange er schon besinnungslos auf dem mit Blättern angerichteten Lager in einer schlicht ausgestatteten Hütte lag, konnte er nur ahnen. Es mussten einige Tage gewesen sein, wenn er sich an die Wirkung dieses speziellen Lähmungsgiftes richtig erinnerte. Die Kopfschmerzen würden noch Tage andauern und ihn daran hindern, einen klaren und vor allem vernünftigen Gedanken zu fassen. Er wusste, wer ihm die Pfeile zielsicher ins Fell geschossen hatte.

»Ikarijo!« Er hatte den Freund also schließlich doch noch gefunden. Schon als sich dieser damals verabschiedet hatte, war ihm bewusst gewesen, dass eine Begegnung anders ablaufen würde, als sie dies in besseren Tagen ihrer Freundschaft gewohnt waren.

»Du bist endlich wach«, sagte die vertraute Stimme des Freundes, »normalerweise machen wir kurzen Prozess mit Baumwölfen, die unser Lager überfallen. Bei dir habe ich eine Ausnahme gemacht, nachdem ich erkannt hatte, wer mich da wütend auffressen wollte. Zur Vorsicht haben wir dich an dein Lager gefesselt. Wir wussten nicht, ob der Krolak wegen des Giftes in dir die Oberhand gewinnen könnte. Verzeih die Unannehmlichkeiten, aber es ging nicht anders.«

»Ich hatte gewiss keinen Hunger auf das Fleisch eines Naiki und dessen Klanfrauen. Aber ich musste mich vergewissern, nachdem ein Späher von der Siedlung berichtete«, antwortete Baijosto.

»Ach ja, ich vergaß, dass du mit einem wilden Rudel Baumwölfe durch die Wälder ziehst. Nicht zu vergessen, das größte Rudel, das es wahrscheinlich je gegeben hat. Dürfte nicht leicht sein, die hungrige Meute zufriedenzustellen in diesen Tagen – oder sollte ich besser in diesen Nächten sagen. Wir finden selbst kaum genug zu essen, und mit jedem Tag wird es schwieriger, ausreichend Beute zu erlegen.«

»Es ist und bleibt schwierig. Ich werde mich wohl nie daran gewöhnen.«

»Das solltest du auch nicht, Baijosto«, meinte Ikarijo. »Wenn du dich damit abfindest, wird der Krolak in dir stärker, und am Ende gibt es nur noch diese Bestie und keinen Baijosto mehr, der mit mir und seinem Bruder die Wälder durchstreift. Ich nehme an, du hattest Schwierigkeiten in der Siedlung?«

Baijosto brauchte auf die Frage nicht antworten. Der Freund verstand ihn auch so, denn seine Augen verrieten, wie traurig und verzweifelt er über die verlorene Sicherheit der Siedlung war, die ihn zu einem Leben zwang, das er nicht führen wollte.

»Das musste früher oder später so kommen«, versuchte Ikarijo den Freund zu trösten, »sie sind alle stur und starrköpfig. Das waren sie schon immer. Neue Ideen wurden abgeschmettert, bevor sie überhaupt zu Ende gedacht waren. Veränderungen wurden gemieden, als ob sie, gleichgültig wie schwer sie wogen, zum sofortigen Ende der Naiki führen würden. Verdammt, Baijosto. Früher oder später wäre unser Volk so oder so ausgestorben. Schon vorher zeichnete sich ab, dass uns frisches Blut fehlte und die Geburten zurückgingen oder zuletzt vollständig ausblieben. Die Naiki bekamen keine Kinder mehr. Über kurz oder lang wäre dies der unweigerliche Untergang gewesen. Hingegen sieh dich hier bei uns um. Ich war fleißig und fruchtbar, und das sage ich nicht ohne einen gewissen Stolz. Vier Kinder wurden hier im Lager geboren, seit mich der innere Rat fortgeschickt hat. Sie sind alle von mir und tragen das Blut eines echten Naiki in sich. Schau sie dir an und achte auf ihre Augen!«

»Das hätte ich mir denken können, dass du in dieser Hinsicht nicht untätig bleibst, und leichtes Spiel hast du dazu. Die Frauen werden dich als ihren Retter vergöttern, mehr noch als sie den Kojos Opfer darbringen.«

»Ich lade dich gerne ein, hier bei uns zu verweilen, wenn du das möchtest. Ob es allerdings klug wäre, dass du den Versuch machst und dich zu einer der Frauen legst, da bin ich mir nicht so sicher. Du könntest den Fluch an deine Kinder weitergeben, was wir zu vermeiden suchen.«

»Schön ... das verstehe ich, und es lag keineswegs in meiner Absicht, auch wenn es sich gleich zur Begrüßung wie eine Ablehnung anhört«, Baijosto klang niedergeschmettert und betrübt, »... sollte es mich allzu sehr drücken, werde ich mir eines Tages doch ein Baumwolfweibchen vornehmen. Das ist wohl mein Schicksal bis zum Ende meiner Tage.«

»Du verrückter Waldläufer bist zu Scherzen aufgelegt«, lachte Ikarijo, dem alleine bei der Vorstellung, eine Baumwölfin zu beschlagen, die Haare zu Berge standen.

»Das wäre schön, aber tatsächlich verhält es sich anders. Ich bin ein Gestaltwandler, auf dem ein Fluch liegt, und wie du schon richtig angemerkt hast, trage ich mich mit der Sorge, was mit meinen Nachkommen geschehen wird. Die Verantwortung ist groß. Wenn ich ehrlich bin, zu groß für mich. Ich werde ich sie nicht tragen wollen und angesichts der Bürde lieber auf den Nachwuchs verzichten.«

»Eine kluge Entscheidung!«, sagte Ikarijo, mit einem leisen Bedauern für den Freund in der Stimme. »Ich denke, wir können dich jetzt von den Fesseln befreien. Versprich mir vorher, dass du dein Wort hältst und keinen Angriff gegen uns führst. Ich verlange, dass du dich weder in unserem Lager noch außerhalb in der Nähe in einen Krolak verwandelst. Reine Sicherheitsmaßnahme, mein Freund.«

»Das verspreche ich, es sei denn, die Verwandlung wäre für die Rettung des Lagers im Fall einer akuten Bedrohung notwendig. Das schwöre ich beim Leben meines Bruders, der mir das Wichtigste in meinem Leben ist«, schränkte Baijosto das verbindliche Versprechen leicht ein.

»Gut!«, antwortete Ikarijo. »Damit kann ich leben.«

Der Waldläufer kniete sich vor Baijostos Lagerstätte, sah

dem Freund tief in die Augen und schnitt daraufhin mit einem Jagdmesser in einer einzigen, gekonnten Handbewegung die Fesseln entzwei. Der Krolak war frei.

Baijosto besichtigte das Lager in Begleitung Ikarijos und musste dabei feststellen, dass Ikarijo gemeinsam mit den Klanfrauen hervorragende Arbeit geleistet hatte. Die ganze Erfahrung des Naiki-Jägers war in den Aufbau geflossen, was unschwer an den stabil gebauten Holzhütten zu erkennen war. Die Frauen begrüßten das neue Gesicht freudig, war er doch die erste Abwechslung seit ihrer Befreiung und eine attraktive Erscheinung noch dazu. Die meisten von ihnen hatten ihre Ängste mittlerweile abgelegt und wirkten befreit. Ikarijo hatte alles darangesetzt, dass sie ihr Lachen wiederfanden. Dies war ihm ohne Zweifel gelungen. Baijosto konnte sich sehr gut vorstellen, unter ihnen zu leben. Er fühlte sich auf Anhieb wohl, denn statt Ablehnung schlug ihm Freude und echtes Interesse entgegen. Vielleicht fände er hier eine zweite Heimat, die ihm die verloren gegangene Geborgenheit unter Freunden wiederbrachte. Aber die Hoffnung auf ein solches Leben war gering, wahrscheinlich wussten sie nicht, was er tatsächlich war und welche Gefahr er für sie und ihre Kinder darstellte.

Für mich ist es besser, wenn ich mich mit dem Leben eines Gestaltwandlers und der in zwei Welten gespaltenen Persönlichkeit anfreunde. Für eine Seite entscheiden kann ich mich nicht, ohne mich selbst zu verlieren. Der Krolak wird immer wieder durchbrechen, wenn ich mich für den Naiki entscheide, selbst wenn ich ihn kontrolliere. Entscheide ich mich für das Rudel und den Krolak, würde ich über kurz oder lang nur noch der Anführer der Baumwölfe sein. Doch das will ich auf keinen Fall, dachte der Waldläufer bei sich.

Um das Lager herum waren unsichtbare Alarmfallen angebracht, die jeden Eindringling sofort an das Lager meldeten. Ohnehin war die Tarnung des Lagers sehr gut gelungen. Obwohl es in einer Mulde am Waldboden errichtet worden war, konnte man selbst auf die nächste Entfernung nur schwer erkennen, dass es sich um eine Ansammlung von Hütten handelte. Von oben aus den Baumwipfeln war das Lager kaum auszumachen. Baijosto wunderte sich darüber, dass einer seiner Späher aus dem Rudel überhaupt eine Siedlung entdeckt hatte. Offensichtlich waren die Baumwölfe schlauer und vor allem aufmerksamer, als er angenommen hatte. In mancherlei Hinsicht hatte er in den vergangenen Monden immer wieder Überraschungen im Rudel erlebt. Das ärgerte ihn, weil die Baumwölfe dadurch unberechenbar für ihn blieben und weiterhin schwer zu führen waren.

Ikarijo berichtete ihm, dass die Baumwölfe mehrere Angriffe auf das Lager versucht hatten, nachdem Baijosto durch das Gift in den Lähmungsschlaf gefallen war und sie ihn für einige Tage festgesetzt hatten.

»Die Biester waren ausgehungert. Wir hatten Mühe, die wütenden Attacken abzuwehren. Aber seltsamerweise waren sie nicht sehr geschickt. Drei Baumwölfe starben in unseren Fallen und vier weitere habe ich mit dem Blasrohr direkt aus den Bäumen geholt. Natürlich habe ich unser tödliches Gift für die Jagd verwendet. Dein Rudel verlor den Mut, nachdem die ersten Mitstreiter für sie von unsichtbarer Hand gefallen waren. Ich nehme an, dass sie ohnehin verunsichert waren, weil du nicht zurückgekehrt bist.«

»Mag sein«, brummte Baijosto, »es wird verdammt schwer werden, das Vertrauen zurückzugewinnen. Ich werde um meinen Platz kämpfen müssen.«

»Hört sich spannend an. Ich würde gerne zusehen, wie du dein Revier verteidigst und anschließend markierst«, lachte Ikarijo.

»Das ist nicht lustig, mein Freund«, meinte Baijosto betroffen. »Die Kämpfe sind blutig und es geht immer um Leben und Tod. Nur der Sieger überlebt. Der Verlierer wird, wenn er nicht schon im Kampf starb, von den anderen Tieren des Rudels in Stücke gerissen.«

»Raue Sitten, aber klare Regeln – was für eine angenehme Gesellschaft, in der du dich bewegst. Das fordert meinen ganzen Respekt für dich«, nahm Ikarijo den Freund nicht sonderlich ernst.

»Amüsiere dich nur, Ikarijo. Die Schadenfreude sei dir gegönnt. Aber im Ernst, du kannst mir glauben, dass mir dieses Leben keine Freude bereitet, auch wenn ich durch das Rudel an Macht hinzugewonnen habe. Ich wünsche mir nur, dass ich sie eines Tages sinnvoll einsetzen kann, und wenn es dazu dienen sollte, die Dunkelheit über dem Wald zu vertreiben, dann ist es gut.«

»Aye, mein Freund«, nickte Ikarijo, »ich bewundere dich für deine Einstellung und deinen Einsatz. Nimm mir die gelegentlichen Scherze bitte nicht übel. Du kennst mich. Ich meine es niemals böse. Ein großes und viel zu gutes Herz schlägt in deiner Brust, auch wenn deine Seele einige tiefschwarze Flecken aufweisen sollte. Du bist und bleibst ein guter Freund und bist bei uns immer willkommen.«

»Das freut mich, und ich nehme die Einladung gewiss dankbar an, wann immer ich eine Rast vom ruhelosen Leben in den Baumwipfeln brauche.«

Der Waldläufer verbrachte einige Wochen im Lager, um sich auszuruhen und von den vergangenen Monden zu erholen. Aber es gab viel zu tun. Fallen mussten ausgebessert und aufgebaut werden. Neue Hütten und Wege entstanden. Er half, wo immer seine Hand und Erfahrung gebraucht wurde, und die schwere Arbeit mit seinem Freund machte ihm Spaß. Den Frauen des Lagers ging er, soweit dies möglich war, aus dem Weg, um nicht in Versuchung zu geraten und sich nicht den neugierig-interessierten Blicken auszusetzen.

Zu seiner Überraschung trafen nach der dritten Woche seines Besuches Taderijmon in Begleitung der übrigen Naiki-Jäger aus der Siedlung im Lager ein. Die Jäger waren verblüfft, auf das Lager am Waldboden gestoßen zu sein. Sie hatten lange danach gesucht und es am Ende nur durch Zufall gefunden, indem sie den bereits verblassenden Spuren des Baumwolfrudels gefolgt waren. Die Freude über das Wiedersehen war über alle Maßen groß, auch wenn die Umstände ihres Erscheinens keinen Anlass zum Feiern gaben. Doch wen kümmerte das in einem solchen Augenblick? Sie umarmten und küssten sich, lachten und weinten vor Freude. Endlich waren sie wieder vereint und hatten sich viel zu erzählen. Baijosto wollte wissen, wie es zu dem Auszug der Jäger aus der Siedlung gekommen war und natürlich welch wundersame Heilung sein Bruder erfahren hatte. Doch die Antworten auf all seine brennenden Fragen hatten Zeit. Zuerst wurde ein so rauschendes Fest des Wiedersehens vorbereitet, wie es der Wald Faraghad schon lange nicht mehr gesehen hatte.

Eine neue Siedlung der Naiki und Nno-bei-Klan entstand. Zum ersten Mal in der Geschichte Krysons wurden Vorbehalte und alte Traditionen beiseitegeschoben und das Volk der Altvorderen schloss sich in der Not mit seinen einstigen Gegnern zusammen. Ihnen bot sich so die Möglichkeit, sich ungestört zu entwickeln, und sollten sie die Zeit der Dämmerung überstehen, wäre es denkbar, dass ein neuer Stamm entstünde, der den Naiki neue Hoffnung geben würde.

»Ohne die Jäger und Belrod ist die Siedlung nahezu schutzlos!«, warf Falerijon aufgebracht in die Runde. »Wie konnte eine solche Katastrophe geschehen, ohne dass der innere Rat davon erfuhr, Metaha?«

Der innere Rat war in aller Eile zusammengerufen worden, nachdem bekannt wurde, dass die Naiki-Jäger in der vergangenen Nacht gemeinsam die Siedlung verlassen hatten. Belrod war ihnen aus freien Stücken gefolgt. Metaha hatte den Maiko-Naiki nicht daran gehindert, denn sie wusste, wo er im Grunde seines kindlichen Herzens hingehörte. Nachdem der innere Rat mehrheitlich entschieden hatte, den Krolak nicht wieder in die Siedlung zu lassen und den Jägern, entgegen Metahas dringendem Anraten, den Auftrag erteilt hatte, Baijosto auf Geheiß Kallyas zu jagen und zu töten, war die Stimmung unter den Jägern gekippt. Empört und zutiefst enttäuscht über die neueste Entwicklung hatte sich die Siedlung in zwei Lager gespaltet. Die Naiki-Jäger unterstützten den inneren Rat nicht länger und beschlossen sich Taderijmon auf der Suche nach seinem Bruder anzuschließen. Sie hatten ihr Gehen nicht angekündigt, aber jedem in der Runde war sofort bewusst, dass sie nicht zurückkehren würden. Nicht, solange die Ausgrenzung Baijostos weiterhin fortbestand.

»Ich hatte den Rat gewarnt, nicht auf die Einflüsterungen des Lesvaraq zu hören und die Frage über den Ausschluss Baijostos zu verschieben. Aber eure Forderungen auf eine Abberufung von Baijosto und Taderijmon waren laut genug hörbar, dass sie rasch außerhalb dieser Räume die Runde in der Siedlung gemacht haben. Die Reaktion Taderijmons auf die Ausgrenzung, nach all dem, was die beiden Brüder für die Naiki getan haben, ist nur allzu verständlich. Die Naiki-Jäger stehen voll und ganz hinter Taderijmon und Baijosto. Das hätte der Rat wissen müssen. Die Jäger verbindet weit mehr als eine Freundschaft, die auch durch Ratsbeschluss nicht verändert werden kann.

Das Band kann nur ein Jäger selbst zerstören. Erinnert euch an die Entscheidung über Ikarijos Verbannung. Diese wurde von den Jägern nur deshalb akzeptiert, weil er eine Möglichkeit zur Rückkehr enthielt. Aber es war hart am Rande unserer Möglichkeiten und hätte genauso gut ein ähnliches Verhalten der Jäger bis hin zu einem Aufstand hervorrufen können. Ich frage manchmal, wie gut die versammelten Ratsmitglieder eigentlich unsere Traditionen, Sitten und Bräuche kennen, wenn sie solche Entscheidungen treffen«, redete sich Metaha in Rage.

»Hört, hört«, rief Ralijo, »die alte Hexe ist obenauf und überschüttet uns mit Hohn, Spott und Vorwürfen. Dabei war sie in den Versammlungen selbst anwesend und hat zu den Entscheidungen maßgeblich beigetragen. Insbesondere im Fall des Ikarijo führte sie das Wort für die Verbannung aus der Siedlung. Streitest du das etwa ab?«

»Nein, es stimmt«, gab Metaha zu, »ich war für die Bestrafung, die allerdings am Ende in weit milderer Form verabschiedet wurde, als du dies vorhattest. Tatsächlich war es nur die Konsequenz aus Ikarijos eigenen Handlungen. Wenn du so willst, noch nicht einmal eine Verbannung. Und genau dies war der Grund, warum die Jäger damit einverstanden waren. Hier allerdings verhält es sich anders. Sie haben sich entschieden, Taderijmon auf Gedeih und Verderb zu folgen.«

»Und was wird aus der Siedlung?«, fragte Falerijon verunsichert.

»Wir haben immerhin den Lesvaraq und die alte Hexe«, behauptete Ralijo.

»Darauf würde ich mich an deiner Stelle nicht verlassen, Ralijo!«, riet Metaha dem Ratsmitglied. »Ich spüre mein Ende nahen. Der Zyklus meines Lebens wird bald vollendet sein, und mit meinem Tod beginnt ein neues Zeitalter der Lesvaraq, in welchem sich die Machtverhältnisse neu ordnen werden. Sobald Sapius auf den anderen Lesvaraq getroffen ist und Kallya ihren Magier gefunden hat, wird die Zeit von Neuem beginnen und ich darf diese Welt endlich verlassen.«

»Wir dachten alle, du wärst Kallyas Hexe.«

»O nein, ganz gewiss nicht. Das Gesetz der Macht verbietet einen zweiten Zyklus und ich bin froh darum. Ich war lange Zeit Pavijurs Hexe, wie ihr alle wisst. Auch wenn keiner von euch den Lesvaraq des Lichts persönlich kennenlernen durfte und er schon lange vor eurer Geburt verstorben ist, so lebte er doch bis heute in mir und meinen Erinnerungen weiter. Aber mein Zyklus der Macht endet spätestens dann, wenn die neuen Darsteller die Bühne betreten.«

»Wer war über all die Sonnenwenden dein Gegenspieler der Dunkelheit?«, wollte Falerijon wissen. »Die Saijkalrae können es nicht gewesen sein, sie waren nicht mit ihm verbunden und töteten ihn.«

»Du bist schon immer ein kluger Kopf gewesen, Falerijon!«, antwortete Metaha. »Mein Gegenspieler war Kallahan, ein Einsiedler und Saijkalsan, der heute zurückgezogen im Riesengebirge lebt und genau wie ich auf seine Ablösung wartet. Ich habe nie verstanden, wie ausgerechnet er sich damals den Saijkalrae-Brüdern unterwerfen konnte. Er teilt mein Schicksal des letzten Lesvaraq-Zyklus und überdauerte die schier endlos scheinenden fünftausend Sonnenwenden bis zur Geburt der neuen Lesvaraq. Seit dem Tod des letzten Lesvaraq haben wir uns nicht wieder gesehen. Der Kampf um das Gleichgewicht war damals mit Ulljans Ableben beendet. Es gab keinen Grund mehr, uns noch weiter zu bekriegen. Aber wir schätzten uns stets. Es war ein gerechtes und niemals unsauberes Ringen.«

»Und wer wird Kallahan beerben?«

»Das weiß nur die Macht. Aber ich bin mir sicher, dass er seinen Weg bereits beschreitet und schon bald auf Kallya treffen wird.«

»Kallya wird uns beistehen«, meinte Ralijo.

»Ich denke nicht, dass sie das wird«, sagte Metaha aus tiefster Überzeugung, »sie wird sich eher selbst in Sicherheit bringen, und nichts anderes würde ich dem Kind raten. Sie ist nicht stark genug und würde den gesamten Zyklus der Macht gefährden, wenn sie sich jetzt schon der Gefahr stellen würde.«

»Was wird aus den Vorbereitungen gegen den von dir erwarteten Angriff des dunklen Hirten? Den Jägern war eine wichtige Rolle in unseren Plänen zugedacht. Wir werden die Lücke kaum schließen können, sollte er uns aufsuchen und deine Herausforderung tatsächlich annehmen.«

»Da hast du verdammt recht«, antwortete Metaha nüchtern, »vielleicht wird dies das Ende unserer Siedlung sein.«

Ein entsetztes Raunen durchlief die versammelten Ratsmitglieder, die ihren Fehler erkannt hatten und sich nun vor den Konsequenzen ihrer Entscheidung fürchteten.

Das Ende des ohnehin vom Aussterben bedrohten Volkes der Naiki vor Augen schwiegen die Mitglieder des inneren Rates betroffen. Die Versammlung löste sich von selbst auf, indem ein Ratsmitglied nach dem anderen den Sitzungssaal mit hängendem Kopf und Schultern verließ. Die Last ihrer letzten Entscheidung drückte sie schwer. Wenn es zu Metahas Vorhersage kommen sollte, hatten sie einen wesentlichen Beitrag zu ihrem eigenen Untergang geleistet.

Eine uralte Siedlung der Altvorderen war dem Tod geweiht. Tausende von Sonnenwenden hatte sie überstanden. Doch nicht erst durch den Weggang ihrer Jäger war das

Ende absehbar. Frisches Blut, neue Ideen und die Abkehr von überkommenen Strukturen wären für eine Rettung notwendig gewesen. Doch dies war mit dem inneren Rat nicht zu vereinbaren. So mussten sie auf das nahende Ende warten und konnten nur wenig dagegen ausrichten.

Der dunkle Hirte wartete auf eine Gelegenheit.

Tomal

Der Aufstieg zum Landeplatz des Drachen war mehr als beschwerlich gewesen. Obwohl Sapius über ein sehr gutes Erinnerungsvermögen verfügte, hatte er sich mehrmals verstiegen. An einem steilen Geröllfeld, an dessen Ende ein tiefer Abgrund drohte, war er ins Straucheln geraten und hatte eine gewaltige Steinlawine ausgelöst, die krachend in die Tiefe gestürzt war und ihn beinahe mit sich gerissen hätte, wenn er nicht im letzten Moment von der Magie Gebrauch gemacht und sich mit einem Sprung auf den darüberliegenden Felsvorsprung gerettet hätte. Der Einsatz in letzter Not hatte ihn Kraft gekostet, sodass er sich auf dem weiteren Weg hatte vorsehen müssen, um nicht erneut in Schwierigkeiten zu geraten. Für eine weitere Rettungsaktion ähnlicher Art hätten die Kräfte womöglich nicht gereicht. Jedenfalls war er sich dessen unsicher und fühlte sich schwach und angeschlagen. Letztendlich bewerkstelligte er es doch, und er traf den Drachen mit zusammengelegten Schwingen schlafend an.

»Wunderbar, Haffak Gas Vadar schläft, während ich mir bei der Kletterei fast den Hals gebrochen hätte und am Ende meiner Kräfte zitternd zurückkomme. Ich hoffe nur, du hattest süße Träume«, giftete Sapius lautstark.

»Die hatte ich in der Tat«, brummte der Drache in Sapius Kopf. »Ich träumte von den Sonnen Krysons und meiner Geburtsstätte auf Fee, zu der ich eines Tages zurückkehren werde. Es war ein seltsamer, aber schöner Traum. Wie ich sehe, bist du wohlbehalten zurückgekommen. War dein Besuch bei Kallahan erfolgreich?«

»Wohlbehalten ist kein Ausdruck für den Zustand, in welchem ich mich befinde! Ich bin am Ende. Meine Hände, Arme, Beine und der Rücken schmerzen, als wären sie immer wieder durch Mühlen gedreht worden. Dennoch war ich erfolgreich. Es gibt ein Bündnis zwischen Magiern.«

»Ein Bündnis ist eine gute Sache, wenn du es pflegst. Die Kräfte der beiden Seiten sammeln sich und die Fronten nehmen langsam Gestalt an. Aber du bist körperliche Anstrengung nicht gewohnt, Sapius«, tadelte der Drache den Magier. »Das solltest du ändern, wenn du die bevorstehenden Aufgaben bestehen willst. Ich denke, der kleine Ausflug in die Berge hat dir gutgetan.«

»Anmaßendes geflügeltes Monster«, fuhr Sapius den Drachen an, »ich weiß genau, was mir guttut und was nicht. Ich kämpfte, wurde schwer verwundet, starb im Fieber und war im Land der Tränen. Erzähle mir also nichts über Schmerzen oder fehlende körperliche Ertüchtigung. Mir wird langsam klar, warum wir uns früher nicht verstanden haben.«

»Es gefällt mir, wenn du deine Gefühle zeigst. Das bedeutet, du bist endlich auf dem richtigen Weg. Dennoch solltest du deine Worte mit Bedacht wählen. Nicht jeder Drache ist so gutmütig wie Haffak Gas Vadar, wenn er beleidigt wird.«

»Verzeih«, entschuldigte sich Sapius, »aber als ich dich friedlich schlafen sah, während ich mich selbst todmüde und zerschunden hier hinaufkämpfen musste, sind die Gefühle mit mir durchgegangen.«

»Schon gut. Ich kann fühlen, wie es dir geht. Aber du unterschätzt wieder einmal deine Stärke. Es sind noch einige Reserven vorhanden, die genutzt werden könnten. Du bist nicht halb so erledigt, wie du vorgibst.«

»Also, das ist wirklich …« Sapius schluckte hinunter, was ihm schon auf den Lippen lag. »… lass uns fliegen. Ich will mein eigentliches Ziel endlich erreichen. Hoffentlich bist du ausgeschlafen.«

»Gut, wenn du meinst, dann fliegen wir. Ich bin ausgeruht. Das eigentliche Ziel lautet Lesvaraq, nehme ich an?«

»Genau …«, antwortete Sapius, »… und das bedeutet, dass wir uns auf den Weg nach Eisbergen machen.«

»Ich kann dich über das Riesengebirge bis ins ewige Eis bringen. In der Stadt selbst kann ich nicht landen. Wir sollten vorsichtig sein und nach Möglichkeit nicht gesehen werden«, meinte der Drache.

»Ich stimme dir zu, obwohl unser Flug hierher nicht unentdeckt blieb. Ich hatte eine sehr aufschlussreiche Begegnung mit einem Felsgeborenen, dem wir wegen des Vertragsbruches einen Gefallen schulden.«

»Du! Nicht ich. Die Schulden werden grundsätzlich durch den Drachenreiter beglichen und nicht von den Drachen. Merke dir das, Sapius. Und wenn die Begegnung noch so zweifelhaft war wie die deine. Pah … Felsgeborene. Hüte dich vor diesem Volk. Sie sind nicht unbedingt die Freunde der Drachenreiter.«

»Das kann ja heiter werden«, seufzte Sapius schulterzuckend. »Lass uns endlich fliegen, damit ich den Lesvaraq begrüßen kann.«

Sapius stieg auf den Rücken des Drachen und hielt sich wie auf seinem ersten Flug ins Riesengebirge fest. Kaum spürte Haffak Gas Vadar den Reiter, breitete er augenblicklich die Schwingen aus und stürzte sich zuerst in die Tiefe bevor er ausreichend Schwung holte, um in einem weiten Bogen, von den Felswänden weg, sogleich steil wieder nach oben zu steigen. Höher und höher, bis er selbst die höchsten Berggipfel des Riesengebirges und das schmutzige Band des dunklen Hirten unter sich gelassen hatte und Sapius trotz der klirrenden Kälte wenigstens das Herz erwärmte, als sie dem hellen Licht entgegenflogen. Er setzte Magie ein, um in der Höhe atmen zu können und nicht zu erfrieren. Das Gefühl von Freiheit und Sorglosigkeit überkam ihn während des Fluges erneut. Und er bedauerte es bereits zutiefst, dass dies voraussichtlich für lange Zeit sein letzter Flug mit einem Drachen sein sollte.

*

Allzu gerne ärgerte Tomal die Palastdiener bei ihrer täglichen Arbeit. Corusal hatte ihm nicht ohne Hintergedanken nur wenige Tage nach seiner Geburt zwei junge Schneetiger geschenkt, die sich an den Umgang mit dem Jungen von klein auf gewöhnen sollten. Die Bindung, die gerade in diesen ersten Sonnenwenden der Kindheit entstand, war eine besonders enge. Die Eiskrieger pflegten diese uralte Tradition von Generation zu Generation, und so sollte auch der Sohn des Fürsten in den Genuss einer solchen Begleitung kommen, die zugleich Auszeichnung war und Zugehörigkeit zu den Eiskriegern symbolisierte. Die treuesten Gefährten eines Eiskriegers blieben diejenigen Schneetiger, die mit ihnen aufgewachsen waren. Tomal war stolz auf die beiden quicklebendigen Gefährten, die nur Unfug im Kopf hatten und deren Pelz schneeweiß war. Erst in den späteren Sonnenwenden ihres Lebens zeigte sich die typische Streifenzeichnung auf dem Rücken. Der Junge raste auf einem mit stählernen Kufen versehenen Schlitten, der von seinen beiden Schneetigern an einem aus Seilen bestehenden Geschirr mit Begeisterung gezogen wurde, durch die spiegelglatt polierten Flure und hinterließ in der Oberfläche hässliche Furchen. Die Diener empörten sich darüber und hatten anfangs noch versucht, ihn von diesem Spiel abzuhalten. Aber der Lesvaraq hatte sie nur ausgelacht.

Beschwerden bei der Fürstin des Hauses Alchovi blieben ungehört. Alvara hatte den Vortrag ihrer Diener zu deren Unmut milde lächelnd als harmlos abgetan.

»Lasst Tomal spielen. Er wird früh genug erwachsen werden und sich mit schwerwiegenden Herausforderungen beschäftigen müssen«, war ihre Rede.

Corusal hatte zu allem Überfluss – zumindest nach Meinung der Dienerschaft – den Eiskrieger Baylhard zum persönlichen Schutz des Lesvaraq abgeordnet und diesen bei der Ehre der Eiskrieger und eines Moldawarjägers schwören lassen, dass er unter Einsatz seines Lebens jegliche Gefahr und Unbill von Tomal fernhalte. Baylhard hatte der Anordnung des Fürsten, die weit mehr als eine Bitte war, lediglich unter Äußerung einiger schwerwiegenden Bedenken zugestimmt. Dabei war er sich eines Gewissenskonfliktes bewusst, denn er hatte sich bereits dem Fürsten gegenüber verpflichtet und konnte schwerlich zur selben Zeit für beide einstehen. Dem Wunsch des Fürsten musste er sich am Ende allerdings beugen. Corusal lockerte das ihm einst gegebene Versprechen zugunsten des Lesvaraq.

Ähnlich wie der ehemalige Anführer der Eiskrieger, Warrhard, war der riesenhafte Hüne bei den Dienern gefürchtet. Alleine das mächtige Aussehen eines wilden, unbesiegbaren Kriegers, die harten Gesichtszüge und zahlreichen Narben, die seinen Körper zierten, und die raue Stimme ließen das Schlimmste erahnen, ein gewaltbereites und grausames Wesen, das jeden Gedanken, ihm zu widersprechen oder sich ihm sogar entgegenzustellen, im Keim ersticken musste. Sie zollten ihm den notwendigen Respekt und erfüllten ihm die selten geäußerten Wünsche rasch und eifrig, um sein Wohlwollen oder zumindest ein freundliches Nicken zu erlangen. Diese natürliche, auf einen potenziellen Gegner abschreckende Ausstrahlung hatte durchaus ihre Vorteile, wie Corusal meinte. Warrhard hatte diese Wirkung erzielt und Baylhard stand ihm in nichts nach, war vielleicht noch charismatischer als sein loyaler Vorgänger. Selbst bei einem Bewahrer wie Lordmaster Chromlion war die Aura des Eiskriegers nicht spurlos vorübergegangen. In manch kritischen Situationen half sie bewaffnete Auseinandersetzungen zu vermeiden. Corusal war es vor allem wichtig, dass solcherlei Konflikte von Anfang an verhindert werden konnten. Das war einer der Gründe, warum er sich Warrhard und nach dessen Tod Baylhard zum Freund und Leibwächter erwählt hatte. Trotz seines mörderischen Aussehens hatte Baylhard ein gutes, großes und vor allem treues Herz, das keinerlei Verrat kannte. Das Verhalten der Diener des Palastes fiel ihm zwar auf, störte ihn jedoch nicht weiter. Er ließ sie meist kopfschüttelnd gewähren.

Beinahe schlimmer noch als das spielerische Toben des Lesvaraq durch die Palastflure wurde seine Vorliebe für das Erschrecken der Dienerschaft oder Gäste des Fürsten empfunden. Er versteckte sich gerne, überfiel vorübergehende Diener und Fürsprecher von hinten mit lautem Gebrüll, in das die Schneetiger mit Freude einfielen, und hatte seinen Spaß daran, wenn sie dabei vor Schreck Speisen fallen ließen oder einen großen Sprung in die Luft machten und anschließend auf die Nase fielen. In besonderem Maße fürchteten sie sich jedoch vor dem Blick, den er zuweilen aufzusetzen pflegte und der ihnen regelmäßig einen Schauer über den Rücken jagte. Bald hatte sich hinter vorgehaltener Hand das Gerücht verbreitet, der Junge sei eine Ausgeburt der Dunkelheit. Bestimmt war es bei der Geburt nicht mit rechten Dingen zugegangen; hatte sich die Fürstin doch alle Mühe gegeben, ihre Schwangerschaft geheim zu halten, und niemandem außer einer Orna war es erlaubt gewesen, bei der Geburt zugegen zu sein. Wen wunderte dieses Verhalten? Fürst und Fürstin hatten lange sehnsüchtig, aber ohne Erfolg auf ein Kind gehofft. Und plötzlich waren sie zur Überraschung aller mit einem Sohn und Erben gesegnet worden. Ob dies tatsächlich ein Segen für das Fürstenhaus war, musste sich erst noch herausstellen. Es wurde gemunkelt, ein Fluch laste auf dem Kind. Von einer schweren Bürde der Kojos für die Eltern war die Rede, welche die Anwesenheit eines höheren Praisters aus Tut-El-Baya erforderte, der – trotz der Abneigung des Fürsten gegen die Praisterschaft – bald nach seiner Ankunft in den engsten Beraterkreis des Fürsten aufgestiegen war und seither nicht mehr von dessen Seite wich. Das war kein gutes Zeichen, denn in Eisbergen gab es zwar von jeher einige Praister, die allerdings unter den Einwohnern der Stadt aufgrund ihrer zweifelhaften Vergangenheit kein sehr hohes Vertrauen genossen. Die Gerüchte wurden durch die rasante Entwicklung des Kindes noch verstärkt. Das Wissen des Kindes war binnen kürzester Zeit enorm gewachsen und stand dem eines erfahrenen Schriftgelehrten in nichts nach. Obwohl ihn das kindliche und altersentsprechende Aussehen vor die Schwierigkeit stellte, nicht in jedem Fall ernst genommen zu werden oder sich ausreichend Gehör bei den Erwachsenen zu verschaffen, redete und verhielt er sich in vielen Situationen, als ob er tatsächlich ein Gelehrter wäre.

Der Lesvaraq war neugierig und abenteuerlustig. Bald schon ging er seiner eigenen Wege und war auf die Amme nicht mehr angewiesen.

»Behalte deine Milch«, hatte Tomal eines Tages zu deren Leidwesen zu Elischa gesagt, »… oder gib sie anderen Kindern, die sie nötiger haben als ich. Ich bin ein Lesvaraq und brauche dich nicht mehr.«

»Aber ich bin …«, hatte Elischa die aufkommenden Tränen und die auf ihren Lippen liegenden Worte *»deine Mutter«* hinuntergeschluckt, »…vergiss es. Ich bin nur eine Amme. Wenn es dein Wunsch ist, mich so früh zu verlassen, so soll es mir recht sein.«

»Mutter wird dich gewiss reich für deine Dienste entschädigen und Vater wird einen Platz für dich finden, an dem es dir gut ergehen wird. Ich will nicht undankbar sein. Du hast mir über die ersten Monde geholfen und dich um mich gekümmert. Aber das war gestern. Jetzt muss ich in die Zukunft blicken.«

Die Worte ihres Sohnes und die Kälte in dessen Tonfall schmerzten Elischa und versetzten ihr einen Stich mitten ins Herz. Sie hätte gedacht, dass Tomal früher oder später dahinterkommen würde, wer seine wahren Eltern waren. Nach nur wenigen Monden versetzte er ihr einen solchen Schlag. Sie war seine Mutter und würde es immer bleiben. Tomal war Madhrabs und ihr leiblicher Sohn. Wie konnte er sie auf diese Weise ablehnen, selbst wenn er bewusst in der Vorstellung gelassen wurde, er sei der Sohn der Fürstin Alvara und des Fürsten Corusal Alchovi? Wie sehr wünschte sie sich, Madhrab wäre jetzt hier und würde ihr zur Seite stehen. Sie brauchte den Bewahrer und wenn er ihr nur Trost hätte spenden können. Aber Tomal schien ein besonderes Verhältnis zu Madhrab zu entwickeln, was die Orna glücklich stimmte. Verhielt sich Tomal ihr gegenüber jedoch entsprechend kalt, fiel es ihr schwer, zu widerstehen und ihm nicht einfach die Wahrheit über seine Herkunft ins Gesicht zu sagen. Vielleicht würde er dann anders reagieren.

Der Lesvaraq wusste und erkannte erschreckend vieles, seine Abstammung schien er jedoch nicht erraten zu können. Das Wissen über Kryson und all die Zusammenhänge des Gleichgewichtes nebst der Anwendung von Magie musste angeboren sein, er konnte es sich unmöglich in so kurzer Zeit nach der Geburt angeeignet haben. Einen weiteren Verdacht hegte die Orna, nachdem der Lesvaraq sie des Öfteren nach dem Bewahrer des Nordens gefragt hatte. Ihre Informationen über Madhrab verschlang er geradezu. Auf eigenartige Weise bewunderte er den Lordmaster und machte ihn sich zum Vorbild, obwohl er diesen nicht sehr oft gesehen hatte.

»Madhrab ist ein wahrer Krieger«, sagte Tomal, wenn er mit seinen Schneetigern im Schnee tollte und sie ihre Kräfte miteinander maßen, »begnadet, unbesiegbar und mit einer Gabe der Kojos ausgestattet. Eines Tages möchte ich so sein wie er.«

»Das wäre nicht der schlechteste Wunsch«, pflegte Baylhard ihm dann zu antworten. »Lordmaster Madhrab ist fürwahr ein Krieger und vielmehr noch ist er ein Held, wie es keinen anderen gibt.«

»Kommt er bald wieder?«, wollte Tomal wissen.

»Er wird bestimmt kommen, um dich und die Orna zu sehen«, antwortete Baylhard. »Wann das sein wird, wissen wir nicht. Ich nehme an, dass er erst einige Aufgaben zu erledigen hat, bevor er wieder nach Eisbergen kommen wird.«

»Was sind das für Aufgaben und was will er mit der Orna?«

»Frag mich nicht danach, ich weiß nur wenig darüber. Der Bewahrer ist nicht sehr gesprächig. Er handelt lieber. Aber es ist gewiss etwas, das ein Mann wie Madhrab einfach tun muss. Der Lordmaster wird immer der sein, der er ist – eine ewige Konstante im aufkommenden Chaos des Gleichgewichts. Selbst wenn die Welt um ihn herum zerfällt, wird er wie ein Fels in der Brandung stehen und Welle um Welle abwehren. Es wird um Liebe, Verpflichtungen, Ehre und Freiheit gehen … wer weiß … jedenfalls wird er mit der Erledigung nicht auf das Verständnis aller stoßen und manchen dabei gewaltig in ihr Essen spucken.«

*

Elischa lehnte entspannt am Fenster ihrer Kammer und starrte gedankenverloren auf das offene Meer hinaus. Selbst hier in Eisbergen war das Licht in den vergangenen Monden dunkler geworden. Die spärlich eintreffende Kunde aus den vor dem Riesengebirge liegenden Klanlanden ließ Schlimmes vermuten. Elischa wollte nicht wissen, wie es sich anfühlte, jeden Tag in der Dunkelheit verbringen zu müssen. Die Vorstellung war ihr unheimlich. Bestimmt verloren die Klan ihre Lebensfreude und fristeten ein Dasein in Angst und Schrecken.

Corusal hatte die Zeit der Dämmerung in Eisbergen mit einem gerade beginnenden Winter verglichen. Doch der Winter war vergangen und eigentlich sollten die Sonnen in dieser Sonnenwendenzeit länger und vor allem stärker scheinen. Der Zauber des dunklen Hirten war deshalb auch im hohen Norden spürbar, obwohl er aufgrund des Standes der Sonnen niemals seine volle Wirkung erzielen konnte.

Madhrab, wo bist du? Hoffentlich geht es dir gut! Ich mache mir Sorgen. Alles hat sich verändert und nicht zum Guten. Komm bald zurück. Ich brauche dich hier, ließ sie ihre Gedanken schweifen und betete zu den Kojos, dass Madhrab kein Leid zustoße.

Sie hatten im Palast und auf den Marktplätzen von Eisbergen von den Händlern gehört, dass die Zeit der Dämmerung und die mit ihr einhergehende Dunkelheit die

Klanlande allmählich in eine weitere, bis dahin nie gekannte Not stürzten. Als ob die Eroberungszüge der Rachuren, die Naturkatastrophen, die Schlacht am Rayhin, Hungersnöte und die Geißel der Schatten nicht schon genug gewesen wären. Ein Fluch lag über den Nno-bei-Klan, der ihnen mit Gewalt das Genick brechen wollte. War das die Strafe für ein ausschweifendes Leben, kriegerische Auseinandersetzungen und die Ausbeutung der Natur? Straften die Kojos ihre Gläubigen? Über Tut-El-Baya rankten sich die wildesten Gerüchte. Die Regentenstadt sei gefallen und gehöre nun der Dunkelheit und den Schatten an. Die Regentin Raussa sei durch den obersten Praister Thezael gestürzt worden, der sich selbst den Schatten verschrieben habe, und irre nun als todbringende Geißel der Schatten, nach Rache dürstend durch die Straßen der Stadt. Aber selbst die Häuser der Bewahrer und Orna seien gefährdet und drohten an die Dunkelheit zu fallen, hatte ein Händler berichtet, nachdem er in Elischa eine Orna erkannt hatte.

»Die Bluttrinker erheben sich. Es ist grauenhaft. Überall tauchen Quadalkars Kinder auf ihrem Marsch gen Südwesten auf und trinken ganze Dörfer leer, wenn sie denn noch auf Überlebende stoßen. Die Klanlande versinken im Chaos und sind dem Untergang geweiht. Selbst wenn das Licht eines Tages zurückkehren sollte, werden wir uns alle verändert haben, und die Zeit der Dämmerung wird tiefe Spuren hinterlassen.«

Elischa konnte die Nachrichten kaum fassen. Wahrscheinlich war manches übertrieben oder gar falsch berichtet worden, hörten sich die Schilderungen für die Orna zuweilen doch recht unglaubwürdig und mit hinzugedichteten Schauergeschichten ausgeschmückt und überzogen an. Dennoch musste sie davon ausgehen, dass die meisten Berichte zumindest in ihrem Kern glaubhaft waren. Wie war dies alles nur möglich? War der dunkle Hirte wirklich so mächtig geworden? Sie hatte in den Archiven des Ordens einiges über ihn und seinen Bruder gelesen und auch über Ulljan, dessen Erbe sie in den Häusern des hohen Vaters und der heiligen Mutter bewahrten. Wenigstens Teile davon. Sie konnte sich nicht vorstellen, dass Saijrae alleine für all die Veränderungen auf Ell verantwortlich zeichnete. Gewiss, er war schon als Schatten der Vergangenheit mächtig gewesen, schenkte man den überlieferten Schriften in den Archiven Glauben. In Tausenden von Sonnenwenden waren er und sein Bruder während des Schlafes noch erstarkt, und sein Geist bevorzugte nach allem, was sie wusste, von jeher die Dunkelheit. Aber war er in der Lage, das Gleichgewicht dermaßen zu beeinflussen?

Sie wusste es nicht. Was nutzte das Wissen darüber? Letztlich kam es darauf an, ob das Schlimmste verhindert werden konnte und die Klan eine Möglichkeit zu überleben fanden. Wenn es sein musste, würde Eisbergen womöglich zu einer letzten Zuflucht des Lichts werden.

O Madhrab, als hättest du das Übel geahnt, zogst zur rechten Zeit mitten hinein, um es zu bekämpfen, als wäre es deine Bestimmung. Bitte, gib acht auf dich!, flehte sie im Stillen.

Sie fürchtete sich davor, den Lordmaster nie wieder zu sehen. Seit Tagen plagten sie schwere Albträume, deren Bilder zum Greifen nahe und echt wirkten. Ein Gefühl des Abschieds – eines Abschieds für immer – ging mit den Bildern einher. Die nächtlichen Träume belasteten sie, denn sie wusste, dass sie als Orna über visionäre Fähigkeiten verfügte, die sich manchmal nur schwer von den sich nie erfüllenden Träumen unterschieden. Am Tag versuchte sie die Träume zu vergessen oder mindestens zu verdrängen, was ihr nicht immer gelang, denn zu oft hatten sie sich zuletzt in ähnlicher Weise wiederholt. Sie hatte versucht

Madhrab zu warnen, doch in ihrem Traum war er in eine Falle geraten, aus der es für ihn kein Entrinnen mehr gab. Trotz seiner Stärke und des unbändigen Überlebenswillens begegnete er einem Gegner, dem er nicht gewachsen war, und unterlag im Kampf. Er war verloren. Jeder ihrer Träume endete auf diese Weise, und sie tat sich schwer, das Gesehene einzuordnen.

Elischa hatte niemanden hereinkommen hören, als sie plötzlich den eiskalten Stahl einer scharfen Klinge an ihrem Hals spürte und eine kräftige Hand auf ihrer Stirn, die ihren Kopf nach hinten drückte. Sie bemerkte, wie warmes Blut ihren Hals hinabrann.

»Wo ist das Kind?«, flüsterte eine Stimme an ihrem Ohr.

»Welches Kind?«, fragte Elischa und stellte sich bewusst unwissend.

»Willst du mich mit einer der schärfsten Schneiden auf ganz Ell am Hals zum Narren halten? Das dachten andere vor dir zu ihrem Unglück auch schon. Die Klinge ist scharf, aber es dauert einige schmerzhafte Augenblicke, bis sie den Hals durchtrennt hat und der Körper langsam ausblutet. Ein wahrlich schöner Anblick, das pulsierende Blut wie einen Springbrunnen des versiegenden Lebens zu beobachten. Die heilige Mutter wollte nicht zu den Schatten gehen und wehrte sich, aber am Ende wurde sie schwächer und schwächer. Lordmaster Kaysahan und der Letztgänger im Haus des hohen Vaters taten sich mit ihrem Ende leichter und haben ihren Gang zu den Schatten kaum bemerkt. So ging es den meisten, die meiner Klinge zum Opfer fielen.«

»Was willst du von mir?«, keuchte Elischa.

Panik überfiel sie. Es hatte einen Moment gedauert, bis sie die Situation voll erfasst hatte, doch danach war der Schreck umso größer. Ihre Beine begannen zu zittern und sie hatte Mühe, ihre Blase zu kontrollieren. Nie zuvor hatte sie solche Todesangst verspürt. Elischa kannte sich selbst nicht mehr, hatte die größte Angst noch nicht einmal um ihr eigenes Leben, sondern um das ihrer Lieben. Wie war die Schattengestalt unbemerkt in ihre Kammer gelangt? Wo waren die Wachen? Wer war dieser Mann? Warum war Madhrab fort und konnte ihr nicht helfen? Längst hatte sie den schwarzen Schatten, der sie bei ihrer Flucht über weite Strecken wie eine drückende Last verfolgt hatte, aus ihren Gedanken verdrängt. Doch nun stand er völlig überraschend unmittelbar hinter ihr, hatte die günstigste Gelegenheit genutzt, sich gezielt an sie herangeschlichen und drückte ihr seine Klinge an den Hals.

Ist dies mein Ende? Muss ich, verlassen von allen und einsam, auf solch grauenhafte Weise sterben wie die heilige Mutter?, ging ihr ein schrecklicher Gedanke durch den Kopf.

Sie erinnerte sich gut an die Bilder, als sie die heilige Mutter mit vor Schreck geweiteten Augen und aufgeschnittenem Hals gesehen hatte. Wie konnte sie dies je vergessen?

»Wer bist du?«, traute sie sich nur flüsternd zu fragen.

»Das willst du nicht wissen!«, behauptete die Gestalt und drückte die Klinge ein Stück tiefer in ihren Hals. »Beantworte meine Frage, ich kann riechen, dass du erst vor einigen Monden ein Kind geboren hast. Das Kind gehört dem Orden. Also, sage mir, wo du es versteckt hältst.«

»Ich habe es verloren«, antwortete Elischa mit heiserer Stimme, während ihr heiße Tränen über das Gesicht liefen.

Sie hatte nicht einmal gelogen und bemerkte an dem sich lockernden Griff ihres Peinigers, dass er über ihre Antwort verblüfft war.

»Du hast was?«, die von Entsetzen getragene Stimme hörte sich an, als sei sie nicht von dieser Welt.

Elischa bemerkte, dass die Schattengestalt zwar ihre Gefühle erahnen – oder wie er sich ausgedrückt hatte, *riechen* konnte – und womöglich sogar in ihren Gedanken las, anscheinend aber nicht in der Lage war, diese zu hinterfragen oder die richtigen Schlüsse zu ziehen. Diesen Vorteil wollte sie nutzen, um das Kind vor dem Verfolger zu schützen.

»Ich habe das Kind verloren«, wiederholte Elischa mit festerer Stimme.

»Du sprichst die Wahrheit. Das fühle ich. Aber irgendetwas stimmt nicht. Wie konnte das geschehen? Die Prophezeiungen müssen sich erfüllen. Es kann, nein, es darf nicht verloren sein. Das Kind war so wichtig für den Orden. Ich muss es haben. Viele mussten auf dem Weg ihr Leben lassen. Wie sonst soll ich …« Die Gestalt klang plötzlich zutiefst verzweifelt.

»Bitte, lass mich los«, flehte Elischa.

»Das kann ich nicht. Du wirst mit mir kommen und dich dafür verantworten. Ich habe dir die Flucht ermöglicht. Aber du wirst dort nicht mehr gerne gesehen werden. Sie halten dich und den Lordmaster für Mörder.«

»Ich habe niemanden getötet. Sie werden verstehen, sobald ich mich erkläre. Die Flucht, die Umstände, die Zeit der Dämmerung … ich durfte es nicht behalten. Es musste so kommen.«

»Rede keinen Unsinn. Das werden sie nicht«, lachte die Gestalt, die offenbar in der Lage war, ihre Stimmung abrupt von betrübt in freudig erregt zu wechseln, »weil sie nicht anders verstehen wollen. Sie haben ihre Mörder, und das genügt ihnen.«

»Ich frage dich noch einmal, wer bist du? Erzähle es mir, und ich werde mit dir gehen, ohne mich zu wehren!« Elischa gewann ihren Mut allmählich zurück.

Offensichtlich wollte er sie im Moment nur bedrohen und einschüchtern, um zu erfahren, wo er Tomal finden konnte. Und er schien sie für irgendetwas zu brauchen. Sie musste Zeit gewinnen und eine bessere Gelegenheit zur Flucht abwarten. Er nahm die Klinge von ihrem Hals, hielt ihren Kopf aber weiter nach hinten gebeugt und drückte ihr ein Leinentuch auf die offene Wunde, die nicht tief war, aber dennoch wie ein Feuer auf ihrer Haut brannte.

»Gut, du willst also wissen, wer dir zur Flucht verholfen hat und dich bis hierher verfolgt hat. Der Winter und die Ereignisse um die Zeit der Dämmerung haben mich leider aufgehalten, sonst wäre ich bereits früher gekommen und hätte vollbracht, was mir aufgetragen wurde. Doch schließlich habe ich dich gefunden. Mein Herr wird zufrieden sein. Und doch wird er zornig werden, wenn er erfährt, dass das Kind verloren ist. Aber mir bleibt wenig Zeit, meine Aufgabe zu erfüllen. Mein Herr ruft mich bereits zu sich. Er bedarf meiner und ich muss ihm zur Seite stehen.«

»Ich verstehe kein Wort von dem, was du da redest«, sagte Elischa, die versuchte sich umzudrehen, um ihren Gegner sehen zu können, was dieser aber geschickt zu verhindern wusste.

»Geduld ist eine Tugend, die du nicht dein Eigen nennst, Elischa. Aber ich sehe dir deine Ungeduld nach. Ich bin der Schatten eines Mannes, trage jedoch keinen Namen. Das dunkle Mal, die schwarze Seele und das zweite Ich verkörpert meine Wenigkeit, wenn du so willst. Mein Herr gab mir einen Körper und ließ all die Dunkelheit und Boshaftigkeit seines Geistes in mich fließen, sodass er frei von der Last wurde, die ihn über Sonnenwenden zeit seines Lebens gedrückt hatte.«

»Wer ist dein Herr?«, hakte Elischa nach, die noch nicht verstanden hatte, mit welcher Erscheinung sie es zu tun hatte.

»Weißt du es denn wirklich nicht?«, fragte die Gestalt

überrascht. »Sein Name ist … Boijakmar. Er ist der hohe Vater und Overlord der Bewahrer. Doch er ist weit mehr als das. Seit ihn Quadalkar berührt und mit dem dunklen Mal versehen hat, beschäftigte er sich mit der dunklen Magie und suchte ein Mittel, sich von dem Makel der Bluttrinker reinzuwaschen. Nichts fürchtete Boijakmar mehr als den Fluch der Bluttrinker. Sein Feldzug prägte ihn in dieser Hinsicht. Das dunkle Mal hätte ihn in eine Abhängigkeit zu Quadalkar gebracht und ihn am Ende den Fluch selbst erleben lassen. Die Befreiung von diesem Makel gelang ihm aber nur, indem er einen Mann tötete, weil er ein Gefäß für sich selbst und die dunkle Seite seiner selbst brauchte. Dieses Gefäß bin ich. Boijakmar tötete mich und verbannte meine Seele in die Schatten. Aber er schaffte es nicht allein. Jemand half ihm dabei, der in der Anwendung der dunklen Magie erfahren war. Ein Saijkalsan, der sich dem dunklen Hirten verschrieben hatte. Ihm schuldet er einen großen Gefallen. Er nannte es eine Lebensschuld. Du und das Kind – ihr seid der Preis für die Hilfe des dunklen Hirten.«

»Sag mir, wer dieser Saijkalsan war!« Elischa wollte die ganze Geschichte verstehen.

»Ein hoher Fürst. Sein Name war Fallwas.«

Und mit einemmal begriff Elischa, was und wer hinter der ganzen Intrige gegen Madhrab steckte. Alles war von langer Hand geplant worden. Fürst Fallwas und der Overlord der Bewahrer hatten unter einer Decke gesteckt und die Fäden des Schicksals gewoben, in denen sich der Lordmaster verfangen hatte. Madhrab und sie waren lediglich Figuren in diesem schmutzigen Spiel, in dem sich Boijakmar für einen schweren Fehler aus früheren Tagen und aus Angst vor den Folgen mithilfe dunkler Magie reinwaschen wollte.

Und Fürst Fallwas hatte die Gelegenheit der Schwäche des hohen Vaters bestens genutzt, um seine Macht zu vergrößern und sich beim dunklen Hirten einzuschmeicheln. Hätte er dem dunklen Hirten den Lesvaraq gebracht, wäre sein Name in kommenden Tagen in einem Atemzug mit Quadalkar genannt worden und er wäre unsterblich geworden. Aber der Plan war nicht aufgegangen. Fallwas war tot, wie sie vernommen hatte, und Boijakmar hatte seine Schuld noch nicht beglichen. Doch nun forderte der dunkle Hirte offenbar den Preis, der eigentlich Fallwas zustand. Alles fügte sich zusammen.

»Ich habe gesehen, dass die Eiskrieger den Erben des Fürsten Fallwas verhaftet und abgeführt haben. Wir werden den Sohn des Fürsten befreien«, fuhr das zweite Ich Boijakmars fort. »Du gehörst jetzt ihm, wirst dich ihm gegenüber verantworten und ihm bis zu deinem Ende treu und fürsorglich dienen. Nicht umsonst solltest du das Band mit ihm knüpfen. Aber du hast dich deiner Bestimmung durch die Flucht entzogen. Dadurch hast du das Recht der Orna an der Seite eines Bewahrers verwirkt. Es wäre im Grunde so einfach gewesen. Boijakmar brauchte nur das Kind von dir, deshalb wollte er, dass ich euch zur Flucht verhelfe. Für das Kind wäre es viel zu gefährlich gewesen, im Haus der heiligen Mutter geboren zu werden. Die Orna hätten es ihm keineswegs überlassen. Jetzt, wo du das Kind allerdings verloren hast, hat Boijakmar kein Interesse mehr an dir. Er wird dich Chromlion mit Freuden überlassen, so wie er dich ohnehin dem Fürsten versprochen hatte. Du wirst eine gute Magd und Liebesdienerin im Hause Fallwas abgeben.«

Elischa spuckte angewidert aus. Am Ende lief es wieder auf Chromlion hinaus. Das war mehr als Pech. Sie hatten ihn bereits abgeschüttelt und mithilfe der Eiskrieger seiner gerechten Strafe zugeführt. Oh, wie sie diesen eingebildeten und grausamen Bewahrer doch jeden Tag mehr hasste. Sein Innerstes zerfressen von seiner Gier nach Macht buhlte er um Anerkennung, die er nie erhalten hatte. Stets hatte er gegen Madhrab den Kürzeren gezogen, bis sich das Blatt wendete und Chromlion endlich die vollständige Vernichtung seines Erzfeindes plante. Obwohl er selbst nur am Rande in die Intrige verwickelt war, kam ihm diese zur Erreichung seiner Ziele gelegen. Neid und Eifersucht hatten ihn unermüdlich hinter ihnen hergetrieben. Die Flucht war zu Ende. Mithilfe dieses Schattenwesens würde er sie doch noch einholen. Insgeheim hoffte sie, für eine Orna ungewöhnlich, dass Chromlion im Lager Harrak bereits umgekommen war. Das würde ihr eine Menge Ärger ersparen. Die Hoffnung war allerdings nicht allzu groß.

»Gehen wir«, sagte Boijakmars schwarze Seele.

Elischa drehte sich um. Dieses Mal hatte die Gestalt zugelassen, dass die Orna ihn sehen durfte. Entsetzt starrte sie in tiefschwarze Augen, die jegliches Weiß vermissen ließen. Die Haut des Wesens war durchscheinend blass, sodass die Adern darunter bläulich schimmerten. Unter der Kapuze erkannte sie weißes Haar und ein Antlitz, das dem Boijakmars verblüffend ähnlich war. Mit der Übertragung des dunklen Ichs auf den toten Körper musste der Getötete auch sein Äußeres verändert haben. Anders konnte sich Elischa die Ähnlichkeit bis hin zur identischen Statur und Größe Overlords nicht erklären. Das *Gefäß,* wie es sich selbst genannt hatte, war vollständig in Schwarz gewandet.

Diese Art von dunkelster Magie, die ein solches Wesen hervorrief und am Leben hielt, war in der Tat sogar unter den Magiern der Nacht verpönt und gefährlich. Die Folgen konnten für den Anwender gefährlich und unabsehbar sein. Ein Totenerwecker mochte damit umgehen können, aber ein Bewahrer wie der Overlord, der zwar magisch begabt war, aber bei Weitem nicht über die Kräfte eines Magiers oder Saijkalsan verfügte, gefährdete sich selbst und musste um sein Seelenheil bangen, wenn er eine solche Kreatur schuf.

Das Gefäß warf Elischa einige warme Kleidungsstücke zu, die sie hastig zu einem Bündel verschnüren musste. Dann packte es sie grob am Arm und zog sie aus der Kammer auf den Flur hinaus. Es blieb stehen, lauschte und schnüffelte in die Luft. Erst nach zwanzig langen Herzschlägen, entschloss es sich mit einem leise gezischten »Die Luft ist rein« lautlos weiterzugehen und Elischa hinter sich herzuziehen. Sein Griff war eisern wie der eines Schraubstocks. Ihr blieb nichts anderes übrig, als ihm zu folgen. Wurde sie nach seinem Dafürhalten zu laut, hielt es an und wies sie schroff zurecht. Das Gefäß drohte ihr, sie bewusstlos zu schlagen, wenn sie seinen Anweisungen nicht Folge leistete.

Gemeinsam schlichen sie sich wie Diebe aus dem Eispalast. Sie blieben ungesehen. Als sie durch das Tor in die Straßen der Stadt gelangten, befiel Elischa eine erneute Panik, ihr Herz wurde schwer und ein dunkler Schatten legte sich auf ihre Gedanken. Würde sie Tomal jemals wiedersehen? Er war ihr Sohn und, gleichgültig was er zu ihr gesagt hatte, sie liebte ihn über alles. Es zeriss ihr das Herz. Wie würden Alvara und Corusal von ihr denken? Eine Mutter, die ihren eigenen Sohn im Stich ließ und sich nicht einmal für die ihr entgegenbrachte Freundschaft und das Vertrauen bedankte. Aber sie erhielt keine Gelegenheit, sich zu verabschieden. Das Gefäß kannte kein Erbarmen und war offensichtlich in Eile.

Ein verzweifelter Blick zurück auf den Eispalast war das

Einzige, was ihr zuletzt gestattet wurde, bevor sie den Weg hinaus durch die Tore der Stadt in das ewige Eis beschritten.

*

Der Drache landete sicher im ewigen Eis. Sapius stieg über die Schwingen vom Rücken des Drachen und versuchte sich zu orientieren. Er hatte keine Ahnung, welche Richtung er nach Eisbergen einschlagen sollte. Die Landschaft um ihn herum bestand aus Eis und Schnee. Wohin er auch blickte und sich drehte, alles schimmerte weiß und gelegentlich blitzte unter einer Erhebung das Blau des Eises hervor.

»Wohin soll ich gehen?«, fragte Sapius verunsichert.

»Ich dachte, du kennst dein Ziel, Drachenreiter«, frotzelte der Drache Haffak Gas Vadar. »Sollte ich mich nicht sehr täuschen, wolltest du nach Eisbergen.«

»Auf den Arm nehmen kann ich mich selbst«, ärgerte sich Sapius lautstark, »dazu brauche ich keinen Drachen.«

»Das will ich sehen«, merkte der Drache dreist an, »ein akrobatisches Kunststück, das nicht einfach zu vollführen ist für einen Tartyk wie dich.«

»Womit habe ich das verdient? Nach all den Sonnenwenden der Entbehrungen und dem Zwist mit meinem Vater musste ich ausgerechnet an einen Drachen wie dich geraten. Willst du mir nun helfen oder muss ich einfach drauflosmarschieren und fürchten, mich in der Eiswüste zu verirren und zu erfrieren?«

»Vertraue deinem Gefühl. Es wird dich nicht täuschen, Magier. Der Weg nach Eisbergen ist nicht weit. Wir landeten nordwestlich der Stadt. Also orientiere dich am Stand der Sonnen und geh nach Süden und dann nach Osten. Schon morgen wirst du die Stadtmauern erblicken.«

»Was wirst du tun?«

»Ich werde auf dem schnellsten Weg nach Gafassa fliegen und mich in meinem Turm von den Strapazen der Reise ausruhen. Dein Vater erwartet meine baldige Rückkehr. Es ist lange her, seit ich so weit geflogen bin. Aber ich muss gestehen, dass es mir Freude bereitete und es eine Ehre für mich war, dich begleiten zu dürfen, Sohn des Yasek.«

»Rührend! Du kannst sehr zuvorkommend und höflich sein, wenn du willst«, meinte Sapius lächelnd, der sich durch die letzten Worte des Drachen geschmeichelt fühlte. »Ich bedaure, dass meine Reise mit einem Drachen hier endet. Nie zuvor hatte ich ein solches Gefühl der Freiheit empfunden. Es war mir immer ein Herzenswunsch, eine Verbindung mit einem Drachen einzugehen. Dank dir wurde er mir schließlich erfüllt.«

»Danke deinem Vater, nicht mir. Er hat dir den Flug ermöglicht, indem er mich für eine Weile freigab.«

»Dann richte ihm meinen Dank aus, Haffak Gas Vadar, denn ich glaube nicht, dass wir uns wiedersehen werden. Lebe wohl!«, verabschiedete sich Sapius mit gemischten Gefühlen von seinem Reisegefährten.

»Viel Glück, großer Magier Sapius. Wir Drachen werden deine Fortschritte beobachten. Eines Tages sehen wir uns sicherlich wieder. Wenn du bereit bist, deinem Vater nachzufolgen, werde ich da sein. Es wäre mir eine Ehre, wenn sich deine Seele mit meinem Wesen verbände. Dann wirst du ein Drachenreiter sein.«

»Danke«, sagte Sapius, der sich über die Worte des Drachen aufrichtig freute.

Der Drache breitete die Schwingen aus und erhob sich rasch in die Lüfte. Sapius blickte ihm sehnsüchtig nach, warf einen Blick auf die Sonnen und stapfte durch den tiefen Schnee in die Richtung, die er für zutreffend hielt.

»Nach Süden, Sapius«, hörte er die Stimme des Drachen ein letztes Mal in seinem Kopf erklingen, »nicht nach Norden!«

»Schon gut«, grummelte Sapius, »ich hätte es gemerkt. Guten Flug!«

Sapius machte prompt kehrt und marschierte in die entgegengesetzte Richtung weiter.

*

»Wo ist Elischa?«

Alvara hatte die Frage in den letzten Tagen so ziemlich jedem Bediensteten und Eiskrieger im Palast gestellt. Niemand wusste eine Antwort darauf oder hatte die Orna gesehen. Die Fürstin des Hauses Alchovi machte sich Sorgen, denn es sah Elischa überhaupt nicht ähnlich, sich ohne ein Wort einfach davonzumachen, selbst wenn es nur für einen kurzen Gang in die Stadt oder einen Ausflug in das ewige Eis war. Obwohl sie sich frei im Palast bewegen und gehen konnte, wohin sie wollte, hatte sie stets mitgeteilt, was sie zu unternehmen gedachte und bis wann sie wieder zurück sei. Dieses Mal fehlte jedoch jede Spur von Elischa.

Irgendetwas stimmte nicht. Eine fürsorgliche und liebende Mutter wie Elischa würde niemals ihren Sohn zurücklassen. Natürlich war Tomal offiziell der Erbe des Hauses Alchovi und als solcher von Alvara und Corusal angenommen worden. Außer Madhrab, Elischa und dem Fürstenpaar wusste von diesen Umständen allerdings niemand. Nicht einmal Tomal – zumindest nahmen das alle Wissenden an – hatte eine Ahnung, dass Elischa seine leibliche Mutter war. Obwohl sich der Lesvaraq stark entwickelt hatte und im Grunde keine Amme mehr brauchte, konnte sich Alvara nicht vorstellen, dass die Orna ohne ihren Sohn sein wollte. Die Nähe zu ihrem Kind war ihr stets wichtig gewesen. Das war eine Bedingung für ihre Zustimmung gewesen, als Mutter auf den Jungen zu verzichten und seine Herkunft durch die Annahme als Fürstensohn zu verschleiern. Sie wollte bei ihm sein, ihn lehren und erziehen und ihm die mütterliche Liebe geben, die er brauchte, damit er sich nach ihren Vorstellungen entwickeln konnte. In dieser Hinsicht hatte sie sich mit Alvara schnell geeinigt. Zwischen den beiden Frauen bestand von Anfang an ein großes Vertrauen, und sie waren über den Winter zu Freundinnen geworden, die keine Geheimnisse voreinander hatten. Das Fürstenpaar würde sich nicht in die Erziehung des Kindes einmischen und Elischa gewähren lassen, was immer sie für richtig und angemessen hielt. Die einzige Einschränkung war, dass Tomal in den Gepflogenheiten des Hauses Alchovi unterrichtet und als Fürstensohn erzogen werden musste. Darum wollte sich Alvara persönlich kümmern, wenn die Zeit gekommen war. Den für einen Fürstensohn wichtigen Umgang mit den Waffen konnte er mit den Eiskriegern üben. Eines Tages, wenn er alt genug war, um zu verstehen, hatte sich die Fürstin vorgenommen, den Lesvaraq in das Geheimnis seiner wahren Herkunft einzuweihen. Ihrer Meinung nach besaß er ein natürliches Recht darauf, seine Wurzeln zu kennen. Selbst wenn dadurch die Gefahr bestünde, dass er das Erbe nicht anträte, wollte sie nicht auf die geäußerten Bedenken des Fürsten eingehen und hielt an ihrem Plan fest. Doch bis dahin sollten nach ihrer Vorstellung noch einige Sonnenwenden vergehen. Andererseits war sich die Fürstin nicht sicher, ob nicht bereits jetzt die Zeit für die Wahrheit gekommen war. Ihnen allen war sehr schnell bewusst geworden, dass das Kind etwas Besonderes und keineswegs mit normalen Kindern zu vergleichen war. Sein Wissensdurst war unersättlich. An manchen Tagen war ihr Tomal unheimlich. Was war dieser Junge und welcher Geist trieb ihn? Rasend schnell hatte er alles Wesentliche gelernt und ohne jeden Zweifel auch begriffen. Sein Geist war auf dem Stand eines hohen Schriftgelehrten und übertraf diesen in vielerlei Hinsicht noch. Anderes, vor allem geheimes Wissen und die Begabung zur Magie, hatte er als natürliche Fähigkeit von Geburt an mitgebracht.

Doch das war es nicht allein, was die Fürstin an Tomal beunruhigte. Im Laufe der vergangenen Monde hatte sie bei ihren Beobachtungen den Eindruck gewonnen, der Junge besitze ein unstetes Wesen. An manchen Tagen war er kaum zu ertragen, versteckte sich in dunklen Kammern, um mit seinen Schneetigern allein zu sein und irgendwelche, für Alvara unbegreiflichen Talente auszubrüten. Sein Blick war mitunter wie das kälteste Eis selbst, dass einem das Blut in den Adern fror und das Herz stehen blieb. Lediglich Baylhard schien mit Tomals Wesen keinerlei Schwierigkeiten zu haben und fürchtete sich nicht. Wenn Tomal konnte, mied er an jenen dunklen Tagen seines Seins das Licht und den Kontakt mit anderen. Er war dann meist missgelaunt und mürrisch. Niemand außer Baylhard, der stets wusste, wo sich der Junge aufhielt, wagte es, ihn in solchen Momenten anzusprechen, ohne dafür mit höchst unangenehmen Situationen und Gefühlsausbrüchen konfrontiert zu werden, die oft einer Bestrafung gleichkamen.

Tomal hatte Alvara gebeten, die Fenster in seiner neuerdings eigenen Kammer mit dicken Tüchern und Fellen verhängen zu lassen. Als Begründung hatte er angegeben, das grelle Licht tue seinen Augen weh. An anderen Tagen wiederum war er geradezu besessen darauf, sich mit allem zu beschäftigen, was mit Licht zu tun hatte. Dann war sein Wesen voller Freude und Sanftmut. In jenen Momenten war er äußerst gesprächig und mitteilsam. Wahrscheinlich musste sich Alvara im Laufe der Zeit mit diesen plötzlich auftretenden Stimmungsschwankungen anfreunden, wenn sie Tomal verstehen und von ihm respektiert werden wollte. Je länger sie den Jungen beobachtete, desto eher gewann sie den Eindruck, dass eine der beiden Seiten seines Wesens bedingt stärker ausgeprägt war und die andere an Häufigkeit und Dauer übertraf. Zu ihrem Leidwesen war es die düstere Ausstrahlung und nicht die eines fröhlichen, vom Licht begeisterten Jungen. Sie konnte die Dienerschaft schon verstehen, wenn diese sich über Tomal beschwerte und sich zuweilen vor ihm fürchtete. In ihren Augen war er von einer Art Besessenheit befallen, die ihn unberechenbar und gefährlich machte. Was sollte werden, wenn er größer wurde und eines Tages das Erbe des Fürstenhauses antrat? Im Zwiespalt, ob sie den Jungen auf das Verschwinden Elischas ansprechen sollte, hatte sie ihn bislang von dieser Frage ausgenommen. Es fiel ihr nicht leicht, sein Verhalten auf eine solche Nachricht einzuschätzen. Tomal hing an Elischa, mehr als ihm selbst bewusst oder auch lieb war. Dennoch hatte er Elischa mit seiner Ablehnung vor den Kopf gestoßen. Die Freundin hatte sich bei der Fürstin über diese neue Verhaltensweise ausgeweint. Sie hatten lange miteinander geredet, und Alvara hatte versucht, Elischa über die Ablehnung hinwegzutrösten, indem sie behauptete, dies sei lediglich eine Stufe in der kindlichen Entwicklung und gehe gewiss bald vorüber.

Hatte sich Alvaras Gemüt über Elischas Verbleib anfangs noch mit vornehm fürstlicher Zurückhaltung und Gelassenheit gezeigt, so steigerte es sich in den letzten Tagen zu einer regelrecht panischen Suche nach Antworten und war von großer Sorge, Ungeduld und sogar Furcht geprägt. Sie hatte alle im Palast in die Suche einbezogen und sie mit ihren Fragen in Aufruhr versetzt. Doch alle Maßnahmen hatten sich als erfolglos erwiesen. Sie beschloss daher, Tomal zu berücksichtigen und fand ihn nach eindeutigen, aber verzweifelten Hinweisen durch die Dienerschaft wieder einmal, unter dem wachsamen Auge Baylhards, mit den Schneetigern eine Welle der Zerstörung zurücklassend durch die Flure toben. Baylhard begrüßte die Fürstin mit einem verschmitzten Lächeln.

»Macht Euch keine Sorgen, meine Fürstin«, rief er ihr entgegen, »ich habe alles im Griff.«

»Das sehe ich«, meinte Alvara. »Es mutet beinah so an, als sei ein ganzes waffenstarrendes Heer durch die Flure gezogen und habe seine deutlichen Spuren hinterlassen.«

»Es ist nur Eis, Herrin«, beschwichtigte Baylhard, »und davon gibt es wahrlich genug.«

»Wenn Ihr es sagt, dann könnt Ihr Euch anschließend an die Aufbereitung machen. Die Dienerschaft wird es Euch gewiss ewig danken, wenn Ihr ihnen die Arbeit einer Woche abnehmt. Aber deswegen bin ich nicht gekommen, Baylhard. Ihr wisst, warum ich Euch und Tomal aufgesucht habe?«

»Der gesamte Palast redet davon. Es betrifft Elischa, nicht wahr? Was kann ich für Euch tun, Herrin? Lasst mich Euch bei der Suche helfen!«

»Nein, ich danke Euch. Aber Ihr werdet weiterhin auf Tomal aufpassen, wie es mein Gatte angeordnet hat. Ich wollte ihn fragen, ob er weiß, wo sich Elischa aufhält.«

Baylhard rief Tomal zu sich, der noch nicht bemerkt hatte, dass die Fürstin des Hauses gekommen war, um mit ihm zu reden.

»Ah … Mutter«, rief der Junge mit glockenheller Stimme, »ich freue mich, dich zu sehen.«

»Ich freue mich auch, Tomal. Wir sollten mehr Zeit miteinander verbringen.«

»Ach, das ist nicht nötig, Mutter. Ich beschäftige mich gut mit Baylhard und den Schneetigern. Das Geschenk meines Vaters bereitet mir viel Freude.«

»Das ist wunderbar. Aber sage mir, Tomal, hast du jüngst etwas von Elischa gehört?«

»Nein«, antwortete Tomal nüchtern, »vielleicht ist sie gegangen, nachdem ich ihr sagte, ich brauche sie nicht mehr.«

»Warum hast du das getan?«, fragte Alvara. »Sie zog dich auf, zehrte sich für dich aus und du schickst sie weg?«

»Was soll ich mit einer Amme anfangen? Ich brauche ihre Brust und die warme Milch nicht. Es schmeckt mir nicht mehr. Sie wurde nutzlos und überflüssig.«

»Hat sie dir denn gar keine Botschaft hinterlassen?«, hakte Alvara nach.

»Lass mich nachdenken … Sie nicht, aber ich habe in ihrer Kammer etwas sehr Angenehmes und Interessantes gespürt, zu dem ich mich sofort hingezogen fühlte. Eine Präsenz der Dunkelheit, die sehr stark war und immer noch in der Luft hing, als wäre sie gerade erst entstanden. Da war Blut unter ihrem Fenster. Elischas Blut. Die Schneetiger haben es sofort gewittert und wurden ganz wild darauf. Sie haben es mit Freuden aufgeleckt.«

»Warum hast du denn nichts gesagt?«

»Weshalb sollte ich? Sie ist eine erwachsene Frau und eine Naiki noch dazu. Sie wird wissen, was sie tut und wie sie sich von Gefahren fernhält.«

»Was hast du soeben gesagt? Elischa soll zu den verschwundenen Völkern der Altvorderen gehören, zu den Naiki?«

»Sie ist eine von ihnen. Ich habe ihre Zugehörigkeit zu diesem Volk an ihrem Blut wahrgenommen. Außerdem weist sie alle äußeren Merkmale einer Naiki auf. Lange Beine, der schlanke, sehnige Wuchs und die unterschiedlichen Augenfarben sind eindeutig.«

Alvara war verwirrt. Tomal hatte ihr soeben ein Geheimnis über Elischa offenbart, das nicht jeder wissen durfte. Die Altvorderen waren bei den Klan gefürchtet. Viele Legenden und Mythen rankten sich um das Volk der Waldläufer.

In der Lage, anhand des Blutes die Herkunft eines Wesens zu bestimmen, würde der Junge bestimmt nicht mehr lange brauchen, bis er herausfand, von wem er selbst abstammte.

»Entweder wurde sie entführt oder ermordet«, die Stimme des Jungen klang unterkühlt und zeigte keinerlei Gefühl oder Anteilnahme. «Das Blut deutet auf einen Kampf hin. Allerdings waren in ihrer Kammer keine anderen Anzeichen eines Kampfes vorhanden. Keine umgeworfenen Stühle oder zerbrochenen Krüge. Wahrscheinlich hat sie sich beim Packen ihres Bündels an einem Messer geschnitten und ist von dannen gezogen.«

»Wie redest du über Elischa? Du bist so … kalt.« Alvara fühlte sich durch den Jungen provoziert.

»Ich habe nur gesagt, was denkbar wäre und das Rätsel ihres abschiedlosen Verschwindens lösen könnte. Was nutzt tagelanges Stochern im Nebel? Sie ist weg. Nehmen wir die Dinge, wie sie sind, und geben ihnen einen Namen. Etwas anderes kannst du von mir nicht erwarten … *Mutter*. Kein Grund, mich für rein sachliche Feststellungen zu schelten.«

»Das einzige Rätsel, das es hier zu lösen gilt, bist du!«, antwortete Alvara. »Ich verstehe dein Wesen nicht und kann nicht einschätzen, was du bezweckst. Manchmal bist du mir unheimlich. Womöglich steckst du hinter Elischas Verschwinden. Es scheint, als empfändest du nichts, weder für sie noch für mich oder irgendeinen anderen deiner Vertrauten. Die vorherrschende Kälte in deinem Herzen überträgt sich auf deine Umgebung, und das bereitet mir Sorgen.«

»Mutter, ich weiß, dass du und Corusal euch einen anderen Sohn gewünscht hättet. Einen, der vor allem eurer eigenen Natur mehr entspräche. Dennoch bin ich euer Sohn und der Erbe des Fürstenhauses. Vor alledem bin ich allerdings ein Lesvaraq. Als solcher denke und handle ich anders, als es die normalsterblichen Wesen erwarten.«

»Das ist mir inzwischen alles bewusst geworden, Tomal. Es fällt mir nur schwer, zu akzeptieren, dass du mit keinem anderen Kind zu vergleichen bist. Meist weiß ich nicht, wie ich mit dir umgehen soll. Du wirkst kindlich und doch weise. Altklug in der allerhöchsten Stufe, würde ein Fremder sagen, der dich nicht kennt und nicht weiß, wer oder was du bist. Natürlich bist du das nicht, denn tatsächlich weißt und verstehst du all die Dinge, die du von dir gibst. Was ist richtig, was ist falsch? Hilf mir!«

»Sei nur du selbst und achte nicht auf mich. Ich gehe meinen Weg, so oder so. Du kannst also keinen Fehler machen, soweit es meine Erziehung angeht.«

»Aber das ist es ja, was mir Angst macht. Jede Mutter möchte ihrem Kind etwas von sich mitgeben und ihn, ja ich gebe es zu, in ihrem Sinne erziehen. Ob ihr das am Ende gelingt, ist eine ganz andere Frage. Aber bei dir ist jede Erziehung von vornherein sinnlos. Nichts von dem, was ich dir sage, fruchtet. Es ist, als hörtest du überhaupt nicht zu.«

»Jedes Wort aus deinem Munde höre ich …«, Tomal zuckte gleichgültig mit den Schultern, »… doch ist es ohne jede Bedeutung. Ich warte auf jemanden, der mir den Weg zeigt und mich durch die Zeit meines Zyklus begleiten wird.«

»Wer soll das sein?« Alvara zog überrascht die Augenbrauen hoch.

»Ich werde ihn erkennen, wenn er sich mir zeigt. Er wird kommen und Lehrer, Schüler, Diener und Vertrauter in einem sein.«

»Und du denkst, wir werden diesen einen im Eispalast willkommen heißen und beherbergen?«

»Natürlich werden wir das«, antwortete Tomal und blickte die Fürstin fragend an, »weil ich es so will.«

Alvara kochte vor Wut über ihren Sohn. Das Gespräch war sinnlos. Sie hatte nichts über Elischa erfahren und tappte nach wie vor im Dunkeln. Allmählich gab sie die Hoffnung auf, Spuren innerhalb des Eispalastes zu finden, die eine Erklärung für das Verschwinden oder sogar einen Hinweis auf den Verbleib Elischas geben konnten. Die Fürstin hoffte, dass ihr nichts Schlimmes zugestoßen war. Wenn Tomal allerdings recht behalten sollte, würde sie sich nie verzeihen, keine eigene Leibwache für Elischa abgestellt zu haben. Am meisten ärgerte sie sich über Tomal. Der Junge tat, was er wollte, und schien zu denken, er müsste niemanden um Erlaubnis fragen. Der Eispalast war schließlich keine Herberge oder Gasthaus, in dem jeder Fremde einkehren und bleiben konnte, solange er wollte. Es war ihr schon genug, dass ein Praister aus Tut-El-Baya in den Palast gezogen war, ihre Gastfreundschaft über alle Maßen in Anspruch nahm und ihrem Gatten die wertvolle Zeit stahl.

Die Fürstin ließ ihren Sohn einfach stehen und sagte in einem knappen und kühlen Ton im Vorbeigehen zu Baylhard:

»Seid strenger zu ihm, Eiskrieger. Das Kind ist verwöhnt!«

»Sehr wohl, meine Fürstin«, bestätigte Baylhard, »wie Ihr wünscht.«

Die raue Stimme des Eiskriegers hallte durch die Flure, als er den Jungen mit den Schneetigern rasch ins Freie dirigierte und ihn barsch dazu anhielt, sich den Regeln entsprechend zu benehmen. Das Bild, das die beiden abgaben, mutete grotesk an. Ein gestandener Krieger kommandierte ein kleines Kind, das doch keines war. Immerhin entlockte das bemühte Verhalten des Eiskriegers der Fürstin ein Lächeln, obwohl sie genau wusste, dass die Anstrengungen Baylhards keinerlei Wirkung erzielen würden.

Am darauffolgenden Tag bat ein Fremder um Einlass in den Eispalast. Die Wachen berichteten, dass er unbedingt beim Fürsten vorsprechen wollte. Er hatte sich vor den Toren als Sapius vorgestellt. Er sei ein freier Magier und sehr weit unter großen Gefahren gereist, um endlich bis nach Eisbergen zu kommen. Sein Besuch beim Fürsten sei von größter Wichtigkeit, hatte er als Begründung für sein Anliegen vorgegeben.

Fürst Corusal war seit einiger Zeit mit Besuchern aus der Fremde vorsichtig geworden. Das galt insbesondere für solche, die behaupteten magisch begabt zu sein. Nicht zuletzt die Auseinandersetzung mit dem Bewahrer Lordmaster Chromlion und das spurlose Verschwinden der Orna hatten ihn zur Zurückhaltung gemahnt. Die Bittsteller mussten einen triftigen Grund vorweisen, sich anschließend einer eingehenden Befragung unterziehen und in ausführlichster Weise selbst vorstellen, wenn sie zu einer Audienz vorgelassen werden wollten. Das Warten konnte einige Tage dauern, bis die Eiskrieger die Bittsteller nebst ihren Wünschen überprüft und für unbedenklich erklärt hatten. Erst nachdem sie diese Prozedur durchlaufen hatten, wurde in Erwägung gezogen, den Gast für eine Audienz beim Fürsten vorzuschlagen.

Fürst Corusal konnte den Vorschlag immer noch ablehnen, bestimmte letztlich aber Ort, Zeit und Raum der Audienz, sofern ihm ein Gespräch genehm war. Er war ein viel beschäftigter Mann, der sich nach wie vor persönlich um den Wiederaufbau seiner Stadt kümmerte. Noch waren nicht alle Schäden der Katastrophen behoben. Noch gab es Sicherheitslücken, die der Fürst gedachte, so bald als möglich zu schließen.

Die meisten Besucher, die sich der Befragung unterzogen und diese tapfer überstanden hatten, wurden allerdings tatsächlich früher oder später vom Fürsten empfangen. Das schlechte Gewissen plagte ihn, würde er sie nach der tagelang dauernden Tortur und der Langeweile des Wartens in Ungewissheit über den Ausgang seiner Entscheidung am Ende nicht empfangen. Der Fürst hatte es von jeher abgelehnt, in der Ausübung seiner Pflichten willkürlich zu erscheinen. Aus diesem Grund bestand für die Beharrlichen Hoffnung.

Sapius ärgerte sich, nicht sofort zum Fürsten geführt zu werden. Je näher er dem Ziel gekommen war, den Lesvaraq mit eigenen Augen zu sehen, desto ungeduldiger wurde er. Die Reise auf dem Rücken des Drachen war zwar nicht unbedingt beschwerlich gewesen, aber sie hatte ihn Kraft gekostet. Dabei hatte er den Wachen die Dringlichkeit seines Besuches doch mehr als deutlich gemacht. Dennoch ließen sie ihn warten. Es war nicht so, dass es den Wartenden schlecht erging. Sie wurden mit Speis und Trank verköstigt und in einem dem Palast vorgelagerten Gebäude untergebracht. Immerhin mussten sie die Nacht nicht unter freiem Himmel verbringen oder Anunzen für ein Wirtshaus ausgeben. Der Magier hatte Glück. Er wurde von einem Eiskrieger angesprochen, der ihn offenbar wiedererkannt hatte. Sapius grub in den Tiefen seines Gedächtnisses. Das Gesicht kam ihm ebenfalls bekannt vor.

»Ihr seid der von den Toten auferstandene Magier …« Der Eiskrieger dachte kurz nach. »… Sapius, der eine Flut von über den Fluss setzenden Rachuren fast im Alleingang erledigt hat. Blitze und Eis zuckten aus Eurem Stab, mit dem Ihr die Feinde zahlreich hinweggefegt habt. Ich kann Euch sagen, wir haben schon einiges erlebt und gesehen.«

»Ich fühle mich geehrt!«, sagte Sapius. »Die Eiskrieger haben sich sehr tapfer geschlagen.«

»Schon, aber bei Eurem Auftritt waren wir bass erstaunt und haben uns vor der Gewalt Eurer Magie gehörig in die Rüstungen gemacht.«

»Nun hört aber auf«, lachte Sapius, »genug der Ehre. Ich habe lediglich getan, was in meiner Macht stand, und das war reichlich wenig.«

»O nein. Ihr habt zu unserem Sieg entscheidend beigetragen. Ich habe Euch doch gleich an den Narben, dem steifen Bein und Eurem Buckel wiedererkannt. Ihr seht müde und noch ein wenig hagerer als damals aus. Wie ist es Euch ergangen? Harte und dunkle Zeiten haben uns mit der Dämmerung heimgesucht«, begrüßte Hassard den Magier.

»Ah … ich bin wohlauf, wenn es auch an manchen Tagen nicht den Eindruck erwecken sollte. Der Marsch durch das ewige Eis hat mich angestrengt. Ich erinnere mich an die Eiskrieger in der Schlacht. Euer Name ist Hassard, nicht wahr? Ihr dientet unter Warrhard, wenn ich mich nicht täusche.«

»Das ist richtig. Nachdem Warrhard fiel, habe ich die

Führung der Eiskrieger übernommen«, meinte Hassard. »Aber sagt, was führt Euch nach Eisbergen?«

»Ich muss mit dem Fürsten sprechen. Es geht um die Sicherung der Zukunft der Klanlande und unseres Kontinents. Eine Angelegenheit von höchster Wichtigkeit, die wegen der fortschreitenden Dämmerung und der drohenden Folgen keinen Aufschub duldet«, antwortete Sapius.

»Aye, Sapius. Ich habe verstanden. In Eurem Fall werden wir eine Ausnahme machen und Euch direkt zum Fürsten bringen, obwohl wir nur wenig über Eure Herkunft und Vergangenheit wissen. Aber Ihr habt Euch in der Schlacht mehr als hilfreich erwiesen und auf unserer Seite gekämpft. Aus diesem Grund will ich Euch die Befragung und das Warten ersparen. Fürst Corusal Alchovi wird Euch gewiss empfangen.«

»Das ist überaus freundlich von Euch, Hassard. Ich werde das nicht vergessen. Habt Dank!«

Sapius tat es dem Eiskrieger gleich und schlüpfte in ein Paar am Eingang eigens für Gäste bereitgestellte Wollpantoffeln und folgte Hassard durch die Flure des Palastes zu den Gemächern des Fürsten. Er hatte sich den Eispalast wesentlich kleiner vorgestellt, doch dieses Prachtgebäude aus Eis und Schnee war ein riesiges Meisterwerk. Ein Monument klanscher Kreativität und raffinierter Baukunst, die mit Licht und Schatten zu spielen wusste, um innen wie außen den Eindruck von Größe und Schönheit zu erwecken. Am meisten beeindruckte den Magier das Farbenspiel auf den Eiskristallen, wenn sich das durch Fenster und Decken fallende Licht brach und in allen Farben des Regenbogens schimmerte. Die Flure zogen sich über mehrere übereinanderliegende Ebenen, die durch geschwungene, ebenfalls aus Eis geschlagene Treppen miteinander verbunden waren. Über die an manchen Stellen links und rechts zur Sicherheit angebrachten Geländer konnte man einen Blick auf die darunterliegenden Ebenen werfen, was einen auf den oberen Stockwerken ob der Höhe schwindelig werden ließ. Die meisten Flure waren blank und spiegelglatt poliert. Andere von ihnen zu passierende Bereiche wiesen deutliche Spuren von Vandalismus und Zerstörung auf.

»Wer hat die tiefen Spuren und Kratzer im Eis hinterlassen? Es muss eine immense Arbeit sein, die Flure auf diese Weise in Ordnung zu halten«, wollte Sapius wissen.

»Hm … das war der Sohn des Fürsten mit seinen Schneetigern, und zu meiner Schande muss ich gestehen, einer meiner besten Eiskrieger war ebenfalls nicht ganz unbeteiligt. Manche wissen die Arbeit der Dienerschaft und das Kunstwerk nicht zu schätzen. Macht Euch keine Gedanken deswegen. Die Fürstin scheint sich daran nicht zu stören, also müsst ihr es auch nicht«, antwortete Hassard peinlich berührt.

»Der Sohn des Fürsten? Ich dachte, Alvara und Corusal seien kinderlos geblieben«, fragte Sapius überrascht.

»Nein, nein … wahrscheinlich ist die Nachricht von der Geburt ihres Sohnes noch nicht bis überall durchgedrungen. Wir alle waren glücklich überrascht von der Nachricht, dass dem Fürstenpaar am Ende doch noch ein Erbe geschenkt wurde. Die Fürstin hat das Kind nach Wintereinbruch zur Welt gebracht. Sie hat es offenbar geschickt verstanden, ihre Schwangerschaft vor uns allen bis zur Niederkunft zu verstecken. Wir hatten Glück, dass zu jener Zeit eine Orna im Palast weilte, die der Fürstin zur Hand gehen konnte. Es war eine schwere Geburt und im ganzen Palast herrschte große Aufregung und Vorfreude. Tomal ist ein wahres Wunderkind. Ich bin mir sicher, dass der Fürst einer Begegnung zustimmt, wenn Ihr ihn darum bittet. Er ist sehr stolz auf den Jungen, auch wenn dieser sehr viel Unfug im Kopf hat.«

Sapius konnte sich glücklich schätzen, dass Hassard an diesem Tag gut aufgelegt und ihm gegenüber außergewöhnlich mitteilsam war. So erfuhr er bereits auf dem Weg zu den Gemächern des Fürsten eine Menge über die Ereignisse der vergangenen Monde. Es war offensichtlich, dass Hassard ihn als einen der Ihren ansah und ihm deshalb großes Vertrauen entgegenbrachte, da die gemeinsamen Erlebnisse der Schlacht am Rayhin sie auf eine gewisse Weise, die nur der Kampf und die Not hervorbringen konnten, miteinander verbanden. So hielt der Eiskrieger auch nicht mit seiner kritischen Meinung über den ebenfalls zum Wintereinbruch eingetroffenen Praister Henro hinter dem Berg, der sich seiner Ansicht nach durch Irreführung und falsche Versprechen in das Vertrauen des Fürsten geschlichen hatte. Hassard traute dem Praister nicht über den Weg und hätte diesen am liebsten unter ständiger Beobachtung gehalten. Das wurde ihm vom Fürsten allerdings strikt untersagt. Sie hatten sich deswegen gestritten, und Corusal hatte für ihn in sehr ungehaltener Art und Weise auf die seitens Hassard gegen den Praister geäußerten Verdächtigungen reagiert.

Es kam Sapius wie eine Ewigkeit vor, die sie durch die Flure und Ebenen des Eispalastes gelaufen waren, bis sie endlich ihr Ziel erreicht hatten. Vor den Gemächern des Fürsten waren zwei Wachen postiert, die steif, aber freundlich salutierten, als sie Hassard in Begleitung seines Gastes erkannten. Der Anführer der Eiskrieger erklärte Sapius, dass der Leibwächter des Fürsten zum Schutz des Fürstensohnes abgeordnet worden sei. Einen besseren Beschützer als Baylhard könnte sich Tomal nicht wünschen. Hassard räumte zwar ein, dass die Bewahrer in mancherlei Hinsicht fähiger und als Einzelkämpfer gar unerreichbar sein mochten, wohingegen es Baylhard nichtsdestominder gelungen war, den Bewahrer Chromlion in Schach zu halten und selbst Lordmaster Madhrab von der Erscheinung und den Talenten des Leibwächters zutiefst beeindruckt gewesen war.

Die Wächter stießen das Tor zu den Kammern des Fürsten auf und ließen Hassard und Sapius passieren. Corusal war in ein Gespräch mit dem in Rot gewandeten Praister Henro vertieft und blickte von der unerwarteten Störung überrascht auf.

»Was gibt es, Hassard?«, verlangte Corusal irritiert zu wissen. »Ich glaube mich nicht daran entsinnen zu können, dass wir heute beabsichtigten, Audienzen zu geben!«

»Verzeiht mir die Störung, mein Fürst«, sagte Hassard, »… aber diesen Gast werdet Ihr gewiss auch außerhalb der üblichen Audienzzeit empfangen wollen.«

Der Fürst sah sich den Neuankömmling genauer an und schien zwischen einer Art Wiedererkennen und völliger Unsicherheit, wo er den Magier bereits getroffen hatte, zu schwanken. Im Hintergrund hielt sich Henro auf. Er hatte seine Kapuze über den Kopf gezogen und hielt den Kopf so gebeugt, als ob er sich unsichtbar machen wollte. Es entging Sapius jedoch nicht, dass der Praister ihn zugleich mit großem Interesse, aber auch mit Misstrauen musterte.

»Hm … ich glaube … wartet, gleich fällt es mir wieder ein«, rätselte der Fürst, »wir kennen uns bereits. Ihr seid der Saijkalsan, der im Rat der Klanfürsten einen guten Ruf besaß und der uns bei den Beratungen über die Auswahl des Heerführers für die Verteidigung der Klanlande hilfreich zur Seite stand. Gehe ich recht in der Annahme, dass Ihr Sapius seid?«

Sapius nickte, jetzt war nicht die Zeit, dem Fürsten zu erläutern, dass er nicht mehr den Saijkalsan angehörte. Er war erstaunt, dass ihn Corusal nach einer nur kurzen Zeit des Überlegens sofort erkannt hatte. Hierfür war ein außerordentlich gutes Erinnerungsvermögen erforderlich, denn sie waren sich tatsächlich erst einmal im Rat begegnet und seitdem war viel geschehen. Interessanter als der scharfe Blick des Fürsten war jedoch die Reaktion des Praisters, als er die Bezeichnung Saijkalsan vernommen hatte. Sein Körper zuckte, von den Augen des Fürsten unbemerkt, erschrocken zusammen, und er versuchte sein Antlitz, in welchem ihm der Mund vor Überraschung offen stand, noch tiefer in der Kapuze zu verbergen.

»Ich zögerte erst und musste sehr genau hinsehen«, fuhr Corusal fort. »Eure Narben und die unübersehbaren schlecht verheilten Verletzungen – Ihr habt Euch seitdem sehr verändert. Wer hat Euch so zugesetzt?«

»Das ist eine lange Geschichte. Wie Ihr Euch denken könnt, haben die Rachuren ihren Teil dazu beigetragen. Ein Unfall mit meinem einstigen Schüler besorgte den Rest«, erklärte Sapius die äußerlichen Veränderungen knapp.

»Ihr solltet den Saijkalsan nicht anhören, Herr«, mischte sich Henro leise zischend in die Unterredung ein, »gleichgültig was er sagt oder von Euch verlangt. Schenkt ihm keinen Glauben. Sein Ansinnen kann nichts Gutes verheißen. Die Saijkalsan sind gefährlich und müssen bekämpft werden.«

»Haltet Euch zurück, Henro!«, wies der Fürst den Praister zurecht. »Sapius ist mein Gast und hat Großes für die Klanlande geleistet. Ihm gebührt mein Respekt und die Aufmerksamkeit, so wie ich Euch, obwohl Ihr ein Praister seid, mein Ohr schenkte, trotzdem mir davon abgeraten wurde.«

»Wie Ihr meint. Ich habe Euch vor ihm gewarnt«, flüsterte Henro beleidigt.

Corusal wandte sich erneut Sapius zu, der das Flüstern des Praisters sehr wohl verstanden hatte. Ihm war jedoch nicht danach, sich mit dem Praister auseinanderzusetzen. Der Magier kannte die feindselige und zerstörerische Einstellung der Praister gegenüber den Saijkalsan nur zu gut. Bis zu einem gewissen Punkt konnte er ihre Ablehnung sogar verstehen und inzwischen teilte er ihre Einstellung über die Gefährlichkeit der Diener der Saijkalrae. Er hatte allerdings seine Gründe dafür und besaß die tieferen Kenntnisse über die beiden Brüder und die Beschränkungen der Macht, die sie ihren Saijkalsan auferlegten. Doch was sich die Praister zur Zeit der großen Inquisition in ihrem Verfolgungswahn geleistet hatten, würde er ihnen nie verzeihen können. Er musste vorsichtig sein, denn die Praister besaßen Einfluss und gute Verbindungen in die Fürstenhäuser bis hin zur Regentenfamilie.

»Was führt Euch zu mir, Sapius?«, fragte Corusal.

»Kann ich in Anwesenheit des Praisters offen zu Euch sprechen?«

»Das könnt Ihr. Nichts, was unter uns gesprochen wird, verlässt ohne meine ausdrückliche Anordnung diese Gemächer«, meinte der Fürst.

»Gut, dann will ich mich kurz fassen und ohne Umschweife zur Sache kommen. Wie ich erfuhr, habt Ihr einen Sohn. Ich bin gekommen, ihn zu sehen«, sagte Sapius freiheraus.

Die linke Augenbraue zweifelnd und misstrauisch hochziehend setzte sich der Fürst und atmete erst einmal tief ein. Sapius erkannte den kritischen Augenblick. Er musste geschickt und vorsichtig agieren, wenn er nicht umgehend des Palastes verwiesen werden wollte. Corusal musterte sein Gegenüber eingehend, vielleicht um zu erfahren, was in ihm vorging. Sapius verzog jedoch keine Miene und hielt dem gestrengen Blick des Fürsten ohne jede Regung stand.

»Ein außergewöhnlicher Wunsch, den Ihr mir näher erläutern solltet. Welches Interesse hegt Ihr, meinen Sohn zu sehen? Was habt Ihr vor? Ihr werdet verstehen, dass die Sicherheit des einzigen Erben des Hauses Alchovi höchste Priorität genießt. Warum also habt Ihr die lange Reise auf Euch genommen?«

»Ich verstehe Eure Sorge. Seid Euch gewiss, dass ich nur die besten Absichten für Euren Sohn hege«, führte Sapius aus. »Ich stelle keine Gefahr dar. Im Gegenteil, ich bin gekommen, um mich zu vergewissern und zu schützen. Eben die Sicherheit Eures Sohnes ist es, die mir am Herzen liegt und mich nach Eisbergen führte. Gestattet mir zuvor eine Frage: Gibt es noch andere Kinder seines Alters im Eispalast?«

»Nein«, wunderte sich der Fürst über die Fragestellung, »die Kinder der Dienerschaft leben in der Stadt und nicht im Palast. Tomal ist das einzige Kind, das sein Unwesen in unseren Fluren treibt.«

»Wer war bei der Geburt anwesend?«

»Ich verstehe nicht, warum dies von Interesse für Euch sein sollte …«, der Fürst wirkte zunehmend irritiert. »Aber bitte, dies kann ich einfach beantworten. Meine Gattin Alvara war selbstverständlich zugegen und die heilige Orna Elischa, die tatkräftig half, das Kind nach Kryson zu bringen.«

Mehr brauchte Sapius nicht zu wissen. Er hatte alles erfahren, was er wissen wollte, und sein von Anfang an gehegter Verdacht bestätigte sich. Elischa und Madhrab hatten seinen Rat offenbar befolgt und waren vorsichtig gewesen. Für ihr Kind gab es keinen besseren Schutz, als sich hinter dem Fürstenhaus zu verstecken und es als dessen Erbe auszugeben.

»Ich danke Euch für die Offenheit, mein Fürst«, sagte Sapius, »umso mehr ich Eure Antworten allerdings abwäge, muss ich darauf bestehen, Euren Sohn möglichst bald zu sehen. Wenn Tomal tatsächlich derjenige ist, für den ich ihn halte, dann wird dies eine sehr wichtige Begegnung für ihn, für Euch, für mich, ja vielleicht für das Fortbestehen der Klanlande sein.«

»Ich kann Euch kaum folgen«, sagte Corusal stirnrunzelnd.

»Die Zeit der Dämmerung bedroht die Kontinente Ell. Zwar ist die Verdunkelung einer Sonne nur eine Illusion. Aber sie ist das hinterhältige Werk des dunklen Hirten, der dadurch in der Lage ist, das Gleichgewicht nachhaltig zu verschieben, und damit das Ende der uns bekannten Welt heraufbeschwört. Wir haben es mit der schlimmsten und tödlichsten Katastrophe zu tun, die der dunkle Hirte gegen Ell und die Klanlande schickt. Er tut dies alles nur, um zweier Kinder habhaft zu werden und den Widerstand gegen die Saijkalrae zu brechen. Beherrscht er die Klanlande und beseitigt, oder beschäftigt durch fortwährende Katastrophen, all seine Gegner, hat er am Ende leichtes Spiel und wird den Kontinent oder gar Kryson nach Belieben kontrollieren können. Er will das Erbe des letzten Lesvaraq antreten. Die Kinder sind ihm dabei im Weg, denn sie sind die wiedergeborenen Lesvaraq. Er trachtet nach ihrem Leben und will ihren Geist und ihre Seele vollständig zerstören, dass nichts zurückbleibt. Gerade so, wie er es mit Ulljan getan hat. Sie müssen vor seinem Zugriff geschützt werden. Dies jedoch vermag niemand nur mit Waffengewalt oder körperlichem Geschick. Solange die Kinder noch nicht stark genug sind, brauchen sie Schutz und einen

Lehrer, der sie in den wesentlichen Begabungen der Magie unterrichtet. Und Tomal ist ein Lesvaraq«, führte Sapius fast atemlos aus.

»Ich verstehe Euch noch immer nicht«, verzog Corusal rätselnd das Gesicht. »Wenn all das stimmt, was Ihr mir erzählt, und Tomal vor dem dunklen Hirten in besonderem Maße geschützt werden muss. Warum sollte ich ihn ausgerechnet Euch anvertrauen? Ihr seid ein Saijkalsan und somit ein Diener der Saijkalrae. Wenn ich ihn Euch überließe, dann könnte ich ihn unmittelbar an den dunklen Hirten ausliefern, und der Spuk mit all den Katastrophen, die unser Land und unsere Lebensgrundlage zerstören, hätte ein für alle Mal ein Ende.«

»Schon seit längerer Zeit habe ich mich von den Saijkalrae losgesagt und ging meiner eigenen Wege. Ich bin ein freier Magier. Meine Bestimmung ist es, die Lesvaraq vor den Saijkalrae zu schützen und ihnen zu dienen. Für diese Aufgabe wurde ich auserwählt«, sagte Sapius mit fester Stimme.

»Er lügt«, rief Henro plötzlich, »glaubt ihm kein Wort, Herr. Niemals kann sich ein Saijkalsan von den Fesseln der Saijkalrae befreien, wenn er sich ihnen einmal verschrieben hat. Er wird ihnen bis zu seinem Tod dienen! Ihr dürft ihn keinesfalls zu Tomal lassen.«

»Das habe ich schon einmal über die Saijkalsan gehört. Henro ist in den Schriften sehr bewandert und ich glaube ihm in dieser Sache. In den alten Inquisitionsschriften, so verwerflich diese auch sein mögen, ist die Abhängigkeit genauestens beschrieben«, merkte der Fürst an.

»Das bestreite ich nicht«, gab Sapius zu, »aber ich starb für meine Bestimmung, genau wie es eine uralte Prophezeiung voraussagte. Ich befand mich im Land der Tränen und wurde als freier Magier wiedergeboren.«

»Das ist Ketzerei!«, erregte sich Henro. »Die Magiebegabten glauben, sie stünden über den anderen Sterblichen. Das Reich der Schatten ist ihnen nicht gut genug, und sie geben daher vor, dass sie nach ihrem Ableben ins Reich der Tränen gelängen. Dafür sollte er nach einer Folter am Spieß braten.«

»Henro! Ich bitte Euch. Nehmt Euch zusammen. Hier in Eisbergen gibt es keine Inquisition, und Eure Methoden scheinen mir höchst fragwürdig. Wir werden weder Scheiterhaufen noch Folter oder die Spießung einführen. Nicht, solange ich über dieses Fürstentum herrsche. Die Nachrichten aus Tut-El-Baya von der dort vorherrschenden Barbarei sind schrecklich genug. Wir werden dem in Kürze Einhalt gebieten müssen, wenn wir nicht untergehen wollen.«

»Thezael weiß, was zu tun ist«, murrte Henro kleinlaut, »um den Saijkalsan ein angemessenes Ende zu bereiten.«

»Bei allen Kojos, Henro«, fuhr Corusal auf, »wir haben Besseres zu tun, als uns erneut mit der Inquisition herumzuschlagen. Also schweigt oder ich lasse Euch hinauswerfen.«

Henro schwieg und grollte. Sapius befand sich jedoch in Erklärungsnot. Entweder der Fürst glaubte ihm die unglaubliche Geschichte oder er ließ ihn umgehend aus dem Eispalast entfernen. In letzterem Fall würde er sich eine andere Strategie einfallen lassen müssen, um an Tomal heranzukommen. Der Zyklus des Lesvaraq musste beginnen.

»Herr …«, meldete sich plötzlich Hassard zu Wort, der die Unterredung mit zunehmendem Interesse verfolgt hatte, »… wenn ich mir erlauben dürfte eine Anmerkung zu machen.«

»Natürlich, Hassard. Ich bin gespannt, was Ihr zu dieser Sache beizutragen habt.«

»Ich habe es zwar nicht mit eigenen Augen gesehen, aber es wurde mir aus unterschiedlichen Quellen unabhängig voneinander berichtet, dass dieser Mann tatsächlich von den Toten auferstanden ist. Ich glaube den Veteranen der Schlacht, und ich habe gesehen, zu welchen Taten Sapius in der Lage ist. Seht Euch die Narben und die Verletzungen doch an. Mindestens drei davon mussten absolut tödlich sein.«

Corusal rieb sich nachdenklich das Kinn und ließ Sapius dabei nicht aus den Augen. Sapius bemerkte, wie der Fürst mit sich rang. Sollte er den Worten Sapius' und Hassards entgegen seiner inneren Überzeugung trauen und Tomal der Gefahr eines magischen Gegners aussetzen, der womöglich nach Vernichtung des jungen Lebens trachtete? Andererseits war Hassard stets loyal und vertrauenswürdig gewesen. Niemals hatte er den Fürsten angelogen, und Sapius war den Berichten der Veteranen der Schlacht zufolge ein Held, der zum Sieg über die Rachuren entscheidend beigetragen und am Ende viele Leben gerettet hatte. Der Konflikt war offensichtlich. Die Auferstehung von den Toten war eine Vorstellung, die unmöglich in des Fürsten Gedankenwelt passte. Und wenn dergleichen dennoch vorkommen sollte, dann konnte es nur Schlechtes hervorbringen. Der Fürst verband das Erwecken von Toten mit der finstersten Kunst der Magie, die es ganz im Sinne von Henro abzulehnen galt.

Fürst Alchovi fasste einen Entschluss. Er wandte den Blick von Sapius ab, senkte den Kopf und sagte mit leiser Stimme: »Ich gestatte Euch, Tomal zu sehen. Ihr werdet Euren Stab und andere Paraphernalia, die ihr als Waffe oder für einen magischen Zweck einsetzen könntet, in meinen Gewahrsam geben. Hassard und Baylhard bürgen mit ihrem Leben für die Sicherheit des Kindes. Zwölf Eiskrieger werden Euch ständig beobachten. Beim ersten Anzeichen einer Bedrohung werden sie Euch auf der Stelle töten.«

»Ihr müsst von Sinnen sein«, meldete sich Henro erneut zu Wort, »er wird Tomal und mit ihm die zum Schutz abgestellten Eiskrieger vernichten. Unterschätzt nicht seine magische Begabung!«

»Schön … Ihr werdet ebenfalls dabei sein«, wies Corusal an. »… sollten die Eiskrieger versagen, könnt Ihr ihn immer noch nach Art der Praister vergiften.«

Henro erschrak gewaltig bei den letzten Worten des Fürsten und zog sich weiter zurück. Das plötzliche Auftauchen des vermeintlichen Magiers hatte ihn die Kontrolle verlieren lassen. Er musste darauf achten, das über die Wintermonde mühsam aufgebaute Vertrauen nicht wieder zu verspielen, indem er sich dazu hinreißen ließ, unbedacht aus seiner innersten Überzeugung als Praister heraus Äußerungen fallen zu lassen, die den Unmut und die Zweifel des Fürsten erregten. Aber er musste handeln, das wurde ihm während der Unterredung klar. Die Anwesenheit des Magiers passte ihm nicht, und Sapius war in der Lage, die Pläne des Praisters zu durchkreuzen.

»Einverstanden«, sagte Sapius strahlend, dem es gleichgültig war, wer ihn während seiner Begegnung mit Tomal beobachtete.

Hassard wurde angewiesen, die Vorbereitungen für die Begegnung zwischen Tomal und Sapius zu treffen. Bis dahin wurde Sapius unter strenger Bewachung durch die Eiskrieger eine Kammer im Eispalast zugewiesen. Erst am nächsten Tag sollte er Gelegenheit erhalten, den Jungen zu sehen. Dann würde er endgültig Gewissheit haben.

Die Horas wollten und wollten nicht vergehen, während Sapius dem Treffen entgegenfieberte und sich wie ein

Gefangener in der Kammer auf und ab schleppte. Irgendwann in der Nacht überfiel ihn eine Müdigkeit, die ihn auf sein Lager zwang. Überreizt warf er sich unruhig hin und her und fand trotzdem keinen richtigen Schlaf. Wenn er kurz eindöste und in eine Art Dämmerschlaf fiel, plagten ihn schreckliche Albträume vom Ende Krysons, die ihn umgehend wieder aufschrecken ließen. Er wusste nicht, was die Träume verursachte und warum er sich jedes Mal schmutzig und an den furchtbaren Ereignissen schuldig fühlte. Vielleicht war es die Nähe des Lesvaraq, die ihm diese Schreckensvisionen in authentisch wirkenden Bildern schickte. Schließlich, die Nacht war schon weit fortgeschritten, schlief er völlig ermattet ein und dieses Mal störte kein Traum seinen Schlaf.

Sapius hatte fast den gesamten Vormittag bis zum Einsetzen der in Eisbergen nicht sichtbaren Tsairu verschlafen. Durch ein lautes Klopfen an der Tür wurde er jäh aus dem Schlaf gerissen. Die Eiskrieger waren in Begleitung des Praisters Henro gekommen, ihn für die Begegnung mit Tomal abzuholen. Hastig warf der Magier seine Kleidung über, öffnete die Tür und folgte Hassard, der die Gruppe anführte, auf dem Fuße.

Nach einem wiederum endlos lang scheinenden, für Sapius eher schlitternden als gelaufenen Marsch durch die Palastflure wurden sie vor der Tür einer weiteren Kammer angehalten. Ein einziger Blick auf den riesenhaften, Wache stehenden Eiskrieger ließ Sapius verstehen, was genau Hassard meinte, als er ihm von Baylhard berichtet hatte. Kein Wunder, dass sowohl Chromlion als auch Madhrab von dem Eiskrieger beeindruckt gewesen sein mussten.

Wer würde es schon freiwillig wagen, sich mit diesem Monstrum eines Kriegers anzulegen?, dachte Sapius bei sich. *Die-*

ser Mann hätte selbst einem Grimmgour in der Schlacht am Rayhin gehörigen Respekt eingeflößt.

Baylhard begrüßte die anderen Eiskrieger, öffnete die Tür, bückte sich, um nicht mit dem Kopf gegen den oberen Türrahmen zu stoßen, und ging voraus in die Kammer des Jungen. Einer nach dem anderen folgte. Als Sapius die Kammer betrat, erblickte er als Erstes die jungen Schneetiger, die sich auf einem für sie ausgelegten Fell ausgestreckt hatten und selig ineinander verschlungen schliefen. Gelegentlich zuckten ihre Ohren in Richtung der Geräusche, die von den Besuchern verursacht wurden. Sie kümmerten sich jedoch nicht darum, witterten offenbar keinerlei Gefahr und hielten daher die Augen geschlossen.

Sapius' Herz pochte bis zum Hals, als er Tomal endlich erblickte. Der Junge stand mit dem Rücken zur Gruppe auf einem Stuhl am Fenster der Kammer und blickte gelangweilt auf den Hafen und das Meer. Er war von seinem Vater angewiesen worden, auf den Gast zu warten, was ihm offensichtlich nicht schmeckte.

»Seid Ihr jetzt endlich alle hier, um mich anzustarren?«, fragte Tomal mit heller Knabenstimme.

»Bitte …«, stammelte Sapius vor Erregung, »dreht Euch zu mir, junger Herr, damit ich Euch ansehen kann.«

Quälend langsam drehte Tomal den Kopf und sah dem Magier direkt in die Augen. Sapius wurde blass und verlor beinahe die Besinnung. Er taumelte einen Schritt zurück, aber es war bereits zu spät. Dieser Prüfung würde er nicht entgehen. Die Macht packte ihn und warf ihn dem Kind direkt in die Arme. Schutzlos war der Magier dem Geschehen ausgeliefert. Der Junge sah ihm nicht nur in die Augen. Er sah tiefer, viel tiefer. Sapius fühlte, wie ihn der Blick des Fürstensohns durchbohrte, in seinen Gedanken wühlte, all seine Erinnerungen – gute wie schlechte

– hervorholte und sich genüsslich daran labte. Eine Kälte überkam Sapius, die sein Herz für zehn Schläge zum Stehen brachte und seinen Leib erzittern ließ. Fröstelnd, mit schlotternden Knien und klappernden Zähnen, stand er vollkommen entblößt vor Tomal, der das Innerste des Magiers nach außen kehrte. Dunkelheit umfing seine Gedanken. Er fürchtete sich und fühlte sich gedemütigt. Nie zuvor war Sapius sich dermaßen nackt und hilflos vorgekommen wie in diesem Moment der Begegnung mit Tomal. Weder der Angriff Quadalkars noch die letzte Begegnung mit Malidor vor seinem Tod hatten eine solche Intensität und Todesangst in ihm hervorgerufen. Es schien ihm, als stürbe er und würde zugleich neugeboren. Es gab für Sapius keinerlei Zweifel mehr, wen oder was er hier vor sich hatte. Tomal war der Lesvaraq, dessen Begegnung er kaum hatte erwarten können. Und er war das Kind Elischas und Madhrabs. Die in vielen Zügen frappierende Ähnlichkeit vor allem mit Elischas Gesichtszügen war unverkennbar. Die unterschiedliche Farbe seiner Augen verriet Sapius ebenfalls deutlich dessen Abstammung. Mindestens ebenso viele eindeutige Merkmale hatte Madhrab dem Kind zuteilwerden lassen, was vor allem die markante Form des Schädels, Nase und Ohren sowie Kinn und die Hände betrafen. Allerdings machte Sapius die in der Gegenwart des Lesvaraq empfundene Kälte stutzig, die den anderen Anwesenden anscheinend nichts auszumachen schien. Sie bestand offenbar nur zwischen ihm und dem Lesvaraq durch eine persönliche Verbindung. Obwohl er kaum einen klaren Gedanken fassen konnte, versuchte Sapius, während der Lesvaraq das Wissen und die Erinnerungen des Magiers absog und wie ein ausgetrockneter Schwamm in sich aufnahm, sich aus der Starre zu lösen und die mächtige Erscheinung, die mit jedem Augenblick für ihn größer und größer zu werden schien, eingehender zu betrachten.

Es gab nur eine Erklärung für die Gefühle, die Tomal in ihm auslöste. Sapius hatte den Lesvaraq der Dunkelheit vor sich. Dies war der wahre Erbe Ulljans. Alle Umstände deuteten darauf hin. Die Augen, der Blick, die Kälte, die Demütigung und die plötzliche Umnachtung der eigenen Gedanken. Dabei hatte Tomal nichts anderes getan, als sein Gegenüber zu erforschen und sich dort vorhandenes Wissen für sich selbst nutzbar zu machen. Plötzlich änderte sich der Blick Tomals und die Kälte verschwand. Die Gedanken des Magiers wurden erhellt und er spürte eine wohltuende Wärme durch seinen Körper fließen.

Das Wechselbad der Gefühle verunsicherte ihn. Erst die Kälte und die Dunkelheit, dann die Wärme und das Licht. Woher rührten diese Gegensätze in einem Lesvaraq? Es gab nur eine einzige logische Erklärung dafür: Tomal trug das Zeichen der Macht zweimal. Er war ein Doppelträger. Dies hatte es auf Kryson noch nie zuvor gegeben. Das Unmögliche war eingetreten. Ein Zeichenträger, der womöglich beide Pole der Macht in sich vereinigte. Licht und Schatten in einem einzigen Lesvaraq.

Wie passt das zusammen? Es gibt einen weiteren Lesvaraq bei den Naiki. Trägt dieser ebenfalls das doppelte Zeichen oder ist dieses Phänomen einzigartig? Was hat das zu bedeuten? Wie wird sich die Verteilung im Einzelnen auswirken und das Gleichgewicht der Macht beeinflussen?, stellte sich Sapius Fragen, für deren Beantwortung er viel Zeit brauchen würde. Tomal grinste den Magier breit an. In jenem Moment wirkte der Lesvaraq, als wäre er nichts anderes als ein kleiner, frecher Junge, der soeben einen gelungen Streich ausgeheckt hatte, und Sapius war ihm auf den Leim gegangen. Aber natürlich war der Lesvaraq im Geiste kein Kind. Im

Gegenteil, schon jetzt verfügte er über immense Kräfte und war sich dessen voll bewusst. Tomal spielte damit und setzte ein, was ihm geschenkt war.

Von seinem Stuhl hüpfend begann sich Tomal plötzlich vor den Augen der Anwesenden im Kreis zu drehen und vor Freude zu lachen. Er ergriff zum Unmut der Eiskrieger die Hand des Magiers und forderte diesen auf, mit ihm zu tanzen. Auf ein Handzeichen Baylhards, der sich zuvor bei Hassard vergewissert hatte, verhielten sich die Eiskrieger ruhig und sahen dem Freudentanz des Lesvaraq und seines Magiers zwar erstaunt, aber mit Gelassenheit zu. Während sie sich eine Runde nach der anderen an den Händen haltend im Kreis drehten, bis es Sapius bereits schwindelig wurde, rief Tomal dazu: »Er ist zu mir gekommen. Endlich. Mein Lehrer, Schüler und Freund. Er wird mich begleiten bis zum Ende meiner Tage und das Schicksal mit mir teilen.«

Schließlich blieb der Lesvaraq abrupt stehen und riss Sapius in eine feste, innige Umarmung.

»Ich bin froh, dass du den Weg zu mir gefunden hast, Sapius«, flüsterte Tomal in das Ohr des Magiers. »Du wirst ab jetzt bei mir bleiben und ein starker Verbündeter sein.«

»Ja«, antwortete Sapius heiser und schluckte, »ich weiß. Dies ist meine Bestimmung.«

Und er wusste tatsächlich, dass er an seinem ersten Ziel angelangt war. Sein eigenes Schicksal war unzertrennlich an das des Lesvaraq geknüpft. Niemals hätte er sich träumen lassen, dass er dem Lesvaraq der Dunkelheit als Magier dienen und diesen vor den auf Kryson lauernden Gefahren schützen würde.

Der Zyklus des Lesvaraq begann von Neuem.

Gescheitert

»Ihr wagt es erneut, mit leeren Händen in die heiligen Hallen zurückzukehren?«, rief Saijrae erzürnt, als er die körperlosen Geister seiner Leibwächter durch die Hallen schwebend wahrnahm.

Der dunkle Hirte war außer sich vor Wut. Seine Knabenstimme überschlug sich, während er wie vom Wahnsinn besessen tobte und mit den Händen nach den Geistern greifen wollte, um sie zu erwürgen. Hätten sie ihre Körper nicht auf Ell zurückgelassen, er wäre auf ihnen herumgetrampelt und hätte sie in seinem Zorn auseinandergenommen. Denn Haisan und Hofna waren auf ihrer Suche nach Sapius abermals gescheitert. Dabei waren sie ordungsgemäß vorgegangen. Sie hatten den Ratschlag Tallias befolgt, einen Naiki gefangen und auf ihre ganz eigene Weise befragt. Der Waldläufer war kurz davor, ihnen die begehrten Informationen zu liefern. Aber dann wurden sie während der Befragung gestört, noch bevor der Naiki unter dem Martyrium der Folter aussagen konnte. In einem harten Kampf gegen die Naiki waren sie am Ende der Hexe Metaha unterlegen.

»Versager! Ich bin umgeben von Versagern – und euch vertraute ich mein Leben an!«, schrie der dunkle Hirte. »Was soll ich nun mit euch anfangen? Ich werde fähigere Leibwächter suchen müssen. Wollt ihr den Rest eures kläglichen Daseins unter den Gescheiterten verbringen? Das ist der für euch vorgesehene Platz nach allem, was vorgefallen ist.«

»Mein Hirte«, wehte ein stimmloses Flüstern durch die Hallen, das unverkennbar zu Haisan gehörte, »mutet uns dieses Schicksal nicht zu. Wir haben Euch bis zuletzt treu gedient. Wir wurden von einer Macht geschlagen, die älter als die Eure ist.«

»Eine blinde Hexe tauchte zwischen den Bäumen auf. Und sie wurde von einem tödlichen Baumwolf und einem Naiki mit Riesenkräften unterstützt. Wie hätten wir mit ihrem Erscheinen rechnen sollen? Ihren vereinten Kräften waren wir nicht gewachsen. Sie benutzte eine uns unbekannte Art der Magie, fremd und wild, die sie mit der Natur verband«, ergänzte Hofna den Bericht Haisans ebenfalls flüsternd.

»Sie nannte sich Metaha und sagte, sie sei Euer Albtraum, eine Hexe und Wächterin der Lesvaraq. Sie wollte, dass Ihr Euch vor ihr fürchtet«, berichtete Haisan weiter. »Ihre letzten Worte waren eine Botschaft an den dunklen Hirten. Ein Lesvaraq sei geboren worden und die Macht der Saijkalrae habe bald ein Ende.«

Der dunkle Hirte horchte auf, als er den Namen Metaha vernahm. Nach allem, was er vernommen hatte, war sie durch einen Krolak und eine Ausgeburt der für die Naiki typischen und als Tradition gepflegten Inzucht unterstützt worden. Es verwunderte ihn, dass sich der Krolak auf die Seite der Hexe gestellt hatte. Der Fluch des Krolak war dunkle Magie, was eigentlich zur Folge haben musste, dass dieser Gestaltwandler dem dunklen Hirten zu gehorchen hatte und sich gegen Metaha hätte wenden müssen. Dieser Krolak hatte jedoch genau das Gegenteil getan.

Mit den Händen auf dem Rücken weite Kreise durch die Hallen ziehend, dachte Saijrae nach. Es war also endlich so weit. Endlich? Er hatte so lange darauf warten müssen. Die Lesvaraq waren zurück und das Gefühl hatte ihn nicht getäuscht. Der Kampf um die Macht auf Kryson hatte begonnen. Das erste kleine Scharmützel war allerdings für die Saijkalrae verloren worden. Der Gegner schlief nicht und war stärker, als er angenommen hatte. Aber was machte das schon? Kleinere Rückschläge am Anfang mussten wohl oder übel verkraftet werden. Ein weiteres Mal jedoch würde er dies nicht zulassen. Der dunkle Hirte würde besser vorbereitet sein und unangenehme Überraschungen vermeiden. Die Niederlage hatte ihn gewarnt, ab jetzt mussten sie auf alles gefasst sein. Im Kampf um das Gleichgewicht war jedes Mittel recht.

»Ha …«, schrie Saijrae plötzlich auf, der sich mittlerweile beruhigt und sein Temperament wieder im Griff hatte, »… die alte Hexe lebt also noch. Wer hätte das gedacht? Sie scheint einen Lesvaraq in ihrer Obhut zu haben und sich ihrer Sache sehr sicher zu sein. Es ist allerdings mehr als gewagt, uns dieses Wissen zuzuspielen. Und ihr seid wie blutige Anfänger direkt in ihre Falle gelaufen. Wisst ihr, mit wem ihr es zu tun hattet? Metaha war die erste und fähigste Magierin des Lesvaraq Pavijur. Eine Hexe des Lichts. Sie muss in der Tat uralt sein, wenn sie ihr Leben in den Wäldern von Faraghad verbracht hat. Ich dachte, sie sei längst tot. Offenbar hat Ulljan damals nur halbe Arbeit geleistet, als er Pavijur umbrachte, aber dessen Vertraute am Leben ließ. Wie es aussieht, ist sie quicklebendig und könnte unseren Plänen gefährlich werden. Wir müssen sie und ihre Sippe vernichten, sonst kommt sie uns in die Quere. Irgendwie muss sie Ulljan entkommen sein und sich versteckt haben.«

»Ihr hättet uns warnen sollen«, beschwerte sich Haisan, »ihre Fähigkeiten sind … überwältigend.«

»Wozu? Ihr seid doch legendäre Saijkalsan und hättet euch vorsehen müssen. Ihr hattet die notwendigen Mittel, euch zur Wehr zu setzen«, lächelte der dunkle Hirte ein aufgesetztes mitleidiges Lächeln, wobei er seine schwarzen Zähne bleckte. »Außerdem wusste ich tatsächlich nicht, dass sie all die Sonnenwenden überstanden hat. Ihr habt euch selbst bestraft, weil ihr keine Magie einsetzen wolltet, um die alte Hexe zu bekämpfen. Euer Verhalten verstehe ich nicht. War euch der Preis für einen Sieg zu hoch?«

»Wir kamen nicht dazu. Nach ihrem Erscheinen ging alles sehr schnell«, meinte Hofna, »der gesamte Wald hatte sich gegen uns verschworen.«

»Ich gebe zu, die alte Hexe könnte eine echte Herausforderung sein. Deshalb werde ich ein letztes Mal Nachsicht walten lassen, was euer erneutes Versagen angeht. ihr sollt Gelegenheit erhalten, wiedergutzumachen, was ihr verdorben habt. Um Metaha und die Naiki werde ich mich selbst kümmern, jetzt, wo sie sich uns zu erkennen gaben und offen zum Kampf herausforderten. Ihr Ende wird gewiss nicht angenehm sein. Was euch angeht, so werde ich eine körperliche Hülle magischen Ursprungs erschaffen, in die eure Geister einkehren können. Sie werden euren künftigen Aufgaben angemessen sein.«

»Das ist sehr großzügig von Euch, mein Hirte«, bedankte sich Hofna.

»Freut euch nicht zu früh. Die Hülle wird euch vielleicht nicht gefallen«, lachte Saijrae. »Tallia, zeig den Geistern, was du für sie erdacht hast und welche Aufgaben sie erwarten.«

Tallia trat aus den schattigen Nischen der Hallen hervor und zeigte sich den Geistern Haisans und Hofnas. Neben ihr tauchte für Haisan und Hofna überraschend Malidor auf, der sich seit einiger Zeit in den Hallen der Saijkalrae aufgehalten hatte, um seine Fähigkeiten mithilfe seines Meisters, des dunklen Hirten, zu verbessern.

Ein Hauch von Dunkelheit umgab das Wesen der Klanfrau. An ihren Händen und Unterarmen klebte eine dickflüssige, sich zäh bewegende Masse, die dem düsteren, sonnenverdunkelnden Wolkenband über Ell sehr ähnlich war. Es schien, als wäre Tallia noch tiefer in der Schwärze des dunklen Hirten versunken als zuletzt. In ihren Händen trug sie ein großes, schwarzes Auge, einer Kugel gleich, das auf ihre Berührungen mit der klebrigen Flüssigkeit reagierte und sich prompt öffnete.

»Seht in das Auge«, befahl sie den Geistern, »dort findet ihr euer neues Wesen. Der Wurm wird Hofna sein und die Kröte Haisan. Ihr werdet in diesen Gestalten auf den magischen Kontinent Fee gehen. Dort werdet ihr den Tag und die Nacht für den dunklen Hirten erforschen und sein Kommen vorbereiten, auf dass sein Triumph vollkommen sein wird. Hofna steht für die Dunkelheit und Haisan für das Licht. Ihr werdet ihm helfen, den Ursprung des Gleichgewichtes zu verstehen, und die magischen Geschöpfe Fees für seine Sache gewinnen. Schart sie zahlreich auf beiden Seiten um euch. Saijrae wird sich die Macht untertan machen und sodann ganz Kryson seinem Willen unterwerfen.«

Entsetzt betrachteten die Leibwächter die Kreaturen, die sich ihren Augen zeigten. Sie waren an merkwürdigen und vor allem fremd wirkenden Attributen kaum zu überbieten. Der riesige fleischfarbene Wurm war mit giftigen Stacheln am ganzen Körper übersät und besaß einen Schlund voll langer, spitzer Zähne. Vorne wies er drei Paar klauenbewehrter Hände auf, die Schaufeln glichen. Seine Augen schimmerten gelblich wie die einer Schlange.

Die Kröte war in ihrem Wuchs zwar kleiner, aber massiger als der Wurm. Im Vergleich zu den auf Ell bekannten Kröten und sogar zu der in den Grenzlanden vorkommenden Grutt war sie immer noch gewaltig. Die Grutt war als Riesenkröte immerhin in der Lage, einen ausgewachsenen Klan auf einmal zu verschlingen, und ihr Gift war tödlich.

Diese Kröte jedoch würde noch weit größere Beute verschlingen können und selbst einen Drachen in arge Schwierigkeiten bringen. Aus ihrem Rücken wuchsen mächtige lederne Schwingen. Ihr schwarzrot gefleckter Körper war von Warzen und Drüsen überwuchert, mit denen sie sowohl eine stark ätzende Säure als auch ein tödliches Gift produzieren konnte, welches die Kröte viele Fuß weit und großflächig verstreut auf ihre Opfer schießen konnte. Die zehn Fuß lange, im Normalzustand eingerollte Zunge war mit einer klebrigen Masse überzogen, an der jedes Wesen hängen blieb und unweigerlich in ihr riesiges Maul gezogen wurde, wenn sie Zunge nach erfolgreicher Jagd wieder einzog. Die Augen leuchteten wie die rote Glut eines Feuers und deuteten an, dass sie in der Lage war, Feuer zu spucken.

»In der Gestalt dieser Geschöpfe werdet ihr auf Fee überleben können. Weder der Wurm noch die fliegende Kröte existieren auf Ell. Ihr werdet euch also an die Eigenheiten dieser uns weitestgehend unbekannten, aber ohne Zweifel mächtigen Wesen gewöhnen müssen. Lernt sie schnell und gut kennen, denn einen anderen Körper werdet ihr nicht erhalten. Immerhin scheinen diese Monster ein Grund dafür zu sein, warum die Drachen einst ihre Heimat verließen und nach Ell kamen. Wir stießen durch das schwarze Auge zufällig auf den Wurm und die Kröte, die auf Fee keine natürlichen Feinde zu besitzen scheinen. Es war das erste Mal, dass uns das Auge einen kurzen Blick nach Fee gewährte und ausgerechnet diese beiden Wesen zeigte. Der Wurm lebt unter der Erde überwiegend in Höhlen und existiert nur in der Dunkelheit. Die Kröte hingegen ist die unangefochtene Herrscherin der Lüfte und der Gewässer auf dem magischen Kontinent. Bedenkt, dass es kein Zurück mehr für euch geben wird. Sterbt ihr auf Fee, seid ihr für immer verloren. Ihr werdet von dort keinen Zugang zu den heiligen Hallen der Saijkalrae öffnen können. Für eure Aufgabe werdet ihr viel Zeit und Geduld brauchen. Ihr werdet auf euch allein gestellt sein, und es wird lange dauern, bis der dunkle Hirte Fee betreten kann. Zuerst muss er den Kontinent Ell unterjochen, seine Gegner und die neugeborenen Lesvaraq beseitigen müssen. Danach wird er seine Kräfte sammeln und sich auf die Reise begeben. Bereitet das Kommen des dunklen Hirten gründlich vor. Ein weiteres Scheitern darf es nicht geben.«

Den Leibwächtern des dunklen Hirten blieb nichts anderes übrig, als sich dem ihnen zugedachten Schicksal zu fügen, wenn sie weiterhin leben und einem Dahinvegetieren in der totalen Finsternis unter den Gescheiterten entgehen wollten. Der dunkle Hirte bot ihnen keinen anderen Körper als den von Tallia vorgestellten. Ob sie Saijrae in seiner vollkommenen Machtbesessenheit für wahnsinnig hielten oder nicht, durfte hierbei keine Rolle spielen. Saijrae griff nach Fee, das war unübersehbar. Niemand hatte zuvor einen solch verwegenen Schritt gewagt, um seine Macht zu stärken. Die Magiebegabten hatten bislang das unüberschaubare Risiko und die möglichen Folgen für Ell gescheut.

»Kommt, das schwarze Auge hat euch einen Weg nach Fee geöffnet. Er wird nur für kurze Zeit offen bleiben. Schwebt hindurch und bemächtigt euch der toten Körper, die am anderen Ende auf euch warten«, winkte Tallia die Geister heran.

Haisan und Hofna bewegten sich auf das Auge zu. Als sie sich diesem bis auf wenige Zoll genähert hatten, wurden sie durch einen Sog hineingezogen und verschwanden in eine andere Welt. Das Auge schloss sich und Tallia lächelte.

Der Anfang zu einer neuen Herrschaft des dunklen Hirten über ganz Kryson war gemacht.

Dem Ruf des dunklen Hirten folgend hatte sich der Orden der Saijkalsan in die heiligen Hallen der Saijkalrae begeben. Doch nicht alle waren gekommen. Fürst Fallwas fehlte, Kallahan hatte sich dem Ruf verweigert und Quadalkar befand sich auf dem Weg zur Schlacht gegen die Bewahrer, und natürlich wurde der abtrünnige Sapius, dem es gelungen war, die Verbindung zu den Saijkalrae vollständig abzubrechen, nach wie vor vermisst. Dafür waren weitere Saijkalsan mit ihren jüngst hinzugewonnenen Schülern eingetroffen. Wie üblich schritt der dunkle Hirte jeden einzelnen der anwesenden Saijkalsan ab, um ihm prüfend in die Augen zu sehen und Häme und Spott zu verteilen, wenn sie nicht in seinem Sinne gehandelt hatten. Selten lobte er für gelungene Taten. Gerne bestrafte er für widerstrebendes Verhalten und demonstrierte seine Dominanz. Seit seinem Erwachen war er stärker geworden und hatte das Gleichgewicht mit jedem Tag mehr zu seiner Seite verlagert. Die Saijkalsan fürchteten die Macht des dunklen Bruders.

Unter den Versammelten befanden sich auch Malidor, der verräterische Schüler des Sapius, und Rajuru, die durch ihre Verjüngung Aufsehen erregte. Sie alle warteten gespannt, was der Ruf des dunklen Hirten zu bedeuten hatte. Was plante er? Warum hatte er sie zu sich in die heiligen Hallen der Saijkalrae gerufen?

Misstrauisch und eifersüchtig konnte die Herrscherin der Rachuren die Augen nicht von der jungen Schönheit an der Seite des dunklen Hirten lassen, die eine solch dunkle Aura versprühte, als sei sie die eigentliche treibende Kraft der Dunkelheit. Was immer der dunkle Hirte mit

Tallia angestellt hatte, er war in seinem Bestreben, sie zu einer vollkommenen Braut der Dunkelheit zu machen, erfolgreich gewesen.

»Thezael, mein Freund!«, flötete der dunkle Hirte, als er vor dem Klan in der roten Robe stehen blieb. »Ich fühle mich geehrt, dass Ihr meiner Einladung gefolgt seid. Die meisten meiner Saijkalsan sollten sich ein Beispiel an Euren überragenden Erfolgen nehmen. Ihr seid ein Vorbild an Disziplin, Ausdauer und Hartnäckigkeit in der Verfolgung Eurer Ziele. Wie erfreut wäre ich, wenn Ihr künftig einer der Meinen wärt und Euer Geschick in meine Dienste brächtet. Werdet ein Saijkalsan. Ihr habt alle Prüfungen bestanden.«

»Ihr scheint zu vergessen, dass ich als Praister ein Diener der Kojos bin und mich als Vermittler zwischen Leben und Tod den Schatten zugewandt habe. Zeit meines Lebens habe ich die Saijkalsan bis aufs Blut bekämpft und vernichtet, wo immer ich ihrer habhaft werden konnte«, antwortete Thezael, während er die Hände abwehrend vor sich hielt.

Die Saijkalsan waren verblüfft und gleichzeitig erschrocken, wie offen und mutig dieser Praister mit dem dunklen Hirten sprach. Er sah ihm dabei direkt in die Augen und wandte selbst dann den Blick nicht ab, als Saijrae ihm die Finsternis vor Augen führte, die jedes Licht verschluckte und den Verstand zu rauben vermochte. Er versuchte in die Gedanken des Praisters einzudringen und seine Beweggründe zu entschleiern. Doch Thezael errichtete eine Mauer, die der dunkle Hirte nicht zu durchdringen vermochte. Saijrae zuckte zurück, als hätte er sich den Kopf gestoßen.

»Wahrhaftig, Ihr seid standhaft«, stellte der dunkle Hirte anerkennend fest. »Ich weiß sehr wohl, wer Ihr seid und was Ihr getan habt. Fallwas geht auf Euer Gewissen. Ihr habt ihn genauso vergiftet wie den Regenten, nicht wahr? Und Ihr habt Euch der Tochter des Regenten entledigt, als sie Euch lästig wurde.«

»Gleichgültig was ich tat und ob ich vollbrachte, was Ihr mir unterstellt. Ein Handeln war so oder so notwendig. Fallwas war schwach und von dem einzigen Gedanken nach Allmacht durchdrungen. Der Fürst hatte den falschen Weg gewählt und deshalb den Tod verdient. Haluk Sei Tan hingegen war senil. Zu lange lagen die Klanlande brach und verfielen in Dekadenz. Es war Zeit für ihn, zu den Schatten geleitet zu werden. Was seine Tochter Raussa angeht, entpuppte sie sich schnell als aufsässige Hure, die ihre Stellung als Regentin missbrauchte und nicht auf meinen Rat hören wollte. Sie brachte alles durcheinander und wurde so zur Gefahr.«

»Ihr meint, sie wollte Euren Anweisungen nicht Folge leisten. Habt Ihr das Wesen der Regentin unterschätzt?«

»Möglich. Wahrscheinlicher ist jedoch, dass sie uns ihre Naivität lediglich vorgespielt hat und ihr wahres Gesicht erst zeigte, nachdem sie die Nachfolge ihres Vaters angetreten hatte.«

»Wie dem auch sei«, unterbrach der dunkle Hirte den Praister, »Tut-El-Baya und der Palast liegen nun in Euren Händen. Ihr wärt also in der Lage, die Klanlande zu kontrollieren und die Lesvaraq ausfindig zu machen, sofern sie sich in dem von Euch beherrschten Bereich befinden. Thezael, ich könnte einen starken Verbündeten brauchen. Wollt Ihr mein Statthalter der Klanlande sein?«

»Welchen Nutzen hätte ich davon, wenn ich mit den Saijkalrae zusammenarbeiten würde?«, fragte Thezael. »Warum sollte ich Statthalter sein, wenn ich die Herrschaft haben kann?«

»Nicht schlecht, mein Freund«, sagte der dunkle Hirte, »… und gewagt. Ihr stellt Forderungen in den heiligen Hallen? Was glaubt Ihr als Antwort zu erhalten?«

»Ihr ludet mich ein und machtet mir ein Angebot. Wie Ihr schon sagtet, die Regentschaft über die Klanlande liegt in meinen und der Praister Hände. Wir können einen Pakt der Ruhe schließen. Zumindest für einige Zeit. Oder wir verfolgen Euch und Euresgleichen weiter, wie wir es seit Ulljans Ableben stets getan haben. Würde ich Eurem Vorschlag zustimmen, erlangtet Ihr einen Vorteil, den zu billigen ich nicht bereit bin. Die Praister stünden mit leeren Händen da, weil sie Euch, entgegen ihren Grundsätzen, fortan folgen müssten. Ihr solltet mir also eine Gegenleistung bieten. Und angemessen sollte sie sein.«

»Ihr müsstet Eure Zeit und Kraft nicht länger für die Bekämpfung der Saijkalrae und Saijkalsan verschwenden. Das wäre ein entscheidender Nutzen für die Praister. Schutz und Sicherheit in der neu errungenen Regentschaft könnte ich Euch ebenfalls gewähren. Sie ist keineswegs sicher, solange das Fürstenhaus Alchovi Anspruch auf die Regentschaft erheben könnte.«

»Alchovi lasst ruhig meine Sorge sein. Wir kümmern uns bereits darum.«

»Schön, wie ich sehe, seid Ihr ein umsichtiger Mann. Nun … ich könnte Euch in der Tat in Ruhe gewähren lassen, statt Euch die Regentschaft gewaltsam zu entreißen, und einen meiner getreuen Saijkalsan an Eurer statt einzusetzen.«

»Darauf ließe ich es ankommen«, zeigte sich Thezael von der Drohung unbeeindruckt. »Ihr wisst, dass wir der Macht der Saijkalrae durchaus gewachsen sind.«

»Wer kann dies mit Gewissheit behaupten, wenn er es nicht mit eigenen Augen gesehen hat. Das sind nur Worte, Thezael. Eine leere Hülle, die Ihr durch Geschwätz zu füllen glaubt. Ihr behauptet, Eure Kraft käme von den Kojos, Ihr ständet mit den Schatten im Bunde. Das ist Eure Rede. Doch nie zuvor tratet Ihr gegen mich oder meinen Bruder an und habt Eure Macht mit der unseren gemessen. Wie wollt Ihr da annehmen, Ihr könntet in einem magischen Kampf bestehen. Gewiss, der ein oder andere bedauernswerte Saijkalsan ging durch die Folter der Inquisition zugrunde. Ein Bauernopfer nenne ich das. Bedauerlich zwar, aber verkraftbar. Ihr solltet jedoch nicht zu sehr auf die Macht der Kojos vertrauen, wo Ihr doch die Magie ablehnt und sie dann doch selbst für Eure Zwecke einsetzt. Ihr Praister seid ein Widerspruch in Euch selbst. Zweifelt Ihr nicht mitunter daran, ob die Kojos existieren? Habt Ihr je einen gesehen?«

»Das ist Blasphemie«, erhob Thezael seine Stimme, »die Kojos sind überall und ihre Macht ist unbegrenzt. Wie könnt Ihr es wagen, sie infrage zu stellen. Selbst Ihr werdet Euch ihrem Willen beugen müssen.«

Das Gesicht des Praisters war vor Zorn rot angelaufen und er fuchtelte zum Entsetzen der Saijkalsan aufgebracht mit den Armen vor dem Gesicht des dunklen Hirten. Der dunkle Hirte verlor allmählich die Geduld und bereute, den widerspenstigen Gast zu der Versammlung der Saijkalsan überhaupt eingeladen zu haben. Er würde diese Unterredung rasch beenden müssen, wenn er nicht den Respekt der ihm dienenden Saijkalsan verlieren wollte.

»Nein«, schrie Saijrae, »das werde ich nicht. Und Ihr? Ihr werdet meinen Vorschlag besser überdenken, sonst wird das Vergnügen Eurer Herrschaft nur von kurzer Dauer sein.«

»Die Herrschaft ist ohnehin wertlos, wenn alles zerfällt. Beendet die Zeit der Dämmerung und beseitigt die Geißel der Schatten, dann erst werde ich mit Euch über ein Zusammenwirken unserer Orden sprechen!«, erdreistete sich Thezael.

»Niemals«, zeigte sich der dunkle Hirte entsetzt, »die Zeit der Dämmerung ist Teil meines Plans. Sie wird Ell auf die Dunkelheit vorbereiten. Das Gleichgewicht verschiebt sich durch sie zu meinen Gunsten.«

»Dann gibt es nichts mehr zu sagen«, meinte Thezael.

»So bleiben wir weiterhin Feinde?«, fragte Saijrae.

»Wohlan, das waren und das bleiben wir«, antwortete Thezael trocken und kehrte dem Saijkalrae-Bruder den Rücken zu.

»Sterbt, elender Praister. Hier und jetzt!«, ereiferte sich der dunkle Hirte plötzlich. »Tallia, Saijkalsan … zeigt ihm unsere Macht und tötet ihn.«

Sofort kam Bewegung in die Gruppe der Saijkalsan, die dem Streit mit staunenden Ohren zugehört hatten. Sie hatten nicht glauben wollen, dass Saijrae ihrem ärgsten Feind tatsächlich ein solches Angebot unterbreitet hatte und ihn zum Verbündeten machen wollte. Selten hatten sie Gelegenheit erhalten, in Überzahl einem der ihnen so verhassten Praister, die ihnen das Leben schwer gemacht und viele Freunde zu Tode gefoltert hatten, entgegenzutreten. Ihre Welt würde wieder in Ordnung kommen, wenn sie Thezael die Schmerzen und die Entbehrungen der Inquisition endlich heimzahlen durften. Er sollte für all das leiden, was die Praister den Saijkalsan jemals angetan hatten. Ihre Augen funkelten in Vorfreude auf das kommende Fest, den Praister in kleine Stücke zu zerteilen und ihn dabei doch möglichst lange am Leben zu lassen.

Doch Thezael hielt eine Überraschung für sie bereit. Er breitete die Arme aus und rief die Schatten zu sich. Plötzlich erfüllte ein schwarzer Nebel die heiligen Hallen, wurde dichter und dichter und sammelte sich um den Praister.

»Haltet ihn!«, schrie der dunkle Hirte, der die Absicht Thezaels und die Nähe der Schatten sofort erkannt hatte. »Er flieht. Lasst ihn nicht entkommen.«

Grelle Blitze zuckten von allen Seiten durch die Hallen und versuchten, die sich um Thezael verdichtenden Schatten zu durchdringen und den Praister zu verletzen. Rajuru bemerkte als Erste die Sinnlosigkeit ihrer Angriffe und sprang mit einem gewaltigen Satz auf die immer größer und dichter werdende wabernde Schattenwand zu, wurde jedoch vehement zurückgeworfen und landete rücklings vor den Füßen des dunklen Hirten, der sie lediglich entgeistert anstarrte. Malidor wollte der Saijkalsanhexe beistehen und hatte gesehen, wie sie in ihrem Versuch, den Praister aufzuhalten, gescheitert war. Seine rasche Auffassungsgabe half ihm, ihren Fehler sofort zu erkennen und zu vermeiden. Vorsichtig näherte er sich der den Praister umhüllenden Erscheinung und griff quälend langsam Zoll für Zoll mit beiden Armen durch die Schattenwand hindurch. Durch die langsamen Bewegungen ließen ihn die Schatten durch sich hindurchgreifen, bis er mit den Händen den Stoff von Thezaels Gewand spürte und zu fassen bekam. Mit einem kräftigen Ruck versuchte er den Praister aus dem Schutzwall herauszuziehen. Aber die Schatten gaben ihren Herrn nicht frei. Malidor zuckte zusammen. Ein Stechen in seiner Hand veranlasste ihn, seine Arme zurückziehen zu wollen. Stattdessen wurde er von Thezael gepackt und in den schützenden Kreis gezogen. Entsetzt blickte er dem Praister in die Augen, der ihn kalt und triumphierend anlächelte.

»Du kommst mit mir, Saijkalsan!«, flüsterte Thezael.

Malidor sank zu Boden. Alles drehte sich um ihn, Thezael und die im Kreis tanzenden Schatten, die den übrigen Saijkalsan und dem dunklen Hirten ein Durchkommen inzwischen unmöglich machten. Durch den Anblick wurde ihm schwindelig und eine Übelkeit überkam ihn, die seinen Magen verkrampfen ließ. Schließlich verlor er das Bewusstsein und sank in den Armen des Praisters zu Boden.

»Wir sehen uns in den Folterkammern wieder«, dröhnte die hasserfüllte Stimme des Praisters durch die Dunkelheit der heiligen Hallen.

Sein anschließendes Lachen zerriss den schwarzen Nebel so plötzlich, wie sich dieser gebildet hatte. Thezael war verschwunden und mit ihm Malidor. Die Schatten stoben auseinander und stürzten sich begierig auf die Saijkalsan, die dem unerwarteten Angriff schutzlos ausgeliefert waren.

»Tallia« befahl der dunkle Hirte seiner Braut, »gebiete ihnen Einhalt, bevor es zu spät ist! Die Schatten brauchen das Licht. Entziehe es ihnen. Die Dunkelheit sei dein!«

Tallia hatte verstanden. Ihre Hände berührten den dunklen Hirten, der ihr durch den Kontakt von seiner Kraft gab. Sie öffnete die Lippen, verdrehte die Augen und verzog das Gesicht zu einer scheußlichen Grimasse, während sie das spärliche Licht in sich aufsog und augenblicklich die Dunkelheit zu sich rief. Jegliches verbliebene Licht erlosch, wurde von Tallia aufgesogen und verschwand mit jedem Atemzug in ihrem Leib, bis absolute Finsternis vorherrschte. Die Schatten erstarben, lösten sich im Nichts auf, als wären sie Thezael nie zu Hilfe geeilt. Der Spuk war zu Ende.

»Thezael ist ein ernst zu nehmender Gegner«, stellte der dunkle Hirte fest, »ich habe ihn unterschätzt. Aber er verfolgt seine eigenen Ziele und wird sich nicht mit dem Feind verbünden. Wo ist Saijkalsan Malidor?«

»Der Praister hat ihn mit sich genommen«, antwortete Rajuru.

»Dann ist er verloren!«, stellte der dunkle Hirte fest. »Aus den Fängen der Inquisition gibt es kein Entkommen. Ihr werdet mir diesen Verlust teuer bezahlen, Thezael. Hört Ihr! Ich komme und hole mir Eure schmutzige Seele.«

Wütend und enttäuscht über die Niederlage stampfte Saijrae mit dem Fuß auf den Boden. Durch das Geräusch entzündeten sich die an den Wänden angebrachten Fackeln wie von selbst und tauchten die heiligen Hallen in ein dunkles blaues Licht.

Saijrae half Rajuru auf die Beine und betrachtete die Herrscherin der Rachuren mit einem prüfenden Blick. Für eine Weile versuchte er zu ergründen, wie es ihr gelungen war, die Schönheit der Jugend zurückzuerlangen. Gegen sein versuchtes Eindringen in ihre Gedanken, hatte sie sich allerdings vorsorglich gewappnet. Es war ihr keineswegs daran gelegen, sich ihm auf diese Weise zu offenbaren. Ein Lächeln umspielte seine Mundwinkel. Ihm gefiel, was er sah, und er erinnerte sich ganz offensichtlich an vergangene Zeiten, in denen er die Hexe tatsächlich begehrt hatte.

Doch das war lange her.

An Händen und Füssen gefesselt fand sich Malidor, nachdem er aus der Bewusstlosigkeit erwacht war, auf einer Streckbank in einer spärlich beleuchteten Kammer wieder. Sein Schädel brummte, als hätte er drei Tage und Nächte Unmengen von billigem Wein gekostet. Er spürte, dass er sich nicht bewegen konnte, und sein Geist war benebelt. Thezael musste ihm ein lähmendes Gift verabreicht haben, bevor er ihn in die Kammer entführte. Umgeben von rot gewandeten Praistern, die ihn aufmerksam beobachteten, konnte er nichts anderes tun, als gelähmt und auf die Bank gebunden abzuwarten. Am Kopfende über ihm thronte Thezael mit verschränkten Armen und gestrengem Blick, der ihm unmittelbar von oben herab in die Augen starrte.

»Wo bin ich?«, krächzte Malidor heiser.

»Genau dort, wo wir dich haben wollen, Saijkalsan. In einer Kammer der Praister, die vor langer Zeit von der großen Inquisition benutzt wurde, um den Saijkalsan Einhalt zu gebieten und ihnen ein angemessenes Ende zu bereiten. Aus dieser Kammer wirst du keinen Zugang zu den Saijkalrae öffnen und entfliehen können. Aber du darfst dich geehrt fühlen. Der große Quadalkar lag auf eben jener Bank, auf der du jetzt liegst. Den Schriften nach war er ein erstaunlicher Saijkalsan, zäh und außerordentlich ausdauernd. Tagelang ertrug er die glühenden Eisen. Weder Peitsche noch Sulsak oder Stockschläge kratzten ihn, und obwohl ihm jeder Knochen im Leib gebrochen worden war, blieb er standhaft, verweigerte ein Geständnis oder den Verrat an seinen Brüdern und Schwestern. Schattenmagie konnte ihm nichts anhaben. Und doch verlor er am Ende den Verstand. Wie steht es mit dir? Bist du so stark wie die verfluchte Legende und wirst der Folter bis zu deinem unweigerlichen Ende widerstehen? Sieh dorthin …«, der Praister drehte den Kopf des Saijkalsan in die Richtung, die er angedeutet hatte.

Malidor erkannte eine an der Wand lehnende, halb geöffnete leere Box, die in ihrer Hülle innen wie außen der eines erwachsenen Klan nachgebildet war. Ihm schwante Schreckliches. Im Inneren befanden sich eiserne Dornen, an denen vertrocknetes Blut klebte. Am Kopfteil gab es Aussparungen für Augen, Mund und Nase. Der Saijkalsan hatte davon in alten Schriften gelesen. Es handelte sich um ein berüchtigtes Folterinstrument, das offiziell *die eiserne Dornenkammer der Inquisition* genannt wurde. Von den Saijkalsan wurde sie lediglich als blutige Qual bezeichnet. Wurde ein Opfer in die Box gestellt und diese verschlossen, bohrten sich die Dornen unweigerlich durch Fleisch und

Knochen in den Leib. Ihr Eindringen und das Steckenbleiben im Körper verhinderte zunächst das Verbluten des Opfers. Die Dornen waren so geschickt angebracht, dass sie den jeweiligen Insassen zwar nicht töteten, ihm aber unbeschreibliche Qualen verursachten. Die Eisendorne wie auch die gesamte Box konnten von außen erhitzt und zum Glühen gebracht werden. Die Praister hatten diese Methode oft eingesetzt, wenn sie die Qualen der Gefolterten noch steigern wollten.

»Was habt Ihr vor?«, fragte Malidor, das Unvermeidliche bereits vor Augen.

Thezael sah sich in der Runde der Praister um und setzte ein verschmitztes Lächeln auf.

»Wir werden dich auseinandernehmen, wieder zusammensetzen und erneut zerlegen. So lange, bis du dich von den Saijkalrae lossagst, Saijkalsan«, war seine Antwort auf die Frage Malidors.

»Lasst mich gehen«, flehte Malidor, »ich werde ein gutes Wort bei den Saijkalrae für Euch einlegen.«

Thezael lachte lauthals auf und drehte Malidors Kopf dieses Mal so, dass er einen Blick auf einen neben der Streckbank stehenden Tisch werfen konnte, auf welchem die Praister ihre Werkzeuge abgelegt hatten. Messer mit kurzen, langen und gezackten Klingen, eine Säge, Zangen unterschiedlicher Größe und Stärke, zwei Hämmer und nach seinem Geschmack zu viele rostige Eisennägel. Neben dem Tisch stand auf einem Eisengestell in derselben Höhe eine steinerne Schale, in der sie eine Feuersglut entfacht hatten und einen eisernen Stab zum Glühen brachten.

»Du wirst frei sein, wenn du ihnen entsagst. Das verspreche ich dir«, sagte Thezael.

»Ich … kann nicht«, antwortete Malidor.

»Noch nicht.« Thezael gab dem ihm am nächsten stehenden Praister kopfnickend ein Zeichen. »Nach einer Hora werde ich dich noch einmal fragen.«

Der oberste Praister drehte sich um, verließ die Kammer ohne ein weiteres Wort und ließ Malidor mit den Folterknechten alleine in der Kammer zurück. Die Tortur begann.

»Rajuru, meine Liebe«, schmeichelte der dunkle Hirte, »du hast endlich einen Weg gefunden, deinen Zerfall aufzuhalten und rückgängig zu machen.«

»Das tat ich nur für Euch, mein Hirte«, sagte sie mit gehauchter Stimme.

Ein breites Grinsen zeigte den umstehenden Saijkalsan die schwärzesten Zähne ihres Herrn und Meisters. Während er sich lüstern mit der Zunge über die Lippen fuhr, umfassten seine Hände ihre Hüften. Er zog sie dicht an sich und sog tief ihren Duft ein. Rajuru wähnte sich am Ziel ihrer Träume, zitterte am ganzen Leib vor Erregung und genoss jede seiner Berührungen, die sie so lange vermisst hatte. Mit den Fingern fuhr der dunkle Hirte behutsam die Konturen ihres Gesichts nach. Sie war ohne Zweifel schön. Er konnte keinen Makel entdecken. Das zärtliche Spiel des dunklen Hirten und der Saijkalsanhexe wurde von Tallia argwöhnisch beobachtet. Die junge Frau hatte Rajurus Absichten, den dunklen Hirten für sich gewinnen zu wollen und sie von dessen Seite zu verdrängen, durchschaut. Sie trat näher heran und schnüffelte von hinten an Haut und Haaren der verjüngten Hexe.

»Sie täuscht uns!«, sagte Tallia plötzlich triumphierend. »Ihre Jugend und Schönheit ist nicht von Dauer. Ein Blutschwur und die Gefräßigkeit einer alten Hexe stecken hinter ihrem Betrug. Aus eigener Kraft kann sie ihren Zustand nicht aufrechterhalten. Sie wurde zu einer Seelenfresserin, um Euch zu gefallen, mein Hirte.«

Als der dunkle Hirte die Worte Tallias vernommen hatte, hielt er inne und stieß Rajuru grob von sich. Sie fiel erneut zu Boden und wusste nicht, wie ihr geschah. Wie hatte dieses Mädchen ihren Zauber erkannt? Was oder wer war sie? Kallahan hatte sie mitgebracht und als seine Schülerin vorgestellt. Sie konnte sich in so kurzer Zeit unmöglich zu einer für sie gefährlichen Kontrahentin mit ebenbürtigen Fähigkeiten entwickelt haben.

»Ist das wahr?«, herrschte Saijrae die Hexe an. »Du hast die Folgen des Alterns nicht überwunden und spielst mir etwas vor?«

»Nein, Saijrae. Glaubt mir. Ich … ich habe einen Weg gefunden, der mir die Jugend zurückbringt«, stammelte Rajuru verunsichert, »nur für Euch! Gut, ich gebe es zu. Die Wirkung ist nicht von Dauer und muss von Zeit zu Zeit erneuert werden. Aber es ist ein erster Schritt, Saijrae. Ich liebe Euch und Ihr werdet mich wieder lieben. Ich gehöre Euch mit Leib und Seele. Und Ihr gehört mir. Es wird so sein, wie es einst zwischen uns war. Vergesst dieses Mädchen! Jagt sie aus den heiligen Hallen. Sie wird Euer Verderben sein, mein Hirte. Vertraut meiner Erfahrung und setzt auf unbedingte Treue. Wenn Ihr es nicht tut, werde ich es für Euch vollbringen. Was kann sie Euch schon geben, was ich Euch nicht längst schenkte?«

Der dunkle Hirte lachte ein gehässiges Lachen, mit dem er Rajuru verhöhnte. Die alte Saijkalsanhexe war eifersüchtig auf Tallia. Das amüsierte und reizte ihn zugleich. Er war nicht abgeneigt, die beiden Frauen aufeinander loszulassen und den Ausgang des Kampfes abzuwarten. In der Absicht, Rajuru herauszufordern, rief er mit einer Handbewegung einen unsichtbaren Zauber herbei, den er auf die am Boden liegende Hexe lenkte. Rajuru spürte die tödliche Gefahr. Saijrae wollte ihr Schmerzen zufügen, sie verletzen, und es war ihm gleichgültig, ob sie dabei starb. Geistesgegenwärtig baute Rajuru rasch einen Schutz gegen den Zauber auf, der sie allerdings Kraft kostete. Kraft, die ihren Zustand beeinträchtigte und sie sofort vor den Augen des dunklen Hirten und der versammelten Saijkalsan altern ließ. Ihre Abwehr und die Folgen derselben hatte der dunkle Hirte erwartet und durch seinen Angriff erfolgreich herbeigeführt. Er war zufrieden mit sich selbst.

»Seht doch«, sagte Tallia, »sie verwandelt sich und zeigt uns ihr wahres Gesicht.«

»Sie ist so hässlich und alt«, wandte sich der dunkle Hirte angewidert ab, »wirf sie aus den heiligen Hallen und bring sie zu den Gescheiterten. Es wird Zeit, aufzuräumen, die alten Fesseln abzulegen und sich neuen Pfaden zu widmen. Ich will sie nicht mehr sehen.«

»Zu gerne«, lächelte Tallia siegessicher.

Die Braut des dunklen Hirten bewegte sich auf Rajuru zu, beugte sich hinab und packte die Saijkalsanhexe an den Haaren, um sie daran grob auf die Beine zu ziehen. Rajuru verzog das Gesicht und kreischte lautstark. Durch eine abrupte Bewegung entwand sie sich – unter Inkaufnahme des schmerzhaften Verlustes eines Haarbüschels – dem Griff Tallias und machte sich ihrerseits zum Angriff bereit. Sie schlug Tallia die spitzen Krallen einer Hand ins Gesicht, während sie das Mädchen mit der anderen Hand am Hals packte und zudrückte.

»So einfach werdet Ihr mich nicht los«, geiferte die Saijkalsanhexe, »nicht nach alle dem, was ich für Euch getan und erleiden musste. Ich herrsche über ein mächtiges Volk. Meine Kraft beziehe ich inzwischen aus mir selbst. Ich brauche die Berührung der Saijkalrae schon lange nicht mehr, um die Macht der Magie für mich zu nutzen.«

Die Krallen durch das Gesicht der jungen Saijkalsan ziehend, fügte Rajuru der Braut des dunklen Hirten tiefe blutige Kratzer zu. Tallia schrie auf, packte Rajuru erneut an den Haaren und zog deren Kopf vornüber nach unten, während sie ihr Knie mit Wucht gegen die Nase der alten Saijkalsanhexe schlug. Durch den kräftigen Aufprall wurde die Nase Rajurus zerschmettert und ihr Kopf nach oben zurückgeworfen. Augenblicklich schoss Blut aus der Nase der Rachurenherrscherin. Während ihr der stechende Schmerz wie ein Blitzeinschlag bis in den Kopf stieg und ihr fast das Bewusstsein raubte, dachte sie nur an ihren Sohn Grimmgour, der den Schmerz in diesem Moment durch ihre Seelenverbindung miterleiden musste. Aus blutunterlaufenen Augen warf sie Tallia einen hasserfüllten Blick zu. Rajuru war bereit, ihre Kontrahentin zu töten. Unbemerkt fasste sie unter ihr Gewand, wo sie den Schattendolch kalt auf ihrer Haut spürte. Drauf und dran, der Braut des dunklen Hirten eine tödliche Wunde mit dem Dolch zuzufügen, umfasste ihre Hand den Griff. Dennoch zögerte sie die Waffe einzusetzen. Niemand sollte wissen, dass sie einen solchen Dolch besaß und gelegentlich für ihre Zwecke benutzte. Sie wollte nicht riskieren, dem dunklen Hirten den Schattendolch in die Hände zu spielen, und zog ihre Hand wieder heraus.

»Hört auf mit dem albernen Gezanke«, mischte sich der dunkle Hirte ein, »ich brauche und fordere die Unterstützung jedes einzelnen Saijkalsan bei der Umsetzung meiner Pläne ein.

»Sie wird verschwinden oder sterben«, keuchte Rajuru, während sie eine Hand vor ihre Nase hielt und mit der anderen versuchte einen weiteren Angriff Tallias abzuwehren.

Rajuru hatte den magischen Schlag nicht kommen sehen, der sie hart traf und einige Fuß weit durch die Halle schleuderte. Sie landete auf dem harten steinernen Boden und richtete sich nur mühsam unter Stöhnen wieder auf. Aber so schnell gab sie sich nicht geschlagen. Sie war eine Rachurin, in erster Linie aber Herrscherin eines Volkes und hatte gelernt keine Schwäche zu zeigen.

»Aha…«, sagte Rajuru, »du willst also ein magisches Duell, um deine Kräfte mit mir zu messen.«

»Nicht in den heiligen Hallen«, verbot der dunkle Hirte den Kampf.

»Verzeiht, mein Hirte«, widersprach Rajuru, »ich brauche eine Entscheidung. Fällt Ihr diese nicht aus freien Stücken und entfernt dieses Luder aus meinen Augen, dann werde ich diese erzwingen.«

»Nun …«, grübelte Saijrae, der beeindruckt von Rajurus Mut und zugleich neugierig auf den Ausgang des Kampfes war, »… dann macht Platz für die Kämpferinnen. Zollt ihnen Respekt. Möge die Bessere gewinnen.«

Die Saijkalsan taten es dem dunklen Hirten gleich und klatschten rhythmisch in die Hände. In Erwartung des Kampfes bildeten sie zögernd einen Kreis um die Streitenden.

Tallia war jung und unerfahren. Das war ein Nachteil in einem magischen Duell gegenüber Rajuru. Dafür wirkte Tallia körperlich besser in Form und sie war schneller zu Fuß, als Rajuru fliegen konnte. Der Ausgang des Kampfes war daher vollkommen offen.

Zwischen den Händen Rajurus bildete sich ein gleißender Feuerball, der mit jeder Sardas größer und größer wurde. Als die Hitze unerträglich wurde, entließ sie ihn mit einem Schrei der Befreiung auf ihre Gegnerin. Der Feuerball raste mit hoher Geschwindigkeit auf Tallia zu, die soeben dabei war, den dunklen Hirten zu berühren, um sich von ihm die Kraft für das Duell zu holen. In letzter Sardas drehte sie sich um und bildete hektisch einen Schutzschild, der sich, dunkel schimmernd, schwach von der Umgebung abhob und sie vollständig umgab. Der Aufprall des Feuerballs verursachte ein laut zischendes Geräusch, so als treffe feurige Glut auf Wasser. Und tatsächlich bildete sich ein dichter Wassernebel, als das Feuer auf den Schutzschild schlug. Durch die Wucht des Aufpralls und die trotz Schutzschild spürbare Hitze der sie einhüllenden Flammen wich Tallia wankend und aus Angst vor dem Feuer einige Schritte zurück. Ein zweiter Angriff der Rachurin folgte. Grelle eisblaue Blitze zuckten diesmal aus jedem ihrer Finger und ließen den Schutzschild Tallias gefrieren. Ein Schrei aus der Kehle der alten Hexe und die Hülle zerbarst klirrend. Die Braut des dunklen Hirten stand ohne Schutz da und musste die nächste Attacke über sich ergehen lassen. Sie kam nicht dazu, ihren eigenen Angriff vorzutragen, und sah – geblendet durch die Blitze – das auf sie zufliegende blutrote Band zu spät. Das sechs Zoll breite Band schlang sich um ihren Hals, bewegte sich wie ein Parasit den Hals entlang, über das Kinn zu ihren zusammengepressten Lippen, zwängte sich durch die Zähne bis in ihren Mund hinein und von dort tiefer in ihren Körper. Rajuru wirkte höchst konzentriert und hatte die Lippen wie zu einer saugenden Bewegung geschürzt. Aus ihrem Inneren erzeugt begann sie unerbittlich an dem Band zu ziehen. Tallia fühlte sich plötzlich schwach. Es war ein unwirkliches Empfinden, wie in einem Traum, in welchem ihr jemand mit Gewalt das Blut und die Seele aus ihrem Körper stahl. Sie konnte keinen klaren Gedanken fassen, denn offensichtlich fand soeben etwas Ähnliches tatsächlich statt. Es war gewiss kein Traum.

Das Lachen der alten Saijkalsanhexe schallte durch die heiligen Hallen. Sie hatte das Mädchen mit ihrem Band fest im Griff und raubte ihr Stück für Stück die Lebenskraft. Vor den Augen des dunklen Hirten alterte Tallia zusehends. Ihre Haare ergrauten, die Haut wurde faltig und fleckig und ihre Augen verloren an Farbe. Rajurus Erscheinung schien sich hingegen mit jeder Sardas zu verjüngen. Es war ein unglaublicher Vorgang, die Rachurenherrscherin hatte im Kampf einen weiteren Weg gefunden, der ihr die Jugend und Schönheit vergangener Tage zurückbrachte.

Zu schwach, sich auf den Beinen zu halten, fiel Tallia auf die Knie und bat flehentlich um Einhalt. Aber Rajuru dachte gar nicht daran. Erst wenn ihre Gegnerin um ihr Leben winselte und dem Alter entsprechend aussah, das Rajuru längst erreicht hatte, wollte sie überlegen, das Band zu lösen. Andererseits beabsichtigte sie, die Niederlage der Kontrahentin auszukosten, selbst wenn das bedeutete, diese zu den Schatten zu schicken und den Groll des dunklen Hirten auf sich zu ziehen.

Keuchend kniete Tallia auf dem Boden der heiligen Hallen. Während sie ihrer Gegnerin ermattet in die Augen sah, erblickte sie darin den unbedingten Willen, sie zu vernichten. Das durfte sie nicht zulassen. Das Mädchen musste einen Weg finden, sich zu wehren. Aber sie hielt dem bösen Blick der Hexe nicht stand und sah auf den Boden. Eine Schwäche, die den Triumph ihrer Gegnerin komplettierte. Dennoch rappelte sie sich wieder auf. Sämtliche Knochen im Leib schmerzten. Ihr Körper fühlte sich an, als wäre er über viele Sonnenwenden hinweg malträtiert worden und bestünde aus einem einzigen Entzündungsherd, der Knochen und Haut gleichermaßen betraf. Ihre Zähne fielen aus. Angewidert spuckte sie diese aus.

Tallia konzentrierte sich auf die Dunkelheit in ihrem

Inneren und sammelte Kraft, während Rajuru ihren vermeintlichen Sieg genoss und ihr offensichtlich keine Gnade gewähren wollte. Als sie den Blick wieder hob, war dieser plötzlich klar und schwarz. War sie den Angriffen der Rachurin bislang wie gelähmt ausgeliefert gewesen, so änderte sich dies in jenem Augenblick, in dem sie bemerkte, welcher Magie sich die Hexe bedient hatte. Das Band, das ihr die Lebenskraft entzogen hatte, war nichts weiter als eine von Rajuru heraufbeschworene Illusion. Eine perfekte Täuschung ähnlich der, die sie selbst mit dem dunklen Hirten für die Verdunkelung der Sonne aufrechterhielt und dadurch die Zeit der Dämmerung über Ell brachte. Auf die Betroffenen wirkte der Zauber echt, dabei wurde dieser nur in ihren Köpfen erzeugt. Die Schmerzen empfand sie wirklich genauso wie die Folgen des plötzlichen Alterns. Wurde der magische Bann nicht unterbunden oder abgebrochen, waren die Auswirkungen am Ende fatal und hätten unweigerlich zu ihrem Tod geführt. Ein Tod, der zunächst nur in ihrem und dem Kopf der übrigen Saijkalsan stattgefunden hätte, ihren Körper jedoch zum Erliegen brächte.

Aus Tallias Mund entwichen dicke, schwarze Fliegen mit behaarten Beinen und Körpern, einem überlangen Stachel und vier Flügeln. Es mussten Tausende sein, die sich zu einer dichten schwarzen Wolke zusammenfanden und ihr Ziel suchten, das ihnen Tallia mit auf den Weg gegeben hatte. Ein tiefes Brummen erfüllte die heiligen Hallen und bewegte sich auf Rajuru zu. Diese riss ihre Augen vor Schreck auf, als sie die Gefahr kommen sah. Nur wenig später wurde sie von dem Fliegenschwarm umschwirrt. Tallias Fliegen versperrten ihr die Sicht. Aber sie konnte von den übrigen Saijkalsan – verschwunden inmitten des Fliegenschwarms – ebenfalls nicht gesehen werden. Wild um sich schlagend und um Hilfe kreischend, versuchte sie der Plage Herr zu werden, was ihr allerdings nicht gelingen wollte. Ein ums andere Mal wurde sie gestochen. Die Fliegen drangen ohne Gnade auf Rajuru ein. Es sah so aus, als wolle jede der geflügelten Bestien mindestens einen Stich auf der Haut der Rachurenherrscherin anbringen. Die Stiche juckten, brannten und schwollen sofort zu unappetitlichen eitrigen Pusteln an. In Panik geraten beschwor die Rachurin eine Feuerwand herauf, die sie um ihren Körper kreisen ließ. Dabei versengte sie nicht nur die sie peinigenden Fliegen, sondern Haut und Haare ihrer selbst. Ihre Gesichtszüge waren vom Schmerz verzerrt, als sie hinter den Flammen sichtbar wurde und das Feuer erlosch. Verbrannte Hautfetzen hingen ihr von der Stirn, den Wangen und der Nase. Ihr Kopf war bis auf wenige ineinander verschmolzene Haare kahl und wies zahlreiche Brandblasen auf.

»Jetzt töte ich dich!«, rief Rajuru zornig.

Die Saijkalsanhexe verdrehte die Augen, während ihr Körper zitterte und zuckte, als litte sie an unwillkürlichen Krampfanfällen. Schaum trat vor ihren Mund. Obwohl der Anfall nur von kurzer Dauer war, jagte dieser den Saijkalsan einen solchen Schrecken ein, dass sie den Kreis um die Streitenden vergrößerten. Die Augen Rajurus hatten sich mit einem Mal verändert und erinnerten von Farbe und Form an eine Schlange. Der Blick traf Tallia unvorbereitet und zog sie magisch in seinen Bann. Sie fühlte, wie die Hallen um sie herum in einem Nebel des Vergessens verschwanden. Es gab nur noch sie, den Blick der Hexe und die drohende Verwandlung. Die Beine und Arme des Mädchens wurden schwer. Fassungslos starrte sie auf ihre Hände, die sich vor ihren Augen in Stein verwandelten. Langsam kroch der Fluch des Blickes durch ihre Adern, ließ ihr Blut vertrocknen und ihr Fleisch versteinern. Bald hatte sie sich vollständig in eine Statue verwandelt. In der Bewegung erstarrt war sie zur Regungslosigkeit verdammt. Nichts und niemand konnte sie aus dieser Starre zurückholen. Tallia suchte den dunklen Hirten, doch sie konnte sich nicht zu ihm umdrehen. Schließlich blieb ihr Herz stehen. Nur noch wenige Sardas und auch ihr Gehirn würde sich in Stein verwandeln. Die Sinne schwanden ihr und sie glitt in die ewige Dunkelheit des Vergessens. Es war vollendet.

Tallia war gescheitert.

Die Schreie des gefolterten Saijkalsan hatten Thezaels Weg in die unteren Ebenen des Kristallpalastes begleitet. Er hatte sich vorgenommen, der Folter nicht selbst beizuwohnen und nur von Zeit zu Zeit zu sehen, wie weit die Praister mit der Prozedur fortgeschritten waren. Der Ungläubige sollte sich von den Saijkalrae lösen, hatte der oberste Praister als Ziel der Behandlung ausgegeben. Erst als die Schreie an Intensität und Häufigkeit nachgelassen hatten und schließlich ganz ausgeblieben waren, entschloss er sich, einen prüfenden Blick in die Kammer zu werfen.

Als er eintrat, lag eine gemarterte Kreatur in ihrem Blut auf der Streckbank, die er kaum wiedererkannte. Zu seiner Überraschung konnte er keinerlei Präsenz lauernder Schatten wahrnehmen, womit er nach einem ersten Blick auf die Schlachtbank fest gerechnet hatte. Bei näherem Hinsehen stellte er erleichtert fest, dass der Saijkalsan schwach atmete. Immerhin war dies mehr, als Thezael zunächst erwartet hatte, denn es bedeutete, dass Malidor noch am Leben war.

»Ihr habt es übertrieben«, schalt er die versammelten Praister, die sich bereits darangemacht hatten, die schwersten Wunden ihres Opfers zu versorgen, »setzt den Saijkalsan wieder zusammen. Ich will, dass er lebt. Er soll die

Qual der Dornenkammer auskosten und sich in vollem Bewusstsein von seinen Herren lösen.«

»Wir werden tun, was wir können, Herr«, antwortete ein Praister.

»Das will ich hoffen«, meinte Thezael.

»Der Saijkalsan erwies sich weniger zäh, als wir dachten«, sagte ein anderer Praister.

»Keine Ausflüchte! Wenn ich mir das Blutbad ansehe, dann weiß ich, dass niemand außer einem Saijkalsan diese Behandlung hätte überleben können.«

Der oberste Praister schüttelte den Kopf über die Ungeschicklichkeit seiner Folterknechte und begutachtete die Wunden Malidors selbst. Sie hatten seinen Leib an mehreren Stellen geöffnet, in seinen Innereien gewühlt und ihm am ganzen Leib tiefe Schnitt- und Brandwunden zugefügt. Das Gesicht war zerschlagen und ein Auge ausgebrannt worden. An Händen, Füßen und Gelenken hatten sie ihm Eisendorne durch Fleisch und Knochen getrieben.

»Wach auf«, flüsterte Thezael ins Ohr des Gemarterten.

Malidor gab nur ein leises Stöhnen von sich. Zu mehr war er nicht in der Lage. Aus seinem Mund sickerte Blut. Die Folterer hatten ihm die Zähne gezogen und selbst vor seiner Zunge nicht haltgemacht, die wie ein Stück wundes Fleisch offen und geschwollen in seinem Mund lag. Dennoch war die Reaktion Malidors für Thezael ein Zeichen, dass der Saijkalsan bei Bewusstsein war und ihn verstanden hatte. Der Praister zauberte eine Phiole mit einer klaren Flüssigkeit aus seinem Ärmel und träufelte Malidor einige Tropfen davon in den Mund. Der getrübte Blick des Gemarterten klärte sich zusehends.

»Du hattest Glück, dass ich rechtzeitig zurückkam«, meinte Thezael, »sonst wärst du bereits jetzt bei den Schatten.«

»I… if… geh… gehe… nift zu den … Fatten«, lispelte Malidor, »… bin Faij…kal…fan. Land der Tr… Trä… Tränen.«

»Ungläubiger Wurm!«, schrie Thezael auf. »Ein solches Land existiert nicht. Das ist eine Lästerung gegen die Kojos. Wir werden dir die überheblichen Gedanken schon austreiben und zeigen, was am Ende auf jeden von uns wartet. Die Schatten und nichts anderes! Pah … ihr Saijkalsan glaubt, ihr wärt etwas Besseres. Doch was seid ihr in Wirklichkeit? Verletzlich und sterblich wie wir alle. Ein paar Schnitte hie und da und ihr gebt euren Geist auf. Hier unten, in den Kammern der Praister, seid ihr abgeschnitten von jeglichem Zugang zu euren Herren, hilflos und verletzlich wie jeder andere Sterbliche auch. Ein Diener der Saijkalsan starb jüngst in dieser Kammer. Du wirst dich gewiss an ihn erinnern. Er war von fürstlichem Blut und dachte genau wie du, er könnte uns zum Narren halten. Aber er täuschte sich und weilt nun unter den Schatten.«

»Fall…waf«, stammelte Malidor, »Ihr habt ihn getötet. Er … er … war … war fwaf und maftgierig. Kein richtiger Faijkalfan. Der Hirte … half … wollte ihn für … feine Fwecke benutfen. Nur defhalb weilte der Fürft unter unf.«

»Du lügst!«, regte sich der oberste Praister auf und lief dabei rot im Gesicht an. »Er war ein mächtiger Mann und er musste sterben, weil er in seiner Gier nach Macht keine Grenzen kannte.«

Thezael griff mit den Fingern in eine offene Wunde. Malidors Körper zuckte zusammen und ein lang anhaltender Schmerzensschrei quälte sich aus den Tiefen seiner Kehle.

»Flickt den Frevler zusammen und gebt ihm noch etwas von der Tinktur zu trinken!« Der oberste Praister kramte die Phiole mit dem Schmerzmittel aus seinem Gewand hervor und gab sie dem neben ihm stehenden Praister. »Das wird seine Sinne wecken und die Schmerzen lindern. Er wird glauben, neugeboren worden zu sein.«

Verärgert verließ Thezael die Kammer.

Saijkalsan sind doch alle gleich!, dachte er bei sich. *Uneinsichtig, stur und verlogen. Sie haben es nicht besser verdient.* Wenn er Malidor das nächste Mal aufsuchen würde, wäre er hoffentlich so weit, dass sie ihn in die Dornenkammer stecken konnten. Niemand widerstand den Qualen, die ihn in der Dornenkammer erwarteten. Er war sicher, dass auch Malidors Wille von der Kammer gebrochen wurde.

»Genug!« rief der dunkle Hirte, während er der Siegerin applaudierte, »der Kampf ist beendet.«

Rajuru deutete zum Dank für den ihr entgegengebrachten Respekt eine Verbeugung an. Der Kampf mit der Braut des dunklen Hirten hatte sichtbare Spuren hinterlassen. Erschöpft, von Schmerzen gepeinigt und am Ende ihrer Kräfte wollte sich die Herrscherin der Rachuren nur noch zurückziehen.

»Ich bin beeindruckt«, lobte der dunkle Hirte die Saijkalsanhexe, »… und erstaunt, welche Kraft du entwickelst, wenn du herausgefordert wirst. Deine Vorstellung war wie in längst vergangenen Tagen. Immer noch die alte Hexe, die sich als unschlagbar und einfallsreich erweist. Aber du musst zugeben, dass Tallia in der kurzen Zeit viel hinzugelernt hat. Nun bring das Mädchen zu uns zurück.«

»Das vermag ich nicht«, antwortete Rajuru krächzend mit ausgetrockneter Kehle.

»Was?«, wunderte sich Saijrae. »Was soll das bedeuten? Erlöse sie sofort aus der Erstarrung. Ich brauche sie.«

»Sie ist tot, mein Hirte«, Rajuru hob dabei beschwichtigend die zerstochenen und verbrannten Hände.

»Bist du von Sinnen? Weißt du, was du angerichtet hast? Tallia ist für die Zeit der Dämmerung verantwortlich. Ohne sie wird der Zauber schwinden und Tag für Tag schwächer werden. Du hast meine Pläne zunichtegemacht«, zürnte der dunkle Hirte. Er rollte mit den Augen, scharrte mit dem Fuß ungeduldig auf dem Boden und schnaubte wie ein kurz vor dem Angriff stehender gereizter Stier. »Geh … verschwinde aus meinen Augen und lass dich hier nicht wieder blicken. Du warst die längste Zeit eine von uns. Ich verstoße dich aus dem Kreis der Saijkalsan und entziehe dir die Macht!«

»Haltet ein, mein Hirte!«, rief Rajuru. »Erkennt Ihr denn nicht, was sie bezweckte? Tallia bereitete Euer Ende vor. Die Zeit der Dämmerung rief Eure Feinde auf den Plan. Die Verdunkelung war zu viel der Nacht. Geschickt nutzte sie Eure Träume und Wünsche aus. Sie hasst Euch für das, was Ihr getan habt. Die Gegner werden jeden Tag mehr und verbünden sich gegen Euch. Selbst diejenigen, von denen Neutralität zu erwarten war oder die Euch anfangs wohlgesinnt waren, wenden sich gemeinsam mit all jenen gegen Euch, die um ihre Lebensgrundlage fürchten müssen. Andere, die Euch dienten, wenden sich ab. Eure Getreuen werden weniger. Ich kam zur rechten Zeit, um Schlimmeres zu verhindern.«

Der dunkle Hirte spuckte Rajuru angewidert einen schwarzen Schleimklumpen ins Gesicht.

»Lügen, nichts als Lügen!«, schrie er. »Von dir hätte ich Besseres erwartet.«

Saijrae packte Rajurus Kopf mit beiden Händen, während sich sein Blick in ihre Augen bohrte. In der Schwärze seiner Augen versinkend fühlte sich Rajuru plötzlich schwach. Sie konnte fühlen, wie er ihr Kraft entzog. Aber sie bemerkte ebenfalls, dass er die Mauern in ihrem Kopf nicht einreißen konnte, um an ihre mühsam über Tausende von Sonnenwenden aufgebauten Fähigkeiten heranzukommen. Zu lange schon war sie eine Saijkalsan gewesen, um jetzt noch einen vollständigen Entzug der Macht fürchten zu müssen. Gleichgültig was er versuchen sollte, es würde ihm nicht gelingen. Rajurus Stärke hing nicht mehr alleine von den Saijkalrae ab.

Saijkalsan Rajuru war frei.

Malidor lag ruhig auf der Streckbank. Sein heiles Auge war offen und wanderte unruhig von einer Seite zur anderen. Er atmete ruhig und gleichmäßig, obwohl er die Rückkehr des obersten Praisters jeden Augenblick fürchtete. Die Praister hatten seine Wunden genäht. Aber der Saijkalsan wusste sehr wohl, dass dies nur eine oberflächliche Täuschung seiner Sinne war. Ließ die Wirkung des Saftes nach, würden ihn die Folgen der Tortur in voller Härte treffen. Tatsächlich war er durch die Folter schwer verletzt, wenn nicht sogar tödlich. Wie lange er durchhalten würde, konnte er hingegen nicht erahnen. Auf ihn wartete die Dornenkammer. Alleine der Gedanke daran beschleunigte seinen Atem. Panik stieg in ihm auf, als er sich der Kammer nähernde Schritte vernahm. Wenig später war Thezael zurück. Ohne ein Wort zu verlieren, begab er sich zur Streckbank und untersuchte die Wunden des Folteropfers. Ein zufriedenes Nicken zeigte den übrigen Praistern an, dass er mit der Arbeit einverstanden war.

»Das sollte genügen«, sagte Thezael. »Bindet den Gefangenen los und bringt ihn in die Dornenkammer.«

Malidor wollte sich wehren und sträubte sich mit Händen und Füßen. Aber sie waren einfach zu viele. Er war zu geschwächt und fand keinen Zugang, um sich mit Magie erfolgreich gegen seine Widersacher zur Wehr zu setzen.

Er würde wohl oder übel mit seinem Leben abschließen müssen. Obwohl er fest daran glaubte, nach seinem Tod ins Land der Tränen zu kommen, wurde er plötzlich unsicher. Er schrie und weinte, als ihn vier Paar Hände unsanft von der Streckbank hoben und ihn zur Dornenkammer bugsierten. Sie schoben ihn bis zur Mitte hinein und fixierten dort seinen Kopf, seine Schultern, Arme und Beine mit Lederriemen, bis er sich schließlich nicht mehr bewegen konnte.

»Schließt die Tür!«, befahl Thezael.

Die Tür der Dornenkammer fiel knarrend ins Schloss. Von außen waren nur noch Auge, Mund und Nase zu erkennen. Thezael trat dicht vor die Tür und sah dem Saijkalsan direkt in das heile Auge.

»Wirst du dich von den Saijkalrae lossagen?«, fragte er Malidor.

»Niemalf …«, kreischte der Saijkalsan.

»Sei nicht dumm und tu dir das nicht an. Du musst nur loslassen und schon ist alles vorbei«, versuchte Thezael den Saijkalsan zu überzeugen.

Malidor schwieg wie ein Grab, während er sich in Gedanken darauf vorbereitete, was ihn sogleich erwarten würde.

»Fangt an«, wies Thezael die übrigen Praister an, »… und lasst ihn die Dornen spüren.«

Zwei Praister traten gleichzeitig an die Dornenkammer heran und begannen an den jeweils entgegensetzten Seiten an außen angebrachten hölzernen Rädern zu drehen. Die inneren, mit Dornen gespickten Wände knarrten und rumpelten, als würden schwer beladene Kisten über den Boden geschleift. Aber sie bewegten sich langsam und unaufhaltsam von vorne und hinten auf ihn zu. Der Saijkalsan versuchte sich so dünn zu machen, wie es nur irgend ging.

Er hielt die Luft an und zog den Bauch ein. Er begann zu flehen und um sein Leben zu betteln, als er den Druck der ersten Dornenspitzen unangenehm auf der Haut spürte. Er jammerte und weinte, schrie und riss an den Lederriemen. Aber es nutzte nichts. Die Praister drehten auf Geheiß Thezaels weiter an den Rädern. Die Dornen rissen seine Haut auf und drangen Zoll für Zoll in seinen Leib ein. Ihm wurde heiß und kalt dabei, Schweiß trat aus allen Poren und rann ihm über die Stirn in das verbliebene Auge. Es brannte wie Feuer, aber er konnte den Schweiß nicht wegwischen. Je weiter sich die Dornen an vielen Stellen in seinen Körper bohrten, desto unerträglicher wurden die Schmerzen. Malidor konnte keinen klaren Gedanken fassen. Hätten sie ihm die Zähne gelassen, würde er sich gewiss auf die Zunge gebissen haben. Thezael hob die Hand. Sofort hörten die Praister auf, weiter an den Rädern zu drehen. Wieder trat der oberste Praister vor die Dornenkammer und sah den Saijkalsan an.

»Was ist nun?«, fragte er unnachgiebig. »Sagst du dich von den Saijkalrae los?«

Malidor musste überlegen, obwohl es ihm schwerfiel. Was sollte er tun? Im Grunde war es gleichgültig, ob er sich von den Saijkalrae abwandte oder nicht. Sie würden ihm nicht helfen. Er war auf sich allein gestellt. Und er fühlte, dass er dem Tod nahe war. Er hatte nichts mehr zu verlieren und konnte sein Leiden verkürzen, wenn er tat, was der Praister von ihm verlangte.

»Fahrt fort!«, befahl Thezael, dem das Warten auf eine Antwort zu lange gedauert hatte.

»Wartet … bitte«, keuchte Malidor, »if will tun, waf Ihr verlangt. Ich fage mich von den Faijkalrae lof. Nie wieder diene if den unheiligen Brüdern.«

»Gut … sehr gut«, lächelte Thezael, »ich wusste, du würdest Vernunft annehmen. Schwöre es bei den Kojos und den Schatten, dass du deinen Eid nicht brechen wirst. Brichst du ihn dennoch, wirst du bis in alle Ewigkeit in den Flammen der Pein schmoren. Schwöre, dann erlösen wir dich von deinen Leiden.«

»If fwöre bei den Kojof und den Fatten«, legte Malidor den Eid ab.

Thezael verzog das Gesicht zu einer gequälten Fratze. Das Lispeln des ehemaligen Saijkalsan, durch das weder Kojos noch Schatten richtig ausgesprochen wurde, störte sein Empfinden. Der Praister brauchte einige Sardas, bis er sich wieder gefangen hatte und fortfahren konnte.

»Brav, mein Freund«, sagte er. »Wir wollen dich dafür belohnen und halten, was wir dir versprachen.«

Thezael wandte sich an seine Praister. Auf seinen Lippen lag ein triumphierendes Lächeln.

»Wir haben wieder einen Ungläubigen bekehrt, meine Freunde. Bringt es zu Ende und erhitzt die Dornen!«

»Nein ... bitte nift!«, flehte Malidor.

Die Praister kannten keine Gnade mit einem Saijkalsan. Sie drehten auf Anweisung Thezaels erneut an den Holzrädern. Die Dornen bohrten sich tiefer und tiefer in den geschundenen Leib des Gefolterten. Zwei weitere Praister traten heran und halfen dabei, die Dornenkammer über ein offenes Feuer zu schieben, das die stählerne Dornenkonstruktion erhitzen und zum Glühen bringen sollte. Malidor spürte die aufsteigende Hitze kaum noch. Er fiel in ein Delirium aus Wachen, Schmerzen und Bewusstlosigkeit, bis er schließlich seinen letzten Atemzug tat und starb. Eine gehässige Knabenstimme folgte ihm in die Dunkelheit. Er kannte die Stimme seines einstigen Herrn zu gut: »Versager! Du bist gescheitert!«

Saijkalsan Malidor war tot.

Als Malidor erwachte, lag er auf einer blühenden Wiese im kühlenden Schatten unter einem mächtigen, uralten Baum. In der Nähe hörte er das sanfte Rauschen eines Bachlaufes. Er fragte sich, wie er an diesen wunderschönen Ort gekommen war. Wo befand er sich? War dies das Land der Tränen? Er konnte sich nicht bewegen. Seine Verletzungen waren zu schwer. Über ihm im Baum saß eine Eule, die ihn aufmerksam betrachtete. Ihr Gefieder war blauschwarz, durchbrochen von einzelnen grauen und goldenen Federn.

»Willkommen«, sagte die Eule, »wir haben Euch erwartet. Ihr kamt spät; später, als wir dachten. Aber gerade noch rechtzeitig, um Eurer wahren Bestimmung zu folgen.«

»Wafe oder träume if oder bin if tot?«, wunderte sich Malidor.

»Ein wenig von allem«, meinte die Eule. »Ihr kennt den Baum des Lebens Farghlafat. Habt Ihr nicht von ihm geträumt? Nur wenige finden den Weg in das Land der Tränen. Ihr wähltet den Weg des Schmerzes wie Euer Lehrer einst, den Ihr Euren Feind nennt. Dabei seid Ihr Euch viel ähnlicher, als Ihr denkt, und solltet Euch gegenseitig respektieren. Euer Schicksal ist mit dem seinen und dem der Lesvaraq eng verwoben. Sapius ist klug und stark. Ihr werdet Euch auf Euren Wegen oft begegnen.«

»Fapiuf? Der Fweifler war hier?«, fragte Malidor ungläubig.

»Gewiss doch, und wir zeigten ihm den Weg.«

Die Eule schwebte mit ausgebreiteten Schwingen vom Ast herab, ließ sich neben Malidor nieder und veränderte vor dem staunenden Malidor ihre Gestalt. Eine in einen schwarzblauen, mit goldenen Fäden durchwirkten Kapuzenmantel gekleidete Gestalt ohne Gesicht und Hände stand plötzlich neben Malidor.

»Wer oder waf feid Ihr?«, fragte Malidor, der seinem Auge kaum traute.

»Das ist nicht von Belang. Wir sind der Wanderer; so dürft Ihr uns nennen, wenn Euch das behagt«, schlug der Wanderer vor. »Wartet, bevor Ihr weiterredet. Euer Nuscheln macht uns verrückt. Wir ertragen das kaum.«

Mit dem Ärmel seines Gewandes berührte der Wanderer die Lippen Malidors. Ein stechender Schmerz durchzuckte ihn an jener Stelle, an der ihn der Wanderer berührt hatte, bis tief in den Mund hinein.

»Jetzt dürft Ihr weiterreden«, hieß ihn der Wanderer an.

Malidor bemerkte, dass das lästige Lispeln wie durch ein Wunder verschwunden war. Er spürte zu seiner Freude, dass seine Zunge abgeschwollen, die Lippen verheilt und wieder Zähne in seinem Mund nachgewachsen waren. »Habt Dank, Wanderer! Aber was wollt Ihr von mir? Wie kam ich an diesen Ort?«

»Das ist nicht so einfach zu verstehen. Ihr seid hier, weil Euch die Praister zu Tode gefoltert haben. Sie verstießen gegen das Gesetz der Macht und übersahen, dass Euch ein anderes Los bestimmt war, als auf ihren Foltertischen zu sterben. Sie wollten Euch zu den Schatten bringen, stattdessen brachten sie Euch in das Land der Tränen. Euer zerstörter Körper liegt in den Kammern der Praister unter dem Kristallpalast in Tut-El-Baya. Ihr werdet dorthin zurückkehren müssen, sobald wir Euch geheilt haben. Nicht alle Eure Wunden werden wir vollständig heilen können. Es werden Narben zurückbleiben und auf das Auge werdet Ihr verzichten müssen.«

Malidor hatte nicht richtig zugehört. Alleine bei dem Gedanken an eine Rückkehr in die Fänge der Praister wurde ihm angst und bange. Der Verlust seines Auges war dagegen zu verschmerzen, wenn er bloß nicht wieder in die Folterkammer geschickt wurde.

»Habt keine Furcht, Malidor!«, tröstete der Wanderer. »Ihr werdet nicht als Saijkalsan zurückkehren. Ihr seid jetzt frei und weit mächtiger als zuvor. Sie werden Euch nichts anhaben können. Seht Ihr diese wunderschöne Frau dort?«

Malidors Blick folgte den geisterhaften Bewegungen des Wanderers. Unweit von ihm lag eine junge Frau, die ihm wohlbekannt war. Sie hatte ihre Augen geschlossen und schien zu schlafen.

»Wie wir sehen, kennt Ihr Tallia«, stellte der Wanderer fest, »sie wurde in den heiligen Hallen mit einem magischen Fluch belegt. Der versteinernde Blick einer Hexe brachte sie nur wenig nach Euch in das Land der Tränen und befreite sie zugleich vom dunklen Einfluss des dunklen Hirten. Auch sie wird zurückkehren, sobald wir sie aus der Starre erweckt haben.«

»Sapius, Tallia, ich – was hat das zu bedeuten?«, hakte Malidor nach.

»Ein neuer Zyklus der Lesvaraq hat begonnen. Ihr seid Lehrer, Schüler, Beschützer, Diener und Magier der Lesvaraq zugleich.«

»Aber warum drei von uns? Ich dachte, es gibt nur einen Lesvaraq des Lichts und einen der Dunkelheit.«

»Das stimmt«, bestätigte der Wanderer, »aber das Gleichgewicht ist durch das vorzeitige Erwachen des dunklen Hirten aus den Fugen geraten. Und er hat ganze Arbeit geleistet, um es weiter zu seinen Gunsten zu verschieben. Zum ersten Mal gibt es einen Doppelträger des Zeichens. Die Insignien der Macht weisen auf eine außergewöhnliche Erscheinung hin. Wir wissen nicht, was das für Kryson und das Gleichgewicht am Ende bedeuten wird. Wir erkannten nur, dass ein Lesvaraq sowohl für das

Licht als auch für die Dunkelheit steht. Das Gesetz der Macht verlangt, dass beide Seiten in ihm zum Vorschein gebracht werden müssen. Ein zweiter Magier wird daher an seiner Seite streiten. Der Zyklus der Dunkelheit hat bereits begonnen. Tomal und Sapius sind ihre Begleiter. Das Licht jedoch wartet auf Eure Rückkehr. Ihr werdet Kallya, dem Lesvaraq des Lichts, dienen und sie vor dem dunklen Hirten beschützen. Beeilt Euch, bevor es zu spät ist. Tallia hingegen wird sich ebenfalls Tomal anschließen und in ihm den Tag zum Klingen bringen.«

Als der Wanderer Malidor von den Verletzungen geheilt hatte, gingen sie gemeinsam zu einem herabgefallenen Ast des Farghlafat. Es war ein äußerst krummes, knorriges Stück Holz, das kaum als Stab zu bezeichnen war. Malidor würde es sich eher um den Hals legen müssen.

»Hm …«, brummte der Wanderer missmutig, »… nicht so schön wie der Stab des Sapius. Es mutet seltsam an, aber Farghlafat scheint Euch nicht zu mögen. Aber macht Euch nichts daraus, das Holz erhält seine Stärken nicht durch Größe oder Form. Ihr werdet damit zurechtkommen, wenn Ihr es braucht. Nun geht, findet den Weg hinaus aus den Kammern der Praister und sucht umgehend Kallya. Ihr wisst, wo der Lesvaraq zu finden ist. Wir kümmern uns inzwischen um Tallia. Ihr Zustand wird nicht leicht zu beheben sein.«

»Lebt wohl, Wanderer!«, verabschiedete sich Malidor.

»Würden wir leben, wäre dies wohl ein passender Abschiedsgruß«, meinte der Wanderer. »Seid stark und erfüllt Eure Aufgaben, dann wird das Gleichgewicht obsiegen. Vernachlässigt Ihr Eure Pflichten und verliert, dann wird das Chaos auf Kryson regieren und Ihr werdet Euch wünschen, nie geboren worden zu sein.«

Die letzten, mahnenden Worte des Wanderers klangen

Malidor noch in den Ohren, als er bereits zurück war und sich unter einem Leinentuch auf einem Tisch liegend in einer anderen Kammer der Praister wiederfand. Er lauschte aufmerksam, ob sich wohl jemand außer ihm in der Kammer befände, konnte allerdings nichts Verdächtiges feststellen. Vorsichtig hob er das Tuch an und spähte mit dem ihm verbliebenen Auge in eine spärlich beleuchtete Kammer. Malidor war alleine. Außer dem unhandlichen Stab des Farghlafat trug er nichts bei sich. Der Magier war splitternackt und beschloss sich als Erstes Kleidung zu besorgen, nachdem er seinen verheilten Körper eingehend betastet und untersucht hatte. Dort, wo die Praister ihn aufgeschnitten hatten und die Dornen zahlreich in seinen Körper eingedrungen waren, fand er überall hässliche Narben vor, die seinen Leib verunstalteten. Aber er hatte Glück gehabt, es war alles verheilt und er konnte Arme und Beine frei bewegen. Rasch sprang er vom Tisch und huschte zur Tür. Zu seiner Erleichterung ließ sich diese leicht und geräuschlos öffnen. Malidor schlüpfte erst hindurch, nachdem er geprüft hatte, ob sich im dahinterliegenden Flur jemand befand. Am Ende des Flures fand er genau das, worauf er gehofft hatte. An einem in die Wand eingelassenen eisernen Haken hing ein rotes Praistergewand. Bei näherem Hinsehen ahnte Malidor, weshalb sein Besitzer das Gewand dort aufgehängt hatte. Es war schmutzig und musste gereinigt werden, an vielen Stellen über und über mit getrockneten Blutflecken versehen. Kaum hatte er das Gewand übergeworfen, spürte er, dass es sein Blut war. Es war ihm, als habe sein eigenes Blut zu ihm gesprochen. Sosehr er sich über die Wahrnehmung auch wunderte, damit konnte er sich im Moment nicht aufhalten. Er musste einen Weg nach draußen finden und dabei die Praister nach Möglichkeit vermeiden. Er war alles andere als erpicht auf eine weitere Begegnung mit den Folterknechten. Vielleicht würde er sich eines Tages rächen. Aber jetzt war nicht die Zeit, an Rache zu denken. Barfuß und in der Hoffnung, einen Ausweg gefunden zu haben, eilte er mit fliegenden Schritten auf eine Treppe zu, die steil nach oben führte.

Der dunkle Hirte hatte sich das an vielen Stellen geflickte Gewand eines Bettlers übergeworfen und einen alten, schäbigen breitkrempigen Hut auf den Kopf gesetzt, bevor er sich zum ersten Mal seit über fünftausend Sonnenwenden selbst auf den Weg aus den heiligen Hallen gemacht hatte. Niemand begleitete Saijrae auf seiner Reise. Er hatte es satt, von Nichtsnutzen umgeben zu sein, die ihm ständig das Gefühl des Scheiterns vermittelten und von denen er annahm, dass sie seine Abgeschiedenheit in den heiligen Hallen ausnutzten und ihn anlogen. Am meisten hatte ihn Rajuru enttäuscht, und er ärgerte sich noch immer, dass sie ihm am Ende einfach entwischt war. Von nun an würde er die Sache selbst in die Hand nehmen müssen.

Solange die Zeit der Dämmerung noch vorhielt, glaubte er sich im Vorteil. Dafür nahm er sogar in Kauf, dass er den die heiligen Hallen umgebenden Zeitfluss durchbrechen musste und auf Ell dem Alterungsprozess ausgesetzt sein würde, während er dort verweilte. Allerdings nahm er nicht an, dass er allzu lange bleiben musste, um seine Ziele zu erreichen.

Sein erstes Ziel war eine Siedlung im Faraghadwald. Dort wollte er die Herausforderung der Naikihexe Metaha annehmen und ihr ein gebührendes Ende bereiten. Hatte er sie erst überwunden, wäre es gewiss ein Leichtes, an den Lesvaraq heranzukommen. Er musste die Lesvaraq zerstören, wenn er siegen wollte. Erst danach wollte er sich um Rajuru und ihr Volk der Chimären kümmern.

Ungestraft würde er ihr den Verrat nicht durchgehen lassen.

Während der dunkle Hirte als Bettler verkleidet auf der Suche nach der Naiki-Siedlung durch den Faraghad-Wald wanderte, erwachte Tallia in den heiligen Hallen, nachdem sie in ihren Körper zurückgekehrt war. Sie hatte Glück und war alleine. Der Wanderer hatte sie ins Leben zurückgeholt, aber er hatte die Folgen des steinernen Blickes nicht vollständig beseitigen können. Tallias Haut war grau geworden; sie sah aus und fühlte sich auch so an, als sei sie aus Stein. Genau so hatte sie sich die Felsgeborenen vorgestellt, von denen ihr Kallahan einmal erzählt hatte. Mit den Saijkalrae und ihren Dienern hatte sie abgeschlossen; Tallia war daher froh, keinem von ihnen begegnen zu müssen, als sie die heiligen Hallen verließ. Ihre Bestimmung vor Augen wandte sie sich nach Norden. Eisbergen lautete ihr Ziel.

Der Attentäter

Nach Wochen des Bangens und Hoffens hatten sie die Suche nach Elischa schließlich aufgegeben. Auf Alvaras ausdrücklichen Wunsch hin hatten die Eiskrieger ganz Eisbergen durchkämmt und vom Hafen bis zum Nordtor auf den Kopf gestellt. Zahlreiche Befragungen hatten kein Ergebnis gebracht. Niemand hatte Elischa gesehen. Die Orna blieb spurlos verschwunden. Am Ende mussten sie annehmen, dass ihr im Palast etwas zugestoßen war. Das Blut in ihrer Kammer deutete darauf hin, dass sie zumindest verletzt worden war. Alvara und ihr Gatte Fürst Alchovi machten sich schwere Vorwürfe, weil sie gegen den Willen Elischas nicht darauf bestanden hatten, sie zu ihrem Schutz bewachen zu lassen.

»Wir hätten nicht nachgeben dürfen«, meinte Alvara kopfschüttelnd und voller Resignation, »nur weil sie keine Wachen wollte und sich wie in einem Gefängnis eingesperrt und beobachtet gefühlt hätte. Was wird Madhrab von uns halten, wenn er zurückkehrt und wir ihm nicht einmal sagen können, was geschehen ist? Der Lordmaster wähnt sie sicher im Eispalast.«

»Ich weiß nicht, was Madhrab davon halten wird. Er wird nichts sagen, sondern handeln. Er wird sie suchen und nicht ruhen, bis er einen Hinweis auf ihren Verbleib gefunden hat. Einen Vorwurf wird er uns nicht machen. Zu oft schon hat er Ähnliches am eigenen Leib erfahren. Und als Einzelgänger wird er uns an seiner Verzweiflung nicht teilhaben lassen. Aber ich verstehe Elischas Entscheidung«, antwortete Corusal. »Sie wollte sich frei bewegen können, sich als Gast in unserem Hause und nicht wie eine Gefangene fühlen. Madhrab hätte ihre Entscheidung respektiert, also werden wir uns auch damit abfinden müssen. Uns würde eine Überwachung auch nicht gefallen, wenn wir unter Freunden in einem anderen Haus wären.«

»Mag sein, aber sie und wir wussten, dass sie auf ihrer Flucht nach Eisbergen verfolgt worden war. Wir waren gegen die Gefahr nicht gewappnet.«

»Du sagst es! Sollten sich allerdings unsere Vermutungen bewahrheiten, dass Elischa entführt oder gar ermordet wurde, bereitet mir der Umstand viel größere Sorgen, dass jemand unbemerkt in den Eispalast eindringen konnte. Ich fühle mich plötzlich in meinen eigenen vier Wänden nicht mehr sicher. Das hätte niemals geschehen dürfen«, stellte Corusal fest.

»Vielleicht solltest du Baylhard bitten, dir wieder als Leibwächter zur Seite zu stehen«, schlug die Fürstin vor. »Ich bin inzwischen davon überzeugt, dass er der Richtige für diese Aufgabe ist.«

»Das kommt nicht infrage«, lehnte der Fürst ab, »Tomal muss geschützt werden. Alles andere ist nebensächlich.«

»Aber er hat jetzt diesen Sapius, der auf ihn achten kann.« Alvara war eigentlich davon überzeugt, dass Tomal als Lesvaraq keinen Schutz mehr brauchte.

»Würdest du einem Magier das Leben deines Sohnes anvertrauen?«, fragte Corusal seine Gattin.

»Natürlich nicht. Aber Tomal ist … anders.«

»Ich weiß. Dennoch sollten wir warten. Sapius ist noch nicht lange in Eisbergen. Ich will ihn beobachten und sehen, ob er sich bewährt oder eine Gefahr bedeutet. Letztlich hat Tomal sich für ihn entschieden, und wir haben keine andere Wahl, als seinen Willen anzunehmen.«

»Ach … Corusal«, seufzte Alvara, »wo soll das alles hinführen? Denkst du, es war richtig, dieses Kind als unser eigenes anzunehmen? Er wird dir eines Tages nachfolgen und die Führung über das Haus Alchovi übernehmen.«

»Wir haben es für Elischa und Madhrab getan«, meinte der Fürst. »Für sie war es wichtig, und uns half es, eine lange währende Belastung und ein Problem zu überwinden.«

»Das stimmt. Aber nun weilen weder Elischa noch Madhrab unter uns. Sollten wir die Frage nicht noch einmal grundsätzlich überdenken? Sapius könnte den Jungen mit sich nehmen.«

Der Fürst dachte lange nach, bevor er seiner Gattin antwortete. Die Zweifel über die nicht wieder rückgängig zu machende Entscheidung nagten tief an ihm. Ein Fürst brauchte ein Gefühl für die Verantwortung und für seine Untertanen. Tomals Entwicklung in dieser Hinsicht bereitete nicht nur ihm Sorgen. Der Junge interessierte sich wenig für die Geschäfte des Fürsten, und die Klan in Eisbergen oder am Hofe waren für ihn nichts anderes als Lämmer, die für eine größere Sache beliebig eingesetzt und geopfert werden konnten. Sicher wäre es übertrieben gewesen, das oft trotzig wirkende Kind als rücksichtslos zu bezeichnen. Aber viel fehlte nach der Meinung des Fürsten nicht mehr dazu. Tomal blickte nie zurück. Es kümmerte ihn nicht, wie gut oder schlecht ein Wesen oder dessen Handeln einst war. Nur das Hier und Jetzt sah er und berücksichtigte nur wenig mehr bei seiner Einschätzung eines Klans. Stets sah er nur sich selbst, die nächsten Schritte und den eigenen Vorteil.

»Nein, Alvara«, sagte Corusal nachdenklich, »wir wissen zu wenig über die Bedeutung der Lesvaraq und ihre Stärken. Sie sind die einzigen Hoffnungsträger von Kryson, die in der Lage sind, das Gleichgewicht zwischen den Kräften wiederherzustellen und zu bewahren. Entziehen wir ihm den Schutz und schicken ihn fort und er scheitert letztlich am dunklen Hirten, machen wir uns schuldig am Einzug des Chaos in unser Land. Die Dunkelheit ist zu weit fortgeschritten, um jetzt noch umkehren zu können. Das Gleichgewicht wankt und die Klanlande liegen bereits im Sterben. Wie lange wird es noch dauern, bis uns der letzte Todesstoß von den Saijkalrae versetzt wird. Unser Beitrag zum Überleben unserer Welt ist vergleichsweise gering. Aber wir müssen ihn erbringen, selbst wenn es uns schwerfallen sollte.«

Alvara pflichtete ihrem Gatten mit einem Nicken bei. Sie hatte verstanden, dass sie keine andere Wahl hatten. Das Risiko, den Jungen an den dunklen Hirten zu verlieren, war zu groß. Und sie musste sich eingestehen, dass sie Elischa wohl nicht wiedersehen würde. Der Verlust einer engen, ihr sehr ans Herz gewachsenen Freundin schmerzte sie weit mehr als der Gedanke, ihren Sohn aufgeben zu müssen oder an Sapius zu verlieren. Sie hatte erkannt, dass sie Tomal niemals so lieben würde, wie sie sich dies ausgemalt hatte und einem eigenen Kind gegenüber versucht hätte. Am Ende war ihr der Lesvaraq doch gleichgültig.

Misstrauisch hatte der Praister Henro in den vergangenen Tagen die Übungen des Lesvaraq mit dem Neuankömmling beobachtet. Auf seinem Lager gebettet gingen ihm die Eindrücke durch den Kopf. Sein erster, etwas vorschnell gefasster Entschluss stand fest, wankte jedoch noch. Es musste ihm irgendwie gelingen, Thezael von den neuesten Entwicklungen in Eisbergen unbemerkt Bericht zu erstatten. Dieser Sapius war ein Fall für den obersten Praister, für den dieser sich brennend interessieren musste. Gewiss hätten sie den Magier in ihren Kammern zum Reden gebracht und ihn nach angemessener Behandlung von seiner magischen Begabung befreit. Sorge bereitete Henro der Sohn des Fürsten. Als er sich damals auf Geheiß Thezaels auf den Weg nach Eisbergen gemacht hatte, konnte niemand voraussehen, dass Alchovi jemals einen Sohn haben würde. Folgte er den Anweisungen des obersten Praisters und tötete den Fürsten, würde es am Ende einen Nachfolger geben, den er für höchst gefährlich und vor allem unkontrollierbar hielt. Am Ende gefährlicher als den Fürsten selbst. Ein Fürstensohn mit einer ganz außergewöhnlichen magischen Begabung, den alle nur als den neugeborenen Lesvaraq bezeichneten und ihn geradezu vergötterten, war in seinen Augen ein einziger Frevel gegen die Kojos.

Dennoch wagte Henro den entscheidenden Schritt noch nicht. Gelegenheiten hatten sich ihm in den vergangenen Monden gleich mehrfach geboten. Fürst Alchovi legte seinem Dafürhalten nach eine geradezu fahrlässige Nachlässigkeit an den Tag, was seine eigene Sicherheit anging. Es wäre ein Leichtes gewesen, ihm Gift zu verabreichen oder ihm gar einen Dolch in den Rücken zu stoßen. Letzteres wäre natürlich viel zu auffällig gewesen. Aber er hatte abgewartet und sich nicht zu einem Mordanschlag durchringen können. Jedenfalls nicht, ohne noch einmal vorher die Meinung des obersten Praisters über die jüngsten Ereignisse einzuholen. Angesichts des heranwachsenden Nachfolgers war es womöglich nicht mehr ohne Weiteres klug, dem Fürsten den Weg zu den Schatten zu bereiten. Darüber hinaus war die Gefahr, als Attentäter entlarvt zu werden, seit der Ankunft des Magiers gestiegen. Er konnte Sapius nicht einschätzen. War er eine Gefahr? Konnte er seine Gedanken und die Absichten der Praister erkennen? Aber der Magier machte auf ihn nicht den Eindruck, als ob dieser nicht wüsste, wie er mit seinen Fähigkeiten umzugehen hatte, oder als sei er ein Hochstapler, der nur vorgab, begabt zu sein, um in die Nähe von Tomal zu gelangen. Sapius wohnte weit mehr als das inne, das konnte Henro spüren. Außerdem ärgerte es ihn, dass er ein Stück seines Vertrauens durch das gemeinsame Gespräch beim Fürsten eingebüßt hatte, welches er sich über den Winter mühsam mit allerlei Überredungskünsten und großzügigen Spenden aus dem Vermögen der Praister erarbeitet hatte. Dies hätte nicht geschehen dürfen und verunsicherte ihn. Wie sollte er sich also sicher sein, ob der geplante Anschlag seitens Thezael unter diesen Umständen noch gewollt war? Andererseits war es höchst gefährlich, Informationen auszutauschen. Boten konnten abgefangen werden. Wem sollte Henro eine solche Frage anvertrauen? Vögel standen nicht zur Verfügung. Die Bestände hatten sich nach der Katastrophe und dem Massensterben noch nicht wieder in ausreichendem Maße erholt. Er selbst konnte Eisbergen unmöglich verlassen. Thezael hätte ihn nach seiner Rückkehr in den Kristallpalast gewiss in einer der Folterkammern der Praister dafür zu Tode foltern lassen, und Henro hätte ihm in dieser Entscheidung aus ganzem Herzen zustimmen müssen. Seine Gedanken flogen hin und her, tendierten mal in die eine, dann wieder in die andere Richtung. Tötete er Sapius und den Jungen, waren die Folgen unabsehbar. Henro glaubte nicht an die abenteuerlichen Geschichten um die Wiedergeburt der Lesvaraq. Wie sollte er auch? Er war ein Praister, dessen Lebensinhalt vom unerschütterlichen, alles rechtfertigenden Glauben an die Allmacht der Kojos und der Endgültigkeit der Schatten bestimmt war. Daneben durfte es nichts anderes geben. Wer etwas anderes vertrat, war ein Lügner und hatte den Gang zu den Schatten verdient. Die Erzählungen über die Lesvaraq, die sich teils sogar – zu Henros großem Bedauern – durchaus in ernst zu nehmenden Schriften wiederfanden, waren in seinen Augen uralte Legenden und verlogene Hirngespinste, die sich ungläubige Klan in langen Nächten ausgedacht hatten, um die Kojos zu verärgern oder ihnen gar abzuschwören. Die Klan brauchten etwas, an das sie glauben konnten, und natürlich war ein Wesen wie ein Lesvaraq, der tatsächlich über Ell wandelte – selbst wenn die ihm zugedachten Eigenschaften am Ende nur erfunden sein sollten –, weit näher an den am lautesten nach einer festen Hand blökenden Schafen dran und insoweit wesentlich greifbarer, als dies ein Kojos jemals sein konnte. Die Kojos hatten es in ihrer Göttlichkeit nicht nötig, sich den sterblichen Wesen zu zeigen. Aber sie hatten Kryson geschaffen und waren die Herren über Leben und Tod. Die Schatten waren ihre Verbündeten. Dies war der ewige Kreislauf des Lebens, der am Ende immer in den Schatten endete. Dass ein Sterblicher sich erdreisten konnte, die Existenz der Kojos überhaupt jemals in Zweifel zu ziehen, war Henro vollkommen schleierhaft. Sahen die Klan denn nicht, welchem Irrtum sie aufsaßen, wenn sie ein lebendiges Wesen aus Fleisch und Blut den Kojos vorzogen. Das war ein unverzeihlicher Frevel in seinen Augen. Das Gerede über das Gleichgewicht und die Macht ging ihm auf die Nerven. Er verstand es nicht. Das hatte doch keinerlei Bedeutung für die Kojos, die über allem standen. Sie entschieden über Leben und Tod. Magie gab es nicht, durfte es nicht geben. Jedenfalls nicht diejenige Magie, die nicht von den Kojos in die treuen Hände der Praisterschaft gegeben worden war. Wer etwas anderes behauptete, musste zum Schweigen gebracht werden. Zu gerne hätte er den Lästermäulern bewiesen, wie falsch sie lagen und dass dieses Überwesen eines Lesvaraq sterblich wie jeder andere war.

Henro warf sich auf seinem Lager unruhig hin und her. Was sollte er tun? Eine Antwort auf die drängenden Fragen würde ihm Thezael nicht geben können. Selbst wenn er einen Boten bis in den Kristallpalast durchbrächte, würde dieser womöglich auf dem Rückweg nach Eisbergen scheitern. Das wäre nicht weiter schlimm, aber eine solche Botschaft in den falschen Händen wiederzufinden, würde Thezaels und sein sicheres Ende, ja vielleicht sogar das der Praisterschaft bedeuten. Soweit der Praister gehört hatte, war in Tut-El-Baya das Chaos in den Straßen ausgebrochen. Krankheit, Tod und Dunkelheit stritten sich um die Vorherrschaft. Er war daher froh, im Augenblick möglichst weit entfernt von der Hauptstadt zu sein. Die Chancen, einen Besuch in der Stadt heil zu überstehen, wurden allgemein als gering eingestuft.

Er fand keinen Schlaf und war mit seinen Überlegungen auf sich alleine gestellt. Tötete er den Fürsten, konnte ihm Thezael jedenfalls keinen Vorwurf machen. Damit hatte er ihn schließlich beauftragt und nicht etwa von ihm verlangt, sich auf veränderte Situationen einzustellen. Immer wieder drängte sich ihm die Frage auf, warum er überhaupt an diesem Vorhaben zweifelte? Wollten sie den Anspruch des Fürsten auf die Regentschaft verhindern, mussten sie Corusal Alchovi so oder so beseitigen. Andererseits hatte er den Fürsten als äußerst besonnenen und guten Klan kennengelernt, dessen Herz an seiner Stadt und besonders an deren Einwohnern hing, die er im Gegensatz zu anderen Fürsten nicht als Untertanen, sondern als seine Freunde bezeichnete.

Die Klan in Eisbergen liebten ihren Fürsten. Außerdem war er ein exzellenter und zuvorkommender Gastgeber, der es verstand, seine Gäste bestens zu unterhalten und ihnen das Gefühl zu geben, sich in seiner Gegenwart wohlzufühlen. Ihm selbst war es nach der ersten Begegnung mit Corusal und dessen bezaubernder Gattin nicht anders gegangen. Alvara war eine wundervolle Frau. Lediglich das schlechte Gewissen hatte ihm den Aufenthalt getrübt. Bei jedem Zusammensein mit dem Fürsten lauerte das Bewusstsein im Hintergrund, das Vertrauen des Fürsten bald zu missbrauchen. Im Grunde wäre es schade, einen solch charismatischen Anführer aus politischen Gründen zu beseitigen. Aber das ewige Spiel der Mächte wurde nun einmal hart geführt. Würde er seinen Auftrag nicht erfüllen, käme früher oder später ein anderer, den Fürsten zu den Schatten zu schicken. Henro hingegen würde eine solche Verweigerung nicht gut bekommen. Er kannte Thezael und die Auswirkung des Zorns, wenn ihm nicht gegeben wurde, was er verlangte. Der oberste Praister konnte unausstehlich werden, mit fatalen Konsequenzen für diejenigen, die ihn geärgert hatten.

Dennoch war sich Henro nicht sicher, ob Thezael alle Eventualitäten bei der Planung des Anschlages ausreichend bedacht hatte, als er ihn mit einer Phiole Gift in den Händen nach Eisbergen schickte. Wie hatte er sich das vorgestellt? Sollte er Alchovi das Gift ins Wasser kippen oder diesen Edelmann mit einer Nadel verletzen, wie Thezael es mit Fallwas getan hatte? Sicher, der oberste Praister war ein umsichtiger und vorausschauender Mann. Er sah oft mehr als andere, plante klug und geschickt. Er würde sich bestimmt auch in diesem Fall seine Gedanken gemacht haben. Henro musste es geschickt anstellen. Der Verdacht durfte nicht auf ihn fallen. Der Praister hätte den Fürsten auf einem seiner Spaziergänge über die Stadtmauern begleiten können. Ein kleiner Stoß nur, ein Sturz in die Tiefe und Alchovi hätte sich das Genick gebrochen. Er verwarf die Idee gleich wieder. Die Ausführung war zu auffällig. Vielleicht könnte er die Schneetiger Tomals dazu bringen, den Fürsten in Stücke zu reißen. Er könnte den Fürsten unbemerkt mit einem Duft markieren, der die Tiere verrückt machte. Die Vorstellung gefiel ihm. Sie würden ihn gewiss nicht des Mordes verdächtigen. Aber wie sollte er das anstellen? Der Lesvaraq war ihm höchst suspekt, obwohl er in seinen Augen nur ein kleiner, vorlauter Junge war. Der Eiskrieger Baylhard bereitete ihm allerdings Kopfzerbrechen. Henro fürchtete sich vor dem Krieger. Außerdem waren die Schneetiger unberechenbar. Es bestand die Gefahr, dass sie ihn selbst angriffen und verletzten, wenn er sich nicht vorsah.

Möglicherweise könnte er im Hafen von Eisbergen einige Häscher anwerben, die für ein paar Anunzen die Drecksarbeit in einer günstigen Hora für ihn erledigen würden und den Leichnam auf Nimmerwiedersehen im Hafenbecken entsorgten. Ein solches Vorgehen bedeutete jedoch Mitwisser. Das Risiko durfte er nicht eingehen.

Der Praister musste sich selbst darum kümmern. Nach allen Überlegungen war das Gift wohl doch die unauffälligste Art von allen Möglichkeiten. Die Wirkung kam schnell und tödlich. Das Beste daran war, dass die Substanz nicht nachzuweisen war, nachdem sie ihre Arbeit verrichtet hatte. Der Tod des Opfers sah stets nach einem Herzversagen aus. Aber was, wenn sie ihn doch auf frischer Tat ertappen sollten oder der Fürst ihn durchschaute, bevor er zur Ausführung schreiten konnte? Schickten sie ihn in Ketten gelegt in das Lager Harrak, wie sie es mit Lordmaster Chromlion getan hatten? Der Praister gähnte vor Müdigkeit und seine Augen brannten.

Gut, bringen wir es zu Ende, bevor es zu spät ist, dachte Henro, wobei ihn ein mulmiges Gefühl beschlich, *bei der nächsten Gelegenheit werde ich ihn töten. Thezael wird zufrieden mit mir sein. Danach sehen wir weiter.*

Henro drehte sich auf die Seite und schlief ein.

Mit dem Instinkt eines Jägers ausgestattet hatte das Gefäß die Orna zielsicher und unbemerkt durch das ewige Eis nach Harrak gebracht. Es war eine trostlose, kalte und unwirtliche Gegend, wo Elischa keinesfalls ihre letzte Ruhestätte finden mochte. Alleine der Anblick der das Lager umgebenden Mauern jagte ihr schon aus der Ferne einen unangenehmen Schauer über den Rücken. Hinter den Mauern fristeten die übelsten Mörder, Totschläger, Vergewaltiger und andere Verbrecher ein trauriges Dasein bis zu ihrem sicheren Ende. Mord und Totschlag waren ohnehin an der Tagesordnung und selbst vor Kannibalismus untereinander schreckten die Insassen nicht zurück. Dorthin hatten die Eiskrieger Lordmaster Chromlion gebracht.

Elischa weigerte sich plötzlich weiterzugehen. Die Beine wollten ihr nicht mehr gehorchen. Jeder Schritt, der sie dem verhassten Bewahrer näher brachte, war eine Qual. Das Gefäß konnte die Angst der Orna riechen und blieb stehen.

»Du wartest hier, bis ich mit Chromlion zurückkehre!«, sagte das Gefäß. »Komm nicht auf die Idee wegzulaufen. Du würdest dich im ewigen Eis verirren, erfrieren oder verhungern. Wahrscheinlicher jedoch ist, dass du an dünner Stelle einbrichst und ertrinkst, bevor dir die Knochen gefrieren. Oder eine der zahlreichen hungrigen Gefahren in dieser Gegend findet Gefallen an deinem süßen Fleisch. Glaube nicht daran, dass dir eine Flucht gelänge. Ich finde dich, wo immer du dich verstecken solltest.«

Das Gefäß kramte einen in unregelmäßigem Leuchten pulsierenden Pflock aus seinem Gepäck hervor und wuchtete diesen mit drei kräftigen Schlägen ins Eis. Mit prüfendem Blick und dem erfolglosen Versuch, den Pflock wieder herauszuziehen, vergewisserte er sich, dass dieser fest im Boden saß. Dann band er Elischa daran fest.

»Sicher ist sicher«, meinte das Gefäß mit einem schiefen Lächeln, »Boijakmar sagte, ich solle den Frauen niemals trauen. Gib ihnen nicht die geringste Gelegenheit, meinte der Overlord. Sie seien listig und den Männern in mancherlei Hinsicht überlegen. Der Pflock wird die gefräßigen Tiere fernhalten.«

»Da lag der hohe Vater in seinem Urteilsvermögen wohl ausnahmsweise richtig«, zischte Elischa gehässig, die sich über die Maßnahme ärgerte, nahm sie ihr doch tatsächlich die Chance zur Flucht.

Tatsächlich hatte sie daran gedacht, die Gelegenheit der Abwesenheit für einen Fluchtversuch zu nutzen. Wenn es unbedingt sein musste, hätte sie sich direkt nach Harrak begeben. Dort, bei den Wächtern des Lagers, auf die Eiskrieger zu warten, wäre zumindest eine Möglichkeit gewesen, dem ihr drohenden Schicksal einer Begegnung mit Chromlion zu entgehen. Allerdings war sie sich nicht sicher, ob sie den unmittelbar um das Lager führenden Ring der Schneetiger durchbrechen konnte, ohne von den ausgehungerten Tieren angefallen und gefressen zu werden. Die Räuber des ewigen Eises wurden von den Wächtern bewusst kurz- und aggressiv gehalten. Sie waren nicht mit denjenigen Schneetigern zu vergleichen, die den Eiskriegern für gewöhnlich von klein auf folgten.

Diese Schneetiger folgten ausnahmslos ihrem Instinkt und dem Jagdtrieb eines Raubtieres. Wenn sie Gelegenheit hatten, Beute zu machen, dann schlugen sie zu. Insgeheim hoffte Elischa, das Gefäß scheitere bei seinem Versuch, den Lordmaster zu befreien. Entweder an den Schneetigern oder an den Wachen oder an den Insassen selbst. Aber das Gefäß schien keine Angst zu kennen und machte sich mit einer Selbstsicherheit auf den Weg, die nichts und niemand erschüttern konnte. Elischa zweifelte deshalb rasch an ihrem Hoffnungsschimmer. Wahrscheinlich würde sie das Glück eines Scheiterns nicht erleben dürfen und musste sich langsam mit dem Gedanken vertraut machen, mit einem weiteren höchst ungeliebten Gefährten durch die Eiswüste reisen zu müssen.

Die aus Wut und Verzweiflung vergossenen Tränen gefroren auf ihren Wangen. Ihr blieb nichts anderes übrig, als sich mit angezogenen Beinen in den Schnee zu setzen und abzuwarten, was geschah.

*

Wenn es einen Ort in den Klanlanden gab, der verdammt war, dann war es mit Sicherheit Harrak. Chromlion konnte sich seit seiner Ankunft im Lager keinen schlimmeren Platz vorstellen, an dem ein Klan seine Verbrechen sühnen konnte. Selbst das Verlies des hohen Vaters mutete gegen Harrak wie ein gemütliches Zuhause an. Die gelegentliche Folter zwischendurch war nichts gegen den alltäglichen Terror in Harrak, der niemals, weder am Tag noch in der Nacht, aufzuhören schien. Das Lager stellte sogar für den Bewahrer eine Herausforderung dar, die er sich allzu gerne erspart hätte. Drei seiner Männer hatten in der ersten Woche ihr Leben gelassen. Andere folgten nur wenig später. Chromlion hatte erst gar nicht angefangen, die Tage seit seiner Ankunft zu zählen. Andere Gefangene taten dies regelmäßig. Bis zu ihrem Tod. Manche von ihnen kamen nur bis zum ersten Tag, andere immerhin bis zum siebten, und danach wurde das Überleben erst richtig schwierig. Im Inneren des Lagers hatte sich zudem eine Hierarchie herausgebildet. Damit hatte der Bewahrer zwar gerechnet, aber er war überrascht, wie schwer es ihm fallen sollte, sich damit zurechtzufinden. Die Klan neigten in beengten Verhältnissen und unter solchen Umständen der Not dazu, sich entsprechend zu organisieren, und hatten den jeweils Stärksten als ihren Anführer auserkoren. In der ersten Orientierung war es ihm nicht gelungen, den Richtigen gleich zu Beginn herauszufinden. Das war ein Fehler, den er schon in der ersten Nacht zu spüren bekam. Die Ketten banden ihn, behinderten ihn, seine Fähigkeiten zu nutzen, und machten ihn zu einem Gleichen unter vielen. Schnell bemerkte er, dass die stärksten Insassen hart im Nehmen waren, und nicht nur das, sie waren geradezu meisterlich darin, auf das Übelste und ohne Rücksicht auf Verluste auszuteilen. In seinen kühnsten Albträumen hatte er sich diesen Schrecken nicht einmal ansatzweise ausgemalt. Chromlion hatte den Eindruck, dass die meisten unter ihnen keine Klan waren. Sie waren wilde Tiere. Schlimmer als das. Ein Tier entwickelte selten eine solche Grausamkeit, wie sie die Gefangenen von Harrak an den Tag legten.

Die eisernen Bänder an Hals, Füßen und Händen hatten seine Knöchel längst blutig gescheuert, außerdem besaßen sie die unangenehme Eigenschaft, in besonders kalten Nächten an den offenen Wunden festzufrieren. Lediglich der unbedingte Überlebenswille hatte ihn bislang davor bewahrt, es den Seinen gleichzutun und jenen Unglücklichen in die Schatten zu folgen. Die Arbeit am Tage war nicht weniger anstrengend. Mit bloßen Händen schlugen sie Eisblöcke aus dem Eis und formten Quader für Quader aus Schnee, die sie gebückt zu bereitgestellten Schlitten zogen, bis ihnen der Rücken schmerzte und die Finger bluteten, Nägel abbrachen, und schließlich, steif und blau gefroren, nicht mehr zu bewegen waren. Zu essen und trinken gab es nahezu nichts. Der Lordmaster musste sich daran gewöhnen, Schnee zwischen den klammen Fingern zu schmelzen, wenn er Durst hatte. Einmal in der Woche wurden meist schon verdorbene Abfälle über die Mauern geworfen, um die regelmäßig ein nie zuvor gesehener Kampf entbrannte. Ein einziges Chaos brach aus, wenn es darum ging, sich die besten, zum Überleben notwendigen Happen zu sichern. Wer zu langsam oder zu schwach war, ging meist leer aus und musste über kurz oder lang verhungern. Zu teilen kam angesichts der knappen Nahrungsmittel nicht infrage. Mitleid für andere Mitinsassen wurde gnadenlos mit dem unweigerlichen Tod bestraft. Dies bereitete Chromlion allerdings am wenigsten Probleme. Er hatte zeit seines Lebens nie gerne geteilt.

Der Anführer der Insassen nannte sich Jakkard und war einer der finstersten Klan, die Chromlion je kennengelernt hatte. Der Lordmaster hatte sich nicht vorstellen können, dass es solch ein Wesen überhaupt auf Ell geben konnte. Die anderen Häftlinge des Lagers sprachen aus Furcht vor Jakkard nur im Flüsterton über ihn, wenn sie sich überhaupt daranwagten, von ihm zu erzählen. So hatte sich Chromlion die spärlichen Informationen mühsam erbetteln müssen. Was er erfahren hatte, konnte ihn zwar nicht schockieren, verlangte ihm allerdings einigen Respekt vor Jakkard ab. Der finstere Gefangene stammte aus Eisbergen und hatte dort das gut gehende Geschäft eines Schlachters betrieben, der das Fleisch selbst zubereitete und verkaufte.

Jakkard war kahlköpfig und besaß kantige Gesichtszüge. Ein langer und ungepflegter roter Vollbart zierte Wangen, Oberlippe und Kinn. Die blassblauen Augen wirkten eiskalt und zu klein unter der wulstigen Stirn. Der Mann besaß offenbar keinen Hals, den er ihm hätte durchtrennen können. Der Kopf saß stattdessen auf dicken Muskelsträngen, die sich wie zwei untereinanderliegende Wülste am Nacken abhoben. Sein Brustkorb glich dem eines großen Weinfasses. Der Fleischer war groß gewachsen und überragte Chromlion um eine halbe Kopfeslänge. Erstaunlich war vor allem die Körperbreite des Metzgers. Es war schwer zu sagen, ob der Anteil an Fett den an Muskeln überwog oder umgekehrt. Der Lordmaster konnte sich schwerlich vorstellen, wie dieser Mann durch eine normale Tür passen sollte. Erhob Jakkard die Stimme und brüllte seinen Frust über die Gefangenschaft in das ewige Eis, gingen die klugen Gefangenen und Wächter in Deckung. Chromlion erinnerte sich an die Erzählungen über Grimmgour den Schänder. Der Rachure galt unter den Klan als der Inbegriff des Schrecklichen; einer der ungehemmt und grausam gegen seine Feinde vorging, schenkte man den Veteranen des Krieges Glauben. Doch der Lordmaster war sich sicher, hätten sie den Fleischer Jakkard gekannt, sie hätten ihren ärgsten Feind vielleicht in einem anderen, gnädigeren Licht gesehen.

Eines Tages war Jakkard die Beschaffung der Schlachttiere zu teuer geworden und er war auf die Idee gekommen, seinen Kunden Klanfleisch anzubieten. Anfangs war dies nicht aufgefallen. Er hatte stets nur kleine Portionen und Stücke von seiner Familie verkauft, die ihm lästig geworden war und somit unter dem Schlachtbeil sterben musste. Frau und Kinder, drei an der Zahl, wanderten auf die Verkaufstheke. Hatte er das Fleisch seiner Opfer getrocknet, geräuchert und stark gewürzt, war der Unterschied nicht zu bemerken. Seine Gier nach Anunzen und der zunehmende Geschäftserfolg hatten Jakkard schließlich maßlos werden lassen. Er verzichtete gänzlich auf das Schlachten von Tieren und spezialisierte sich stattdessen auf die nächtliche Jagd nach seinen Mitbürgern. Besonderen Gefallen hatte er an dem zarten Fleisch junger Mädchen gefunden, die er zuerst schändete, bevor er sie zur Schlachtbank führte. Eine Serie schrecklicher Morde erschütterte Eisbergen zu jener

Zeit, denn mit zunehmender Dauer war Jakkard nicht nur nachlässig, sondern auch wählerisch geworden. Er tötete aus Spaß und um seinen sexuellen Trieb zu befriedigen. Dieser Hang wurde ihm schließlich zum Verhängnis. Bei seiner Festnahme tötete er drei Eiskrieger, mehrere Stadtwachen und verletzte weitere Beteiligte schwer, bis er von einem einzigen Eiskrieger zu seiner Verblüffung überwältigt und niedergeschlagen wurde. Der Eiskrieger verwundete den Fleischer dabei schwer. Das entschlossene Gesicht dieses Kriegers würde Jakkard nie vergessen. Sein Name war Warrhard gewesen. Ein Anführer der Eiskrieger, wie er später erfahren hatte. Sie hatten den Schlachter nach seiner Genesung von den Verletzungen und einer kurzen Anhörung und Verhandlung vor dem Fürsten direkt nach Harrak gebracht, und nun verweilte er seit mehr als drei Sonnenwenden als uneingeschränkter und bislang unangefochtener Herrscher im Lager Harrak und sann auf Rache. Hätte Jakkard gewusst, dass Warrhard in der Schlacht am Rayhin gefallen war, er wäre vor Wut und Enttäuschung über die entgangene Möglichkeit, die ersehnte Rache zu nehmen, ausgerastet.

Chromlion war dem Schlachter aufgefallen, als dieser einen Mithäftling, der ihm zu nahe gekommen war, mit bloßen Händen tötete. Die Geschwindigkeit des Bewahrers hatte ihn beeindruckt. Außerdem war ihm der Getötete ohnehin ein Dorn im Auge gewesen. Der Lordmaster musste allerdings schnell feststellen, dass es nicht alleine die Tat war, die Jakkard auf ihn aufmerksam werden ließ. Der blonde Neuankömmling war trotz der Narbe in seinem Gesicht ein schöner und stattlicher Mann, der bei den Lagerinsassen mangels anderer Alternativen so manch Begehren weckte. Und Jakkard war auf der Suche nach einer neuen Braut, da kam ihm Chromlion gerade recht.

Der Fleischer schmeichelte ihm, versuchte ihn mit kleinen Geschenken zu umgarnen und bot ihm schließlich seinen persönlichen Schutz an. Einen besseren Beschützer im Lager hätte er sich nicht wünschen können. Niemand im Lager wagte es, Jakkards Lieblinge anzurühren. Doch der Schutz und das Überleben hatten einen hohen Preis. Hätte er die Avancen des Schlachters abgelehnt, wäre ihm ein Todfeind sicher gewesen. Die Nachteile und Demütigungen gegen die Vorteile einer solchen Beziehung abwägend, hatte er dem Drängen des Lagerkönigs von Harrak nachgegeben und schwor sich jeden umzubringen, der von dem Handel um sein Leben wusste, und – sollte er eines Tages aus dem Lager entkommen – ihn als Liebhaber des Schlachters entlarven konnte. Die Lüsternheit Jakkards war ihm zuwider. Anfangs waren die Erniedrigungen für den Bewahrer aus fürstlichem Hause schwer zu ertragen und er sträubte sich mit Händen und Füßen dagegen, doch das machte den Fleischer wild und die Sache schlimmer. Die Vertrauten des Fleischers hielten den Bewahrer fest, wenn er sich wehrte. Ein ums andere Mal musste er dem Fleischer zur Hand gehen, wann immer dieser nach seinen Diensten verlangte und seine Triebe befriedigen wollte. Schweigend ertrug er die Brutalität eines Schwerverbrechers, der ihn Nacht für Nacht vor den Augen anderer Häftlinge nahm und ihm rücksichtslos Schmerzen bereitete. An manchen Tagen konnte der Bewahrer kaum aufrecht gehen, geschweige denn sitzen. Er blutete, und das Gefühl, an Leib und Seele immer schmutziger zu werden, nahm zu. Es gab eisige Nächte in Harrak, in denen Jakkard überraschend liebevoll und zärtlich sein konnte und seine Braut in der Nacht mit seinem Körper behutsam wärmte. Allerdings waren dem Bewahrer diese Berührungen und die Nähe zu seinem Peiniger fast noch unangenehmer als die ansonsten vorherrschende Gewalttätigkeit, die keine Verweigerung duldete.

Chromlion handelte sich dadurch die Häme der anderen Gefangenen ein. Sie nannten ihn spottend die süße und willige Braut des Fleischers. Das war ihm jedoch gleichgültig. Er wollte leben. Sie hingegen würden alle sterben für die Schmach, die sie ihm in jenen Tagen der Gefangenschaft antaten. Ihre Gesichter brannten sich in sein Gedächtnis. Jedes einzelne von ihnen. Zu seinem eigenen Erstaunen fiel er ob der wiederkehrenden Behandlungen in eine Art Lethargie und gewöhnte sich notgedrungen daran. Was ihn durchhalten ließ, war der Gedanke, dass Jakkard, indem er den Lordmaster zur Befriedigung seiner Triebe nach Belieben benutzte, sein eigenes Todesurteil gefällt hatte.

Der Lordmaster lag in den Armen Jakkards, als unter den Wachen auf den Mauern ein plötzlicher Aufruhr herrschte. Zwei der Wachen fielen mit durchtrennten Hälsen über die Mauern in das Innere des Lagers. Sofort machten sich die Gefangenen über die gefallenen Wachen her, zogen ihnen die Kleider und Stiefel vom Leib, rissen ihnen mit bloßen Händen Fleischstücke aus dem Leib und tranken begierig das Blut, bevor dieses gefror. Jakkard stieß den Bewahrer unsanft in die Rippen.

»Los, mein Liebster«, raunte er Chromlion ins Ohr, »hol dir deinen Teil. Du hast ihn dir redlich verdient.«

»Lieber nicht«, lehnte der Bewahrer angewidert ab, »sieh nur, was dort drüben los ist. Die anderen Gefangenen kämpfen bis aufs Blut um jeden Bissen Fleisch.«

»Ah … verzeih mir meine Unaufmerksamkeit«, lachte Jakkard, »ich vergaß für einen Moment, dass du mein Weib bist und eine Memme aus gutem Hause noch dazu. Drecksarbeit verrichten und Nahrung beschaffen ist Männersache, willst du mir sagen. Jetzt muss Jarrak also ran … Ich frage mich, wie aus dir jemals ein Bewahrer werden konnte.«

»Entbehrung und stete Übung. Und nein, das sage ich nicht. Aber dem Wahnsinn muss ich mich nicht anschließen«, erwiderte Chromlion verärgert, »außerdem widert mich die Vorstellung an, das Fleisch anderer Klan essen zu müssen. Alleine der Gedanke bereitet mir Übelkeit.«

»Du willst doch überleben, nicht wahr?«, meinte Jakkard. »Das ist gutes, frisches Fleisch, das dir Stärke und Durchhaltevermögen verleiht. Etwas anderes wirst du nicht bekommen. Also steh auf und geh zu den anderen dort drüben, bevor sie dir nur noch die Knochen übrig gelassen haben. Sie werden dir Platz machen. Bring mir ein großes Stück aus dem Oberschenkel mit.«

Jakkard zog den Lordmaster unsanft auf die Beine und gab ihm einen kräftigen Klaps auf den Hintern. Es hatte keinen Zweck. Chromlion musste tun, was er verlangte, wenn er ihn nicht verärgern wollte. Langsam schleppte er sich mit klirrenden Ketten zu den bereits stark gefledderten Leichen der Wachen. Wie sollte er aus dieser Schweinerei noch ein vernünftiges Stück Fleisch für Jakkard ergattern? Den im Lager durchaus üblichen Kannibalismus, den vor allem Jakkard eingeführt hatte und in regelmäßigen Abständen gemeinsam mit anderen Gefangenen geradezu zelebrierte, hatte Chromlion von Anfang an abgelehnt, obwohl die Überlebensstrategie der sich durch das Fleisch der Mithäftlinge ernährenden Insassen durchaus Erfolg versprechend war. Die Wachen ließen die Gefangenen in dieser Hinsicht – obschon sie über das Verhalten zuweilen ungläubig den Kopf schüttelten – gewähren. Solange sie ihre Zahl gegenseitig dezimierten und ihren Appetit auf frisches Fleisch nicht auf die lebenden Wachen ausdehnten, lohnte es sich nicht, den Kannibalismus zu unterbinden.

Von den Mauern drangen Kampflärm und Schreie in das Innere des Lagers. Irgendetwas griff das Lager an, dem die Wachen offenbar nicht gewachsen waren.

»Wir werden angegriffen!«, rief eine Stimme, und eine andere, »Bei den Kojos, was ist das? Geister? Jemand muss die Eiskrieger holen«, und wieder eine andere, »Verdammt … ich kann nichts sehen.«

»Die Gefangenen fliehen!«, schrie plötzlich eine Wache. »Zieht die Gatter hoch! Lasst die Schneetiger los.«

»Nein … halt! Nicht die Tiger«, wollte eine weitere Wache das drohende Chaos verhindern, »der Angriff kommt von außen.«

Die Stimme der Wache ging in ein gurgelndes Geräusch über, als er mit durchtrennter Kehle starb und in die Menge der bereits begierig wartenden Gefangenen fiel. Doch seine Warnung kam zu spät, schon hoben sich ächzend die eisernen Gatter, hinter denen die aufgebrachten Schneetiger fauchend und brüllend hin und her rannten. Sie warteten nur darauf, ihre Klauen und Zähne in das Fleisch der Gefangenen zu schlagen und sich an ihnen satt zu fressen.

»Hierher!«, brüllte Jakkard wild gestikulierend an Chromlion gewandt, »… es geht los. Wir müssen uns mit vereinten Kräften gegen die Schneetiger zur Wehr setzen. Alleine überstehen wir das nicht. Sie suchen sich zuerst die vereinzelt stehenden Gefangenen als Beute aus.«

Der Fleischer brüllte sich die Seele aus dem Leib, während sich die Getreuen um ihn versammelten und er jedem von ihnen Befehle erteilte. Chromlion folgte instinktiv und hielt sich dicht an Jakkard. Für den König der Gefangenen war die Begegnung mit den ausgehungerten Bestien nicht das erste Mal. Er wusste, was sie erwartete. Kaum hatten sie sich gruppiert, sprangen die ersten Schneetiger durch die geöffneten Gatter und stürzten sich auf die Gefangenen, die sich nicht schnell genug von den Mauern wegbewegt hatten. Andere hatten sich zur Flucht gewandt, und sie waren die Nächsten, an denen die Schneetiger ihren Jagdtrieb austobten. Die Raubtiere der Eiswüste veranstalteten eine Fressorgie, die ihresgleichen suchte und das Vorstellungsvermögen des Lordmasters bei Weitem überstieg. Erlebte er die Bilder des Schreckens in jenem Moment nicht mit eigenen Augen, er hätte den Erzählungen eines Augenzeugen nicht geglaubt. Hungrig und übellaunig wüteten die Großkatzen unter den Gefangenen von Harrak. Sie rissen mit ihren Pranken Köpfe von Hälsen, bissen Gliedmaßen ab und schlitzten Bäuche auf. Wer immer ihren Pranken zu nahe kam oder sich unvorsichtig vorwagte, hatte sein Leben verspielt.

»Faszinierende Geschöpfe, nicht wahr? Wenn sie ihren größten Hunger gestillt haben«, flüsterte Jakkard mit glänzenden Augen voller Ehrfurcht, »werden sie ruhiger und gebärden sich weniger aggressiv. Ihr Tötungstrieb wird dann spielerisch. Ich sehe durchaus Ähnlichkeiten mit mir selbst. Dieses Verhalten jedoch war immer so und ist unsere Chance, zu überleben. Eine andere gibt es nicht.«

Chromlions Blick wanderte auf die das Lager umschließenden Mauern. Die Wachen kämpften verbissen gegen eine scheinbare Übermacht von schwarz gewandeten Gestalten, die sich wie Geister bewegten. Die Schwerthiebe der Wachen gingen ein ums andere Mal ins Leere. Der Kampf machte einen gespenstischen Eindruck auf Chromlion. Selbst offensichtliche Treffer blieben ohne Wirkung. Der Feind schien unbesiegbar.

Während das Fressen innerhalb des Lagers und der Kampf auf den Mauern unvermindert weitertobten, konnte der Lordmaster eine Gestalt erkennen, die sich wagemutig von den Mauern in das Innere des Lagers abseilte. Seltsam daran war, dass die Konturen vor den Augen verschwammen und Chromlion Mühe hatte, den Eindringling im Auge zu behalten. Er bewegte sich schnell und geschickt, einem Bewahrer gleich. Kaum hatte die Gestalt den Boden berührt, sprang ein Schneetiger herbei, um sich die Beute einzuverleiben. Chromlion wollte dem Fremden eine Warnung zurufen, doch dafür war es bereits zu spät. Der Bewahrer traute seinen Augen kaum, als er sah, wie die Gestalt in einer einzigen schwungvollen Drehbewegung den angreifenden Schneetiger mit dem Schwert niederstreckte und das Tier auf der Stelle tötete.

»Wer mag das sein und was will er?«, fragte Jakkard. »Einen Schneetiger mit einem einzigen Schwertstreich zu töten, gelingt den wenigsten.«

Trotz der sich ihm bietenden Schreckensbilder wirkte die Gestalt unbeirrt und zielstrebig. Sie wusste offenbar sehr genau, nach wem sie Ausschau halten musste. Wenige Wimpernschläge später war sie fündig geworden. Sie tötete einen weiteren Schneetiger im Vorbeigehen, als wäre dieses furiose Raubtier nichts weiter als eine leichte Beute. In der einen Hand trug die Gestalt ein bluttriefendes Schwert und in der anderen einen großen Schlüsselbund mit aneinanderrasselnden eisernen Schlüsseln. Als die Gestalt näher heran war, warf sie Chromlion den Schlüsselbund zu.

»Fang auf und mach dir die Ketten ab«, sagte die Gestalt in einem gelassenen Tonfall.

Der Lordmaster war dermaßen verwirrt über die Erscheinung der Gestalt, dass er die Schlüssel beinahe fallen ließ.

»Schließ die verdammten Ketten auf«, sagte die Gestalt mit Nachdruck, »… und beeile dich, wir müssen von hier verschwinden. Je eher, desto besser. Ich habe jedenfalls nicht vor, auf das Eintreffen der Eiskrieger zu warten.«

»Wer seid Ihr und Eure Gefährten auf den Mauern? Ihr wagt es tatsächlich, das Lager Harrak anzugreifen und Gefangene zu befreien?«

»Das erkläre ich dir, sobald wir aus dem Lager heraus sind. Meine Freunde jedoch…«, er deutete mit einer Armbewegung auf die kämpfenden Schattengestalten auf der Mauer, »… sind nichts weiter als imaginäre Krieger. Spiegelbilder meiner selbst. Ein simpler magischer Trick. Täuschend echt und effektvoll in seiner Wirkung. Sie sind von mir nicht zu unterscheiden und doch sind sie nicht wirklich. Wie Geister schwirren sie umher und imitieren im Kampf meine Bewegungen. Sie können nicht getroffen oder verletzt werden und stellen selbst keine echte Gefahr für ihren Gegner dar, es sei denn, er verletzt sich selbst. Aber sie stiften gehörig Verwirrung. Bis die Wachen die Täuschung bemerken werden, der Zauber nachlässt und sie sich im Nichts auflösen, werden wir die Mauern von Harrak hinter uns gelassen haben, vorausgesetzt, du findest endlich den passenden Schlüssel und legst deine Ketten ab.«

Fieberhaft, mit fliegenden Fingern nach dem passenden Schlüssel suchend, versuchte Chromlion einen Schlüssel nach dem anderen. Erst der elfte Schlüssel passte. Als die Ketten zu Boden fielen und der Lordmaster die Eisenbänder von Hals, Handgelenken und Fußknöcheln streifte, fiel eine schwere Last von ihm. Obwohl er sich noch immer im Inneren des Lagers befand, fühlte er sich befreit. Er sah eine rot schimmernde Blutaxt auf sich zufliegen und packte diese in einer geschickten Bewegung am Schaft aus der Luft.

»Deine Reaktion ist tadellos! Ich fürchtete schon, die Gefangenschaft hätte deine Fähigkeiten beeinträchtigt.

Die Waffe habe ich dir aus dem Eispalast mitgebracht«, sagte der in Schwarz gehüllte Befreier. »Ich glaube, sie gehört dir. Nun zeig, was du kannst, Bewahrer, und lass uns gehen.«

Der Bewahrer bedankte sich und stürzte sich mit der Axt auf einen herannahenden Schneetiger. Die kreischende Axt hinterließ eine breite blutige Spur im schneeweißen Fell des Raubtiers, bevor dieses seinen letzten Atemzug tat.

»He …« Die Stimme gehörte Jakkard. »… und was wird aus mir und den anderen Gefangenen? Du kannst mich nicht einfach in Ketten zurücklassen. Ich habe dir das Leben gerettet.«

»Ich hatte nicht die Absicht, den gesamten Abschaum des ewigen Eises freizulassen«, bemerkte die dunkle Schattengestalt schnippisch.

»Wer hat dich gefragt, Schattenmann?«, konterte Jakkard. »Also halte dein schäbiges Schandmaul, wenn ich mit meinem Liebsten rede. Hetze ich die Mithäftlinge auf dich und Chromlion, werdet ihr das Lager nicht lebend verlassen. Das schwöre ich bei allem, was mir heilig und teuer ist.«

»Da dürfte es wenig von Wert geben, nicht wahr?«, erwiderte die Gestalt lächelnd, während sie sich erneut zum Gehen wandte.

»Wartet!«, rief Chromlion seinem Befreier hinterher, der sich ungeduldig umdrehte und den Bewahrer kritisch betrachtete. »Ich bin hier noch nicht fertig.«

»Na endlich«, freute sich Jakkard die Hände reibend, »du hast begriffen, wer dir den Aufenthalt in Harrak Nacht für Nacht versüßt hat und wem du dein Leben verdankst.«

»Genau!«, antwortete Chromlion und verzog sein Gesicht zu einer hässlichen Grimasse.

Mit einem Axthieb spaltete er Jakkard den Schädel und folgte der dunklen Gestalt sogleich am Seil über die Mauer.

»Ich bin beeindruckt, wie gekonnt du deine Dankbarkeit den Lebensrettern gegenüber ausdrückst. Hoffentlich wird es mir nicht eines Tages ähnlich ergehen«, meinte die Gestalt.

»Wer weiß? Ihr solltet Euch in Acht nehmen und mich nicht reizen«, antwortete Chromlion.

»Das werde ich mir merken«, sagte die Gestalt.

Als sie sich der Stelle näherten, an der sein Befreier Elischa an einen Pflock angebunden zurückgelassen hatte, wollte der Bewahrer seinen Augen nicht trauen. Die auf ihn und seinen Begleiter wartende Frau war ohne jeden Zweifel die Orna. Chromlion dankte den Kojos in Gedanken. Alles auf einmal war beinahe zu viel für ihn. Erst die Befreiung aus der Gefangenschaft und der wohl schlimmsten Zeit seines Lebens und nun das Aufeinandertreffen mit Elischa. Er hatte nach langer Zeit endlich eines seiner ersehnten Ziele erreicht.

Heute war ein guter Tag für Lordmaster Chromlion.

*

Fürst Alchovi hatte Henro in den frühen Morgenstunden zu sich rufen lassen. Der Praister war von einem Palastdiener unsanft aus dem Schlaf geweckt worden. Der wenige Schlaf, das schier endlose Grübeln und die nächtlichen Träume hatten ihn gezeichnet. Übel gelaunt, schlaftrunken und mit dunklen Ringen unter den Augen schälte er sich aus den zerknitterten Laken und warf sich frierend sein Gewand über. Ihm war lediglich mitgeteilt worden, dass ihn der Fürst umgehend zu einem gemeinsamen Frühstück in dessen Gemächern erwartete.

Dennoch fand der Praister die Ruhe und Zeit, sich auf seine Begegnung mit Fürst Alchovi vorzubereiten. *»Jetzt oder nie«*, dachte Henro. Und so verbarg er die Phiole mit dem Gift unter dem Gewand. Eine winzige Nadel bestrich er vorsichtig mit dem Gift, die er anschließend zum Handinneren gerichtet zwischen den dritten und vierten Finger klemmte. Dabei achtete er sorgfältig darauf, sich nicht an der Nadel zu verletzen. An der rechten Hand befand sich ein Siegelring, bei welchem sich das Siegel wegklappen ließ. Darunter war ein Hohlraum, den er mit dem absolut tödlichen Gift füllte.

Henro machte sich mit weichen Knien und einem mulmigen Gefühl in der Magengrube auf den Weg zu den Gemächern des Fürsten.

Er fühlte sich müde und geschwächt und begann kräftig zu schwitzen, bis er schließlich an die Tür zur Kammer des Fürsten gelangt war und zaghaft klopfte, nachdem ihm die Wachen den Weg frei gemacht hatten, ihm allerdings die Tür nicht wie sonst üblich öffneten.

»Wer stört?«, hörte er die Stimme des Fürsten aus dem Inneren der Kammer tönen.

»Henro …«, brachte er mit belegter Stimme krächzend hervor.

»Tretet ein«, forderte der Fürst den Praister zum Hereinkommen auf.

Henro öffnete die Tür und trat ein. Der Fürst saß auf seinem mit Fellen ausgekleideten Eisstuhl, vor dem ein reich gedeckter Tisch stand. Es gab allerlei Varianten an Fisch, gebratene Eier, Speck, getrocknetes Fleisch, eine süße Obstcreme und frisches Brot.

Corusal war tatsächlich alleine in seiner Kammer. Das war die beste Gelegenheit, ihm das Gift beizubringen. Es duftete nach Morgenruf. Der Praister kannte das Gebräu.

Ein Schluck davon würde ihm gewiss guttun und seine Sinne wach werden lassen. Die Dienerschaft hatte einen weiteren Schemel vor den Tisch geschoben. Henro entging nicht, dass dieser kleiner und vor allem niedriger als der Sitz des Fürsten war. Würde Corusal ihm diesen Platz anbieten, musste er während des Frühstücks unweigerlich zum Fürsten aufsehen. Die Vorstellung gefiel ihm keineswegs.

»Kommt näher und setzt Euch zu mir, Henro«, bot der Fürst dem Praister den vorbereiteten Platz auf dem Schemel an.

Der Praister streckte dem Fürsten die Hand zur Begrüßung hin, die Corusal jedoch nicht annahm.

»Ihr wisst doch, dass der Handschlag nur besonderen Auszeichnungen und dem Abschluss eines guten Handels vorbehalten ist«, kommentierte Corusal den ungeschickten Vorstoß des Praisters. »Lasst uns gemeinsam frühstücken. Darf ich Euch einen Becher Morgenruf anbieten?«

Henro schluckte hörbar und ließ sich missmutig auf dem Schemel gegenüber Corusal nieder, während ihm der Fürst in seiner Gastfreundschaft selbst einen Becher mit Morgenruf füllte und reichte. Die erste Gelegenheit, den Fürsten mit der zwischen seinen Fingern verborgenen Nadel bei der Begrüßung zu stechen, hatte der Praister verpasst.

»Ihr seht übermüdet und krank aus, Henro«, stellte Corusal fest. »Ist Euch die Luft in Eisbergen nicht bekommen? Habt Ihr Euch womöglich erkältet?«

»Ich fühle mich zwar elend, bin aber nicht sicher, ob mich eine Krankheit plagt. Wahrscheinlich liegt es daran, dass ich schlecht geschlafen habe. Wie auch immer, ein Becher Morgenruf und es wird mir gleich viel besser gehen. Bitte verzeiht meine Ungeschicklichkeit. Ich vergesse manchmal die im Norden vorherrschenden Sitten und wollte Euch nicht in Verlegenheit bringen.«

»Hoffen wir das Beste. Jedenfalls bin ich erleichtert. Und habt keine Sorge, Henro. Das ist Euch nicht gelungen. Aber wenn wir schon dabei sind, möchte ich mit Euch über Euren Aufenthalt am Eispalast und Eisbergen sprechen.«

»Sehr wohl, mein Fürst. Ich bin ganz Ohr!«

»Ich will nicht undankbar erscheinen«, begann der Fürst mit seinen Ausführungen, »während der Wintermonde schätzte ich Euren Rat für den Wiederaufbau nicht nur einmal. Ihr seid fast so etwas wie ein Freund oder zumindest ein guter Berater für mich geworden, und ich will deshalb offen zu Euch sprechen. Ihr seid ein Praister und als solcher nicht überall in gleichem Maße beliebt und anerkannt. Die Geschichte der Praisterschaft zeigt – und dem entspricht bedauerlicherweise auch Euer Ruf unter den Klan –, dass Ihr mehr gefürchtet als geliebt werdet und gemeinhin als verschlagen oder heimtückisch geltet. Aus vielen Mündern bekomme ich Warnungen zugeflüstert, Euch nicht zu vertrauen.«

»Es schmerzt mich, dies aus Eurem Munde zu hören, mein Herr«, antwortete Henro. »Die Praister wollen nur das Beste. Es war selbstverständlich für Thezael und mich, dass wir Euch bei der Errichtung der Tempel der Kojos mit Rat und Tat behilflich sein mussten. Die Anunzen haben wir Euch aus freien Stücken sehr gerne gegeben und werden diese nicht zurückverlangen. Nutzt das Gold, wo immer Ihr es für die Stadt gebrauchen könnt. Nach Errichtung der Tempel bleibt eine gehörige Summe übrig, die Ihr für Eisbergen nach Belieben verwenden könnt.«

»Ich weiß«, meinte Corusal, »aber es musste leider sein. Die Nachrichten aus Tut-El-Baya beunruhigen mich sehr. Niemand kann mir sagen oder bestätigen, was sich tatsächlich dort ereignet hat und weiterhin geschieht. Die wildesten Gerüchte sind über die Praister und Ihren obersten Herrn im Umlauf. Stimmen die Berichte, werde ich umgehend handeln und die Regentschaft an mich reißen müssen. Angeblich hat Thezael die Regentin gestürzt und sie sogleich den Schatten übergeben. Der oberste Praister herrscht mit eiserner Hand über die Klanlande und schreckt nicht einmal davor zurück, die Inquisition erneut auszurufen und mit ihr alle Mittel der Barbarei. Thezael hat die Schatten in die Hauptstadt gerufen, um seine Macht zu sichern.«

»Ich weiß nicht mehr als Ihr selbst, mein Fürst.«

»Das mag sein, aber ich will, dass Ihr meine Entscheidung versteht und dieser aus freien Stücken Folge leisten werdet.«

Henro nickte. Der Praister wusste zwar noch immer nicht, was der Fürst von ihm wollte. Aber er war gespannt, was dieser ihm im Verlauf des Gespräches mitteilen würde. Er hatte befürchtet, dass das Fürstenhaus Alchovi nicht länger wartete, sobald sie von der Absetzung Raussas erfahren hatten. Wenn sich aus der herrschenden Familie keine Nachfolge ergab, war es die Pflicht des stärksten Fürsten, sich um die Regentschaft zu bewerben und die Ordnung wiederherzustellen. Es war unverkennbar, dass dies nach dem Tod des Fürsten Fallwas nur Corusal Alchovi sein konnte. Er war der einzige Fürst, der diesen Anspruch durchsetzen konnte. Mit den Eiskriegern im Rücken besaß er die besten Aussichten. Die übrigen Fürsten waren nicht stark genug, sie würden Thezael schon aus Angst vor weiteren Einschränkungen ihrer eigenen Pfründe und einem drohenden Bürgerkrieg ergeben folgen und dessen Herrschaftsanspruch nicht infrage stellen. Ein Praister als Regent. Offiziell würde er diesen Titel niemals erlangen, aber das war Thezael gleichgültig. Der Praister kämpfte im Namen der Kojos erbarmungslos um die Vorherrschaft.

»Ihr könnt nicht länger im Eispalast bleiben und ich wünsche, dass Ihr Eisbergen unverzüglich verlasst«, sagte der Fürst plötzlich mit einer Kälte und Klarheit in der Stimme, die Henro erschaudern ließ. »Kehrt nach Tut-El-Baya zurück und berichtet Eurem Herrn, dass ich bald kommen werde, die Verhältnisse zu ordnen. Ich habe mir diesen Schritt lange und sorgfältig überlegt. Die Sicherheit Eisbergens und des Eispalastes aufzugeben und diese gegen den Kristallpalast und die Wirren von Tut-El-Baya einzutauschen, fällt mir gewiss nicht leicht. Das könnt Ihr mir glauben. Aber es wird das Beste für die Klanlande sein, wenn die Nno-bei-Klan überhaupt eine Zukunft haben sollen. Also werde ich dieses Opfer im Dienste meines Landes erbringen und mich der Verpflichtung stellen. Richtet Eurem Herrn aus, dass er alles Notwendige für die Übernahme der Regentschaft vorbereiten soll. Es soll ihm kein Schaden dadurch entstehen. Thezael wird weiterhin die Hoheit über die Praister behalten, sofern er sich dazu überreden lässt, die Inquisition und Barbarei auf der Stelle zu beenden.«

»Gewiss, mein Fürst!«, antwortete Henro, der gleichzeitig versuchte, seine Erschrockenheit über die Pläne vor dem Fürsten zu verbergen. »Wann dürfen wir mit Eurem Eintreffen rechnen?«

»Spätestens in drei Monden will ich in Tut-El-Baya sein. Die Eiskrieger werden mich auf der Reise begleiten.«

»Das wird Thezael nicht gefallen, mein Fürst«, widersprach Henro. »Die Leibgarde des Regenten hat im Kristallpalast und in der Stadt das Sagen. Bringt Ihr die Eiskrieger nach Tut-El-Baya, wird dies nach einer offenen Kampfansage aussehen. Ich denke nicht, dass dies ratsam wäre.«

»Wir leben in harten Zeiten und die Eiskrieger genießen mein vollstes Vertrauen. Sie werden die Leibgarde des Regenten ersetzen und auch künftig stellen. Ich wäre schlecht beraten, wenn ich in diesem Fall nicht auf meine eigenen Vertrauten setzen würde.«

Henro erkannte, dass es Zeit war, zu handeln. Der Fürst würde sich nicht von dem Vorhaben abbringen lassen, und ihm blieb wenig Zeit für das Attentat auf das Leben Corusals. Der Fürst schickte ihn zurück. Käme Henro dieser Aufforderung nach, stünde er vor Thezael mit leeren Händen.

Corusal erhob sich und ging zum Fenster, um auf das Meer und über seine geliebte Stadt zu blicken.

»Ich werde Eisbergen und die klare Luft über der Stadt sehr vermissen«, seufzte Alchovi, während er einen tiefen Atemzug tat. »Wer weiß, ob ich die Stadt je wiedersehen werde, nachdem ich die Regentschaft in Tut-El-Baya angetreten habe.«

Keine Sorge, Ihr werdet sie nicht wiedersehen, dachte Henro, *die Schatten warten schon.*

Der Praister musste nicht sonderlich feinfühlig sein, um zu bemerken, wie schwer dem Fürsten die Entscheidung gefallen war. Die kurze Unaufmerksamkeit nutzend hob Henro den Ringfinger unbemerkt über den Tisch, öffnete vorsichtig die kleine Klappe und ließ unbemerkt einen winzigen Tropfen Gift in den halb vollen Becher vor ihm fallen. Ehe sich Corusal ihm wieder zuwandte und auf seinem eigenen Sitz gegenüber Platz nahm, hatte er den Ring an seinem Finger wieder zurechtgerückt und zeigte sich von seiner unschuldigen Seite.

Der Fürst griff nach dem vor ihm stehenden Becher und wollte diesen gerade an die Lippen führen, als Henro mit Entsetzen feststellte, dass dies das falsche Gefäß war.

»Verzeiht, mein Fürst«, hielt er Corusal vom Trinken ab, »ich glaube, Ihr habt Euch versehentlich meinen Becher genommen. Nicht dass es mich stören würde, es ist eine Ehre für mich, wolltet Ihr aus meinem Becher trinken. Aber ich fühle mich elend und würde Euch ungern mit einer aufkeimenden Krankheit anstecken. Ihr solltet vorsichtshalber davon absehen.«

Der Fürst sah den Praister scharf und prüfend an, bevor er den Becher vor sich auf den Tisch abstellte. Sein Blick ging in ein leichtes Schmunzeln über.

»Ihr müsst Euch irren, Henro«, sagte Corusal, »ich kenne meinen Trinkbecher genau. Seht hier …« – er drehte den Becher und deutete auf die in Runenschrift eingravierten Initialen auf der anderen Seite seines Bechers – »…die Gefäße des Fürsten sind von jeher auf solche Weise gekennzeichnet, um solche Missverständnisse zu vermeiden. Ihr müsst Euch also keine Sorgen um meine Gesundheit machen.«

Der Fürst nahm den Becher sofort wieder auf und trank einen großen Schluck Morgenruf, während Henro verloren auf seinem Schemel zusammensank und sich fieberhaft überlegte, wie er diese Situation retten konnte. Wie hatte ihm dieses Missgeschick passieren können? Er hatte tatsächlich die Becher verwechselt und das Gift versehentlich in seinen eigenen Trank geträufelt. Die Gelegenheit war dahin. Nun musste er zusehen, wie er sich daraus retten konnte, und sich etwas Neues einfallen lassen.

»Wollt Ihr noch einen Schluck Morgenruf?«, der Fürst hielt einen Tonkrug in der Hand und war gerade dabei, dem Praister nachzuschenken.

»Oh … ähm … nein, vielen Dank«, sagte Henro in einem Rettungsversuch mit einem verlegenen Lächeln auf dem Gesicht, die ihm die Röte auf die Wangen trieb, »ich hatte bereits genug davon. Ein Schluck mehr und ich werde sogleich aufstürmen und in Eurer Kammer wie ein aufgescheuchtes Stück Wild umherrennen.«

»Wie Ihr meint«, sagte Corusal und stellte den Tonkrug wieder auf den Tisch.

Henro und Corusal sahen sich eine Zeit lang schweigend in die Augen. Es fiel dem Praister schwer, dem fixierenden Blick des Fürsten lange standzuhalten. Ein aufkommendes Brennen in den Augen blinzelte er mehrfach weg. Schweißtropfen bildeten sich auf seiner Stirn, bahnten sich ihren Weg entlang der Schläfen hinab zu den Wangen und Mundwinkeln und kitzelten ihn.

»Wolltet Ihr mich vergiften?«, brach Corusal plötzlich das Schweigen, ohne dabei eine Miene zu verziehen.

»Bei allen Kojos«, fuhr Henro entsetzt auf, »wie kommt Ihr denn darauf?«

»Es war nur so ein Gefühl«, erklärte der Fürst seinen Verdacht, »Ihr seid ein Praister, und mein Vorhaben dürfte Thezaels und damit auch Euren Plänen nicht entgegenkommen.«

»Mein Fürst …«, Henro tat entrüstet, »wir würden doch niemals …«

»Nein?«, unterbrach ihn Corusal. »Mir kam anderes zu Ohren. Es wäre nicht das erste Mal, dass die Praister die Geschicke nach ihren Vorstellungen durch einen Giftanschlag lenkten.«

»Aber mein Herr, das sind üble Verleumdungen und Gerüchte. Ein solcher Anschlag wurde niemals bewiesen.«

»Stimmt! Aber die schändlichen Taten wurden auch nicht dementiert, oder täuscht mich mein Wissen in dieser Hinsicht?«

Das Gespräch nahm einen Verlauf, den Henro nicht vorausgesehen hatte. Sich überraschend rechtfertigen zu müssen, darauf hatte er sich nicht vorbereitet. Es wurde brenzlig und er geriet aufgrund der drängenden Fragen des Fürsten gehörig ins Schwitzen. Er tastete mit der Hand unter sein Gewand und bekam die Phiole mit dem restlichen Gift mit zitternden Fingern zu fassen. Er hatte keine Wahl. Jetzt musste es sein. Vorsichtig entfernte er den Deckel und umschloss das Gefäß mit der gesamten Hand.

»Was haltet Ihr unter Eurer Hand versteckt? Einen Dolch? Los, seid ein Mann und zeigt mir Eure wahren Absichten!«, setzte Corusal den Praister unter Druck.

Henro zählte bis drei und atmete zwischen jeder Zahl deutlich wahrnehmbar durch. Sein Blick fixierte den Fürsten, der sich beschwörend mit dem Oberkörper über den Tisch gebeugt hatte. Ihre Gesichter waren vielleicht drei Handbreit auseinander. Es war gerade so, als fordere er den Praister zu der Tat heraus. Eins … zwei … und …

Henro zögerte einen Augenblick. Es war zum Verzweifeln. Sollte er die Phiole auf drei werfen oder erst nachdem er bis drei gezählt hatte? Er entschied sich für die letzte Variante und begann von vorne zu zählen.

Eins … zwei … drei! Ruckartig zog er die Hand aus dem Gewand und warf Corusal die Phiole ins Gesicht. Das Glas zersprang durch die Wucht des Aufpralls und die Flüssigkeit verteilte sich auf dem Gesicht des Fürsten, rann ihm über die Nase und die Lippen. Das Gift verdunstete sofort durch die Wärme auf der Haut des Fürsten. Corusal hatte keine Möglichkeit, sich dagegen zu wehren. Durch die Nase drang das tödliche Gift über die Atemwege in seinen Körper. Einige Tropfen gelangten über die Lippen in den Mund. Corusal musste unweigerlich schlucken. Die lähmende Wirkung des Giftes erfasste den Fürsten nur wenige Augenblicke später. Er rang nach Atem und seine Hände krampften sich um die Brust über dem Herzen zusammen. Die Augen traten hervor und seine Lippen wurden vor Atemnot bereits blau.

»Feig...ling«, stieß Corusal keuchend hervor, auf seinem Gesicht standen Überraschung, Enttäuschung und Schmerz zugleich.

»Es tut mir leid«, flüsterte Henro, der Tränen in den Augen hatte, »Euer Verdacht war richtig. Aber Ihr habt mir keine andere Wahl gelassen. Ich wünsche Euch eine gute Reise zu den Schatten.«

Der Kopf des Fürsten fiel vornüber auf den Tisch. Corusals Gesicht landete inmitten eines halb aufgegessenen Tellers mit Fischresten. Seine Hände hatten sich inzwischen in die Stuhllehnen verkrampft. Der Praister wollte nicht warten, bis der Todeskampf des Fürsten zu Ende war. Der Gang zu den Schatten würde noch einige Momente dauern, war jedoch durch nichts und niemanden mehr aufzuhalten. Rasch sprang Henro auf und beseitigte behutsam und penibel die zerbrochenen Glasteile der Phiole. Einen letzten Blick auf den verzweifelt nach Atem und das Leben ringenden Fürsten werfend, verließ Henro eilends die Kammer. Die Wachen vor der Tür schöpften zu seinem Glück keinen Verdacht, denn der Kampf des Fürsten gegen die Schatten lief lautlos ab. Die Lähmung hinderte ihn daran, Hilfe herbeizurufen, selbst wenn diese ohnehin nutzlos geblieben wäre.

Henro musste sich setzen und durchatmen, als er seine Kammer erreicht hatte. Sein Herz schlug bis zum Hals. Er hatte das Attentat tatsächlich vollbracht. Thezael würde zufrieden sein. Nun galt es, seine Sachen in einem Bündel zusammenzupacken, den Palast und Eisbergen auf dem schnellsten Wege zu verlassen. Bestimmt würden ihn die Eiskrieger verdächtigen. Aber er verspürte keinerlei Bedürfnis, sich ihren Befragungen auszusetzen.

Als der Praister sein Bündel geschnürt hatte, dachte er: *Fürst Corusal ist tot. Und das ist einzig und alleine dein Verdienst.*

Ein merkwürdiges Gefühl beschlich ihn. Einerseits bedauerte er des Fürsten Gang zu den Schatten. Corusal hatte ein solches Ende nicht verdient. Der Fürst war ein überaus guter und fähiger Mann gewesen. Andererseits sah Henro die Notwendigkeit des Attentats und wollte sich selbst für den aufgebrachten Mut und die gelungene Ausführung auf die Schulter klopfen, einen solch wichtigen Beitrag für die Praister und die Zukunft der Klanlande im Sinne der Kojos geleistet zu haben. Er alleine hatte mit diesem Mord Geschichte geschrieben und die Geschicke des Kontinents Ell nachhaltig verändert. Wer konnte das von sich schon behaupten?

Henro wurde jäh aus seinen Gedanken gerissen, als die Tür zu seiner Kammer eingetreten wurde und samt herausgerissener Angeln und Rahmen in seine Richtung flog. Geistesgegenwärtig machte er einen Satz hinter das Bett, um nicht von den Holzsplittern getroffen zu werden. Im Türrahmen stand Baylhard mit wutverzerrtem Gesicht. Sich nach einer Fluchtmöglichkeit umsehend musste Henro einsehen, dass es kein Entkommen gab.

»Ihr«, donnerte die Stimme des Eiskriegers durch die Kammer, während er mit dem Finger auf den Praister zeigte, »kommt mit mir. Ihr wisst, was mit Verrätern und feigen Mördern geschieht?«

»Ich … ich habe nichts getan«, stammelte Henro beschwichtigend, »Ihr platzt hier herein und beschuldigt mich. Könntet Ihr mich bitte aufklären, was Ihr mir vorzuwerfen gedenkt?«

»Wie ich sehe, habt Ihr Euer Bündel bereits gepackt.

Umso besser, dann können wir sofort aufbrechen«, antwortete Baylhard.

»Wohin aufbrechen? Wollt Ihr mich etwa nach Harrak bringen, ohne mich vorher anzuhören? Ich bin mir keiner Schuld bewusst. Gebt mir eine Möglichkeit, mich zu verteidigen«, flehte der Praister.

»Harrak?«, lachte der Eiskrieger ein gehässiges Lachen. »Harrak wäre noch viel zu gut für Euch. Ihr seid ein Feigling, ein Verräter und ein Mörder. Ich hätte längst tun sollen, was ich jetzt mit Euch anstellen werde.«

Henro erinnerte sich an die Nadel zwischen seinen Fingern und sprang, ohne weiter nachzudenken, auf den Eiskrieger zu. Er erwischte Baylhard am Unterarm. Die vergiftete Nadel hinterließ einen dünnen Kratzer auf der Haut des Eiskriegers. Ein wuchtiger Schlag mit der Faust traf den Praister im Gesicht und schleuderte diesen auf das Lager zurück. Betäubt sah Henro, wie der Eiskrieger geschwind den Arm abband, ein Messer aus dem Gürtel zog und sich zähneknirschend und ohne zu zögern ein großes Stück Fleisch aus dem Unterarm schnitt. Anschließend nahm er einen Lederbeutel mit einer klaren Flüssigkeit, deren nach hochprozentigem und scharfem Schnaps riechenden Duft den Raum ätzend erfüllte, und schüttete sich den Inhalt über die tiefe Wunde. Der Eiskrieger brüllte den Schmerz heraus, warf den leeren Beutel in die Ecke, verband sich die Wunde, packte den Praister und warf ihn sich wie einen Sack über die Schultern.

»Wir fanden den Fürsten in seinen Gemächern. Er war tot«, sagte Baylhard sichtlich erregt mit zitternder Stimme, »aber er hinterließ einen Namen, den er mit den Fingernägeln in das Eis seines Sitzes gekratzt hatte. Wahrscheinlich war es das Letzte, was er getan hat. Dort standen zwei Worte. Aber sie waren klar und deutlich zu lesen. *Gift* und

Henro. Ihr werdet keine Gelegenheit erhalten, Euch zu verteidigen, werter Praister. Euer Leben ist verwirkt.«

Henro stöhnte. Der Kopf schmerzte von dem mächtigen Schlag, den ihm der Eiskrieger verpasst hatte. Mit schlaffem Körper hing er über der Schulter des Hünen, während dieser ihn, von neugierigen Blicken vorbeigehender Passanten begleitet, zum Hafen und auf ein Fischerboot schleppte. Das Boot war schlicht, schmal geschnitten und höchstens zwanzig Fuß lang. In der Mitte befand sich ein mit einem blutroten Anstrich versehener Mast, an dem ein Segel aus stabilem, aber schon recht verschlissen wirkendem und mehrfach geflicktem Tuch angebracht war. Außer einer Ruderbank, einer Pinne und zwei abgegriffenen Rudern, deren Ruderblätter deutlich erkennbare Biss- und Kratzspuren aufwiesen, gab es ein aus Tierhäuten gefertigtes Fischernetz, wenige Seile, einige mehr oder weniger brauchbare Messer und eine erquickliche Anzahl langstieliger Speere. Die Speerspitzen waren aus Stahl gefertigt und wirkten auf Henro fürchterlich scharf und gefährlich. Neben einem frisch gefüllten Trinkwasserfass befanden sich lediglich noch ein weiteres Fass mit hart gebackenen Keksen und eine Kiste mit Trockenfleisch auf dem Boot. Mehr gab es auf dem Fischerboot nicht zu sehen. Der Eiskrieger schien offenbar ohne Instrumente und Karten auszukommen.

»Wir gehen auf die Jagd«, erklärte Baylhard sein Vorhaben, »das mache ich, wenn ich den Verlust eines geliebten Freundes betrauere.«

Henro dachte, der Eiskrieger habe den Verstand verloren. Dessen Blick war leer und seine Worte wirkten düster und unverständlich auf den Praister. Unsanft wurde er auf den Schiffsboden geworfen und an Händen und Füßen gefesselt. Baylhard legte ab und steuerte das Boot mit sicherer Hand aus dem Hafen auf die hohe See des Ostmeeres hinaus.

Nach ihrer Fahrt aus dem Hafen, als der Eiskrieger das Segel gesetzt und das Boot in den Wind gebracht hatte, nahm er neben dem Praister Platz und genehmigte sich einen Schluck Wasser, Kekse und ein Stück Trockenfleisch. Mit einem kritischen Seitenblick auf den Gefesselten warf er diesem ebenfalls etwas zu essen vor die Füße. Henro hatte Mühe, das kärgliche Mahl im gefesselten Zustand aufzunehmen, und setzte sich daher auf.

»Das wird Euer letztes Mahl sein«, sagte der Eiskrieger trocken, »genießt die Bissen. Eure Reise zu den Schatten wird lang und unangenehm werden.«

»Was habt Ihr vor?«, wagte Henro die Frage, die ihn bereits drängte, seit er den Eispalast auf den Schultern des Eiskriegers verlassen hatte.

»Ich sagte Euch bereits, dass wir auf die Jagd gehen. Ihr und meine Wenigkeit. Ihr seid der Köder, den ich brauche, um einen prächtigen Moldawar anzulocken.«

»Ihr wollt mich an die Raubfische verfüttern?« Henro wurde blass um die Nase, und das wurde nicht durch das ungewohnte leichte Schaukeln des Bootes auf den Wellen veranlasst.

»An die Schrecken des Meeres. Aye, Ihr habt es erfasst«, meinte Baylhard.

»Das dürft Ihr nicht machen! Ich bin ein getreuer Diener der Kojos und der Schatten. Ihr werdet Ihren Zorn auf Euch ziehen«, versuchte Henro seine Haut zu retten.

»Unsinn«, entgegnete Baylhard dem Einwand des Praisters, »sie werden es mir danken, dessen bin ich mir gewiss. Wenn ich dazu beitragen kann, ein Übel weniger in diesen Landen bekämpfen zu müssen, umso besser.«

»Ihr seid vollkommen wahnsinnig!«, schrie Henro.

»Ich bin ein Eiskrieger und Moldawarjäger, Praister. Der Wahnsinn steckt in uns allen, in unserem Land, dem Krieg, den Katastrophen, der Macht und in Kryson. Ihr seid ein Mann der Schatten, der Schlechtes getan hat, und ich helfe Euch, ihnen schon bald näher zu sein. Mehr ist es nicht. Nehmt es als eine Ehre. So erfüllt Ihr wenigstens am Ende noch einen guten Zweck und landet im hungrigen Magen eines Fisches, der mir wiederum reiche Beute sein wird und mein Gleichgewicht finden lässt.«

»Tötet mich hier und jetzt, wenn Ihr meint, mich für Eure Genugtuung töten zu müssen, aber werft mich nicht diesen Monstern zum Fraß vor. Ich flehe Euch an!«, bettelte Henro um einen gnadenvollen Tod.

»Das wäre nicht dasselbe«, erwiderte Baylhard. »Ihr seid keine Herausforderung für mich, Praister. Ihr seid schwach, umso unfassbarer ist die Tatsache, dass es Euch gelang, den Fürsten heimtückisch zu ermorden. Einen Feigling wie Euch zu töten, wäre zu einfach. Hingegen einen ausgewachsenen Moldawar zu jagen, ihm Auge in Auge im Kampf gegenüberzutreten und ihn am Ende in einem fairen und gleichen Kampf zu besiegen, ist ehrenvoll. Ihn kann ich als Gegner respektieren, Euch jedoch nicht. Erst wenn es mir gelingt, denjenigen Moldawar zu erlegen, der den verräterischen Mörder Corusals auffraß, werde ich die Ehre des Fürsten wiederhergestellt haben und zufrieden nach Eisbergen heimkehren können.«

Henro schüttelte resignierend den Kopf. Es hatte keinen Zweck, den Eiskrieger überzeugen zu wollen, der seine ganz eigenen Vorstellungen von Tod und Ehre hatte. Der Praister würde den Antrieb der Eiskrieger niemals verstehen. Was nutzte es ihm, sich jetzt noch Gedanken darüber zu machen. Er war dem Tod geweiht, aber auf diese Weise zu sterben mutete ihn grausam an. Das hatte er nicht verdient. Immerhin hatte er das Attentat für Thezael und die Kojos verübt. Aber vielleicht musste er sich als Diener der Kojos damit abfinden und als Märtyrer für die große Sache in das Reich der Schatten einziehen. Vielleicht gab es dort zu seiner Begrüßung ein Freudenfest mit Tanz. Dieser Gedanke gefiel Henro, auch wenn er letztlich nicht geeignet war, ihm echten Trost zu spenden, denn er fürchtete sich vor dem, was ihn erwartete.

Sie waren weit gen Süden gesegelt und hatten die östliche Küste des Riesengebirges seit einigen Horas hinter sich gelassen; so weit, bis sie die Grenzen der Dämmerung überschritten hatten und Dunkelheit vorherrschte. Nebel war über dem Meer aufgestiegen und umgab das Boot in einer undurchdringlichen Wand in allen Richtungen. Die Jagd würde für den Eiskrieger bei diesen Sichtverhältnissen zu einer Herausforderung werden.

»Wir sind angekommen«, sagte der Eiskrieger, »macht Euch bereit. Unter uns befindet sich eine Fressstraße der Moldawars.«

Er holte zum Entsetzen des Praisters das Segel ein. Das Fischerboot schaukelte auf den Wellen hin und her. Henro schauderte bei dem Gedanken, den Naturgewalten in dieser besseren Nussschale, umgeben von Raubfischen hilflos ausgesetzt zu sein.

»Ich werde Euch häuten«, erklärte Baylhard, während er ein Fischmesser auf dessen Schärfe prüfte. »Moldawars lieben einen liebevoll präparierten Happen.«

Henro riss vor Schreck die Augen auf, als sich der Eiskrieger über ihn beugte und das Gewand vom Leib schnitt. Der Praister war Baylhard hilflos ausgeliefert. Dieser machte sich ans Werk, als hätte er lediglich einen gewöhnlichen Tierköder vor sich. Die Schmerzensschreie des Praisters rührten ihn nicht im Geringsten, als er Henro für den letzten Gang vorbereitete. Nach einer Weile verlor der Praister das Bewusstsein.

Den an den meisten Stellen von der Haut befreiten fleischigen und blutenden Körper band Baylhard an den Handgelenken an ein langes Seil und warf ihn über Bord. Die Haut warf er gleich hinterher. Das eiskalte Wasser und der brennende Schmerz, den das Salzwasser auf den offenen Wunden verursachte, war ein Schock und weckte Henro aus der Bewusstlosigkeit. Er drohte zu ertrinken. Wild zappelnd arbeitete er sich an die Wasseroberfläche und versuchte sich schreiend über Wasser zu halten, wobei er immer wieder Wasser schluckte. Die Bewegungen würden die hungrigen Raubfische gewiss anlocken.

Baylhard machte es sich auf dem Boot gemütlich und wartete geduldig. Er wusste, dass es nicht allzu lange dauern konnte. Die Moldawars würden dem Angebot nicht widerstehen können. Er wartete, bis der erste Moldawar, vom Blut angelockt, den Köder entdeckt und angebissen hatte.

Ein kräftiger Ruck ging durch das Boot. Es war so weit. Baylhard spähte in froher Erwartung über den Bordrand. Er hatte Glück. Der Flosse nach zu urteilen hatte ein großer Moldawar angebissen. Er schätzte den Raubfisch auf eine Länge von gut und gerne siebzig Fuß, mehr als dreimal so groß wie das Boot, wenn nicht gar mehr. Baylhard packte sich einen langen Speer und befestigte diesen an einem Seil, das er sich am anderen Ende um das Handgelenk band. Der Moldawar hatte dem Köder den Unterleib bis zur Brust mit einem einzigen Biss abgetrennt. Henro war endgültig zu den Schatten gegangen. Die Jagd und der Ritt auf dem Moldawar begannen.

Als Baylhard in den folgenden Tagen in den Hafen nach Eisbergen zurückkehrte, trug er die wertvolle Haut und das mächtige Gebiss eines Moldawars bei sich und bestätigte ihm somit eine erfolgreiche Jagd. Im Hafen brannten zahlreiche blaue Feuer, und die Flaggen mit den Symbolen des Hauses Alchovi waren auf halbmast herabgelassen worden. Ein Zeichen für eine Trauer.

Eisbergen trauerte um seinen Fürsten Corusal Alchovi.

DRACHENSTERBEN

Die Zeit der Dämmerung bereitete den Tartyk großen Kummer. Immer weiter hatte sich die Dunkelheit in den vergangenen Monden ausgebreitet, bis sie schließlich auch das Südgebirge und die Felsenstadt Gafassa erreicht hatte. Sie hatten den Rat der Alten nach der Ursache befragt, doch der Älteste unter ihnen war mit Calicalars Sohn Sapius auf eine Reise in den Norden aufgebrochen und bislang nicht zurückgekehrt. Natürlich wussten sie, dass der dunkle Hirte nach seinem Erwachen schuld an der Misere war, aber sie wollten ergründen, was genau er mit seiner Heraufbeschwören der Dämmerung im Schilde führte. Der Rat hatte zwar getagt und sich über Lösungen die Drachenköpfe zerbrochen, war jedoch eine Antwort schuldig geblieben.

Ohne die Führung des Yasek im Fluge und dessen Drachen Haffak Gas Vadar hatten die übrigen Drachenreiter nicht gewagt, sich des Phänomens anzunehmen, und harrten tatenlos der Dinge, die sie noch befürchteten. So hofften sie auf das baldige Eintreffen des ältesten Drachen, dessen Weisheit, die sie für unermesslich hielten. Wenn einer Rat wusste, dann war es Haffak Gas Vadar. In ihrer Tatenlosigkeit hatten sie die Überwachung der zum Südgebirge führenden Hochebene vernachlässigt und von einer Kontrolle der Grenzen vorübergehend gänzlich abgesehen. Im Vertrauen auf ihren Ruf als gefürchtete Streiter der Lüfte und ihre Neutralität den anderen Völkern gegenüber, verließen sich die Tartyk darauf, dass sie nicht angegriffen würden. Wer sollte es wagen, ihr Hoheitsgebiet in den Bergen erobern zu wollen oder das unbesiegbare Volk der Langlebigen mit den Drachen im Rücken anzugreifen?

Die Rachuren waren von den Klan vernichtend geschlagen worden. Das Volk der Klan hatte mit der Seuche, den Folgen des Krieges und genau wie sie selbst mit den Auswirkungen der Zeit der Dämmerung zu kämpfen. Von den übrigen Völkern der Altvorderen drohte seit langer Zeit keine Gefahr mehr. Sie hatten Bündnisse und Abkommen geschlossen, die ihnen das Gebiet im Südgebirge auf ewig sicherten, wenn sie sich ihrerseits an die Verträge hielten und ihre Neutralität wahrten. Die einzige Gefahr, die von den Drachenreitern daher ernsthaft gefürchtet wurde, war die Macht des dunklen Hirten und dessen Bruder. Es fiel ihnen schwer, die magische Begabung der Saijkalrae und ihre Bedeutung für das Gleichgewicht zu begreifen, stammte diese doch nicht von den Drachen ab. Und doch fühlten sich die Tartyk auch gegen diese Macht gewappnet, denn die Saijkalrae hatten die Macht der Drachen nie infrage gestellt, wohl wissend, dass sie der Herausforderung eines magischen Kampfes möglicherweise nicht gewachsen wären.

Calicalar hatte viel über seinen Sohn nachgedacht. An manchen Tagen grämte ihn der Gedanke, dass er ihm die Schuld am Tod seiner Frau gegeben hatte und ihn danach zur Härte erziehen und mit Gewalt zu einem Drachenreiter machen wollte. Er hatte Sapius und dessen Hang für die fremde Magie nie verstanden. Was hatte ihn zu diesem Schritt getrieben? Wie konnte er sich von seiner Familie und seinem Volk abwenden? Was hatte er als Vater falsch gemacht, damit es so weit kommen konnte? Die Entfremdung hatte früh begonnen, und die Kluft zwischen Vater und Sohn war immer größer geworden, bis sie schließlich unüberwindbar geworden war. Ein Drachenreiter hätte Sapius werden sollen, so wie er selbst einer der besten und fähigsten Anführer geworden war wie schon sein Vater und dessen Vater zuvor. Es war über Generationen hinweg ihre Bestimmung gewesen, aber sein Sohn war viel zu schwach und zu uneinsichtig, um von den Drachen akzeptiert zu werden und seine Nachfolge anzutreten. Wie oft hatte Calicalar bei den Drachen wegen seines Sohnes vorgesprochen, gefleht und gebettelt. Der Rat der Alten war stur geblieben und hatte seine Bitten allesamt abgelehnt. Bis zu jenem Tag, als Sapius völlig überraschend und um Rat suchend nach Gafassa gekommen war. Sein Sohn hatte sich sehr verändert, seit er seine Heimat verlassen hatte. Erst hatte ihm Sapius leidgetan, denn die äußerlich sichtbaren Veränderungen, die sich ihm als fürchterliche Entstellungen dargestellt hatten, ließen auf schreckliche Erlebnisse schließen. Dennoch war unverkennbar für den Yasek, dass Sapius etwas Besonderes war und durch seinen Weggang weit mehr erreicht hatte, als er ihm jemals zugetraut hätte. Der Vater hatte die seinen Sohn umgebende Macht der Magie gespürt. Es war wie ein Kribbeln von tausend Käfern auf der Haut. Sie war fremd, wild und stark und sie war frei. Zu seinem Erstaunen hatten sich die Drachen gegenüber Sapius in jenem Moment geöffnet, als sie die Kraft erkannten. Calicalar hatte sie nicht einmal darum bitten müssen. Aus freien Stücken hatten sie die Tradition fortgesetzt und die Verbindung zu Sapius gesucht. Offensichtlich waren sie der Überzeugung gewesen, dass der Sohn des Yasek für diesen Schritt, den sie ihm bislang verweigert hatten, endlich bereit gewesen war.

Aber was nutzte diese späte Erkenntnis. Calicalar hatte seinen Sohn längst verloren, und das Geschehene ließ sich nicht rückgängig machen. Der Yasek musste daher akzeptieren, dass er seinen Sohn nie wiedersehen würde. Sich damit tröstend, dass Sapius einen zwar anderen Weg als die Tartyk beschritten, aber nach seiner Abkehr von den

Saijkalrae den für ihn richtigen Pfad gewählt hatte und offensichtlich einem Schicksal von erheblicher Bedeutung entgegenstrebte, konnte der Anführer der Drachenreiter seinen Frieden mit seinem Sohn machen. Endlich würde Ruhe in die einst innere Zerrissenheit einkehren, die von Selbstvorwürfen, Schuldgefühlen, Gram, Missverständnissen und sogar Hass geprägt gewesen war. Calicalar hatte Sapius über lange Sonnenwenden hinweg verleugnet und behauptet, er habe keinen Sohn mehr. Für ihn war der Junge gestorben, genau wie seine Frau, die ihn mit dem Sohn alleine gelassen hatte. Das Drachenfieber hatte sie dahingerafft. Inzwischen betrachtete er die Dinge anders und bereute die Zeit, die er ihn von sich gewiesen und erniedrigt hatte. In gewisser Weise erfüllten ihn die Veränderungen seines Sohnes sogar mit Stolz, selbst wenn er sie nicht begriff und ein solches Gefühl niemals zugeben würde. Er hatte Sapius am Ende verziehen und damit auch sich selbst. Es war in seinen Augen nur folgerichtig, dass er ihm Haffak Gas Vadar für die so wichtige Reise mitgegeben hatte, auch wenn er den Drachen jetzt dringend brauchte.

Es hatte ihn glücklich und zufrieden gemacht, einen kleinen Teil seiner Schuld auf diese Weise tilgen zu können.

Der Mut der Tartyk und die Tatsache, dass sie sich vor fast nichts und niemandem fürchteten, hatten es Nalkaar leicht gemacht, das Portal zur Stadt Gafassa mit einem Gefährten unbehelligt zu durchschreiten. Fast zu leicht, wie er im Nachhinein fand. Immerhin hätten er und sein hünenhafter Begleiter nichts dagegen gehabt, sich zwischendurch im Gesang zu üben und nebenbei ein paar Seelen zur Stärkung einzuverleiben.

Payagata, das Tor des Himmels … eine wahrlich beeindru-

ckende Meisterleistung des handwerklichen Könnens. Lediglich die Felsgeborenen waren als Baumeister in der Lage, ein solches Wunder zu schaffen, dachte Nalkaar bei sich, während er ehrfürchtig auf die Drachenskulpturen starrte.

Seine Bewunderung für die Bauwerke der Felsgeborenen war ehrlich. Schon zu seiner Zeit als Schüler, lange vor seinem Unfall, hatte er sich für die Felsgeborenen und ihre Kunstfertigkeit interessiert. Kein anderes Volk hatte nach seinem Wissen solche oder ähnliche aus dem Fels gehauene Bauwerke geschaffen. Sicher, der Kristallpalast in Tut-El-Baya und der Eispalast des Fürstenhauses Alchovi hinter dem Riesengebirge waren über jeden Zweifel erhabene Wunder der Baukunst der Klan. Dennoch waren diese letztlich kein Vergleich zu den Steinarbeiten der Felsgeborenen.

Zu schade eigentlich, um von den Rachuren eingenommen zu werden, ging es ihm durch den Kopf, *Rajurus Chimären werden die Schönheit der Bauten wohl kaum zu schätzen wissen. Ich muss mir nur Krawahta ansehen. Was hätte aus der unterirdischen Stadt Wundervolles werden können, hätten die Burnter statt der Rachuren Hammer und Meißel bei der Erbauung in die Hand genommen.*

Dabei hatte er einst in uralten Archivschriften gelesen, dass die Felsgeborenen kein Werkzeug benutzten, um Steine oder Felsen zu bearbeiten. Ihre Methode war unbegreiflich für ihn, ihre Magie bewundernswert. Sie benutzten die Kraft ihrer Gedanken und die Hände, um den Stein nach ihrem Gutdünken zu formen. Eine erstaunliche Fähigkeit, die auf Ell ihresgleichen suchte.

Bei aller Bewunderung für das Volk der Altvorderen war sich Nalkaar der ihm bevorstehenden Aufgabe bewusst. Rajurus Pläne waren mehr als gewagt. Sich einen Drachen untertan zu machen, hielt er nach wie vor für ein Ding der

Unmöglichkeit. Nalkaar fühlte sich dennoch gut und stark. Stärker als zuvor. Vielleicht hatten ihn die Flammen der Pein tatsächlich geprägt, wie Rajuru behauptete. Jedenfalls hatten sie ihm die Erkenntnis eingebracht, dass er sich vor nichts auf Ell zu fürchten brauchte. Keine Qual, kein Leiden, nichts war schrecklicher als die Flammen im Reich der Schatten. Das dort erlebte Martyrium dauerte ewig fort, begann von Neuem, wenn er geglaubt hatte, es wäre endlich vorbei. Der Todsänger wollte nicht daran denken. Sie waren auf Geheiß der Rachurenherrscherin nach Gafassa gekommen, um für die Drachenreiter zu singen, und Rajuru auf diese Weise einen Drachen zu bringen. Im Augenblick wollte er nicht daran denken, ob und wie es der alten Hexe gelänge, in den Brutstätten eine oder mehrere Chimären zu erschaffen, die ihr eine erneute Eroberung der Klanlande in Aussicht stellten und am Ende den Feldzug siegreich abschlossen. Wie ein solches Wesen aussehen musste und mit welchen Fähigkeiten es ausgestattet wäre, überstieg Nalkaars Vorstellungskraft. Lieber dachte er an den Gesang, mit dem er sich die Seelen der Drachenreiter einverleiben wollte. Nalkaar würde sein Bestes geben müssen. Nur gut zu sein, würde in diesem Fall nicht genügen. Der Todsänger würde gegen die Drachenmagie ansingen und hatte keine Ahnung, ob ihm dies überhaupt gelingen konnte. Eine hochinteressante Herausforderung war diese Aufgabe auf jeden Fall und er wollte sich ihr stellen, sei es für Rajuru oder für sich selbst.

Die beiden Todsänger, Nalkaar und Dardhrab, waren erst vor einigen Tagen aus der unterirdischen Rachurenstadt Krawahta aufgestiegen. Auf ihrem Weg in die Felsenstadt der Tartyk hatten sie die Auswirkungen der Zeit der Dämmerung zum ersten Mal mit eigenen Augen gesehen.

Nalkaar hatte sich nur schwer vorstellen können, wie das Werk des dunklen Hirten Ell verändern würde. Dennoch hatte Nalkaar während der Tage ihrer Wanderung nach Gafassa den Eindruck gewonnen, dass die Dämmerung nicht vollkommen war. Nicht mehr jedenfalls, sollte sie es jemals gewesen sein. In kurzen Abschnitten des Tages, die nach seinem Dafürhalten unterwegs länger geworden waren, hatte sich das Antlitz der Sonne einen Wimpernschlag lang gezeigt, obwohl diese im Grunde verdeckt hätte bleiben müssen. Es war wie ein kurzes Aufblitzen, das sofort durch die ansonsten vorherrschende Dunkelheit in Vergessenheit geriet. Vielleicht hatte er sich getäuscht und der kurze Lichteinfall hatte nichts zu bedeuten. Dennoch war Nalkaar skeptisch. Der Todsänger konnte sich schwerlich vorstellen, dass der dunkle Hirte in seinem Handeln nachlässig geworden war. Etwas stimmte nicht. Womöglich war die Dämmerung bereits wieder am Schwinden, würde sich allmählich im Nichts auflösen und dem sich ewig wechselnden Gleichgewicht zwischen Tag und Nacht Platz machen. Aber wozu dann dieser Zauber der Dunkelheit? Er musste Saijrae viel Kraft gekostet haben, zumal sich die Entstehung bis zum vollständigen Eintritt der Dämmerung über einen längeren Zeitraum gezogen hatte. Was hatte dem dunklen Hirten am Ende die Zeit der Dämmerung gebracht, wenn er diese nicht länger aufrechterhielt und sie sich innerhalb einiger Wochen und Monde auflöste, als hätte es sie nie gegeben. Die Auswirkungen der Dunkelheit waren zwar überall sichtbar, aber sie waren lange nicht so schlimm, als dass sie nicht wieder hätten rückgängig gemacht werden können.

Schweigend und in Gedanken versunken waren sie beinahe wie von selbst zu den sieben Drachentürmen in der Stadt gelangt.

»Das also sind die berühmten Drachentürme«, stellte Nalkaar fest.

»Ich hatte mir die Behausungen der Drachen anders vorgestellt«, antwortete Dardhrab leicht enttäuscht, »prunkvoller, irgendwie schöner und heller. Diese hier sehen aus wie breite schwarze Finger mit Löchern darin, die weit in die Höhe ragen. Stimmt es, dass nur noch achtundzwanzig von einst Hunderten von Flugdrachen am Leben sein sollen?«

»Das habe ich auch gehört. Vor vielen Sonnenwenden haben die Drachen in Höhlen im Südgebirge nahe der Stadt Gafassa gehaust. Die Türme wurden damals nur zum Starten und Landen benutzt. Oder sie wurden zur Genesung dorthin gebracht, wenn ein Drache ernsthaft erkrankt war. Das Drachenfieber soll viele der edlen Fluggeschöpfe getötet haben. Heute hausen die Drachen allerdings dort in den Türmen, und die vielen Höhlen in den Bergen stehen leer. Auf jeder Ebene eines Turmes befindet sich ein Fenster mit einem Sims auf dem die Drachen sitzen können und der zu einem großzügig angelegten Balkon führt.«

»Was machen wir jetzt? Die Stadt ist erstaunlich ruhig, gerade so, als würde sie schlafen, und die Drachen rühren sich ebenfalls nicht. Sollen wir uns hier aufstellen und um ihre Seelen singen?«

»Nein, auf keinen Fall«, schüttelte Nalkaar den Kopf, »wir singen nicht direkt für die Drachen. Das wäre viel zu gefährlich. Wir werden aber für die Drachenreiter singen und ihnen die Seelen entreißen. Und was Gafassa angeht, so glaube ich, dass die Tartyk die Dämmerung fürchten. Sie trauen sich nicht aus ihren Häusern und warten auf bessere Zeiten.«

»Das werden sie nicht allzu lange machen können«, meinte Dardhrab, »sie müssen eines Tages rauskommen und ihren Geschäften nachgehen, essen und trinken, wenn sie nicht in ihren Häusern sterben wollen.«

»Vielleicht ist ihnen das Glück hold und sie müssen nicht mehr lange warten«, überlegte Nalkaar.

»Wie meint Ihr das, Meister?«, hakte Dardhrab nach.

»Auf unserem Weg nach Gafassa habe ich einige merkwürdige Beobachtungen gemacht. Ich bin mir nicht sicher, aber es sah aus, als ob die Dämmerung nachließe«, erklärte Nalkaar.

»Oh, tatsächlich?«, fragte Dardhrab erstaunt. »Ich habe nichts dergleichen bemerkt. Ihr müsst ein hervorragendes Gespür besitzen, Nalkaar.«

»Vielleicht habe ich das, vielleicht auch nicht.«

»Nun gut«, sagte Dardhrab, »aber wie finden wir jetzt einen Drachenreiter?«

»Die Drachenreiter gehören zu den in den Stand der allgemeinen Verehrung erhobenen Tartyk. Sie sind etwas Besonderes in ihrem Volk. Sie beschützen die anderen, gelten als Hüter der Drachenmagie und stellen die eigentliche Verbindung zu den Drachen her, denen sie ihre Langlebigkeit zu verdanken haben. Jemand, der auf solche Weise herausragt, wird auch an erhöhter Stelle wohnen. Ich nehme an, dass wir uns zum höchsten Punkt von Gafassa wenden sollten. Dort, vermute ich, werden wir fündig.«

Die edelsten und prunkvollsten Häuser lagen – wie Nalkaar vermutet hatte – auf der Höhe. Die Felsgeborenen hatten vor Tausenden von Sonnenwenden ein wahres Wunder geschaffen, das bis heute unverändert und beständig stabil geblieben war. Die aus dem Fels gehauenen und virtuos geformten Steine und Skulpturen zeigten keinerlei Zerfallserscheinungen. An manchen Stellen war der Stein durch einen witterungsbedingten Belag nachgedunkelt oder an den feuchteren Orten mit Moosen sowie vereinzelten Flechten überzogen. Steil angelegte Gassenwege und schier endlose Treppenstufen führten zu dem Viertel, in dem die Drachenreiter ihre Domizile bezogen hatten. Es war nicht schwer, das Haus des Yasek zu finden.

»Das muss das Haus ihres Anführers sein«, stellte Nalkaar fest, »die Steindrachen sprechen eine eindeutige Sprache.«

»Werden wir jetzt um eine Seele singen?«, fragte Dardhrab ungeduldig.

»Das werden wir«, nickte Nalkaar, »und nicht nur um eine Seele! Gafassa wird uns zu Füßen liegen und uns ihre Seelen auf goldenen Tellern servieren. Wir versuchen ein neues Lied. Es geht mir schon eine Weile im Kopf herum und verdichtet sich, seit wir die Hochebene verlassen und Gafassa erreicht haben. Ihr werdet mich dabei unterstützen und die Töne verstärken. Die Wirkung wird umwerfend sein. Ich fühle mich stark.«

Nalkaar träufelte einen Tropfen der schwarzen, öligen Tinktur auf seine Zunge, die seine Stimmbänder geschmeidig machen und seine Zunge lockern sollte. Anschließend reichte er die Phiole an Dardhrab weiter und forderte diesen auf, es ihm gleichzutun. Der Todsänger schloss die Augen, breitete die Arme aus und richtete seine Konzentration auf die vor ihm liegende Felsenstadt. Er machte sich frei von allen störenden Einflüssen, tauchte tiefer und tiefer in die Atmosphäre von Gafassa ein, ließ die Geräusche und den Duft der Stadt und ihrer Einwohner auf sich wirken. Es kam ihm so vor, als schwebe er auf einer Plattform über den Dächern der Häuser. Der Todsänger konnte die Tartyk atmen hören und nahm ihren Herzschlag wahr, der sich zu Tausenden rhythmischen Trommelschlägen verdichtete. Dazwischen vernahm er das dumpfe und langsame Pochen der Drachenherzen und ihr gleichmäßiges Schnauben. Er spürte, dass sie schliefen und träumten. Sie waren ihm nah, so nah, dass er sie beinahe mit den Händen greifen konnte.

Ein dunkler, gleichbleibender Summton erklang aus den Tiefen seiner Brust, breitete sich aus und wurde stärker. Dardhrab stimmte in den Ton mit ein und verstärkte diesen. Zufrieden lächelnd bemerkte Nalkaar, dass er sich den richtigen Gefährten für diese Aufgabe ausgesucht hatte. Er musste Dardhrab nicht erklären, was er zu tun hatte. Der ehemalige Klansklave wusste instinktiv, wann und wie er den Gesang mit seiner voluminösen Stimme unterstützen und verstärken musste.

Der Ton erreichte die vor und unter ihnen liegenden Häuser, wand sich durch die Gassen der Felsenstadt bis zu den Drachentürmen. Als der Todsänger eine plötzliche Unruhe spürte, wusste er, dass der Ton die Drachen in ihren Türmen bereits erreicht hatte. Ihre Unsicherheit führte er darauf zurück, dass ihnen der Klang fremd vorkam und sie nicht einschätzen konnten, ob eine Gefahr für die Tartyk und den Rat der Alten bestand. Die Drachen kannten die Magie der Todsänger nicht. Nalkaar konnte mit Stolz von sich behaupten, dass er diese Variante der Magie erfunden, das Singen in mühsamer Arbeit unter Schmerzen erlernt und im Laufe der Sonnenwenden stets verfeinert hatte.

Nalkaar streute die ersten Tonfolgen und Klänge ein, während Dardhrab den dunklen Grundton hielt. Der Gesang verdichtete sich zu einer traurigen, aber wunderschönen und dieses Mal sogar harmonischen Melodie. Die Drachen waren aus ihrem Schlaf erwacht und wanderten unruhig in ihren Turmzellen hin und her. Sie hatten ein ausgezeichnetes Gehör und einen besonders ausgeprägten Sinn für Gefahren. Das Brüllen aus siebenundzwanzig Drachenkehlen dröhnte durch die Felsenstadt. Als der

Gesang des Todsängers an Intensität zunahm, waren die meisten Tartyk nicht in der Lage, der Verlockung zu widerstehen. Sie traten vor ihre Türen, um die Ursache der Musik zu erforschen. Bis auf einen. Der Yasek blieb in seinem Haus.

Calicalar brütete in einer Arbeitskammer über zahlreichen Schriftrollen, als der Gesang bis zu ihm vordrang und ihn stutzig werden ließ. Er zog die Augenbrauen überrascht nach oben. So etwas Schönes, Bewegendes und zugleich Abstoßendes hatte er nie zuvor gehört. Der Anführer der Drachenreiter horchte auf.

»Valkreon«, rief er nach seinem alten Diener, »hörst du das auch? Sieh bitte nach, wer draußen singt und welche Absichten der Sänger verfolgt.«

»Ich höre nichts, Herr Yasek«, antwortete Valkreon, als er die Kammer des Drachenreiters mit einem Staubwedel betrat, an dessen Ende lange und bunte Vogelfedern befestigt waren.

»Du bist alt und deine Ohren sind schlecht geworden, mein Freund. Vielleicht wird es langsam Zeit für dich, die Ruhe zu suchen und meine Dienste zu verlassen«, sagte Calicalar.

»Euch verlassen, Herr? Niemals! Ich diene Euch schon so lange. Einen Großteil meines bescheidenen Lebens widmete ich Eurem Wohlergehen. Schickt mich nicht weg, Calicalar. Ich bitte Euch, das wäre mein Ende, und ich wüsste nicht, wohin ich gehen sollte.«

»Du hast mich falsch verstanden, Valkreon«, tröstete Calicalar den Diener, »ich sagte nicht, dass ich dich nach all den Sonnenwenden treuester Dienste wegschicken würde. Du bist ein Teil meiner Familie. Nein … du bist meine Familie. Und nun sieh bitte nach, wer dort draußen eine

Vorstellung vor unserem Haus gibt. Schenke ihm eine Handvoll Anunzen, sollte er nicht freiwillig aufhören.«

»Sehr wohl, großer Yasek«, nickte Valkreon eifrig, »ich werde gleich nachsehen.«

Während sich Valkreon schwerfällig zur Eingangstür schleppte, um diese zu öffnen und nach dem Rechten zu sehen, spürte Calicalar einen plötzlichen Schmerz in Brust und Kopf. Es kam ihm vor, als würde sein Herz in tausend Teile zerrissen. Seine Hände verkrampften sich über dem Zentrum des Schmerzes. Der Drachenreiter realisierte in jenem Augenblick, in welch tödlicher Gefahr sich die Tartyk befanden. Dieser Gesang stammte nicht von dieser Welt, dessen war er sich sicher. Das war keine Magie, die von den Drachen stammte, diese fremde Art jagte ihm einen Schauer über den Rücken. Je intensiver und lockender der Gesang wurde, desto weniger war Calicalar in der Lage, sich der Wirkung zu entziehen. Aber alle Versuche, zu entkommen, waren von Anfang an zum Scheitern verurteilt.

Die Drachen brüllten in ihren Türmen. Auch sie hatten die Gefahr erkannt, die sie unerwartet aus ihrem Schlummer gerissen hatte. Calicalar konnte sie durch den sich stetig steigernden Gesang bis in die inneren Räume seines Hauses schreien hören. Ihre Stimmen suchten nach ihm, verlangten die Hilfe und Entscheidung des Anführers.

»Großer Yasek, was geht hier vor sich? Wir sind besorgt und spüren den Schmerz. Jemand greift nach den Seelen der Drachenreiter. Die Gefahr ist groß und wächst mit jedem Ton. Schon lösen sich die ersten Seelen von uns, werden uns mit Gewalt entrissen. Unsere heilige Verbindung zerbricht, wird für immer zerstört durch eine fremde Magie, gegen die wir nichts ausrichten können. Wir sind machtlos. Yasek, hilf uns, sonst sind die Tartyk verloren.

Das Drachensterben hat begonnen. Was sollen wir dagegen ausrichten?«

Calicalar sank auf die Knie. Er konnte ihnen nicht helfen, wo er sich doch selbst in höchster Not befand und ihn der Gesang bis aufs Blut quälte. Die Schmerzen und Hilflosigkeit der Drachen gegen die unbekannte Gefahr stürzten den Yasek in eine tiefe Verzweiflung. Wenn die Drachen dem Angriff nicht widerstehen konnten und die Drachenmagie auch keinen Ausweg wusste, wie sollte er eine Lösung finden. Ihre Machtlosigkeit war die seine. Wenn er denn wenigstens gewusst hätte, wer oder was die Tartyk angriff und was sich dahinter verbarg. Das Lied zerrte an seinen Nerven, entfachte ein nie zuvor erlebtes Feuer an Gefühlen, die er nicht kontrollieren konnte. Nie zuvor in seinem Leben berührte ihn eine Musik so tief in seinem Herzen. Der Yasek brach zusammen und hämmerte mit den Fäusten auf den steinernen Boden. Tränen rannen heiß über seine Wangen. Er war versucht, sich augenblicklich eine seiner Waffen zu holen und sich in eine Klinge zu stürzen, um seinem Leben ein Ende zu bereiten. Die Drachen rannten mit ihren Häuptern gegen die Wände in den Türmen und verursachten einen Lärm, als würde jeden Augenblick Kryson in einem einzigen Erdbeben untergehen. Schon fielen die ersten Steine von den Türmen herab und bedeckten die Gassen der Felsenstadt Gafassa. Die Türme wurden durch die Kopfstöße rissig und drohten zu zerfallen, wenn der Gesang nicht bald ein Ende nahm, der die Drachen rasend machte. Sie fühlten das Ende nahen. Es war, als müssten sie sterben. Ihre Verbündeten oder vielmehr deren Seelen wurden ihnen genommen. Die Seelen der Tartyk und der Drachen waren miteinander eng verwoben. Starb eine Seele, endete das Band zwischen Drachen und Tartyk. Frei jeder Bindung suchte sich der Rat der

Alten einen jungen Nachfolger unter den Tartyk, der zum Drachenreiter auserkoren und sich der Nachfolge des verstorbenen Tartyk als würdig erwiesen hatte. Wurde ein solches Band jedoch vor der Zeit gewaltsam getrennt, mussten die Drachen in ihre alte Heimat zurückkehren, wenn sie nicht ihre Macht verlieren und mit dem Drachenreiter gemeinsam sterben wollten.

Haffak Gas Vadar hatte das Drachensterben schon lange vorausgesehen. Die Visionen vom Untergang der letzten Flugdrachen hatten ihn in seinen Träumen immer wieder geplagt. Doch der weise Drache befand sich nicht in Gafassa. Er hatte mit Sapius eine Reise unternommen und konnte den Tartyk und den letzten Drachen in der Felsenstadt nicht mit Rat und Tat zur Seite stehen.

Haffak Gas Vadar befand sich hoch oben über dem Ostmeer auf dem Rückflug nach Gafassa. Er hatte keine Eile, weshalb er es vorzog, seine Kräfte zu schonen. Während des gleichmäßigen und ereignislosen Fluges, in welchem er eher sanft dahinglitt, als seine Schwingen in schnellem Rhythmus auf und ab zu bewegen, hatte der Drache viel über Sapius und die Veränderungen nachgedacht, die dieser durchgemacht hatte, und welche Bedeutung dies für die Zukunft Krysons haben konnte. Was würden die neuen Zyklen der Lesvaraq für das Gleichgewicht bringen? Vielleicht eine neue Ordnung und die Rückkehr nie gesehener magischer Macht nach Ell. Krieg oder Frieden? Tod, Verderben oder Leben? Vor allem neues Leben? Das Wiedererstarken der Altvorderen, das mit dem Ende der Nno-bei-Klan einhergehen musste? Wer würde die Nno-bei-Klan in ihrer Vormachtstellung ersetzen? Welches Volk war stark genug für eine solche Entwicklung? Die Rachuren hatten gewiss die Möglichkeiten dazu, obwohl sie vernichtend geschlagen worden waren. Aber sie entwickelten sich von jeher schnell. Zurückblickend hatte das Volk der Saijkalsanhexe Rajuru schon einige Rückschläge erleiden müssen, die es aber stets überwunden hatte und danach erstarkt aus ihrer Stadt Krawahta herausgekommen war. In den tief unter der Oberfläche von Ell gelegenen Brutstätten züchteten sie eine enorme Vielfalt an Mischwesen, die der Erfüllung der höchst ehrgeizigen Ziele ihrer Herrscherin diente. Was würde am Ende einer ersten Ära stehen? Die Bezwingung der Saijkalrae vielleicht? Aber womöglich auch das Drachensterben, von dem er so oft geträumt hatte. Haffak Gas Vadar wusste es nicht. Die Zukunft war ungewiss, und das war gut so, wie er fand. Wer wusste schon gerne über seinen eigenen Tod und über das Wann, Wo und Wie Bescheid? Sicher war nur, dass der Zyklus bereits begonnen hatte und die ersten spürbaren Veränderungen eingetreten waren.

Das schmutzige Wolkenband des dunklen Hirten lag einige tausend Fuß unter ihm. Haffak Gas Vadar musste mehrmals hinsehen, um sicher zu sein. Das Band war rissig und an einigen Stellen durchlässig geworden.

»Es ist etwas Unfassbares geschehen«, sagte der Drache bei sich, »die Magie des dunklen Hirten wird schwächer. Das Band löst sich auf. Die Zeit der Dämmerung wird bald überstanden sein.«

Der Gedanke ließ ihn euphorisch werden. Das uralte Drachenherz in seiner Brust schlug höher und er beschleunigte seinen Flug mit einigen kräftigen Flügelschlägen. Alle sollten die gute Nachricht möglichst rasch erfahren.

Kaum hatte er weiter an Höhe und Geschwindigkeit gewonnen, überfiel ein plötzlicher stechender Schmerz seinen Schädel, der ihm jeden vernünftigen Gedanken austrieb und ihn lähmte. Die Schmerzen wurden stärker, ergriffen den Rest seines Körpers, als hätte ihm jemand eine glühende Eisenlanze mitten ins Hirn gebohrt und rührte nun genüsslich in der klaffenden Wunde herum. Seinen Schmerz in die Lüfte hinausbrüllend, verursachte der heiße Atem des Drachen einen Wind dunklen Feuers, der sich mit den anderen Winden in der Höhe verband und sich schnell zu einem tosenden Wirbelsturm entwickelte, in dessen Zentrum sich Haffak Gas Vadar befand. Er geriet ins Trudeln. Die mächtigen Schwingen gelähmt, schlaff und unbewegt an den Seiten herabhängend, drehte sich der Flugdrache hilflos im Kreis. Er wusste nicht, wie ihm geschah, als er bereits deutlich an Höhe verlor und nur wenig später das dunkle Wolkenband durchbrach. Haffak Gas Vadar stürzte in die Tiefe.

Es ist so weit …, dachte er in seiner Verzweiflung und versuchte sogleich den Rat der Alten zu erreichen, … *das Drachensterben hat begonnen!*

Der Schmerz hinderte ihn daran, seine Flügel zu bewegen und den Sturz in die rasch näher kommenden Fluten des Ostmeeres aufzuhalten. Doch viel wichtiger als das war ihm die Warnung der übrigen, in Gafassa in den Türmen verbliebenen Drachen. Sie mussten Gafassa und Ell so schnell wie möglich verlassen, wenn sie nicht untergehen wollten. Der älteste der verbliebenen Flugdrachen spürte die drohende Gefahr mit jeder Faser seines Körpers. Gegen diese Magie waren sie machtlos. Wer auch immer sich hinter dem Angriff gegen die Drachen verbergen mochte, er musste ein Meister seines Faches sein, der es darauf angelegt hatte, sie zu besiegen und für immer von Ell zu vertreiben. Haffak Gas Vadar spürte jedoch, dass sich die Absicht nicht unmittelbar gegen die Drachen richtete. Nein, der Gegner war weitaus klüger, mied die Konfrontation mit der uralten Macht und hatte sich deshalb gegen ihre Verbündeten, die Tartyk, gewandt. Sosehr er sich bemühte, es wollte ihm nicht gelingen, den Kontakt mit dem Rat der Alten herzustellen.

Ein ängstlicher Blick nach unten auf die auf ihn zurasende Wasseroberfläche zeigte dem schwarzen Drachen, welches Übel ihn außer dem harten, ungebremsten Aufprall aus großer Höhe noch mit begierigen, kalten Augen erwartete. Wie schon beim Hinflug hatten ihn die Schrecken des Meeres aufmerksam beobachtet und den Flug begleitet, solange er sich über dem Wasser aufgehalten hatte. Das bedeutete ein rasches Ende, wenn er es nicht rechtzeitig schaffte, die Beherrschung über seinen Körper zurückzuerlangen und den seine Sinne lähmenden Schmerz zu verdrängen.

Noch bevor der Drache aufschlug, katapultierte sich ein Raubfisch aus dem Wasser und schoss zielsicher mit weit aufgerissenem Maul auf die seit Langem ausgemachte Beute zu. Ein Drache war für einen Moldawar nicht nur ein tödlicher und gefürchteter Gegner, er war auch ein besonders begehrter und seltener Leckerbissen, wenn es dem Raubfisch gelang, dieses mächtige Geschöpf der Lüfte zu bezwingen. Die Chancen auf fette Beute standen besser denn je. Haffak Gas Vadar drehte den Kopf und sah den Moldawar auf sich zuschießen. Für einen Moment sah der Drache dem Raubfisch direkt in das kalte Auge und er wusste, dass er von dieser Bestie keine Gnade erwarten durfte. Der Moldawar würde ihn packen und mit sich in die Tiefe ziehen. Dort warteten bestimmt weitere Raubfische auf ihn, um sich ihren Teil zu holen und ihn in Stücke zu reißen. An ein Ausweichen war nicht mehr zu denken. Es war zu spät. Ohne im Vollbesitz seiner Sinne und Kräfte zu sein, war ein solches Manöver ohnehin aussichtslos. Der Raubfisch hatte seinen Angriff überlegt und war aus der Tiefe mit kräftigen Schlägen seiner Schwanzflosse beinahe senkrecht mit hoher Geschwindigkeit aufgetaucht, um dann genau im richtigen Moment aus dem Wasser zu springen. Als sich die Zahnreihen des Raubfisches in einen Drachenflügel bohrten und der Drache plötzlich von wirklichen Schmerzen durchzuckt wurde, riss die Verbindung nach Gafassa ab. Der Schmerz in seinem Kopf und die Lähmung ließen sofort nach. Aber was nutzten ihm seine überraschend wiedererlangten Kräfte, während ein riesiger Moldawar an seinen Schwingen hing und gerade dabei war, sich wütend in ihn hineinzufressen. Selbst wenn er dem Schrecken der Meere in letzter Not entkommen sollte, würde er wahrscheinlich nie wieder fliegen können.

Sie schlugen hart auf der Wasseroberfläche auf und versanken gemeinsam in den Fluten des Ostmeeres. Während Haffak Gas Vadar vom Aufprall leicht betäubt war, zerrte und zog der Raubfisch den Drachen in die Tiefe. Der Drache zog eine dunkle Blutspur hinter sich her. Obwohl Flugdrachen gute Schwimmer waren und in große Tiefen tauchen konnten, war der erfahrene Jäger des Meeres in seiner gewohnten Umgebung deutlich im Vorteil. Und er hatte nicht vor, von seiner Beute abzulassen. Benommen schüttelte Haffak Gas Vadar den Kopf. Kälte, Dunkelheit und Schmerz bestimmten seine Wahrnehmung. Er konnte unter Wasser kaum etwas sehen und spürte den zunehmenden Druck auf Lungen und Schuppenpanzer, je weiter er von dem Raubfisch in die Tiefe gezogen wurde. Wie aus dem Nichts stürzten sich plötzlich weitere Moldawars auf den schwarzen Drachen. Sie gebärdeten sich, als hätten sie seit Monden nichts mehr gefressen. Statt seinem Körper, dem gefährlichen Maul und den Klauen jedoch zu nahe zu kommen, hatten sie es zunächst auf seine Schwingen und den Drachenschwanz abgesehen. Moldawars waren schlaue

Jäger. Sie wollten ihr Opfer erst wehrlos wissen, bevor sie sich dem übrigen Fleisch widmeten. Außerdem meinte der Drache zu bemerken, dass der erste Angreifer versuchte, seine Beute vor den anderen Raubfischen zu verteidigen, was diesem jedoch nicht vollständig gelingen wollte. Immerhin zeigten die übrigen Moldawars einigen Respekt vor dem wohl größten Moldawar unter ihnen, indem sie sich zunächst auf die leicht erreichbaren Teile konzentrierten und sich ansonsten in einigem Abstand zurückhielten. Aber der Geschmack des Blutes vom schwarzen Drachen machte die Moldawars verrückt. Ihre Fressgier steigerte sich von Sardas zu Sardas. Lange würde ihre Zurückhaltung nicht mehr anhalten.

Haffak Gas Vadar wehrte sich nach Kräften, konnte jedoch nicht verhindern, dass ihm große Stücke aus den ledernen Schwingen herausgerissen und Knochen zermalmt wurden. Verlor er seine Flügel, würde er Ell nicht wieder verlassen können, um mit den anderen Drachen in seine Heimat zurückzukehren.

Calicalar lag zitternd auf dem Fußboden in seinem Haus. Hin und wieder zuckte sein Körper, so als läge er bereits in den letzten Zügen seines Lebens. Sein Gesicht war mit Tränen, Blut und tiefen Kratzern überzogen, die er sich selbst zugefügt hatte, um der inneren Zerrissenheit und der tief empfundenen Trauer des Gesangs zu entgehen.

Valkreon war nicht zurückgekehrt. Dem alten, treuen Diener musste etwas zugestoßen sein. Das machte die Sache für den Anführer der Drachenreiter schlimmer. Die Drachen riefen um Hilfe. Valkreon befand sich wahrscheinlich in Not, und der Yasek wusste daher noch immer nicht, was vor seinem Haus tatsächlich vor sich ging. Er fühlte sich schwach, und der Wunsch, zu sterben, wurde immer stärker. Etwas zerrte unaufhörlich an seiner Seele, wollte sein Innerstes aus ihm hervorlocken, um es zu verschlingen. Calicalar, der Anführer der Drachenreiter, den alle nur den großen Yasek nannten, war den Todsängern hilflos ausgeliefert. Er konnte nichts tun, außer darauf zu warten, bis seine Seele endlich den Körper verließ. Freunde, Drachenreiter wie Drachen, würde er enttäuschen müssen. Sie erwarteten die Hilfe einer sterbenden Legende, die er ihnen nicht gewähren konnte. Seine Verzweiflung wurde größer. Erschöpft und zitternd wanderte die Hand an den Gürtel seiner Hose. Dort bekam er den Knauf eines Dolches zu fassen, dessen Ende ein silberner Drachenkopf mit roten Augen aus Edelsteinen zierte. Calicalar hielt den Gesang nicht mehr länger aus. Er war fest entschlossen, seinem Leben ein Ende zu setzen und sich den Schatten selbst zu übergeben.

Kaum hatte er den Entschluss gefasst, änderte sich seine Wahrnehmung. Der Gesang wurde durch ein Gefühl verdrängt, das ihn zutiefst beunruhigte und verunsicherte. Plötzlich waren Schmerz und Trauer verschwunden, als hätte es sie nie gegeben. Obwohl er die Stimmen der Todsänger nach wie vor hören konnte, drangen sie nicht mehr zu ihm durch, um seine Sinne zu beeinflussen sowie Herz und Gedanken für sich einzunehmen. Der Yasek nahm den Gesang zum ersten Mal bewusst wahr. Ohne Zweifel waren die Tön schön, doch zugleich auch wieder nicht. In jedem Fall klangen sie fremd. Calicalar konnte sich nicht entscheiden, was er davon halten wollte. Wankend erhob er sich auf wackligen Beinen und eilte, so gut er dies in seinem angeschlagenen Zustand vermochte, in die Waffenkammer. Das vage Gefühl wurde stärker und versetzte ihn in Panik. Bilder blitzten in seinen Gedanken auf. Der Schrei eines Drachen ließ ihn erschaudern. Ein schrecklicher Kampf auf Leben und Tod. Das war es, was ihn zurückgebracht hatte.

Haffak Gas Vadar, dachte Calicalar entsetzt, *wo bist du?*

Mit jedem weiteren Gedanken festigte sich seine Befürchtung. Der schwarze Drache befand sich in tödlicher Gefahr und war schwer verwundet worden. Irgendwo in der Dunkelheit, umgeben von schrecklichen Feinden kämpfte der alte Gefährte in ungewohnter Umgebung um sein Leben. Calicalar hatte Mühe, sich eine klare Vorstellung zu verschaffen. Die Bilder waren undeutlich und wirr. Es war schwierig, sie richtig zusammenzusetzen. Und dennoch wusste Calicalar sofort, dass er etwas unternehmen musste.

»Wasser«, schrie Calicalar atemlos, »ich sehe Wasser. Haffak Gas Vadar kämpft unter Wasser. Bei der Macht aller Drachen, was soll ich tun? Zeig mir, wo du bist, mein Freund!«

Der Yasek war der Verzweiflung nahe. Wie sollte er dem Drachen helfen, wenn er nicht wusste, wo sich dieser befand und welcher Gegner ihm so schwer zusetzte? Die Sorge um den schwarzen Drachen ließ ihn beinahe vergessen, dass für die Drachenreiter in Gafassa eine womöglich noch viel größere Gefahr ihr Unwesen trieb. Der Anführer der Drachenreiter hatte sie am eigenen Leib zu spüren bekommen. Der Kampf um die Seelen strebte auf einen Höhepunkt zu. Calicalar packte sich das breite Schwert eines Drachenreiters, das am nächsten zu ihm stand, und verließ eilends das Haus. Vor der Tür stolperte er über einen in sich zusammengesunkenen Körper, dessen Gliedmaßen eigenartig verdreht waren. Aus dem verkehrt herum auf den Schultern sitzenden Kopf starrten den Yasek vor Entsetzen weit aufgerissene Augen an, aus denen jedes Leben zu den Schatten entschwunden war. Es war Valkreon.

Fassungslos verharrte Calicalar für eine Weile beim Anblick des ermordeten Freundes, bis sein Blick schließlich zu den vor seinem Haus um die Seelen der Tartyk singenden Mördern wanderte. Diese starrten den Anführer der Drachenreiter erschrocken und verwundert an. Offenbar hatten sie nicht damit gerechnet, dass ihnen der Yasek mit einem Schwert entgegentreten würde. Während der kleinere Todsänger, den der Yasek als ausgesprochen hager ausgemacht hatte, weitersang und sich sichtlich bemühte, die Wirkung des Gesanges weiter zu steigern, löste sich der Hüne aus der Starre und ging langsam mit erhobenen Händen auf Calicalar zu.

»Halt«, rief Calicalar befehlend, »keinen Schritt weiter! Ich werde Euch beide töten, wenn Ihr mir zu nahe kommt und den Gesang nicht augenblicklich beendet!«

Er erntete nur ein hohles Lachen des Hünen, der vor dem Drachenreiter keine Angst zeigte, so er denn in der Lage sein sollte, überhaupt eine solche zu empfinden. Der Yasek hatte jedenfalls gehörigen Respekt vor dem in einen Kapuzenmantel gehüllten Riesen, dessen Hände Pranken glichen, die nichts Gutes verhießen, wenn er sich den verrenkten Leichnam seines Freundes vor Augen führte.

»Bei der Macht der Drachen! Was wollt Ihr?«, begehrte der Yasek von Dardhrab zu wissen.

»Eure Seelen!«, brüllte der Hüne zur Antwort.

Immer wieder griffen die hungrigen Jäger des Meeres den furios kämpfenden Drachen an. Die Moldawars waren schnell und erstaunlich wendig für ihre enorme Größe. Aber Haffak Gas Vadar war ein uralter, erfahrener Drache, der sein Leben teuer verkaufte. Einen ihm zu nahe gekommenen Moldawar packte er mit den Krallen und riss ihm in einem Zug den Bauch auf. Sofort stürzten sich die übrigen

Raubfische auf ihren schwer verwundeten Artgenossen und stillten ihren Heißhunger an seinem Fleisch. Der schwarze Drache wich dem Maul eines weiteren Moldawars aus und schnappte seinerseits unerbittlich zu. Der Raubfisch versuchte den mächtigen Reißzähnen zu entkommen, hatte sich jedoch für die falsche Richtung entschieden und blieb mit dem Hinterleib und der Schwanzflosse in den Kiefern des Drachen hängen. Haffak Gas Vadar teilte seinen Gegner in zwei Teile, ehe sich dieser seines Fehlers bewusst werden konnte. Ihm ging es nicht besser als seinem Gefährten zuvor. Kein Stück seines Fleisches ließen die Raubfische übrig. Der Drache steckte ein und teilte aus, aber er wusste genau, dass er nicht ewig auf diese Weise weiterkämpfen und bestehen konnte. Er musste sich befreien und an die Oberfläche zurück, um wenigstens Luft zu holen. Außerdem setzten ihm die Moldawars gewaltig zu. Insbesondere der größte Raubfisch unter ihnen, der ihn in die Tiefe gezogen hatte, ließ nicht locker. Mit jedem Angriff verlor Haffak Gas Vadar mehr Blut und zog sich weitere Wunden zu. Der Drache wurde immer schwächer. Die Moldawars waren einfach zu viele. Sie würden ihr Opfer niemals ziehen lassen und das Blut im Wasser machte sie rasend. Er versuchte den großen Moldawar abzuschütteln, indem er sich mehrmals und schnell um seine eigene Achse drehte. Doch dieser hatte sich mit seinen Zahnreihen festgebissen, zog und zerrte unermüdlich am Flügel des Drachen. Haffak Gas Vadar gewann den Eindruck, dass sich der Moldawar besonders schlau anstellte. Er versuchte sein Opfer immer weiter in die Tiefe zu ziehen und hielt sich geschickt stets außerhalb der Reichweite von Krallen, Maul und Schwanz des Drachen, die seine tödlichsten Waffen darstellten. Offenbar wusste der Moldawar, dass der Drache über kurz oder lang Luft zum Atmen brauchte, und machte sich diese

Schwäche zunutze und wartete in der Absicht, diesen so lange festzuhalten, bis er schließlich ertrinken musste.

Haffak Gas Vadar blieb ein letzter Versuch, die Schrecken des Meeres loszuwerden. Er hatte lange damit gewartet, weil der Einsatz von Drachenmagie in einer für ihn fremden Umgebung für ihn selbst gefährlich werden und ihm großen Schaden zufügen konnte. Er wusste nicht, ob der Einsatz unter Wasser überhaupt gelingen konnte. Nun blieb ihm keine andere Wahl und er musste schnell handeln.

Drachenfeuer, dachte Haffak Gas Vadar, *ich muss es versuchen.*

Der schwarze Drache konzentrierte sich für einen letzten Angriff. Seine Augen und die Schuppen begannen in den Farben eines Schmiedefeuers zu glühen, als plötzlich die Hitze des Inneren eines Vulkans in ihm aufstieg und das Wasser um ihn herum innerhalb kürzester Zeit zum Kochen brachte. Aus seinem Maul spie er siedend heißes Wasser statt Feuer. Haffak Gas Vadar wurde zu einer heißen Quelle, die das Meer aufheizte. Die Hitzewelle breitete sich weiter aus und erfasste die ersten Raubfische, die sich in der Nähe des Drachen befanden und nicht schnell genug von den brodelnden und zischenden Wassermassen fortkamen. Endlich ließ auch sein ärgster Gegner von ihm ab und starb sofort im kochenden Wasser. Die Leiber der Raubfische zuckten im Todeskampf wild in den siedenden Fluten umher. Wären sie in der Lage gewesen, ihren Schmerz herauszuschreien, sie hätten es getan. Tödlich getroffen trieben die gekochten Fischkadaver an die Oberfläche. Der Drache folgte ihnen, ohne das in ihm glühende Feuer abzumildern. Als er sich nur noch wenige Fuß unter der Wasseroberfläche befand, erkannte er das Ausmaß dessen, was er angerichtet hatte. Das Meer brannte lichterloh.

Auf dem Wasser zwischen den Flammen trieben unzählige Kadaver der Moldawars und anderer Meeresbewohner, denen es nicht gelungen war, dem Drachenfeuer zu entgehen. Die Oberfläche endlich durchbrechend holte Haffak Gas Vadar keuchend und tief Luft. Den Sieg über die Moldawars und den Schmerz brüllte er nach Leibeskräften weit über das Ostmeer hinaus, sodass seine Schreie auf dem ganzen Kontinent zu hören waren. Obwohl das Wasser um ihn herum brannte und die Luft flimmerte, schadete ihm die Hitze nichts.

Er war ein Flugdrache.

Dardhrab war in sicherem Abstand stehen geblieben und betrachtete den Anführer der Drachenreiter aufmerksam. Er wollte sich der Klinge eines Drachenreiters nur nähern, wenn es keinen anderen Ausweg gab. In den Augen seines Gegenübers sah er, dass dieser zu allem bereit war.

»Wo ist Euer Flugdrache, Tartyk?«, fragte Dardhrab den Yasek.

»Er ist nicht in Gafassa«, antwortete Calicalar trocken. »Was interessiert Euch das? Ihr Narren tötet die Drachen mit Eurem Gesang. Ist Euch das denn nicht klar? Das Drachensterben hat bereits begonnen. Mein Drache ist in großer Gefahr.«

»Euer Drache ist nicht hier?« Dardhrab sah sich unsicher nach Nalkaar um, der sich allerdings in einer Art Trance befand und über sich selbst und der Stadt der Tartyk schwebte.

»Genau!« antwortete Calicalar. «… und ich befinde mich auf dem Weg, ihm in einem Kampf beizustehen. Also gibt es nur zwei Möglichkeiten. Entweder Ihr beendet den Gesang und lasst mich vorbei oder Ihr sterbt auf der Stelle.«

»Versucht Euer Glück, Drachenreiter«, lachte Dardhrab

hämisch, »tötet, was bereits tot und seelenlos ist, und Ihr werdet an Eure Grenzen stoßen.«

»Was soll das bedeuten?«, meinte Calicalar verwirrt.

Calicalar hielt das Schwert in Angriffsposition, jederzeit bereit, seinen Gegner mit der Klinge zu durchbohren und sich den Weg mit Gewalt freizukämpfen. Er durfte keine Zeit verlieren. Während er sich überlegte, wie er den riesenhaften Todsänger am besten überwinden sollte, begann das Schwert erst an der Spitze und schließlich an der gesamten Klinge zu glühen. Blaue und gelbe bis ins Orange und Rot schimmernde Flammen züngelten an der Klinge entlang. Der Yasek hätte das brennende Schwert beinahe vor Schreck fallen lassen, bis er fühlte, woher das Glühen stammte und wer es verursachte. Ihm wurde heiß und er begann zu schwitzen. *Haffak Gas Vadar, mein Freund,* dachte Calicalar, *ich eile, um dir in der höchsten Not beizustehen. Aber ich muss einen schweren Gegner überwinden. Halte aus, das Drachenfeuer wird dich schützen.*

»Ich brauche dich, Calicalar«, hörte der Yasek leise und fern die Stimme des Drachen Haffak Gas Vadar im Geiste, »… und die Drachen brauchen mich. Ich bin schwer verwundet und zu erschöpft, um die Heimreise nach Gafassa im Flug zu beenden. Hol mich aus dem Ostmeer heraus. Du findest mich in der Nähe der Küste unweit des Seelenbruchs. Das Wasser brennt, also folge dem Feuer.«

Das brennende Schwert beeindruckte den Todsänger schwer. Dardhrab machte, für Calicalar überraschend, einige Schritt zurück, als ob er sich vor Feuer fürchtete. Der Yasek nutzte die Gelegenheit und setzte nach. Beinahe panisch drehte sich der Riese um und rannte Schutz suchend zu Nalkaar, der sich noch immer mit dem Gesang mühte und bereits die ersten Erfolge erntete. Die Seelen der ersten Tartyk kamen wie von selbst zu Nalkaar und ließen die seelenlosen Hüllen ihrer Besitzer liegen. Das war eine neue Erfahrung für den Todsänger, hatte er sich doch bislang immer selbst darum bemühen müssen, die Seelen seiner Opfer aufzusammeln. Das musste an dem verbesserten und weit intensiveren Gesang liegen, den er auf dem Weg nach Gafassa im Bewusstsein über den in den Flammen der Pein empfundenen Schmerz komponiert hatte. Noch während er sang, verschlang er einige Seelen vor den entsetzten Augen des Yasek. Ein gespenstisches Bild zeigte sich im Geiste Calicalars, in dem er ein überaus hässliches, dunkles Wesen, das aussah wie ein Toter, beobachten konnte, das über seine Stadt herrschte und Drachen sowie Tartyk versklavt hatte. Nichts Gutes brachten die beiden Fremden nach Gafassa, das ahnte er; sie hatten das Drachensterben ausgelöst und Valkreon getötet. Calicalar griff an. Er wollte und durfte nicht länger zulassen, dass sich die Todsänger die Seelen seines Volkes einverleibten. Wenige Schritte trennten ihn von Nalkaar und dessen Begleiter, die er in Windeseile überwunden hatte. Allerdings hatte er damit gerechnet, der Hüne werde weiterhin den Rückzug antreten. Darüber hatte er sich getäuscht. Überraschend warf sich Dardhrab dem Drachenreiter in den Weg, um Nalkaar vor der brennenden Klinge zu schützen. Calicalar und Dardhrab prallten zusammen, dass dem Anführer der Drachenreiter für einen Augenblick die Luft zum Atmen wegblieb. Doch der Yasek hatte Glück im Unglück. Das Gewand seines Gegners fing Feuer, als es mit der Klinge in Berührung kam. Hektisch um sich schlagend warf Dardhrab das brennende Gewand ab. Der Riese sah blass aus und unter seinen Augen hatten sich tiefe schwarze Ringe gebildet. Die Lippen schimmerten bläulich. Dennoch war der Yasek beeindruckt von der Statur des Todsängers. Er hatte keinen Zweifel mehr. Sein Gegner musste ein

Krieger sein. Jedenfalls sah dieses muskelbepackte Monster für Calicalar gefährlich genug aus, um ihm normalerweise – selbst in einer Schlacht – besser aus dem Weg zu gehen.

»Gebt Euer Vorhaben auf!«, schrie Calicalar, in dessen Händen zum weiteren Stoß bereit das Flammenschwert zitterte. »Seht Ihr denn nicht, was Ihr anrichtet? Es ist eine Katastrophe ohnegleichen. Die Drachen sterben. Ich flehe Euch an, kommt zur Vernunft und lasst es nicht so weit kommen.«

Der Blick des Yasek folgte den Augen des Todsängers Nalkaar und wanderte über die Felsenstadt. Seine schlimmsten Befürchtungen wurden wahr. Er schrak zusammen, als ein Drachenturm mit lautem Getöse zusammenstürzte und die dort lebenden Drachen mit sich riss und unter den schweren Trümmern begrub. Ihre verzweifelten Schreie gellten durch die Stadt und zerrissen ihm das Herz. Plötzlich hielt der Todsänger mit seinem Gesang inne und sah den Anführer der Drachenreiter mit seinen toten Augen an. Zuvor schien Nalkaar den Yasek nicht wahrgenommen zu haben. Calicalar war unangenehm berührt, als er die schreckliche Fratze des Todsängers erblickte. Die beiden Gestalten waren ihm unheimlich und ihre Macht unbegreiflich. In ihnen steckte kein wirkliches Leben, das konnte er sehen, denn sie schienen einem fortschreitenden Zerfall ausgesetzt zu sein. Der Drachenreiter erinnerte sich an die Worte des riesenhaften Todsängers und verstand, was dieser gemeint hatte. Sie waren tot und konnten nicht ein weiteres Mal getötet werden, jedenfalls nicht auf einem der üblichen Wege. Aus diesem Grund zögerte Calicalar mit dem weiteren Angriff und blieb unentschlossen vor den Todsängern stehen. Zum ersten Mal in seinem langen Leben war er ratlos, wie er dieser offenkundigen Gefahr begegnen sollte.

»Dieser Tartyk stört meine Konzentration und den Gesang«, sagte Nalkaar an Dardhrab gewandt. »Ihr solltet mir den Ärger vom Hals halten. Was ist geschehen?«

»Verzeiht, Nalkaar«, antwortete Dardhrab demütig, »der Drachenreiter behauptet, sein Drache sei nicht in Gafassa und benötige seine Unterstützung. Außerdem stürben die Drachen. Ich wollte Euch darauf aufmerksam machen, aber Ihr befandet Euch in der Trance Eures Gesanges. Da griff er uns bereits an.«

»Was hat das zu bedeuten?«, forderte Nalkaar eine Erklärung von Calicalar, indem er diesen fixierte. »Warum lauscht Ihr nicht den wundervollen Klängen, wie alle anderen Eures Volkes dies in Entzückung tun?«

»Ich bitte Euch! Seht Euch doch um. Wer oder was auch immer Ihr seid und mit welch fremden Mächten Ihr Euren Angriff gegen die Tartyk führt, es kann nicht in Eurer Absicht liegen, die Drachen sterben zu lassen. Genau dies geschieht aber, setzt Ihr Euren Gesang fort. Ihr trennt die magische Verbindung zwischen den Tartyk und den Drachen mit Euren Klängen gewaltsam, indem ihr die Seelen der Drachenreiter zerstört. Drachen und Drachenreiter sind in ihren Seelen miteinander verbunden. Die Drachen verfallen in Raserei und sterben, wenn Ihr dem Reiter die Seele entreißt.«

»Wie ist das möglich?«, fragte Nalkaar verdutzt, der plötzlich von dem unguten Gefühl geplagt wurde, er habe einen schrecklichen Fehler begangen.

»Die Drachen besitzen keine eigene Seele. Erst durch das Band mit den Tartyk wurden sie in ihrer Macht vollkommen und sicherten ihr Überleben auf Ell. Im Gegenzug erhielten die Tartyk die Langlebigkeit als besondere Gabe der Drachen. Ihr müsst das verstehen. Bevor sie nach Ell kamen, waren sie seelenlose und bösartige Kreaturen, die nach einem erbitterten Krieg aus ihrem Land vertrieben worden waren. Sie brauchen die Drachenreiter, so wie wir sie brauchen.«

»Aber wenn ich die Seele eines Drachenreiters beherrsche, erhalte ich Macht über einen Drachen«, meinte Nalkaar überrascht.

»Eine absurde Vorstellung«, antwortete Calicalar, »wie kommt Ihr bloß darauf? Wir Tartyk beherrschen die Drachen nicht. Sie sind freie Wesen, die ihre Macht mit uns teilen, um in Frieden existieren und überleben zu können.«

»Dann bin ich mit meinem Vorhaben gescheitert«, gestand Nalkaar ein, »aber im Grunde sind mir die Drachen und die Tartyk gleichgültig. Was kümmert es mich, wenn sie sterben? Zumindest konnte ich mich an ihren Seelen nähren.«

Der Todsänger wandte sich wieder an Dardhrab.

»Bringen wir es zu Ende. Die Seelen der Tartyk sind reif zur Ernte. Stimmt mit mir ein, Todsänger«, schlug Nalkaar vor.

»Nein, nicht!« Calicalar versuchte das Schlimmste zu verhindern. »Das dürft Ihr nicht. Ihr gefährdet das Gleichgewicht der Mächte.«

»Das Gleichgewicht? Ihr scheint mir ein Träumer zu sein, Drachenreiter. Warum sollte das Sterben weniger Drachen und der Tartyk das Gleichgewicht verletzen. Ich denke, Ihr überschätzt Euer Gewicht im Schicksalsgebinde Krysons. Wo ist eigentlich Euer Drache, Drachenreiter?«, hakte Nalkaar plötzlich nach.

»Nicht in Gafassa jedenfalls. Was interessiert Euch das?«, erwiderte Calicalar neuen Mut fassend.

»Ich schlage Euch einen Handel vor«, meinte Nalkaar völlig überraschend. Sein Gesichtsausdruck verriet dem

Yasek nur wenig, offensichtlich hatte der Todsänger aber über die vorgebrachten Einwände nachgedacht. »Wenn Ihr Euer Volk und die übrigen Drachen retten wollt, dann überlasst mir Euren Drachen. Freiwillig.«

»Das kann ich nicht. Er ist mit mir verbunden«, sagte Calicalar empört.

»Löst Euch von ihm. Das ist alles, was ich von Euch verlange«, schlug Nalkaar vor.

»Dafür müsste ich durch meine eigene Hand sterben«, gewahrte Calicalar die wahren Absichten des Todsängers.

»… und Ihr würdet den Drachen vor Eurem Gang zu den Schatten anweisen, mir fortan zu dienen und mich als seinen neuen Drachenreiter anzuerkennen«, lächelte Nalkaar, der die Notlage des Drachenreiters erkannt hatte und für sich nutzen wollte.

»Haffak Gas Vadar würde Euch niemals annehmen«, erwiderte Calicalar, »mein Tod wäre vollkommen sinnlos.«

»Das glaube ich Euch nicht. Er wird mir bedingungslos dienen, weil Ihr es ihm befehlen werdet und er dadurch seine Gefährten vor dem Drachensterben bewahrt.«

»Ihr seid wahnsinnig!« Calicalar war außer sich.

»Entscheidet Euch, Drachenreiter. Welche Wahl glaubt Ihr zu haben? Nehmt Euch das Leben und behaltet Eure Seele oder ich singe für Euch, eigne mir Eure Seele an und die der anderen dazu. Die Drachen sterben, wie Ihr behauptet. Also ein Leben gegen das eines ganzen Volkes und der Drachen. Das muss das Opfer doch wert sein!«, unterbreitete Nalkaar dem Anführer der Drachenreiter dessen Möglichkeiten.

Calicalar dachte nach und ließ das Schwert sinken. Er war der Anführer der Drachenreiter. Es war schwer, sich eine Niederlage einzugestehen. Aber die Verpflichtung lastete auf seinen Schultern, dafür war er auserwählt worden.

Schon seit langer Zeit. Sollte er dieses Opfer erbringen? Durfte er einen solchen Freitod überhaupt in Betracht ziehen? Würde ihm das nicht als Feigheit ausgelegt? Was würde aus Haffak Gas Vadar werden, wenn er ihm die Verbindung mit dem Todsänger empfahl? Das war ein Frevel, den er dem Drachen nicht vorschlagen durfte. Aber würde er alleine gegen die Gegner ankommen? Nein, das war ausgeschlossen und wurde ihm mit jedem Augenblick deutlicher, den er mit den Todsängern sprach. Seine magische Begabung war zu gering, um gegen diese untoten Kreaturen aus einer anderen Welt etwas ausrichten zu können. Was war mit Sapius? Haffak Gas Vadar hatte seinen Sohn zuletzt anerkannt. Würde Sapius den Drachen eines Tages befreien, wenn Calicalar das Opfer tatsächlich erbrachte und ihm diesbezüglich eine letzte Botschaft hinterließe? Der Yasek wusste es nicht.

»Was ist nun? Ich bin noch lange nicht satt, und wenn Ihr Euch meinen Gefährten anseht, werdet Ihr feststellen, dass sein Appetit noch um einiges größer sein wird als der meine«, trieb der Todsänger den Yasek zur Entscheidung an.

»Ich schlage in Euren Handel ein«, seufzte Calicalar, wohl wissend, dass er damit sein Schicksal besiegelte, »unter zwei Bedingungen.«

»Und die lauten?«, fragte Nalkaar neugierig.

»Ihr gebt mir die Zeit, die ich brauche, meinen Nachlass zu regeln und den Drachen aus dem Meer zu retten«, antwortete der Yasek.

»Ihr habt eine Hora für den Nachlass und zwei weitere für die Rettung des Drachen, Tartyk!«, freute sich Nalkaar und rieb sich die knochigen Hände. »Keine Sardas mehr. Solltet Ihr Eure Angelegenheiten bis dahin nicht erledigt haben, werden wir singen und dieses Mal – verlasst Euch darauf – endgültig. Am besten, Ihr vermacht gleich all Euer Hab und Gut mir. Immerhin muss ich den Drachen durchfüttern, wenn Ihr nicht mehr seid.«

»Ich bin mir sicher, Ihr werdet Euch meinen Besitz auch ohne ausdrückliche Erwähnung meinerseits nehmen. Aber wenigstens dokumentiere ich dann Euer unrechtmäßiges Verhalten, das sich gegen meinen Willen richtet«, erwiderte Calicalar, der Zeit gewinnen wollte.

»Wie auch immer« – Nalkaar ließ sich nicht auf die Provokation ein – »die Zeit läuft, vergeuden wir sie nicht. Ihr solltet Euch beeilen, wenn Euch das Leben und die Seelen der Euren lieb sind. Wir werden hier an Ort und Stelle auf Euch warten.«

Ohne weiter nachzudenken, setzte sich Calicalar mit weichen Knien in Bewegung. Er würde die Unterstützung der übrigen Drachen brauchen, wenn er Haffak Gas Vadar in der kurzen Zeit retten wollte. Der Yasek lief so schnell er konnte auf dem kürzesten Weg zu den Türmen. Es schmerzte ihn, das Ausmaß der Zerstörung zu erblicken, als er den eingefallenen Turm und die Schäden an den übrigen Drachenwohnstätten betrachtete. Die Raserei der Drachen während des Gesangs hatte den Turm zum Einsturz gebracht. Die unter den Trümmern begrabenen Flugdrachen hatten die Katastrophe nicht überlebt. Einige der anderen Drachen hatten sich selbst schwere Verletzungen beigebracht. Nicht mehr lange und sie wären ebenfalls an den Folgen des Gesangs und des sie dadurch befallenden Wahnsinns gestorben. Lediglich drei der Drachen waren bislang unverletzt geblieben.

»Wir holen Haffak Gas Vadar«, sagte der Yasek in Gedanken, »ich brauche Eure Unterstützung.«

»Du bist der Yasek«, antworteten sie einstimmig, »wir kommen mit dir, weil wir das Haffak Gas Vadar schuldig sind. Aber wir billigen nicht, was du erwägst. Wir wittern Verrat.«

»Das ist kein Verrat«, rechtfertigte sich Calicalar vor dem Rat der Alten, »ich werde mich für mein Volk und Euch opfern.«

»Du verrätst den Ältesten unter uns, um das Drachensterben zu verhindern, und du lässt dein Volk im Stich«, erwiderten die Drachen. »Denk nach, großer Yasek! Vielleicht ist es unser Schicksal, zu sterben. Haffak Gas Vadar hat das vorausgesehen und wir alle spüren es. Fühlst du es nicht auch?«

»Das darf nicht sein«, der Yasek klang verzweifelt, »alles, wofür unsere Vorfahren, die Drachenreiter und ich gelebt und gekämpft haben, soll in einem einzigen Moment untergehen? Ihr könnt leben, wenn einer stirbt. Und das werde ich sein.«

»Du willst es nicht verstehen, nicht wahr?«, warfen ihm die Drachen vor. »Die Zeit ist gekommen, in der wir Abschied nehmen und an den Ort unseres Ursprungs zurückkehren müssen. Es ist vorbei. Das Ende der Tartyk und der Drachen steht bevor. Die neuen Zyklen der Macht haben bereits begonnen. Es ist uns nicht bestimmt, daran teilzuhaben. Wirst du Haffak Gas Vadar verraten, nimmst du ihm die Möglichkeit, jemals mit uns zu kommen. Er wird der letzte Drache auf Ell sein und einem Herren dienen, der ihn für Übles benutzen wird, weil du es so willst. Denk nach, Yasek. Haffak Gas Vadar wird ohne Seele sein. Was mutest du ihm zu? Hat er das verdient?«

»Ich will nicht, dass es zu Ende ist. Es muss einen Weg geben, die Todsänger zu überwinden und Haffak zu befreien«, meinte Calicalar.

»Du denkst an Sapius. Schlau bist du, Yasek. Das müssen wir dir lassen. Aber wird er die in ihn gesetzten Hoffnungen auch erfüllen? Er hat dich schon so oft enttäuscht. Haffak Gas Vadar hält jedoch große Stücke auf ihn und hat ihn dem Rat empfohlen. Ihm hat er es zu verdanken, dass wir ihn aufgenommen haben. Wollen wir für Haffak Gas Vadar hoffen, dass du recht behältst.«

»Er ist meine einzige und letzte Hoffnung«, sagte der Yasek betrübt.

In Begleitung der beiden anderen unverletzt gebliebenen Drachen ritt Calicalar auf dem Rücken des einzig roten Drachen. Ihr Flug war rasend schnell und von der Angst getrieben, sie könnten zu spät kommen, den verletzten Haffak Gas Vadar aus dem brennenden Meer zu retten. Außerdem blieb Ihnen tatsächlich nur wenig Zeit, bis Nalkaar vorhatte, den verheerenden Gesang fortzusetzen. Als sie über die Klippe des Seelenbruchs flogen, konnten sie in der Dunkelheit der Dämmerung sofort das in Flammen stehende Meer erkennen. Das Feuer brannte gleißend hell. Dicke, schwarze Rauchwolken stiegen auf und ein beißender Geruch lag in der Luft.

»Drachenfeuer«, rief Calicalar den Drachen in Gedanken zu.

»Unverkennbar«, bekam er zur Antwort zurück.

»Haltet Ausschau! Haffak muss dort unten irgendwo sein«, befahl der Yasek.

Die Flugdrachen schwärmten aus und umkreisten die hoch ausschlagenden Flammen in einem weiten Bogen in entgegengesetzten Richtungen auf der Suche nach ihrem Gefährten. Calicalar hingegen flog mitten in das Feuer hinein. Die Drachenmagie schützte den Reiter vor der verheerenden Wirkung der Flammen. Trotzdem spürte der Yasek die sengende Hitze in seinem Gesicht, die Kehle und Nase austrocknete. Der Rauch brannte in seinen Augen und in den Lungen.

Das scharfe Auge des Flugdrachen machte den verletzten Haffak Gas Vadar zuerst aus.

»Dort ist er«, teilte der rote Drache dem Yasek seine Entdeckung freudig mit, »… und es sieht ganz danach aus, als ob er noch am Leben ist.«

Der Flugdrache ließ sich weiter in die Flammen absinken, damit der Yasek besser sehen konnte. Von Drachenfeuer vollständig umgeben erkannte Calicalar seinen verwundeten Freund auf dem Wasser schwimmend. Die Flügel hingen ausgebreitet, schlaff und zerfetzt an den Seiten herab. Aber der Kopf bewegte sich aufmerksam hin und her. Er hatte seine Gefährten bereits bemerkt und war froh, diese endlich zu sehen.

Während des Fluges standen die Drachen in ständiger Verbindung mit den anderen an der Rettungsaktion beteiligten Artgenossen, sodass jeder sehen und hören konnte, was der jeweils andere wahrnahm. Sie brauchten daher keine weitere Nachricht abzugeben, um die übrigen Retter herbeizuholen. Nur wenig später stießen diese zum roten Drachen und machten sich sogleich daran, ihre Flughöhe rasch zu verringern und sich auf Meereshöhe herabzulassen. Sie landeten neben und vor Haffak Gas Vadar.

»Da seid ihr endlich. Ich bin glücklich euch zu sehen, kann aber nicht fliegen«, sagte der schwarze Drache. »Ihr müsst mich nach Gafassa schleppen.«

»Du musst sehr wütend gewesen sein, als du das Drachenfeuer legtest«, meinte Calicalar, »das Meer steht entlang der Küste in Flammen. In all unseren gemeinsamen Sonnenwenden habe ich so etwas noch nicht gesehen.«

»Du weilst noch nicht lange genug auf Ell. Es ist lange her, aber vor deiner Zeit kämpften wir in Kriegen oft und nutzten das Feuer zu unseren Gunsten. Es gab Verheerenderes zu bestaunen als das brennende Meer. Aber du hast recht. Ich war fürwahr zornig, mein Freund. Und ich kämpfte um mein Leben. Am Ende wusste ich mir nicht mehr zu helfen, außer das Drachenfeuer mit all der mir verbliebenen Kraft zu entzünden und aus mir hinausfließen zu lassen. Es gelang und war stärker, als ich dachte. Jedenfalls wurden die angreifenden Moldawars ohne Ausnahme gekocht. Das Wasser ist immer noch sehr heiß und wird erst in einigen Tagen wieder abkühlen. Bis dahin wird kein Fisch dieses Gebiet unbeschadet durchschwimmen können«, erklärte Haffak Gas Vadar, was er getan hatte. »Lasst uns von hier verschwinden. Ich saß lange genug im kochenden Wasser und muss mich in den Türmen erholen.«

Die Flugdrachen breiteten ihre mächtigen Schwingen aus und stiegen gleichzeitig auf. Mit ihren an den Vorderfüßen befindlichen Krallen hoben sie den schweren Leib des Haffak Gas Vadar aus dem Wasser und machten sich mit schnellen Flügelschlägen auf den Rückweg nach Gafassa. Nachdem der schwarze Drache den Gefährten geschildert hatte, wie es zu dem Absturz und dem Kampf mit den Moldawars gekommen war, mussten ihm viele Fragen beantwortet werden. Doch auf manche Fragen kannten sie selbst noch keine Antwort.

»Das Drachensterben hat begonnen. Einige unserer Flugdrachen sind bereits tot«, erläuterte Calicalar die Lage in Gafassa, »es ist eine Katastrophe. Nur wir beide gemeinsam können Schlimmeres verhindern. Ich habe daher einen Entschluss gefasst und werde dich freigeben. Ich möchte, dass du an meiner Stelle einen anderen Reiter annimmst und seinen Anweisungen Folge leisten wirst. Nur so können wir die Tartyk und die übrigen Drachen retten.«

»Du kannst mich nur freigeben, indem du zu den Schatten gehst«, stellte Haffak Gas Vadar betrübt fest. »Ist es das, was du mir sagen willst?«

»Ja, das ist das Opfer, das ich für mein Volk und die Drachen bringen muss. Doch dein Opfer wird noch um ein Vielfaches größer sein als das meine. Du musst unserem Feind treu dienen, sonst wird mein Tod sinnlos sein.«

»Der Feind, von dem ihr alle spracht, ist ein Todsänger, wenn ich mich nicht irre. Eure Schilderungen deuten jedenfalls darauf hin. Gegen die Magie des Seelenfressers und den tödlichen Gesang können wir nur wenig ausrichten. Soweit ich mich erinnern kann, dienen die Todsänger der Saijkalsanhexe Rajuru, die zugleich Herrscherin über das Volk der Rachuren ist. Habt ihr euch nicht gefragt, warum es der Todsänger ausgerechnet auf die Tartyk abgesehen hat und einen Drachen beherrschen möchte?«, fragte Haffak.

»Die Motive des Todsängers blieben mir bislang verborgen«, antwortete Calicalar.

»Nach der verheerenden Niederlage am Rayhin suchen die Rachuren nach neuen Wegen, ihre alte Stärke wiederzuerlangen. Rajuru ist bekanntlich eine ungeduldige und machtbesessene Hexe. Sie möchte Erfolge sehen, und zwar schnell. Den Drachen braucht sie, um ihrer Chimärenbrut neue, mächtige Wesen hinzuzufügen, mit denen sie einen Krieg gegen die Nno-bei-Klan gewinnen kann. Aber wer weiß, vielleicht führt sie noch mehr im Schilde und will sich mit der neuen Chimäre gegen ihren Herren, den dunklen Hirten, wenden«, schlussfolgerte Haffak Gas Vadar aus den Informationen. »Dein Tod wird Rajurus Pläne unterstützen und wir verschieben nur, was unvermeidlich ist.«

»Was schlägst du also vor?«, fragte Calicalar.

»Wir kämpfen und sterben ehrenvoll, wenn es sein

muss«, meinte der schwarze Drache, »im schlimmsten Fall, sollten wir unterliegen, werden die Tartyk zu einem Volk seelenloser Todsänger werden und die Drachen sterben.«

»Kein erstrebenswerter Zustand, wenn du mich fragst«, sagte der Yasek.

»Das stimmt, aber die Alternative ist nicht besser. Du kannst dem Todsänger nicht trauen. Wer sagt dir, dass er sich an den Handel hält und nach deinem Tod nicht erneut zu singen beginnt?«

»Wohl wahr«, gab Calicalar zu, »es gibt keine Sicherheit.«

»Gut, dann werden wir versuchen den Todsängern eine Lektion in Drachenmagie zu erteilen.«

Kaum hatten sie die äußeren Bereiche der Felsenstadt auf einer niedrigen Flughöhe erreicht, vernahmen sie die traurige Melodie der Todsänger. Nalkaar hatte nicht mit der Rückkehr des Anführers der Drachenreiter gerechnet und war in seiner Gier nach Seelen wortbrüchig geworden. Lediglich ein Drachenturm von einst sieben stand noch. Die übrigen waren eingestürzt und hatten die verletzten und sterbenden Drachen begraben. Das Ausmaß der Zerstörung war verheerend. Nalkaar und Dardhrab befanden sich in einem Rausch aus Macht und Fressgier und verschlangen eine Seele nach der anderen. Sie mussten längst satt sein, doch diejenigen Tartyk, die ihre Seelen bislang nicht verloren hatten, lagen wehklagend zu ihren Füßen. Andere hatte Nalkaar, sofort nachdem er ihre Seele zu sich genommen hatte, gerufen ihm zu folgen. Sie hatten sich gehorsam zu ihm gesellt und sangen mit ihm und Dardhrab gemeinsam. Es wurden ständig mehr.

»Das ist unser aller Ende!«, rief Calicalar.

»Es ist das Drachensterben, mein Freund. Genau wie ich es in meinen Träumen voraussah«, sagte Haffak Gas Vadar,

»stirb wohl, großer Yasek. Hier trennen sich unsere Wege. Für immer.«

Der Schmerz und die Lähmung kehrten zu dem schwarzen Drachen zurück, als Calicalar von den Klängen der Todsänger erneut getroffen und sein Geist davon eingenommen wurde.

»Wehre dich dagegen«, flehte Haffak.

»Wie denn?«, wollte Calicalar wissen. »Das Lied zerreißt mir das Herz!«

»Füge dir selbst Schmerzen zu«, stöhnte der Drache, »rasch! Ich kann mich nicht bewegen.«

Den übrigen Drachen erging es nicht anders. Ihre Drachenreiter lagen vor Nalkaar auf den Knien und rangen mit den Todsängern um ihre Seelen. Obwohl sie sich teils selbst bereits verstümmelt hatten, war es ihnen nicht lange genug gelungen, sich von dem zerstörerischen Einfluss der Musik zu befreien.

»Singt, meine Freunde, singt um ihre Seelen«, hörten sie Nalkaar in Ekstase rufen, der seine neuen Gefährten ständig zu Steigerungen anstachelte, »sie gehorchen alle mir. Eine Armee von Todsängern.«

Die Drachen stürzten aus geringer Höhe mitten in die Häuser der Felsenstadt. Der Absturz war nicht hoch genug, um die Drachen ernsthaft zu gefährden oder ihnen Verletzungen zuzufügen, aber er genügte, um Calicalar für einen Moment von den Klängen abzulenken und einen, zwar von Schmerzen und Prellungen durchdrungenen, Gedanken fassen zu können, der aber klar und eindeutig war, um dem Drachen die Gelegenheit zu geben, sich aus der Lähmung zu befreien. Der schwarze Drache nahm all seine ihm noch verbliebene Kraft zusammen, sprang von Dach zu Dach, um zu den Todsängern zu gelangen. Ihm blieb nicht viel Zeit, bis sich die Wirkung des Gesangs bei Calicalar erneut einstellen würde. Er wusste nicht, ob es ihm gelänge, die Todsänger aufzuhalten. Aber wenigstens musste er es versuchen.

Dardhrab stellte sich Haffak Gas Vadar in den Weg. Doch der Drache fegte den Todsänger mit einem Hieb seines verletzten Schwanzes weg, sodass der Todsänger im hohen Bogen gegen die Felsen flog und nicht wieder auf die Beine kam.

»Du kommst mir gerade recht, Drache«, rief Nalkaar im Brustton vollster Überzeugung. »Ich bin stark. So unendlich stark. Hör mir gut zu, du fliegendes Monster aus den Schatten der Vergangenheit. Denn nun werde ich für dich singen. Nur für dich alleine!«

Der schwarze Drache fauchte bedrohlich. Es hörte sich wie das Einstürzen eines Berges an. Nalkaar ließ sich davon nicht beeindrucken.

»Vielleicht war es ein Fehler, für und um die Seelen der Tartyk zu singen. Ich hätte es besser wissen müssen und die besondere Verbindung zwischen Flugdrachen, Tartyk und ihren Seelen sehen können. Warum bin ich nicht gleich darauf gekommen? Ich brauche den Teil der Drachenseele, um Euch zu beherrschen. Was kümmern mich die Tartyk? Sollen sie sterben. Aber ich wagte es nicht, für die Drachen zu singen, und dachte, Ihr wärt stärker und könntet mir etwas entgegensetzen. Ihr habt mich wirklich enttäuscht. Jetzt bin ich satt und gestärkt, Drache. Selbst du wirst mir nicht widerstehen.«

Wieder ließ Haffak Gas Vadar ein Fauchen erklingen. Er heizte seinen Körper auf, um das Drachenfeuer gegen die Todsänger einsetzen zu können. Aber bevor er dazu kam, hörte er die sanfte und traurige Singstimme Nalkaars, die ihn zutiefst berührte. Haffak horchte auf, lauschte den überraschenden Klängen. Nie zuvor hatte sich ein Todsänger an einen Drachen gewagt und für diesen gesungen. Die Musik wich deutlich von dem sonst betörenden Gesang der Todsänger ab. Sie war klar und eindeutig. Weit schöner als alles, was Haffak je gehört hatte. Im Gegensatz zu den Drachenreitern wurde der schwarze Drache nicht von einer unerträglichen Welle der Trauer erfasst. Selbst überbordende Gefühle blieben bei ihm aus. Dennoch merkte er, dass er von der Schönheit vollkommen gefangen war und in eine Starre verfiel. Obwohl er das triumphierende Gesicht des Todsängers ob der Wirkung sah und diesen am liebsten sofort getötet hätte, konnte er sich nicht zur Wehr setzen. Haffak musste sich eine schreckliche Niederlage eingestehen. Die anderen Drachen waren tot. Er war der Letzte seiner Art.

Aus wachsamen Augen beobachtete er mit Entsetzen, wie Calicalar den Kopf gegen eine Felswand schlug. Wieder und wieder. Das Gesicht seines Freundes war an vielen Stellen aufgeplatzt und nass von frischem Blut. Solange der Todsänger das Lied für Haffak Gas Vadar fortsetzte, würde der Yasek nicht damit aufhören, sich selbst zu schaden. Der letzte überlebende Drache konnte es nicht mit ansehen und weinte. Bittere Tränen, die heiß und zischend auf den felsigen Grund der Stadt fielen und dort, wo sie auftrafen, tiefe Löcher in den Boden fraßen. Er spürte das Unheil kommen. Jeden Augenblick würde ihm die Seele gewaltsam entrissen und sein alter Freund getötet.

Das Krachen der Schädeldecke des Anführers der Drachenreiter drang Haffak durch Schuppenpanzerung und Knochen bis tief in sein Innerstes. Es schmerzte ihn fürchterlich, den Freund auf diese Weise sterben zu sehen. Calicalar erschlaffte und sackte in sich zusammen. Der große Yasek hatte sich am Ende durch den Einfluss des Todsängers selbst getötet. Im Augenblick des Todes entwich die gemeinsame Seele, die sich Nalkaar geschickt einfing und verschlang.

Sobald die Seele seinen Leib verlassen hatte, spürte Haffak Gas Vadar eine deutliche Veränderung in seinem Bewusstsein. Ein lange vergessenes Wesen trat in ihm zum Vorschein. Vielleicht hatte er es über all die Sonnenwenden seiner Existenz einfach verdrängt. Es war vorhanden gewesen und doch wieder nicht. Er hatte gedacht, die ungeheuerliche Kreatur in sich durch die Verbindung mit den Tartyk endgültig abgelegt zu haben. Doch plötzlich war sie, wie zu Urzeiten bevor die Drachen nach Ell gekommen waren, um ihren Frieden zu finden, wieder da, so als wäre sie niemals fort gewesen. Die Boshaftigkeit überfiel ihn und schlug seine Gedanken mit Dunkelheit. Er hatte einen neuen Herrn, der ihn nach Belieben beherrschen konnte und dem er bedingungslos gehorchen musste.

»Sapius«, flehte der Drache in einem letzten klaren Gedanken, »du bist meine einzige Hoffnung, komm und rette mich, damit ich sterben kann wie meine Gefährten.«

Der Todsänger hatte der bösen Kreatur rasch die geistigen Fesseln angelegt, von denen sich der Drache nicht aus eigener Kraft befreien konnte. Der entsetzte Schrei eines einst freien und nun gepeinigten und gefangenen Wesens war fürchterlich. Haffak war frustriert und zornig. Der Sinn stand ihm nach Zerstörung. Dächer, Felswände und Häuser stürzten ein und begruben manch ehemaligen Freund unter sich.

Durch den heftigen Schrei der Verzweiflung lösten sich die Seelen der Tartyk von den Körpern ihrer Besitzer und wurden von den Todsängern sogleich begierig aufgenommen. Nalkaar hatte erreicht, was er wollte. Die Tartyk folgten ihm als Todsänger, und der Drache, den er gegen dessen Willen vor dem Drachensterben bewahrt hatte, musste ihm als seelenloses Geschöpf folgen. Ihm stand eine Zukunft bevor, die er sich in seinen schrecklichsten Träumen nicht ausgemalt hatte.

Breitbeinig, mit stolzgeschwellter Brust und verschränkten Armen sah sich der Todsänger zufrieden lächelnd an, was er angerichtet hatte. Die einst prächtige Felsenstadt Gafassa lag zerstört zu seinen Füßen. Dardhrab hinkte angeschlagen auf Nalkaar zu und zollte diesem den Respekt des Triumphators.

Die Drachenreiter und ihre Flugdrachen waren ausgelöscht. Für alle Zeiten.

Belagerung

Renlasol begleitete den langen Marsch der Bluttrinker über die Grenzen ihres Landes auf dem Wagen des Todhändlers Jafdabh. Er war froh, die einengenden Mauern der Burg des Quadalkar endlich zu verlassen. Seit seiner Verwandlung war er von einem Tatendrang und Blutdurst beseelt, den er nie zuvor gekannt hatte. Der Vater aller Bluttrinker hatte ihnen die Freiheit versprochen und eine Existenz im Überfluss. Doch was bedeuteten die Worte Quadalkars? Was erwartete sie in einem Belagerungskrieg gegen die Bewahrer. Renlasol erinnerte sich gut an die Stärke, Unerschrockenheit und Unbesiegbarkeit der Ordensmitglieder. Er war lange genug der Knappe eines Lordmasters gewesen, um zu wissen, wie gefährlich die Bewahrer sein konnten. In seinen Augen war Madhrab der fähigste Krieger von allen gewesen. Trotz seiner neu hinzugewonnenen Fähigkeiten und der nie zuvor gekannten Stärke überkam ihn bei der Vorstellung, gegen seinen einstigen Herren in den Krieg ziehen und womöglich kämpfen zu müssen, ein mulmiges Gefühl.

Der Wagentross holperte lautstark die steilen, felsigen Wege hinab ins Tal und wurde von offensichtlich äußerst geschickten Wagenlenkern selbst bei den in den Felsen gehauenen, abfallenden Kurven und Kehrtwenden nicht abgebremst, obwohl die hölzernen und mit Eisen beschlagenen Hinterräder vieler Wagen an diesen gefährlichen Stellen meist frei in der Luft über dem Abgrund hingen. Ein ums andere Mal befürchtete Renlasol, sie würden den Halt verlieren und mitsamt den übrigen Insassen die Felswand hinabstürzen. Aber er hatte dennoch Vertrauen zu dem Wagenlenker auf seinem Gefährt. Es war Drolatol, der sich für die Freunde und ihren gemeinsamen Auftrag aus freien Stücken in die Dienste des Todeshändlers gestellt hatte, um dessen Bedingungen zu erfüllen. Wie sinnlos dieses Opfer doch gewesen war. Am Ende waren sie doch alle vom Fluch des Bluttrinkers getroffen und verwandelt worden. Renlasol, Yilassa und Pruhnlok.

Drolatol war entsetzt gewesen, als er die einstigen Freunde unter diesen Umständen wiedergetroffen hatte. Der Bogenschütze der Sonnenreiter hatte sich Gedanken gemacht, als er die Gefährten verlassen musste, und gewiss befürchtet, dass sie sich in große Gefahr begaben. Aber dass es ihnen so ergehen würde und sie nach ihrer Begegnung mit Quadalkar nicht mehr dieselben waren, damit hatte er nicht gerechnet. Sie hatten sich in ihrem Aussehen und Wesen verändert.

Drolatol hatte sie kaum wiedererkannt. Die schöne und fröhliche Yilassa, die einst ein umwerfendes Lächeln und eine warme Ausstrahlung ihr Eigen nennen durfte, schritt dem Zug der Bluttrinker eisern und mit verbissenen Gesichtszügen voran. Ihre Mundwinkel waren nach unten gezogen. Die fettigen Haare klebten strähnig an ihrem Kopf und fielen ungepflegt die Stirn und Seiten herab. Sie wirkte blass und düster, unter den Augen hatten sich dunkle Ringe gebildet. Ihr Antlitz war kalt und hart. Und die Gier nach frischem Blut stand in ihren rot geäderten Augen geschrieben.

Quadalkar hatte sie auserkoren, seine Kinder in die Schlacht gegen den Orden der Sonnenreiter und Bewahrer zu führen. Sie war eine Kriegerin ohnegleichen, die einem Bewahrer in nichts nachstand. Mit ihrer verbesserten Wahrnehmung und den zusätzlichen Eigenschaften einer Bluttrinkerin konnte sie zur alles entscheidenden Waffe werden. Sie kannte darüber hinaus das Haus des hohen

Vaters und der heiligen Mutter und würde Quadalkars Kinder zielsicher dorthin geleiten. Das Blutklingenschwert des Quadalkar trug die düstere Kämpferin wie eine Trophäe vor sich her. Decayar war der Name des gezackten Breitschwertes, das einst schon für und später gegen die Eisenhand Ruitan Garlak gekämpft hatte. Am schlimmsten war die Reaktion Drolatols auf das Wiedersehen mit Pruhnlok ausgefallen, wie Renlasol feststellen musste. Als Drolatol den Kriecher erblickt hatte, musste er sich sofort übergeben. Die Veränderung des Gefährten war ihm offensichtlich nahegegangen und hatte ihn im ersten Moment so überwältigt, dass er die Selbstbeherrschung verlor.

Zu Renlasols Füßen hatte sich der hungrige Kriecher zusammengerollt und jammerte leise vor sich hin. Das neu gekürte Königskind hatte sein Geschenk auf Anraten Quadalkars angekettet, um diesen zu mäßigen und Disziplin zu lehren. Auf mehreren Wagen, die sich hintereinander den Bergpfad hinuntermühten, transportierten sie Blutsklaven gleichzeitig als Proviant und Reserve für während der Belagerung auftretende Verluste. Renlasol hielt sich am hölzernen Rahmen des Wagens fest und versuchte das mitunter starke Schaukeln des Wagens sowie die gelegentlich holprig über Steine hüpfende Fahrt auszugleichen und nicht von der Pritsche herabzufallen. Er schwieg und lauschte interessiert dem Gespräch des Todeshändlers Jafdabh und dessen Diener Drolatol, die erstaunlich vertraut miteinander umgingen, als ob sie sich schon eine halbe Ewigkeit kennen würden.

»Erkläre mir eines, Jafdabh«, sagte Drolatol. »Warum und wofür tun wir das alles hier? Ich meine, wir sind Nnobei-Klan und wir helfen den Bluttrinkern, die Grenzen zu überschreiten und unser Land zu erobern. Sie werden ihre tödlichen Schrecken in die Klanlande tragen. Niemand kann sich mehr sicher sein. Sieh sie dir doch an mit ihren blassen toten Gesichtern und der Gier in ihren Augen. Sie dürsten nach Blut und wir versorgen sie mit Sklaven, die wir zuvor abhängig gemacht und deren Verstand wir mit Rauschmitteln ausgeschaltet haben. Die Armee, der Bluttrinker wurde mit deiner und nun zu meiner Schande auch meiner Unterstützung aufgebaut. Eine Armee, vor der wir uns fürchten und schleunigst das Weite suchen sollten, statt ihnen in diesem Tross zu folgen und zu verpflegen.«

»Tja … nun«, Jafdabh räusperte sich, die Frage seines Dieners war ihm sichtlich unangenehm, »weißt du, das ist nicht einfach zu erklären. Ich wollte immer der Beste und Reichste unter allen Klan sein. Also nahm ich jedes Geschäft an, gleichgültig wie riskant oder schmutzig es auch sein mochte. Ich füllte eine Lücke, die sonst niemand bereit war zu schließen, und baute darauf meinen Erfolg auf. Für Gold und Anunzen, für wertvolle Gegenstände tue ich alles und bin bereit jeden zu töten, der sich mir in den Weg stellt. Vielleicht ist es mein Wesen, das mich nach immer mehr streben lässt. Ich bin ein Sammler, der niemals genug besitzen kann. Es ist nicht einfach, aufzuhören, wenn du erst einmal damit begonnen hast. Du wirst die Vorteile unseres Lebens zu schätzen lernen, dessen bin ich mir sicher. Wir sind Nno-bei-Klan. Na und? Spielt das eine Rolle, wer welchem Volk angehört? Ein Rachure ist nicht besser oder schlechter als ein Klan. Er lebt, denkt und hat eine Seele. In unseren Augen mag er wild und grausam sein. Er sieht für manch einen Klan schrecklich aus und benimmt sich nach unseren Vorstellungen und Regeln schlecht. Aber sie zahlen gut. Warum sollte ich nicht für sie arbeiten? Und die Bluttrinker? Ich sehe sie mir doch an, Drolatol. Arme verfluchte Geschöpfe, die sich über viele Sonnenwenden hinweg verstecken mussten, um nicht von den Bewahrern vernichtet zu werden. Sie sind Jäger und machen Jagd auf Klan und andere Lebewesen, weil sie das Blut zum Überleben brauchen. Verachten die Nno-bei-Klan sie deshalb, weil sie anders sind? Ist das Fressen-und-Gefressen-Werden etwa nicht üblich in unserer Welt? Quadalkars Kinder zahlen besser als die Rachuren und die Klan zusammen. Warum also sollte ich ihnen meine Dienste verweigern? Sie lassen mich in Ruhe, weil und solange ich für sie arbeite. Ich werde reicher und reicher, besitze zahlreiche Häuser, Waffen, viele Frauen und Männer und die wertvollsten Gegenstände, die du dir vorstellen kannst. Selbst die seltensten magischen Artefakte kann ich mir leisten. Mein Vermögen ist groß, sehr groß würde ich sagen, tja … ein bisschen größer als sehr groß, um nicht zu sagen … riesig … tja … wohl sogar mehr als das und wahrscheinlich inzwischen für viele Generationen nach mir schier unerschöpflich. Was soll daran schlecht sein?«

»Wozu brauchst du ein solch unermessliches Vermögen? Was fängst du damit an, außer Schätze in deinen Häusern, Kellern und Lagerhallen zu horten? Du könntest Gutes tun und sogar nach dem Sitz des Regenten greifen, wenn du das nur wolltest.«

»Tja … ähm … da hast du wohl oder übel recht«, meinte Jafdabh nachdenklich gestimmt, »das könnte ich fürwahr. Wer weiß, eines Tages, der Thron des Kristallpalastes könnte mich schon reizen, wenn ich genauer darüber nachdenke. Die Kristalle, das Glitzern. Ein Meisterwerk und ohne jeden Zweifel ein wunderschönes Möbelstück. Die Feste im Palast sind ebenfalls nicht zu verachten. Einmal – aber das ist lange her – durfte ich dabei sein, als ich dem Regenten eine gefällige Sklavin verkauft hatte. Es gibt viele schöne Frauen dort. Dir würden vor Staunen die Augen überlaufen, mein Freund. Aber mein Gold für die Armen und Kranken spenden? Nein, das ist nicht meine Sache, Drolatol. Jeder soll zusehen, wie er für sich selbst sorgen kann. Ich bin gewiss kein Wohltäter. Das war ich nie und werde ich nicht sein. Dafür habe ich in meinem Leben zu lange und zu hart gearbeitet.«

»Du legst dir die Dinge zurecht, wie du sie brauchst«, ärgerte sich Drolatol, »und ich bemerke zu meinem Bedauern, dass du immer nach einer Rechtfertigung für deine Taten suchst, indem du die Bluttrinker und Rachuren als bedauernswerte Geschöpfe beschreibst. Andererseits zeigt mir dein Verhalten, dass du sehr wohl ein Gewissen haben musst. Mach die Augen auf, Jafdabh. Sie brauchen deine Hilfe nicht. Die Rachuren wollten die Nno-bei-Klan ausrotten. Sie verstoßen gegen die Gesetze der Kojos, indem sie unbeschreibliche Kreaturen in ihren Brutstätten züchten, und ihre Herrscherin ist eine Hexe, die dem dunklen Hirten dient. Die Bluttrinker sind eine Gefahr. Auch sie dienen durch Quadalkars Verbindung seit Urzeiten dem dunklen Bruder der Saijkalrae.«

»Tja … hm … Wie redest du mit mir?«, meinte Jafdabh plötzlich leicht pikiert. »Ich habe dich bei mir wie einen Freund und Sohn aufgenommen, obwohl du mein Diener sein und mir Treue, Gehorsam und Respekt entgegenbringen solltest. Ich teile mit dir meine Gedanken, bezahle dich hervorragend für deine Dienste und du redest mir andauernd ins Gewissen. Was soll das, Drolatol? Ich bin, was ich bin. Aus freien Stücken. Ein Todeshändler. Ell und all seine Geschöpfe brauchen einen Mann wie mich, der ihnen genau die seltenen Dinge verschafft, nach denen es sie verlangt. Wer sonst sollte ihnen die Wünsche erfüllen?«

»Du verstehst mich nicht oder willst mich nicht verstehen«, meinte Drolatol, »dann muss ich wohl deutlicher werden. Ich gebe zu, du behandelst mich zu meinem eigenen

Erstaunen gut. Das hatte ich nicht erwartet. Dennoch solltest du nicht vergessen, dass ich ein Sonnenreiter war und einer höheren Bestimmung folgte, bevor ich dem Handel mit dir zustimmte und mich in die Abhängigkeit zu einem gewissen Todeshändler begab. Die Welt um dich herum zerfällt, Jafdabh. Das musst du doch sehen. Es herrscht allerorts Dämmerung und Dunkelheit vor. Das Gleichgewicht verschiebt sich. Welchen Sinn hat unser Leben noch, wenn wir in dieser Welt voller Verzweiflung, Tod und Verderben ohne Hoffnung leben müssen? All dein Vermögen wird nichts mehr wert sein, wenn Kryson im Chaos der Nacht untergeht. Wo willst du es ausgeben, wenn die Klan sterben? Es muss etwas geben, woran wir glauben können. Etwas, wofür es sich zu kämpfen und zu sterben lohnt. Die Rachuren und Bluttrinker sind es gewiss nicht, denn sie wollen nur unseren Tod.«

»Tja … ich gebe zu, der momentane Zustand behagt mir auch nicht. Vielleicht sollten wir tatsächlich anfangen an einigen Verbesserungen zu arbeiten … tja … in kleinen Schritten, meine ich … tja … so langsam eben … Stück für Stück.«

»Das ist es doch, wovon ich rede. Du hast die Macht und das Vermögen dazu. Nutze deine Möglichkeiten, bevor es zu spät ist und wenn es am Ende nur für dich selbst sein sollte. Allein dein Eigennutz könnte anderen helfen ein besseres Leben zu führen.«

»Tja … hm … und wie stellst du dir das vor?«, fragte Jafdabh.

»Wir könnten in Tut-El-Baya anfangen«, schlug Drolatol vor. »Ich habe dein Gesicht gesehen, als wir zuletzt auf geheimen Wegen in die Stadt gelangten. Wie Diebe haben wir uns hineingeschlichen und vor den wütenden Opfern der Seuche versteckt. Du warst zutiefst betroffen. Gib es zu. Es ist deine Stadt und du liebtest das einst brodelnde Leben, den Frohsinn und die Feiern der überaus glücklichen und stolzen Einwohner. Nun, vielleicht sollte ich besser sagen, es könnte deine Stadt sein. Doch das gehört der Vergangenheit an. Nichts davon ist geblieben. Tut-El-Baya ist eine tote Stadt. Eine Stadt der Geister und Schatten. Du besitzt das Heilmittel, um die Seuche aufzuhalten und die Kranken zu heilen. Was hindert dich daran, es endlich einzusetzen? Befreie Tut-El-Baya von der Seuche und den durch die Gassen wandernden Schatten. Das wäre ein erster Schritt und eine wahrhaft große Tat. Glaube mir, die Klan werden dir vor Dankbarkeit zu Füßen liegen.«

»Tja … das wäre in der Tat eine Möglichkeit, aber der Praister Thezael wird das nicht zulassen«, gab Jafdabh zu bedenken. »Er ist ein Mann der Schatten, die Klan fürchten und respektieren ihn. Er ist derjenige, der aus der Katastrophe seinen Nutzen zieht.«

»Dann zettle einen Aufstand an! Bewaffne die Frauen und Männer, die deinem Wort folgen. Stürze den Praister und beende die Barbarei, die er nach Ell zurückgebracht hat. Sie fürchten ihn, ja. Aber zeigt er eine Schwäche und fällt, werden die Klan über ihn herfallen und ihn davonjagen, sollten sie ihn bis dahin nicht getötet haben. Du könntest über Tut-El-Baya herrschen, Jafdabh.«

»Tja … ich weiß nicht einmal, ob ich das möchte. Ich bin es nicht gewohnt, auf der Bühne der Macht zu stehen. Zeit meines Lebens habe ich aus dem Verborgenen heraus agiert und die Fäden gezogen. Mir erging es nicht schlecht dabei. Staatsgeschäfte und Diplomatie sind nicht meine Welt.«

»Du könntest Getreue an deine Seite rufen und Berater ernennen, denen du vertraust und die dir einen Teil der ungeliebten Arbeit abnehmen. Du bist ein Händler, der von

Natur aus diplomatisch sein muss. Ich bin mir sicher, die Staatsgeschäfte würden dir leichtfallen. Obwohl du mit den schrecklichsten Dingen handelst, habe ich niemanden kennengelernt, der so zuverlässig ist und sein Wort stets hält.«

»Tja … das ist ein Teil meines Lebens. Als Todeshändler wäre ich schlecht beraten, würde ich ein Versprechen nicht halten oder eine einmal eingegangene Verpflichtung nicht erfüllen«, merkte Jafdabh an.

»Ich bitte dich, Jafdabh. Nein, ich flehe dich an. Lass uns nach Tut-El-Baya gehen und es wenigstens versuchen. Ich helfe dir dabei. Mach, dass ich an dich glauben kann. Was kannst du dabei schon verlieren?«

»Tja … mein Geschäft, mein Leben, einen Teil meines Vermögens und meinen Ruf als Todeshändler. Das ist mehr, als du jemals gutmachen könntest, selbst wenn du mir bis zum Ende deines Lebens treu und ohne Bezahlung dienen würdest«, stellte Jafdabh nüchtern fest.

»Ich dachte, du suchst die Gefahr und die Herausforderung. Dies wäre die schwierigste Aufgabe, die dir je begegnen kann«, sagte Drolatol.

»Tja … wer weiß? Ich muss über deine Worte nachdenken. Lass uns noch einmal darüber reden, wenn wir unseren Auftrag für die Bluttrinker erfüllt haben.«

»Dann könnte es bereits zu spät sein. Bedenke, du hilfst dabei, deine eigene Welt zu zerstören.«

»Tja … das lässt sich nicht ändern. Wenn Ell deshalb untergehen sollte, geht es eben unter. Ich bin jedenfalls an mein Versprechen gebunden«, erwiderte Jafdabh betrübt.

Renlasol war über seinen einstigen Freund und Gefährten erstaunt. Auf diese Weise hatte er den eher als wortkarg geltenden Drolatol nie zuvor kennengelernt. Meist war der Sonnenreiter solchen Gesprächen bewusst aus dem Weg gegangen und hatte sich lieber um die Pferde gekümmert. Eine Leidenschaft, die der Bogenschütze selbst in den Diensten des Todeshändlers nicht abgelegt hatte, was unschwer an den gepflegten Zugpferden zu erkennen war. Ihr Fell glänzte, war fein säuberlich gestriegelt und sie machten einen wohlgenährten und kraftvollen Eindruck. Doch die Sorgen schienen Drolatol schwer zu drücken, dass er sich derart offen über seine Gedanken und geradezu gefährlichen Ideen ausließ. Ein Umsturz war immer ein Wagnis. Der Sonnenreiter suchte offensichtlich nach einem Ausweg. Es fiel Renlasol schwer, die Pläne des Todeshändlers und dessen Diener nachzuvollziehen. Sein Bewusstsein hatte sich seit seiner Verwandlung verändert und er empfand die Vorschläge zur Verbesserung der Bedingungen auf Ell als unpassend. Was glaubte Drolatol mit dieser Rede zu erreichen? In Renlasol staute sich Wut auf den alten Gefährten. Wie er über die Bluttrinker gesprochen hatte, missfiel ihm ganz und gar. Im Grunde stachelte der Sonnenreiter den Todeshändler zum Vertragsbruch gegen Quadalkar auf. Das war in seinen Augen Verrat an seinem Herren und Meister, an ihm selbst und am Ende an der Befreiung der Bluttrinker von den Fesseln ihres versteckten Daseins. Renlasol sah sich gezwungen zu handeln. Mangelnde Loyalität und Verrat mussten bestraft werden. Er durfte den Diener des Todeshändlers nicht beißen und dessen Blut trinken, sonst hätte er es längst getan. Quadalkar hatte – wie immer, wenn es um Jafdabh und dessen Bedienstete ging – strikte Anweisung gegeben, den Todeshändler diesbezüglich in Ruhe zu lassen. Offenbar war es dem Vater der Bluttrinker nicht gewahr, in welche Abhängigkeit er sich zu Jafdabh begeben hatte. Oder es war ihm bewusst und er nahm es billigend in Kauf, um sich die benötigten Blutsklaven und Waffen zu sichern. Auf Jafdabh war stets Verlass gewesen, wenn es um die Lieferung der dringend benötigten Nahrung ging.

»Quadalkar wird nicht gefallen, was ihr beide auszuhecken gedenkt«, meinte Renlasol. »Von dir, Drolatol, hätte ich mehr Loyalität erwartet. Wir waren Freunde und nun fällst du uns in den Rücken?«

Drolatol drückte Jafdabh die Zügel in die Hand und drehte sich auf dem Kutschbock nach Renlasol um. Ungeachtet der Warnungen, die er erhalten hatte, und der Tatsache, ob dies angesichts der zu erwartenden, den Königskindern nachgesagten Fähigkeiten eine gute Idee war, wollte er dem Bluttrinker in die Augen blicken, wenn er mit ihm redete. Vielleicht war vom Wesen des alten Freundes nach der Verwandlung etwas übrig geblieben. Wenn nicht, dann hatte er wenigstens Gewissheit und musste kein schlechtes Gewissen haben, sollte er je eine Gelegenheit erhalten, Renlasol von den Auswirkungen des Fluches zu erlösen.

»Loyalität? Gegenüber den Bluttrinkern? Was erwartest Du, *Freund*?«, antwortete Drolatol gereizt. »Du musst vollkommen den Verstand verloren haben, als sie dich veränderten. Der Renlasol, den ich einst kannte, ist tot. Ein Fluch lastet auf deiner schwarzen Seele und du bist ein verdammter Bluttrinker geworden. Ein Geschöpf der Dunkelheit. Ich würde dir ohne zu zögern den Kopf abschlagen und dein Herz herausschneiden, wenn ich dürfte. Aber mein Herr will unbedingt seine Geschäfte mit deinem Meister zu Ende bringen.«

»Es wird auch besser für ihn sein, wenn er sich an die Vereinbarungen hält. Du solltest ihn nicht davon abbringen wollen. Yabara kann sehr ungehalten werden, wenn sie den Eindruck bekommt, sie würde betrogen«, drohte Renlasol. »Ich denke, ich sollte dir eine Lektion erteilen.«

»Ach, Renlasol«, seufzte Drolatol, »werde endlich erwachsen. Es tut mir unendlich leid, was mit dir und den anderen geschehen ist. Könnte ich es rückgängig machen, ich würde alles dafür geben.«

»Schweig!«, herrschte Renlasol den Sonnenreiter an, konnte er doch dessen Kritik kaum ertragen.

Das Königskind ärgerte sich gewaltig über Drolatol, der ihn offenkundig nicht ernst nahm. Sie hatten sich stets gut verstanden und im Gegensatz zu dem Küchenjungen Pruhnlok, den er nun führen musste, hätte er mit niemandem lieber das Zelt geteilt. Doch nun war alles anders geworden. Die Freundschaft und das Vertrauen waren zerbrochen. Sie standen sich als Feinde gegenüber, die sich belauerten. Jeder wartete nur auf eine günstige Gelegenheit, den anderen zu töten. Lediglich die strikten Anweisungen ihrer jeweiligen Herren hinderten sie daran, aufeinander loszugehen.

Eine solch deutliche Geringschätzung hatte Renlasol an diesem Tag gerade noch gefehlt. Die Bluttrinker zollten ihm als Königskind wenigstens den notwendigen Respekt, den er gesucht hatte, und sie folgten seinem Wort. Das gefiel ihm und hatte sein Selbstbild in den vergangenen Wochen und Tagen gestärkt. Endlich fühlte er sich dadurch bestätigt und wurde bei dem, was er tat, ernst genommen. Bis auf jenen alles zerstörenden und frustrierenden Moment, in welchem sie aus der Burg aufgebrochen waren, um gegen die Bewahrer zu ziehen.

Yabara durfte die Kriecher in die Schlacht führen, die zugleich die Vorhut der Bluttrinker und die erste Angriffswelle bilden sollten. Es waren viele, unzählig viele. Und Yilassa hatte das große Los gezogen. Sie schritt als erste Kriegerin mit dem Königsschwert stolz und zielstrebig den Bluttrinkern voran. Was ihn allerdings anging, so hatte ihm Quadalkar die in seinen Augen undankbare Aufgabe zugedacht, die Nachhut zu bilden und für den notwendigen Nachschub während der Belagerung zu sorgen. An seiner Seite befand sich ein zu fetter, ungezügelter Kriecher, den er auf Beutezügen kaum satt bekam. Was nutzte ihm dieses Geschenk? Es belastete ihn mehr, als dass es ihm einen Vorteil einbrachte. Selbst als Kriecher war Pruhnlok kein Schutz für ihn.

Renlasol hatte darauf gehofft, eine entscheidende Rolle bei der Belagerung spielen zu dürfen. Immerhin kannte er das Haus des hohen Vaters mindestens genauso gut wie Yilassa und er hatte doch bewiesen, dass er nicht nur ein guter Bluttrinker, sondern in der Lage war, einen Bewahrer zu töten. Der Tod des Letztgängers Zachykaheira und damit die Überwindung einer entscheidenden Hürde für den Befreiungsmarsch in die Klanlande war ihm zu verdanken. Führte er allerdings die Nachhut an, würde er kaum Berührung mit dem Feind bekommen und keine Gelegenheit erhalten, seine Fähigkeiten zu nutzen und seinem neuen Herrn zu zeigen, was er tatsächlich in einer Schlacht vermochte. Er hatte viel gelernt, Ängste überwunden und konnte auf die Erfahrungen aus der Entscheidungsschlacht gegen die Rachuren zurückgreifen. Was konnte es Schrecklicheres geben als diesen Kampf? Dennoch hatte ihm Quadalkar lediglich diese Aufgabe zugedacht. Vertraute er ihm nicht? Die Zurückweisung saß tief und sie grämte ihn bereits die gesamte Zeit ihrer Reise über.

Die Augen des jungen Bluttrinkers fixierten den Sonnenreiter und versuchten in dessen Gedanken einzudringen. Er würde den Aufsässigen schon knechten und ihn seinem persönlichen Einfluss unterwerfen, wenn es sein musste, mit Gewalt. Gelänge ihm dies, könnte er künftig, wann immer Renlasol wollte, in den Träumen des ehemaligen Zelt- und Reisegefährten auftauchen und ihn quälen, und Drolatol würde sich fortan nie mehr vor ihm verstecken können. Er würde ihn finden, überall und zu jeder Zeit auf Kryson. Die Klan waren anfällig für die Behandlung und konnten sich dem für gewöhnlich nicht widersetzen. Bei Drolatol war es jedoch anders, und Renlasol wollte es einfach nicht gelingen, in den Kopf des Sonnenreiters einzudringen. Obwohl er ihm direkt in die Augen sah, kam er erstaunlicherweise nicht durch die Blockade hindurch.

»Tja … wisst Ihr«, mischte sich Jafdabh ein, »ich beliefere die Bluttrinker schon zu lange und habe schon zu viele gute Männer bei den Handelsgeschäften an Euch verloren, um nicht gegen gewisse Versuche der Beeinflussung durch Euresgleichen gewappnet zu sein. Gebt Euch also keine Mühe, Ihr werdet meinen Diener nicht unterwerfen können. Er ist vor Eurem Blick durch Magie geschützt.«

Frustriert brach Renlasol den Versuch wieder ab. Dieser Tag der Befreiung der Bluttrinker war nicht sein Tag.

Das Streitross schnaubte und scharrte unruhig mit den Hufen. Beim Anblick der gegen die Mauern stürmenden Gegner wollte es sich am liebsten sofort in den Kampf stürzen. Aber sein Reiter hielt es mit eiserner Hand zurück. Er wollte sich aus sicherem Abstand einen Überblick zur Lage verschaffen, bevor er die Herausforderung annehmen und in die Schlacht ziehen würde. Zu diesem Zweck hatte er sich einen leicht erhöhten Ort ausgesucht, von dem aus er eine ungehinderte Sicht über die Häuser und das davorliegende Gelände hatte. Zwar war er sich darüber bewusst, dass er an dieser Stelle von aufmerksamen Beobachtern durchaus wahrgenommen werden konnte, aber das würde seinen Sinnen nicht entgehen und er würde genügend Zeit haben, sich – falls notwendig – auf einen Angriff vorbereiten oder eventuellen Gefahren entgehen zu können. Ein merkwürdiges Gefühl überkam ihn, als er die sich vor seinen Augen ausbreitende gespenstische Szenerie beobachtete. Dies war einst sein Zuhause gewesen. Einen Großteil seiner Kindheit und Jugend hatte er hinter jenen Mauern verbracht. Hier war er als Sohn eines Mannes aus den Bergen aus einfachen Verhältnissen zu einem Lordmaster und Befehlshaber eines der größten Heere der Klanlande aufgestiegen. Doch hier war er auch tief gefallen. Sie hatten ihn nach einer Intrige eingekerkert und beinahe zu Tode gefoltert. Und nun stand er erneut vor den Toren und wurde von einem Belagerungsheer daran gehindert, das Haus des hohen Vaters als freier Mann zu betreten. Er würde warten müssen, um die Antworten auf seine Fragen zu erhalten, und er würde sich den Weg durch die Leiber der Bluttrinker freischneiden müssen, wollte er hineingelangen. Obwohl sie ihn verstoßen und zu einem Schicksal in der Grube verurteilt hatten, fühlte er sich den Bewahrern immer noch verbunden. Sie waren und blieben seine Brüder, gleichgültig wie sie ihn behandelt hatten. Er musste ihnen seine ganze Kraft zur Verfügung stellen, um ihnen in der Gefahr beizustehen. Er konnte nicht anders.

Die Erfahrung aus den Grenzkriegen und zahlreichen Kämpfen hielt Madhrab vor einem sofortigen, unüberlegten Vorstürmen ab. Ein Eingreifen seinerseits musste geplant verlaufen. Ein Rückschlag oder gar eine Niederlage würde weder ihm noch den Ordensbrüdern zum Vorteil gereichen. Der Lordmaster und sein Ross hatten einen schnellen und anstrengenden Ritt hinter sich gebracht, um bis in die Nähe der Mauern der Ordenshäuser an diese Stelle zu gelangen. Eine kurze Rast, zu verschnaufen und zur Orientierung, waren wichtig.

Auf einen Blick hatte Madhrab die entscheidenden Taktiken des pausenlos gegen die Mauern anrennenden Gegners erkannt. Die Bluttrinker legten es offensichtlich darauf an, die Sonnenreiter hinter den Mauern hervorzulocken. Wagten die Ordensbrüder einen solchen Ausfall, um die immer wieder anstürmenden Kriecher zurückzuschlagen und von den Toren abzuhalten, warteten Königskinder und Quadalkars Kinder unmittelbar dahinter auf sie, um über die Unvorsichtigen herzufallen und diese niederzumachen. Tatsächlich vermutete Madhrab die Absicht dahinter, sie wollten lediglich ihre eigene Angriffsmacht dadurch verstärken. Gelang es ihnen, einen Bewahrer zu überwältigen und durch den Fluch zu verwandeln, gewännen sie einen starken Verbündeten für den weiteren Kampf hinzu.

Der Lordmaster wusste, dass dieses Vorhaben nicht einfach umzusetzen war. Die Bewahrer waren eine eingeschworene Gemeinschaft von erfahrenen und kampferprobten Kriegern, die angewiesen waren, durch eigene Hand zu den Schatten zu gehen, bevor es zu einer Verwandlung kommen konnte. Und er kannte seine Brüder, die der Anweisung ohne zu zögern folgen würden. Dies zu verhindern, würde für die Bluttrinker nur schwer zu bewältigen sein. Außerdem würden sie sich nicht ohne Weiteres herauslocken lassen. Sie hatten keinen Grund, den Nahkampf in einer frühen Phase der Belagerung zu suchen. In der Lage, sich von innen selbst zu versorgen, konnten sie unbegrenzt durchhalten und nicht ausgehungert werden. Das war ein Vorteil gegenüber einem Belagerer. Ob dieser Vorteil jedoch zur Zeit der Dämmerung noch galt, vermochte Madhrab nicht mit Gewissheit zu sagen. Nach seiner Reise durch die Klanlande nahm er an, dass es durch Witterung und Lichtverhältnisse zwangsläufig zu Einschränkungen und Ernteausfällen kommen musste. Allerdings nahm er an, dass die Vorratskammern wie üblich gefüllt waren und, selbst bei vollständiger Abhängigkeit von einer Versorgung außerhalb der Mauern, die Bewahrer und Orna bis zu drei Monde ohne Schwierigkeiten oder Rationierungen durchhalten konnten.

Dennoch befürchtete er, dass die Belagerung mit zunehmender Dauer zu schmerzlichen Verlusten auf der Seite des Ordens führte. Je länger der Ansturm anhielt, umso schwieriger würde es werden, den Gegner von den äußeren Mauern zurückzuhalten. Die Vorräte an Haijarda würden im Gegensatz zu den Nahrungsmittelreserven bald erschöpft sein.

Alleine die Masse an Kriechern war erdrückend. Für Quadalkar waren die jaulenden und heulenden Kreaturen nichts weiter als gemeines, wertloses Fußvolk. Nützlicher Abschaum, der in einer solchen Schlacht geopfert werden konnte. Die Kriecher hatten aber die Fähigkeit, mit ihren Krallen an den steilen und teils glatten Wänden der Mauern emporklettern zu können. Sie brauchten keine Leitern oder Belagerungstürme, um die schützenden Hürden zu überwinden. Noch war ihnen das nicht gelungen, soweit der Lordmaster dies von seiner Position aus erkennen konnte.

Madhrab kannte Boijakmar und hatte deshalb eine Vorstellung davon, wie dieser eine Verteidigung angehen würde. Der hohe Vater würde sich in erster Linie auf die inneren Kernbereiche der Häuser konzentrieren und dort die meisten Bewahrer einsetzen. Allenfalls ein paar Bewahrer und ein Trupp Sonnenreiter würden sich um den Schutz der äußeren Mauern kümmern. Dahinter lagen zahlreiche Hindernisse, die ein Gegner erst einmal unter Inkaufnahme hoher Verluste überwinden musste. Aufgrund des geschickten Aufbaus der Verteidigungsanlagen reichten meist wenige Verteidiger, um einem Eroberer den Fortschritt schwer zu machen und diesem empfindlich zu schaden. Tatsächlich galt die Anlage als uneinnehmbar, ob dies allerdings auf Gegner wie die Bluttrinker unter der Führung des uralten Saijkalsan Quadalkar zutraf, dessen war sich Madhrab nicht sicher.

Der Lordmaster ließ seinen Blick über die Stätte der Belagerung wandern. Aus den Bergen kommend strömten allmählich in einem nicht abreißen wollenden Fluss von Kreaturen mehr und mehr Bluttrinker hinzu.

Wo haben sich die Bluttrinker über all die Sonnenwenden bloß versteckt?, fragte sich Madhrab, der bislang der festen Überzeugung gewesen war, Boijakmar habe während seines persönlichen Rachefeldzuges einen Großteil der verfluchten Horde ausgelöscht. Offensichtlich musste der hohe Vater damals einige Bluttrinker übersehen haben oder sie hatten sich inzwischen wieder stark vermehrt. Er vermutete, dass sie sich auf dem Weg aus ihrem Land am Fuße des Riesengebirges durch Raubzüge und Plünderungen einzelner Dörfer gezielt verstärkt hatten, soweit sie auf Überlebende des Krieges und der Seuche gestoßen waren. Für diese Annahme sprachen seine Beobachtungen, die er im Hause von Gwantharab gemacht hatte. Dort waren sie ebenfalls durchgezogen und hatten den Berichten der Zwillingsbrüder zufolge den Rest der Familie verwandelt und mit sich genommen. Die Vorstellung, im Kampf auf ehemalige Freunde und Bekannte zu treffen, die er ohne Rücksicht auf Sympathie oder immer noch vorhandener Gefühle töten musste, behagte dem Lordmaster keineswegs. Wieder einmal würde er einen harten Kampf nicht nur gegen die Bedrohung durch einen Feind sondern gegen sich selbst und sein Innerstes austragen müssen, der ihn einiges an Kraft und Überwindung kosten würde.

Für einen kurzen Augenblick durchbrach plötzlich das Licht der Sonnen die Dunkelheit der Dämmerung und blendete den Bewahrer, als ob ein greller Blitz die Nacht erhellt hätte.

Was war das?, dachte der Bewahrer. *Schwindet die Dämmerung?* Er konnte aufgeregte Schreie unter den Bluttrinkern hören, die mindestens genauso überrascht über den plötzlichen Lichteinfall waren wie er selbst. Allerdings schien ihnen das Licht mehr auszumachen und zusätzlich Schmerzen zu bereiten. Für einen Moment ruhten die Bemühungen der Bluttrinker. Sie gaben heulende Laute von sich, rieben sich die Augen und ihre entsetzten Blicke wanderten gen Himmel. Während der Lordmaster den Lichtblitz längst wieder überwunden und sich orientiert hatte, brauchten die Bluttrinker länger, um sich von der kurzen Helligkeit des Tages zu erholen. Der Bewahrer nutzte die Gelegenheit, sich einen weiteren Überblick zu verschaffen. Es war ihm daran gelegen, nach Möglichkeit unangenehme Überraschungen zu vermeiden.

In einiger Entfernung beobachtete er plötzlich riesenhafte Schatten, die sich rasch auf die Mauern des Hauses des hohen Vaters zubewegten. Madhrab rieb sich nun ebenfalls die Augen. Er konnte ihre über die Ebene donnernden Schritte deutlich hören, als würden schwere Hämmer auf Stein geschlagen, die den Erdboden erbeben ließen. Die Gestalten waren für ihn nur verschwommen wahrnehmbar, und er konnte sich nicht erklären, was es damit auf sich hatte. Insgesamt zählte er sechs sich voneinander unabhängig bewegende Schatten. Ihre Bewegungen wirkten steif und ungelenk. Nie zuvor hatte er solche Wesen erblickt.

Bei allen Kojos … sind das Riesen?, ging es ihm durch den Kopf. Nach allem, was er wusste und gelernt hatte, gab es keine Riesen auf Ell. Was hatten sie – wer oder was auch immer sie waren – vor? Stellten sie eine zusätzliche Bedrohung für die Bewahrer dar? Kamen sie etwa, den Bluttrinkern in ihrem Kampf gegen die Bewahrer beizustehen? Je weiter sie sich den Häusern des hohen Vaters und der heiligen Mutter näherten, desto mehr konnte Madhrab erkennen und ihre Konturen wurden deutlicher.

Den Bluttrinkern war die Ankunft dieser Wesen ebenfalls nicht entgangen. Offensichtlich waren sie aber genauso überrascht wie Madhrab und verhielten sich abwartend.

Sie scheinen vollkommen aus Stein zu bestehen, stellte Madhrab nach genauerer Betrachtung verblüfft fest. Vor längerer Zeit hatte er während seiner Ausbildung in alten Schriften über das Volk der Felsgeborenen gelesen. Demnach waren die Burnter aus Stein. Doch die enorme Größe dieser Wesen passte keineswegs auf die Beschreibung des seit langer Zeit verschwundenen Volkes der Altvorderen. Wahrscheinlicher war jedoch, dass diese Wesen mit den Felsgeborenen in Verbindung standen. Den Schriften zufolge waren die Burnter magisch hochbegabt und in der Lage, seelen- und willenlose Wesen aus Stein zu schaffen, die sie steuern konnten und gelegentlich als Wächter einsetzten.

Natürlich …, dachte Madhrab erschrocken, *… das muss es sein. Golems! Aus Stein geschaffen. Das sind keine natürlichen Geschöpfe. Aber das bedeutet … die Felsgeborenen sind zurück! O Kryson, wie sehr verändert unsere Welt doch ihr Antlitz.*

Eine merkwürdige Stille – unterbrochen vom rhythmischen Stampfen der sechs Gestalten – legte sich über die Belagerungsstätte, während die steinernen Ungetüme unaufhaltsam auf die Mauern zuhielten. Als sie diese erreicht hatten, begannen sie sofort mit ihren Fäusten, in denen eine ungeheure Kraft zu stecken schien, auf die Mauern einzuschlagen. Ihre ausdruckslosen Gesichter blickten dabei in stoischer Ruhe über die Mauern. Die Wirkung der Schläge war verheerend. Steine zerbrachen krachend und fielen herab. Splitter flogen durch die Gegend. Im Mauerwerk bildeten sich bis unten nach nur wenigen Schlägen die ersten Risse. Die Mauern würden der rohen Gewalt nicht allzu lange standhalten können, wenn die Ungeheuer nicht aufgehalten wurden.

Der Lordmaster richtete sich im Sattel auf, um besser sehen zu können. Er beobachtete, wie bei den Verteidigern auf den Mauern zunächst lähmendes Entsetzen ob der mit Urgewalt ausgestatteten Gegner vorherrschte. Der Zustand hielt nicht lange vor. Plötzlich kam Bewegung in die Gruppe der Verteidiger, die von plötzlich auf den Mauern erscheinenden, weiteren Bewahrern verstärkt wurde. Die Bewahrer sammelten sich, um gemeinsam gegen den neuen Feind vorzugehen. Wagemutig näherten sie sich den Riesen und griffen diese ohne zu zögern an. Doch ihre Waffen blieben wirkungslos. Trafen sie auf die Faust oder ins Gesicht eines dieser Wesen, blieb noch nicht einmal ein Kratzer zurück. Die Steingolems kümmerten sich nicht einmal um ihre Gegner. Unaufhörlich und gleichmäßig droschen sie stattdessen auf die Mauern ein. Befreiten Stein um Stein. Madhrab erinnerte sich dunkel an die Aufzeichnungen aus den Schriften.

Lediglich Blutstahl vermag die Haut aus Stein zu durchdringen und die Felsgeborenen zu verletzen. Vielleicht gilt dies für die von ihnen erschaffenen Golems gleichermaßen, überlegte er im Stillen.

Die Zeit für ein Eingreifen war gekommen. Die Gelegenheit war günstig, denn noch hatten die Bluttrinker den Kampf nicht wieder aufgenommen. Sie schienen zu überlegen, ob ihnen die Steingolems wohlgesinnt waren und ihnen das Zerstörungswerk zugutekäme. Behutsam strich Madhrab seinem Streitross über den Hals und flüsterte ihm einige beruhigende Worte in das aufmerksam aufgerichtete Ohr. Das Pferd setzte sich in Bewegung, verfiel rasch in eine trabende Gangart, nur um wenig später in einen vollen Galopp überzuwechseln. Der Bewahrer würde nicht verhindern können, dass ihn die Bluttrinker entdeckten, denn er musste mitten durch ihre Reihen hindurchreiten, während er unerschrocken auf die Golems zuhielt. In den riesenhaften Ungetümen hatte er vorerst die größere Bedrohung ausgemacht, um die er sich zuerst kümmern musste. Solatar wanderte in einer kaum wahrnehmbaren Bewegung beinahe wie von selbst vom Rücken in seine Hand und begann sogleich in Vorfreude auf den zu erwartenden Einsatz lautstark zu kreischen.

Der Lordmaster hielt in vollem Galopp auf die Reihen der Bluttrinker zu. Dort, wo ihm ein Ausweichen aufgrund der Geschwindigkeit unmöglich schien, musste ihm Solatar den Weg freischneiden. Einige Bluttrinker sprangen erschrocken zur Seite, andere wurden von den schweren Hufen des Pferdes getroffen oder einfach zur Seite geschoben. Die Überraschung war auf seiner Seite. Nahezu ungehindert erreichte er den ersten Golem und versenkte im Vorbeireiten die Klinge in der ungeschützten Ferse des Riesen, die eine klaffende Wunde schlug, aus der sich ein Strom pechschwarzen Blutes ergoss. Der Getroffene brüllte vor Schmerzen, dass die Mauern erzitterten, sich von dem wüsten Gebrüll weitere Steine lösten und herabfielen. Madhrab hatte Glück, dass sein Pferd über genügend Wendigkeit verfügte, um den Steinen ausweichen zu können.

Dies also ist die Lösung des Problems, dachte Madhrab. Er beabsichtigte, die Golems, einen nach dem anderen, mit Solatars Hilfe in die Knie zu zwingen und auf diese Weise zu besiegen.

Madhrab wendete und lenkte Najak näher an die Golems heran und schwang das wuchtige Schwert in Richtung der Beine. Singend und tief schnitt die Klinge durch den Stein, als bestünden die Beine der Golems aus Fleisch und Blut. Das Brüllen der verwundeten Riesen war weit über die Grasebenen bis in die Berge zu hören. Ein Teil der Mauer brach weg und riss einen Sonnenreiter mit sich in die Tiefe. Wieder wendete Madhrab das Pferd und preschte wie ein rot gewandeter Dämon hinter den Golems vorbei, um ihnen erneut tiefe Wunden zuzufügen. Die Golems wankten, ließen endlich von der Mauer ab, um sich schließlich ihrem todbringenden Feind zuzuwenden.

»Kommt her!«, rief Madhrab. »Ich warte auf Euch.«

Najak tänzelte rückwärts, um zwischen die Golems und sich und seinen Reiter einen Abstand zu bringen, den die Steinriesen nicht mit einem einzigen Schritt überwinden konnten. Doch das wäre nicht nötig gewesen, denn sobald sie einen Schritt nach vorne setzen wollten, knickten ihnen die Füße weg und sie fielen auf die Knie, ganz wie der Bewahrer erwartet hatte.

»So gefällt mir das, meine steinernen Freunde«, frotzelte Madhrab, »huldigt Eurem neuen Herrn und Meister und erweist ihm den gehörigen Respekt, denn er wird Euch zur ewigen Ruhe betten. Ganz wie es Euch gefällt.«

Der Lordmaster deutete mit einem Kopfnicken eine Verbeugung an und gab Najak durch einen kräftigen Schenkeldruck zu verstehen, dass er sich in Bewegung setzen sollte. Der Hengst gehorchte sofort und trabte auf den ersten Golem zu. Madhrab hielt Solatar am ausgestreckten Arm auf den Brustkorb des Golems gerichtet. Der Golem sah den Vollstrecker aus toten, sinnentleerten Augen an. Er verstand nicht, was ihm drohte, sonst hätte er sich womöglich zur Wehr gesetzt. Das gehörte nicht zu seinem Auftrag, den ihm der Prinz der Felsgeborenen erteilt hatte. Er sollte die Mauern zerstören und die Steine befreien. Lediglich instinktiv hob er die Hände, um sich gegen den tödlichen Schwertstoß zu schützen. Doch Solatar drang ungebremst hindurch und trennte diese mit einen präzise platzierten Schnitt ab, als wären sie Luft. Der anschließende Stoß drang tief in den Brustkorb ein und brachte das steinerne Herz zum Stillstand. Als der Golem vornüberkippte, zog der Lordmaster die Blutklinge heraus und schlug seinem Gegner den Kopf ab, der wie ein schwerer, runder Felsblock gegen die Mauern rollte. Solatar ließ einen schrillen Ton erklingen, der sich anhörte, als wäre das Schwert enttäuscht, dass es keine Seele ergattern konnte. Die Golems waren am Ende nichts anderes als aus Felsen geschaffene Werkzeuge, die von einer anderen Intelligenz gesteuert wurden. Was der Lordmaster vor den Mauern vollbrachte, glich einer Hinrichtung, bei der sich die zum Tode Verurteilten mit dem Schuldspruch abgefunden hatten und keine Gegenwehr mehr leisteten. Vielleicht hatten sie eine Nachricht ihres Herren erhalten, sich aufzugeben. Niemand würde verstehen, warum sich die Golems plötzlich passiv verhielten. Mit einer Ruhe, als täte er dies zum tausendsten Mal, richtete der Lordmaster die anderen Golems.

Auf der Mauer erklang unbeschreiblicher Jubel. Die Sonnenreiter feierten den unerschrockenen Helden, der ihnen die steinernen Ungetüme vom Hals schaffte.

»Das ist Madhrab! Lordmaster Madhrab ist zurück!«, hörte der Bewahrer eine Stimme von der Mauer herabrufen.

»Der Lordmaster ist zurück, uns zu retten!«, rief ein anderer freudig.

»Jemand muss den Overlord unterrichten. Sofort!«, befahl ein Dritter barsch.

Sie hatten ihren Ordensbruder also erkannt. Damit hatte Madhrab gerechnet. Seine Rüstung und das Blutschwert waren einzigartig. Er grüßte die Brüder, indem er den Schwertknauf küsste und mit der Schwertspitze auf die Mauer deutete. Ein zweideutiger Gruß, der genauso bedeuten konnte, um Euch werde ich mich zu gegebener Zeit kümmern.

»Wer ist der Krieger in der roten Rüstung?«, wandte sich Quadalkar fragend an Yilassa. »Ich sah ihn zuvor in meinen Träumen. Er trägt ein mächtiges Blutschwert bei sich.«

Die Bluttrinker hatten sich abwartend verhalten, waren sie doch vom plötzlichen Auftritt der Golems irritiert und durch das Auftauchen des Lordmasters beeindruckt worden. Der König der Bluttrinker hatte sich im Hintergrund gehalten, um den ersten Ansturm der Kriecher aus der Deckung heraus zu beobachten und auf eine Reaktion der Bewahrer zu warten. Die Belagerung war bislang nicht so verlaufen, wie sich Quadalkar das vorgestellt hatte. Das blaue Feuer hatte viele blindwütig stürmende Kriecher zu einem Haufen Asche vernichtet, und Yabara hatte rasch die Kontrolle über die hungrigen Kreaturen verloren, die sich nicht mehr zurückhalten ließen.

»Sein Name ist Madhrab. Er ist ein Lordmaster der Bewahrer. Die Klan nennen ihn auch den Bewahrer des Nordens«, sagte Yilassa mit monotoner Stimme, die noch ein Stück blasser als zuvor schien, nachdem sie den Lordmaster erkannt hatte. »Ich dachte mir, dass wir früher oder später auf ihn treffen würden.«

»Töte ihn, Yilassa«, befahl Quadalkar der Kriegerin, »dafür habe ich dir mein Schwert anvertraut.«

»Ich weiß nicht, ob ich stark genug für Madhrab bin«, zweifelte Yilassa.

»Was soll das bedeuten? Eine Bluttrinkerin mit den Fähigkeiten eines Bewahrers und einer Blutklinge in der Hand sollte einen Bewahrer bei Weitem übertreffen und in der Lage sein, diesen Krieger zu überwinden«, meinte Quadalkar.

»Madhrab ist nicht irgendein Krieger. Es wäre nicht klug, sich ihm in einem Zweikampf zu stellen«, antwortete Yilassa.

»Du willst nicht gegen ihn antreten? Soll er die Bluttrinker abschlachten und uns eine vernichtende Niederlage beibringen, ohne dass wir uns gegen ihn und sein Schwert zur Wehr setzen? Was ist mit der Freiheit? Brechen wir die Belagerung wegen eines Kriegers ab und überlassen den Bewahrern den Sieg, auf dass wir uns weitere fünftausend Sonnenwenden in den Bergen verstecken müssen und auf die Hilfe windiger Händler angewiesen sind? Ist es das, was du mir sagen möchtest?«, fragte Quadalkar.

»Nein, Herr«, meinte Yilassa, »der Lordmaster war ein Freund, doch jetzt steht er auf der Seite des Feindes. Ich werde ihn töten, aber nicht jetzt, wenn er im Vollbesitz seiner Kräfte ist. Wir müssen ihn beschäftigen, ihn langsam zermürben, bis er müde wird. Wenn der richtige Zeitpunkt gekommen ist, an dem er sein Schwert nicht mehr mit einer Hand wird halten können, werde ich ihm von Angesicht zu Angesicht gegenübertreten und ihm Decayar in den Leib stoßen, wieder und wieder, bis er seinen letzten Atemzug macht.«

»Und was schlägst du bis dahin vor? Warten wir, ob er uns findet und seinerseits tötet?«, fragte Quadalkar.

»Hetzt die Kriecher auf ihn. Das wird ihn ablenken«, schlug Yilassa vor.

»Wie du wohl feststellen kannst, gehorchen die Kriecher Yabara im Augenblick nicht.«

»Ihr seid der Vater aller Bluttrinker und ein Saijkalsan. Sprecht ein Machtwort, wenn sie es nicht vermag.«

Die letzten Worte Yilassas schienen Quadalkar zu überzeugen, denn tatsächlich konzentrierte er sich und nahm auf diese Weise Kontakt mit all seinen Kindern auf, wozu – so ungern er dies zugab – auch die Kriecher als schrecklichste Ausgeburten des Fluches gehörten. Seinem Wort konnten sie sich nicht widersetzen. Die Kriecher schnupperten in die Luft, heulten, jammerten, jaulten und nahmen die Fährte des roten Kriegers auf. Als sie ihr Opfer erfasst hatten, rannten sie auf allen vieren gleichzeitig los, um sich einen Schluck des begehrten Blutes von ihm zu holen. Wer ihn zuerst erlegte, würde den größten Anteil an der Beute erhalten. Quadalkar hatte den Bewahrer zur Jagd freigegeben.

Drolatol erhob sich und stellte sich auf den Kutschbock. Er deutete mit dem ausgestreckten Arm zum äußeren Tor der Häuser des hohen Vaters und der heiligen Mutter. Dort hatte er etwas Ungewöhnliches entdeckt, das er den anderen mitteilen wollte. Der Tross war mit den Wagen bis nahe an das Belagerungsgelände vor den Häusern herangekommen und richtete sich nun darauf ein, die Bluttrinker während der Belagerung der Mauern versorgen zu müssen.

»Sieh doch, Jafdabh«, wandte er sich aufgeregt an den Todeshändler, »dort unten kämpft Lordmaster Madhrab gegen die Kriecher! Es sieht danach aus, als hielte der Bewahrer des Nordens ein Schlachtfest seiner ganz eigenen Art ab. Und welch wundervolles Pferd er reitet!«

Renlasol horchte sofort auf und folgte mit den Augen dem Arm des Bogenschützen. Tatsächlich, der Bewahrer auf seinem mächtigen Streitross, in der schimmernd roten

Runenrüstung und dem leuchtenden, singenden Blutschwert in der Hand, war unschwer als Madhrab auszumachen. Renlasol kannte die Rüstung nur zu gut. Wie oft hatte er diese in seinem Leben schon vom Blut der Gefallenen reinigen müssen. Er erinnerte sich nur ungern daran. Und Solatar war ohnedies unverkennbar. Soweit Renlasol das erkennen konnte, hatten die Kriecher den Bewahrer eingekreist und versuchten begierig den Kreis enger und enger zu ziehen. Doch der Lordmaster ließ das nicht zu. Kein Kriecher überschritt ungestraft die Linie, die von der Reichweite des Blutschwertes gezogen wurde. Der Lordmaster hatte bereits unzählige Kriecher erschlagen, was Renlasol daran ausmachen konnte, dass sich die toten Leiber um den Bewahrer herum inzwischen stapelten und der Leichenberg mit jedem weiteren unvorsichtigen oder allzu hungrigen Kriecher höher und höher wurde. Pruhnlok wurde an seiner Seite unruhig. Der Kriecher begann heftig an der Kette zu zerren, zu rütteln und versuchte sich zu befreien. Es war der Befehl des Quadalkar, der ihn ungehalten werden ließ. Er musste sich mit seinesgleichen gegen den Bewahrer in den Kampf stürzen. Es machte ihn verrückt, in dieser Situation angekettet zu sein und von Renlasol festgehalten zu werden. Pruhnlok gebärdete sich wild und ungestüm und er hatte Hunger. Unbändigen Hunger auf frisches Bewahrerblut.

»Dann lauf und hol dir deinen Anteil«, sagte Renlasol, während er die Ketten vom Hals des Kriechers löste.

Sofort sprang Pruhnlok von der Wagenpritsche und rannte über die Grasebene, um sich seinesgleichen anzuschließen. Renlasol hatte den einstigen Küchenjungen noch nie so schnell laufen sehen und war erstaunt, wie viel Kraft, Geschwindigkeit und Ausdauer der fette Kriecher plötzlich entwickeln konnte, wenn es darum ging, sich den besten Happen zu sichern. Ohnehin hatte er den Eindruck gewonnen, dass er seinen persönlichen Kriecher am besten durch Fressen motivieren und bei Laune halten konnte. Alle anderen Methoden hatten bei Pruhnlok kläglich versagt. Der Kriecher schien gegen Druck und Drohungen geradezu immun zu sein. Weder die sanfte noch die scharfe Ansprache hatten zum Erfolg geführt und den Kriecher folgen lassen. Sicher, er könnte ihn an der Kette herumführen. Aber das war ihm selbst für das Leben eines Kriechers zu unwürdig und vor allem lästig.

Der Lordmaster stutzte für einen Moment, als er das Schwert mit Wucht in einen auf ihn zueilenden Kriecher stieß, der ihm im Vergleich zu den anderen Exemplaren wie gemästet vorkam. Der Kriecher quiekte wie ein Schwein während der Schlachtung, als sich die Klinge schmerzhaft in seinen Brustkorb bohrte und hinten am Rücken wieder heraustrat. Es ging alles rasend schnell. Madhrab riss die Klinge aus dem Körper des Kriechers, um sie sogleich im nächsten wieder zu versenken. Ihm war, als hätte er den verwundeten Kriecher gekannt. Ausdruck und Statur erinnerten ihn entfernt an einen Küchenjungen, der bei den Sonnenreitern gedient und das Verteidigungsheer der Klan in die Schlacht am Rayhin begleitet hatte. Wie war der Junge gleich gerufen worden? Pruhnlok. Das musste er gewesen sein. War dieser Pruhnlok nicht mit Renlasol befreundet gewesen und hatte sich das Zelt mit seinem Knappen geteilt? Natürlich, jetzt kam es ihm wieder in den Sinn. Er hatte eben diesen Küchenjungen mit auf die Suche zu den Bluttrinkern geschickt. Sollte dieses Opfer tatsächlich Pruhnlok gewesen sein, dann hatte er sich stark verändert. Womöglich hatten sie den armen Jungen erwischt und im Handumdrehen ausgesogen und verwandelt. Ein trüber Gedanke schlich sich in den Kopf des Bewahrers. Das Schicksal des Küchenjungen, das so eng mit dem seines Knappen Renlasol verknüpft war, täte ihm unendlich leid. Eine solche Schuld würde er nie wiedergutmachen können. Rasch schüttelte der Lordmaster den Gedanken wieder ab, denn die Trübsal hinderte ihn daran, sich auf die unermüdlich auf ihn einstürmenden Kriecher zu konzentrieren. Wahrscheinlich war es nur irgendein Kriecher gewesen, der Pruhnlok entfernt ähnlich sah. Zu des Lordmasters Bedauern stand der fettleibige Kriecher wieder auf und hielt sich mit beiden Händen anklagend den Brustkorb über der Wunde, aus der das dunkle Blut unaufhörlich zwischen seinen Fingern hervorquoll. Ein gezielter und rasch ausgeführter Schwerthieb machte dem Elend ein Ende. Der Kriecher hatte nicht einmal bewusst bemerkt, wie ihm der Kopf von den Schultern getrennt und in hohem Bogen durch die Luft vor die Füße seiner Gefährten geschleudert wurde.

»Pruhnlok! Nein, bitte nicht!«, schrie Renlasol entsetzt und verbarg das Gesicht hinter den Händen.

Das Königskind hatte das Ende seines Gefährten kommen sehen, war schockiert und machte sich zugleich schwere Vorwürfe. Renlasol hätte wissen müssen, was den Kriecher erwartete, wenn er zuließ, dass dieser den Lordmaster angriff. Pruhnlok war ein Geschenk des Quadalkar an ihn, und er hatte die Verpflichtung auf sich genommen, sich um den Freund zu kümmern. Und nun hatte er ihn in einem einzigen Augenblick für immer verloren. Der Lordmaster hatte den Kriecher als einen unter vielen beinahe beiläufig abgeschlachtet. Es war ein ungleicher Kampf. Seit der Knappe seinen Herren vor Monden verlassen hatte, um eine wichtige Aufgabe für Sapius zu erfüllen, hatten sich

Madhrabs Fähigkeiten in seinen Augen noch gesteigert. Er schien ihm stärker und schneller als zuletzt, obwohl ihn die Wahrnehmung durchaus täuschen konnte. Doch auf jeden Fall kämpfte der Lordmaster verbissener, als wolle er die Bluttrinker im Alleingang besiegen. Irgendetwas musste mit ihm geschehen sein, das ihn noch härter erscheinen ließ, als er es ohnehin schon war.

»Du bist schuld an seinem Tod«, tadelte Drolatol das Königskind. »Hättest du ihn nicht ziehen lassen, wäre er jetzt noch am Leben oder welchen Zustand zwischen Leben und Tod ihr Bluttrinker auch immer einnehmt.«

»Halt den Mund, Drolatol«, zischte Renlasol wütend und traurig zugleich. »Du könntest uns helfen, statt uns mit deinen Worten zu diffamieren, und ihm einen Pfeil in den Hals jagen.«

»Du vergisst, dass ich ein Sonnenreiter war und im Gegensatz zu dir und den anderen nicht verwandelt wurde. Ich werde den Bluttrinkern auf diese Weise ganz gewiss nicht beistehen. Im Gegenteil. Hoffentlich wird der Lordmaster der Plage ein für alle Mal ein Ende bereiten.«

Renlasol war drauf und dran, sich auf Drolatol zu stürzen, um ihm das Blut aus den Adern zu saugen. Aber Jafdabhs höchst kritischer Blick hielt ihn gerade noch einmal zurück.

»Tja … also … wenn ich Euch in Eurem Zwist unterbrechen dürfte«, mischte sich Jafdabh ein, »unser Auftrag lautete, den Nachschub bis hierherzubringen. Mir wird es langsam zu heiß auf dem Schlachtfeld. Wir haben unseren Teil erfüllt. Ihr, Renlasol, werdet jetzt absteigen und die Ladung abladen lassen. Drolatol, meine Männer und ich werden weiterziehen, sobald Ihr uns bezahlt habt, was uns zusteht.«

»Ihr werdet warten müssen, bis die Belagerung vorüber

ist. Dann werdet Ihr aus den erbeuteten Schätzen reich entlohnt werden«, meinte Renlasol.

»Tja … wie war das eben?«, hakte Jafdabh nach, wobei er den aufsteigenden Ärger in seiner Stimme nicht unterdrücken konnte. »Sagtet Ihr, ich müsste auf die Bezahlung warten?«

»So etwas Ähnliches sagte ich, ja«, bestätigte Renlasol.

»Das ist entgegen der Abmachung!« Jafdabh klang plötzlich hart und schroff. »Niemand lässt Jafdabh warten. Selbst die Bluttrinker nicht.«

»Wendet Euch an Quadalkar, Todeshändler. Ich jedenfalls habe keine Anunzen oder Gold bei mir, um Euch zu bezahlen«, antwortete Renlasol.

»Tja … das vielleicht nicht«, Jafdabh kniff die Augen zusammen, »aber ich werde die Blutsklaven mit mir nehmen, wenn Ihr sie nicht bezahlt. Der Bluthandel besitzt sehr einfache Regeln, die selbst Ihr verstehen solltet, und Ihr wisst doch, wie das Geschäft läuft.«

»Das würde Euch und Euren Männern schlecht bekommen«, drohte Renlasol.

»Droh mir nicht, Bursche!«, regte sich Jafdabh auf.

Der Todeshändler pfiff laut durch die Finger und machte mit der Hand zwei Zeichen in Richtung der hinter ihm wartenden Wagen. Renlasol wusste nicht, wie ihm geschah, als er plötzlich gleichzeitig von vielen starken Armen gepackt wurde. Ehe er sich's versah, lag er in schwere Ketten gefesselt und konnte sich nicht mehr rühren.

»Ihr seid mein Pfand, junger Bluttrinker«, sagte Jafdabh kalt lächelnd, »und werdet mich begleiten.«

»Das … das dürft Ihr nicht!«, flehte Renlasol. »Lasst mich frei. Quadalkar wird Euch bis ans Ende Eurer Tage jagen. Wenn er Euch gefunden hat – und das wird er –, wird er Euch richten.«

»Redet keinen Unsinn, Junge«, erwiderte Jafdabh kalt lächelnd. »Seht Euch den Bewahrer an. Ihr kennt ihn weit besser als ich. An dem muss Euer Meister erst vorbei. Und für mich sieht der Lordmaster nicht danach aus, als ob er sich eine Schwäche leisten wollte. Wenn Ihr dann erst am Verdursten seid, werden wir weitersehen. Und Ihr werdet Durst bekommen, großen Durst, das verspreche ich Euch. Dann lernt Ihr, was der Fluch tatsächlich bedeutet, und Ihr werdet bereuen, jemals ein Bluttrinker geworden zu sein. Ich wollte den Entzug eines Bluttrinkers schon immer mit eigenen Augen sehen, wenn der wunderbare rote Saft des Lebens direkt vor der Nase liegt und doch unerreichbar bleibt. Ihr gebt mir endlich Gelegenheit dazu.«

»Ihr seid wahnsinnig, Jafdabh!«, schrie Renlasol.

»O nein … nur ein guter Geschäftsmann und in der Einschätzung meiner Aussichten stets realistisch. Also grämt Euch nicht, denn es hat ohnehin keinen Zweck. Wir werden eine nette Zeit miteinander verbringen, bis ich entweder für meine Waren und die Dienste bezahlt werde oder Ihr noch, in den Flammen der Pein ausgetrocknet und dürstend, nach einem Tropfen Blut betteln werdet.«

Jafdabh gab das Zeichen zum Abmarsch. Die Wagen setzten sich sofort in Bewegung. Der Krieg der Bluttrinker, die Belagerung und der Kampf um die Mauern interessierte ihn kein bisschen.

»Die Bewahrer wagen einen Ausfall!«, rief Quadalkar entzückt. »Wunderbar! Darauf haben wir die ganze Zeit gewartet. Dieser Lordmaster ist doch in seiner Raserei hilfreicher, als ich dachte. Sie eilen, ihn im Kampf gegen die Kriecher zu unterstützen. Es wird Zeit, dass wir in die Schlacht eingreifen, Yilassa.«

»Aye, Meister«, antwortete die Kriegerin düster, »Seelen für die Klinge, Blut für uns.«

»Gut gesprochen«, nickte Quadalkar, »etwas überzogen vielleicht, aber treffend.«

Das Tor der äußeren Mauer öffnete sich. Seite an Seite ritten jeweils drei Bewahrer nebeneinander auf schwer gepanzerten Rössern in sechs Reihen hintereinander durch das Tor. Die Ordensbrüder trugen Kampfrüstungen, die den gesamten Körper bedeckten, keine Stelle frei ließen und an den Hälsen zusätzlich durch eiserne Platten besonders verstärkt waren. Kaum waren sie durch das Tor auf donnernden Hufen hindurchgeritten, schlossen sich die schweren Flügel hinter ihnen laut krachend wieder.

Quadalkar breitete die Arme aus und holte tief Luft. Ein lang anhaltender und durchdringender Schrei begrüßte die Bewahrer. Während der König der Bluttrinker schrie, atmete er einen dichten Nebel aus, der die Reiter samt ihren Pferden augenblicklich einhüllte und ihnen die Sicht nahm. Doch das war längst noch nicht alles. Der Nebel drang selbst durch die schmalsten Ritzen in die Rüstungen der Bewahrer und verursachte ein Jucken und Brennen auf der Haut, als ob unter ihren Harnischen ein Schwarm Jayvas tobte. Die Pferde wurden unruhig, tänzelten, scheuten und stiegen wiehernd auf die Hinterhufe, um ihre Reiter abzuwerfen. Durch die Panik der Pferde gerieten die geordneten Reihen rasch durcheinander. Einige der Bewahrer wurden abgeworfen, hatten Mühe, sich in den schweren Rüstungen wieder aufzurichten, während ihre Rösser Reißaus nahmen und ihr Heil in panischer Flucht suchten. Aber die Bewahrer waren zäh, sie bissen die Zähne zusammen, brüllten ihren Schmerz hinaus und schlugen auf alles ein, was sich ihnen näherte.

»Jetzt«, rief Quadalkar und schlug Yilassa auf den Rücken, »hol sie dir!«

Die Kriegerin rannte, die breite Zackenklinge bedrohlich schwingend, los. Sie war schnell und schien über dem Boden mehr zu schweben, als zu laufen. Von den Bewahrern ungesehen drang sie in den Nebel ein, der ihr nichts anhaben konnte, und traf auf ihre ersten Gegner. Wuchtige Schläge prallten auf eiserne Rüstungen, die unter dem Blutschwert zerbarsten und splitterten, als wären sie aus dünnem Holz. Yilassa legte Brustkorb und Kehle eines Bewahrers frei und schlug diesem sofort die Zähne in den Hals, während sie einen anderen mit Decayar auf Distanz hielt. Andere Bluttrinker folgten der Kriegerin in den Nebel und bedienten sich an den Resten, die Yilassa ihnen übrig ließ. Sie geriet in einen Blutrausch, der ihr zusätzliche Kraft verlieh und sie beflügelte. Decayar drang mit Leichtigkeit durch die Rüstungen der Bewahrer und riss tiefe Wunden. Ein Hieb aus der Drehbewegung trennte den Rumpf eines angreifenden Bewahrers von der Hüfte abwärts vom Rest des Körpers.

Töte sie nicht auf diese Weise, befahl Quadalkars Stimme in ihrem Kopf, *wenn du sie verstümmelst, sind sie nutzlos. Wir brauchen sie noch und wollen sie verwandeln. Nimm ihnen ihr Blut und stärke dich!*

Yilassa kämpfte weiter im Nebel, unsichtbar und tödlich, und holte sich einen Bewahrer nach dem anderen, während Madhrab von einer Masse aus Kriechern umzingelt war und, sosehr er ihre Reihen auch dezimierte, nicht zu den Ordensbrüdern durchkam. Die Kriecher rückten ständig nach. Ihre Zahl schien unermesslich zu sein. Madhrab watete in ihrem Blut und rutschte über Massen an Körperteilen, die er abgetrennt hatte.

Die Bluttrinker, die Yilassa gefolgt waren, schleppten ihre blutleeren Opfer aus dem Nebel und brachten sie zu Quadalkar. Triumphierend betrachtete Quadalkar die geschlagenen Bewahrer zu seinen Füßen. Es waren bereits sechs an der Zahl, die von Yilassa besiegt worden waren und nun bereit für die Verwandlung vor ihm lagen. Quadalkar würde von seinem Blut lassen müssen, wenn er die Verwandlung vollzog. Dann, und nur dann, konnten sie zu vollwertigen Kämpfern in seinem Namen werden. Der Prozess der Veränderung würde den König der Bluttrinker Kraft kosten, die er sich im Verlaufe der Belagerung wiederholen musste. Er musste trinken und wies seine Kinder an, sich zurückzuhalten. Er selbst würde ihnen das Blut nehmen und sie anschließend mit dem Fluch belegen.

Der Kampf gegen die Kriecher war für Madhrab wie ein nicht enden wollender Albtraum. Gleichgültig wie viele er von ihnen tötete, ihre Zahl schien einfach nicht abzunehmen. Selbst wenn er sein Tarsalla einsetzte, befürchtete er, dass er dadurch keinen Vorteil gewänne. Seit den letzten Erfahrungen mit dem Tarsalla war er ohnehin vorsichtig geworden, die Magie der Bewahrer einzusetzen. Sie hatte ihn geschwächt, und als er seinem Erzfeind endlich gegenübergetreten war, hätte er den Kampf beinahe verloren. Das Schlimmste daran allerdings war, dass ein guter Freund für ihn das Leben lassen musste, weil er durch eine Schwäche in Bedrängnis geraten war. Madhrab gab sich immer noch die Schuld am Tod Gwantharabs. Nun war ohnehin alles verloren, und ein Großteil der Familie seines Freundes befand sich wahrscheinlich unter den Kriechern, gegen die er gerade kämpfte. Womöglich hatte er den ein oder anderen von ihnen soeben in die Flammen der Pein geschickt. Aber er musste sich vorsehen und seine Kräfte einteilen. Wie lange würde er den Ansturm zurückhalten können, bevor ihn die Ausdauer verließ und die Schwäche wieder einholte? Schon jetzt war er dazu übergegangen, das Schwert beidhändig zu führen. Dadurch verlieh er seinen Angriffen eine höhere Wucht und tötete die Kriecher meist mit nur einem Hieb.

Er hatte wohl bemerkt, dass die Bewahrer einen Ausfall begonnen hatten, um ihm beizustehen. Aber durch den Kampf abgelenkt und aufgrund des dichten Nebels hatte er sie rasch aus den Augen verloren. So hatte er auch ihr weiteres Schicksal nicht mitbekommen. Nach einer ermüdenden Zeit des Schlachtens fragte er sich allerdings, wo sie blieben. Erst als sich der Nebel lichtete, stellte er zu seinem Erstaunen fest, dass keiner von ihnen mehr zu sehen war. Sie waren verschwunden. Er sah sie nirgends kämpfen. Die groß gewachsene, blasse Kriegerin mit dem besudelten Blutschwert, die selbst von oben bis unten mit Blut bespritzt war und ihr blondes, langes Haar offen trug, war ihm allerdings nicht entgangen. Der Lordmaster kannte dieses Gesicht.

»Yilassa«, rief er erstaunt aus und spaltete dabei den Leib eines Kriechers, »was haben sie dir bloß angetan?«

Die Erkenntnis über das Schicksal der Gefährten traf ihn wie ein Schlag. Renlasol, Yilassa und die anderen beiden, die er zum Schutz des Knappen mit auf die Suche geschickt hatte, mussten Quadalkar und dessen Kindern begegnet sein. Aber sie hatten es offensichtlich nicht geschafft, dem Fluch des Bluttrinkers zu entgehen. Des Lordmasters schrecklichste Befürchtungen hatten sich erfüllt. Yilassa war zu einer Bluttrinkerin verdammt, und nun war er sich plötzlich sicher, dass er den Küchenjungen Pruhnlok in der Gestalt eines Kriechers getötet hatte.

Was ist aus Renlasol und Drolatol geworden?, fragte sich der Bewahrer des Nordens.

Im Grunde seines Herzens kannte er die Antwort schon. Wenn ihm Yilassa in veränderter Form begegnete, konnte es den anderen kaum besser ergangen sein. Madhrab fühlte sich plötzlich sehr einsam, und eine Traurigkeit legte sich über seine Gedanken, die seine Bewegungen verlangsamte. Als die Kriecher die Veränderung in seiner Stimmung spürten, drängten sie rasch näher an ihn heran. Gefährlich nahe. Der Lordmaster schüttelte die trüben Gedanken ab und versuchte sich erneut auf den Kampf zu konzentrieren. Ihm war bewusst, dass er einen Zweikampf mit Yilassa nicht vermeiden konnte. Auf eigenartige Weise hatte er den Eindruck, dass sie jede seiner Bewegungen beobachtete. Worauf wartete sie? Warum griff sie ihn nicht einfach an? Es hatte keinen Zweck, länger darüber nachzudenken. Früher oder später während der Belagerung würden sie gegeneinander antreten, sich Auge in Auge begegnen und wie tödliche Feinde, mit verheerenden Fähigkeiten und legendären Blutklingen ausgestattet, aufeinander losgehen.

Madhrab musste sie überwinden, wollte er seine Ziele erreichen.

Der Fluch des Bluttrinkers

Als wäre der Lordmaster auf seinem Sattel angewachsen, teilte er mal links, mal rechts, vorne wie hinten vernichtende Schwertstreiche aus, die seine verbissen kämpfenden Gegner unverändert auf Distanz hielten. Najak war ihm dabei eine große Hilfe, das Pferd schien die Gefahr jeweils zu spüren und die nächsten Bewegungen des Bewahrers vorauszuahnen. Es drehte und wendete genau im richtigen Moment in die Richtung, die der Lordmaster gerade brauchte, um sich die heranstürzenden Gegner vom Hals zu halten. Ohne diese besondere Fähigkeit und Wendigkeit des Hengstes hätte der Lordmaster absteigen und das Pferd zurücklassen müssen. Doch ohne sein schützendes Schwert wäre Najak von den Kriechern mit Sicherheit binnen weniger Sardas getötet worden.

Madhrab hatte das Gefühl für die Zeit längst verloren, aber er spürte überdeutlich, dass ihn die Abwehr des nicht abreißen wollenden Ansturms mit zunehmender Dauer anstrengte und seine Kräfte allmählich nachließen. Die Kriecher schienen die nachlassende Stärke des Bewahrers instinktiv zu spüren oder sie rochen den Schweiß und die Anstrengung. Womöglich witterten sie ihre Gelegenheit und steigerten daher die Vehemenz ihrer Angriffe. Andererseits hatte Madhrab zuletzt den Eindruck gewonnen, dass sich die Masse an Kriechern endlich langsam, aber sicher lichtete. Deshalb konnte es durchaus sein, dass sie mit dem Mut der Verzweiflung gegen eine drohende Niederlage und ein anfangs als sicher geglaubtes Opfer kämpften. Diese Feststellung verschaffte ihm noch einmal neuen Auftrieb. Würde er nur lange genug durchhalten, konnte er eine erste große Gefahr für sich und die beiden Ordenshäuser abwenden. Aber was kam danach? Die Bluttrinker waren stark und überraschend gut vorbereitet. Offensichtlich wollten sie ihn ablenken und seine Kräfte binden, um an anderer Stelle ungehindert zuschlagen zu können. Warum sonst sollten sie ausgerechnet ihm die Kriecher auf den Hals hetzen? Sie mussten wissen, dass er dem Fußvolk der Bluttrinker genug entgegensetzen konnte, um ihnen empfindliche Verluste beizubringen oder sie gar endgültig zu überwinden. Die meisten Bewahrer wären hierzu in der Lage gewesen.

Ein scharfer, schriller Befehlsruf gellte schmerzhaft in den Ohren des Lordmasters und übertönte den tosenden Schlachtenlärm, wogegen sogar die Schreie und das winselnde Gejammer der Kriecher wie Musik klang. Erstaunt beobachtete Madhrab, wie sich die Kriecher plötzlich von ihm zurückzogen. Sie knurrten und fletschten dabei die Zähne, als wäre ihnen der Rückzug aufgezwungen worden und höchst zuwider. In einem Abstand, in dem sie sich außerhalb der Reichweite des Blutschwertes befanden, kauerten sie sich geduckt auf allen vieren nieder und lauerten missmutig und hungrig auf die nächste Gelegenheit, den Bewahrer angreifen zu dürfen. An anderer Stelle, in einer von der Mauer und dem äußeren Tor wegführenden Richtung, öffnete sich plötzlich eine Gasse durch die rasch auseinanderdrängenden Leiber der Kriecher.

Madhrab überlegte, ob er die sich überraschend bietende Möglichkeit nutzen und Najak andeuten sollte, den Weg durch die Gasse zu suchen. Bevor er den Gedanken zu Ende geführt hatte, musste er jedoch feststellen, dass die Kriecher nicht freiwillig gewichen waren und den Weg keineswegs für ihn frei gemacht hatten.

Am Ende der Gasse, deren Begrenzung ausschließlich aus Kriechern bestand, hatte sich ein blasses Mädchen in einem weißen Gewand aufgestellt und starrte erwartungsvoll zu dem Lordmaster auf seinem Ross. Madhrab schätzte das Mädchen auf höchstens zwölf, vielleicht dreizehn Sonnenwenden. Sie war hübsch, aber die starke Blässe, die bläulich gefärbten Lippen und die dunklen Ringe unter den ansonsten blutunterlaufenen Augen machten diesen ersten Eindruck rasch wieder zunichte. Der Lordmaster fragte sich, wer dieses Mädchen wohl sein mochte. Schickte ihm Quadalkar nun bereits Kinder, um seine Leidensfähigkeit zu prüfen? Wenn sie ihn angreifen sollte, würde er sie töten, gleichgültig ob sie Frau oder Kind war. Sie war ohne Zweifel eine Bluttrinkerin, die einen erheblichen Einfluss auf die Kriecher ausübte. Das Mädchen hatte Macht, das konnte er auf die zwischen ihnen liegende Distanz spüren. Er konnte allerdings nicht einschätzen, wie viel Macht sie besaß. Noch nicht.

Langsamen Schrittes bewegte sich das Mädchen die Gasse entlang. Auf ihrem Gewand konnte der Lordmaster Blutspritzer erkennen. Um den Mund und am Kinn war sie rot verschmiert. Es war unschwer zu erkennen, dass sie sich erst kurz zuvor am frischen Blut eines Opfers genährt hatte. Ihr Blick suchte den Kontakt mit den Augen des Bewahrers. Neugierig hielt Madhrab ihrem Blick stand und spürte sofort ihre Gegenwart in seinen Gedanken. Das also war es, was die Bluttrinker so gefährlich machte. Sie versuchten sich ihres Gegenübers durch Blicke zu bemächtigen, indem sie anschließend in deren Köpfe eindrangen und ihre Opfer beeinflussten, deren Willen brachen und durch eigene Gedanken steuerten. Sie pflanzten ihnen Bilder des Schreckens ein, schickten ihnen dunkle Träume, machten sie gefügig und verführten ihre Beute. Der Lordmaster bekam eine Vorstellung davon, wie sich der Fluch der Bluttrinker anfühlen musste, wenn die Verwandlung vollzogen wurde. Zunächst bildete sich eine Leere, die sich nur langsam mit den fremden Wahrnehmungen und Gefühlen füllte. Aber die plötzliche Einsamkeit und die Dunkelheit im Inneren, die Kälte und das Grauen ließen die Opfer dankbar nach jedem Halt greifen, der ihnen das Gefühl der Dunkelheit und des Verlorenseins im Nichts nahm. Eine geschickte und vor allem in den meisten Fällen Erfolg versprechende Manipulation, wie Madhrab fand, wenn man dagegen nicht gefeit war und die Bilder nicht aus der eigenen inneren Kraft und Wärme wieder ausklammern konnte. Erst ließ er sie sich vorsichtig vortasten, und als er bemerkte, wie sie über ihn triumphieren wollte, warf er sie urplötzlich zurück und schloss sie aus seinem Kopf aus. Das Mädchen schrie enttäuscht, als sie den schon sicher in ihren Fängen geglaubten Bewahrer verlor. Der Lordmaster konnte ihren Zorn spüren.

Wie ein trotziges Kind, das nicht bekommt, was es wollte, dachte Madhrab bei sich. Ein Spiel, das ihn beinahe amüsiert hätte, wenn es nicht so anstrengend gewesen wäre und seine volle Konzentration gekostet hätte. Für die meisten Opfer, die nicht gelernt und geübt hatten, sich gegen die Beeinflussung zur Wehr zu setzen, endete das Spiel der Gedanken tödlich.

»Glaubt Ihr, Euer Schwert könnte uns aufhalten?«, hörte er ihre schrille Mädchenstimme keifen. »Was glaubt Ihr, wer Ihr seid? Wir werden siegen und jeden auf unserem Marsch in die Freiheit überwinden, der sich uns in den Weg stellt. Ihr seid der Nächste. Ich kann Eure Schwäche riechen. Gebt Euch geschlagen, und wir werden Euch Gnade erweisen und Euch in unserer Familie aufnehmen.«

Madhrab zeigte sich von einer überheblichen Seite und tat so, als messe er den Worten des Mädchens keinerlei Bedeutung zu. Er ahnte, dass sie sich fürchterlich aufregen würde, wenn er ihr auf diese Weise begegnete. Sie war gefährlich, das war ihm vom ersten Moment an klar, als er sie erblickte und die Kriecher respektvoll zurückweichen sah. Es war möglich, dass sie für eine gewisse Zeit die Kontrolle über die ihr anvertrauten Kriecher verloren hatte, doch überdeutlich hatte sie demonstriert, dass dies nur von kurzer Dauer gewesen war und sie die volle Befehlsgewalt rasch zurückgewonnen hatte. Aber er schätzte ihr Wesen auch als überempfindlich und unbeherrscht ein. Würde sie auf eine gewisse Art gereizt, könnte sie sich vielleicht zu unüberlegten Handlungen hinreißen lassen.

»Gib dir keine Mühe, Kind«, provozierte Madhrab das Mädchen bewusst, »an mir kommt keiner vorbei, und kleine Mädchen sollten lieber zu Hause in der Obhut ihrer Mutter mit Puppen spielen, als sich mit dem Bewahrer des Nordens anzulegen.«

Volltreffer. Madhrab hatte genau den richtigen Ton getroffen, um das Mädchen bis aufs Blut zu reizen. Ihr Gesicht verzerrte sich zu einer überaus hässlichen Fratze. Sie fauchte, spuckte, stampfte mit den Füßen auf und zeigte ihm ihre langen Reißzähne. In ihren Augen lag Abscheu und die unübersehbare Absicht, den Bewahrer zu töten.

»Ihr … Ihr …«, schrie sie, wobei ihre Stimme vor Wut weinerlich klang und sie die beabsichtigten Worte nicht herausbrachte, »… ich bin Yabara. Ältestes Königskind der Bluttrinker. Ich werde Euch zwingen, mir zu dienen. Ihr werdet mir vor Dankbarkeit die Füße lecken. Ich tötete schon einige Bewahrer zuvor, zuletzt einen Eurer alten Männer, der dachte, er könne uns in seiner Grenzhütte aufhalten. Doch jetzt seid Ihr dran.«

Mit einem fürchterlichen Schrei des Wahnsinns auf den Lippen rannte Yabara los und hielt geradewegs auf den Bewahrer zu. Langsam stieg Madhrab vom Rücken seines

Pferdes und bereitete sich auf das in ihrem unbändigen Zorn unüberlegt anstürmende Mädchen vor.

»Yabara! Nein! Lass ab von ihm«, hörte Madhrab eine tiefe Stimme warnend rufen.

Der Lordmaster war sich beinahe sicher, die Stimme musste Quadalkar gehören, der verzweifelt versuchte, seine Königstochter vor einem schweren Fehler zu beschützen. Aber Yabara war zu gereizt und mit ihrem aufwallenden Hass auf den Bewahrer beschäftigt, als auf den Vater aller Bluttrinker zu hören.

»Yaaabaaaraaaaaa«, der lang gezogene Schrei des Quadalkar erreichte die Tochter nicht.

Die letzten Fuß der Distanz rasch überbrückend, sprang Yabara hoch in die Luft und schwebte in rasender Geschwindigkeit mit ausgestreckten Krallen und weit aufgerissenem Mund und Augen auf den Bewahrer zu. Sie sah die blitzschnelle Bewegung des Lordmasters nicht kommen, der sie mit einem überraschenden Hieb aus den Lüften holte. Das Mädchen landete unsanft auf der Erde und sah nun erstaunt an sich hinab, nur um sogleich mit Entsetzen festzustellen, dass ihr Unterleib, unterhalb der Brust abgetrennt, einige Fuß entfernt von ihrem Oberkörper, an einer anderen Stelle aufgekommen war und sich die Beine unkontrolliert und wirkungslos in der Luft tretend bewegten, bevor sie erschlafften und schließlich herabsanken.

Über ihr stand der Bewahrer, das Blutschwert Solatar mit beiden Händen hoch über den Kopf erhoben, mit der Schwertspitze nach unten gerichtet.

»Ich nehme den Fluch von dir, Mädchen«, sagte Madhrab, in seiner Stimme klang ein leises Bedauern mit.

Sie sah ihn aus traurigen Augen an. Das Schwert drang tief in ihre Brust, fühlte sich kälter als Eis an und durchbohrte ihr Herz. Madhrab stützte sich mit dem Fuß auf ihrer Brust ab und drehte die Klinge zweimal. Angewidert beobachtete der Bewahrer, wie das Antlitz Yabaras in wenigen Sardas zur Frau reifte – sie wäre gewiss eine schöne Frau geworden –, sie rapide alterte und schließlich uralt und von den Schatten gezeichnet zerfiel. Nichts als ein Haufen trockenen Staubes blieb von dem Mädchen zurück. Der Tod des Mädchens berührte den Lordmaster auf besondere Weise. Wie viele Sonnenwenden hatte sie unter dem Fluch gelitten? Sie hatte nie die Gelegenheit bekommen, zu einer erwachsenen Frau zu werden. Viel zu früh in ihrem gerade erst begonnenen, jungen Leben hatte Quadalkar Yabara mit dem Fluch belegt. Ein einst unbefangenes Kind, das wahrscheinlich hunderte oder gar tausende von Sonnenwenden in der Dunkelheit verbracht hatte und sich vom Blut der Klan ernähren musste. Ihre Seele war verdorben, und er ahnte nicht einmal, was sie nun in den Schatten erwartete. Womit hatte ein Kind ein solches Schicksal verdient?

Madhrab sah sich um, noch verharrten die Kriecher in ihrer kauernden Stellung und warteten offenbar ungeduldig auf weitere Befehle. Obwohl sie hungrig, geradezu gierig waren und ihre Triebe schwer im Zaum halten konnten, wagten sie nicht, den Bewahrer auf eigene Faust anzugreifen. Langsam und sich vorsichtig umsehend näherte sich der Bewahrer seinem Streitross. Das Pferd schnaubte freudig. Der Lordmaster tätschelte beruhigend den Hals des treuen Hengstes, griff sich die Zügel, stellte ein Bein in den Steigbügel und schwang sich zurück in den Sattel. Auf dem Rücken Najaks verschaffte er sich rasch einen Überblick.

Madhrab hatte etwas erreicht, womit die Bluttrinker nicht gerechnet hatten. Der Lordmaster gab dem Hengst ein Zeichen. Das Pferd setzte sich durch die nach wie vor geöffnete Gasse in Bewegung. Gierige Blicke folgten jedem Schritt des prächtigen Tieres, aber sie hielten sich weiterhin zurück und schlossen die Gasse nicht.

Eine eigenartige Stille lag vor den Mauern der Häuser. Lediglich das Klappern der Hufe Najaks war zu vernehmen. Weder auf noch vor den Mauern bewegten sich die Kontrahenten. Mit von der Erscheinung des Lordmasters gebannten Augen beobachteten sie von den Mauern herab den langsamen Weg des Bewahrers durch die von atmenden und knurrenden Leibern begrenzte Gasse. Die Kriecher hingegen lauerten, jederzeit zum Sprung bereit, den Tod eines Königskindes zu rächen.

Und die anderen Belagerer? Durch den Verlust einer ihrer besten und ältesten Kräfte getroffen, wirkten sie wie gelähmt, zu keiner weiteren Handlung oder einem klaren Gedanken fähig.

Warum setzten sie die Belagerung nicht fort, rannten gegen die Mauern an und machten den Sonnenreitern das Leben schwer? Worauf warteten sie? Madhrab hatte sich gefragt, welches Gewicht Quadalkar in diesem Kampf darstellte. Er war der König der Bluttrinker, den Legenden nach einer der fähigsten und mächtigsten Saijkalsan. Und doch hatte er bislang kaum eingegriffen. War der legendäre Meister zu alt und zu müde, sich in den Kampf zu begeben und sich ihm, Madhrab, zu stellen? Das konnte unmöglich sein. Er galt im Grunde als unsterblich. Immerhin hatte er seine Kinder bis vor die Ordenshäuser geführt und mit der Belagerung begonnen. Quadalkar musste siegesgewiss gewesen sein und an die Freiheit für sich und seine Kinder geglaubt haben, um diesen gefährlichen Schritt aus seinem Versteck heraus zu wagen. Was hatte Madhrab schon einem Saijkalsan entgegenzusetzen, der einst die halbe Welt in unbändigem Zorn zerstört hatte? Ein singendes Blutschwert und die Fähigkeiten eines erfahrenen Kriegers gegen einen überaus begabten Magier der Dunkelheit. Was war das schon? War der Vater der Bluttrinker nicht in der Lage, aus eigener Kraft die Mauern einzureißen und seine Kinder ans begehrte Ziel zu führen? Am Ende der Gasse angelangt wurde Madhrab von einer Gegnerin erwartet. Er kannte das Gesicht der Kriegerin und hatte damit gerechnet, sich ihr stellen zu müssen. Doch sie war längst nicht mehr dieselbe Frau, die Seite an Seite tapfer mit ihm in den Grenzkriegen gekämpft hatte. Yilassa hatte sich verändert. Ihr einst fröhliches Wesen war verschwunden und das Antlitz war von einer trostlosen Leere stumpf, von Hass und Dunkelheit verzerrt. Der Fluch des Bluttrinkers bestimmte ihren Geist. Madhrab hatte keinen Zweifel daran, dass sie darauf aus war, ihn zu töten und von seinem Blut zu trinken.

Breitbeinig stand sie etwa dreihundert Fuß vom Tor der beiden Häuser entfernt und erwartete geduldig seine Ankunft. Sie schien die Ruhe selbst zu sein. Atmete sie überhaupt? Sie hielt ein großes Breitschwert in ihren Händen, bereit, es dem Lordmaster in den Leib zu stoßen. Madhrab hatte von dem legendären Schwert Quadalkars gehört. Ein uraltes Blutschwert, das den Namen Decayar trug, was in der Sprache der Altvorderen *Bezwinger der Seelen* bedeutete. Von Meisterhand gefertigt war es den Erzählungen zufolge wohl das erste Schwert seiner Art. Ein Seelenschwert wie dieses war höchst selten und unbezahlbar. Es mutete den Bewahrer seltsam an, aber er hatte das Gefühl, dass das Schwert auf seine ganz eigene Weise zu Quadalkar passte. Nun hatte der Meister seine Waffe für den Befreiungskrieg gegen die Bewahrer Yilassa überlassen. Eine Entscheidung, die Madhrab nicht verstand. Den Legenden nach war Quadalkar einst selbst ein großer und gefürchteter Krieger gewesen, der sein Handwerk wie kaum ein anderer verstanden hatte. Aber das war zu einer Zeit gewesen, bevor er sich den Saijkalrae verschrieb. Er hatte an der Seite Ruitan Garlaks für die Einigung der Klanstämme gefochten und damit der Eisenhand schließlich zum Sieg verholfen.

Yilassa war die Kriegerin, die den Bluttrinkern nach den Vorstellungen Quadalkars in einer letzten Schlacht die Freiheit bringen sollte. Wie sein eigenes Schwert Solatar schimmerte die Klinge des Bluttrinkers in der überwiegend vorherrschenden Dunkelheit der Dämmerung rot, gerade als ob es von innen leuchtete und ein Eigenleben besaß. Madhrab wurde beim Anblick der magischen Waffe bewusst, wie unheimlich das Leuchten und der Gesang Solatars auf so manchen Gegner wirken musste. Decayar sah in den Händen der düsteren Kriegerin nicht weniger mächtig aus. Es war breiter, aber etwas kürzer und wirkte daher insgesamt wuchtiger als Solatar. Durch die in die Klinge geschliffenen Zacken und kunstvoll eingearbeiteten Runen vermutete er eine verheerende Wirkung bei einem Treffer. Die Klinge musste zwangsläufig tiefe und nur schwer heilbare Wunden schlagen, wenn sie sich regelrecht ins Fleisch ihrer Gegner fraß.

»Zeit für die Schatten, Lordmaster Madhrab«, begrüßte Yilassa den Bewahrer.

Madhrab hielt sein Pferd an und stieg aus dem Sattel. Er stellte sich in einigen Fuß Entfernung gegenüber der Kriegerin auf, nahm seinen Helm ab und legte diesen neben sich auf die Erde.

»Denkt Ihr nicht, dass Ihr den Helm brauchen werdet?«, fragte sie kalt lächelnd.

»So sehen wir uns also wieder, Kaptan Yilassa«, entgegnete Madhrab, ohne auf ihre Provokation einzugehen. »Ich bedaure, gegen dich kämpfen zu müssen, und fühle mich schuldig an dem, was mit dir geschehen ist. Teilen Renlasol und die anderen den Fluch des Bluttrinkers mit dir?«

»In gewisser Weise werden wir dieses Schicksal bald alle teilen, Lordmaster«, meinte Yilassa gelassen. Sie hörte sich fast gelangweilt an. »Ihr, ich, Renlasol, die Bewahrer und bald ganz Kryson. Quadalkar war gnädig und gewährte Renlasol und mir die größte Ehre seiner Familie. Wir tranken von seinem Blut und wurden zu Königskindern. Pruhnlok hingegen wurde in einen Kriecher verwandelt. Ihr habt gegen ihn gekämpft und ihn vorhin zu den Schatten geschickt.«

»Das ist bedauerlich, aber nicht mehr zu ändern. Was ist mit dir? Gibt es eine Möglichkeit, dich und Renlasol von dem Fluch zu befreien? Oder muss ich dich etwa töten? Wir waren Freunde, Yilassa.«

»Ihr glaubt tatsächlich, Ihr könntet mich bezwingen? Wie überheblich von Euch. In der Vorstellungswelt der Bewahrer gibt es außer ihresgleichen niemanden, der sie besiegen kann. Nicht wahr? Ich war lange genug dabei, Lordmaster, und ich weiß, wovon ich rede. Ich war gut, sehr gut sogar, besser als manch anderer von Euch Bewahrern, und doch habt Ihr mir stets die Berufung in den Stand eines Masters verweigert. Ich sei eine Frau und die Regeln des Ordens ließen einen solchen Schritt nicht zu, hatte der Overlord zu mir gesagt. Quadalkar öffnete mir endlich die Augen und gab mir die Kräfte, jeden Bewahrer zu überwinden. Wusstet Ihr, dass Quadalkar den hohen Vater einst besiegte und ihn mit dem dunklen Mal schlug? Doch Boijakmar kehrte einsam, siegreich und als Held aus den Feldzügen gegen die Bluttrinker zurück, verbreitete Lügen, er sei Quadalkar nie begegnet, habe seine Kinder und Kindeskinder getötet, und behalf sich schließlich durch dunkle Magie, sich dem Einfluss des Königs der Bluttrinker zu entziehen. Er belog auch Euch, Madhrab. Euch, der Ihr ihm am nächsten standet. Er behandelte Euch wie einen Sohn und doch benutzte er Euch nur für seine Zwecke.«

»Deshalb kam ich hierher zurück, zum Haus des hohen Vaters, um Antworten auf diese Fragen zu finden. Ich hatte nicht erwartet, die Bluttrinker bei einer Belagerung anzutreffen. Ein merkwürdiger Zufall oder Schicksal. Ich weiß es nicht. Hätte ich die Entwicklung geahnt, wäre ich damals selbst auf die Suche nach Quadalkar gegangen. Dann wäre uns vieles erspart geblieben.«

»Aber Ihr seid nicht selbst losgezogen. Ihr schicktet Euren unerfahrenen Knappen, einen Küchenjungen, einen Pferdenarren und mich, die ich auf die Kinder aufpassen sollte. Ich habe in Euren Augen versagt. Ich weiß. Doch nun fühlt es sich anders an. Wir stehen uns als Feinde gegenüber und werden kämpfen. Ihr seid meine letzte Hürde. Dieses Mal werde ich meinen Herrn nicht enttäuschen.«

»Dann soll es so sein«, antwortete Madhrab, während er sich in Erwartung eines Angriffs bereit machte. »Nimm es mir nicht übel, wenn ich dich wider Erwarten doch töten sollte. Du kannst dir gewiss sein, dass ich eine Träne für dich vergießen werde.«

»Und ich spucke auf Euer Grab, Lordmaster«, rief Yilassa, während sie einen Blutklumpen hervorwürgte und in hohem Bogen in Richtung des Lordmaster spuckte.

Die Krieger setzten sich langsam in Bewegung. Schritt für Schritt näherten sie sich einander, bevor sie begannen, sich, wie Raubtiere ihre Beute, zu umkreisen. Keiner ließ den anderen dabei aus den Augen und wagte den ersten Angriff.

Es war Yilassa, die schließlich die Geduld verlor und einen Vorstoß auf den ungeschützten Kopf des Bewahrers wagte. Nur mit Mühe gelang es dem Lordmaster, sich unter dem schnell ausgeführten Hieb zu ducken und die Klinge mit Solatar in letzter Sardas zu parieren und abzulenken. Blutschwert traf auf Blutschwert. Rot glühende Funken entsprangen den Klingen und erleuchteten die dunkle Umgebung, als die beiden Schwerter kreischend aufeinandertrafen. Madhrab setzte sofort nach, aber Yilassa hatte seinen Gegenangriff erahnt und wich geschickt aus, nur um sogleich ihren nächsten Angriff zu beginnen. Wieder prallten die Schwerter zusammen. Während Solatar ein so grausiges Lied sang, das selbst Madhrab die Haare zu Berge stehen ließ, gab Decayar nur ein gleichbleibendes schlagendes Geräusch von sich, das dem eines Herzschlages glich. Berührten sich die beiden Klingen, beschleunigte sich der Rhythmus in der Erregung. Gingen sie auseinander, wurde das Schlagen sofort wieder langsamer.

Der Kampf der Kriegerin und des Bewahrers wurde von vielen Augenpaaren aufmerksam beobachtet. Der Ausgang war offen, denn schnell stellte sich heraus, dass sie sich ebenbürtig waren. Yilassa hatte den Lordmaster unterschätzt oder ihre eigenen, hinzugewonnenen Fähigkeiten und die Magie des Blutschwertes überschätzt. Vielleicht ein klein wenig von beidem. Nur weil sie im Nebel leichtes Spiel mit den Bewahrern hatte, war es ein Fehler, zu glauben, dass Madhrab ein unterlegener und leicht zu besiegender Gegner sei. Die Geschwindigkeit, mit der er die Waffe zu führen vermochte, übertraf die ihre noch um einiges, und das obwohl sie als Bluttrinkerin weitaus schneller geworden war als zuvor. Der Lordmaster war geschickt und lauerte auf seine Gelegenheit. Er ließ sie kommen und immer häufiger ins Leere laufen.

Madhrab bemerkte den Schatten eines großen Mannes, der sich bedrückend über seine Gedanken legte. Ein mächtiges, uraltes Wesen war aus der Deckung hinzugetreten, um den beiden Kontrahenten bei ihrem Tanz auf Leben und Tod zuzusehen. Quadalkar zeigte sich. Lediglich einen kurzen Blick auf den König der Bluttrinker konnte sich der Lordmaster leisten, bevor er einen gefährlichen Schwerthieb abwehren musste. In der Körpergröße überragte Quadalkar die meisten Bluttrinker und Krieger an seiner Seite, die ihn schützend in ihre Mitte genommen hatten. Einige Gesichter meinte der Lordmaster, trotz der Veränderungen, wiedererkannt zu haben. Sie waren durch den Fluch geschlagene und in Bluttrinker verwandelte Bewahrer. Wiesen sie durch die Veränderung ihres Wesens ähnlich gesteigerte Fähigkeiten auf wie Yilassa, sah er seine Aussichten sinken, die Bluttrinker besiegen zu können. Was sollte er tun? Boijakmar würde gewiss nicht noch einmal Bewahrer opfern, um den höchsteigenen Kampf des Lordmasters zu unterstützen. Niemand hatte Madhrab gerufen. Vielleicht sahen die Ordensbrüder seine Anwesenheit als Bedrohung, was sie am Ende womöglich – je nachdem, welche Antworten er erhalten sollte – sogar war, wären ihm die Bluttrinker mit der Belagerung nicht zuvorgekommen, die ihn jetzt aufhielten und daran hinderten, das Haus des hohen Vaters zu betreten. Diesen Kampf hatte er sich selbst gewählt. Nun musste er ihn auch zu Ende führen. Er drehte sich um die eigene Achse und brachte Yilassa mit einem fast unsichtbar geführten Schwertstoß in arge Bedrängnis. Sie rettete sich nur durch einen unbedachten Sprung nach hinten, der sie straucheln und stürzen ließ. Madhrab hätte nachsetzen können, doch etwas hielt ihn im Augenblick davon ab.

»Beeindruckend«, hörte Madhrab eine dunkle Stimme in seinem Kopf dröhnen. »Wisst Ihr, Krieger. Ich war nie besser als Ihr, und in all den Sonnenwenden meines unsterblichen Daseins sah ich keinen, der sich mit Euch messen könnte. Yilassa ist stark geworden, nicht wahr? Der Fluch vermag einige Mängel auszugleichen und andere Stärken hervorzuheben. Die Gabe des Kriegers jedoch scheint einzigartig. Jetzt verstehe ich endlich, was sie bedeutet. Niemand, dem sie von den Kojos nicht gegeben wird, kann jemals eine solche Stufe an Perfektion erreichen, wie Ihr sie erreicht habt. Ihr seid wahrlich begnadet. Bringt es zu Ende und tötet sie. Ich kann es kaum noch erwarten, gegen Euch anzutreten.«

»Nein«, rief Madhrab, »sie soll nicht sterben.«

Quadalkar trat aus der Mitte der ihn umringenden Krieger hervor und hielt Yilassa durch eine Handbewegung zurück, erneut den Kampf gegen Madhrab aufzunehmen.

»Lasst mich, Herr!«, flehte sie. »Bitte, ich muss ihn für Euch töten und sein Blut trinken.«

»Dein Krieg endet hier«, sagte Quadalkar in einem Tonfall, der keine Widerrede zuließ. »Du hast dich wacker geschlagen, aber er hätte dich mit einem der nächsten seiner Angriffe in die Flammen der Pein geschickt, ohne dass du davon etwas mitbekommen hättest.«

»Niemals, Herr«, sagte Yilassa entsetzt. »Wie könnt Ihr so etwas sagen?«

»Die Erfahrung eines Kriegers und die Beobachtung während des Kampfes. Er studierte dich, jede deiner Bewegungen, sämtliche Angriffe, jegliche Abwehr bis auf den kleinsten deiner Schritte. Du hast ihm alles gezeigt, was du konntest. Ich sah in seine Gedanken, der nächste Angriff wäre tödlich für dich gewesen. Er war so weit, den Kampf zu beenden. Ist es nicht so, Lordmaster?«, wandte sich Quadalkar an den Bewahrer.

»Aye«, bestätigte Madhrab, der sich allerdings wunderte, dass Quadalkar ihn durchschaut hatte.

»Gib mir Decayar wieder, Yilassa. Ich trete selbst gegen

diesen Krieger an«, erhob Quadalkar seine Stimme laut und deutlich. »Niemand – und ich meine wirklich niemand – wird diesen Kampf unterbrechen oder eingreifen, ganz gleich was geschieht. Wir kämpfen bis zum bitteren Ende. Habt ihr das verstanden?«

Die Bluttrinker nickten zum Zeichen, dass sie die Worte ihres Meisters befolgen wollten. Yilassa ließ den Kopf hängen, als hätte der Saijkalsan sie mit Verachtung geschlagen. Zur Antwort auf die Frage zogen sich die Kriecher heulend einige Fuß weiter zurück. Selbst die Sonnenreiter und Bewahrer auf den Mauern schienen von der befehlenden Stimme des Quadalkar zutiefst beeindruckt und bestätigten des Meisters Worte mit ihrer Zustimmung.

Aus einer anfänglichen Belagerung war der Kampf eines verzweifelten Bewahrers auf der Suche nach Antworten und Gerechtigkeit gegen eine Übermacht von Gegnern geworden, der er im Grunde nicht gewachsen sein konnte. Aber er hatte es immer wieder erreicht und das Unmögliche wahr gemacht. Er war der Bewahrer des Nordens und trat gegen eine Legende aus den Schatten der Vergangenheit an. Madhrab zermarterte sich den Kopf, warum sich Quadalkar dazu entschieden hatte, alleine gegen ihn anzutreten. Das war ein Risiko für den König der Bluttrinker, welches er aus irgendeinem Grund bereit war zu tragen. Aber was trieb ihn zu solch einem Schritt? Das Verhalten des Quadalkar war ihm ein einziges Rätsel. Er hätte die bluttrinkenden Bewahrer gegen ihn schicken können, die ihn schon wegen ihrer Zahl voraussichtlich besiegt hätten. Oder er hätte ihn mit der Macht der Saijkalrae vernichten können. Doch die Motive des Bluttrinkers blieben im Dunkeln verborgen.

»Wer sich nicht an meine Worte hält, wird von mir selbst in die Flammen der Pein geschickt«, fuhr Quadalkar fort und wandte sich erneut seinem Gegner zu. »Nun wollen wir unser Schicksal erfüllen, Krieger. Ich sah Euch in meinen Träumen. Wieder und wieder. Doch der Traum endete stets, bevor wir unsere Klingen kreuzten. Ich muss endlich wissen, wie er weitergeht.«

»Keine Magie der Saijkalrae?«, fragte Madhrab.

»Keine Magie«, bleckte der König der Bluttrinker die spitzen Zähne, »nur die Magie unserer Schwerter und die uns überlassenen Gaben des Kampfes werden über Sein oder Vergehen entscheiden. Ich gebe Euch das Wort eines Verräters, Saijkalsan und Bluttrinkers darauf. Es ist zwar nichts wert, aber besser als nichts ist es allemal. Nehmt es oder lasst es. Welche Wahl habt Ihr schon?«

»Dann lasst uns endlich beginnen«, sagte Madhrab, »bringen wir den Fluch des Bluttrinkers zu Ende.«

Der Lordmaster musterte sein Gegenüber genau. Im Gegensatz zu den anderen Bluttrinkern wirkte die Haut des Meisters ledern. Und sie war zu seinem Erstaunen rosig.

Er hat sich vor unserem Kampf mit dem Blut der Bewahrer gestärkt, mutmaßte Madhrab. Der Bewahrer war sich nicht sicher, was ihn erwartete, und stellte sich auf einen langen und harten Kampf ein. Im Gegensatz zu Yilassa gab es bei Quadalkar kein Belauern und kein Zögern. Der Vater aller Bluttrinker griff sofort mit aller Macht eines erfahrenen Kämpfers und Veteranen an. Er schwang die Blutklinge, als wäre sie eine leichte, hölzerne Übungswaffe. Doch ihre Wirkung war eine ganz andere. Quadalkar ließ Schlag auf Schlag folgen, zwang den Bewahrer in die Verteidigung und ließ ihm keine Luft, sich zu entfalten oder gar einen Gegenangriff zu starten. Madhrab war überrascht von der Kraft und der Wucht, die Quadalkar in die Hiebe legte, die ihm anscheinend so leicht von der Hand gingen. Die rasch hintereinander ausgeführte Reihe von mächtigen Schlägen brachte den Lordmaster dazu, zurückzuweichen. Schließlich hielt er Solatar zum Schutz abwehrend vor und über sich und ging auf die Knie. Die Angriffe des Bluttrinkers wurden vom Kreischen und Klirren der Klingen begleitet. Funken sprühten. Jeder Schlag des Quadalkar wurde in seiner Stärke über die Klinge und den Griff in Hände und Arme des Lordmasters schmerzhaft abgeleitet. Bei jedem weiteren Hieb drohte Madhrab sein Schwert fallen zu lassen.

Der nächste Hieb des Bluttrinkers ging daneben und schlug eine tiefe Kerbe in einen auf dem Boden liegenden großen Stein. Madhrab nutzte den Fehlschlag und die darauf folgende Unachtsamkeit sofort, sprang auf, um nun seinerseits einen Angriff vorzutragen. Solatar heulte freudig auf, als Madhrab eine Lücke in der Verteidigung des Bluttrinkers ausmachte, zustieß und die Klinge tief in der Flanke Quadalkars vergrub. Ein Aufschrei des Entsetzens ging durch die Reihen der Bluttrinker. Die Kriecher wurden unruhig. Quadalkar umfasste die Klinge mit einer Hand und riss sie vor Schmerz brüllend aus der Wunde. Er drehte sich von seinem Gegner weg, um einem weiteren Vorstoß zu entgehen, und hatte Glück, dass ihn Madhrab nur leicht am Rücken traf, eine zwar schmerzhafte und stark blutende, aber nicht allzu tiefe Wunde schlug.

»Ihr seid wirklich gut«, staunte Quadalkar, »verdammt gut.«

Quadalkar sammelte seine Kräfte für eine weitere Reihe von Schlägen. Auf diese Weise versuchte er den Bewahrer zu zermürben. Doch dieser hatte aus den vorgetragenen Angriffen rasch gelernt. Ein weiteres Mal würde er dadurch nicht mehr in Bedrängnis geraten. Sein Gegner musste sich etwas Neues einfallen lassen, wollte er ihn überraschen. Mit dem Mut der Verzweiflung einer in die Enge getriebenen und verwundeten Kreatur drosch Quadalkar auf den Lordmaster ein. Aber dieses Mal war der Bewahrer gewarnt und lenkte die Wucht der Schläge geschickt ab. Quadalkar tobte, geriet in einen Rausch seiner Kraft und fletschte dabei knurrend die Zähne. Der Lordmaster wartete, lauerte und ließ den Bluttrinker kommen, dann stieß er erneut wie aus dem Nichts zu. Den Zug des Schwertes in Richtung seines Kontrahenten spürend, versenkte der Lordmaster die Klinge im Bauch des Bluttrinkers. Schwer getroffen riss Quadalkar die Augen auf. Das Schwert wütete in seinen Eingeweiden, brannte und stach wie ein Feuer, das er nicht zu löschen vermochte. Der Schmerz ließ ihn alle Vorsicht vergessen und weckte die Kreatur, die der Fluch in ihm hervorgerufen hatte. Er schleuderte Decayar von sich, packte die Klinge mit beiden Händen, wobei er sich tiefe Schnitte an den Innenflächen zuzog, warf sich nach hinten und stieß dabei den Lordmaster mit kräftigen Fußtritten von sich. Solatar gab einen enttäuschten Ton von sich, während es den Körper seines Opfers verlassen musste. Das bedrohliche Knurren und Brüllen aus der Kehle des Bluttrinkers klang wie das eines Tieres. Ungeachtet seiner Wunden, die sich nur langsam wieder schlossen, warf sich der Bluttrinker dem Lordmaster entgegen. Er brauchte Blut, um die Heilung seiner tiefen Wunden voranzutreiben. Im Angesicht seines Gegners setzte der Verstand aus. Es gelang Madhrab nicht, den wütenden Bluttrinker von sich fernzuhalten. Quadalkar und Madhrab prallten aufeinander. Die Wucht des Aufpralls warf den Bewahrer nach hinten auf den Rücken und raubte ihm die Luft zum Atmen. Für einen Moment fühlte er sich wie betäubt. Unscharf nahm er den auf ihm tobenden Bluttrinker wahr, dessen blutunterlaufene Augen nichts als

Besessenheit und Wahnsinn ausdrückten. Quadalkar warf den Kopf in den Nacken und brüllte. Ein Raubtier, das soeben seine Beute schlug. Dann zuckte der Kopf nach vorne und die Bestie vergrub ihre langen, gelben Zähne im Hals des Lordmasters. Der stechende Schmerz nahm dem Lordmaster die Benommenheit. Den tödlichen Feind mit all seiner Kraft von sich stoßend, kam Madhrab sofort wieder auf die Beine. Quadalkar hingegen krachte unsanft auf den Rücken, schüttelte und wand sich in seinem Rausch. Enttäuscht und des heiß begehrten Blutes beraubt, sprang Quadalkar auf, wirbelte schreiend und mit weit aufgerissenem Mund herum. Rinnsale von Blut rannen ihm über die Lippen und das Kinn. Es war das Blut des Bewahrers. Begierig leckte er sich über die Lippen, um keinen Tropfen zu verschwenden.

Madhrab fasste sich erschrocken an den Hals und verzog das Gesicht. Die Kreatur hatte ihn tatsächlich gebissen und von seinem Blut getrunken.

Das war knapp, sagte Madhrab im Stillen zu sich selbst. *Du musst dich besser vorsehen. Wenn er dich am Ende mit dem Fluch schlägt, ist alles verloren. Jetzt trägst du das dunkle Mal genau wie Boijakmar. Aber noch ist Zeit, es zu beenden.*

Der Lordmaster schüttelte die in seinen Gliedern aufsteigende Kälte und das Gefühl sich auf seine Gedanken legender dunkler Schatten ab. Es gab kein Zurück. Entweder er tötete Quadalkar und brach den Fluch oder er würde bald selbst ein Kind dieser Bestie sein.

»Jetzt gehört Ihr mir«, keuchte Quadalkar, »kommt zu mir und schenkt mir den Rest Eures köstlichen Blutes. Ah … wie ich den Geschmack der Altvorderen liebe. Wer hätte das gedacht? Ihr seid wahrlich etwas Besonderes, Lordmaster.«

»Noch nicht«, erwiderte Madhrab, »aber wir haben lange

genug miteinander gespielt. Machen wir dem ein Ende. Ich werde langsam ungeduldig.«

»Dann wehrt Euch nicht länger gegen das Unvermeidliche«, Quadalkar lachte, »... und ich verspreche Euch, dass es gleich vorbei sein wird. Ihr werdet die Verwandlung kaum spüren.«

»Wie ist es, mit dem Fluch zu leben? Erzählt mir davon«, verlangte Madhrab.

Quadalkar verzog das Gesicht, als hätte ihn die Frage in seinem Innersten getroffen. Der Lordmaster glaubte, für einen kurzen Moment eine tiefe Traurigkeit im Blick des Bluttrinkers ausgemacht zu haben. Jener Ausdruck und die Zeit des Überlegens irritierten den Bewahrer.

»Ihr wollt wirklich wissen, was ein Bluttrinker fühlt?« Quadalkar klang überrascht.

»Ja, ich will es aus Eurem Mund hören. Ihr seid der Vater aller Bluttrinker. Also erzählt mir von dem Fluch, wenn ich Eurer Familie schon beitreten soll«, meinte Madhrab.

»Ihr solltet warten, bis die Verwandlung vollzogen ist, dann spürt Ihr es selbst«, antwortete Quadalkar.

»Nein, ich muss es vorher wissen, denn noch ist unser Kampf nicht zu Ende«, bestand Madhrab auf der Beantwortung seiner Frage.

»Wie beharrlich Ihr seid. Aber gut ...«, begann Quadalkar, »... es ist die Zeit, die gegen Euch läuft. Was Ihr ein Leben im Fluch nanntet, kann nicht als solches bezeichnet werden. Ich werde Euch sagen, was es bedeutet, mit dem Fluch geschlagen zu werden. Zuerst kommt die Kälte. Ihr werdet frieren und glauben, Euer Herz gefröre zu reinem Eis. Dann folgt die Dunkelheit, die sich langsam an Euch heranschleicht und sich allmählich über Eure Gedanken legt. Sie geht einher mit der Einsamkeit und unendlicher Leere. Ihr werdet Euch nach Liebe und Wärme sehnen;

in dem Wissen, dass sich diese niemals erfüllen wird, erfährt die Sehnsucht eine Bedeutung in Eurem Dasein, die Euch verzweifeln lässt. Ihr umgebt Euch mit Kindern und Kindeskindern, mit Euresgleichen, die den Fluch und das Schicksal mit Euch teilen sollen. Und doch bleibt Ihr allein, denn schon bald werdet Ihr feststellen, dass sie nur die Gier nach Blut antreibt. Der Verzweiflung folgt der Wahnsinn und diesem der Hunger. Die Gier nach Leben ist schier unermesslich. Sie ist wie eine Sucht, die niemals gestillt werden kann und mit jedem Tag schlimmer zu werden scheint. Nur in jenen Momenten, in denen Ihr das Blut Eurer Opfer trinkt, werdet Ihr den Eindruck gewinnen, die Leere und Kälte in Eurem Herzen und Euren Gedanken für eine kurze Zeit verdrängen zu können. Doch die Kinder konkurrieren mit Euch um das begehrte Gut, und Ihr werdet Euch wie Abhängige um jeden Tropfen streiten. Danach jedoch werdet Ihr wieder zurück in die Dunkelheit fallen, tiefer noch als je zuvor. Schließlich werdet Ihr Euch an den Gedanken gewöhnen, unsterblich zu sein und auf ewig mit dem Fluch dahinvegetieren zu müssen. Der Gewohnheit folgt die Gleichgültigkeit und das Gefühl, in einem engen Verlies für alle Ewigkeit unentrinnbar gefangen zu sein. Die Unsterblichkeit ist nicht erstrebenswert, Lordmaster. Sie raubt Euch die Kraft und nimmt die letzte Gelegenheit, Euch lebendig zu fühlen. Und schließlich steht die Angst. Eine schreckliche Angst, nie wieder frei zu sein, das Leben eines Tages wieder zu atmen oder Liebe zu empfinden. Ihr werdet Euch verstecken, vor Euch selbst und anderen. Ihr schämt Euch für das, was Ihr seid. Ihr werdet alles verachten, das nicht so ist wie Ihr selbst. Voller Hass auf alles Lebende kreisen die Gedanken eines Bluttrinkers nur noch um ein Gefühl – um Rache!«

Quadalkar hielt inne und sah dem Lordmaster direkt in

die Augen, als wolle er ihn um einen Gefallen bitten, bevor er fortfuhr. Madhrab glaubte nun endlich verstanden zu haben, was den Bluttrinker antrieb.

»Und nun, Bewahrer, habt Ihr eine Ahnung, was es bedeutet, mit dem Fluch existieren zu müssen!«, beendete Quadalkar seine Ausführungen.

»Ich danke Euch«, sagte Madhrab, »und ich weiß nun, was ich zu tun habe.«

»Wohlan«, sagte Quadalkar, »bringen wir es zu Ende!«

Der Schwerthieb des Bewahrers traf den Bluttrinker schnell und überraschend. Madhrab hatte all seine Kraft und sein Können in den Hieb gelegt. Mit einem furchterregenden Schrei auf den Lippen fiel Quadalkar zu Boden. Sein Brustkorb hob und senkte sich schwer. Dunkles Blut sickerte aus einer tiefen, klaffenden Wunde, die sich quer über seinen Oberkörper zog, seine Brust geöffnet und das Herz getroffen hatte. Vorsichtig näherte sich der Lordmaster dem Gefallenen. Er beobachtete, wie Quadalkar plötzlich alterte, schrumpfte und in sich zusammenfiel. Binnen weniger Sardas lag ein zitternder, sterbender Greis vor ihm, der den Gesetzen der Natur zufolge längst nicht mehr leben durfte. Doch seine Zugehörigkeit zu den Saijkalrae und die magische Begabung hielten ihn am Leben.

Eine matte Stimme flüsterte dem Bewahrer Worte zu, die er nur mit Mühe verstehen konnte.

»Ihr … ihr habt den Fluch tatsächlich gebrochen«, sagte der Greis. »Seht Euch um, Lordmaster. Das Unglaubliche ist eingetreten. Dank Euch wurden die Bluttrinker von dem Fluch befreit.«

»Das war es, was Ihr mit Befreiung tatsächlich meintet, nicht wahr?«, hakte Madhrab nach.

»Ich hatte darauf gehofft, als ich gegen die Bewahrer zog, aber ich wagte nicht, wirklich daran zu glauben, weil ich die

Befreiung in meinem Innersten für unmöglich hielt. Also suchte ich einen Weg, der für mich und die Kinder endgültig sein sollte. Ich wollte eine Entscheidung erzwingen.

Entweder hätten wir den Kampf gewonnen und die Klanlande und alles Leben auf Ell allmählich mit dem Fluch unterjocht. Dann wären wir alle gleich gewesen und der Schmerz und die Verzweiflung unseres Seins wäre vielleicht erträglicher geworden. Oder wir verlören und verbrächten den Rest der Ewigkeit in den Flammen der Pein, um das Feuer fortan zu nähren und die Gepeinigten zu quälen.«

»Und was wird nun, da der Fluch gebannt ist?«, fragte der Lordmaster.

»Tötet mich. Ich bitte Euch darum, denn ich kann, nein, ich darf nicht weiterleben. Nicht auf diese Weise. Nicht als Saijkalsan und Diener des dunklen Hirten, dem ich einst meine Seele verschrieb. Meine Zeit ist längst abgelaufen. Als ich an die Inquisition verraten wurde und mich die Saijkalrae im Stich ließen, war mein Leben bereits verwirkt.«

»Ihr solltet das selbst tun«, schlug Madhrab vor.

»Ich bin zu schwach dazu. Und eines solltet Ihr wissen: Sterbe ich von eigener Hand, wird der Bann des ewigen Schlafes über die Saijkalrae gebrochen«, sagte der alte Saijkalsan. »Der weiße Schäfer wird erwachen und die Saijkalrae-Brüder werden wieder vereint sein. Ist es das, was Ihr erreichen wollt?«

»Das ist es, was mir als Ziel des Ganzen genannt wurde«, bestätigte Madhrab. »Ich vermag allerdings nicht zu beurteilen, welche Folgen daraus erwachsen werden. Ob das Erwachen des weißen Schäfers nun Gutes oder Schlechtes bringt, ob das Gleichgewicht dadurch gestärkt oder gestört wird, ich weiß es nicht. In jedem Fall wird es eine Veränderung bringen. Danach sehen wir weiter.«

»Ihr zeigt eine Einstellung, die mir gefällt«, antwortete der Greis, »unerschrocken und pragmatisch. Wären wir uns schon vor langer Zeit begegnet, wir hätten Freunde werden können. Reicht mir Euer Schwert und geht mir dabei ein wenig zur Hand, Lordmaster.«

»Aye«, nickte Madhrab, »so soll es sein.«

Madhrab steckte Solatar mit dem Schwertgriff nach unten in den Boden. Die Schwertspitze zeigte schräg nach oben. Dann hob er den schwachen Greis unter den Armen auf, bis dieser schwankend auf zitternden Beinen stand.

»Ihr müsst Euch nur fallen lassen«, flüsterte er in das Ohr des alten Mannes, »dann ist es vorbei.«

»Vorbei ist es noch lange nicht«, erwiderte Quadalkar, »denn als seelenloses Geschöpf wird mein Geist auf ewig keine Ruhe finden. Auf mich warten die endlosen Qualen in den Flammen der Pein. Dieses Schicksal ist mir vorbestimmt, seit ich mich dem dunklen Hirten verschrieb und er meine Seele nahm. Aber selbst wenn ich diese noch besäße, wäre sie mittlerweile so befleckt und tiefschwarz, dass mich dasselbe Schicksal erwarten würde. Am Ende macht es also keinen Unterschied. Lasst mich los.«

Der Lordmaster zog sich ein paar Fuß zurück und wartete. Für eine Weile schien der Saijkalsan mit sich selbst zu kämpfen. Madhrab meinte eine Unsicherheit bei Quadalkar zu erkennen. War sich der Greis nicht sicher, was ihn erwartete? Als Bluttrinker waren ihm die Flammen der Pein gewiss. Doch nun war der Fluch gebrochen und vielleicht das ihm drohende Schicksal damit ebenfalls gebannt. Die Entscheidung, sich entweder den Flammen der Pein übergeben zu müssen oder womöglich doch in das Land der Tränen zu gelangen, war gewiss nicht leicht. Quadalkar wankte und Madhrab dachte, dass der Greis jeden Augenblick vornüberkippen und in die Klinge fallen musste. Doch dann ging ein Ruck durch den Körper des alten Mannes, er richtete sich auf und stand wieder gerade. Die Wunde hatte längst aufgehört zu bluten, während sich Quadalkars Fleisch auf diese Weise gegen das nahende Ende noch einige Male aufbäumte. Doch schließlich setzte sich sein Geist durch und war für den letzten Gang bereit. Hatte er in seinem Leben die Gelegenheit verspielt, in das Land der Tränen zu gehen, um dort seine letzte Ruhe zu finden und seinen Geist erfrischen zu lassen? Bis vor wenigen Augenblicken war er sich dessen sicher gewesen. Nun hoffte er auf die Erlösung von all seinen Leiden. Für ein Bedauern wäre es ohnehin längst zu spät gewesen. Etwa fünftausend Sonnenwenden zu spät. Welche Wahl blieb ihm? Er hatte sich mit seinem Schicksal abgefunden und musste den Sprung in die Ungewissheit wagen. Ohne sich noch einmal umzusehen oder sich von seinen Kindern zu verabschieden, stürzte sich Quadalkar vornüber in die sein Leben erwartende Klinge, die sein Herz durchbohrte und mit einem triumphierenden Klang am Rücken wieder hervortrat.

Saijkalsan Quadalkar war tot.

Hätte er sich vor seinem Tod umgesehen, dann wäre ihm aufgefallen, was mit seinen Kindern geschehen war. Nachdem Madhrab den Fluch des Bluttrinkers gebrochen hatte, verwandelten sich Quadalkars Kinder. Die Älteren unter ihnen alterten rasch und holten binnen weniger Sardas die Zeit ihres Lebens und des Alterns nach, für die der Fluch ihnen in der Dunkelheit und Kälte ihres Daseins Aufschub gewährt hatte. Die meisten von ihnen starben nur wenig später, ihr Fleisch verrottete an Ort und Stelle und zerfiel schließlich zu Staub. Der Wind trug ihre sterblichen Reste fort. Ein eigenartiges Schauspiel aus Befreiung und Tod spielte sich vor den Mauern der Ordenshäuser ab.

Auf den Mauern feierten die Sonnenreiter das Ende der Belagerung, und vor dem Tor löste sich vor ihren Augen eine Armee von Bluttrinkern im Nichts auf. Lediglich diejenigen unter den vom Fluch Befreiten überlebten, deren Verwandlung noch nicht länger als ihre natürlichen Lebensspanne zurücklag. Doch bei allen Überlebenden blieb eine dunkle, schattenhafte Erinnerung an die Zeit zurück, in der sie eine Existenz in der Gefangenschaft des Fluchs und der Sehnsucht nach Wärme und Liebe und dem Heißhunger nach Blut verbracht hatten.

Beschämt sah Yilassa zu Boden, als Madhrab zu ihr trat. Er nahm ihr Kinn in die Hand und hob es behutsam an, um ihr in die Augen zu sehen. Der Fluch war von ihr abgefallen, das konnte er erkennen, und dennoch war sie nicht mehr von jener Lebensfreude erfüllt, die ihr einst die unvergleichliche Ausstrahlung verliehen hatte. Sie konnte dem Blick des Bewahrers kaum standhalten, aber er zwang sie ihn anzusehen.

»Es tut mir so leid«, sagte sie mit gebrochener Stimme, »ich habe versagt. Und ich wollte Euch töten und von Eurem Blut kosten. Einen Freund, zu dem ich stets aufblickte, der mein Leben so oft gerettet hat und von dem ich so viel gelernt habe. Ihr habt mir vertraut und ich habe Euch enttäuscht. Scham ist kein Ausdruck für das, was ich im Augenblick empfinde. Bitte verzeiht mir, Lordmaster Madhrab!«

»Es gibt nichts zu verzeihen«, sagte Madhrab. »Du hast getan, was ich dir auftrug. Es war meine Schuld. Ich hatte zu viel verlangt und hätte wissen müssen, dass Quadalkar nicht zu besiegen war. Niemand hätte das gekonnt. Die Entscheidung, dem Schrecken ein Ende zu setzen, musste von ihm selbst kommen.«

»Aber Ihr habt ihn geschlagen, Lordmaster«, erwiderte

Yilassa, »Ihr alleine. Das ist es, was mich beschämt. Freunde und enge Vertraute wenden sich gegen Euch und trachten nach Eurem Leben. Und was macht Ihr? Ihr bleibt standhaft und tragt am Ende den Sieg davon. Und doch erntet Ihr keinen Ruhm für Eure Taten, wie es Euch gebühren sollte. Im Gegenteil, Ihr wurdet verraten. Wir verrieten Euch, indem wir versagten und uns Quadalkar zuwandten, statt Euch die Treue zu schwören. Ich habe das Leben nicht verdient. Es war so leicht, dem König der Bluttrinker zu folgen und sich von seiner Macht blenden zu lassen. Ich hätte mich wehren, Quadalkar widerstehen, und statt mich verwandeln zu lassen, in den Tod gehen sollen. Der Letztgänger Zachykaheira war ein echter Bewahrer. Er ging lieber zu den Schatten, als das Schicksal eines Bluttrinkers leichtfertig zu wählen.«

»Mach dir keine Vorwürfe. Du warst nicht du selbst, als du mich töten wolltest. Und wenn ich darüber nachdenke, war in deinen Worten durchaus etwas Wahres. Die Bewahrer sollten ihre Regeln überdenken. Einen besseren Master als dich könnte ich mir nicht vorstellen.«

»Ihr beschämt mich schon wieder, Lordmaster«, meinte Yilassa, auf deren immer noch blassen Wangen sich plötzlich ein Hauch von Rot zeigte.

»Nein, ich sage nur, was längst hätte geschehen sollen. Wirst du mit mir in das Haus des hohen Vaters kommen? Ich würde mich freuen und sicherer fühlen, dich an meiner Seite zu haben. Eine gute Schwerthand kann ich nach alledem bestimmt gebrauchen!«, sagte Madhrab.

»Aber … wir sind zu Hause, Herr«, meinte Yilassa irritiert, »wozu braucht Ihr da mein Schwert?«

»Das ist eine lange Geschichte, Yilassa«, antwortete Madhrab.

Der Bewahrer weihte Yilassa in die Ereignisse ein, die

ihr auf ihrer Suche nach Quadalkar und der Zeit, die sie unter dem Fluch des Bluttrinkers verbracht hatte, entgangen waren. Als sie von der Folter, dem Mord an der heiligen Mutter und der Flucht mit Elischa hörte, war sie vor Entsetzen sprachlos und wurde zornig.

»Ihr könnt auf mich zählen, Lordmaster Madhrab«, sagte sie entschlossen, nachdem Madhrab geendet hatte.

»Gut, dann wollen wir in Ordnung bringen, was uns als falsch erscheint«, gab Madhrab das Zeichen zum Aufbruch. »Yilassa, ich bitte dich um einen Gefallen! Nimm mein Pferd und reite zum Hof von Gwantharab. Dort wartet jemand. Sein Name ist Madsick. Bring ihn und Gwantharabs Zwillinge in das Haus des hohen Vaters. Ich versprach, mich um sie zu kümmern.«

»Aye«, sagte Yilassa, schwang sich auf den Rücken des Pferdes und ritt los.

Die siebzehn überlebenden Bewahrer, die nach ihrer Verwandlung und der nur wenig später folgenden Befreiung verwirrt wirkten und offensichtlich an einer Art Gedächtnisschwund litten, begleiteten Madhrab zum Tor der äußeren Mauer. Sie mussten nicht um Einlass bitten. Das Tor öffnete sich laut knarrend wie von selbst.

In den schweren Ketten konnte sich Renlasol kaum bewegen. Der Knappe fluchte, wenn der Wagen über einen Stein fuhr, schwankte und ihn unsanft hin und her warf. Er hatte sich des Öfteren den Kopf gestoßen, eine Platzwunde und mehrere Schürfwunden zugezogen.

»Verdammt, könnt Ihr nicht aufpassen?«, rief Renlasol. »Ihr werdet mir noch jeden Knochen im Leib brechen, wenn Ihr nicht auf den Weg achtet. Nehmt mir endlich diese verfluchten Ketten ab.«

»Hört, hört«, antwortete Drolatol auf dem Kutschbock,

ohne sich umzudrehen. Er hatte die Zügel von Jafdabh übernommen und führte sie in rasanter Fahrt von den Ordenshäusern Richtung Tut-El-Baya, »unser Bluttrinker flucht und fühlt sich unwohl in seiner Haut.«

»Was redest du für einen Unsinn, Drolatol? Wer soll hier ein Bluttrinker sein?«, fragte Renlasol irritiert.

Jafdabh drehte sich um und sah sich den in Ketten gelegten Fahrgast genauer an, dessen Stimme sich nach seinem Empfinden deutlich verändert hatte. Der Todeshändler kratzte sich überrascht am Kopf.

»Tja … ähm … also … hm«, begann Jafdabh verdutzt und stieß dabei Drolatol mit dem Ellbogen vorsichtig in die Seite, »nun … es wäre besser, du hältst den Wagen sofort an. Wenn ich mich nicht sehr täusche, haben wir soeben einen Bluttrinker verloren. Unser Faustpfand ist verschwunden.«

»Was soll das bedeuten, Jafdabh?«

Drolatol zog die Zügel an und hielt den Wagen auf Geheiß Jafdabhs an. Die folgenden Wagen stoppten ebenfalls.

»Tja … wenn ich das wüsste. Du solltest dich mit eigenen Augen vergewissern«, antwortete Jafdabh.

Drolatol vollführte einen geschickten Satz auf die Pritsche des Wagens und ließ sich sogleich neben Renlasol nieder, um den Sitz der Ketten zu prüfen.

»Was soll das?«, fragte er. »Renlasol liegt doch hier und die Ketten sitzen nach wie vor fest. Er wird uns nicht entkommen.«

»Tja … also, wenn du es nicht siehst, dann weiß ich auch nicht, was ich gesehen habe. Wenn du mich fragst, haben wir keinen Bluttrinker mehr auf dem Wagen.«

»Aber …«, wollte Drolatol erwidern.

»Mach gefälligst deine Augen auf oder träumst du, Drolatol«, herrschte Jafdabh seinen Diener die Geduld verlierend an.

Erst nach genauerem Hinsehen verstand Drolatol, was Jafdabh gemeint hatte. Vor Schreck sprang er auf, taumelte einige Schritte zurück und fiel über die Bande hintüber vom Wagen. Der Aufprall auf den Rücken war hart und entlockte ihm ein lautes Stöhnen. Fassungslos über das zuvor Gesehene rappelte er sich wieder auf und wagte einen erneuten Blick auf Renlasol. Er konnte es nicht glauben: War dies ein Trugbild, das ihnen der Bluttrinker schickte, um sie zu täuschen, damit sie ihm die Ketten lösten und er dann anschließend über sie herfiel? Einem hungrigen und durstigen Bluttrinker traute er alles zu, nur um an einen Schluck frischen Blutes zu gelangen.

»Wie ist das möglich? Ich bin mir sicher, er will uns reinlegen. Das muss irgendein fauler Trick sein«, behauptete Drolatol.

»Tja … vielleicht. Aber vielleicht auch nicht«, entgegnete Jafdabh, »wir sollten es herausfinden.«

»Indem wir ihn befreien? O nein, Jafdabh. Das ist doch genau, was er von uns will«, warnte Drolatol.

»Bist du ein Bluttrinker oder ein Klan?«, wandte sich der Todeshändler an Renlasol.

»Wonach sehe ich denn aus? Ich bin ein Klan. Warum bei allen Kojos habt Ihr mich in Ketten gelegt? Bindet mich gefälligst los.«

»Siehst du, er ist ein Klan!«, sagte Jafdabh zu Drolatol.

»Das ist doch kein Beweis«, regte sich Drolatol kopfschüttelnd auf, »nur weil er es sagt. Höchstwahrscheinlich spielt er uns nur vor, die äußeren Merkmale seines verfluchten Bluttrinkerdaseins seien verschwunden. Das muss noch lange nicht bedeuten, dass er die Wahrheit spricht.«

»Verdammt, Drolatol! Sieh mich an. Wir sind doch die besten Freunde. Du kennst mich«, versuchte Renlasol den Freund von seiner Verwandlung zu überzeugen.

»Ja, ich gebe es zu«, bestätigte Drolatol seine Wahrnehmung, nachdem er einen weiteren ungläubigen Blick auf den Gefesselten geworfen hatte, »Du siehst aus wie einer, den ich einst meinen Freund nannte. Ich weiß nicht, was hier vor sich geht. Wie konntest du dich zurückverwandeln? Das muss eine Täuschung sein.«

»So glaube mir doch, Drolatol. Irgendwie wurde der Fluch von mir genommen. Es kam unerwartet und plötzlich. Eine Last wurde von mir genommen und die Fesseln der Dunkelheit lösten sich. Mir wurde warm und ich fühlte sofort, dass sich etwas verändert hatte«, erklärte Renlasol seinen veränderten Zustand.

»Tja … vielleicht gab es eine Entscheidung«, suchte Jafdabh nach einer Erklärung für das Unfassbare, »ich vermute, dass während der Belagerung etwas mit Quadalkar geschehen ist. Hast du ihn gespürt?«

»Ich stand mit ihm die ganze Zeit in Verbindung«, gab Renlasol zu, »sein mächtiger Geist lag wie ein Schatten über meinen Gedanken. Doch plötzlich brach das Band ab und die Veränderung begann.«

»Tja … hm«, überlegte Jafdabh und legte dabei einen Finger auf die Lippen, »dafür kann es nur eine Erklärung geben. Ich beliefere die Bluttrinker schon sehr lange und weiß, dass sie stets eine Verbindung zu ihrem Meister aufrechterhielten. Gleichgültig, wo und wie weit entfernt sie gerade waren. Nie zuvor brach dieses Band zwischen Quadalkar und einem seiner Kinder ab. Der Fluch fiel von dir ab, weil Quadalkar tot ist. Es muss so sein.«

»Aber das würde bedeuten, dass die Bewahrer den Kampf gewonnen haben und der Fluch für immer gebrochen wäre«, warf Drolatol hoffnungsfroh ein. »Ein großer Sieg für den Tag.«

»Tja … ein erster Schritt aus dem Elend. Vielleicht.

Vielleicht auch nicht. Wer weiß? Nehmen wir unserem Gast die Ketten ab und warten, was geschieht. Dann haben wir Gewissheit«, schlug Jafdabh endlich vor.

»Auf deine Verantwortung«, meinte Drolatol.

»Schon gut. Schon gut. Mit dem Risiko kann ich leben«, antwortete Jafdabh gereizt.

Rasch entfernten sie die Ketten, die Renlasol banden und drückten. Der Knappe rieb sich Hand- und Fußgelenke, an denen er bereits wund gescheuert war. Er war froh, endlich wieder frei zu sein. Selbst die Luft, die er atmete, fühlte sich anders an. Frischer und wohltuend. Er nahm einen tiefen Atemzug, hielt die Luft für einige Sardas an und pustete seine Lungen anschließend wieder frei. Die Glieder und den Rücken streckend sprang er anschließend vom Wagen und nahm Drolatol in die Arme. Dieser wehrte sich anfangs, denn er traute der Verwandlung noch immer nicht ganz und fürchtete, Renlasol könnte ihn beißen. Doch als nichts dergleichen geschah, Renlasol ihn fest an sich drückte, freundschaftlich auf den Rücken klopfte und an seiner Schulter schluchzend einige Freudentränen verdrückte, gab er nach und erwiderte die Umarmung. Der vermisste Freund war zurück.

»Was bin ich froh, dass du wieder da bist«, sagte Drolatol.

»Und ich erst«, antwortete Renlasol, »es war so kalt, leer und einsam in der Dunkelheit des Fluches. Ich kann es nicht wirklich beschreiben. Es fühlt sich wie ein Traum an, obwohl ich mich an die Ereignisse genau erinnern kann. Aber mein Bewusstsein war ein anderes. Ich fühlte mich Quadalkar und seinen Kindern verbunden und war sogar stolz darauf, ein Königskind zu sein.«

»Genug davon«, mischte sich Jafdabh ein, dem die Gefühlsausbrüche der beiden zu viel wurden, »wir brechen auf. Kommst du mit uns, Renlasol?«

»Sollten wir nicht umkehren und nachsehen, was sich ereignet hat und wie es den anderen ergangen ist?«, fragte Renlasol.

»Umkehren und mit den Bewahrern einen Sieg feiern?«, erkundigte sich Jafdabh nach den Absichten des Knappen. »Das kommt nicht infrage. Sie würden mich ins Verlies werfen und zu einem Schicksal in der Grube verurteilen, wenn sich mich zu fassen bekämen. O nein, nicht mit Jafdabh. Dein Freund hier hat mir so lange in den Ohren gelegen und mir einen Weg gezeigt, den ich beschreiten will. Wir fahren nach Tut-El-Baya. In *meiner* Stadt gibt es viel zu erledigen und aufzuräumen.«

»Jafdabh hat recht, Renlasol«, meinte Drolatol, »komm mit uns nach Tut-El-Baya. Die Todeshändler sind in den Ordenshäusern nicht willkommen, selbst wenn sie sich im Freudentaumel ihres Sieges befinden sollten.«

Renlasol überlegte hin und her. Ginge er zurück, könnte er wieder in die Dienste des Bewahrers treten und seine Ausbildung als Knappe des Lordmasters beenden. Eines Tages könnte er ein Ordensbruder werden. Ein Sonnenreiter gewiss, vielleicht – wenn er sich anstrengte – sogar ein Bewahrer.

»Du denkst doch nicht etwa daran, dass sie dich zu einem Bewahrer auserwählen, oder?«, fragte Drolatol, der seinen grüblerisch dreinblickenden Freund genau beobachtet hatte.

»Nein«, winkte Renlasol mit einer Handbewegung ab, »dazu bin ich wohl nicht geeignet. Ich komme mit euch.«

»Tja … ich bin erfreut, einen neuen Gefährten begrüßen zu dürfen«, warf der Todeshändler ein. »Dann steigt auf. Wir fahren los.«

Renlasol und Drolatol stiegen auf den Wagen und machten es sich nebeneinander gemütlich. Sie hatten sich viel zu erzählen, während Jafdabh für die Wissbegier der Freunde Verständnis zeigte und den Wagen lenkte.

Während der Fahrt holte Renlasol das Kästchen hervor, in dem er die Haarlocke Tallias aufbewahrte. Trotz der Warnung von Kallahan hatte er den Glücksbringer, der zum Pechbringer geworden war, nie weggeworfen. Er hatte es nicht übers Herz gebracht. Nicht einmal in der Zeit, die er gefühllos in der Welt der Bluttrinker verbracht hatte. Als er den Deckel behutsam öffnete und hineinsah, klappte ihm vor Überraschung der Mund auf.

»Was ist mit dir?«, wollte Drolatol wissen.

»Sieh dir das an«, sagte Renlasol, dem beinahe der Atem stockte, »ich bewahrte die Locke eines Mädchens in diesem Kästchen auf und trug sie stets an meinem Herzen.«

»So, so«, lächelte Drolatol verwegen und tat so, als wisse er bereits, was ihm der Freund beichten wollte, »wer ist sie? Ist sie hübsch? Wo hast du sie kennengelernt? Doch nicht etwa bei den Bluttrinkern?«

»Nein, nein«, wehrte Renlasol die Fragen energisch ab, »es ist nicht so, wie du denkst. Das ist schon lange her. Sie war ein Mädchen aus meiner Heimat und wohnte nur einige Hütten von unserer entfernt. Sie schenkte mir eine ihrer Locken. Doch zuletzt hatte sich das Haar pechschwarz verfärbt und jetzt…«, er hielt Drolatol das geöffnete Kästchen unter die Nase, sodass dieser hineinsehen konnte, »… jetzt ist es versteinert. Ist das nicht eigenartig?«

»Ich weiß nicht, Renlasol«, antwortete Drolatol verständnislos, »ich sehe einen gewöhnlichen Stein in deinem Kästchen. Da ist nichts Außergewöhnliches dran. Vielleicht bist du es, der seltsame Geschichten von sich gibt und noch von den Verwandlungen durcheinander ist. Du solltest dich ausruhen und schlafen. Die Fahrt nach Tut-

El-Baya ist lange und anstrengend. Ich werde Jafdabh an den Zügeln ablösen.«

»Na gut«, seufzte Renlasol, »dann glaubst du mir eben nicht. Aber die Geschichte ist wahr. Andererseits bin ich tatsächlich müde und werde mich hinlegen.«

»Aye«, nickte Drolatol, »tu das. Wir wecken dich beizeiten.«

Drolatol stieg auf den Kutschbock und löste Jafdabh beim Wagenlenken ab. Er trieb die Pferde zu einer schnelleren Gangart an, und Renlasol wurde von den schaukelnden Bewegungen des Wagens in den Schlaf gerüttelt. Bis Tut-El-Baya waren es noch einige Tagesreisen. Jafdabh und Drolatol wussten, welch Schrecken sie in der Stadt erwartete. Renlasol hingegen träumte von einem Kryson der Hoffnung und der Liebe und dem steinernen Antlitz einer jungen Frau, die dem Mädchen ähnelte, dem er einst sein Herz geschenkt hatte.

Der weisse Schäfer

»Wo bist du, Bruder?«, rief eine Stimme, die aus den tiefsten Tiefen Krysons entliehen schien.

Die heiligen Hallen der Saijkalrae waren leer. Niemand war gekommen, den weißen Schäfer zu begrüßen. Niemand hatte damit gerechnet, Saijkal würde erwachen. In einer versteckten Nische in der Wand eingelassen und sicher verschlossen hatte er auf seinem Lager in ewigem Schlaf gelegen. Doch nun war er wach. Er tobte und wollte heraus. Endlich, nach fünftausend Sonnenwenden des Schlafes, aufstehen und sich bewegen, befreit vom Bann des Quadalkar. Aber weder die Leibwächter noch ein Saijkalsan oder gar sein Bruder waren ihm dabei behilflich und öffneten das letzte Hindernis.

Ihrer Bestimmung folgend hatte Tallia die heiligen Hallen sofort nach ihrer Rückkehr aus dem Land der Tränen verlassen, um sich dem Lesvaraq Tomal im hohen Norden anzuschließen. Sie war wahrlich froh, dass sie den dunklen Hirten nicht angetroffen hatte. Denn sie hatte befürchtet, er würde sie nicht ziehen lassen und sie müsste sich mit ihm in einem Kampf auseinandersetzen. Dazu fühlte sie sich trotz der Erfahrungen im Land der Tränen noch nicht stark genug. Sie würde lernen müssen, mit der Macht und der freien Magie umzugehen.

Mit einem lauten Krachen brach der Stein auseinander, der den weißen Schäfer in der abgeriegelten Nische festgehalten hatte. Sich ächzend und fluchend durch die entstandene schmale Lücke quetschend, hustete und klopfte er Staub und Steinsplitter von seinem Körper.

»Ist denn keiner hier, mir die Ehre zu erweisen?«, rief er fragend in die Leere der Hallen hinein, »ich musste Tausende von Sonnenwenden unfreiwillig im Schlaf verbringen. Endlich stehe ich auf, und was muss ich feststellen? Alle haben mich verlassen. Selbst mein Bruder wurde mir untreu.«

Seine Haut wirkte durchscheinend und wächsern wie weißer Alabaster. Sie ließ die darunter liegenden, dunkel hervortretenden Adern deutlich sichtbar werden. Außer seinem Haupthaar, das weiß wie Schnee war und im kalten Licht der Hallen hell schimmerte, besaß der weiße Schäfer kein einziges Haar an seinem Körper. Die Augen waren durchgehend weiß. Saijkal sah aus, als wäre er mit Blindheit geschlagen.

»Saijrae!« Der weiße Schäfer wurde ungehalten und brüllte lauter als zuvor. »Verdammt, wo treibst du dich herum? Du kannst etwas erleben, wenn du dich nicht auf der Stelle zeigst.«

Er bebte und zitterte vor Erregung. Hätte er in jenem Augenblick der Wut und Enttäuschung jemanden angetroffen, er hätte sich auf ihn gestürzt und erwürgt. Er leckte sich mit der Zunge über die blassen Lippen, die ihm spröde und rissig vorkamen. Selbst seine Zunge hatte eine eigenartig helle Färbung. Ähnlich den Zähnen in seinem Mund wies sie einen gelblichen Farbstich auf. Finger- und Zehennägel waren lang und spitz zugeschliffen. Aber sie waren lange nicht mehr gepflegt worden, was ihm selbst unangenehm auffiel. Die Leibwächter hatten ihre Aufgabe vernachlässigt, denn die Pflege der schlafenden Saijkalrae musste in der Vergangenheit stets ihr erstes und vornehmstes Anliegen gewesen sein. Saijkal sah an sich herab und bemerkte den Zustand seiner Nacktheit.

Warum bringt mir in diesen verfluchten Hallen niemand Kleider?, fragte sich der weiße Schäfer. *Es ist kalt. Das*

Schlimmste daran ist, ich friere, und das zum ersten Mal nach fünftausend Sonnenwenden. Wo sind Haisan und Hofna? Wo die Saijkalsan?

»Bruder! Was hast du getan?«

Trotz der überwiegenden Freude über das unerwartete Erwachen verschlechterte sich die Laune des weißen Schäfers zusehends. Sie hatten ihn verlassen, legten offensichtlich keinen Wert auf seine Rückkehr.

War ich umgeben von Verrätern?, dachte Saijkal.

Und was hatte der dunkle Hirte in der Zwischenzeit Übles angerichtet? Der weiße Schäfer war noch nicht ganz im Bilde. Saijkal entdeckte das große, in den Hallen hängende Auge. Dieses musste ihm gehorchen und würde ihm hoffentlich Aufschluss über die Ereignisse und Umstände geben, die den Fluch des ewigen Schlafes auch für ihn endgültig gebrochen hatten. In den Träumen war ihm bewusst geworden, dass Saijrae bereits einige Zeit vor ihm erwacht war. Der dafür erforderliche Blutzoll war wohl erbracht worden. Die Wirren der Schlacht am Rayhin, das Blut, der Schmerz, die unzähligen Gefallenen und die Verzweiflung der Überlebenden waren ihm im Schlaf nicht verborgen geblieben. Und er hatte den wachen Zustand seines Bruder und dessen Absichten, das Gleichgewicht zugunsten der Dunkelheit zu verschieben sowie der Lesvaraq habhaft zu werden und alleine – ohne den weißen Schäfer – zu herrschen, als einen kalten Schauer auf seiner Haut gefühlt, der ihn zutiefst beunruhigt hatte. Doch das Gefühl war zuletzt mit jedem weiteren Tag stärker geworden. Solange er sich im Schlaf befunden hatte, waren ihm sämtliche Möglichkeiten verbaut gewesen, einzugreifen und seinen Bruder von einigen seiner Vorhaben abzubringen. Wie hatte Saijrae nur so unvernünftig sein und das Gleichgewicht herausfordern können?

Aber der dunkle Hirte hörte seinen Bruder nicht. Sehr wohl hatte er eine leichte Erschütterung gespürt, als ob sich ein schwach wahrnehmbares Erdbeben durch den Waldboden gezogen hätte, durch dessen Wirkung Bäume, Sträucher, Büsche und Gräser in ihrem Wurzelwerk erzitterten. Zu mehr als einem sanften Schütteln der Blätter und Baumkronen reichte es allerdings nicht. Aber dies hätte auch einer natürlichen Ursache entspringen können. Dennoch fühlte er plötzlich die wache Anwesenheit seines geliebten und zugleich gehassten Bruders. Er blieb abrupt stehen und schüttelte sich angewidert, als hätte er einen fürchterlichen Gestank wahrgenommen, der ihm Übelkeit bereitete.

»Quadalkar!«, rief er den Namen des verlorenen Saijkalsan, »Quaaaa…daaaal…kaaaar!«

Der zornige Schrei des dunklen Hirten fegte wie ein Sturm durch den Wald, entwurzelte Bäume, nahm Steine mit sich und riss Büsche aus. Der Wind verebbte, so schnell er gekommen war, und dann kehrte die Ruhe in den Wald zurück.

»Verräter! Ich besitze deine Seele. Du wirst mir nicht entkommen. Verstecke dich im Land der Tränen, ich werde dich dennoch finden und in die ewige Finsternis der Gescheiterten verbannen oder, noch besser, in die Flammen der Pein werfen. Dorthin gehörst du«, drohte der dunkle Hirte, die geballte Faust gen Baumwipfel gereckt.

Die Tiere des Waldes hielten sich vor den aufmerksamen Augen Saijraes versteckt. Seit Beginn der Dämmerung schon scheuten sie die Dunkelheit. Nur selten wagten sie sich auf der Suche nach Nahrung und Wasser aus ihren Verstecken. Er hielt inne und lauschte. Die Stille erschien ihm eigenartig. Je weiter er sich dem Herz des Faraghad näherte, desto mehr überkam ihn das Gefühl, er wandle in einem seiner zahlreichen Träume, die er längst vergessen glaubte. Unwirklich und wie verzaubert erschien ihm der dunkle Wald, fast als wäre jedes Leben darin längst ausgestorben. Nur die Blätter der Bäume raschelten und rauschten gelegentlich und wiegten ihre Äste im Wind hin und her. Aber er wusste, dass dies nur eine Sinnestäuschung sein konnte. Der Faraghad musste immer noch voller Leben stecken. Die Waldbewohner hatten Angst. Sie hatten ihn bemerkt haben, denn er gab sich keine Mühe, leise zu sein und sein Kommen zu verbergen. Er konnte die Furcht der Lebewesen des Waldes geradezu riechen, die sich für ihn wie eine nicht abreißende Duftspur durch den Wald zog. Erst jetzt wurde ihm richtig bewusst, welche Wirkung die Beschwörung der Zeit der Dämmerung auf Ell tatsächlich hatte. Die Verschiebung des Gleichgewichtes zugunsten der Nacht war an diesem Ort besonders deutlich zu sehen. Er hörte plötzlich in der Nähe das verräterische Knacken eines Astes und wirbelte herum, um die Ursache des Geräusches auszumachen, das sich durch die Stille lauter angehört hatte, als es tatsächlich war.

»Kommt und zeigt euch, ihr feiges Naiki-Pack«, sagte der dunkle Hirte, während er die Nase in die Luft hielt und einen tiefen Atemzug nahm, »ich weiß, dass ihr hier seid und jeden meiner Schritte beobachtet. Ich kann eure Angst riechen.«

Angestrengt versuchte er etwas zu erkennen. Aber es bewegte sich nichts hinter den Bäumen, und das Knacken wiederholte sich nicht mehr. Der dunkle Hirte zuckte nach einer Weile des Lauschens und Spähens gleichgültig mit den Schultern und setzte seinen Weg fort. Die Siedlung der Naiki musste hier irgendwo versteckt sein. Sein Gefühl ihrer Anwesenheit konnte ihn unmöglich trügen. Es war wie ein ständiges Kribbeln und gelegentliches Stechen auf seiner Haut, als hätte er sich in einen großen Ameisenhaufen gesetzt, und die fleißigen Waldarbeiter krabbelten über seinen nackten Körper und versuchten ihn von ihrem Nest zu vertreiben. Wenige Schritte später blieb Saijrae erneut stehen und blickte erschrocken zu den Baumwipfeln auf. Ein Lichtstrahl durchbrach die Dämmerung, bahnte sich seinen Weg, die Umgebung in ein dunkles, sattgrünes Licht tauchend, durch das dichte Blattwerk zum Waldboden. Doch der Lichteinfall war nur von kurzer Dauer, vielleicht ein, zwei Wimpernschläge lang, und wurde von der Dämmerung sogleich wieder verschluckt.

Was war das?, fragte sich der dunkle Hirte, wohl wissend, dass der Zauber nach Tallias Ableben nicht mehr wirkte. *Lässt die Dämmerung so schnell nach? Das dunkle Band scheint brüchig zu werden. War denn all die aufgewendete Macht gegen die Sonnen zu schwach und am Ende nutzlos?*

Während er sich noch immer über das Missgeschick ärgerte und Rajuru dafür verfluchte, hielt er die Augen nach oben gerichtet. Und plötzlich nahm er hoch oben in den Bäumen etwas wahr, das ihm bislang nicht aufgefallen war. Die von unten kaum sichtbaren Formen konnten unmöglich natürlichen Ursprungs sein. Der dunkle Hirte verfolgte die schattenhaften Umrisse mit seinen Blicken. Es sah aus, als habe jemand die Bäume mit Plattformen, Seilen und Brücken miteinander verbunden. Die Konstruktion erstreckte sich anscheinend über mehrere Ebenen und ein weites Gebiet.

»Habe ich euch also am Ende gefunden«, flüsterte der dunkle Hirte und rieb sich in Vorfreude die Hände, »jetzt dürft ihr endlich die Macht des dunklen Hirten kennenlernen. Hier bin ich. Darauf habt ihr doch gewartet.«

Der dunkle Hirte breitete, Worte der Sprache der Altvorderen murmelnd, die Arme aus und konzentrierte sich auf die ihn umgebende Dunkelheit, nahm diese mit jedem Atemzug in sich auf und verstärkte sie in seinem Inneren noch. Mit jedem seiner Worte ruderte er mit den Armen, als wäre er am Ertrinken. Die Lippen öffnend strömten plötzlich unzählige kleine schwarze Spinnen aus seinem Mund, ergossen sich in einem nicht abreißenden Strom auf den Waldboden und sammelten sich dort. Auf den Ästen über ihm ließen sich – eine nach der anderen – Krähen nieder, die Saijrae in seinem Tun neugierig beobachteten, sich aber ansonsten ruhig und abwartend verhielten. Das leise Kratzen und Rascheln tausender Spinnenbeine und ihrer aneinanderreibenden behaarten Körper klang wie das sanfte Rauschen des Ostmeeres an einem klaren, aber windstillen Abend.

»Parta pe«, befahl der dunkle Hirte seinen kleinen Helfern.

Die eilends herbeigerufenen Helfer setzen sich sofort in Bewegung und krabbelten in Windeseile an den Bäumen empor.

»Zeigt ihnen das Gesicht der Nacht!«, rief der dunkle Hirte ihnen hinterher.

Der innere Rat der Naiki war – wie zuletzt des Öfteren – erneut zusammengetreten. Es wurde heftig gestritten, wie es in einigen vorherigen Sitzungen, zum Bedauern Metahas, zu einer Unsitte geworden war.

»… wir sollten Metaha auf Dauer von den Beratungen ausschließen. Ihre Unvernunft nimmt von Sitzung zu Sitzung zu«, verlangte ein Ratsmitglied.

»Er ist angekommen!«, sagte Metaha, die sich plötzlich von ihrem Sitz im inneren Rat erhoben hatte.

Seit die Jäger die Siedlung der Naiki verlassen hatten, war der innere Rat jeden Tag zusammengetreten, um über eine mögliche Verteidigung nachzudenken, die ihnen ein Überleben sichern sollte. Aber die Ideen waren weder zahlreich noch besonders Erfolg versprechend gewesen. Die meisten von ihnen konnten in wenigen Worten als untauglich abgeschmettert werden, ohne dass es notwendig gewesen wäre, diese einer näheren Prüfung zu unterziehen. Andere wiederum stellten sich nach einigen Erwägungen als undurchführbar heraus.

Nachdem Metaha ihren Vorredner mit ihrem Einwurf unsanft unterbrochen hatte, waren ihr einige böse Blicke gewiss.

»Was soll das bedeuten: *Er ist angekommen*?«, wollte Gafilha wissen.

»Der dunkle Hirte hat unsere Siedlung entdeckt. Er steht am Boden unter den Plattformen und hat mit seinem Angriff begonnen. Jeden Augenblick werden seine aus der Dunkelheit heraufbeschworenen Kreaturen über uns herfallen. Alleine ihre bloße Übermacht an der Zahl würde genügen, um uns zu ersticken«, erklärte Metaha ihre Wahrnehmung.

»Was sollen wir tun?«, fragte ein anderes, jüngeres Ratsmitglied, das erst vor Kurzem in den inneren Rat gewählt wurde und Baijostos Platz einnehmen sollte.

»Ich finde, wir hatten in letzter Zeit sehr viele Magier zu Besuch«, sagte Kallroijo. »Selbst Kallya ist verschwunden, nachdem dieser Magier in der Siedlung aufgetaucht ist. Wie war noch gleich sein Name?«

»Malidor«, warf Metaha ein, »… und wenn du es genau wissen willst, waren seit fünftausend Sonnenwenden genau zwei freie Magier in der Siedlung. Sapius und Malidor. ›Viele‹ würde ich das nun nicht gerade nennen. Auch wenn ich zugeben muss, dass sie hintereinander in sehr kurzen Abständen gekommen sind.«

»Genau … also, dieser Malidor war meiner Meinung nach sehr in Eile. Warum hat er uns nicht gewarnt? Er muss gewusst haben, dass der dunkle Hirte kommt, sonst hätte er nicht so sehr darauf gedrängt, den Lesvaraq mit sich zu nehmen«, suchte Kallroijo nach einer Erklärung dafür, dass Kallya die Naiki gemeinsam mit Malidor Hals über Kopf verlassen hatte.

»Ich stimme dir zu«, warf Metaha ein, »er wusste von den Absichten des Saijkalrae-Bruders und er kannte seine Bestimmung. Genau wie Sapius musste er den Zyklus des Lesvaraq auslösen und Kallya in Sicherheit bringen.«

»Nun stehen wir dem dunklen Hirten schutzlos ausgeliefert gegenüber. Kallya ist fort und unsere Jäger haben wir vor allem ihretwegen vertrieben«, meinte Ralijo resigniert.

»Metaha muss uns vor ihm retten«, erhob sich Falarijon, »sie besitzt die Fähigkeiten dazu und der Wald ist auf ihrer Seite.«

Metaha schüttelte den Kopf. Sie wusste, dass ihr nur noch wenig Zeit blieb, nachdem der Zyklus des Lesvaraq begonnen hatte.

»Ihr dürft euch nicht auf mich verlassen!«, sagte Metaha betrübt. »Nicht mehr, jedenfalls. Ich sterbe. Nach so vielen Sonnenwenden werde ich schon bald Ruhe finden. Versteht doch. Der Zyklus verlangt, dass die alten Magier der Lesvaraq durch die neuen Magier abgelöst werden. Meine Zeit ist gekommen. Natürlich werde ich euch nicht im Stich lassen und gegen den dunklen Hirten kämpfen, solange ich dies vermag. Aber ich spüre meinen Tod bereits nahen. Mit jedem Tag schwinden meine Kräfte und mein Leib beginnt zu zerfallen. Ihr solltet fliehen, solange dies noch möglich ist.«

»Fliehen?«, rief Ralijo, der ob dieses Vorschlags entsetzt klang. »Wohin sollen wir fliehen? Lassen wir uns erneut vertreiben, so wie wir es damals getan haben, als uns die Nno-bei-Klan unsere Ländereien und Machtstellung streitig machten? Ziehen wir uns wieder zurück?«

»Das kommt nicht infrage«, sagte Falarijon. »Ralijo hat recht. Wir werden uns dem Feind stellen.«

»Gut, das respektiere ich«, antwortete Metaha, »selbst wenn die einzig vernünftige Lösung wäre, unser Heil in der Flucht zu suchen. Aber so wird ein sterbendes Volk seinem Tod ins Auge sehen. Wir sollten ihm mit Stolz und Kampfgeist begegnen. Denn wir sind Naiki!«

»Gut gesprochen, Metaha«, lobte Falarijon das uralte Ratsmitglied, »sag uns, was wird die Siedlung erwarten?«

Metaha seufzte und ließ ihren ruhelosen Geist durch den Wald streifen. Währenddessen stand sie starr und unansprechbar vor den Ratsmitgliedern des inneren Rates der Naiki. Nach einer Weile kam sie zurück und berichtete dem Rat, was sie im Herz des Faraghad gesehen hatte.

»Wir werden Feuer brauchen, um die krabbelnde Flut des dunklen Hirten bekämpfen zu können. Die Siedlung wird fallen, so oder so. Der dunkle Hirte will uns auf dem Boden sehen.«

»Wen oder was bekämpfen wir?«, wollte Ralijo wissen.

»Spinnen! Tausende kleiner schwarzer Spinnen, die soeben die Bäume heraufkriechen, um uns unangekündigt einen Besuch abzustatten«, Metaha klang verzweifelt. »Sie können nur durch Feuer aufgehalten werden.«

»Du verlangst, dass wir unsere eigene Siedlung in Brand setzen?«, fragte Gafilha.

»Ich verlange nichts. Aber es ist der einzige Weg, die Spinnenflut zurückzuschlagen. Die Siedlung fällt; ob durch den dunklen Hirten oder durch unsere eigene Hand, ist am Ende nicht mehr entscheidend. Aber einen Tod durch die krabbelnden Scheusale der Dunkelheit zu erleiden, werde ich nicht mitmachen. Kennt ihr diese Spinnenart? Nein? Das ist nicht verwunderlich, denn sie entspringt seinen dunkelsten Gedanken. Sie schlüpfen unter die Haut, dringen in Nase, Mund und Ohren ein und legen dort ihre Eier ab. Während der Entwicklung ernähren sie sich vom Fleisch ihrer Opfer, bis sie ihren unfreiwilligen Wirt wieder verlassen, indem sie die Haut an den Stellen, an denen sie sich nährten, zum Platzen bringen. Sie werden über uns herfallen, uns mit ihren giftigen Bissen lähmen und in schwarze Netze einspinnen. Ihr müsst euch retten. Alle! Packt eure Sachen und verlasst die Siedlung. Ich halte sie auf.«

»Und der dunkle Hirte wird uns unten erwarten«, sorgte sich Ralijo.

»Geht die geheimen Wege der Jäger in der Höhe des Waldes, bis ihr außer Gefahr seid. Wenn Saijrae die Siedlung betritt, um seinen Sieg zu feiern, werdet ihr bereits im Schutz des Faraghad verschwunden sein. Seine Enttäuschung und sein Zorn werden groß sein. Aber ihr alle könnt euch in Sicherheit bringen. Sucht die Jäger und bittet sie um Verzeihung, wenn die Naiki eine gemeinsame Zukunft haben wollen«, führte Metaha aus, »sie werden euch gewiss nicht ablehnen.«

»Was wird aus dir?«, wollte Falarijon wissen.

»Sorgt euch nicht um eine alte Hexe. Ich bin bereits tot. Wir werden uns nicht wiedersehen, Falarijon. Nur um eines möchte ich euch bitten: Haltet die Erinnerung an die alte Metaha in Ehren und kümmert euch um Solras. Das arme Kind hat eine bessere Zukunft verdient. Das Leid muss ein Ende haben. Solltet ihr Baijosto treffen, dann berichtet ihm von meinem letzten Willen. Ich vertraue ihm Solras an und verlange, dass er sie stets gut behandelt. Sollte ihr etwas zustoßen, komme ich zurück und ziehe ihm höchstpersönlich das Fell über die Ohren. Und nun kommt. Die Zeit wird knapp«, verabschiedete sich Metaha von den übrigen Ratsmitgliedern.

Eilends verließen die Naiki den Sitzungssaal. Draußen vor dem Rathaus der Siedlung waren das Kratzen und Rascheln tausender Spinnenbeine zu vernehmen, die sich Stück für Stück die Bäume emporarbeiteten und sich unaufhaltsam der Siedlung näherten. Ein Blick über den Rand der Plattform verriet den Ratsmitgliedern, dass die schwarz behaarten Biester bereits die Hälfte des Weges hinter sich gebracht hatten. Sie mussten sich beeilen, wollten sie ihre Habseligkeiten packen und sich vor Eintreffen der Spinnen in Sicherheit bringen.

Solras wehrte sich mit Händen und Füßen, kratzte, biss, schrie und schlug um sich. Sie wollte Metaha nicht verlassen, die ihr wie eine Mutter war und ein neues, sicher geglaubtes Zuhause gewährt hatte. Metaha nahm sie in die Arme und redete beruhigend auf die junge Frau ein. Sie streichelte behutsam deren Kopf, bis sich die Verlustängste gelegt und sich die anfängliche Wut in Tränen aufgelöst hatten. Dann gab sie ihr einen Kuss auf die Stirn und sagte:

»Hab keine Angst, Solras. Die Naiki werden dich wie ihren wertvollsten Schatz behüten. Baijosto ist ein guter Mann und wird für dich sorgen«, sagte Metaha leise.

Ruhig und gefasst wirkte die alte Hexe, als sie Solras noch ein letztes Mal fest an sich drückte und eine enge gedankliche Verbindung mit ihr einging. Die Lippen der alten Hexe zitterten, bewegten sich rasend schnell, während sie ein unverständliches Gemurmel an Solras weitergab. Erschöpft löste sie sich von ihrer Pflegetochter, bevor sie die schluchzende Mutter des Lesvaraq in die Obhut der flüchtenden Naiki übergab.

»Gebt gut auf sie acht, meine Freunde«, rief Metaha den

Naiki in einem letzten Gruß nach. »Sie trägt einen Teil uralten Wissens in sich. Helft ihr, das Wissen zu entdecken und für die Naiki einzusetzen.«

Mit traurigen Augen winkten die Naiki, obwohl sie annahmen, die blinde Hexe könne den Abschiedsgruß nicht sehen. Aber Metaha nahm jede ihrer Bewegungen wahr, die sie schwermütig machten und sich drückend auf ihr altes Herz legten. Sie wusste, dass sie den dunklen Hirten aufhalten musste.

»Lebe wohl, Solras«, flüsterte sie, für die Ohren der Scheidenden unhörbar, »lebt wohl meine Freunde. Ich wünsche euch eine blühende Zukunft.«

Entschlossen trat Metaha an die Brüstung der Plattform und erwartete, bereit für ihren letzten Kampf, die Ankunft der ersten Spinnen.

Aufgeregt rannte der weiße Schäfer in den heiligen Hallen der Saijkalrae auf und ab. Er fror, war außer sich vor Zorn und suchte sich ein schneeweißes, mit goldenen Sonnen, silbernen Monden und Sternen besticktes Gewand heraus, das er sich rasch überwarf, um seine Blöße zu bedecken.

Das große Auge sollte ihm Aufschluss über den Aufenthaltsort seines Bruders geben. Außerdem hatte er vor, die Saijkalsan endlich zu sich zu rufen. Sie sollten kommen, ihn zu begrüßen und sein Erwachen gebührend mit ihm zu begehen. Er wollte aus ihrem Mund hören, was Saijrae veranlasst hatte, die heiligen Hallen zu verlassen und das Gleichgewicht zu verschieben. Er hatte große Mühe, die Saijkalsan zu erreichen, und wunderte sich, dass sie ihm nur widerwillig antworteten. Kallahan weigerte sich, dem Ruf zu folgen. Rajuru lehnte es ab, mit dem weißen Schäfer zu sprechen oder die heiligen Hallen jemals wieder aufzusuchen. Fallwas verweilte dank des Praisters Thezael längst unter den Schatten. Der Versuch, Sapius und Malidor zu erreichen, war ebenso wenig erfolgreich wie der Kontakt zu Quadalkar. Letzterer hatte sich genau wie Sapius und Malidor der freien Magie zu- und von den Saijkalrae abgewandt. Die Leibwächter Haisan und Hofna hingegen schienen zu weit entfernt, Saijkal zu hören und auf seinen Ruf zu antworten. Am Ende blieben nur zwei der einst zahlreich vertretenen Saijkalsan, die der Aufforderung Folge leisteten und den weißen Schäfer in den heiligen Hallen aufsuchten: Raalahard und Enymon, die beiden einäugigen Saijkalsan. Die zwei waren schon seit langer Zeit ein Paar und betrieben ihr Dasein als Diener der Saijkalrae eher aus dem Verborgenen heraus, um nicht entdeckt zu werden und sich nicht den Anfeindungen der Klan oder der Folter der Praisterschaft aussetzen zu müssen.

Sie schienen wenig erfreut, den weißen Schäfer zu erblicken, als er in den heiligen Hallen vor sie trat und die beiden Saijkalsan eingehend musterte. Schlafend flößte er ihnen weniger Respekt ein als im wachen Zustand.

»Wenigstens wurde mein Ruf von euch beiden Jammergestalten erhört«, begann der weiße Schäfer. Seine Stimme hallte wie Donner durch die heiligen Hallen und ließ die treuen Diener erzittern, »oder sollte ich sagen, ausgerechnet von euch beiden, die ihr zusammengenommen noch nicht einmal so viel wert wie ein Saijkalsan alleine seid. Erbärmlich, was aus den Saijkalsan geworden ist. Ihr seid offenbar die Einzigen, die von der einst schlagkräftigen Schar übrig geblieben sind. Erzählt mir, was geschehen ist, seit mein Bruder zu meinem Bedauern vor mir erwachte und ich im Bann des Fluches weiterschlummerte. Quadalkar ist tot. Daran kann es keinen Zweifel geben, sonst wäre ich nicht wiedererwacht. Ein schwerer Verlust, aber nicht zu ändern. Immerhin haben wir dem einstigen Liebling meines Bruders den Fluch des ewigen Schlafes zu verdanken. Er hat es nicht anders verdient. Was ist mit all den anderen? Kallahan, Rajuru, Sapius, Malidor, Fallwas, Haisan und Hofna?«

»Verzeiht Herr«, begann Enymon zögerlich, »wir wissen selbst nur wenig über die Ereignisse und die Absichten Eures Bruders. Offenbar stieß er aber bei seinen Vorhaben auf Grenzen, die sich nicht ohne Weiteres überwinden ließen. Es gab einen Kampf in den heiligen Hallen zwischen Rajuru und Tallia. Rajuru siegte, Tallia starb, woraufhin der dunkle Hirte Rajuru von den Pflichten eines Saijkalsan entband und aus den heiligen Hallen verstieß. Malidor wurde vor unseren Augen von einem Praister entführt, mehr wissen wir darüber nicht. Er ist seitdem verschwunden. Wir vermuten, dass er unter der Folter der Praister starb. Und Sapius hatte sich schon vor einiger Zeit von den Saijkalrae abgewandt. Wir alle glaubten ihn sicher verwahrt in der Finsternis bei den Gescheiterten. Aber er täuschte uns und entkam. Er treibt sein Unwesen als freier Magier auf Ell und unterstützte die Klan in ihrem Kampf gegen die Rachuren. Seitdem versuchte der dunkle Hirte seiner habhaft zu werden, was allerdings bislang weder den Leibwächtern noch ihm selbst gelang. Fallwas wurde von einem Praister getötet und zu den Schatten gebracht. Wir wissen nicht, was mit Kallahan ist oder wo er sich aufhält. Aber Ihr solltet beachten, dass die Lesvaraq wiedergeboren wurden und vieles des Geschehenen, wenn nicht sogar alles, damit zusammenhängt.«

»Saijrae hat das Gleichgewicht gestört«, zürnte der weiße Schäfer. »Ihr Narren, wie konntet Ihr das zulassen? Er hat die Saijkalrae an den Rand des Abgrundes gebracht und uns Feinde erschaffen, die wir auf unserer Seite sehen möchten. Wo ist Saijrae jetzt?«

»Er hatte vor, die Siedlung der Naiki aufzusuchen. Wir

nehmen an, er brach auf, um das Volk der Altvorderen zu bestrafen, wenn nicht gar zu vernichten. Die Naiki haben ihn herausgefordert. Dort, in der Obhut einer alten Hexe, vermutet er einen der Lesvaraq«, führte Raalahard aus.

»Hm …«, sagte Saijkal, während er sich gedankenverloren das Kinn rieb, »… das ist nicht gut. Wir sollten Ärger mit den Altvorderen tunlichst vermeiden, kennen wir doch weder ihre Stärken noch die von ihnen angewandte Magie. Er könnte an den Naiki scheitern und uns damit weiter zurückwerfen, als uns lieb sein kann. Durch sein Handeln hat er uns ohnehin geschwächt. Welche Verbündeten im Kampf gegen die Lesvaraq bleiben uns noch, wenn er nahezu alle gegen uns aufgebracht hat. Mein lieber Bruder hat nicht nachgedacht und sein hitziges Gemüt bringt uns ein ums andere Mal in Schwierigkeiten. Ihr hättet ihn zur Vernunft bringen und aufhalten müssen.«

»Aber Herr, Ihr kennt Saijrae«, versuchte Enymon sich zu verteidigen, »er lässt sich nicht besänftigen oder zurückhalten. Und schon gar nicht von den Saijkalsan, die er als Diener sieht. Seht uns an, was er mit mir und Raalahard angestellt hat, weil wir in seinen Augen versagten. Ein Widerwort und er straft uns alle als Verräter, die seine Pläne nicht unterstützen wollen.«

»Ja, ich kenne meinen Bruder«, antwortete der weiße Schäfer, »den Zorn, die Unbeherrschtheit, die Eitelkeit und die Dunkelheit in seinen Gedanken. Aber bei alledem weiß ich auch um seine Unsicherheit, Ängste und Träume, die ihn treiben und plagen. Ihr seid nichts anderes als einfache Diener, wenn ihr nichts anderes sein wollt. Er würde euch respektieren, könntet ihr ihm tatsächlich helfen. Aber ihr zieht euch stattdessen zurück, erduldet lediglich seine Wut und die Bestrafung, ohne ihm einen gangbaren Weg oder Erfolge aufzuzeigen. Was sollen er und am Ende ich mit euch anfangen? Ihr seid keine Hilfe, denn ihr versagt an entscheidender Stelle. Das ist der eigentliche Grund, warum ihr von ihm auf diese Weise behandelt wurdet. Glaubt ihr, von mir könntet ihr etwas anderes erwarten? Denkt ihr, etwas anderes verdient zu haben?«

»Nein, Herr«, Enymon ließ beschämt den Kopf hängen.

»Mitnichten, Saijkal«, stimmte Raalahard in das Zeugnis des Versagens ein.

»Das ist das Verhalten, das ich von euch erwartet habe«, schrie der weiße Schäfer wutentbrannt und schüchterte die Saijkalsan noch weiter ein, »ihr seid eine Bande von Nichtsnutzen. Geht mir aus den Augen, bevor ich mich vergesse und euch das Augenlicht vollends nehme.«

Die Saijkalsan wagten nicht, dem weißen Schäfer in die Augen zu sehen, und zogen sich rückwärtsgehend in nach vorne gebeugter Haltung zurück. Der weiße Schäfer lächelte überlegen, als er das sich langsam entfernende Paar beobachtete.

Kriecher, elende, schleimige Krabbeltiere, dachte er abfällig bei sich.

»Halt! Bleibt stehen!«, rief er plötzlich.

Enymon und Raalahard gehorchten sofort und blieben an Ort und Stelle wie angewurzelt stehen. Ihre Knie zitterten, als sich der weiße Schäfer näherte.

Macht ist ein solch erquickliches und erhabenes Spiel für Seele und Geist, ging es Saijkal durch den Kopf, *ich kann dich gut verstehen, Bruder, auch wenn du es zuweilen übertreibst.*

»Ihr!«, setzte er den beiden Saijkalsan die Finger auf die Brust und schlug einen vorwurfsvollen Ton an. »Ihr werdet mich begleiten und meinem Bruder im Kampf gegen die Naiki beistehen. Gemeinsam werden wir eine schmerzliche Niederlage verhindern. Ich warne euch, erweist ihr euch als feige, werdet ihr meinen Zorn kennenlernen.«

»Sehr wohl, Meister«, nickten Enymon und Raalahard zugleich.

»Gut, dann lasst uns sehen, wo er sich aufhält«, schlug der weiße Schäfer vor.

Das Auge brauchte nicht lange, den dunklen Hirten auszumachen. Er hatte es sich auf weichem Moos sitzend unter einem Baum im Faraghad-Wald gemütlich gemacht und wartete. Sein Gesichtsausdruck wirkte gelangweilt auf den weißen Bruder der Saijkalrae, was unschwer an einem ausgedehnten Gähnen zu erkennen war.

»Das sieht nicht nach einem schweren Kampf aus«, stellte der weiße Schäfer überrascht fest. »Was macht er da? Ruht er sich aus und sammelt Kräfte?«

»Ich glaube nicht, Herr«, sagte Enymon, »richtet das Auge nach oben. Die Rinde der Bäume scheint sich zu bewegen. Eine schwarze Masse kriecht daran empor.«

Dem Hinweis des Saijkalsan folgend erkannte der weiße Schäfer bei genauerem Hinsehen die Flut der schwarzen Spinnen und verstand. Jeden Augenblick musste der Kampf losgehen. Der dunkle Hirte hatte eine Helferschar der Dunkelheit vorausgeschickt, um die Naiki aus der Siedlung herunterzulocken.

»Lasst uns gehen!«, blies der weiße Schäfer zum Aufbruch. »Uns bleibt wenig Zeit.«

Die Siedlung der Naiki brannte lichterloh. Metaha hatte überall Feuer gelegt. Plattformen, Häuser, Brücken und Geländer hatte sie in Windeseile mit magischer Unterstützung entzündet. Die Flammen schlugen hoch, suchten und fanden neue Nahrung. Das zum Bau der Siedlung verwendete Holz war abgelagert und längst trocken. Doch das Feuer machte auch vor den saftigen Blättern und Ästen der Bäume nicht halt. Dunkler Rauch und Ruß stiegen auf und verdeckten das ohnehin spärliche Licht der Dämmerung. Beißend drang der Rauch in die Lungen der alten Hexe und löste schwere Hustenanfälle aus. Ihre blinden Augen tränten. Das vor Mund und Nase gehaltene feuchte Tuch nutzte ihr nur wenig. Hinzu kam eine von dem Flammensturm ausgehende unerträgliche Hitze, die der Hexe die wenigen noch verbliebenen Haare versengte und schmerzhaft auf der Haut brannte. Metaha wankte, hielt der Tortur jedoch eisern stand. Rasch breitete sich das Feuer aus. Diejenigen Spinnen des dunklen Hirten, die als erste die Siedlung erreicht hatten, wurden von den Flammen begierig verschlungen, bis nichts von ihnen übrig blieb. Die enorme Hitze der brennenden Balken und Bretter versengte selbst die Krabbeltiere, die sich noch einige Fuß unter den Plattformen befanden.

Hustend und schwer nach Atem ringend brachte die alte Naikihexe nur krächzend und keuchend einige Worte in der alten Sprache hervor.

»Genya Katarrako. Es tut mir leid, meine Freunde. Aber es geht nicht anders. Ihr müsst brennen und mit mir leiden.«

Die Baumwipfel verneigten sich und winkten mit den Ästen, als hätten sie die Naikihexe verstanden und billigten ihr Vorhaben. Das Feuer breitete sich rasch über die Plattform aus und raste in hoher Geschwindigkeit die Baumstämme hinab, als hätte Metaha eine brennende Flüssigkeit ausgeschüttet. Keiner der krabbelnden achtbeinigen Angreifer überlebte den tobenden Feuersturm.

Brennende Balken zerbarsten unter der Macht des Feuers und krachten lautstark in die Tiefe. Für Metaha wurde es Zeit, die Siedlung zu verlassen und den Kampf Auge in Auge mit dem dunklen Hirten zu suchen, wenn sie nicht von brechendem Holz mitgerissen werden wollte. Doch es war nicht leicht, einen Weg durch die Flammen zu finden, ohne von ihnen verzehrt zu werden. Eine Weile irrte Metaha, die Hände schützend vor das Gesicht haltend, umher und wich zurück, wenn ihr die Flammen heiß entgegenschlugen. Schließlich wurde der ihr verbleibende Raum enger und die Gefahr größer, von einstürzenden Balken getroffen zu werden. Metaha tastete sich vorsichtig an den Rand einer Plattform, bei der das Geländer bereits weggebrochen war, seufzte und sprang. Für einen Schwebezauber war es zu spät. Einen lang gezogenen Schrei auf den Lippen stürzte Metaha kopfüber in die Tiefe.

»Genya Bahaljo.«

Kaum hatte sie die Worte ausgesprochen, kam Bewegung in die umstehenden Bäume und Pflanzen, die ihren Wunsch verstanden hatten. Äste, Luftwurzeln und Lianen streckten sich nach ihr aus, umfassten ihre Hand- und Fußgelenke und fingen ihren Sturz auf sanfte Weise ab.

Der dunkle Hirte blickte erstaunt in die Höhe. Was sich dort oben in der Siedlung abspielte, hatte er nicht erwartet. Ein Spektakel ohnegleichen. Das Herz des Waldes stand in Flammen, und es sah aus, als brenne auch der Himmel darüber.

Als das Feuer wütend die Baumstämme herablief, sprang er erschrocken auf und brachte sich mit einem gewaltigen Satz aus der Reichweite der Flammen. Sofort hatte er erkannt, dass seine Vorhut bis auf die letzte Spinne vom Feuer erfasst und verbrannt worden war. Er fluchte und stampfte wütend mit dem Fuß auf eine bemooste Baumwurzel, als er in letzter Sardas einem herabsausenden brennenden Balken ausweichen musste. Wieder rettete er sich durch einen Sprung und landete mit dem Gesicht voraus auf dem weichen Waldboden. Den erdigen Geruch in der Nase und den Geschmack faulender Blätter im Mund richtete er sich wieder auf, ballte die Faust und schwenkte diese drohend gen Siedlung. Überrascht nahm er den gewagten Sprung der Hexe aus dem Augenwinkel wahr.

Das ist sie also, dachte der dunkle Hirte, *die Hexe, die so dreist war, mir eine solche Herausforderung zu schicken. Metaha. Sie kommt und stellt sich mir tatsächlich entgegen. Mut hat sie, das muss ich ihr lassen.*

Er beobachtete, wie Metaha von den auf den Bäumen wachsenden Lianen zu Boden getragen und nicht allzu weit von ihm entfernt abgesetzt wurde. Ihr Gesicht war rußgeschwärzt und sie wies zahlreiche Brandblasen an Kopf und Händen auf. Von ihrem Gewand und den Haaren stiegen feine Rauchwolken auf. Ihr Atem ging schwer und keuchend. Saijrae entging nicht, welche Mühe sie hatte, sich auf den Beinen zu halten.

Ein leichtes Spiel, dachte er, *fast zu leicht. Dabei wäre es eine schöne Abwechslung von den Übungen in den heiligen Hallen gewesen. Ein Duell der Dunkelheit gegen das Licht. Die Magie der Saijkalrae gegen die der Naiki. Aber so wird wohl nichts mehr daraus werden.*

Der dunkle Hirte machte einen vorsichtigen Schritt auf die Naikihexe zu. Erst jetzt bemerkte er ihre Blindheit. Ein weiterer Nachteil, wie er mit Bedauern feststellte, den er für sich nutzen konnte. Dennoch hatte er den Eindruck, dass sie ihn längst bemerkt und seine Bewegung wahrgenommen hatte. Sie richtete sich, so gut es ging, auf und blickte aufmerksam in seine Richtung.

»Ihr seid gewiss Metaha«, sagte der dunkle Hirte.

»Das bin ich«, bestätigte die Hexe mit rauer, trockener Stimme.

»Ich nahm Eure Herausforderung und die Eures Volkes dankbar an, wie Ihr sehen könnt. Nun bin ich hier, um mir zu holen, was Ihr mir in großen Worten verspracht«, sagte der dunkle Hirte.

»Spreche ich mit einem Kind? Wer seid Ihr?«, fragte Metaha.

»Hütet Eure giftige Zunge, altes Weib«, der dunkle Hirte klang zutiefst beleidigt, »Ihr wisst genau, wer ich bin. Der dunkle Hirte ist nicht für Euren Spott aufgelegt.«

»Verzeiht, aber ich bin eine alte, blinde und schwache Frau. Eure Stimme irritierte mich. Ich dachte …«, die Hexe konnte ein Schmunzeln nur schwer verbergen, »… lassen wir das. Aber klärt mich auf, was versprach ich Euch außer dem baldigen Ende Eurer Herrschaft und Macht?«

»Wollt Ihr mein Mitleid erregen?«, fragte der dunkle Hirte. »Erspart Euch das. Ich weiß, wozu Ihr imstande seid. Aber ich will Euch gerne sagen, warum ich Eure Herausforderung annahm und mich aus den heiligen Hallen hierher in den Faraghad-Wald begab.«

»Sprecht nur …«, lächelte Metaha wissend, »… ich bin ganz Ohr, auch wenn ich nur jedes zweite Eurer Worte hören kann.«

»Pah, alberne Naikihexe«, ärgerte sich der dunkle Hirte, »was glaubt Ihr, wer Ihr seid? Dachtet Ihr, ich wäre Euretwegen gekommen? Ihr und Euer Volk seid mir gleichgültig, solange Ihr mir und meinen Plänen nicht in die Quere kommt. Ihr erwähntet einen Lesvaraq. Das ist der wahre Grund, weshalb ich Euch suchte. Sprecht, wo ist der Lesvaraq?«

»Ihr kommt zu spät«, antwortete Metaha wahrheitsgemäß, »er ist fort.«

»Was?« Der dunkle Hirte war irritiert. »Ich verstehe Euch nicht. Was bedeutet: *Er ist fort*?«

»Es bedeutet das, was es bedeuten soll. Ihr werdet den Lesvaraq nicht mehr hier finden. Er ist gegangen und hat die Siedlung verlassen.«

»Ihr lügt!«, regte sich der dunkle Hirte auf. »Niemals würdet Ihr ihn ziehen lassen. Nicht Metaha, die ehemalige Dienerin des Pavijur. Ihr seid ihm immer noch viel zu sehr verbunden, als dass Ihr seinen Nachfolger ohne Euren Schutz von dannen ziehen lassen würdet. Da staunt Ihr, ich habe Euch nach so vielen Sonnenwenden wiedererkannt und erinnere mich sehr genau an Euer entsetztes Gesicht, als Ulljan, Saijkal und ich Euren Meister ermordeten. Was war das für ein Spaß! Damals wart Ihr aber noch nicht mit Blindheit geschlagen, habt in unser Antlitz geblickt und die Dunkelheit gesehen, die Euch gewiss in Euren Träumen bis heute verfolgte. Aber Ihr konntet nichts mehr für ihn tun. Ihr habt versagt, Metaha.«

Metaha starrte dem dunklen Hirten regungslos aus ihren blinden Augen entgegen. Der dunkle Hirte wusste, dass er einen wunden Punkt bei ihr getroffen und unliebsame Erinnerungen geweckt hatte, die ihr zeit ihres Lebens nachgehangen und die sie nie überwunden hatte. Was würde sie tun? Würde sie ihn jetzt angreifen, um Rache zu nehmen und ihn zu vernichten? Saijrae bereitete sich auf eine magische Attacke seiner Kontrahentin vor, wie immer diese auch aussehen mochte. Aber nichts dergleichen geschah. Stattdessen antwortete Metaha sehr leise, aber bestimmt.

»Wie ich schon sagte. Er ist nicht hier. Geht und lasst die Naiki in Ruhe. Ihr habt genug Unheil auf Ell angerichtet. Und was mein Versagen als Magierin des Pavijur angeht, so lasst Euch gesagt sein, dass ich dem Lesvaraq treu bis zu seinem Ende und darüber hinaus diente. Ich war es, die sein Erbe bewahrte und es unbeschadet weitergab. Ihr hingegen verrietet Euren Meister, wo Ihr doch mit und durch ihn viel mehr an Größe und Stärke für Euch selbst hättet hinzugewinnen können. Aber Euer Bruder und Ihr wart habgierig und wolltet unbedingt seine Macht an Euch reißen. Also musstet Ihr seinen Geist, seine Seele und mit ihm all das wertvolle Wissen eines Lesvaraq vernichten. Selbst die Erinnerung an ihn wolltet Ihr über die Sonnenwenden ausmerzen, auf dass er niemals existierte. Doch Ulljan war Euch stets einen Schritt voraus. Selbst in seinem Tod schlug er Euch noch um Längen. Die Erinnerung an Ulljan und sein Erbe bewahren die Orden der Sonnenreiter und Orna noch immer, und sein gesammeltes Wissen versteckte er an einem geheimen Ort, für Euch unerreichbar. Sagt mir ehrlich, Saijrae: Wer von uns hat am Ende versagt?«

»Geschwätz einer alten Hexe«, wiegelte der dunkle Hirte die Vorwürfe ab, »Ihr wollt mich vom Wesentlichen ablenken und Zeit gewinnen. Gebt den Lesvaraq heraus und ich verschone Euer Volk.«

»Ihr wollt nicht hören, nicht wahr?«, meinte Metaha. »Der Lesvaraq weilt nicht mehr unter den Naiki. Geht! Hier gibt es nichts für Euch zu holen.«

»Wie stur Ihr seid«, lächelte der dunkle Hirte kalt, »aber gut. Ich habe verstanden. Ihr habt es nicht anders gewollt. Gebt mir also nicht die Schuld am Ende Eurer Siedlung.«

Metaha blieb ungerührt stehen, als warte sie bereits auf den ersten Schlag des dunklen Hirten. Dieser machte sich für einen Kampf mit der Naikihexe bereit, warf den Kapuzenmantel ab und streckte seine Glieder.

»Wir müssen uns beeilen«, hielt der weiße Schäfer die beiden ihn begleitenden Saijkalsan zu größerer Geschwindigkeit an.

Über dem Wald und in der Erde lag eine Anspannung, die Saijkal mit jeder Faser seines Körpers fühlen konnte. Ein Kribbeln lief über seine Haut, und er spürte, wie es unter seinen Füßen brodelte, als ob sich jeden Augenblick die Erde unter ihm öffnete oder ein Vulkan ausbrechen wollte. Er hörte das leise Flüstern der Bäume, die wütend waren und sich gegen ihn und seinen Bruder verschworen. Es kam ihm so vor, als könnte er jedes ihrer rauschenden Worte verstehen. Der uralte Wald war ihr Feind. Überdeutlich nahm der weiße Schäfer die Zeichen und Warnungen wahr, die sich mit jedem Schritt, dem er sich dem Herzen des Waldes näherte, zuspitzten. Saijkal hatte keinen Zweifel. Dieses Gebiet gehörte den Naiki. Hier herrschten seit ihrer Vertreibung aus ihren Stammgebieten die Altvorderen. Ihre Magie war überall, hing in den Bäumen und im Waldboden. Die Wurzeln waren durchtränkt davon. Er wunderte sich, dass der dunkle Hirte die Gefahr nicht wahrgenommen hatte. Oder hatte Saijrae sie doch gespürt und einfach ignoriert, um an den Lesvaraq heranzukommen? Der weiße Schäfer verwarf den Gedanken wieder. Nein, der Bruder mochte zuweilen unbeherrscht und besonders grausam sein, aber er würde sich nicht unbedacht in eine solche Gefahr begeben. Es musste daran liegen, dass Saijrae die Eigenschaft fehlte, die den weißen Schäfer insbesondere auszeichnete: die Wahrnehmung lauernder Gefahr und fremder, freier Magie. Es war in seinen Augen eine Schande, dass es ihm und dem dunklen Hirten in all der Zeit nicht gelungen war, diese an sich zu binden und den Beschränkungen der Saijkalrae zu unterwerfen. Sie war in ihrem ursprünglichen wilden Zustand viel zu gefährlich und von einem Magier nicht zu beherrschen. Welche Auswüchse und Folgen die Anwendung freier Magie nach sich zog, vermochte niemand zu sagen. Die Absicht der Saijkalrae war es, jegliche Magie und die damit einhergehende Begabung auserwählter Wesen bewusst zu kontrollieren. Saijkal war der Ansicht, dass eine entfesselte Magie, ob sie nun den Praistern zu eigen war oder von den Altvorderen oder gar freien Magiern angewandt wurde, zu einer empfindlichen Störung des Gleichgewichtes und nachhaltigen, nicht vorhersehbaren Folgen und vor allen Dingen keineswegs erstrebenswerten Veränderungen für Kryson führen konnte. Der Weg durch die zunehmend feindseliger werdende Umgebung des Faraghad-Waldes bestätigte ihn in seiner Meinung. Sie mussten sich vorsehen und umsichtig vorgehen. Den Zorn der Natur zu erregen lag nicht in seiner Absicht, zumal er wusste, wie gewaltig und zerstörerisch diese sein konnte.

Saijrae war zu weit gegangen, nun lag es an ihm, den Bruder auf den richtigen Pfad zurückzuführen. Aber zuvor musste es ihm gelingen, diesen aus der Gefahr heraus- und in die Sicherheit der heiligen Hallen zurückzubringen.

Ein würgendes Geräusch unweit hinter ihm ließ ihn aus den Gedanken aufschrecken. Er drehte sich nach den Saijkalsan um und sah gerade noch, wie Raalahard von einer Schlingpflanze umwickelt in die Höhe der Bäume gezogen wurde, während Enymon verzweifelt versuchte, seinen Gefährten festzuhalten und aus den sich stetig zuziehenden Fesseln zu lösen. Dabei musste er aufpassen, nicht selbst von einer der durch die Lüfte peitschenden Lianen erwischt zu werden. Der weiße Schäfer eilte den Saijkalsan zu Hilfe und streckte dabei die Hand aus, als wollte er einen Stein werfen. Sattdessen murmelte er den Saijkalsan unbekannte Worte. Sofort löste sich die Umwickelung und gab den Saijkalsan frei, der unsanft zu Boden stürzte. Die Lianen zogen sich in die Baumwipfel zurück.

»Könnt ihr nicht aufpassen?«, ärgerte sich der weiße Schäfer. »Dies ist kein Ausflug, den wir zu eurem Vergnügen machen. Wir sind an diesem Ort nicht willkommen. Es ist, als hätten die Naiki den Wald verzaubert und jedem unerwünschten Eindringling tödliche Fallen gestellt. Der Faraghad schützt die Siedlung der Waldläufer.«

»Verzeiht, Meister«, entschuldigte sich Raalahard, »wir hatten Mühe, mit Euch Schritt zu halten, und ich übersah die Attacke aus der Luft. Die Bäume und Lianen sind heimtückisch. Wer weiß, was uns im Herzen des Waldes droht.«

»Tölpel!«, schalt der weiße Schäfer Raalahard. »Ein weiteres Mal helfe ich dir nicht. Setze deinen Verstand ein und halte die Augen offen, sonst wird dieser Spaziergang durch den Wald rasch dein Ende sein.«

Der weiße Schäfer schnupperte in die Luft.

»Riecht ihr das auch?«, fragte er.

»Was denn?«, antwortete Enymon.

»Ich rieche nur modrigen, erdigen Wald«, meinte Raalahard.

»Mit welch abgestumpften Sinnen wurdet ihr beide nur ausgestattet?«, fragte der weiße Schäfer. »Ich frage mich, wie ihr die Prüfungen bestanden habt.«

»Gemeinsam sind wir stark, Herr«, antwortete Enymon beinahe zu ehrlich, »alleine wären wir verloren gewesen und hätten wahrscheinlich keine der uns aufgetragenen Aufgaben bewältigt.«

»Ich hatte keine Antwort auf meine Frage von dir erwartet, Enymon«, erwiderte der weiße Schäfer streng, »aber du und dein Gefährte seid wahrlich zu nichts zu gebrauchen. Was soll ich mit euch beiden anfangen, die ihr noch nicht einmal die richtigen Schlüsse aus meinen Worten ziehen könnt. Aber dennoch gut zu wissen, dass ihr schwach seid und im Grunde zu Unrecht bei den Saijkalrae als Diener aufgenommen wurdet.«

Der weiße Schäfer wusste nur zu genau, was es bedeutete, lediglich gemeinsam zu voller Stärke und vor allem der magischen Begabung zu gelangen. Das Paar erinnerte ihn – und das war es, was ihn besonders ärgerte – insgeheim an ihn selbst und Saijrae, obwohl die Fähigkeiten von Enymon und Raalahard die seinen bei Weitem nicht erreichten.

Aber er bewunderte ihren Zusammenhalt. Was sie verband, war mehr als nur das Dasein als Diener der Saijkalrae. Sie würden sich ihm oder seinem Bruder niemals ganz verschreiben und ihre Herzen mit Leere füllen, um die Liebe der Saijkalrae-Brüder zu empfangen. Ein Teil davon gehörte stets dem anderen Gefährten. In seinen Augen waren sie daher, jeder für sich genommen, nicht einmal zur Hälfte Saijkalsan. Sie waren nichts in seinen Augen.

Sein Bruder und er waren, im Vergleich zu den mächtigen Lesvaraq, alleine nicht in der Lage, die Herausforderungen der Magie zur Vollkommenheit zu meistern. Als Einheit jedoch galten sie, bei geschicktem und überlegtem Einsatz ihrer gebündelten Kräfte, als beinahe unschlagbar. In längst vergessenen oder verdrängten Tagen hatten sie eine lange Zeit gebraucht, diese Tatsache ihrer engen Verbundenheit zu erkennen, und noch länger, diesen Aspekt ihrer Macht zu akzeptieren. Sie war Bedingung für die Wahrung des Gleichgewichtes. Erst nach einem erbitterten Kampf gegeneinander, in welchem es keinen Sieger geben konnte, hatten sie erfahren, was es für sie bedeutete, Brüder zu sein. Brüder, die sich nicht nur im Geiste nahe waren oder über einen Orden zusammenschlossen, um ein Ziel zu erreichen. Sie waren leibliche Brüder, so unterschiedlich und gegensätzlich sie auch sein mochten. Sie hassten und sie liebten sich. Immer wieder hatte es in den Schatten der Vergangenheit Zeiten gegeben, in denen der eine dem anderen nach dem Leben trachtete oder zumindest versuchte die Vorherrschaft über den jeweils anderen zu erlangen. Gelungen war ein solcher Vorstoß weder dem dunklen Hirten noch dem weißen Schäfer.

»Rauch! Der Wald brennt!«, rief der weiße Schäfer.

»Ach, *diesen* Geruch meintet Ihr«, sagte Raalahard betroffen.

»Natürlich, welchen denn sonst?«, antwortete der weiße Schäfer wiederum mit einer Frage, die er nicht wirklich beantwortet haben wollte. »Ich vermute, der Kampf hat bereits begonnen und die Siedlung der Naiki brennt. Wir folgen einfach den dichter werdenden Rauchschwaden und werden auf meinen Bruder stoßen. Er kann nicht mehr weit entfernt sein.«

Saijkal setzte sich im Laufschritt in Bewegung. Enymon und Raalahard sahen sich ratlos und schulterzuckend an. Doch folgten sie ihm gehorsam in einigem Abstand. Sie verstanden nicht, warum er sich Sorgen um Saijrae machte. Immerhin handelte es sich um den dunklen Hirten. In ihren Augen war er eines der gefährlichsten und gefürchtetsten Wesen auf Kryson, das sich gewiss zu verteidigen wusste. Wovor sollte er sich fürchten? Einen Naiki hingegen oder erst recht einen Lesvaraq hatten sie nie zu Gesicht bekommen. Bis jetzt jedenfalls.

Die alte Hexe musste den dunklen Hirten aufhalten und Zeit gewinnen. Wertvolle Zeit, um ihrem Volk die Flucht zu ermöglichen. Sie musste ihn ablenken und, solange es ging, durchhalten. Ihre Sinne waren bis aufs Äußerste geschärft. Und doch spürte sie ihre Kräfte allmählich nachlassen, je länger sie sich auf den Beinen halten musste. Metaha wusste, dass sie am Ende ihres langen Lebens angelangt war. Viel hatte sie nicht mehr zu verlieren, denn nach dem Kampf war ihr der Tod gewiss. Im Grunde ging es für sie nur noch darum, auf welche Weise sie in das Land der

Tränen gelangen würde. Aber sie hatte nicht vor, es dem dunklen Hirten leicht zu machen. Seinen Angriffen standhalten, ihm ein letztes Mal ihre Macht beweisen und seine Grenzen aufzeigen, das waren ihre Absichten.

Die Naiki nahm all ihren Mut zusammen, breitete die Arme aus und rief die Kraft der Natur zu sich. Es war die Magie des Lebens und des Wachstums, die sie beherrschte und dem dunklen Hirten entgegenschleuderte, als wollte sie ihn der Dunkelheit für immer entreißen. Eine dichte grüne Wolke bildete sich zwischen ihr und unmittelbar über dem dunklen Hirten, aus der sich schwere, zähflüssige Tropfen lösten und herabfielen. Dort, wo sie den Waldboden und die Haut Saijraes berührten, entstanden erst feine Wurzeln, die unscheinbar wie dünnes Haar oder Äderchen wirkten, sich allerdings rasch ausbreiteten, wuchsen und sich tief unter die Haut und in den Waldboden verankerten. Aus den Wurzeln sprossen hellgrüne Keimblätter, die sich öffneten und von einem rasch nachwachsenden Stiel angehoben wurden. In wenigen Augenblicken schoss der Stiel empor, wurde größer und breiter, bildete schließlich die feste Struktur einer Rinde um sich herum und entwickelte sich zu einem Stamm. Die frischen Schösslinge verzweigten sich und brachten plötzlich Äste hervor, die gefährlich ausschlugen und Saijrae ins Gesicht peitschten.

Ein gellender Schrei löste sich aus der Kehle des dunklen Hirten, der die Gefahr des magischen Angriffs viel zu spät erkannt hatte. Das Gewicht der aus seinem Körper sprießenden Bäume drückte ihn schwer zu Boden. Verzweifelt versuchte er sich aufzurichten, um sich gegen die auf und in ihm wurzelnden Bäume zu wehren und sie aus seinem Leib zu reißen. Doch seine Arme waren zu schwer. Es gelang ihm nicht, sich zu bewegen. Durch die dicht an dicht stehenden Sprösslinge sah er Metaha, deren Gesicht keinerlei Regung zeigte. Die Hexe konzentrierte sich auf ihren nächsten Angriff.

Sie begann sich wie ein Kreisel um ihre eigene Achse zu drehen, schneller und schneller, bis ihre Konturen vor den Augen des dunklen Hirten verschwammen. Die Naikihexe wuchs über sich hinaus, veränderte in der Drehung ihre Gestalt und hatte bald die Größe und das Aussehen eines alten, mächtigen Baumes erreicht. Nur wenige Fuß vor ihren ausladenden Wurzeln lag der dunkle Hirte, getrennt nur durch die zwischen ihnen frisch emporgeschossenen Bäume. An zwei starken Ästen besaß sie knorrige Hände, die in hölzernen Krallen endeten. Langsam ächzend schoben und zogen die Wurzeln den massigen Baum, eine tiefe Furche hinterlassend, über den Waldboden nach vorne in Richtung des an den Boden gedrückten Saijrae. Mit den Ästen schob sie die Schösslinge auseinander, packte ihr Opfer mit den krallenartigen Astenden und hob diesen mitsamt der aus ihm herauswachsenden Pflanzen empor.

Der dunkle Hirte wehrte sich mit Händen und Füßen gegen die feste Umklammerung, die ihm einige Knochen im Leib brach und ihn erneut aufschreien ließ. Seine Schreie hörten sich wie das Wehklagen und Weinen eines kleinen Jungen an. Aber Metaha wusste, dass er mitnichten mit einem harmlosen Knaben zu vergleichen war, sondern vielmehr einen höchst gefährlichen Gegner darstellte, dessen magische Fähigkeiten lediglich durch ihren Überraschungsangriff bislang nicht zur Entfaltung gekommen waren. Sie drückte, so fest sie nur konnte und mit aller Kraft des Baumes, zu, um ihren Gegner außer Gefecht zu setzen. Saijrae stöhnte. Seine Knochen knirschten unter dem starken Druck der Äste. Er wand sich unter Schmerzen im gnadenlosen Griff Metahas.

Während des folgenden Schreies löste sich plötzlich

schwarzes Feuer von seinen Lippen. Die dunklen Flammen loderten heißer als jedes andere Feuer an den Ästen entlang und entzogen diesen augenblicklich das Wasser. Zurück blieb nichts als verkohlte Stümpfe. Metaha wankte zurück und ein tiefes Grollen und Zittern zog sich durch den alten Baum.

Der dunkle Hirte war frei, fiel und landete unsanft in den Sprösslingen, die ihm die Haut an einigen Stellen aufrissen. Lautstark verfluchte er die Naikihexe und ihre Magie, konnte er sich doch noch immer nicht von den Bäumen befreien, die seinen Körper als Nährboden benutzten und ihm Kraft für ihr Wachstum entzogen. Metaha kannte die Wirkung ihrer Magie. Die Wurzeln nahmen ihm genau die Kraft, die er dringend gebraucht hätte, um gegen sie zu bestehen. Durch das schwarze Feuer gezeichnet musste sie sich zurückverwandeln. Ihre Arme und Hände waren verbrannt und sie litt fürchterliche Schmerzen. Durch die Angriffe hatte sie selbst an Stärke eingebüßt und musste nun tatenlos zusehen, wie der dunkle Hirte einen Sturm der Dunkelheit heraufbeschwor. Sie hatte damit gerechnet, dass er sich im Verlaufe ihres Duells mit allen Mitteln zur Wehr setzen würde, konnte aber im Augenblick nichts dagegen unternehmen. In der äußersten Not ließ Saijrae den Sturm um seinen eigenen Körper toben, biss dabei die Zähne zusammen, während die starken Winde an ihm zerrten und ihn zu zerreißen drohten.

Er schont sich nicht und geht ein hohes Risiko ein, sich zu befreien, dachte Metaha.

Die Überlegungen Saijraes gingen auf. Der Sturm entwurzelte die Sprösslinge aus seinem Leib und riss sie, tiefe Wunden hinterlassend, mit sich fort. Sobald er von den Schmarotzern befreit war, lenkte Saijrae den Sturm von sich ab und dirigierte diesen auf Metaha. Die Naikihexe wurde von den Beinen gerissen, als sie der wütende Wind unvorbereitet erwischte und mit Wucht gegen einen hinter ihr stehenden Baumstamm schleuderte. Der Aufprall brach ihr einige Wirbel im Rücken und ließ sie gelähmt zu Boden sinken.

Schwer keuchend, verwundet und mit vor Schmerz verzerrtem Gesicht erhob sich Saijrae. Metaha konnte seinen Zorn fühlen und an seiner zitternden Stimme hören.

»Ich vernichte Euch, den Lesvaraq und Euer gesamtes Volk«, schrie der dunkle Hirte, »Ihr seid zu weit gegangen!«

Metaha lächelte zufrieden, was den dunklen Hirten noch mehr in Rage versetzte. Sie hatte Ihr Bestes getan und ihm schwer zugesetzt. Diesen Kampf gegen eine Naiki würde er gewiss nie wieder vergessen. Das Wichtigste war, dass ihr Volk dem Angriff Saijraes entkommen war. Doch nun war es vorbei, sie hatte keine Kraft mehr, sich zu wehren, und musste Ell und ihren geliebten Wald verlassen. Den Sieg über eine Naiki wollte sie dem dunklen Hirten jedoch nicht gönnen.

»Genya Wallavar«, flüsterte die Naiki-Hexe.

Die letzten Worte Metahas waren so leise gesprochen, dass Saijrae diese nicht wahrnehmen konnte. Aber der Wald Faraghad hatte sie verstanden. Aus dem Boden stachen plötzlich Wurzeln hervor, deren Spitzen wie Dornen waren. Zahlreich durchbohrten sie den Leib der Naikihexe, und als die Wurzeln ihr Herz erreicht hatten, bäumte sich ihr Körper noch ein letztes Mal zuckend auf, bevor sie endgültig in das Land der Tränen aufbrach.

Saijkal traf gerade zur rechten Zeit ein und sah, wie sich sein Bruder schreiend am Waldboden hin und her warf und versuchte, den spitzen, ihm nach dem Leben trachtenden Wurzeln auszuweichen. Der dunkle Hirte hatte

Metaha bereits besiegt gesehen und war auf einen weiteren Einsatz ihrer Magie nicht vorbereitet gewesen, was ihn erneut schmerzlich strafte. Während er entsetzt das Ende der Naikihexe mit angesehen hatte, die sich ihm einfach gegen seinen Willen entzogen hatte, hatten sich die Wurzeln in seine Füße gebohrt und ihn zu Boden geworfen.

Der magische Ruf des weißen Schäfers brauste wie Donnerhall durch den Wald und brachte die Wurzeln dazu, sich in den Boden zurückzuziehen.

Saijkal stand hinter seinem Bruder und blickte diesen mitleidig an.

»Wärst du nicht so schwer verletzt, müsste ich dir eine ordentliche Tracht Prügel mit einem Stab des Farghlafat verpassen«, brummte der weiße Schäfer.

Erschrocken blickte der dunkle Hirte auf und sah die weißen Augen seines Bruders schimmern. Hinter Saijkal tauchten Enymon und Raalahard außer Atem auf.

»Saijkal, Bruder! Dann ist es also wahr und meine Sinne haben mich nicht getäuscht. Quadalkar ist tot und der Bann des ewigen Schlafes gebrochen«, flötete der dunkle Hirte, »und du hast die einäugigen Saijkalsan mitgebracht. Wie schön.«

»So ist es«, meinte der weiße Schäfer, »ich bin wach und dein Liebling ist tot.«

»Ich bin so froh, dich zu sehen, Saijkal.«

»Du lügst Bruder«, entgegnete Saijkal. »Du wolltest die Macht alleine ausüben, ohne mich, so wie du schon einmal über deinen Bruder herrschen wolltest. Am liebsten würdest du mich weiter im ewigen Schlaf sehen. Mein Schlaf gab dir Zeit, die Dämmerung heraufzubeschwören und das Gleichgewicht zugunsten der Dunkelheit zu verschieben. Ein gefährliches, gewagtes Spiel, das du alleine nicht beherrschen kannst. Ist dir das denn immer noch nicht klar?

Du brauchst mich. Wir brauchen uns, wenn wir überleben und siegen wollen. Deine Machtgier und die Besessenheit der Nacht haben die Saijkalrae geschwächt. Feinde hast du geschaffen, die unsere Freunde sein sollten. Das Gleichgewicht gerät aus den Fugen, das Licht liegt darnieder, aber das unumstößliche Gesetz der Macht schafft sich ein Gegengewicht zur Dunkelheit, um den Fehler auszugleichen. Ich befürchte, wir werden harte Zeiten erfahren, wenn wir diese überleben.«

»Gemeinsam werden wir es schon schaffen«, sagte der dunkle Hirte mit wenig Zuversicht.

»Vielleicht, aber sicher wäre ich mir dessen an deiner Stelle nicht«, antwortete der weiße Schäfer, »wir werden einige Sonnenwenden brauchen, bis wir unsere alte Stärke wiedererlangt, genügend Saijkalsan ausgebildet und um uns geschart haben. Bis dahin werden wir uns zurückhalten und den Verlauf der Dinge abwarten.«

»Aber die Lesvaraq!«, versuchte der dunkle Hirte seinen Bruder zu überzeugen. »Wir dürfen sie nicht stärker werden lassen. Noch können wir sie bezwingen. Sollten sie erst groß sein, wird uns dies nicht mehr gelingen.«

»So begreife doch endlich«, der weiße Schäfer schüttelte den Kopf, »die Lesvaraq sind Wesen des Gleichgewichts. Wir waren nur zeitweise ihre Vertreter auf Ell, weil Ulljan eine neue Ordnung ohne Lesvaraq schaffen wollte. Eine Störung der Regelmäßigkeit. Eine Unterbrechung ihres Zyklus. Sie sind Tag und Nacht. Eines Tages werden sie gegeneinander kämpfen, wie sie es schon immer taten. Wir warten ab und nutzen unsere Möglichkeit, wenn sie sich uns zeigt. Im Augenblick jedoch leiden wir unter deinen unüberlegten Handlungen und müssen zusehen, wie wir die Auswirkungen deiner Fehler wieder beseitigen können.«

»Es tut mir leid, Bruder«, lenkte Saijrae ein, »kannst du mir verzeihen?«

»Das muss ich wohl oder übel, selbst wenn es mir schwerfällt«, sagte der weiße Schäfer.

»Dann reiche mir deine Hand und hilf mir auf«, forderte der dunkle Hirte.

Der weiße Schäfer hielt seinem Bruder die Hand hin, die dieser ergriff, und zog ihn auf die Beine. Der dunkle Hirte konnte nicht auf den eigenen Füßen stehen, sodass Saijkal ihn auf den Schultern trug.

»Wir werden einen Zugang zu den heiligen Hallen öffnen«, schlug Saijkal vor. »Sobald wir angekommen sind, werden wir uns um deine Wunden kümmern.«

»Und dein Erwachen feiern«, ergänzte der dunkle Hirte.

»Das und Quadalkars Ende«, meinte der weiße Schäfer.

Die letzte Bemerkung des weißen Schäfers versetzte dem dunklen Hirten einen Stich, der ihn zusammenzucken ließ.

»Stimmt etwas nicht?«, wollte der weiße Schäfer wissen.

»Nein, es ist nichts. Nur die Schmerzen«, log der dunkle Hirte.

Die werden vergehen, Bruder, lächelte der weiße Schäfer still und wissend in sich hinein.

Die Magd

Ein Gewittersturm war vor der Küste aufgezogen. Blitze zuckten durch die Dunkelheit und erhellten für einen Moment das aufgewühlte Meer des Ostens und die Küste bis weit in den Süden des Kontinents Ell hinein. Hagelkörner, so dick und rund wie die Eier des berüchtigten fleischfressenden Laufvogels *Gnatha* aus den Vulkanebenen rund um Tartatuk, dessen bevorzugte Speise unvorsichtige Klan waren, fielen aus den tief hängenden Wolken und prasselten hart auf die Erde. Sie durchschlugen Holz, drückten Büsche, Gras und Getreide nieder und brachen selbst durch die fest mit Stroh eingedeckten Dächer der Häuser. Donnergrollen, ein ums andere, folgte den Blitzen und ließ das vom Sturm betroffene Küstengebiet in seiner Heftigkeit erzittern. Welle um Welle peitschte der tosende Wind gegen die steil aufragenden Felsenklippen. Die Gischt spritzte bis zu den Grundmauern der einsam am oberen Rand der Klippen erbauten Trutzburg empor, die sich wie ein düsterer Schatten in der Höhe über der Felsenküste erhob.

Im Südosten des Kontinents Ell, vier Tagesritte von der Hauptstadt der Klanlande entfernt, lag der Stammsitz des Fürstenhauses der Fallwas. Neben dem Haus Alchovi im hohen Norden galten die Fallwas bis zum überraschenden Tod ihres Patriarchen als das reichste und einflussreichste Haus unter den Nno-bei-Klan-Fürsten. Die Gebiete unterhalb Tut-El-Bayas entlang der Küste waren aufgrund ihrer ansonsten milden Bedingungen und der über eine ganze Sonnenwende hinweg vorherrschenden angenehmen Wärme von jeher besonders fruchtbar gewesen. Unweit der Küstengebiete der Fallwas gab es zahlreiche und wertvolle Rohstoffvorkommen. Erze, Gold, Silber und sogar die ein oder andere Edelsteinmine, deren Stollen bis tief unter die Oberfläche reichte. Niemand hatte sich deshalb über den Reichtum und die Macht des Fürsten Fallwas gewundert. Über weite Flächen war im Fürstentum Fallwas in friedlicheren Zeiten Getreide angebaut und Vieh gezüchtet worden. Andere Fürstenhäuser und Tut-El-Baya waren mit den Überschüssen regelmäßig versorgt worden. Doch jetzt lag das Land brach, da der Krieg gegen die Rachuren viele Dörfer, Siedlungen und Gehöfte zerstört hatte. Die anschließende Seuche hatte ihr Übriges dazu beigetragen, dass die überlebenden Klan zu jener Zeit gemeinsam mit ihren Toten in Geisterstädten und leer gefegten Landstrichen leben mussten. Die Zeit der Dämmerung hatte einen Neuanfang gnadenlos unterbunden. Kaum ein Klan wagte sich noch vor das eigene Haus, um die Felder zu bestellen oder die tägliche Arbeit zu verrichten. Was hatte das auch für einen Sinn? Getreide und andere Pflanzen würden ohne das Licht kaum gedeihen. Das Vieh, soweit es nicht ohnehin durch die Seuche dahingerafft worden war, lieferte auf Dauer kein Fleisch und keine Milch. Eine schwere Hungersnot zeichnete das Antlitz des Landes, von der auch das Fürstentum Fallwas nicht verschont geblieben war. Wie durch ein Wunder waren die Rachuren allerdings während ihres Eroberungsfeldzuges nur an den äußersten westlichen Grenzen des Fallwas-Gebietes vorbeigezogen, sodass sich das Fürstenhaus glücklich schätzen durfte, weitestgehend unbeschadet aus den Übergriffen hervorgegangen zu sein.

Im Gegensatz zu den architektonischen Wunderwerken in Eisbergen und Tut-El-Baya war der Sitz der Fallwas schlicht gebaut worden. Ein Bauwerk für die Ewigkeit hatte der Fürst sein aus massiven Steinen erbautes Stammhaus voller Stolz genannt. Die Trutzburg war nicht über alle

Maßen groß, aber dennoch wirkte sie erstaunlich wehrhaft und beeindruckend. Umbaut von breiten wie hohen Steinmauern fielen die acht rundherum verteilten hohen Wehrtürme besonders auf. Am Klippenrand standen zwei Türme und dem Landesinneren zugewandt weitere vier Türme. Jeweils ein zusätzlicher Turm war zur Absicherung gen Norden und der letzte in seiner Verteidigung gen Süden ausgerichtet. Die vier Türme im Inneren der Trutzburg wirkten wiederum ungewöhnlich hoch und schlank. Im Vergleich zu dem sonst eher klobigen Erscheinungsbild der Burg waren sie als geradezu filigran zu bezeichnen. Tatsächlich aber waren auch sie standhaft und solide aus massivem Stein gebaut. Sie überragten die äußeren Wehrtürme deutlich an Höhe. Bei einem Spaziergang über die Zinnen eines der Innentürme hatte man bei klaren Sichtverhältnissen in alle Richtungen einen wundervollen Blick über die gesamten Ländereien der Fallwas. Interessant hierbei war – und darin unterschied sich das Stammhaus der Fallwas von anderen Fürstenhäusern –, dass die Trutzburg, nicht wie sonst durchaus üblich, Bestandteil einer Stadt oder eines Dorfes war. Nicht einmal ein einziges kleines Fischerdorf grenzte an die Mauern der Fallwas-Burg. Vielleicht hatte es daran gelegen, dass sich Fürst Fallwas die meiste Zeit in Tut-El-Baya am Sitz des Regenten aufgehalten hatte. Ohne seine Unterstützung hatte sich die Burg nicht entwickeln können, wie dies bei anderen Fürstenhäusern der Fall war.

Tapfer hielt die Trutzburg dem Gewittersturm stand, wie sie es schon seit langer Zeit bei jedem Sturm zuvor getan hatte, und mochte er noch so heftig gewesen sein. Sie war älter als der Kristallpalast in Tut-El-Baya und von den direkten Vorfahren Chromlions erdacht, geplant und schließlich in langer Sonnenwenden Arbeit errichtet worden.

Der Sturm warf das nur leicht beladene Handelsschiff wie ein hölzernes Spielzeug nach Belieben hin und her. Das Schiff war schnell und hatte nur geringen Tiefgang. An der Spitze zierte eine aus Holz geschnitzte Galionsfigur in Form eines großen Raubfisches mit offenem Maul und spitzen Zähnen das Antlitz der *Gayaha*, wie das Schiff von den Händlern genannt wurde. Der Name bedeutete nichts anderes als Schmuggler. Im Grunde war dies kein passender Name für das durchaus prächtige Schiff.

Die Besatzung hatte die Segel zwar längst eingeholt, um den unregelmäßig auftretenden Windböen möglichst wenig Angriffsfläche zu bieten und die Masten nicht zu gefährden. Aber sie hatten dennoch größte Mühe, das Schiff auf Kurs zu halten. Als wäre es nur ein Stück Treibholz, wurde es von den hohen Wellen angehoben, nur um im nächsten Moment wieder in einem Wellental, von allen Seiten umringt von Bergen an Wasser, zu versinken.

Skipper und Steuermann hatten sich mit Seilen an Besanmast und Ruder festgebunden, um nicht von Wind und Wasser über Bord gerissen zu werden und in den Fluten zu versinken. Mit heiserer Stimme schrie der Kapitän seine Befehle über das Deck, die teils nur bruchstückhaft bei den emsig gegen den Sturm arbeitenden Matrosen ankamen. Aber sie waren erfahrene Seeleute und wussten, was von ihnen erwartet wurde. Schließlich kämpften sie um ihr eigenes Leben, und keiner von ihnen verspürte große Lust, zu ertrinken. Vier Besatzungsmitglieder, darunter der Bootsmann und der Schiffsjunge, hatten sie bereits verloren, seit das heftige Seegewitter sie mit voller Wucht erwischt hatte. Eine Welle hatte die Seeleute über Bord gespült. Ohne Möglichkeit einer Bergung waren sie in den Fluten verschwunden und alsbald ertrunken.

Auf Anweisung des Skippers hatten sich die in der Nähe

von Eisbergen zugestiegenen Passagiere – eine irritierend schöne Frau mit unterschiedlich gefärbten Augen und zwei finster dreinblickende Männer – zur Sicherheit unter Deck begeben. Dort hatten sie sich dem Rat folgend ebenfalls an feste Gegenstände angebunden und warteten nun mit blassen Gesichtern darauf, entweder gleich mit dem Schiff unterzugehen oder auf das inständig herbeigesehnte Abflauen des Gewittersturms. Für den Weg aus dem ewigen Eis in die Hoheitsgebiete der Fallwas hatten sich die Reisenden für eine Passage auf jenem dreimastigen Handelsschiff entschieden. War das Meer im Norden nicht vereist, galt dies für gewöhnlich als der sicherere und vor allem schnellere Weg in die südlicheren, am Ostmeer gelegenen Küstengebiete.

Der Skipper war für seine reichhaltige Erfahrung als Seefahrer bekannt, insbesondere jedoch für seine zugegeben meist gut bezahlte Verschwiegenheit, wenn es darum ging, Passagiere, die ein Aufsehen möglichst vermeiden wollten, auf geheimen Wegen über die See zu befördern. Er nannte sich Murhab und war der Sohn eines einfachen Fischers, der schon seit den frühesten Tagen seiner Kindheit mit den Fischerbooten zur See gefahren war. Heute war er ein gestandener Kapitän, dessen Gesichtszüge hinter einem langen roten Vollbart verborgen waren, der ihm bis zum Bauch reichte. Sein ansonsten kahles Haupt bedeckte er mit einer spitz und hoch aufragenden ledernen Kappe zum Schutz gegen Salzwasser und in früheren Zeiten, als die Sonnen von Kryson noch schienen, gegen deren starkes Licht. Seit vielen Sonnenwenden stand Murhab in den Diensten eines gewissen Todeshändlers aus Tut-El-Baya, dem der Dreimaster gehörte. Hin und wieder hatte er für Jafdabh heiße Ware transportiert, Waffen und Blutsklaven sogar, sodass ihn das Angebot der Reisenden nicht gestört hatte.

Sie waren nicht im Hafen von Eisbergen zugestiegen. Entdeckt hatte der Skipper die Gruppe, als sie gerade dabei war, entlang der Küste des ewigen Eises einige schwimmende Eisschollen zu überqueren, die sie über den Wasserweg am Hafen von Eisbergen unbemerkt vorbeiführen sollten. Ein gefährliches und vor allem höchst ungewöhnliches Unterfangen, wie er fand. Aber er war es gewohnt, keine Fragen zu stellen, und hatte sie gegen Bezahlung mit an Bord genommen. Insgeheim hatten sie gehofft, auf diesem Weg ein Schiff für eine Fahrt in den Süden zu finden, und hatten Glück, ausgerechnet auf diesen unerschrockenen Seefahrer und sein Handelsschiff zu stoßen. Murhab gehörte zu jenen seltenen Exemplaren, die sich aus der Zeit der Dämmerung nichts zu machen schienen und ihre Schiffe auch in der Dunkelheit sicher durch die Gewässer steuerten und ans gewünschte Ziel brachten. Der Gewittersturm hatte die Gayaha allerdings überrascht. Rasch hatten sich die dunklen Wolken über ihnen zusammengebraut und nur wenig später war die Naturgewalt über sie hereingebrochen, als wolle der Sturm die Besatzung und ihre Passagiere um jeden Preis davon abhalten, jemals wieder festes Land unter die Füße zu bekommen. Es war zu spät, die Fahrt zu unterbrechen, einen Hafen oder eine Bucht anzusteuern, um dort vor Anker zu gehen und das Gewitter vorbeiziehen zu lassen.

Der Skipper kannte die Gewässer der Felsenküste in den südöstlichen Gefilden von Ell. Sie galten als tückisch, und bei schlechter Sicht konnte es geschehen, dass sie auf einen im Wasser verborgenen Felsen liefen und sich den Rumpf aufrissen oder vom Wind gegen die Klippen gedrückt wurden. Beides hätte ihren sicheren Untergang bedeutet.

»Pass auf! Welle voraus!«, schrie Murhab seinem Steuermann zu.

Der Steuermann, ein sehnig gebauter Seefahrer, der mit allen Wassern gewaschen war und aussah, als bestünde seine Haut aus einem einzigen faltigen, gelbbraunen Lederüberzug, riss die Augen auf und versuchte das Steuerrad mit kräftigen Armen herumzureißen. Er biss die Zähne zusammen, seine Muskeln waren bis zum Zerreißen angespannt und die enorme Anstrengung war ihm im Gesicht abzulesen. Vor ihnen hatte sich eine Welle aufgetürmt, die jeden Augenblick über das Schiff hereinbrechen und es unter sich begraben konnte.

»Nicht dagegensteuern und auf die Seite legen«, befahl der Kapitän, »dreh Gayaha mit dem Bug in die Welle rein. Schnell!«

Murhab löste die um seinen Körper geschlungenen Seile und sprang an die Seite des Steuermanns. Mit vereinten Kräften bewegten sie das Steuerrad und drehten das Schiff, bis es auf die Welle zusteuerte. Hektisch wickelte der Kapitän ein Seil um sein Handgelenk und das Steuerrad und warf es um seinen eigenen Körper. Es war keinen Moment zu früh, als die Gayaha gerade mit der Galionsfigur voraus in die Welle tauchte und überflutet wurde. Die Schreie der Matrosen wurden von den tosenden Wassermassen übertönt. Einige klammerten sich an Segeltücher und Seile. Für diejenigen, die keinen rechtzeitigen Halt gefunden hatten, war es zu spät. Sie wurden von den Fluten mitgerissen und in die Tiefe des Meeres gezogen. Doch der Skipper hatte in der Not das Richtige getan und die Gayaha vor dem sicheren Untergang gerettet. Das Schiff wäre gekentert und hätte sich womöglich mit dem Deck unter Wasser gedreht, wenn er nicht geistesgegenwärtig reagiert und die Gayaha wagemutig und frontal in die Welle gesteuert hätte. Als die Welle über sie hinweg war, tauchte das Schiff wieder an der Wasseroberfläche auf.

»An die Eimer, faules Pack!«, rief Murhab den Matrosen zu. »Das Wasser muss raus aus dem Rumpf. Los, los … los!«

Die Matrosen gehorchten dem raubeinigen Seemann aufs Wort. Sie vertrauten ihm blind, denn er hatte ihnen nicht das erste Mal das Leben auf See gerettet.

Unter Deck waren die Passagiere nicht nur durchgeschüttelt, sondern nun auch ordentlich durchnässt worden. Elischa nahm in ihrem verheerenden Zustand die mit Eimern bewaffneten Matrosen nur noch beiläufig wahr. Sie war seit geraumer Zeit mit sich selbst und ihrer schweren Übelkeit beschäftigt. Sie fror und ihr war so elend, dass sie nur noch sterben wollte. Das heftige Schaukeln des Schiffes und die schlechte, modrige Luft unter Deck hatten ihr jede Möglichkeit genommen, sich abzulenken und das aufkommende Gefühl zu unterdrücken. Seit der Sturm tobte, war es immer schlimmer geworden, bis sie schließlich bleich, zitternd und mit entleertem Magen schlaff in den Seilen hing, die ihren Oberkörper immerhin aufrecht hielten. Was konnte schrecklicher sein als diese Schifffahrt durch den Gewittersturm? Sie hatte in ihrer Not verdrängt, welche Zukunft ihr der Lordmaster Chromlion zugedacht hatte. Eine Magd im Hause der Fallwas sollte sie nach seinen Vorstellungen werden. Latrinen leeren, die Ställe ausmisten und Stiefel putzen, bis sie ob all der schweren und als nieder betrachteten Tagearbeit müde auf ihr Lager sinken würde. Hernach käme der Lordmaster und würde sich – ungeachtet ihrer Erschöpfung und der tiefen Abneigung, die sie gegen ihn hegte – über sie hermachen, um seine Lust an ihrem Leib zu befriedigen, als wäre sie eine Sklavin oder eine billige Hure, für die er einem schmierigen Händler ein paar Anunzen bezahlt hatte. Elischa hatte seine begehrlichen Blicke wohl bemerkt. Er hatte sie mit seinen Blicken ausgezogen. Lediglich die ständige Gegenwart des Gefäßes hatte ihn bislang von Übergriffen abgehalten. Eine eigenartige Situation, fürchtete sie doch das Gefäß beinahe noch mehr als Chromlion. Aber wie lange würde die Anwesenheit der Schattengestalt sie noch vor Chromlion schützen? Hatten sie das Haus der Fallwas erreicht und das Gefäß seine Aufgabe erfüllt, würde sich der Lordmaster gewiss nicht mehr zurückhalten. Sie war aus dem Haus der heiligen Mutter vor Chromlion geflohen. Obwohl er ein Bewahrer und sie immer noch eine Orna war, hatte sie ihre Unantastbarkeit der heiligen Orna in seinen Augen durch ihre Flucht verwirkt und war fortan zum Freiwild für ihn geworden.

Seit Beginn der Reise im ewigen Eis befand sie sich in seiner und in der Gewalt des Gefäßes, dieser erstaunlichen Gestalt der Dunkelheit, die behauptete, Boijakmars zweites Ich zu sein. An eine Flucht war nicht zu denken. Die beiden Männer waren aufmerksam und passten abwechselnd auf sie auf, damit sie ihnen nicht entwischen konnte. Vielleicht hätte sie sich während der Fahrt auf See über Bord stürzen können, aber die Vorstellung, zu ertrinken oder von einem Moldawar gefressen zu werden, hatte sie von dieser Idee abgehalten. Insgeheim hoffte sie, dass Madhrab bald von ihrer Entführung erfahren und sie befreien würde. Er musste kommen. Schließlich liebten sie sich und er hatte es ihr versprochen.

Oh, wie lange noch? Ich sterbe! Ist es denn nicht bald vorbei? An etwas anderes konnte die Orna im Augenblick nicht denken.

Das Gefäß grinste sie unverschämt an. Er sah, wie übel es ihr ging, schien aber selbst immun gegen jegliche Übelkeitsanfälle und freute sich über den Schaden der anderen. Ihr einziger Trost in diesen Horas aus Todesangst und schwerster Seekrankheit war, dass es dem Bewahrer Lordmaster Chromlion nicht besser erging.

Hatte er Elischa am Anfang ihrer Reise keine Sardas in Ruhe gelassen, sie gedemütigt und beschuldigt, wo immer er konnte, ihr gedroht und das ihr blühende Schicksal in den schrecklichsten Bildern ausgemalt, so war er seit Einsetzen des Gewittersturms erschreckend ruhig geworden und zu keinem weiteren Wort in der Lage. Kalter Schweiß stand auf der Stirn Chromlions, das blonde Haar hing ihm nass und wirr in die Stirn, die zitternden Lippen waren blau angelaufen und in den Mundwinkeln hingen Reste der halb verdauten Speisen, die er aus seinem Magen hervorgewürgt hatte, bis nichts mehr außer bitterem, gelbem Gallensaft herauskommen konnte. Der Lordmaster sah totenblass aus, als hätten ihn die Schatten höchstpersönlich gezeichnet.

»Du bist fürwahr ein eigenartiger Bewahrer, Lordmaster Chromlion«, sagte das Gefäß mit einem spöttischen Unterton in der Stimme. »Ich frage mich ernsthaft, wie du so weit kommen konntest. Ein Sturm und das Schaukeln eines Schiffes treiben dir schon den Schweiß auf die Stirn und setzen dich außer Gefecht. Dabei dachte ich, du wärest standhaft, wie es sich für einen Bewahrer gehört.«

»Haltet Euer lästerliches Schandmaul, Schattenmann«, brachte Chromlion mit gebrochener Stimme zwischen zwei Würgeanfällen hervor.

»Schon gut. Aber du verbietest mir kein zweites Mal den Mund. Sollten wir die Reise unbeschadet überstehen, ist die Schuld des hohen Vaters gegenüber deinem Haus getilgt. Ich befreite den Sohn des Fallwas und brachte die heilige Orna zu dir. Vergiss das nicht. Danach werde ich mich einem anderen Bewahrer widmen. Im Gegensatz zu dir dürfte er eine echte Herausforderung sein.«

»Wovon … bei allen Kojos … sprecht Ihr?« stöhnte Chromlion.

»Weißt du es denn nicht? Ich spreche von dem Bewahrer, den du zutiefst bewunderst. Dein Vorbild, das dir stets einen Schritt voraus war«, sagte das Gefäß. » Als Nächstes werde ich mich um Lordmaster Madhrab kümmern. Du wirst sicher nichts dagegen haben, denn am Ende schütze ich dadurch nicht nur das Leben und die Interessen des hohen Vaters, sondern auch die deinen.«

»Ihr wagt es …«, Chromlion spuckte Galle, »… wie kommt Ihr dazu, in meiner Gegenwart diesen Namen im gleichen Atemzug mit Bewunderung auszusprechen. Er ist ein verurteilter Verbrecher, der gefangen genommen und gerichtet werden muss. Das Urteil ersteckt sich auf seine ganze Familie.«

»Ja, er muss gerichtet werden. In diesem Punkt stimme ich dir zu«, meinte das Gefäß, »aber du konntest seiner nicht habhaft werden und bist kläglich gescheitert. Also werde ich diese Aufgabe für den Overlord erledigen.«

»Verdammter Grutt, Ihr werdet genauso scheitern«, mischte sich Elischa plötzlich ein, die bei dem Namen Madhrab hellwach geworden war und für einen kurzen Moment die Übelkeit vergessen hatte, »also lasst ab von dem Versuch.«

»Ich bin nicht irgendwer und schon gar keine Kröte«, antwortete das Gefäß kalt lächelnd, selbstsicher mit einer leicht überheblichen Note. »Boijakmar war so freundlich und teilte seine herausragenden Eigenschaften mit mir, als er mir sein zweites Ich übertrug. Er wird mir nicht entkommen.«

»Das braucht er auch nicht«, zeigte sich Elischa unnachgiebig, »er wird zu Euch kommen und sich Euch in einem offenen Kampf stellen.«

»Ich hatte nicht vor, mich mit ihm im Zweikampf zu messen«, sagte das Gefäß, »das wäre … viel zu … sagen wir, leichtsinnig, denn es gibt keinen Zweifel daran, dass er als Krieger besser ist, als es der hohe Vater je war. Aus dem Verborgenen jedoch in einen Hinterhalt aus den Schatten geraten, dürften meine Fähigkeiten mir zum Vorteil gereichen.«

»Ihr mieses Stück wollt Madhrab feige ermorden?« Elischa klang entsetzt.

»Hast du vielleicht eine bessere Idee?«, fragte das Gefäß.

»Lasst ihn in Ruhe!«, brauste Elischa auf, »das wird sowohl für Euch als auch für den hohen Vater besser sein.«

»Das kann ich nicht«, antwortete das Gefäß leise, aber bestimmt, »stirbt der Overlord, wird dies auch mein Ende sein. Doch während Boijakmar seine letzte Ruhe in den Schatten finden wird, erwartet mich ein Schicksal der ewigen Rastlosigkeit. Ich bin nicht erpicht darauf, als Geist ohne Verstand über Ell zu wandeln. Noch nicht jedenfalls. Der hohe Vater versprach mir, sich beizeiten darum zu kümmern und mir einen neuen Geist zu verschaffen, bevor er zu den Schatten gehen sollte. Wenn ich mich nicht irre, würde Madhrab auf mich keine Rücksicht nehmen.«

»Ich hatte den Overlord gewarnt. Er hätte Madhrab töten lassen sollen, als er Gelegenheit dazu hatte. Doch Boijakmar wollte nicht hören und hat sich in Madhrab einen Feind geschaffen, den er niemals haben wollte«, meinte Chromlion. »Der hohe Vater hat zu lange gewartet, bevor er Sick den Auftrag gab, ihn zu Tode zu foltern.«

»Ihr seid feige, alle beide«, entrüstete sich Elischa, während sich ihre heißen Tränen mit dem Salzwasser des Meeres auf ihren Wangen vermischten. »Ich hoffe nur, wir gehen mit dem Schiff unter und Ihr werdet ertrinken.«

»Dann wirst du mit uns untergehen, Orna«, antwortete das Gefäß, »und der kalte Tod des Meeres wird dich umschlingen und in die Tiefe ziehen. Wusstest du, dass die Ertrunkenen in den Schatten ihren Tod bis in alle Ewigkeit immer wieder durchleben, bis jemand ihr Herz birgt und an Land bestattet? Das Ertrinken ist kein schöner Tod, du solltest dir das lieber nicht wünschen.«

»Das ist Unsinn«, sagte Elischa, »Seemannsgarn aus alten Tagen. Bevor ich es zuließe, dass Ihr Madhrab auflauert und ihn heimtückisch ermordet, sterbe ich eher.«

»Nun …«, der Schattenmann zuckte gleichgültig mit den Schultern, »… ich für meinen Teil glaube daran und wäre an deiner Stelle vorsichtiger. Dein Gang zu den Schatten könnte schneller kommen, als du denkst.«

»Ihr werdet sie nicht anrühren«, drohte Chromlion plötzlich, »sie gehört mir und wird mir fortan als Magd dienen.«

»Aye«, nickte das Gefäß und verzog seinen Mund zu einem hässlichen Grinsen, »das hatte ich nicht vor. Sie gehört dir. Nimm sie und mach mit ihr, was immer du willst. Wie ich schon sagte, der Overlord schenkt sie in seiner Großzügigkeit dem Hause Fallwas und begleicht seine Schuld. Keine Sorge, vor meinem Schwert ist sie sicher. Ist sie es denn auch vor deinem?«

Chromlion funkelte die Schattengestalt drohend an, so als ob er ihm jeden Moment an den Hals springen wollte, um diesen zu erwürgen.

Ich gehöre niemandem, dachte Elischa, *Ihr werdet Euch noch wundern!*

Unermüdlich trugen die Matrosen aus dem Bauch des Schiffes Eimer um Eimer voll Wasser nach oben an Deck. Das Schiff trudelte heftig und sie konnten sich trotz ihrer Erfahrungen mit stärkerem Seegang kaum gerade auf den Beinen halten. Dennoch zeigten sie bei ihrer schweren Arbeit eine Geschicklichkeit, die Elischa staunen ließ. Sie verschütteten keinen Tropfen Wasser. Während sie den schuftenden Seeleuten zusah, kam die Übelkeit zurück, und sie konnte keinen klaren Gedanken mehr fassen. Lediglich das Bild Madhrabs ging ihr durch den Kopf. Wie war es ihm ergangen? Wo war er? Würde er kommen, sie aus den Klauen dieser Scheusale zu befreien?

Der Skipper kam die schmale Leiter in die Kajüte herabgeklettert, um nach den Fortschritten seiner Seeleute zu sehen. Mit der Einstellung der Matrosen und dem Ergebnis schien er zufrieden. Das Wasser im Bauch des Schiffes war weg. Sie hatten alles gegeben, einen Untergang zu vermeiden.

Murhab gönnte ihnen eine kurze Rast von der Schwerstarbeit und gab eine Runde Selbstgebrannten aus. Ein Weingeist, der seinesgleichen suchte.

»Von dem Zeug wirst du blind«, flüsterte ein nahe bei Elischa stehender Matrose, der ihr dabei mit dem Ellbogen sanft in die Rippen stieß und begierig auf seinen Becher wartete, »wenn du zu viel davon trinkst. Ein aus Algen gebrannter Schnaps. Scharf, aber gut. Der brennt in der Kehle und frisst sich durch deine Eingeweide wie ein Feuerwurm. Aber ich würde nicht ablehnen, wenn ich du wäre und der Skipper dich zum Trinken einlädt. Außerdem verspreche ich dir, dass die Übelkeit im Handumdrehen verschwunden sein wird.«

»Ach ja?«, meinte Elischa und sah dem Matrosen in das noch sehr junge Gesicht. »Dann gebt mir einen Becher davon. Ich kann es fürwahr gebrauchen.«

»Aye, das glaube ich auch«, meinte der Matrose und sah Elischa verträumt an. »Aber selbst wenn es dir schlecht geht, bist du noch wunderschön. Hier …« – der Matrose reichte

Elischa einen Becher des gebrannten Algengeistes – »… trink das. Wenn es dir gleich besser geht und sich der Sturm gelegt hat, könnten wir vielleicht ein wenig Spaß miteinander haben. Was denkst du?«

»Das wäre keine gute Idee«, lehnte Elischa ab.

»Nun zier dich nicht so!« Der Arm des Matrosen wanderte um die Hüfte der Orna, während er versuchte, sie an sich zu ziehen. »Du bist eine Magd und ich ein Matrose. Du tust gerade so, als wärst du etwas Besseres. Ich habe mir auf den Schiffsreisen ein paar Anunzen gespart. Jafdabh bezahlt seine Männer anständig. Ich könnte für dich sorgen und eines Tages müsstest du dich nicht mehr als Magd für die Herren dort krumm buckeln.«

»Ich sagte Euch doch … kein Bedarf!« Elischa blieb stur.

»So einfach geht das nicht!« Der Matrose wurde langsam ungehalten und begann Elischa mit den Händen zu begrapschen.

»Lasst Eure dreckigen Finger von mir«, drohte Elischa.

»Vergiss es, Magd«, meinte der Matrose und schob sich immer näher an sie heran, »du bist heute mein.«

Erst im letzten Augenblick sah sie kurz eine Klinge aufblitzen und den Schatten einer Axt herabsausen. Chromlion stand plötzlich mit wutentbranntem Gesichtsausdruck hinter dem Matrosen und hatte diesem die Axt mit einem wuchtigen Schlag in den Rücken geschlagen. Der Matrose riss verwundert und von plötzlichem Schmerz erfüllt die Augen auf. Ein zweiter Schlag spaltete ihm den Schädel. Das Blut spritzte Elischa warm ins Gesicht und besudelte ihr Gewand. Angewidert von der rohen Gewalt drehte sie sich weg und übergab sich ein weiteres Mal. Der Lordmaster zog die Axt mit einem schmatzenden Geräusch aus dem Kopf seines Opfers, wobei er sich mit einem Fuß auf dem schlaffen Körper abstützte. Die blutige Schneide wischte er an den vom Meerwasser klammen Kleidern des Matrosen ab.

»He«, hörte Elischa den Skipper aufgebracht rufen, »was fällt Euch ein? Er ist…« – der Blick wanderte auf den am Schiffsboden liegenden Leichnam – » … ähm … war ein guter Matrose. Ein verdammt guter noch dazu. Was gibt Euch das Recht, meine Männer abzuschlachten!«

»Das Recht des Bewahrers, das die Orna schützt«, antwortete Chromlion, »ein uraltes ungeschriebenes Gesetz.«

»Auf diesem Schiff gibt es nur ein Gesetz. Das Gesetz der Gayaha, und das bin bei allen Kojos nun einmal ich!«, donnerte der Skipper. »Ich entscheide an Bord über Leben und Tod. Die Matrosen retteten Euch das Leben im Sturm, und Ihr dankt es ihnen, indem Ihr sie erschlagt? Feine Passagiere seid Ihr. Sobald sich das Gewitter gelegt hat, werde ich Euch bei nächster Gelegenheit an der Küste absetzen.«

»Wir haben für eine Fahrt bis zum Hause Fallwas bezahlt«, beschwerte sich Chromlion.

»Seid froh, dass ich Euch nicht gleich über Bord werfen lasse«, erwiderte Murhab, »aber ich habe im Augenblick Wichtigeres zu tun, als mich um Euch zu kümmern.«

Murhab wandte sich an seine Matrosen: »Faules Pack! Genug gesoffen und aufgewärmt. Werft den Leichnam über Bord und dann rauf aufs Deck. Zeigen wir dem Sturm, was die gute alte Gayaha draufhat!«

Das raue Gelächter des Kapitäns übertönte das Heulen des Windes durch die Wanten und drang Elischa durch Mark und Bein.

»Hisst die Segel!«, rief der Skipper lautstark über das Deck.

Steuermann und Matrosen blickten ihren Kapitän vor Entsetzen erstarrt und ungläubig an, der sich, die Hände in die Hüften gestemmt, breitbeinig hinter dem Ruder aufgestellt hatte und darauf verzichtete, sich festzubinden.

»Was ist los? Bewegt Euch, verdammt noch mal. Ihr habt meinen Befehl gehört. Hoch mit den Segeln! Jetzt gleich!« Murhab ließ keinen Zweifel an seinen Absichten zu.

»Er ist verrückt geworden«, murmelte der Steuermann unhörbar und kopfschüttelnd.

Aber die Matrosen gehorchten ihrem Skipper in blindem Vertrauen. Die Gayaha schaukelte von einem Wellental ins nächste. Auf und nieder. Sechzig bis neunzig Fuß schätzte der Skipper die Unterschiede zwischen Berg und Tal der um das Schiff tobenden Wassermassen. Kaum waren die Segel gehisst, blähte der Wind diese bis zum Bersten auf und jagte die Gayaha über die Wellen.

»Weg, alter Mann!«, herrschte der Skipper den Steuermann an. »Jetzt übernehme ich das Ruder.«

Murhab legte die Gayaha schräg in den Wind und nahm Geschwindigkeit auf. Die Masten bogen sich gefährlich und die Segel drohten jeden Moment zu reißen. Aber der Skipper lachte und jauchzte, als sie über einen Wellenkamm schossen und abhoben. Hart krachte das Schiff auf den Bug. Ein Matrose verlor den Halt und fiel aus der Höhe der Masten auf das Deck. Die nächste Welle nahm ihn mit sich und riss den leblosen, zerschmetterten Körper von Bord.

Elischa klammerte sich an eine Kiste. Vergessen war die Übelkeit, die von der Angst überflügelt wurde. Chromlion stürzte durch die Kajüte und schlug fluchend mit dem Kopf an die Wand. Die Schattengestalt übte sich in Gelassenheit und stimmte in das Gelächter des Kapitäns mit ein.

»Das nenne ich Wahnsinn«, rief das Gefäß entzückt, »dieser Mann weiß, die Schatten herauszufordern.«

Ruhig glitt die Gayaha über das Ostmeer durch die Dämmerung dahin. Elischa hatte sich an Deck begeben und hielt sich an der hölzernen Reling fest. Ihre Knie zitterten immer noch und die Arme schmerzten. Obwohl sie durchnässt war und ihr Haare und Kleidung kalt am Körper klebten, fühlte sie sich besser. Tief und erleichtert atmete sie die frische Seeluft ein und beobachtete die Matrosen und den Skipper bei der Arbeit. Das lenkte sie von den düsteren Gedanken ab, die sie seit Anbeginn der Reise plagten.

Ein schmaler Lichtstreifen zeigte sich für einen kurzen Augenblick am Horizont, durchbrach das Dämmerlicht und erregte die Aufmerksamkeit des Skippers. Gedankenverloren strich er sich über den langen, vor Wasser triefenden Bart, als die Dunkelheit nur wenig später das Licht wieder verdrängte. Der Gewittersturm hatte sich gelegt und das Wasser sich beruhigt. Murhab wanderte, von den Blicken Elischas neugierig verfolgt, über Deck und begutachtete die Schäden.

Kann dieser verwegene Mann vielleicht helfen, mich aus den Händen meiner Entführer zu befreien?, fragte sie sich im Stillen.

Lediglich zwei Segel waren gerissen und mussten ersetzt werden. Die Masten hatten jedoch gehalten. Der Skipper brummte zufrieden in seinen Bart.

Sie waren weit gekommen, hatten den Kurs gehalten und waren nahe an die Felsenküste herangetrieben worden, deren Klippen sich wie eine unüberwindliche Mauer steil aufragend und schwarz über das Meer hinaus abhoben. Der Sturm hatte sie nur acht Leben gekostet, rechnete er den von Chromlion erschlagenen Matrosen hinzu. Ein herber Verlust zwar, aber es hätte sie ob der Heftigkeit des Sturms weit schlimmer erwischen können.

Murhab trat an die Seite Elischas und ergriff das Wort.

»Ihr seid nicht zu beneiden«, sagte der Skipper offen, »Eure Begleiter führen nichts Gutes im Schilde. Wirklich schade um so eine schöne Frau, wie Ihr es seid. Ich kann mir nicht vorstellen, dass Ihr eine Magd seid.«

»Das bin ich nicht«, gab Elischa zu. »Der Bewahrer und dieses fürchterliche untote Geschöpf des Schattens haben mich, eine Orna, entführt.«

»Ein Bewahrer entführt eine Orna?« Murhab zog überrascht die Augenbrauen hoch, »das müsst Ihr mir erklären. Ich muß zugeben, mein Wissen über die Orden reicht nicht gerade weit, aber ich dachte, die Bewahrer schwören einen Eid, die Orna zu schützen.«

»Das stimmt«, seufzte Elischa, »aber dieser Bewahrer ist anders. Mit dem Ende des Krieges gegen die Rachuren und dem Heraufziehen der Zeit der Dämmerung hat sich einiges verändert. Die alten Regeln stehen auf dem Kopf. Es scheint, als könnten wir uns auf nichts mehr verlassen, was einst festen Bestand auf Kryson hatte.«

»Doch …«, widersprach der Skipper, »… das Gesetz und die Magie der See sind unveränderlich. Ihr könnt mir glauben, wir hätten den Sturm nicht überlebt, würde ich mich täuschen. Auf jeden Sturm folgt eine Flaute, so wie am Ende eines Lebens der sichere Gang zu den Schatten steht.«

»Seid Ihr Euch dessen wirklich sicher?«, fragte Elischa. »Ich habe zu viel gesehen, um noch Gewissheit zu haben. Die Toten erheben sich aus den Schatten und kehren zurück in die Welt der Lebenden. Das Licht der Sonnen verschwand und Ell wurde mit Dunkelheit überzogen. Nichts ist mehr, wie es einst war.«

»Lasst Euch nicht von den äußeren Eindrücken täuschen«, antwortete Murhab. »Wir leben in einer Welt der Gegensätze, die vom Ausgleich der Kräfte bestimmt wird.

Das war schon immer so und wird sich niemals ändern. Das ist Kryson. Habt Ihr nicht den hellen Streifen am Horizont gesehen? Wie ein Hoffnungsschimmer erschien er für einen Augenblick nur. Doch er war da. Sichtbar und klar in seiner Botschaft. Vertraut auf das Gleichgewicht, das Licht wird zurückkehren und die Dämmerung verdrängen. Hier draußen auf dem Meer, den Naturgewalten ausgesetzt, ihren Kräften trotzend, könnt Ihr die Macht am deutlichsten spüren.«

»Ihr seid ein erstaunlicher Klan, Skipper«, sagte Elischa mit einer gewissen Bewunderung in der Stimme, »mutig, verwegen und sehr weise in dem, was und wie Ihr etwas sagt. Ich wünschte, ich könnte die Zuversicht mit Euch teilen.«

»Was hindert Euch daran?«, lächelte Murhab. »Ich bin nur ein einfacher Seemann, der dem Tod schon oft ins Auge geblickt hat. Ich kenne das Meer, das Wetter und die Gesetze der Natur. Mehr braucht es für die Hoffnung nicht. Es hilft mir, Entscheidungen zu treffen und auf See zu überleben.«

»Wollt Ihr mir helfen, die Entführer loszuwerden?«, wagte sich Elischa vor.

Der Skipper seufzte und sah Elischa lange in die Augen, bevor er antwortete. In seinem Blick lag eine Traurigkeit, die Elischa rührte.

»Es tut mir leid, aber das vermag ich nicht. Die Gayaha und die See sind meine Welt. Eine kleine, überschaubare Welt, die ich verstehe und beherrschen kann. In ihr bin ich zu Hause. Das Schiff gehört mir zwar nicht, und doch hänge ich daran wie ein Vater an seiner Tochter. Sie ist mein Leben, meine Liebe und sie wird mein Tod sein. Ich trage Verantwortung für die Matrosen, die Tag für Tag ihr Leben mit mir riskieren. Sie vertrauen mir, und ich verlasse mich auf sie. Versteht mich nicht falsch, aber würde ich Euch meine Hilfe anbieten, müsste ich all das hinter mir lassen, meine Männer und Gayaha verraten. Ich bin im Kampf nicht geübt genug und kann Eure Begleiter nicht besiegen.«

»Aye«, sagte Elischa, ihre Enttäuschung verbergend, »verzeiht mir meine Bitte, aber Ihr gabt mir Hoffnung, wenn auch nur für einen kurzen Augenblick.«

Murhab richtete sich auf und kramte in seinen Taschen. Er zauberte einen Gegenstand hervor, der von innen leuchtete. Eine Muschel, wie Elischa sofort erkannte. Der Skipper drückte Elischa die Muschel in die Hand.

»Hier …«, meinte Murhab, »das ist für Euch. Es soll Euch immer daran erinnern, dass das Licht eines Tages wiederkehren wird. Die Muschel ist nichts Besonderes, und doch ist sie schwer und selten zu finden, denn sie stammt aus den tiefsten Tiefen des Meeres. Dort, wo die Dunkelheit vorherrscht, ist sie eines der wenigen Wesen, das ihre Umgebung zu erleuchten vermag. Ihr Licht erlischt niemals. Vielleicht hilft Sie Euch über die dunkelsten Tage hinweg.«

»Danke«, sagte Elischa sichtlich gerührt und verbarg die Muschel rasch unter ihrem Gewand.

Sie standen noch eine Weile schweigend nebeneinander an der Reling und beobachteten, wie die Klippen der Felsenküste gemächlich an ihnen vorbeiglitten.

»Wir werden bald anlegen und Euch an Land absetzen«, unterbrach Murhab das Schweigen, »ich wünsche Euch Hoffnung und Glück.«

Elischa nickte nur, erwiderte aber nichts. Sie dachte an Madhrab und an ihren gemeinsamen Sohn Tomal. Vielleicht war der Lesvaraq der Schlüssel, die Dunkelheit zu durchbrechen. Aber sie wusste und hatte stets gefühlt, dass Tomal eine dunkle Ausstrahlung hatte. Vielleicht würde alles schlimmer werden, wenn er erst erwachsen war und an Macht hinzugewonnen hatte. Der Lesvaraq brauchte sie nicht und hatte sie fortgeschickt. Obwohl es ihr das Herz gebrochen hatte, war sie nicht in der Lage gewesen, ihm ihre wahre Beziehung zu offenbaren. Hatte er denn nicht gespürt, dass sie seine leibliche Mutter war? Und was war mit Madhrab? Er hatte ihr versprochen, dass er wiederkäme. Aber wann dies geschehen sollte, hatte er offengelassen. Sie hatte ihn verstanden und musste ihn ziehen lassen, obwohl sie ihn brauchte. Doch er musste handeln und nach Antworten suchen. Wie hätte er wissen können, dass sie entführt wurde? Ausgerechnet von seinem ärgsten Widersacher, den er in sicherer Verwahrung glaubte. Was würde er tun, wenn er von ihrem Schicksal erfuhr? Es hatte keinen Sinn, auf ihn zu warten. Sie musste sich selbst helfen. Irgendwie.

Die Gayaha ging unweit der Küste an einem Riff vor Anker und brachte die Passagiere mit einem Ruderboot an Land. Kapitän Murhab stand auf Deck und blickte ihnen lange nach, bis er sie schließlich in der Dunkelheit aus den Augen verlor.

Chromlion brummte der Schädel. Der Lordmaster wies eine Platzwunde am Kopf auf, die er sich während des Sturms zugezogen hatte. Das Gefäß hingegen war bester Laune und führte die Gruppe über unwegsames Gelände aus spitzen Felsen und vom Meer glatt gespülten Steinen, immer am Rand des Meeres entlang der Klippen, Richtung Süden. Sie hatten keine andere Wahl, als diesem Umweg einige Tage lang zu folgen. An eine Besteigung der steilwandigen Klippen, die an dieser Stelle dreitausend Fuß und mehr in die Höhe ragten, war nicht zu denken. Die Klippen erwiesen sich als rutschig, und es war nahezu unmöglich, festen Tritt zu finden. Vom Meer kommende, starke Windböen fegten hin und wieder in unregelmäßigen Abständen über die Felsen hinweg und rissen mit sich, was keinen sicheren Halt hatte.

Nach der langen Seefahrt fielen ihnen die Schritte an Land anfangs schwer und sie wankten gefährlich hin und her, bis sie sich wieder an festen Boden unter den Füßen gewöhnt hatten.

Elischa ging mit hängendem Kopf in der Mitte, während sie immerzu auf die vor ihr gehenden Stiefel des Gefäßes starrte, hinter ihr folgte Lordmaster Chromlion, der es kaum erwarten konnte, endlich in seinem Hause anzukommen.

Sie redeten kaum miteinander und rasteten, sobald sie ihre Füße nicht mehr tragen wollten. Durch die Kletterei über die scharfen Felskanten entlang des Weges waren die Hände bald voll blutiger Schrammen und Risse. Elischa überlegte, wie sie ihren Entführern wohl entkommen konnte. Ein Sprung ins Meer würde sie wahrscheinlich nicht allzu weit bringen. Zwar war sie durchaus des Schwimmens mächtig, aber sie würde nicht schnell genug sein, um genügend Abstand zwischen sich und die Verfolger zu bringen. Außerdem lief sie Gefahr unter Wasser auf einen Felsen zu stürzen und sich alle Knochen zu brechen oder an den Korallenbänken tiefe Schnittwunden zuzuziehen. Bei der Vorstellung, welche Meeresräuber für gewöhnlich die Küstengebiete auf der Jagd nach Beute bevölkerten, zog sich ihr der Magen unangenehm zusammen. Die Moldawars waren meist weiter draußen hinter den Korallenriffen anzutreffen, aber es gab auch zahlreiche kleinere Räuber, die nicht weniger hungrig waren und vorwiegend in der Dunkelheit jagten. Aussichtslos wäre auch der Versuch, die Klippen einfach emporzuklettern. Elischa war geschickt und sie hatte den entscheidenden Vorteil, dass sie leichter, nicht bewaffnet und nur wenig Gepäck mit sich herumtrug. Aber wie hoch und weit würde sie kommen, bevor ihre Kräfte nachließen, sie ausrutschte oder der Bewahrer und das Gefäß sie wieder einholen würden. Vielleicht hätte sich ihr irgendwann die Möglichkeit geboten, einen der beiden Entführer zu überraschen und von den Klippen zu stoßen. Aber was brächte ihr das ein? Sowohl Chromlion als auch das Gefäß achteten sorgsam und wach auf jeden ihrer Schritte. Hätte sie mit viel Glück den einen überwunden, wäre der andere sofort zur Stelle, ihre Flucht zu verhindern, und sie hatte ohnehin wenig Hoffnung, Chromlion oder die Schattengestalt niederschlagen zu können.

Verdammt, dachte Elischa, *ich fühle mich wie ein Lamm, das zur Schlachtbank geführt wird.*

Es war zum Verzweifeln. Die Orna wusste nicht, wie sie ihrem drohenden Schicksal entgehen sollte. Während einer Rast tastete sie nach der leuchtenden Muschel unter ihrem Gewand, die ihr Murhab gegeben hatte, ohne diese offen zu zeigen. Wahrscheinlich würde Chromlion ihr den Hoffnungsbringer wegnehmen, wenn er diesen entdecken sollte. Die Muschel fühlte sich warm und glatt in ihrer Hand an und Elischa vermeinte tatsächlich ein leichtes Vibrieren zu spüren. Zu ihrer Verwunderung übte die Muschel sogleich eine beruhigende Wirkung auf sie aus. Es war, als erhielte sie neuen Mut, Kraft und Zuversicht.

Hat Murhab nicht gesagt, die Muschel besäße keine besonderen Eigenschaften?, ging es ihr durch den Kopf.

Das war jedenfalls mehr, als sie erwartet hatte. Ihre Gedanken schweiften ab und landeten bei ihrem geliebten Madhrab. Wie sehr sie doch seine Umarmung vermisste, die Wärme und Geborgenheit, die er ihr vermittelte. Aber es war eigenartig. Sie konnte ihn fast so nahe bei sich spüren, als stände er neben ihr, und sie hörte seine Stimme deutlich flüstern:

Elischa, meine Liebe. Es wird alles gut.

Sein Lächeln voller Freude und Zuversicht tat ihr gut. Er wirkte siegesgewiss und so sicher, als ob er in der Lage wäre, alle Schwierigkeiten und Hindernisse dieser Welt mit Leichtigkeit alleine zu überwinden. Sie wusste, dass dies unmöglich war, und doch wollte sie in diesem Augenblick daran glauben und ihn festhalten.

Sei stark und halte durch! Ich komme und hole dich, dann wird uns nichts und niemand auf Kryson jemals wieder trennen, klang seine Stimme angenehm in ihren Gedanken, *unsere Liebe wird siegen und die Dunkelheit vertreiben.*

Die Stimme ihres Geliebten verklang, und obwohl sie sein Bild unbedingt halten wollte, verblasste auch dieses und warf sie zurück in die kalte Unwirtlichkeit der Felsenküste von Ell.

Chromlion und das Gefäß hatten die Sachen bereits gepackt und waren bereit zum Aufbruch. Der Lordmaster zerrte Elischa unsanft auf die Beine und stieß sie mit der Faust in den Rücken, damit sie einen Schritt vorwärtsmachte.

»Bewege dich, Magd. Ich will die Burg meines Vaters endlich erreichen und nicht ewig über die trostlosen Felsen wandern«, fauchte Chromlion sie unwirsch an, »dort sollst du dich endlich mit harter Arbeit als nützlich erweisen.«

»Du könntest ihre Fähigkeiten weit besser und sinnvoller nutzen, wenn du sie nicht als Magd zur Erledigung niederer Dienste einsetzen würdest. Sie kann gewiss weit mehr als Latrinen putzen und Ställe ausmisten«, schlug das Gefäß vor.

»Haltet Euch da raus«, erwiderte der Lordmaster, »wozu sie taugt, wird sich im Laufe der Sonnenwenden erweisen.

Ich denke, dass sie mir ein paar kräftige Bastarde nach Kryson bringen wird, mit denen ich eines Tages zur Jagd in die Wälder gehen kann.«

»Ich verstehe«, antwortete die Schattengestalt, »du willst die heilige Orna zur Zucht einsetzen, um das Haus der Fallwas mit Bastarden zu bevölkern. Nicht schlecht, aber dann könntest du sie dir doch gleich zur Frau nehmen und Stammhalter zeugen, die eines Tages deine Nachfolge antreten könnten.«

»Das würde Elischa so passen!«, meinte Chromlion abfällig. »Sie hat mich einmal versetzt und ihre Möglichkeiten verspielt. Ein weiteres Mal werde ich das nicht zulassen. Nein … bar jeden Ranges und Rechtes, ungeachtet ihrer Ausbildung und der Vergangenheit bei den Orna wird sie ihr restliches Dasein als Magd in unserer Burg fristen. Die Liebesnächte mit ihrem Fürsten werden die einzige Freude bleiben, die ihr das Haus Fallwas gewähren wird. Meine Entscheidung steht fest.«

Elischa hörte dem Gespräch ihrer Entführer mit Grausen zu. Ihr wurde plötzlich sehr kalt, als das gehässige Lachen der Schattengestalt schmerzlich in ihren Ohren klang. Ein Zittern erfasste ihren ganzen Körper, das ihr jeden weiteren Schritt zur Qual machte, der sie der Burg der Fallwas näher brachte.

Sieben Tage und Nächte war die kleine Gruppe über Steine und Felsen geklettert, hatte sich den Widrigkeiten der Küste ausgesetzt gesehen und ihren Weg überwiegend in Gedanken versunken verfolgt. Chromlion blickte an den Felsen hinauf. Über ihnen thronte die Burg der Fallwas, die wie ein unüberwindliches Bollwerk über die Klippen ragte. Die Fenster und Aussparungen in den unteren Ebenen waren allesamt durch dicke Eisengitterstäbe gesichert. Elischa fühlte sich sofort an ein düsteres Gefängnis erinnert, dessen hohe Mauern jeglichen Fluchtversuch unmöglich machten. Würden sich die Tore hinter ihr schließen, war sie gefangen, dessen war sie sich sicher. Wie sollte sie jemals die Freiheit wiedererlangen? Selbst wenn es Madhrab gelänge, den Ort ihrer Gefangenschaft zu finden. Wie wollte er gegen diese Festung bestehen?

»Endlich«, rief Chromlion begeistert und deutete mit der Hand auf eine Aussparung vor ihnen in den Felsen, »hier ist es. Dort vorne befindet sich eine in die Felsen gehauene Treppe. Sie wird uns zu einem befestigten Weg führen, über den wir um die Burg herum zum Haupttor gelangen.«

»Worauf wartest du?«, fragte das Gefäß, »führe uns hinauf in dein Haus, Lordmaster. Oder sollte ich dich ab jetzt mit Fürst Fallwas ansprechen.«

»Ihr dürft mich in der Tat *mein Fürst* oder *mein Herr* nennen«, antwortete Chromlion. »Die Zeiten als Bewahrer sind vorbei. Das gilt natürlich auch für dich, Elischa. Verabschiede dich von deinem bisherigen Leben. Du stehst jetzt in den Diensten des Hauses Fallwas. Unter den Dienern des Hauses nimmst du den untersten Rang gleich einem Schweinehirten ein. Vergiss das nicht, wenn wir in die Burg kommen. Du wirst deine Augen zu Boden senken, sollte dir ein höherrangiges Mitglied oder Bediensteter unseres Hauses begegnen. Das bedeutet, du wirst deinen Kopf stets nach unten gerichtet tragen. Es stehen dir keinerlei Rechte zu, nur Pflichten. Verstößt du gegen die Regeln des Hauses, erledigst du die dir übertragenen Dienste nicht zur Zufriedenheit oder verweigerst du eine Anweisung, wirst du mit Prügeln bestraft. Die Stöcke in unserem Hause sind zu diesem Zweck stets gut geölt. Aber ich weiß, dass du früher oder später eine gefügige Magd werden wirst. Du wirst Gehorsam lernen.«

Gehorsam. Wie Elischa dieses Wort hasste. Als Orna war sie gehorsam gewesen. Gehorsam gegenüber dem Orden, ihren Schwestern und der heiligen Mutter. Sie hatte Regeln gelernt und befolgt. Das war ihr nicht schwergefallen, denn sie hatte sich im Haus der heiligen Mutter wohl und geborgen gefühlt. Dort hatte sie ihre Kindheit verbracht und war unter ihresgleichen aufgewachsen. Und doch war dies eine andere Art von Gehorsam, die der Fürst von ihr verlangte. Die heiligen Orna waren frei und respektiert in dem, was und wie sie etwas taten. Sie waren zur Eigenständigkeit und zur Übernahme von Verantwortung erzogen worden. Sie folgten den Regeln, weil sie für ein Zusammenleben notwendig waren und sie ihnen zugleich Sicherheit gaben. Sollte sie jedoch für den Rest ihres Lebens im Fürstenhaus der Fallwas als Magd mit niederstem Range arbeiten, waren die Regeln nur da, ihren freien Willen zu unterdrücken, sie zu brechen und zu bestrafen. Sie war eine Sklavin. Nicht mehr und nicht weniger. Jeder durfte sie nach Belieben unterjochen, ihr Dienste auftragen und sie bestrafen, wenn sie die Worte des Fürsten richtig verstanden hatte.

Chromlion ging voraus und zog Elischa hinter sich her. Die Beine der heiligen Orna waren steif. Es war, als weigerten sie sich, die Stufen zur Burg hinaufzusteigen. Dieses letzte Stück in ihre Gefangenschaft. Das Gefäß musste die Orna von hinten schieben. Oben angelangt folgten sie dem Weg entlang der Mauern. Das Haupttor war breit und hoch, aus dunklem, massivem Holz gefertigt und mit schweren Eisenverstrebungen verstärkt. Der Fürst pochte mit einem Stein gegen das Tor. Darüber befand sich eine schmale Luke, in welcher der Kopf des Torwächters erschien. Ein älterer Soldat, der die Farben des Fürstenhauses, Grün und Schwarz, sowie einen eisernen Spitzhelm auf dem Kopf trug. Er leuchtete mit einer Öllaterne in die Tiefe. Seine glasigen Augen folgten dem Lichtschein.

»Wer da?«, krächzte die Stimme des Wächters, die sich anhörte, als hätte er seit Tagen kein Wasser mehr getrunken und sie zusätzlich mit einem Reibeisen bearbeitet.

»Fürst Chromlion Fallwas bittet um Einlass. Öffne das Tor, Maagal«, rief Chromlion dem Torwächter entgegen.

»Sehr wohl, Herr«, antwortete Maagal dienstbeflissen, der den Fürsten an der Stimme erkannt hatte.

Maagal zog den Kopf zurück und eilte zu den Hebeln und Ketten im Torhaus über dem Haupteingang zur Burg. Elischa konnte die lauten Schritte des Torwächters hören, der mit schweren Stiefeln über die Steine rannte. Wenig später rasselten die Ketten und die Hebel verursachten einen krachenden Lärm. Langsam senkte sich das Zugtor herab. Elischa wurde von dem unguten Gefühl beschlichen, das Tor gleiche dem Maul eines riesigen Drachen, der sie begierig zu verschlingen suchte. Im Torhaus brannten links und rechts entlang des Weges in die Burg in gleichen Abständen Fackeln. Die Flammen flackerten unruhig durch den Luftzug. Von außen konnte Elischa einen Teil des Innenhofes erblicken, der mit windgeschützten Laternen und zusätzlich in den Boden eingelassenen Fackeln ebenfalls erleuchtet war. Als sich das Tor vollends herabgesenkt hatte und der Weg in die Burg frei war, bugsierte Chromlion seine Gefangene ungeduldig in die Burg. Der herbeieilende Torwächter warf sich vor dem Fürsten sofort auf die Knie und wagte nicht, diesem auch nur ein einziges Mal in die Augen zu blicken. Er hielt seinen Kopf zwischen den Armen gesenkt und starrte stur auf den Boden.

»Maagal grüßt Euch, Herr«, sagte er, »wir sind hocherfreut, Euch in der Burg zu sehen. Es ist lange her, seit Ihr oder Euer Vater uns die Ehre erwiesen. Die Nachricht vom

Tod Eures Vaters traf uns unerwartet und hart. Es gab Gerüchte über Euer Verschwinden, und wir dachten, dass es nicht mit rechten Dingen zugehen konnte. Erst der Vater und dann Ihr, in den wir all unsere Hoffnungen setzten. Wir waren verzweifelt und wussten nicht, was wir tun sollten. Wir fürchteten einen Angriff oder Schlimmeres und verschanzten uns hinter den Mauern. Noch heute haben wir in tiefer Trauer die schwarzen Flaggen der Schatten gehisst. Gewiss habt Ihr das schon bemerkt.«

»Es ist mir nicht entgangen«, log Chromlion, dessen Blick verstohlen in Richtung der Türme wanderte, »steh auf und läute die Wachen und die Dienerschaft des Hauses zusammen. Wir sind hungrig und durstig und wollen speisen.«

»Sehr wohl, Herr«, bestätigte Maagal den Befehl.

Der Torwächter sprang auf, ohne den Fürsten dabei anzusehen und eilte mit seinen zu kurz geratenen Beinen an eine große, frei stehende goldene Glocke hinter dem Torhaus. Ihr Klang war dunkel, durchdringend und satt. Es dauerte nicht lange, da standen Wachen und Dienerschaft des Hauses Fallwas vereint im Innenhof. Manche wirkten schlaftrunken und hatten sich nur rasch ein Gewand übergeworfen. Andere blickten die Neuankömmlinge aufmerksam und neugierig an. Sie waren offenbar froh, nach den Monden der Abgeschiedenheit neue Gesichter zu sehen. Wieder andere wirkten skeptisch ob der Anwesenheit des Bewahrers und maßen ihn mit ablehnenden Blicken. Er war niemals dazu auserkoren, die Nachfolge des Fürsten Fallwas anzutreten, und hatte sich in der Zeit, in der er unter den Ordenbrüdern weilte, nicht im Fürstenhaus blicken lassen.

Der Fürst musterte die versammelte Dienerschaft. Er wusste, was sie dachten. Sie waren seinem Vater treu und ergeben gewesen. Er musste sich dieses Privileg erst verdienen. Allerdings hatte er sich noch nicht entschieden, wie er damit umgehen sollte. Es gab den harten oder den sanften Weg. Die goldene Mitte dazwischen lag ihm überhaupt nicht. Chromlion neigte eher zu der harten und gestrengen Weise. Er würde sich durchsetzen, so oder so. Einen Umgang, der von eiserner Disziplin, Strenge, Gewalt und Bestrafung geprägt war, hatte in seinen Augen einen entscheidenden Vorteil: Die Angst würde sie gefügig machen. Aber welche Wahl hatten sie? Keine, die an ihm als Fürst vorbeigeführt hätte. Daher mussten sie ihn als ihren neuen Fürsten anerkennen und respektieren. Einige der älteren Gesichter kamen ihm bekannt vor, obwohl er lange nicht mehr in der Burg gewesen war. Andere hatte Chromlion nie zuvor gesehen. Aber das Gesicht der für die Mägde verantwortlichen Köchin kannte er. Die alte Klan hatte sich als Magd im Hause des Fürsten über die Sonnenwenden ihrer Dienste emporgearbeitet. Ihr Name war Acerba. Sie war fett, groß und trug ihr bereits zu großen Teilen ergrautes, blondes Haar in weit geflochtenen Zöpfen. Mägde, Diener und Wachen fürchteten sie gleichermaßen. Sie besaß ein ausgesprochen lautes Organ, sodass den Untergebenen die Ohren klingelten, wenn sie es wutentbrannt zum Einsatz brachte. Und das tat sie oft. Ihre aufbrausende Art war berüchtigt unter den Bediensteten. Acerba war es, die das Zepter in Küche und Hof schwang und das wohl strengste Regiment führte, das sich ein Klan vorstellen konnte.

Elischa hatte ein ungutes Gefühl dabei, als sie der Blick der Aufseherin traf und hasserfüllt an ihr hängen blieb. Dieser Blick verhieß der Orna nichts Gutes. Die Augen der Köchin waren klein und rund und verschwanden beinahe in den zu tief liegenden Augenhöhlen und hinter den wulstigen Wangen. Chromlion sprach Acerba direkt an.

»Ah«, schmeichelte der Fürst, »wen sehe ich denn da? Ein altbekanntes Gesicht. Es ist mir eine Freude, dich zu sehen, Acerba.«

Die Köchin senkte den Blick und machte einen tiefen Knicks vor dem Fürsten.

»Es ist mir eine große Ehre, mein Fürst«, sagte Acerba schließlich.

»Nun … ich habe dir jemanden mitgebracht.« Chromlion nickte mit dem Kopf in Richtung Elischa, sodass es der Orna ob der offen gezeigten Ablehnung durch Acerba heiß und kalt den Rücken hinunterlief. »Sie wird dir bei schweren und schmutzigen Diensten gern zur Hand gehen. Ihr Name ist Elischa und sie ist die niederste Magd in unserem Hause. Achte auf sie und lass sie nicht entfliehen!« Schließlich wandt er sich an die gesamte Dienerschaft: »Ihr alle werdet ein Auge auf sie haben. Wer ihr zur Flucht verhilft oder die Beobachtung vernachlässigt, wird meinen Zorn zu spüren bekommen. Ich gebe sie in deine Obhut, Acerba.«

Der Gesichtsausdruck Acerbas änderte sich sofort, als sie die Worte des Fürsten vernommen hatte. Ihr breites Gesicht verzog sich zu einem noch breiteren Grinsen, das einige Zahnlücken in ihrem Mund offenbarte.

»Das ist sehr großzügig von Euch, mein Fürst«, verneigte sich Acerba, »Ihr könnt Euch gewiss sein, ich werde sie gut gebrauchen können und in die Gepflogenheiten des Hauses einweisen.«

»Dessen bin ich mir sicher«, antwortete Chromlion, »zögert nicht mit Zurechtweisungen, sollte sie sich als ungeschickt erweisen, und spart nicht an Bestrafungen, wenn sie sich widerspenstig zeigt.«

»Sehr wohl, mein Fürst«, freute sich Acerba, deren triumphierender Blick der Orna verriet, dass diese es nicht bei einfachen Bestrafungen belassen würde, gleichgültig ob sich Elischa in ihren Augen gut oder schlecht anstellte, »macht Euch keine Sorgen. Ich werde Euch nicht enttäuschen. Das hübsche Ding wird die alte Acerba von ihrer besten Seite kennenlernen.«

»Unter einer Bedingung«, ergänzte Chromlion, »lass sie am Leben! Ich spalte dir persönlich den Schädel mit deinem stumpfen Küchenbeil, solltest du ihr Gesicht verunstalten.«

Die versammelte Dienerschaft verfiel in ein lautes Gelächter. Acerba jedoch zog die Mundwinkel herab, schmollte und entstellte dabei ihr Gesicht zu einer hässlichen Fratze. Es war für jeden Anwesenden offensichtlich, dass ihr die letzten Bemerkungen des Fürsten nicht gefielen.

Elischa hingegen fühlte sich selbst innerlich schrumpfen und ihr Herz pochte vor Aufregung laut und heftig. Sie wünschte, sie wäre klein und unsichtbar und könnte sich irgendwo vor dieser Frau verstecken. Die Orna konnte sich nicht vorstellen, dass sie unter der Knute der strengen Oberaufseherin des Hauses Fallwas länger als eine Woche überleben würde. Sie nahm an, Acerba habe sich Elischa bereits jetzt als dankbares und vom Fürsten ausdrücklich gebilligtes Opfer auserwählt, ihre gewalttätigen und cholerischen Neigungen auszuleben. Jedenfalls unterstellte die Orna, dass Acerba – ohne mit der Wimper zu zucken – zu allerlei Sadismus und Grausamkeit in der Lage war. Die Zeit als Magd im Hause Fallwas würde die schlimmste Zeit ihres Lebens werden. Es blieb ihr nichts anderes übrig, als darauf zu hoffen, dass dies so schnell als möglich an ihr vorbeiging. Wenn nicht, bliebe ihr nur noch der Ausweg, ihre Peinigerin eines Tages zu vergiften.

Chromlion und das Gefäß ließen sich ein fürstliches Mahl kredenzen, während Elischa, begleitet von Acerba und zwei Wachen, in Gewahrsam genommen wurde. Die Wachen fassten der Orna unter die Arme und schleiften sie über den Innenhof eine Treppe hinab. Die dicke Köchin folgte ihnen schwer schnaufend. In der Küche unter dem Hauptgebäude der Burg wurde Elischa mit einem Stück Brot, ranziger Salzbutter und einem Becher Wasser abgespeist. Wenigstens schmeckte das Wasser frisch und nicht modrig, wie sie es erwartet hätte. Obwohl das Mahl kärglich ausfiel und kaum ausreichte, den Hunger eines kleinen Kindes zu stillen, und sie wenig Hoffnung hegte, in Zukunft in dieser Hinsicht eine Änderung zu erfahren, war sie im Grunde froh, nach den Wochen der ermüdenden Reisestrapazen endlich nicht mehr in der Gesellschaft des Fürsten und der Schattengestalt speisen zu müssen. Sie war und blieb eine Orna und würde sich mit Kräutern, Essenzen aus Spinnen, Käfern und allerlei anderem Getier – die es selbst in der Burg Fallwas überall zu finden gab – zu helfen wissen, ihre Gesundheit trotz schlechter Verpflegung einigermaßen aufrechtzuerhalten.

Acerba beobachtete die Orna argwöhnisch, während Elischa schweigend auf dem harten Brotstück kaute und versuchte, dieses mit Speichel und einem Schluck Wasser weich zu bekommen. Elischa war sich ihrer Wahrnehmung über die Köchin nicht sicher. Lehnte sie die Orna ab, weil sie neidisch war oder befürchtete, sie könnte ihr den angestammten Platz unter den Bediensteten der Burg streitig machen? Das konnte sie sich schwerlich vorstellen. Fürchtete sie sich vor ihren Augen oder weil sie ihr fremd vorkam und insgeheim spürte, dass Elischa ihr überlegen war?

»Du bist hier nicht willkommen«, unterbrach Acerba das Schweigen plötzlich. »Dreckige Hure, ich weiß genau, was du bist. Ich habe die begierigen Blicke der Männer wohl gesehen. Ob Diener, Wache, Küchenjunge oder Fürst. Sie sind alle gleich. So eine wie du bringt Unfrieden in unser Haus. Du trägst deine Nase zu hoch, und die Männer sehen sich nach dir um und verlieren ihren ohnehin schwach ausgeprägten letzten Rest an Verstand. Aber das werde ich dir schon austreiben und wenn ich dich dafür krumm schlagen muss. Lass deine schmutzigen Finger von den Burschen. Bald wird sich keiner mehr nach dir umdrehen, wenn du an ihm vorbeigehst. Sie werden sich angewidert vor dem stinkenden und gebrochenen Nichts abwenden. Das verspreche ich dir!«

»Ich habe nicht die Absicht …«, versuchte Elischa sich zu verteidigen.

»Schweig!«, herrschte Acerba die Orna an. »Du redest nur, wenn du dazu aufgefordert wirst. Und ich habe dich nicht um eine Antwort gebeten. Wasch dir gefälligst die dreckigen Ohren, Miststück.«

Die Köchin trat schnaubend und mit rotem Kopf an Elischa heran und schlug ihr mit dem Handrücken mitten ins Gesicht. Elischas Lippe platzte auf und sie schmeckte ihr eigenes salziges Blut.

»Das ist für dein vorlautes Benehmen und den Ungehorsam«, sagte sie laut und schlug noch einmal vehement zu, dass es Elischa die Tränen in die Augen trieb, »… und das dafür, was du bist.«

Die Schläge brannten wie Feuer auf ihrer Haut. Elischa schluckte den Schmerz hinunter und blickte der Köchin direkt in die Augen. Sie erinnerte sich an die Worte des Fürsten, bevor sie in die Burg gekommen waren. Aber das war ihr in jenem Augenblick gleichgültig.

Du wirst mich nicht brechen, dachte Elischa bei sich und ihr Blick zeigte einen starken Willen und die unbedingte Bereitschaft zum Widerstand, *du widerwärtiges, fettes Untier. Du nicht.*

Einen Hauch von Unsicherheit und Zweifel im Blick der Köchin erkennend, freute sie sich insgeheim über den kleinen Sieg der Widerspenstigkeit. Jedoch verflüchtigte sich der Eindruck rasch und wich einer wilden Entschlossenheit, die Orna zu brechen. Beim dritten Schlag stürzte Elischa vom Stuhl und schlug mit dem Kopf auf den Steinboden. Ihr wurde schwarz vor Augen, und für einen Moment überkam sie eine bleierne Schwere, die eine Regung unmöglich machten. Sie stöhnte benommen und fasste sich mit den Händen an den Kopf, versuchte wieder auf die Beine zu kommen, die ihr allerdings nicht gehorchen wollten. Für eine Weile saß Elischa hilflos auf dem Boden. Ihr Kopf schmerzte, das Gesicht brannte und sie hatte das Gefühl, als würde sie gleich in eine tiefe Bewusstlosigkeit fallen.

»Steh auf«, befahl Acerba und packte die Orna grob am Haarschopf, um sie daran auf die Beine zu ziehen, »das war rein gar nichts. Nur ein kleiner, harmloser Vorgeschmack dessen, was dich hier erwartet.« An die Wachen gewandt sagte sie: »Bringt sie in die Kammer im dritten Innenturm und bewacht sie gut. Lasst niemanden zu ihr außer dem Fürsten natürlich und meiner Wenigkeit.«

Die Wachen hatten die Anweisungen verstanden und schleppten die Orna die Treppen wieder nach oben. Elischa fühlte sich, als befänden sich dichte Wolken in ihrem Kopf, die ihre Sinne vernebelten. Den Weg über den Innenhof bis zum Turm über die steilen, sich im Inneren des Turms spiralförmig nach oben windenden Treppen bekam sie kaum mit.

Eine fensterlose Kammer in einem der innen gelegenen, hohen Türme der Burg sollte Elischas Zuhause werden. Die Kammer war eng und wies außer etwas altem Stroh, einer Wolldecke mit Löchern und angenagten Kanten, einem halb abgebrannten Kerzenstummel, einer schmutzigen Holzschüssel zur Verrichtung ihrer Notdurft und einem Wasserkrug nebst Becher, einem alten Leinensack sowie einer kleineren Schale für die Speisen keine weiteren Gegenstände auf. Ein schlichtes, graues Leinengewand, das Elischa beim ersten Anblick mit einem Sack verwechselt hatte, sollte ihre tägliche Tracht zur Verrichtung der Dienste als Magd bilden. Der Leinensack, in welchem lediglich für Kopf und Arme mit einem stumpfen Messer grobe Aussparungen geschnitten worden waren, erwies sich als innen wie außen schmutzig. Elischa hatte keine Ahnung, wer diesen Fetzen stinkenden Stoffes bereits vor ihr getragen hatte. Sie wollte es sich nicht einmal vorstellen.

Sobald Elischa in die Kammer gestoßen worden war, wurde diese von außen abgeschlossen und mit Eisenstangen laut hörbar zusätzlich verriegelt. Zwei eigens zu diesem Zweck abgestellte Wachen bezogen vor der Kammer Stellung und bewachten diese ohne Unterlass. Auf allen vieren kroch die Orna in eine Ecke, legte sich zusammengerollt auf das Stroh, zog die Decke über ihren Kopf und schloss die Augen.

Schrecklicher kann es doch nicht kommen, dachte sie, bevor die Müdigkeit ihren Tribut forderte und sie einschlief.

Aber sie täuschte sich. Es gab kein Entkommen und wurde weit schlimmer, als sie vermutet hatte. Kaum hatte sie die Augen geschlossen und sich in einem Traum verloren, wurde die Tür zu ihrer Kammer aufgerissen. Elischa erschrak ob des Lärms und drückte sich schlaftrunken und ängstlich an die hinterste Wand. Ihre Hände verkrampften sich im Stroh. In der Tür stand Chromlion, dessen Gestalt von der Laterne eines Wächters angeleuchtet wurde und Schatten an die Wand warf. Er starrte mit glasigen Augen in die Kammer und war offensichtlich angetrunken. Elischa konnte seinen nach Wein stinkenden Atem auf einige Fuß Entfernung bis zu ihrer Lagerstätte riechen. Sie wusste sofort, wonach ihm der Sinn stand. Das war unschwer zu erkennen und ihr während der Reise durch seine Blicke und die ständigen Bemerkungen nicht entgangen. Hatte er sich wegen des Gefäßes noch zurückgehalten, war dies in seiner Burg nicht mehr zu erwarten. Ihr schrecklichster Albtraum nahm Gestalt an und sie konnte nichts dagegen ausrichten.

»Sch… sch… schließt die … Tüüür … v… v… v… von außen und lasst mich mit ihr alleine«, lallte er zu den Wachen gewandt, während er sich mit der Zunge über die Lippen leckte.

Die Tür fiel krachend ins Schloss und Elischa hörte, wie die Riegel vorgeschoben wurden. Chromlion hatte noch keinen weiteren Schritt in die Kammer getan, stand wankend mit dem Rücken zur Tür und hielt sich mit einer Hand am inneren Türbogen fest. Er musterte sein Gegenüber, zog sie mit Blicken aus. Lediglich mit einem schwarzen Umhang bekleidet riss er sich diesen von den Schultern und ließ ihn zu Boden fallen. Entblößt und höchst erregt stand er breitbeinig vor Elischa.

»Ich h… h… halte meine Versprechen, Weib«, sagte er zu Elischa mit schwerer Zunge, »du gehörst mir. Die einzigen Horas, die du in meiner Burg genießen wirst, werden diejenigen sein, in denen ich dich besteige.«

Schweren Schrittes wankte er auf die Orna zu, die sich wie ein in die Enge getriebenes Tier in einer Falle fühlte, aus der es kein Entrinnen gab. Sie konnte nicht weiter zurückweichen. Chromlion ließ sich mit einem Seufzer neben ihr auf das Stroh sinken und packte sie mit kräftigen Armen und warf sie grob auf den Boden. Es hatte keinen Zweck, sich gegen den Bewahrer zur Wehr zu setzen.

Chromlion war zu stark, und sie fürchtete sich vor seinem Jähzorn, der unkontrollierten Gewalt und den Schmerzen, die er ihr antun konnte. Sich mit dem ganzen Gewicht seines nackten Körpers auf sie legend, drückte er sie nieder und begann ihr die Kleider ungeschickt vom Leib zu reißen. Seine Lippen suchten die ihren. Er roch nach abgestandenem Schweiß und saurem Wein. Angewidert drehte Elischa den Kopf weg, versuchte seinen nassen Küssen zu entgehen und ihn mit den Händen von sich zu stoßen. Er packte ihre Handgelenke und drückte ihre Arme unsanft über ihren Kopf.

»*Nein, nein, nein*«, war das einzige Wort, das ihre Gedanken bestimmte.

Sie schauderte, als seine Zunge gierig über ihren Hals glitt und er dicht an ihrem Ohr zu stöhnen begann. Während sich der Fürst an ihr zu schaffen machte, versuchte sie sich abzulenken. Aber es wollte ihr nicht gelingen, an etwas anderes zu denken oder in Gedanken an einen Ort zu wandern, an dem sie sich glücklich und in Sicherheit fühlen durfte. Stattdessen war sie den Erniedrigungen und der Gewalt des Fürsten ausgesetzt, der ihr jede Hoffnung genommen hatte. Sie war zutiefst verzweifelt und schämte sich. Aber wofür? Sie sah Madhrabs Bild vor sich und fühlte sich schuldig, weil sie sich plötzlich wie eine Verräterin vorkam.

Ich werde ihm nie wieder in die Augen sehen können. Aber etwas ist falsch daran. Vollkommen verkehrt. Fürst Chromlion ist es, der sich statt meiner schämen müsste, dachte Elischa.

Tränen rannen über ihr Gesicht, als der Fürst in sie eindrang und sich nur wenig später mit einem Schrei der Befreiung in ihr entlud. Er hatte sie verletzt und sie fühlte sich von seinen Berührungen zutiefst beschmutzt. Chromlion tätschelte ihr Gesicht zufrieden lächelnd wie einem Pferd, das ihn ans Ziel eines Rittes gebracht hatte. Er stand abrupt auf, packte seinen Umhang, pochte mit den Fäusten an die Tür und verließ die Kammer, nachdem diese prompt für ihn geöffnet worden war.

Wenigstens für einige Horas würde sie nicht mehr belästigt werden, auch wenn sie in jener Nacht keinen Schlaf fand und sich, bis sie von Acerba abgeholt wurde, zitternd und schluchzend im Weinen vergaß. Elischa war verloren.

Das Gefäß hatte die Burg der Fallwas am frühen Morgen verlassen. Der Fürst hatte ihm aus Dankbarkeit für seine Befreiung und die Übergabe von Elischa ein Pferd aus den Ställen und reichlich Proviant mit auf die Reise mitgegeben.

»Tötet Madhrab für mich«, hatte Chromlion der Schattengestalt als letzte Worte mit auf den Weg gegeben.

»Wir werden sehen«, hatte das Gefäß geantwortet, sich auf den Rücken des Pferdes geschwungen und war rasch in der Dämmerung verschwunden.

Elischa hingegen stand unter ständiger Beobachtung und konnte keinen Schritt alleine tun. Entweder waren die Wachen bei ihr oder die unsägliche Acerba überschüttete sie mit ihrem Hass, furchtbaren Mühen und Prügeln. Bald waren ihr Rücken und die Beine krumm und blau geschlagen. Ihre Hände wiesen Schwielen und Risse auf. Sie war von Kopf bis Fuß schmutzig und kaum noch zu erkennen. Sie kam sich wie eine in der Dunkelheit verlorene Kreatur vor, die keine Freude kannte. Nur Arbeit, Mühen und Pein.

Bis auf die wenigen Horas am Tag, die sie in der Kammer alleine verbringen und schlafen durfte. Aber selbst diese waren ihr nicht vergönnt. Nahezu jede Nacht kam Fürst Chromlion in ihre Kammer, der sich von ihrem Zustand entgegen ihrer Hoffnung nicht schrecken ließ, und sie musste seine Erniedrigungen, seine männliche Triebhaftigkeit und die schmutzigen Berührungen ertragen.

Nie zuvor hatte sie einen solchen Hass für ein Wesen empfunden, wie sie ihn für Chromlion fühlte. Wurde die Verzweiflung unerträglich, nahm sie die Muschel des Kapitäns in die Hand und versuchte sich zu beruhigen. Aber seit Chromlion über sie gekommen war, hatte sich ein dunkler Schatten über ihre Träume gelegt und ihre Hoffnung endgültig zerstört. Fürst Chromlion Fallwas hatte ihr alles geraubt und ihren Willen gebrochen, hatte ihre Würde als Frau, die Freiheit, das Leben und womöglich ihre Seele genommen.

Der Dienst als Magd im Hause Fallwas hatte Elischa verändert.

Die Grube

Durch die Dornenebene und das zweite Tor, dann über die Brücke zum inneren Tor gelangte Madhrab endlich in das Haus des hohen Vaters. Sein Gang, gefolgt von den siebzehn Bewahrern, mutete wie eine Prozession an. Die düsteren Erinnerungen an seine Gefangenschaft und seine anschließende Flucht holten ihn ein. Dennoch kam es ihm vor, als läge all dies eine halbe Ewigkeit zurück. Er vermisste Elischa, ihre Nähe und Wärme, die ihm stets Kraft zum Durchhalten gegeben hatte. Sie war der eigentliche Grund, warum er die Strapazen und den fortwährenden Kampf auf sich genommen hatte. Aber sie war nicht bei ihm, um ihm bei diesem schweren Gang beizustehen, der sein letzter werden konnte. Hoffentlich war ihr nichts zugestoßen. Der Gedanke, sie könnte in Not sein, war für den Bewahrer unerträglich.

Madhrab wusste nicht, was ihn innerhalb der Mauern erwartete. Wie würde Boijakmar reagieren? Musste er kämpfen und seine Brüder töten, um Gerechtigkeit zu finden. Er war zu allem bereit.

Als siegreicher Lordmaster und Bewahrer des Nordens war er nach der Schlacht am Rayhin nach Hause zurückgekehrt. Damals hatte er das Haus des hohen Vaters noch als solches angesehen. Das änderte sich, als sie ihn beinahe zu Tode foltern ließen. Als zu einem Schicksal in der Grube verurteilter Verbrecher, mit dem Gedanken an Rache im Kopf war er heimlich geflohen, um das Leben Elischas und ihres gemeinsamen Kindes zu retten. Nun kehrte er erneut zurück, um nach Antworten zu suchen. Ob er das Wissen erhielte, nach dem er strebte, vermochte er allerdings nicht zu sagen.

Vor dem Haus des hohen Vaters hatte Boijakmar die Sonnenreiter und Bewahrer versammeln lassen. Fackeln waren rundherum verteilt worden und beleuchteten den Vorplatz mit ihrem flackernden Schein. Die Sonnenreiter hatten Aufstellung bezogen und erwarteten den einsamen Krieger, der die Belagerung durchbrochen und beendet hatte. Es war eine Mauer des Schweigens, die dem Lordmaster begegnete. Niemand redete, nicht einmal ein Flüstern, Räuspern oder Husten war zu vernehmen. Es kam ihm vor, als warteten sie alle gespannt auf eine wichtige Entscheidung, die sie keinesfalls verpassen wollten. Oder aber der Lordmaster machte den Eindruck eines Eroberers auf sie, der jeden Moment die Macht übernehmen, Plündern und Brandschatzen würde. In solchen Momenten eines bevorstehenden Wechsels konnte eine Auffälligkeit höchst unklug sein.

Der hohe Vater selbst stand mit unbewegtem Gesicht am oberen Ende der Treppe, umringt von einer Schar Bewahrer, die mit gezogenen Schwertern dessen Leben sicherten. Madhrab bahnte sich seinen Weg durch die auf dem Vorplatz versammelten Frauen und Männer bis zum Fuß der Treppe. Viele der Gesichter seiner Schwestern und Brüder kannte er. Sie hatten Seite an Seite mit ihm in den Grenzkriegen und in der Schlacht am Rayhin gegen die Rachuren gefochten. Einige andere allerdings vermisste er schmerzlich. Wo waren Kaptan Brairac und die treuen Sonnenreiter, die ihn und Elischa auf der Flucht begleitet hatten?

Der Blick des Bewahrers wanderte Treppenstufe um Treppenstufe nach oben, bis er schließlich bei dem hohen Vater hängen blieb.

»Boijakmar«, erhob Madhrab seine Stimme, nachdem er die Augen des hohen Vaters gesucht und gefunden hatte,

»ich bin zurück. Gerade rechtzeitig, wie mir scheint. Die Belagerung ist beendet. Die Gefahr gebannt.«

»Das sehe ich«, antwortete der hohe Vater prompt, »ich hatte deine Rückkehr erwartet, wenn auch in Ketten, wie es sich für einen Verbrecher gehört.«

»Du sprichst nicht die Wahrheit, Vater«, warf Madhrab dem hohen Vater vor, »oder hast du tatsächlich angenommen, ich würde dir in Ketten zu Füßen geworfen, damit du dein Urteil an mir vollstrecken kannst?«

»Stimmt, das muss ich wohl zugeben«, meinte Boijakmar, »wenn ich ehrlich bin, rechnete ich mit einem Erscheinen, das deiner würdig ist. Gleich einem Donnerschlag, den niemand überhören mag. Deine Häscher haben dich nicht erwischt. Das hatte ich befürchtet. Tod und Verderben folgen all deinen Schritten, mein Sohn. Wie einem Dämon, der unser Land verwüstet. Wie ich erwartet hatte, kleben Unmengen von Blut an deinem Schwert und der Rüstung. Kannst du deine Hände von der schweren Schuld unzähliger Opfer jemals wieder reinwaschen?«

»Bin ich nicht der, den du erschaffen hast?«, erwiderte Madhrab.

»O nein, Madhrab«, widersprach der hohe Vater, »du machst es dir zu leicht, wenn du die Verantwortung für das, was du geworden bist, auf mich oder die Bewahrer abwälzt. Ich nahm und zog dich im Orden auf, lehrte dich die Regeln der Bewahrer und der Orna und brachte dir bei zu kämpfen und zu siegen. Vielleicht war das der Fehler, den ich beging. Ich vertraute auf deine Stärke und die Vernunft eines hochbegabten, nein, begnadeten Kriegers. Dein Wesen jedoch kommt aus dir selbst. Du trafst die Entscheidungen, die dich zu einem Lordmaster und Bewahrer machten. Du zogst aus freien Stücken in die Grenzkriege und in die Schlacht am Rayhin, um einen Großteil der dir treu ergebenen und vertrauenden Nno-bei-Klan ins Verderben zu führen. Du alleine hast deine Gefährten, Brüder und Schwestern getötet, als sie von einer Krankheit befallen wurden. Du schicktest Klanfrauen in den Tod, weil sie dich in ihrem Hass der Geschändeten um Erlösung und Rache für ihre Qualen baten. Erinnere dich an den Tag vor der Schlacht. Ich kam zu dir und bot dir eine Gelegenheit, die du nicht wahrnehmen wolltest. Unverrichteter Dinge zog ich mit Lordmaster Chromlion wieder von dannen. Du kehrtest zurück und hast auf heiligem Boden ein Blutbad unter deinen Brüdern angerichtet. Du bist gefährlich, mein Sohn. Mit jedem Schlag und Sieg wurdest du mächtiger. Das musst du endlich erkennen. Nicht nur für dich selbst und dein Seelenheil, sondern auch für andere und den Orden. Ich habe dich für deine schändlichen Taten zu einem Schicksal in der Grube verurteilt. Das war der einzig richtige Weg, ohne dich zum Tode verurteilen zu müssen.«

»Lügen, Vater«, rief Madhrab, »… das sind nichts als Lügen. Du verdrehst die Tatsachen, um mir zu schaden und dein eigenes Versagen damit zu vertuschen. Du versteckst dich hinter den Schwertern meiner Ordensbrüder, obwohl auf heiligem Boden nicht gekämpft oder Blut vergossen werden darf. Warum? Sag mir, warum du mich verraten hast. Ich war dir stets treu, wäre für dich, unsere Brüder und die Orna zu den Schatten gegangen, hättest du es von mir verlangt. Bis zuletzt hast du mich und den Orden getäuscht und tust es noch. Ich bin gekommen, um nach Antworten zu suchen. Willst du mich vernichten, mein Leben zerstören, mich am Boden vor dir knien und um Vergebung flehen sehen? Was erwartest du von deinem Sohn?«

»Ich erwarte, dass du dich dem Schicksal und der Gerechtigkeit der Bewahrer stellst. Das Urteil kann nicht aufgehoben werden«, antwortete Boijakmar hart.

»Ist das alles?«, fragte Madhrab »Ich habe die Ordenshäuser gerettet und dafür die Bluttrinker geschlagen. Der Fluch ist gebrochen.«

»Das ist ohne jede Bedeutung«, antwortete Boijakmar, »sie waren bereits verloren, als sie den ersten Schlag gegen die Mauern unserer Häuser führten. Früher oder später hätten wir Quadalkar geschlagen, so wie ich seine Kinder schon einmal vernichtend schlug.«

Madhrab schüttelte deprimiert den Kopf. Es war zwecklos. Der hohe Vater versteckte sich hinter einer Maske der Unschuld und Ausflüchte, legte sich jedes Ereignis zurecht, wie er meinte, es brauchen zu können. Der Lordmaster würde keine Antworten erhalten. Nicht hier und nicht jetzt. Jedenfalls schon gar nicht die, welche er sich erhofft hatte. Wenn er den hohen Vater jetzt vor den Augen seiner Brüder und Schwestern erschlüge und seinem Zorn Luft machte, würde Madhrab dies nicht weiterhelfen. Er wusste nicht, was richtig oder falsch war. Seine Pläne waren durcheinandergeraten. Aber was hatte er erwartet? Sollte Boijakmar freimütig vor den versammelten Bewahrern und Sonnenreitern seine Fehler eingestehen? Dennoch war Madhrab enttäuscht, in welch dreister Weise der Overlord den Orden an der Nase herumführte. Wahrheit war anscheinend ein beliebig dehnbarer Begriff, das musste er zu seinem Bedauern nicht erst in jenem Moment seiner Begegnung mit Boijakmar feststellen.

»Dein vermeintlich vernichtender Sieg gegen Quadalkars Kinder erwies sich als nicht von Dauer«, forderte Madhrab den Overlord heraus, indem er sich an eine Bemerkung des Bluttrinkers erinnerte. »Wie sonst war es möglich, sie so zahlreich bei der Eroberung vor den Häusern versammelt zu sehen? Und was ist mit dem dunklen Mal?«

Boijakmar zuckte zusammen und erblasste, als er die

Worte des Lordmasters vernahm. Offenbar wusste Madhrab mehr über ihn und seinen Feldzug gegen die Bluttrinker, als ihm lieb sein konnte. Das Verhalten des Overlords entging Madhrab nicht, obwohl sich dieser nach kurzer Besinnung wieder gefangen hatte.

»Was verlangst du, Madhrab?« fragte der Overlord überraschend, ohne auf die Bemerkung des Bewahrers näher einzugehen, »das Urteil kann und werde ich nicht zurücknehmen. Du kennst die Gesetze unseres Ordens und der höchsten Gerichtsbarkeit. Aber du hast die Wahl. Ich werde dich nicht mit Gewalt zwingen, das Schicksal in der Grube anzutreten. Zu viele sind deswegen schon zu den Schatten gegangen und ich werde keinen unserer Ordensbrüder mehr für dich opfern. Stellst du dich jedoch dem Schicksal, überwindest die Gefahren der Grube und entkommst, dann sollst du frei und deine Verbrechen sollen gesühnt sein. Dies gilt auch für deine Angehörigen und Freunde, so wahr ich hier stehe und diesen Erlass öffentlich verkünde. Weigerst du dich allerdings, wirst du zeit deines Lebens weiterhin auf der Flucht leben müssen. Niemand, der sich an deiner Seite in Freundschaft verbunden sehen lässt, kann sich seiner Unversehrtheit sicher sein. Jedermann kann dich, deine Familie und deine Freunde, ohne Bestrafung fürchten zu müssen, ausrauben, versklaven oder töten, wenn ihm danach ist. Du wirst sie nicht alle schützen können, Madhrab. Jedenfalls nicht zur selben Zeit.«

»Meine Familie ist bereits tot«, sagte Madhrab. »Aber wo ist Kaptan Brairac? Und was ist mit den ihm unterstellten Sonnenreitern geschehen?«

Die Bitterkeit in Madhrabs Stimme ließ den hohen Vater erschaudern. In Madhrab brodelten die Gefühle. Der Bewahrer war hin- und hergerissen. An Haltung und Ausdruck war unschwer zu erkennen, dass Wut und Trauer über den Verlust sich jeden Moment gewaltsam nach außen Bahn brechen konnten. Der hohe Vater stand seinem ärgsten Todfeind gegenüber, den er sich selbst erschaffen hatte. Jedes Wort wollte mit Bedacht gewählt sein, wenn er einen Krieg auf heiligem Boden vermeiden wollte.

Die Frage nach seinen Freunden war Madhrab schon, seit er das Haus des hohen Vaters betreten hatte, auf der Zunge gelegen. Boijakmar zögerte mit einer Antwort, sah den Lordmaster lange an, als ob er dessen Gedanken ergründen wollte, zuckte mit den Schultern und seufzte schließlich.

»Brairac dachte, er könne uns zum Narren halten. Wir wussten, dass er dir zur Flucht verhalf. Nach seiner Rückkehr nahmen wir ihn und die Sonnenreiter in Gewahrsam. Das Urteil lautete auf schuldig. Für Verräter gibt es nur eine Strafe. Brairac und die abtrünnigen Sonnenreiter teilen das Schicksal der Grube mit dir, Madhrab. Nach Verkündung des Urteils brachten wir sie sogleich zur Vollstreckung in die Grube. Bislang kam keiner von ihnen heraus. Ich nehme an, sie verweilen noch immer dort.«

Madhrab musste nachdenken. Er hatte befürchtet, dass Brairac für seine selbstlose Hilfe nicht ungeschoren davonkommen würde. Aber ihm deshalb ein Schicksal in der Grube angedeihen zu lassen, war bei Weitem zu hoch gegriffen. Er hätte seinen Freund von einer Rückkehr in das Haus des hohen Vaters abhalten sollen und machte sich Vorwürfe, weil er ihn hatte ziehen lassen. Nun war es beinahe zu spät.

Ich muss in die Grube und ihn dort herausholen, das bin ich ihm zumindest schuldig, dachte Madhrab verdrießlich, *wahrscheinlich ist dies der einzig gangbare Weg, die Schwierigkeiten zu beenden.*

Er hatte ohnehin vorgehabt, in die Grube zu steigen und sich dem Schicksal zu stellen. Nun hatte ihm Boijakmar einen weiteren Grund geliefert und er durfte keine Zeit verlieren. Aber was würde ihn dort unten erwarten? Was, wenn es aus der Grube tatsächlich keinen Ausweg gab und er den Herrn der Grube nicht überwinden konnte? Madsick hatte ihn vor der Grube gewarnt. Eindringlich. Und da war noch etwas, was ihm der Junge nicht sagen konnte.

Der Lordmaster würde es selbst herausfinden müssen.

»Ich werde das Angebot annehmen, Vater«, sagte Madhrab schließlich, ohne den hohen Vater über seine wahren Motive der Entscheidung in Kenntnis zu setzen. »Ein letztes Mal will ich dir *vertrauen* und deinen Rat befolgen, bevor ich dich für deine Taten richten werde. Unter einer Bedingung …«

»Wie lautet die Bedingung?« Die Augen des Overlords hatten sich feindselig zu Schlitzen verengt und sein Tonfall klang plötzlich barsch.

»Kaptan Yilassa wird in Begleitung eines Jungen und Gwantharabs Zwillingen in das Haus des hohen Vaters kommen. Ich verlange, dass sie gut aufgenommen werden und ihnen kein Leid geschieht. Du wirst die Aufnahmeregel für die Bewahrer ändern und Yilassa in den Rang eines Masters erheben. Die Prüfungen hat sie längst abgelegt und bestanden. Weiterhin kümmerst du dich um Gwantharabs Zwillinge und nimmst sie im Orden auf. Madsick, dem Sohn des Foltermeisters Sick, gewährst du deinen persönlichen Schutz.«

»Du forderst zu viel, mein Sohn!«, antwortete der Overlord. »Ich soll die Regeln für dich ändern? Für einen verurteilten Verbrecher, der gegen die Ordensregeln verstoßen hat? Wie stellst du dir das vor? Ulljan persönlich schuf die Gesetze des Ordens. Wir bewahren sein Erbe und müssen sie respektieren und befolgen. Seit mehr als fünftausend Sonnenwenden schon. Eine Frau kann nicht in den inneren Orden aufgenommen und zum Bewahrer auserkoren werden.«

»Ändere diese eine Regel, Vater«, forderte Madhrab, »oder wir werden hier und jetzt mit dem Schwert nach einer Entscheidung suchen. Willst du Krieg? Dann sollst du ihn haben. Ich nehme Opfer auf mich, also kannst du es auch.«

»Ich werde darüber nachdenken und mich mit den übrigen Bewahrern beratschlagen. Mehr kann ich dir nicht versprechen«, versuchte Boijakmar einzulenken, der eine Katastrophe mit verheerenden Auswirkungen befürchtete.

»Dann warte ich an Ort und Stelle, bis die Bewahrer zu einer Entscheidung gekommen sind.«

»Du warst schon immer stur und hartnäckig«, ärgerte sich Boijakmar, »nun gut, ich werde mich großzügig zeigen und will dir gewähren, was du verlangst. Yilassa wird nach ihrer Rückkehr den Bewahrern als Master beitreten und wir werden ihr den Eid abnehmen. Um die Kinder des gefallenen Kaptans kümmern wir uns ebenfalls. Das Andenken an ihren Vater ist tadellos, obwohl er zu deinen engsten Freunden zählte. Ich gebe dir vor Zeugen das Wort des Bewahrers darauf.«

Einge Bewahrer zeigten sich überrascht, andere bekundeten spontan ihren Beifall, wohingegen eine dritte Gruppe offen ihrem Unmut über Boijakmars Entscheidung Luft machte.

»Auch wenn es aus deinem Munde nicht viel wert ist«, stichelte Madhrab, »nehme ich das Ehrenwort an. Macht Platz auf der Treppe, damit ich mich ein weiteres Mal in das Verlies des hohen Vaters begeben kann.«

Madhrab stieg in bewusst langsamen Schritten die Treppen empor, während die Bewahrer respektvoll zur Seite auswichen, damit er an ihnen vorbeisteigen konnte. Der

Bewahrer blieb eine Stufe unter dem Overlord stehen und sah ihm in die Augen.

»Keine Waffen und keine Rüstung in der Grube«, sagte der Overlord, als er den Bewahrer von oben bis unten musterte. »Lege dein Schwert ab. Wir werden es für dich aufbewahren.«

»Ich danke dir für das *gut gemeinte* Angebot, dennoch wird Yilassa Solatar für mich tragen, solange ich in der Grube verweile!«

»Du zeigst dich stur wie eh und je. Aber ich muss dich warnen«, sagte Boijakmar, »Sick ist gewiss nicht gut auf dich zu sprechen. Sieh dich vor, sonst wirst du nicht einmal den Rand der Grube erreichen.«

»Sick? Der Foltermeister lebt?« Madhrab war wenig erfreut, diese Nachricht zu hören, und seine Augen funkelten gefährlich. »Dabei dachte ich, die eigenen Folterinstrumente wären ihm zum Verhängnis geworden. Aber ich erinnere mich gut an ihn. Wie könnte es anders sein? Beinahe zu gut und schmerzlich. Du gabst ihm damals den Auftrag, mich zu Tode zu foltern. Nicht wahr?«

»Ich gab ihm den Auftrag, dich von den Qualen der Folter zu erlösen«, gab Boijakmar ohne Umschweife zu, »das ist ein Unterschied. Und er hat die Pein überlebt, der du ihn ausgesetzt hast. Es fragt sich nur wie. Die Folgen deiner liebevollen *Behandlung* sind unübersehbar. Ich könnte mir vorstellen, dass er auf Rache sinnt.«

»Das ist absurd«, Madhrab musste unweigerlich lachen, obwohl ihm keineswegs danach war, »ich werde über Wochen und Monde hinweg bis aufs Blut gefoltert, und er ist auf Rache aus, für das, was ich ihm antat? Ich kehrte nur gegen ihn, was Sick für mich vorgesehen hatte. Dabei hatte ich ihn mehrfach gewarnt. Wie konnte er etwas anderes erwarten, sobald ich freikam.«

»Sick ist ein guter Mann. Er tat, was ihm aufgetragen wurde. Es ist sein Handwerk, das er in unserem Sinne verrichtet, und nichts Persönliches, das ihn trieb. Die Folter ist ein allseits anerkanntes Instrument zur Aufklärung von Verbrechen. Seit vielen tausend Sonnenwenden schon. Niemand hegte jemals Zweifel an der Eignung dieses Mittels. Die Praister setzen sie ein, die Klan benutzen sie und wir verwenden sie, um Geständnisse zu erlangen. Sie fördert in den meisten Fällen die Wahrheit zutage«, antwortete Boijakmar voller Überzeugung, »... und in den Fällen, in denen sie nicht die gewünschte Wirkung erzielt, ist Magie im Spiel. Dann wissen wir ebenfalls, wie zu verfahren ist.«

»Nein«, entgegnete Madhrab sarkastisch, »es war gewiss nichts Persönliches zwischen Sick und mir. Aber er überschritt rasch die Grenzen, die ich ihm aufzeigte. Also wurde es zu einer persönlichen Angelegenheit, wenn nicht bei ihm – wie du behauptest –, dann zumindest für mich. Er hatte Spaß daran, mich zu quälen, und hätte mich mit Freuden zu den Schatten geschickt. Aber erst nachdem ich zuvor fürchterliche Qualen hätte erleiden müssen, an denen Sick sich ergötzen wollte. Vater, das ist krank. Außerdem weißt du so gut wie ich, dass ein auf diese Weise erzwungenes Geständnis den Gefolterten Taten zugeben und Schuld eingestehen lässt, für die er nicht verantwortlich zeichnet. Die wahren Täter bleiben verschont und treiben weiterhin ihr Unwesen.«

»Das ist Unsinn. Die Folter wird nur angewendet, wenn sich der Verdacht auf ein Verbrechen bereits verdichtet hat. Die wenigen Fälle, bei denen dann tatsächlich aus unerklärbaren Gründen noch Unschuldige sein könnten, müssen dabei in Kauf genommen werden.«

»Es hat keinen Sinn«, schüttelte Madhrab verständnislos den Kopf, »ich verstehe dich nicht mehr, Vater. Was hat dich verändert? Deine Ansichten? Deine das Leben verachtende Einstellung? Aber warum zerbreche ich mir den Kopf darüber? Sollte mir Sick begegnen, werde ich beenden, was *er* begann! Und du wirst nichts dagegen unternehmen.«

»Ich habe mich nicht verändert«, meinte Boijakmar, »die Orden und die Regeln blieben stets konstant. Es sind Ulljans Regeln und sein Erbe, das wir bewahren. Ich muss dich nicht daran erinnern. Aber vielleicht bist du es, der sich von unserem Orden und den Grundsätzen wegentwickelt hat. Mit jedem Tag deiner Abwesenheit mehr. Hinterfrage dich, mein Sohn. Du bist hart und unnachgiebig geworden. Hass und Rache bestimmen deine Gedanken seit der Schlacht am Rayhin. Hast du noch nicht genug Blut gesehen und Gegner zu den Schatten geschickt? Aber gut, ich werde dich nicht daran hindern, sollte er dich angreifen. Gib deinem singenden Seelenfresserschwert Nahrung und beschmutze deine verlorene Seele mit einem weiteren unschuldigen Opfer, bis es keine Rettung mehr für dich gibt.«

»Es scheint mir, als wäre ich eher aus einem tiefen Schlummer erwacht«, stellte Madhrab nüchtern fest, »zu oft schon wurde ich in der Vergangenheit getäuscht und ich habe zu vieles gesehen und erlebt. Meine Augen und meine Sinne sind inzwischen offen. Du wirst mich nicht mehr blenden, Vater. Wir sehen uns wieder, sobald ich aus der Grube zurück bin.«

»Wenn du denn jemals den Weg aus der Grube herausfinden solltest«, ergänzte Boijakmar leise, »was noch keinem vor dir gelang.«

Während Madhrab auf das Eintreffen Yilassas mit Madsick und den Zwillingen vor dem Haus wartete, wurde die Versammlung der Sonnenreiter und Bewahrer rasch aufgelöst. Der hohe Vater erteilte Anweisungen für die Vollstreckung des Urteils. Madhrab würde sich den Weg zur Grube durch das Verlies unter dem Haus des hohen Vaters selbst suchen, das war offensichtlich. Niemals wieder würde er sich von den Ordensbrüdern in das Verlies geleiten lassen. So weit reichte sein Vertrauen nicht mehr.

Am Rand der Grube wollten Bewahrer und Sonnenreiter warten, ihn den weiten Weg in die Grube hinabzulassen. Nach den Aufzeichnungen der Orna war die Grube wesentlich älter als das Haus des hohen Vaters. Ein großes, tiefes und dunkles Loch unter dem Verlies des Hauses, von oben mit einem eisernen Gatter versperrt, das dafür sorgen sollte, dass nichts und niemand herauskriechen konnte. Der Weg in die Tiefe führte entweder über eine hölzerne, an Zugseilen befestigte Transportplattform oder über ein ausreichend langes Seil, wobei der Abstieg anhand der letztgenannten Möglichkeit als gefährlich, wenn nicht sogar für einen erwachsenen Klan als unmöglich galt. Zweitausend Fuß in die Finsternis wollten überwunden werden. Das kostete Kraft und brachte gewiss die Handflächen nach kurzer Zeit zum Glühen. Aber wozu diesen Versuch erst beginnen, niemand – mit Ausnahme eines Jungen namens Madsick vielleicht – begab sich freiwillig auf die Reise in das schwarze Loch und in ein ungewisses Schicksal.

Madhrab hatte sich inzwischen auf der Treppe niedergelassen und sich grübelnd seinen Gedanken hingegeben. Vor einer womöglich letzten großen Aufgabe stehend spürte er die Wichtigkeit dieses Schrittes. Ein Kribbeln zog sich durch seinen ganzen Körper, ihm wurde plötzlich kalt und eine Gänsehaut stellte ihm die Nackenhaare hoch. Yilassas Kommen wurde mit einem Glockenschlag angekündigt. Es dauerte seine Zeit, bis sie vom äußeren Tor bis vor das Haus des hohen Vaters gelangt war. Madhrab freute sich aufrichtig, die Kämpferin wieder zu sehen. Und er war froh, Gwantharabs Zwillinge und Madsick wohlbehalten zu wissen. Auf Yilassa war stets Verlass gewesen. An ihrer Verwandlung in eine Bluttrinkerin trug sie in seinen Augen keine Schuld. Der Kaptan der Sonnenreiter grüßte den einsam auf der obersten Treppenstufe sitzenden Bewahrer, stieg vom Pferd ab und zu Madhrab die Stufen hinauf. Sie setzte sich neben ihn und sah den Lordmaster neugierig von der Seite an.

»Das war ein scharfer Ritt«, meinte sie, immer noch leicht außer Atem, »ein tolles Pferd nennt Ihr da Euer Eigen. Ich habe mich beeilt, um nichts Wesentliches zu verpassen. Aber ich stelle fest, dass das große Wiedersehen wohl schon vorbei ist.«

»Es lief nicht so, wie ich mir das vorgestellt hatte«, sagte Madhrab betrübt, »ich wollte Antworten und habe im Grunde nichts erhalten. Aber eines konnte ich für dich erreichen, Yilassa. Die Bewahrer werden dich entgegen der Ordensregeln aufnehmen. Du wirst fortan ein Master sein.«

»Das ist …«, die Nachricht machte Yilassa vor Glück nahezu sprachlos, »… ich bin gerührt. Wie habt Ihr diesen Vorstoß gemeistert?«

»Das war nicht schwer«, antwortete Madhrab, »die Bewahrer steigern sich durch deine Stärke und die Talente, die du mitbringst. Und ich habe Bedingungen für mein Hinabsteigen in die Grube gestellt.«

»Ich werde Euch selbstverständlich begleiten«, sagte Yilassa.

»Nein«, lehnte Madhrab die freimütig angebotene Unterstützung ab, »ich weiß nicht, was mich dort unten erwartet. Es ist zu gefährlich. Ich brauche dich hier oben im Haus des hohen Vaters. Jemand muss mir den Rücken frei halten, während ich mich dort unten umsehe und Brairac suche«.

»Steigt nicht in die Grube«, rief plötzlich Madsick vom unteren Ende der Treppe herauf, »ich flehe Euch an, Lordmaster. Das dürft Ihr nicht. Es könnte unser aller Ende sein.«

»Es tut mir leid, Madsick«, entgegnete Madhrab, »ich werde einen guten und treuen Freund nicht im Stich lassen. Ich muss ihn suchen und herausholen.«

»Vergesst ihn, Herr. Er ist längst verloren. Ihr aber seid es nicht. Gebt dem Herrn der Grube nicht die Gelegenheit, sich an Euren Erfahrungen zu laben und sich mit Eurer Hilfe zu befreien. Ich bitte Euch, Ihr wisst nicht, worauf Ihr Euch da einlasst.«

»Madsick«, sagte Madhrab streng, »das hatten wir doch alles schon besprochen. Es hat keinen Zweck. Die Entscheidung ist gefallen. Ich muss hinabsteigen, ob ich das will oder nicht. Bleib du bei Yilassa und den Zwillingen. Hilf ihr, wo und wann immer du kannst. Wenn ich bald zurückkomme, möchte ich in keine weitere Falle geraten. Und sieh zu, dass die Zwillinge gut untergebracht werden.«

Madsick ließ den Kopf betrübt sinken und flüsterte für die Ohren der anderen unhörbar: »Ihr werdet nicht so bald zurück sein, wenn Ihr überhaupt jemals wieder aus der Tiefe emporsteigen solltet.«

Madhrab nahm Yilassa zur Seite, um Ihr die Situation zu erläutern und einige Informationen mitzuteilen, die er aus dem Streitgespräch mit Boijakmar entnommen hatte. Der Lordmaster überreichte ihr sein Schwert Solatar und die Runenrüstung, damit sie diese für ihn aufbewahre. Yilassa war zunächst überrascht, dass der Lordmaster ohne Waffen und Rüstung in die Grube steigen wollte, verstand jedoch alsbald seine Beweggründe, nachdem er mit seinen

Erklärungen geendet hatte. Er musste sich dem Urteil stellen, wollte er in Zukunft frei sein. Es gab nur diese Möglichkeit, sich von den Vorwürfen reinzuwaschen und der Verfolgung auf Dauer zu entgehen. Doch damit hätte er im Zweifel leben können, einsam als Gejagter in einer dunklen und kalten Welt. Nicht jedoch ohne seine Liebe und seine Freunde.

»… eines noch«, sagte Madhrab, »achte auf den Jungen. Er hat etwas Besonderes, aber ich weiß noch nicht, was genau seine Fähigkeiten für Kryson bedeuten. Er schwebt in großer Gefahr. Ich weiß nicht, ob ihm das bewusst ist. Die Schatten sind hinter ihm her. Vielleicht erfahre ich in der Grube mehr. Ein weiterer Grund, den Abstieg zu wagen. Um seinen Vater werde ich mich kümmern, sollte er mir im Verlies begegnen. Boijakmar sagte mir, Sick sei am Leben. Sollte ich ihn nicht antreffen oder mir zuvor etwas zustoßen, musst du mir versprechen, ihn nicht an den Jungen heranzulassen.«

»Aye«, bestätigte Yilassa, »Ihr könnt Euch auf mich verlassen, Lordmaster. Ich schütze Madsick und die Zwillinge mit meinem Leben.«

»Das ist gut…«, sagte Madhrab, nahm Yilassa freundschaftlich in den Arm und drückte sie fest an sich, »… dann bis bald.«

»Hoffentlich! Lasst Euch nicht bezwingen!«, antwortete Yilassa. »Die Bewahrer brauchen Euch, und wir ebenso.«

Nervös lief Boijakmar in seiner Kammer auf und ab. Die Begegnung mit Madhrab hatte ihn aufgeregt. Er wollte es sich nicht eingestehen, aber er hatte jeden Augenblick damit gerechnet, dass ihn Madhrab für das, was er ihm in den vergangenen Monden angetan hatte, richten würde. Nichts dergleichen war geschehen. Im Gegenteil, Madhrab hatte sich darauf eingelassen, sich dem Urteil und damit dem ungewissen Schicksal in der Grube zu stellen. Das war eine Überraschung, mit der Boijakmar nicht gerechnet hatte. Was hatte Madhrab vor? Der hohe Vater musste sich sammeln, um einen klaren Kopf zu bewahren. Was wusste der Lordmaster über die Vergangenheit des Overlords?

Madhrab erwähnte das dunkle Mal? Was hat ihm Quadalkar gesagt, bevor er starb? Die Fragen quälten den hohen Vater. *Warum stellt er sich dem Urteil? Weshalb jetzt, da er die Bluttrinker geschlagen und die Häuser befreit hat? Er hätte als Befreier einziehen können und ein Großteil des Ordens wäre ihm gewiss ohne zu zögern gefolgt. Stattdessen zeigte er sich nachgiebig und nahm das Urteil an. Ich verstehe ihn nicht nach allem, was er erleiden musste. Und wo bei allen Kojos bleibt mein verdammter Schatten?*

Der hohe Vater ließ sich in einen mit Leder und Fellen bezogenen Sessel fallen und dachte angestrengt nach. Von Schuldgefühlen geplagt versteckte er sein Gesicht in den Händen.

Was habe ich getan?, dachte er. *Mein Sohn! Er sollte mir als Overlord nachfolgen. Madhrab war vielleicht der einzig wahre Sohn, den ich je hatte, und ich habe ihn auf das Schändlichste verraten und verkauft. Wofür? Die Zeit der Dämmerung brachte die Dunkelheit über Ell. Das Gleichgewicht wankt. Was verlangst du von mir, Ulljan? Ich fühle mich alt und müde. Ist die Bewahrung deines Erbes dieses Opfer wert?*

Der Overlord wusste, dass er keine Antwort erhalten würde. Ulljan war von den Saijkalrae vernichtet worden, vor vielen Sonnenwenden schon. Doch bis heute hatte der Orden der Sonnenreiter das Erbe und die Erinnerung an den letzten Lesvaraq aufrechterhalten. Boijakmar zweifelte allerdings daran, ob die meisten Bewahrer die Lehren, das Erbe und die Regeln nach so langer Zeit noch in all ihrer

Bedeutung und der Sinnhaftigkeit ihrer Existenz richtig verstanden. Die Zeiten hatten sich stark geändert, seit die Macht der Magie in den Händen der Saijkalrae gebündelt und diese durch einen ihrer Diener in den ewigen Schlaf gebettet worden waren. Nun weilte Quadalkar bei den Schatten oder im Land der Tränen. Das dunkle Mal, mit dem er einst den hohen Vater gezeichnet hatte, war mit seinem Ableben verschwunden. Boijakmar war zwar frei, hatte aber dennoch das Gefühl, dass all die Entscheidungen und der Verrat an Madhrab, die er unter dem Einfluss des Mals getroffen hatte, ihn drückten und zeit seines Lebens nicht wieder loslassen würden.

Warum zeigtest du dich nur so uneinsichtig und stur, Madhrab?, sinnierte der hohe Vater im Stillen. *Hast du denn nicht verstanden, was mich trieb? Stets versuchte ich dir den Willen Ulljans näherzubringen. Ich glaube, du hast den Sinn unseres Ordens nie verstanden. Die Bewahrer waren niemals dafür da, die Schwachen zu beschützen, für die heiligen Orna oder für das Schicksal der Nno-bei-Klan einzustehen. Der Orden war einzig und allein dafür geschaffen worden, Ulljan zu huldigen und die Erinnerung an sein Leben aufrechtzuerhalten. Er war der Letzte der Lesvaraq, ihm sollte keiner mehr nachfolgen. Das war sein Wille. Der Krieg der Gegensätze endete mit seiner Vernichtung. Sein Tod sollte den Frieden nach Ell bringen. Welchen Sinn hat der Orden noch, wenn die Lesvaraq wiedergeboren sind und die neuen Zyklen beginnen? Das Erbe des Erzmagiers weiterhin zu bewahren ist zwecklos. Wir haben versagt. Niemand konnte Madhrab aufhalten. Und fürwahr, die Ordensbrüder und Praister sind meine Zeugen, ich habe es versucht.*

Der Overlord sprang aus seinem Sessel auf und lief erneut aufgeregt in der Kammer hin und her.

Was soll ich tun?, fragte er sich in Gedanken. *Madhrab ist viel zu gefährlich und mächtig geworden, um ihm die Freiheit oder das Leben zu belassen. Ich traue ihm zu, dass er eines Tages tatsächlich siegreich aus der Grube steigt. Warum musste er unbedingt das Band der Liebe mit einer heiligen Orna knüpfen? Ausgerechnet mit Elischa. Wir hatten ihm doch das Band der Orna und der Bewahrer mit Elischa angeboten. War Madhrab das nicht genug? Verheerender hätte es für unsere Zukunft nicht kommen können. Haben er und die Orna denn nicht bemerkt, in welche Gefahr ihre unheilige Verbindung die Häuser brachte? Die heilige Mutter wusste von der Verbindung gegen die Regeln. Aber sie schützte Elischa und das Kind der Sünden und musste daher sterben. Das Kind und Elischa versprach ich dem Fürsten Fallwas, der im Bunde mit dem dunklen Hirten stand, wenn er mir denn helfen würde, das dunkle Mal und dadurch den Einfluss Quadalkars auf meine Gedanken und mein Handeln zu unterbinden …* Boijakmar dachte direkt an den Lordmaster, *es tut mir leid, mein Sohn. Aber du musst ebenfalls zu den Schatten gehen, wenn der Orden die schweren Zeiten überleben soll. Wir verlieren an Stärke und Einfluss. Die Lesvaraq werden das Erbe Ulljans anzweifeln. Noch bleibt Zeit, das Kind zu überwinden und dessen frevlerischen Geist zu zerstören. Stelle dich nicht länger gegen uns. Das Urteil kann ich nicht aufheben. Niemand vermag das. Niemals wollte ich dich einen Feind nennen. Das musst du verstehen. Meine Liebe zu dir als Sohn war aufrichtig und gerecht. Doch nach alledem kann ich nicht mehr zu dir stehen.*

An der Tür zur Kammer klopfte es lautstark.

»Herein!«, rief der hohe Vater mit belegter Stimme.

Die Tür öffnete sich und ein Bewahrer spähte vorsichtig durch den schmalen Türspalt.

»Was gibt es?«, wollte der Overlord wissen. »Beeile dich mit deinem Bericht. Ich brauche meine Ruhe.«

»Yilassa ist mit dem Jungen und den Zwillingen eingetroffen. Die Vorbereitungen für den Abstieg in die Grube sind abgeschlossen. Wir können jederzeit mit der Vollstreckung beginnen. Wie lauten Eure Befehle, mein Vater?«, erklärte der Bewahrer im Rang eines Masters die Störung.

»Besorge Yilassa und den Kindern eine ordentliche Unterkunft in unserem Haus. Lass ihnen etwas zu essen und zu trinken bringen. Sie müssen hungrig und durstig sein. Bereite alles für die Abnahme des Eides vor. Außerdem müssen die Schreiber informiert werden, dass das Regelwerk der Bewahrer geändert werden wird. Künftig sollen auch Frauen bei entsprechender Eignung und erfolgreichem Ablegen der Prüfungen die Gelegenheit haben, in den Rang eines Bewahrers aufgenommen zu werden.«

»Aye«, antwortete der Master, »ich kümmere mich darum. Werdet Ihr der Vollstreckung beiwohnen? Madhrab ist noch nicht am Rand der Grube eingetroffen. Sollen wir auf Euch warten oder beginnen, sobald er den Weg durch das Verlies gefunden hat?«

»Wartet auf mich. Ich werde kommen und ihn persönlich in die Tiefe verabschieden«, brummte Boijakmar missmutig.

Jeden seiner Schritte mit Bedacht wählend betrat Madhrab das Verlies unter dem Haus des hohen Vaters unbewaffnet und ohne seine schützende Rüstung. Von Madsick wusste er, dass es viele geheime Winkel und versteckte Wege im Verlies gab, die nur dem Jungen, dessen Vater Sick und einigen Sonnenreitern bekannt waren. Er wollte vermeiden, sich von Sick in einem Hinterhalt überraschen zu lassen. Der Foltermeister war unberechenbar und hatte in der ihm vertrauten Umgebung durchaus einen Vorteil gegenüber Madhrab. Dem Lordmaster war mulmig zumute, als er durch die unübersichtlichen Gänge des Verlieses schlich, die links und rechts des Weges von Zellen und Kammern gesäumt waren. In den höhergelegenen Ebenen war es eigenartig still, sodass er sogar das Fiepen einer Ratte oder ihre raschelnd über den Stein tapsenden Füßchen hören konnte. Die meisten Zellen waren leer, was Madhrab unschwer an den offenen Türen erkennen konnte. Hin und wieder warf er einen vorsichtigen Blick hinein, um sich zu vergewissern, dass sich niemand im Dunkel einer Zelle verbarg, der ihm unbemerkt in den Rücken fallen könnte. Er erinnerte sich nur schwach an seinen Weg aus dem Verlies, den ihm Madsick während seiner Flucht gezeigt hatte. Zu seinem Bedauern hatte er sich damals mehr blind führen lassen, als sich den Weg mit offenen Augen und Verstand zu merken. Der Lordmaster gewann den Eindruck, dass sich das Verlies viel weiter, mit seinen untereinander angeordneten Ebenen unter der Oberfläche, nicht nur in die Tiefe, sondern auch in die Breite verzweigte, als er ursprünglich angenommen hatte. Dabei kam es ihm rätselhaft vor, wozu der Orden zu Zeiten seiner Gründung ein solch ausuferndes Verlies hatte erbauen lassen. Noch dazu in Form eines verwirrenden Labyrinthes.

Was hatten sie vor?, fragte sich Madhrab irritiert. *Sollte dieser Teil des Hauses dem Orden in Notzeiten als Zuflucht dienen oder wollten sie etwas Bestimmtes vor allzu neugierigen Augen verbergen? Aber vielleicht wollten sie auch verhindern, dass etwas ungehindert an die Oberfläche gelangen konnte. Möglicherweise etwas Unfassbares, das seit Urzeiten in der Grube lauert und dem ich schon bald begegnen werde?*

Madhrab schauderte bei dem Gedanken an ein solches Wesen, für das ein solch gewaltiges Labyrinth geschaffen worden war. Diente das Verlies letzten Endes nur dem alleinigen Zweck, dieses Wesen, welches eigenartigerweise nur mit dem wenig aussagekräftigen Namen *Herr der Gru-*

be bezeichnet wurde, festzuhalten? Was für eine schreckliche Kreatur musste das sein, vor der sich der Orden fürchtete und ihr regelmäßig einen Tribut zollte, indem die Bewahrer vermeintliche Verbrecher zu einem Schicksal in der Grube verurteilten. Entkäme diese unsägliche Bösartigkeit tatsächlich eines Tages aus der Grube, bliebe womöglich noch Zeit, sie in den Gängen des Verlieses abzufangen und zu bekämpfen. Aber das waren bloße Vermutungen, die ihn nicht weiterführten und nur zusätzliche Sorgen bereiteten.

Es reichte schon, dass Madhrab die Bemerkungen Boijakmars über das Erbe Ulljans nicht aus dem Kopf gehen wollten. Von Kindesbeinen an war Madhrab unter den Bewahrern aufgewachsen. Was hatte er an ihren Regeln und Grundsätzen falsch verstanden? Diese Frage hatte sich der Lordmaster schon des Öfteren gestellt. Was genau verstand der Overlord unter dem Erbe Ulljans? Innerhalb des Verlieses musste es in den untersten Ebenen Kammern geben, in denen uralte Schriften und Artefakte aufbewahrt wurden, die bewusst nicht in den weiter oben gelegenen Archiven des Ordens zu finden waren. Nur eingeweihte Ordensbrüder, der Overlord und die Lordmaster des Ordens hatten Zugang zu diesen Kammern. Die eingeweihten Sonnenreiter zählten zu den wenigen Schriftgelehrten des Ordens, deren Aufgabe überwiegend in der Pflege der Archive, des Regelwerks des Ordens und der Anfertigung von Aufzeichnungen bestand. Obwohl er selbst im Rang eines Lordmasters stand, hatte sich Madhrab nie eingehend mit deren Aufgaben und seinen schreibenden und zeichnenden Ordensbrüdern beschäftigt. Es hatte ihn nicht ernsthaft interessiert. Ein Bewahrer hatte sein Leben dem Kampf und dem Schutz der Orna gewidmet. Die Schriftgelehrten waren zwar Sonnenreiter, hatten allerdings nicht die Möglichkeit, als Bewahrer auserwählt zu werden. Von

Beginn an wurden sie nur für diesen besonderen Zweck ausgebildet. Sie fielen kaum auf, ließen sich nur selten zu den Mahlzeiten sehen und verbrachten die meiste Zeit des Tages im Archiv des Hauses oder verloren sich in den Weiten des Verlieses.

In den tiefer gelegenen Ebenen häuften sich die mit Gefangenen besetzten Zellen. Manche von ihnen mussten ihrem Aussehen nach schon seit geraumer Zeit in der Gefangenschaft des Verlieses verbracht haben. Aber vielleicht war es ihnen wie Madhrab ergangen, die Dunkelheit des Verlieses, die Kälte, der Entzug von Nahrung und Wasser, die Angst und die Einsamkeit, durchbrochen nur von den Qualen ständiger Folter, ließen einen rasend schnell altern und brachten die Gefangenen rasch den Schatten näher. Der unheilvolle und von Wahnsinn beseelte Blick einer Gefangenen, deren zerschundener und abgemagerter Leib an die Zellenwand angekettet war, bereitete ihm Übelkeit. Ihr leises Jammern und Stöhnen zerriss ihm das Herz. Trotz zahlreicher schlecht verheilter und frischer Wunden wirkte ihr nackter Körper jung, wohingegen ihr Gesicht mit den eingefallenen Wangen und tief in den Höhlen liegenden Augen stark gealtert aussah. Aber das konnte täuschen. Sick hatte gewiss wieder einmal ganze Arbeit geleistet. Er erinnerte sich an sein eigenes Spiegelbild, das ihm Sick am Ende seiner Folter vorgehalten hatte. Der Lordmaster hatte sich damals selbst nicht wiedererkannt.

Madhrab konnte sich nur schwer vorstellen, was diese Frau verbrochen haben mochte, um auf diese Weise leiden zu müssen. Die anderen Gefangenen, die Madhrab gesehen hatte, waren nicht besser dran. Sie hingen, soweit er das durch die Aussparungen in den verschlossenen Eisentüren hatte erkennen können, meist schlaff an der Wand in ihren Ketten, als hätten sie sich längst aufgegeben. Ihm kam plötzlich der Gedanke, die Gefangenen zu befreien und nach oben zu führen. Aber er durfte sich nicht durch Mitleid aufhalten und von seiner Aufgabe ablenken lassen. Ihm fehlten die Schlüssel und die Zeit, sich diese zu besorgen. Brairac und die Sonnenreiter waren in Gefahr, je länger sie in der Grube verweilen mussten. Kehrte er allerdings bald aus der Tiefe zurück, würde er sich bestimmt darum kümmern und wenigstens den Versuch wagen, gleichgültig was sich die Gefangenen zuschulden hatten kommen lassen. Nichts konnte so schlimm sein, eine solche Behandlung zu verdienen.

Der Lordmaster hatte endlich den Zellentrakt des Verlieses erreicht, in dem er selbst angekettet und gefoltert worden war. Die Luft war klamm und stickig. Es stank erbärmlich hier unten, und er fragte sich, wie er seinen unfreiwilligen Aufenthalt hatte überleben können.

Unmöglich, niemand hält dies länger als einen Tag aus, dachte der Lordmaster.

Dabei wusste er selbst, dass er mehrere Monde im Verlies verbracht hatte, bevor ihm die Flucht mithilfe Madsicks gelungen war. Gegen die aufkommenden Erinnerungen konnte er sich nicht wehren. Sie waren einfach da, liefen wie Schattenbilder des Schreckens an den Verlieswänden entlang und quälten ihn erneut. Er fühlte sich beschmutzt und verwundbar.

Wo bist Du, Sick?, fragte er sich im Stillen. *Komm, lass es uns zu Ende bringen!*

»Sick!«, rief er laut.

Die Stimme des Bewahrers hallte durch die Gänge des Verlieses. Wer sich in einer der darüber - oder daruntergelegenen Ebenen aufhielt und nicht an Taubheit litt, musste den Lordmaster gehört haben.

»Sick!«

Nachdem Madhrab erfahren hatte, dass Sick am Leben war, hatte er sich plötzlich gefühlt, als sei noch eine alte Rechnung offen, die er begleichen müsse. Ihm war bewusst geworden, dass er nicht in der Lage war, die Sache auf sich beruhen zu lassen. Sick war ihm viel zu nahe getreten und hatte Grenzen überschritten, die Madhrab niemals vergessen konnte. Der Lordmaster würde nicht eher ruhen, bis er Sick gestellt und zu den Schatten geschickt hatte. Zu tief saßen die Wunden der Folter.

»Sick!«, brüllte Madhrab ein drittes Mal, noch durchdringender als zuvor.

Ein Geräusch in seiner unmittelbaren Nähe, nur wenige Schritt hinter ihm, ließ ihn aufschrecken und in einer raschen Drehbewegung auf einem Fuß herumwirbeln. Seine Reaktion kam keinen Augenblick zu spät. Wie aus dem Nichts sah er eine schwere Eisenstange auf seinen Kopf zuschießen. Es war ein wuchtig geführter Schlag, der ihm ohne Weiteres das Bewusstsein geraubt, wenn nicht sogar den Schädel zerschmettert hätte. Madhrab duckte sich und fing den Schlag mit einer Hand ab. Der Aufprall drohte ihm die Knochen der Hand zu zermalmen und ein dumpfer Schmerz durchzuckte seinen Arm von der Hand aufwärts. Aber er biss die Zähne mit schmerzverzerrtem Gesicht zusammen und ließ nicht mehr locker.

»Hier bin ich«, vernahm der Lordmaster die ihm zutiefst verhasste Stimme des Foltermeisters.

»Feige wie eh und je«, antwortete Madhrab, der in der Dunkelheit des Verlieses mehr als nur einen Schemen seines Gegners zu erkennen versuchte. »Kein sehr ehrenwerter Versuch, unsere persönliche kleine Auseinandersetzung zu beenden.«

»Ihr seid ein Bewahrer. Wie sollte ich Euch da im offenen Kampf begegnen? Ehre ist ein oft falsch verstandener Begriff, Lordmaster. Am Ende zählt das Ergebnis und sonst nichts«, meinte Sick, der sich am anderen Ende der Eisenstange, so gut es ging, im Dunkeln versteckt hielt und das spärliche Licht der Fackeln geschickt zu vermeiden suchte.

»Zeigt Euch!«, befahl Madhrab. »Das Versteckspiel ist zu Ende. Ihr wisst genauso gut wie ich, dass es keinen anderen Ausweg gibt. Einer von uns beiden muss sterben, damit der andere Ruhe findet.«

»Aye«, meinte Sick, »ich stimme Euch zu. Und dieser eine werdet Ihr sein, Madhrab. Aber bevor ich Euch endlich den Schatten näher bringe, müsst Ihr mir verraten, was aus meinem Sohn geworden ist. Was habt Ihr mit ihm gemacht?«

Sick ließ die Eisenstange los und stellte sich so unter das Licht einer Fackel, dass Madhrab die zerstörte Fratze des Foltermeisters im Lichtschein erkennen konnte. Die Lippen waren vollständig weggefressen worden, weshalb er Mühe beim Sprechen hatte. Während er sprach, troff ihm der Speichel aus dem Mund. Zwar waren die Wunden verheilt, aber das Antlitz Sicks wirkte auf den Lordmaster grotesk. Er konnte die offen liegenden Zähne und das Zahnfleisch erkennen. Die Augenlider waren den Teroch ebenfalls zum Opfer gefallen. Gewiss litt Sick immer noch Qualen, was unschwer an den ständig tränenden und stark entzündeten Augen zu erkennen war. Es musste ihm schwerfallen, mit dauernd geöffneten und brennenden Augen in den Schlaf zu finden. Überhaupt war das Gesicht des Foltermeisters eine einzige bis auf ihre Grundfeste verwüstete Ruine. Die gefräßigen Käfer hatten ganze Arbeit geleistet.

»Ich habe ihn aus dem Verlies mitgenommen und Madsick ein anderes Leben gezeigt. Eines, in dem er nicht bis zu seinem Tod in der muffigen Dunkelheit dieses Labyrinthes verbringen muss. Das hat er nicht verdient. Er ist ein besonderer Junge mit außerordentlichen Talenten.«

Das auf die Bemerkung des Bewahrers folgende verrückte Lachen des Foltermeisters irritierte Madhrab gewaltig.

»Ihr habt ihn tatsächlich mit nach draußen genommen?«, fragte Sick, nachdem er sich von seinem Lachanfall wieder einigermaßen erholt hatte.

»Sehr wohl«, antwortete Madhrab, »ich schenkte ihm die Freiheit.«

»Ihr habt keine Ahnung, nicht wahr?«, provozierte Sick den Lordmaster. »Wäre es im Grunde nicht so schrecklich und verheerend, könnte ich mich über Eure Dummheit totlachen.«

»Wovon sprecht Ihr? Erklärt Euch«, verlangte Madhrab barsch.

»Madsick ist wie ein Vulkan, der kurz vor seinem Ausbruch steht und alles unter seiner Asche und dem glühenden Wurm aus Erde, Stein und Erzen begräbt, was sich ihm in den Weg stellt oder nicht schnell genug entfliehen kann. Mein Sohn ist in Freiheit die vielleicht größte Gefahr und Katastrophe, die Ell je gesehen hat. Habt Ihr tatsächlich angenommen, es gäbe keinen Grund dafür, dass ich den Jungen im Verlies aufgezogen und festgehalten habe. Zutrauen würde ich Euch einen solchen Gedanken durchaus. Aber ich dachte, Ihr wärt weitaus klüger und hättet ihn längst durchschaut. Hier im Labyrinth und nur hier unter dem Haus des hohen Vaters war er sicher. Vor sich selbst und anderen. Und er war keine Gefahr für Kryson. Durch ihn habt ihr dem Herrn der Grube eine einzigartige Gelegenheit gegeben, der Grube und dem Verlies zu entfliehen, durch Madsicks Augen zu sehen und zu lernen. Er wird die Erfahrungen nutzen, um sich zu befreien und Kryson mit seinem Hass und unersättlicher Mordlust zu überziehen, die er sich aus Tausenden Gedanken vieler Mörder ersonnen hat.«

»Er ist Euer Sohn. Wie könnt Ihr so über ihn sprechen?«, warf Madhrab ein.

»Tatsächlich, er ist von meinem Fleisch und Blut. Trotzdem war er immer anders, und seit seiner Begegnung mit dem Herrn der Grube war er nicht mehr mein Sohn. Ich hätte ihn töten sollen, nachdem er aus der Grube zurückgekehrt war …«, – Sick unterbrach seine Erklärung, um zwischendurch tief Luft zu holen – »… seht mich nicht so an! Ja, er kam zurück. Ich weiß sehr wohl, dass die Bewahrer gerne etwas anderes erzählen. Niemand soll jemals wieder aus der Grube gestiegen sein, wenn er einmal hinuntergebracht worden war. Madsick allerdings schon. Verändert zwar, aber er war emporgeklettert. Hat er Euch denn nicht die Geschichte über die Grube erzählt und was er dort erlebt hat?«

»Doch, das hat er. Aber gewiss mit einer anderen Note«, gab Madhrab zu. »Doch was soll das alles, Sick?«, meinte Madhrab. »Wollt Ihr über Madsick mit mir reden oder bringen wir unsere eigene Geschichte nun zu Ende?«

Eine Erinnerung an die gegenseitigen Rachegefühle wäre nicht notwendig gewesen. Kaum hatte der Lordmaster den Satz beendet, stürzte sich Sick mit einem gellenden Schrei und der Kraft eines von Rache getriebenen Wahnsinnigen auf den Bewahrer. Madhrab hatte nicht mit einem solch vehementen Angriff des Foltermeisters gerechnet, wurde überrascht und durch den harten Aufprall des Körpers zusammen mit Sick zu Boden gerissen. Die Eisenstange fiel Madhrab aus der Hand und schlug laut scheppernd auf dem Steinboden des Verlieses auf.

Sick saß mit dem ganzen Gewicht seines Körpers auf

dem Brustkorb des Bewahrers. Mit einer Hand hielt er den Hals des Bewahrers fest umschlossen und versuchte Madhrab die Luft abzudrücken, während er mit der anderen, verstärkt durch einen stählernen Ring, der sich über vier Finger seiner rechten Hand zog, auf das Gesicht des Lordmasters einschlagen wollte.

Madhrab starrte in das verwüstete und von Hass und Wut verzerrte Gesicht des Foltermeisters, in dessen Augen nur ein einziger Gedanke stand, den unter ihm liegenden Bewahrer zu vernichten. Die Schlaghand seines Gegners abfangend und mit der Hand fest umschließend, versuchte der Lordmaster die andere Hand des Foltermeisters von seinem Hals zu entfernen. Immer fester und härter umschloss er die Hände Sicks. Die Hände des Lordmasters wurden zu einer Presse, bis er schließlich ein Nachgeben der Finger seines Gegners bemerkte, das in einem lauten Krachen der Knochen gipfelte.

Sick schrie vor Schmerz ohrenbetäubend auf. Madhrab bekam in dem Augenblick, in welchem der Foltermeister durch das Brechen mehrerer Knochen abgelenkt wurde, eine Hand frei und stieß seinen verhassten Gegner von sich. Während Sick sich auf dem Boden hin und her wälzte, warf sich Madhrab auf den Foltermeister, packte sich dessen ungeschützten Kopf und schlug diesen kräftig wieder und wieder auf den harten Steinboden, bis der Schädel wie eine Nusschale auseinanderbrach und jede Gegenwehr des Todfeindes sofort erschlaffte.

Dieses Mal vergewisserte sich Madhrab, ob der Foltermeister tatsächlich von den Schatten geholt worden war. Es gab keinen Zweifel, er hatte Sick, den Foltermeister, getötet.

Die Bewahrer hatten am Rand der Grube ungeduldig auf Madhrab gewartet. Selbst Boijakmar hatte sich zwischenzeitlich an den allseits gefürchteten Ort unter dem Haus des hohen Vaters begeben, um der Vollstreckung des Urteils beizuwohnen. Keiner der Anwesenden hatte große Lust verspürt, sich in den Gängen des Verlieses auf die Suche nach dem verurteilten Lordmaster zu machen. Sie waren im Grunde froh, Madhrab zu sehen, obwohl sie ihn mit kritischen Blicken musterten.

»Wie ich an deinen mit Blut beschmutzten Händen und der Kleidung sehen kann, hast du dich auf deinem Weg durch das Verlies nicht zurückgehalten und deiner Gewaltbereitschaft freien Lauf gelassen«, kritisierte Boijakmar den Lordmaster mit strengem Blick.

»Ich wurde in den Gängen von einem Wahnsinnigen angegriffen und musste mein Leben teuer verteidigen, damit du dein Urteil endlich vollstrecken kannst«, erwiderte Madhrab, »aber wie ich dich inzwischen kenne, wirst du mir die Notwehr als kaltblütigen Mord erschwerend anlasten.«

»Du hast Sick zu den Schatten geschickt?«, wollte der Overlord wissen.

»So ist es, und zwar endgültig«, bestätigte Madhrab, der keinerlei Reue oder Mitgefühl für den Foltermeister und dessen Ableben empfand.

»So schrecklich und verdammenswert deine heutige Bluttat auch gewesen sein mag. Du stehst dafür nicht vor dem hohen Gericht der Bewahrer. Im Grunde hast du den armen Kerl von seinen Leiden erlöst, die du ihm schon Monde zuvor zugefügt hattest. Selbst wenn ich diesen Gräuel berücksichtigen müsste, fiele die deswegen zu verhängende Strafe nicht anders aus als die heute in der Grube zu vollstreckende«, antwortete der hohe Vater. »Aber genug davon. Ein letztes Mal frage ich dich im Angesicht des tiefen Abgrundes vor uns: Wirst du nun in die Grube hinabsteigen und dich deinem Schicksal stellen?«

»Das werde ich«, antwortete Madhrab mit fester Stimme.

»Ihr habt es alle gehört! »Öffnet die Grube!«, befahl Boijakmar.

Beim Anblick des sich knarrend und rasselnd öffnenden Gatters überkam Madhrab ein mulmiges Gefühl. Dunkelheit schlug ihm bei näherem Hinsehen entgegen und ein unangenehm modriger Geruch, der den des Verlieses noch übertraf, störte seine Nase. Dennoch zeigte er sich standhaft und bestieg, ohne zu zögern oder zu wanken, die hölzerne Plattform, die ihn gleich in die Tiefe befördern sollte.

»Kehrst du wieder, sollst du frei von jeder Schuld sein«, gab ihm Boijakmar noch einmal mit auf den Weg, bevor er das Handzeichen gab, den Verurteilten hinabzulassen.

»Verlass dich darauf«, rief Madhrab, der sich bereits im Absinken befand, »ich komme wieder und werde dich an dein Wort erinnern, solltest du es vergessen haben.«

Mit jedem Fuß, den die Plattform weiter in die Tiefe sank, schwand das flackernde Licht des von oben kommenden Fackelscheins. Die Plattform schwankte und ruckelte entlang der rau gehauenen Felsenwände, die er mit den Fingern zu erfassen suchte. Dabei entdeckte er den ein oder anderen Spalt, der sich womöglich eignete, mit Händen und Füßen Halt darin zu finden. Es war also nicht ausgeschlossen, dass er daran emporklettern könnte, auch wenn die Dunkelheit ein Vorwärtskommen beinahe unmöglich machen sollte.

Madhrab fragte sich, wer dieses Loch einst geschaffen hatte und welchem Zweck es ursprünglich diente, bevor der Orden das Haus gebaut und zu einem Schicksal in der Grube verurteilte Gefangene in die Tiefe schickte. Seine Augen gewöhnten sich auf dem Weg abwärts an die Dunkelheit, und er stellte zu seinem Erstaunen fest, dass er durchaus in der Lage war, etwas wie durch einen dunklen, grauen Schleier zu erkennen. Er hatte sogar den Eindruck, dass, je weiter er dem Grund der Grube entgegenkam, die Lichtverhältnisse besser wurden. Die Felswände strahlten in der Tiefe aus sich heraus ein eigenartiges gedämpftes Licht aus. Es war kein warmes, aber auch kein kaltes Licht, sofern es denn überhaupt ein Licht zu nennen war, da es eher wie ein grauer Nebel wirkte, der sich von seiner Umgebung ein wenig heller abhob, dem Bewahrer aber dadurch ein Gefühl für Entfernungen und Größenunterschiede vermitteln konnte. Ob dies der Wirklichkeit entsprach oder bloß eine Täuschung seiner Sinne war, vermochte Madhrab nicht abschließend zu beurteilen. Vielleicht begann der Einfluss des Herrn der Grube bereits zu wirken, noch bevor er den Grund erreicht hatte. Madhrab erschauderte bei der Vorstellung, diese für ihn unbegreifliche Kreatur könnte schon begonnen haben, von seinen Gedanken Besitz zu ergreifen.

Je tiefer die Plattform sank, desto feuchter und glitschiger fühlten sich die Wände unter seinen Händen an.

Die Wände schwitzen, dachte Madhrab und roch an seinen Fingern, die sich merkwürdig klebrig anfühlten, *aber es kann kein Wasser sein. Was ist das? Es riecht nach … Blut, altem Blut.*

Angewidert wischte der Bewahrer die Hände an seinem Hosenbein ab und vermied für den Rest des Weges jede weitere Berührung mit den Wänden. Der Abstieg mit der langsam sinkenden Plattform zog sich. Erst jetzt wurde dem Lordmaster bewusst, wie tief die Grube sein musste. Wer sich aus eigener Kraft befreien wollte, musste sich den Weg nach oben an senkrechten und rutschigen Felswänden entlang nicht nur blind suchen, sondern genügend Kraft und Geschicklichkeit mitbringen, um die gewiss mehr als tausend Fuß Höhenunterschied zu überwinden. Ein Gefühl der Panik überkam ihn. Der Aufstieg war nicht zu schaffen, selbst für einen mehr als geübten Kletterer stellte dies eine unüberwindliche Hürde dar. Sein Herz schlug bis zum Hals, sein Atem ging stoßweise und zu schnell. Viel zu schnell. Madhrab war verloren. Der Gedanke überfiel ihn plötzlich und völlig unvorbereitet, ging mit einer Beklemmung einher, die ihm das Herz zusammenschnürte und den Atem nahm. Die Wände schienen ihn regelrecht zu erdrücken, wurden enger und enger. Er wusste, dass dies nur ein Gefühl war, das er aber nicht ohne Weiteres abzuschütteln vermochte. Für einen Moment setzte er sich auf den Boden der Plattform und fasste sich nach Atem ringend an die Brust. Einige Male atmete er tief ein und wieder aus. Doch er brauchte eine Weile, bis sich der Anfall gelegt und er sich wieder beruhigt hatte. Noch hatte er den Grund der Grube nicht erreicht.

Wie lange dauert der Abstieg noch?, ging es ihm durch den Kopf. *Das ist doch nicht möglich.*

Madhrab dachte, er verlöre jedes Gefühl für Raum und Zeit. Weder wusste er, ob es Tag oder Nacht war. Die Zeit der Dämmerung war schon schrecklich genug, aber immerhin war es im Freien möglich, die Tageszeiten deutlich zu unterscheiden. Hier unten jedoch war alles anders. Seine Blicke versanken im grauen, tristen Einerlei der Grube. Wann hatten sie begonnen, ihn auf der Plattform in die Tiefe zu lassen? Madhrab konnte sich nicht erinnern. Bilder entstanden vor seinem inneren Auge, die er nur zu gerne von sich gestoßen hätte. Er sah den in den Gängen des Verlieses den Körper des Foltermeisters verwesen, bis nur noch dessen Gebeine übrig waren. Niemand hatte sich um die Beseitigung des Leichnams gekümmert. Sie hatten Sick einfach liegen lassen.

Ein Ruck ging durch die Plattform und gab Madhrab einen schmerzhaften Stoß in den Rücken. Sie war stehen geblieben. Der Lordmaster sah sich um. Er hatte den Grund der Grube erreicht. Vorsichtig stand er auf und setzte einen Fuß von der Plattform auf den Boden. Die Festigkeit des Untergrunds überzeugte ihn, sodass er es wagen konnte, den zweiten Fuß nachzuziehen und von der Plattform herabzusteigen. Im Gegensatz zu den Wänden fühlte sich der steinerne Boden trocken an, war dafür aber glatt geschliffen und poliert worden.

Wer hat sich all die Arbeit gemacht?, fragte sich Madhrab verwundert.

Kaum hatte er die Plattform verlassen, setzte sie sich wieder in Bewegung und wurde nach oben gezogen. An den Ketten rasselnd entschwand sie rasch seinen Blicken, die allenfalls zehn Fuß in die Höhe reichten. Sich langsam um die eigene Achse drehend sah sich der Lordmaster weiter um. Acht in die Felswände geschlagene Öffnungen führten aus der Grube weg. Madhrab würde sich entscheiden müssen, welchen Weg er zuerst wählen wollte, um sich auf die Suche nach seinem Freund und den Sonnenreitern zu machen. Im Grunde war es ihm gleichgültig, alle Gänge glichen sich exakt in Form, Breite und Höhe. Er entschied sich für die geradeaus vor ihm liegende Öffnung und setzte sich in Bewegung. Der hinter der Öffnung liegende Gang kam ihm schmal und niedrig vor. Madhrab musste den Kopf einziehen, um nicht gegen die Decke zu stoßen. Langsam tastete er sich voran.

Jedenfalls wird niemand unbemerkt an mir vorbeiziehen, stellte Madhrab im Stillen fest, der die Enge überhaupt nicht mochte, sich aber zumindest einen einzigen Vorteil einreden musste, um nicht sofort den Verstand zu verlieren. *Ist das der Wahnsinn der Grube, von dem alle gesprochen haben? Bedeutet das Schicksal am Ende, nur lange genug in diesen Gängen wie lebendig begraben verweilen zu müssen, um verrückt zu werden?*

Madhrab hatte Mühe, sich zu beherrschen und keinem erneuten Panikanfall anheimzufallen. Engegefühle hin oder her, sie würden ihm nicht helfen, sich zurechtzufinden und Brairac herauszuholen. Madhrab dachte, der Weg durch den Gang führe ihn ausschließlich geradeaus, obwohl er beim Zurückblicken einmal dachte, er hätte eine Biegung wahrgenommen. Es dauerte lange, bis er aus dem Gang an einer Öffnung wieder hinaustrat und sich in einer runden Kammer befand, die sich nicht vom Grund der Grube unterschied und von der ebenfalls acht Öffnungen wegführten. War Madhrab im Kreis gelaufen? Der Gedanke beschlich ihn, dass er sich in einer Art Labyrinth unter dem Labyrinth des Verlieses befand, das mindestens genauso weitverzweigt sein musste, wie das Verlies selbst. Wieder entschied er sich für den gerade gegenüberliegenden Weg. Das sollte ihm doch die Möglichkeit geben, zumindest den Rückweg zum ursprünglichen Ausgangspunkt zu finden, zumal es schwierig genug war, sich in den grauen Schleiern der Grube zu orientieren. Seine Beine wurden vom langen Marsch durch den Gang müde. Madhrabs Schultern und Rücken schmerzten von der geduckten Haltung. Sich mitten im Gang niederlassend gönnte er sich eine kurze Rast. Er wunderte sich, dass er weder Hunger noch Durst litt. So lange konnte er also noch nicht durch die Gänge der Grube gewandert sein. Als der Lordmaster auf dem steinernen Boden saß, der ihm weder kalt noch warm vorkam, lauschte er aufmerksam in den vor ihm liegenden Gang hinein und stellte fest, dass es erstaunlich still war. Das mochte sich ändern, aber er hatte bislang kein verdächtiges Geräusch wahrgenommen.

Madhrab hatte nicht bemerkt, dass er während der Rast eingeschlafen war. Ein schrecklicher Albtraum plagte ihn. Der Lordmaster befand sich gefangen und in Ketten gelegt in einem engen Käfig, der einige Fuß über dem Wasser hing. Die Ketten zwangen ihn zur Bewegungslosigkeit. Hilflos musste er durch die Gitterstäbe beobachten, wie Elischa von zwei Männern entführt wurde. Den einen erkannte er als seinen ärgsten Widersacher. Lordmaster Chromlion, den er in der Gefangenschaft bei den Eiskriegern wähnte. Der andere sah Boijakmar zum Verwechseln ähnlich. Nur wirkte dieser, im Gegensatz zum hohen Vater, jünger und in seiner Ausstrahlung sehr düster, geradezu boshaft.

Elischas verzweifelte Blicke fanden den Käfig und sie rief und winkte ihm zu: »Madhrab, was hast du uns nur angetan? Ich brauche dich! Hilf mir und hilf vor allen Dingen dir selbst!« Aber der Lordmaster konnte ihr nicht helfen, und er wusste nicht, was er für sich selbst hätte tun sollen. Ein fürchterlich schmerzliches Gefühl sagte ihm, dass Elischa genauso verloren war wie er selbst. Tatenlos musste er zusehen, wie die Orna grün und blau geschlagen wurde, sie immer wieder missbraucht, ihr Körper und ihr Geist stets aufs Neue geschunden wurden. Ihr Wille zerbrach und sie sah ihn traurig und teilnahmslos aus stumpfen Augen an. »Warum hilfst du mir nicht? Ich liebe dich doch, Madhrab«, hörte er ihre Stimme voller Enttäuschung und bar jeder Hoffnung sagen. Ihre Verzweiflung drohte ihm das Herz zu zerreißen und trieb ihm die Tränen in die Augen. Er wollte aufwachen, doch der Traum hielt ihn gefesselt. Madhrab erblickte eine Elischa, die ein Kind erwartete und es sogleich blutend wieder verlor. Schon im nächsten Augenblick lag sie, nur noch ein Hauch ihrer selbst, schreiend vor Schmerzen in den Wehen und gebar ein anderes Kind. Kaum war sie von der Geburt wieder aufgestanden, wurde sie erneut geschlagen und noch am Boden liegend fortwährend in den Bauch getreten. Sie blutete wieder, drohte zu verbluten, bis ihr Bild vor seinen Augen plötzlich verblasste und ihn die verwüstete Fratze Sicks angrinste. »Ich bin nicht Sick«, bewegten sich die Lippen des Gegenübers, das durch die Gitterstäbe sah, »ich bin Madsick. Du solltest mich kennen, Bewahrer.« Madsick holte eine Flöte hervor, steckte sich diese zwischen die nicht vorhandenen Lippen in die Zähne und spielte ein Lied, das Madhrab fürchterlich in den Ohren schmerzte. »Gefällt dir meine Musik nicht?, fragte Madsick gehässig. »Dann stirb!« Statt einer Flöte hielt Madsick plötzlich ein Messer in der Hand und schnitt das den Käfig haltende Seil durch. Der Käfig stürzte mit Madhrab in die Fluten. Bevor er im Wasser unterging, hörte er das gehässige Lachen Madsicks. »Traue nichts und niemandem, Madhrab. Alle verraten dich. Hast du das denn nicht gelernt?« Der Käfig tauchte unter und versank mitsamt dem Bewahrer in den Fluten. Madhrab versuchte die Luft anzuhalten, bis seine Lungen brannten und er den Mund schließlich öffnen musste, um das drängende Wasser in seinen Körper hereinzulassen und zu ertrinken.

Der Lordmaster schreckte hoch. Ihm war, als hätte er eine sanfte Berührung an der Schulter gespürt. Er fragte sich, ob er tatsächlich geschlafen und bloß geträumt hatte. Die Träume hatten so echt gewirkt. Wie war das möglich, dass er den Unterschied zwischen Wachen und Schlafen nicht bemerkt hatte?

Verwundert sah sich Madhrab um. Nichts hatte sich verändert. Immer noch umgeben von einem tristen Grau saß er mit dem Rücken an die Wand gelehnt an der Stelle des Ganges, an der er sich zuletzt niedergelassen hatte. Die Berührung musste er sich eingebildet haben. In seiner näheren Umgebung konnte er niemanden entdecken. Madhrab streckte die steifen Glieder von sich, stand auf und schlug prompt mit dem Kopf gegen die Decke. Der kurze Schmerz und der anschließend seinen Lippen entweichende Fluch halfen, ihn vollends wach werden zu lassen.

Der Lordmaster folgte der Richtung, die er schon zuvor eingeschlagen hatte. Und wieder führte ihn sein Weg in eine nach oben offene runde Kammer mit acht rundherum verteilten Öffnungen, die dem Ausgangsort wie ein Haar dem anderen glich. Zutiefst irritiert und verunsichert ob der Orientierungslosigkeit entschied er sich für eine andere Öffnung. Doch der für den weiteren Weg gewählte Gang unterschied sich in nichts von dem vorherigen. Die in der Grube vorherrschende Stille war bedrückend. Selbst das Geräusch seiner Schritte wurde vom Boden verschluckt. Wo waren die übrigen Gefangenen geblieben? Madhrab hatte den Eindruck, sich irgendwo im Nichts zu befinden. Einsam und verlassen. Und doch spürte er insgeheim eine nicht greifbare Präsenz, so als würde er ständig beobachtet, seit er den Grund der Grube betreten hatte. Die Anwesenheit eines ihm fremden Wesens in den Gängen, das sich ihm langsam näherte und ihn belauerte, als warte es nur auf den richtigen Moment, sich seiner zu bemächtigen.

»Brairac?«, erklang Madhrabs Stimme und verhallte in den Gängen.

Die eigene Stimme zu hören, tat ihm gut. Sie zeigte ihm wenigstens, dass er noch am Leben war. Eine Antwort erhielt er jedoch nicht. Drei weitere Male passierte er eine ihm bereits mehr als bekannt vorkommende Kammer und entschied sich immer wieder für einen anderen Gang. Am Ende hatte er jede Orientierung verloren und wusste nicht, wo er seinen Weg begonnen oder wie er jemals wieder aus dem eigenartigen Labyrinth der Grube herausfinden sollte.

Der Lordmaster fühlte sich, als sei er unendlich weit und eine lange Zeit gegangen. Ziellos und ohne Ergebnis irrte er in den Gängen umher, ohne jemandem zu begegnen. Wie sollte er Brairac in der Grube finden? An ein Weiterkommen war auf diese Weise nicht zu denken. Entweder war die Grube sehr klein und führte ihn tatsächlich ständig im Kreis herum oder sie war unermesslich groß. Welche andere Möglichkeit außer einer Sinnestäuschung konnte ihn sonst immer wieder in identische Kammern führen? Bald hatte er jeden aus der Grube wegführenden Gang mindestens einmal durchschritten, war jedoch immer wieder in einer weiteren oder derselben Kammer angekommen. Eine Lösung war nicht in Sicht. Entmutigt setzte er sich inmitten der Grube auf den Boden und wartete. Auf wen oder was, wusste er selbst nicht.

Als Boijakmar seine Kammer betrat, um sich von den Mühen eines Tages auszuruhen, wartete dort bereits ein Gast auf den Overlord. Der hohe Vater erschrak, als er die dunkle Schattengestalt in seinem Sessel sitzend wahrnahm. Vor Monden hatte er diesen fortgeschickt, seine Schulden zu begleichen und sich eines neugeborenen Kindes zu bemächtigen. Bis jetzt hatte er nichts mehr von ihm gehört und ihn verloren geglaubt.

»Du?«, fragte er verunsichert.

»Ja, ich«, antwortete die Schattengestalt kalt lächelnd.

»Du bist zurück? Ich hatte nicht erwartet, dich wiederzusehen, und dachte bereits, du wärst gescheitert«, sagte Boijakmar, dem die Überraschung ob des unerwarteten Besuchs ins Gesicht geschrieben stand.

»Wie kannst du so etwas annehmen? Das hättest du wohl gerne. Du müsstest mich aber besser kennen. Schließlich bin ich ein Teil von dir«, meinte das zweite Ich des

Overlords, »aber ich kann schon verstehen, dass sich deine Freude in Grenzen hält. Jetzt, wo das dunkle Mal seine Bedeutung verloren hat und ich im Grunde überflüssig geworden bin. Aber so einfach wirst du mich nicht los. All deine Schuld, die Boshaftigkeit und Schlechtigkeit deines Seins hast du auf mich übertragen. Ich bin dein Gefäß, die Dunkelheit in dir. Wir gehören untrennbar zusammen, ob dir das gefällt oder nicht.«

»Schon gut. Ich habe bestimmt nicht vergessen, was du bist. Wo warst du? Als ich Madhrab vor den Toren der Ordenshäuser gegen die Bluttrinker und Quadalkar kämpfen sah, dachte ich, er hätte dich besiegt und mein Gang zu den Schatten stände unmittelbar bevor«, erklärte Boijakmar.

»Ich kann nicht überall zur selben Zeit sein, Boijakmar«, erwiderte das Gefäß vorwurfsvoll, »Du schicktest mich, den Bewahrer und die Orna zu verfolgen. Bei Wintereinbruch verlor ich ihre Spur und fand sie erst später in Eisbergen wieder. Das Kind jedoch war bereits verloren. Dafür habe ich Chromlion aus der Gefangenschaft in Harrak befreit und deine Schuld gegenüber dem Hause Fallwas beglichen. Elischa befindet sich nun seit geraumer Zeit in der Obhut des Fürsten Chromlion.«

»Was sagst du da? Das Kind ist verloren?«, fragte Boijakmar ungläubig. »Wie ist das möglich? Du musst dich täuschen. Ich bin mir sicher, dass es sich um einen Lesvaraq handelte. Die unheilige Verbindung zwischen Madhrab und Elischa konnte nur ein solch mächtiges Wesen hervorbringen. Alle Zeichen sprachen dafür.«

»Die Orna hat nicht gelogen«, verteidigte sich das Gefäß, »das hätte ich sofort bemerkt. Wo befindet sich Madhrab im Augenblick? Ich könnte ihn befragen, bevor ich ihn für dich beseitige.«

»Er ist in der Grube«, meinte Boijakmar, »aber ich halte das für keine sehr gute Idee, wenn du zu ihm hinabsteigst und dich nach dem Lesvaraq erkundigst.«

»Was spricht dagegen?«, wollte das Gefäß wissen. »Die Finsternis ist kein Problem für mich.«

»Überschätze dich nicht«, tadelte Boijakmar sein zweites Ich, »du magst zwar irgendwo zwischen Leben und Tod stehen, aber den Herrn der Grube wird das nicht stören. Er wird keinerlei Rücksicht auf deine magische Natur und die Fremdartigkeit deines Wesens nehmen. Deine Boshaftigkeit wird er sehr zu schätzen wissen, wenn er sich erst deines Geistes bemächtigt hat. Du würdest dem Wahnsinn anheimfallen und ich mit dir. Das dürfen wir nicht riskieren.«

»Du bist doch ohnehin schon verrückt, alter Mann«, lachte das Gefäß gehässig, »was macht da ein wenig Wahnsinn mehr aus? Aber gut. Es ist dein Leben, das du aufs Spiel setzst, sollte der Bewahrer der Grube entkommen.«

»Das wird er nicht«, antwortete Boijakmar überzeugt, »niemand entflieht aus der Grube, noch nicht einmal der Herr der Grube selbst. Dafür hat Ulljan die Grube einst errichten lassen.«

»Dein Wort in seine Ohren. Bevor du allerdings zu den Schatten gehst, werde ich dich an dein Versprechen erinnern. Du schuldest mir einen verbundenen Geist, der mir ein Fortkommen nach deinem Tod sichert.«

»Keine Sorge, ich werde dich nicht vergessen«, wiederholte Boijakmar sein Versprechen.

Boijakmar war in Sorge. Die Schattengestalt hatte ihm keine guten Nachrichten gebracht. Natürlich war er seine Verpflichtungen gegenüber Fallwas endlich losgeworden. Das nahm ihm eine Last von den Schultern und gab ihm in gewisser Weise freie Hand. Aber er wollte nicht glauben, dass Elischa das Kind verloren hatte. Das Erbe Ulljans war in Gefahr.

Mit verschränkten Armen und Beinen auf dem Grund der Grube sitzend, wartete Madhrab und lauschte in die Stille. Bar jeglichen Zeitgefühls konnte er schwer einschätzen, wie lange er schon wartete. Gedankenverloren betrachtete er zwischendurch seine Finger und stellte mit Schrecken fest, wie lange seine Fingernägel inzwischen gewachsen waren. Der Lordmaster strich sich über den Kopf und zog mit zwei Fingern eine lange Haarsträhne vor seine Augen. Verwirrt fühlte er zu allem Überfluss einen buschigen Vollbart in seinem Gesicht sprießen. Was geschah mit ihm? Er konnte sich nicht daran erinnern, zwischendurch gegessen oder getrunken zu haben. Jedes natürliche Bedürfnis schien unterdrückt und doch wuchsen seine Haare und Nägel unaufhaltsam. Nervös kaute er seine Fingernägel ab, doch schon bei nächstem Hinsehen waren diese wieder nachgewachsen, Haare und Bart länger geworden.

Lähmendes Entsetzen überfiel den Bewahrer und er schrie seine Angst in die Gänge der Grube hinaus. Madhrab befand sich in einem Albtraum, aus dem es kein Erwachen gab. Er sprang auf, versuchte die nassen Felswände zu erklimmen. Vergessen waren das Erlebnis während des Abstiegs und der Geruch des Blutes. Aber er rutschte ab und landete unsanft auf dem Grund der Grube. Wieder und wieder versuchte er sein Glück, unüberlegt und erfolglos, bis er ein letztes Mal erhitzt und außer Atem völlig erschöpft liegen blieb. Seine Augenlider wurden schwer und er spürte, wie ihn der Schlaf ein weiteres Mal überwältigen wollte. Er wehrte sich dagegen, wollte sich nicht erneut den bedrückenden Träumen hingeben und war doch zu schwach.

»Madhrab?«, hörte er seine eigene Stimme seinen Namen sagen. »Bist du wach?«

Der Lordmaster wusste nicht, was er auf die Frage antworten sollte. Wie sollte er auch, da er selbst nicht mehr einschätzen konnte, ob er schlief oder wach war. Was war Wirklichkeit, was Einbildung?

»Keine Ahnung«, hörte er sich selbst in mürrischem Tonfall zur Antwort brummen.

»Das ist gut«, gab seine Stimme zur Antwort.

Führte er jetzt bereits Selbstgespräche? War dies der Wahnsinn der Grube, die jeden zu dieser Strafe Verurteilten erwartete? Ein Schicksal des Sich-selbst-Zermürbens in der Einsamkeit und Stille eines bis ans Ende seiner Tage tristen Daseins, in dem es keine Ansprache und Hoffnung mehr gab. Grau, ansonsten farblos. Keine Höhen, keine Tiefen. Er war zur Tatenlosigkeit verdammt. Er kam sich vollkommen hilflos vor, wusste nicht, was er tun konnte oder wie er sich gegen ein Abrutschen in die Trostlosigkeit und vollendete Verzweiflung wehren konnte. Unterbewusst nahm er die lauernde Gefahr wahr. Sie war gierig, ihn zu verschlingen, seine Gedanken in sich aufzunehmen. Aber er konnte sie nicht fassen, sie nicht sehen oder hören.

»Nichts ist gut«, erwiderte Madhrab verbittert.

»Lass nicht zu, dass er dich verschlingt. Wehre dich gegen den Herrn der Grube und seine Macht. Er hat dich bereits in seiner Gewalt und stiehlt dein Wissen und deine Erinnerungen. Verschließe deine Gedanken vor ihm, bevor es zu spät ist«, sagte er laut zu sich selbst.

Madhrab blickte auf, um zu sehen, woher die ihm vertraute Stimme kam. Das konnte nur ein Traum sein. Erstaunt stellte er fest, dass er sich selbst gegenübersaß und in sein eigenes Antlitz starrte, als säße er vor einem großen Spiegel, der als solcher nicht erkennbar war. Der Madhrab, mit dem er das Zwiegespräch suchte, wirkte älter und wies langes graues Haar und einen ebenfalls ergrauten Vollbart auf, der ihm bis zur Brust reichte.

»Wer bist du?«, wollte Madhrab wissen.

»Ich bin du und du bist ich. Wir sind eins«, antwortete das Spiegelbild.

»Ich weiß nicht, was ich tun soll. Hilf mir«, flehte Madhrab, »ich werde verrückt.«

»Wie soll ich dir helfen, wenn du dir nicht selbst hilfst? Ich bin nicht besser dran«, stellte das Gegenüber mit Bedauern fest.

»Dann sind wir beide verloren«, meinte Madhrab.

»Steh auf und kämpfe, wie du es immer getan hast. Ich weiß, dass es einen Weg gibt. Es muss eine Lösung geben«, antwortete der Lordmaster sich selbst.

Madhrab nahm all seine Kraft zusammen und erhob sich mühsam und ächzend. Seine Beine fühlten sich schwach an und im ersten Moment wankte er gefährlich, drohte sogar zu stürzen. Aber er fing sich und hielt sich gerade, so gut es eben ging. Das Gegenüber war verschwunden und er fand sich stehend wieder inmitten der Grube. Plötzlich sah der Lordmaster klar. Er hatte keinen Zweifel daran, jetzt war er wach. Deutlich wacher als noch zuvor und musste sich vor der trügerischen Stille schützen, durfte nicht zulassen, dass ihn die Trostlosigkeit überwältigte. Sich auf sich selbst konzentrierend leerte er seinen Geist und baute eine innere Blockade auf, die nichts und niemand zu durchdringen vermochte. Er glaubte ein leises Stöhnen und ein enttäuschtes Schreien aus der Entfernung zu vernehmen. Es war das erste Geräusch, das er seit Langem gehört hatte, aber es gab ihm eine Ahnung von der Richtung, die er einschlagen musste.

Der Bewahrer rannte in den Gang, aus dem er das

Stöhnen und Schreien vermutete. Dieses Mal fühlte sich der Weg anders an. Jemand versuchte seine Blockade mit Gewalt zu durchbrechen und in seine Gedanken einzudringen. Madhrab stieß ihn vehement zurück und spürte hitzigen, aufwallenden Zorn, der ihm wie eine Feuerwand entgegenschlug und ihn zu versengen drohte. Er geriet ins Schwitzen, wusste jedoch, dass er auf dem richtigen Weg war und nicht aufgeben durfte.

Du darfst keine Zeit mehr verlieren, dachte er bei sich und rannte weiter.

Wie lange er die Barriere aufrechterhalten konnte, vermochte er nicht zu sagen. Die Angriffe wurden heftiger. Noch konnte er den unsichtbaren Feind abwehren. Blinde Wut und Hass trafen ihn, brachten den Lordmaster ins Stolpern.

Ich muss durchhalten und darf mich nicht von den Gefühlen ablenken lassen, ging es dem Bewahrer durch den Kopf.

Madhrab hatte nun wenigstens eine leise Ahnung davon, was ein Gedankenschinder war und wie gefährlich diese Kreatur sein konnte. Sein Atem ging fliegend, Lunge und Beine brannten, aber er gab nicht auf. Beinahe hätte er den auf dem Boden vor ihm kauernden Körper eines Mannes übersehen, der ihm den weiteren Weg durch den Gang versperrte. Bei genauerem Hinsehen stellte Madhrab fest, dass dem Mann ein Bein fehlte.

»Brairac!«, rief Madhrab. »Bei allen Kojos, bist du es?«

Der Mann hob den Kopf und sah Madhrab mit leeren Augen an. Der Lordmaster war sich sicher, dass es sich um Brairac handeln musste. Auch wenn dieser stark gealtert war, die Gesichtszüge des Freundes waren unverkennbar. Allerdings zeigte Brairac keinerlei Erkennen seinerseits. Sein Mund stand weit offen, gerade so, als wollte er schreien, aber vergessen hatte, wie es ging. Speichel rann aus einem Mundwinkel des Kaptans und tropfte auf den Boden. Jeglicher Verstand schien Brairac abhandengekommen zu sein.

Madhrab kniete sich nieder und packte den Mann an den Schultern, schüttelte ihn und rief seinen Namen erneut. Schlaff wie eine Puppe ohne eigenen Antrieb ließ sich der Kaptan hin und her bewegen, wehrte sich nicht und zeigte keine Reaktion. Die Augen blieben stumpf, vom Wahnsinn gekennzeichnet.

Verdammt! Besitzt er denn überhaupt noch einen Funken Verstand?, fragte sich Madhrab.

Kräftig schlug der Bewahrer Brairac links und rechts ins Gesicht, versuchte ihn von dort zurückzuholen, wo immer dieser sich auch gerade befinden mochte. Für einen kurzen Augenblick blitzte etwas in den Augen des Sonnenreiters auf, das Madhrab Hoffnung gab. Der Lordmaster schlug noch einmal zu, bis sich die Wangen seines Freundes dunkel verfärbten. Die Lippen Brairacs bewegten sich auf und ab, während er seine Zunge zu kontrollieren suchte. Ein fürchterliches Stöhnen drang aus der Kehle des Kaptans, das Madhrab zutiefst erschütterte. Doch die Augen wurden allmählich klarer, als ob der Schmerz der Schläge einen Schleier des Vergessens von ihnen gezogen hätte.

»Was … was … wo … wer?«, stammelte Brairac.

»Ich bin es, Madhrab«, sagte der Bewahrer, »wacht auf, Brairac, ich bin gekommen Euch zu holen.«

»M… M… M… M…adh…rab?«, stotterte der Kaptan. »W… W… W… Wer seid Ihr?«

»Ich bin Euer Freund«, antwortete Madhrab, »mein guter, treuer Kamerad. Steht auf und kommt mit mir.«

»Ich kann nicht«, antwortete Brairac, dessen Sprache mit jedem weiteren Wort zurückkehrte und allmählich besser wurde, »es ist zu spät.«

»Was redet Ihr da? Ich stieg in die Grube, Euch zu retten.«

»Für mich gibt es keine Rettung mehr. Nur wenige klare Momente sind mir hin und wieder noch vergönnt. Immer seltener und kürzer jedoch. Zu lange schon bin ich dem Gedankenschinder ausgesetzt. Rettet Euch selbst, Lordmaster, solange Ihr noch könnt. Der Wahnsinn kommt schleichend. Er lauert in den Gängen auf Euch. Ihr spürt ihn zwar, aber Ihr seht ihn nicht. Er schickt Euch Träume. Böse Träume. Und dann setzt er sich in Eurem Kopf fest. Langsam und anhaltend. Dann nimmt er Euch alles. Eure Wünsche, Euren Glauben und Eure Identität. Geht, Madhrab!«

»Ich werde Euch nicht hierlassen«, antwortete Madhrab bestimmt.

»Ihr müsst, Herr«, sagte Brairac. »Wenn Ihr mir jedoch einen großen Dienst erweisen wollt, dann tötet mich auf der Stelle, bevor ich in den Abgrund zurückfalle und der Wahnsinn erneut von meinem Geist Besitz ergreift. Ich flehe Euch an. Lasst mich klaren Verstandes sterben.«

»Das kann ich nicht«, wies Madhrab das Ansinnnen des Freundes entsetzt zurück.

»Ihr könnt und Ihr werdet. Ich weiß das, denn Ihr seid ein wahrer Freund. Schlagt mir diese Bitte nicht ab. Ich würde niemals zur Normalität zurückfinden. Zu viel hat mir der Herr der Grube schon genommen, zu viel von mir selbst habe ich verloren.«

Madhrab nahm das Gesicht des Freundes in die Hände und blickte ihm in die Augen. Schon bemerkte er, dass sich die Klarheit darin zu verflüchtigen begann.

»Beeilt Euch, Herr. Ich falle … in … in … Ab…grund … bi…tt…eee.«

Zutiefst erschüttert erkannte der Lordmaster die ausweglose Lage seines Freundes. Der Wahnsinn kehrte langsam zurück, noch blieb jedoch Zeit, ihm diesen letzten Gefallen zu tun. Zitternd legten sich die Hände des Bewahrers um den Hals des verzweifelten Kaptans. Madhrab schloss die Augen, während er zudrückte. Er konnte den Anblick des unter seinen Händen erstickenden Freundes nicht ertragen. Tränen rannen über die Wangen des Lordmasters. Madhrab war verzweifelt und er drohte nun ebenfalls den Verstand zu verlieren. Wie sollte er sich gegen die Angriffe des Gedankenschinders schützen, wenn ihn zugleich die Gefühle von Trauer überwältigten und ihn nahezu lähmten. Madhrab öffnete die Augen, als er fühlte, wie der Körper seines Freundes unter seinen Händen erschlaffte. Er hatte Brairac erwürgt. Die weit aufgerissenen Augen, aus denen jedes Leben gewichen war, starrten ihn vorwurfsvoll an. Die Zunge hing schlaff aus dem Mund. Dieses anklagende Gesicht seines Freundes würde er nie wieder vergessen. Er nahm den toten Leib in die Arme und drückte ihn fest an sich, wiegte ihn vor und zurück und vergrub schluchzend sein Gesicht in der Schulter des Kaptans. In jenem Augenblick tiefster Verzweiflung vergaß er die Welt um sich herum. Die Grube und der Gedankenschinder waren ihm gleichgültig.

Ein hässliches Lachen riss ihn aus seiner Betäubung, in die er sich durch den Verlust des Freundes gebracht hatte.

»Mörder …«, rief eine Stimme, die sich anhörte, als rumpelte sie wie ein hölzerner Wagen über ein unebenes Feld voller Steine, »… habe ich dich erwischt.«

Madhrab wusste, dass dies die Stimme des Gedankenschinders war, der sich ihm nach etlichen vehementen, aber erfolglosen Angriffen auf seinen Geist zum ersten Mal offen zeigte.

»Was willst du?«, fragte Madhrab.

»Alles«, antwortete der Herr der Grube, »ich will frei sein und du wirst mir dabei behilflich sein. Deine Gedanken und Erinnerungen. Gib sie mir. Sie nähren mich und geben mir die notwendige Stärke, der Grube zu entsteigen. Wehre dich nicht länger dagegen. Ich beobachte und kenne dich schon lange. Ich wusste, dass du eines Tages kommen wirst. Jetzt ist der Zeitpunkt gekommen, auf den ich so lange warten musste.«

»Ja«, sagte Madhrab überraschend, »ich werde mich öffnen …«

Der Bewahrer schuf eine Lücke in seiner Barriere und ließ den Gedankenschinder eindringen. Aber Madhrab gab nur die Erinnerungen an seine dunkelsten und schmerzreichsten Tage preis. Seinen Kampf gegen die Rachuren in der Schlacht am Rayhin, die von eigener Hand getöteten Kameraden, Gwantharabs Ende, den Verrat durch die Ordensbrüder, die Gefangennahme und die darauf folgenden Monde der Folter, die Flucht vor den Häschern, den Verlust der eigenen Familie, sein Erlebnis in den Schatten und den Tod eines guten Freundes. Gedanken, die für einen Normalsterblichen kaum zu ertragen waren. In der Hoffnung, der Herr der Grube würde von den Schmerzen überwältigt werden und sich getroffen zurückziehen, ließ Madhrab die Bilder des Schreckens an seinem inneren Auge vorbeiziehen und schleuderte sie dem Gedankenschinder entgegen. Doch das Gegenteil dessen, was Madhrab erwartet hatte, geschah. Der Herr der Grube labte sich an den schrecklichen Erinnerungen des Bewahrers.

»Mehr … gib mir mehr«, lechzte der Gedankenschinder entzückt. »Oh, wie gut das tut. Das ist die beste Nahrung, die ich je hatte.«

»Was bist du für eine boshafte Kreatur, die aus solchen Bildern ihre Kraft zieht?«, fragte Madhrab erschrocken.

Der Gedankenschinder lachte laut auf. »Einst gehörte ich zum Volk der Burnter. Ich fand Gefallen an den Gedanken der anderen und schulte meine Fähigkeiten, den Steinen zu lauschen und in den Köpfen anderer zu lesen, bis zur Vollendung. Doch die Felsgeborenen verstießen und verspotteten mich angesichts meiner Gabe, sie verpassten mir den wenig ruhmvollen Namen eines Gedankenschinders. Auf der Flucht vor dem Volk der Altvorderen begegnete ich einem mächtigen Lesvaraq. Sein Name war Ulljan. Er zeigte sich an meiner Gabe höchst interessiert und besuchte mich des Öfteren im Riesengebirge, um von mir zu lernen. Dort hatte ich eine sichere Zuflucht gefunden. Doch eines Tages änderte Ulljan seine Einstellung. Ich war selbst daran schuld. In einem unachtsamen Moment des Lesvaraq, hatte ich mir seine Gedanken zunutze gemacht und von seiner herrlichen Macht gekostet. Dabei entlockte ich ihm ein düsteres Geheimnis. Ertappt und zornig zwang er mich eine Grube auszuheben. Tief und gewaltig sollte sie sein. Weit unter der Oberfläche schuf ich ein Labyrinth nach seinen Vorstellungen. Ein Gefängnis, das ich mir selbst mit den angeborenen Fähigkeiten der Felsgeborenen erbauen musste, denn töten konnte und wollte er mich nicht. Das Gleichgewicht verbot ihm eine solche Tat. Dennoch konnte ich seiner Macht nicht widerstehen. Er ließ mich spüren, welche Qualen mich erwarteten, sollte ich es wagen, mich seinem Willen zu widersetzen. Ein schrecklicheres Schicksal, als auf Ewigkeit in den Flammen der Pein schmoren zu müssen, drohte mir Ulljan an. Ihm blieb nichts anderes übrig, denn zu weit war ich bereits in meiner Stärke vorangeschritten und hatte mich zu einem eigenständigen und mächtigen Wesen des Gleichgewichts entwickelt. Aber ich wusste zu viel und war eine Gefahr für seine Pläne, also schloss er mich ein und verbannte mich in die Grube. Eine Grube, die nichts anderes als mein eigenes Grab war. Lebendig begraben hat er mich. Oh, er konnte ein gar grausamer Erzmagier sein, eigensinnig und besessen von seinen Allmachtsfantasien. Auf die Grube ließ er das Ordenshaus bauen, damit ich nicht eines Tages unbemerkt doch entweichen könnte. Seit jenen Tagen friste ich mein Dasein hier unten und nähre mich von den Gedanken und Erinnerungen der Verurteilten, die mir die Bewahrer schicken. Es sind böse und dunkle Erinnerungen, die sie mir geben. Sie handeln von Mord, Vergewaltigung, Totschlag und noch weit schrecklicheren Taten. Ich kann dir Tausende von ihnen zeigen, wenn du willst. Eine fürchterlicher als die andere. Doch deine sind die stärksten und schlimmsten von allen. Ein Hochgenuss, so süß und wohlschmeckend wie nichts anderes auf Kryson. Sie geben mir Kraft und Hoffnung.«

»Verrate mir, was es mit dem Jungen des Foltermeisters Sick auf sich hat«, verlangte Madhrab.

»Madsick? Was interessiert er dich? Er war ein allzu neugieriger, aber sehr begabter Junge, der in die Grube stieg, weil er sich für die Musik eines Flötenspielers interessierte. Aber seine Erinnerungen waren wertlos für mich. Zu jung und zu wenig hatte er gesehen, als ich ihn in der Grube antraf. Ich ließ ihn gehen, doch nicht ohne ihn zuvor meinem Willen zu unterwerfen. Durch ihn habe ich viel über dich erfahren. Er bereitet mein Kommen vor und ist das Auge, durch das ich sehen kann. Eine ganz eigene Art von Magie beherrscht er, die sonst nur den Todsängern zu eigen ist, und er kann die Schatten rufen, mit deren Hilfe wir Kryson unterjochen und nach meinem Bild neu erschaffen werden. Ein Kryson des Schmerzes und der Kümmernis. Du wirst schon sehen. Warte nur, bis er die Flammen der Pein mit seiner Musik aus den Schatten befreit.«

Madhrab hatte genug erfahren. Der Herr der Grube war vom Wahnsinn besessen.

»Gib mir deine Erinnerungen«, forderte der Gedankenschinder, »ich brauche mehr davon. Keine Sorge, es tut nicht weh und wird schon bald vorbei sein. Du wirst in der Vergessenheit der Grube versinken.«

Plötzlich sah sich Madhrab einer steinernen Gestalt gegenüber, die ihm in der Größe lediglich bis zur Hüfte reichte. Die Felsgeborenen hatte er sich stets größer vorgestellt. Dennoch wusste Madhrab, dass er sich nicht von der äußeren Erscheinung täuschen lassen durfte. Die Augen der Kreatur strahlten eine Boshaftigkeit, Mordlust und Grausamkeit aus, die er nie zuvor gesehen hatte.

»Sieh mich nicht so an«, sagte der Gedankenschinder, »ich weiß, ich bin von kleinem Wuchs. Ein Grund, weshalb mich die Burnter niemals als einen der Ihren angesehen haben.«

»Wahre Größe zeigt sich nicht am Wuchs!«, bemerkte Madhrab.

»Weise Worte, Bewahrer«, antwortete der Herr der Grube. »Ich wusste, du würdest mich verstehen.«

Der Bewahrer sah nur einen einzigen Ausweg. Er musste sich dem Drängen des Gedankenschinders noch einmal öffnen. Einen Gedanken, oder vielmehr ein Gefühl, hob er sich bis zum Schluss auf. Madhrab spürte, wie sich sein Kopf leerte und ihm die Sinne schwanden. Sein Leben flog in raschen Bildern an ihm vorbei. Die Erinnerung an seine Kindheit und Jugend verblasste, als hätte es sie nie gegeben. Stattdessen füllte ihn der Herr der Grube mit den Träumen geisteskranker Mörder, gab ihm eine Vorstellung des absolut Bösen und zog ihn in den tiefen Abgrund der schrecklichsten Verbrechen hinab. Bald würde er das grausame Schicksal Brairacs und der anderen Gefangenen teilen. In den Erinnerungen des Lordmasters hemmungslos wühlend, holte sich der Herr der Grube das Wissen des Bewahrers, drang tiefer und tiefer, bis er an eine scheinbar undurchdringliche Mauer stieß.

»Was verbirgst du vor mir?«, wollte der Gedankenschinder voller Ungeduld wissen. »Ich reiße die Mauer mit Gewalt nieder, wenn es sein muss. Zeige mir, was du dahinter versteckst. Jetzt sofort.«

Madhrab gab nach. Das Bild Elischas tauchte klar und deutlich vor ihm auf. Ihre Augen strahlten vor Freude und Glück. Sie schien zum Greifen nah. Ihr Anblick ließ sein Herz augenblicklich schneller schlagen. Das Band, das sie einst in Liebe geknüpft hatten, strahlte ein gleißend helles Licht aus und erfüllte den Bewahrer mit einer Wärme, die das triste Grau durchdrang und die Kälte aus seinen Gliedern vertrieb.

»Elischa!« Der Name der Orna raste durch seinen Kopf. Der Lordmaster konnte an nichts anderes mehr denken. Sie verkörperte all die Liebe und Sehnsucht, die sein Leben bestimmten, und die Leidenschaft, die sie in ihm entfachte. Dies waren die tiefsten Gefühle, die in ihm schlummerten und seine bestgehüteten und geheimsten Erinnerungen. Er vermisste sie, ihre Nähe, ihre Zärtlichkeit, die Stimme, ihre Augen, einfach alles an ihr. Seine Liebe war so stark, dass sie ihn bis zur Unerträglichkeit schmerzte.

»Elischa!«, schrie Madhrab, so laut er nur konnte, und ihr Name hallte durch die Gänge der Grube.

»Elischa, ich liebe dich«, brüllte er dem Gedankenschinder mit letzter Kraft entgegen, bevor er zusammenbrach und weinend auf die Knie fiel.

Entsetzt wich der Herr der Grube vor dem Lordmaster zurück.

»Nein … was tust du mir an?«, rief er und fasste sich

mit den Händen an den Kopf, als würde sein Schädel jeden Augenblick platzen. »Der Schmerz … o nein … das ist nicht auszuhalten. Wie kann ein Bewahrer wie du so lieben? Das ist nicht möglich, das ist vollkommen falsch.«

Wie ein glühendes Eisen fraß sich des Bewahrers Erinnerung an seine Liebe und die Verbundenheit der Seelen in den Kopf des Gedankenschinders. Der Herr der Grube versuchte sich zu schützen, indem er vehement den Kopf schüttelte. Die Kraft der Liebe hatte ihn jedoch erfasst und durchflutete seinen Körper. Wankend hielt sich die uralte Kreatur an der Wand fest, doch sie war zu schwer getroffen, um sich auf den kurzen Beinen halten zu können. Stöhnend rutschte er an der Wand herab und blieb auf dem Boden sitzen. Er schrie und heulte, wand sich auf dem glatten Stein.

»Ah, es tut so schrecklich weh. Hör auf, Bewahrer. Nimm sie weg von mir. Das darf nicht sein«, jammerte der Herr der Grube, »nein, bitte … nicht so kurz vor dem Ziel meiner Träume.«

Während der Gedankenschinder offensichtlich Qualen litt, spürte Madhrab ihn immer noch in seinem Kopf nach einem Ausweg suchen. Doch der Lordmaster hielt ihn fest, so gut er dies vermochte. Abgelenkt, mit sich selbst und seinem Schmerz beschäftigt, hatte die steinerne Gestalt offenbar vergessen, sich vor dem Bewahrer zu schützen. Madhrab konnte wie in einer Schrift in dessen Gedanken lesen und holte sich wieder, was ihm gehörte, und mehr noch. Er setzte die Erinnerungen der anderen Gefangenen frei, zerrte sie aus den letzten Winkeln hervor, entriss sie dem Herrn der Grube gewaltsam und warf sie in die Grube. Dort verflüchtigten sie sich und gerieten rasch in Vergessenheit.

Nahezu leer und keuchend lag der Gedankenschinder

vor den Füßen des Bewahrers und blickte diesem fassungslos in die Augen. Das abgrundtief Böse war aus dem Blick der steinernen Kreatur verschwunden und zeigte stattdessen eine Hilflosigkeit, die Madhrab beinahe anrührte.

»Du glaubst, du hättest mich besiegt, nicht wahr?«, fragte der Herr der Grube.

Madhrab antwortete ihm nicht, sondern schüttelte nur betrübt den Kopf. Nach all dem, was er in der Grube erlebt hatte, fühlte er sich gewiss nicht als Sieger. Er dachte an Brairac, dem er das Leben genommen hatte. Es war wie ein fortwährend auf ihm lastender Fluch, der ihn immer wieder zu solchen Handlungen zwang. Dem Bewahrer war gleichgültig, was der Gedankenschinder dachte. Sieg oder Niederlage, was bedeutete das schon im Angesicht des Verlustes eines geliebten Freundes. Töten konnte Madhrab dieses eigenartige Wesen nicht. Das spürte der Bewahrer klar und deutlich. Die Macht und das Gleichgewicht hielten ihn zurück, dem Herrn der Grube zu nahe zu treten. Der Grube entfliehen und das Gesehene schnellstmöglich vergessen, das war es, was ihn in diesem Moment noch aufrecht hielt. Die Erinnerungen hatten vieles aus den Schatten der Vergangenheit wieder ans Licht gebracht, was er bis dahin nicht verarbeitet, wohl aber verdrängt hatte, manches davon hatte er vergessen wollen. Nun waren die Erinnerungen frisch, als hätte sich all dies erst vor wenigen Augenblicken ereignet.

»Du hattest schon verloren, als du den Grund der Grube betreten hast«, beharrte der Herr der Grube auf seiner vermeintlichen Überlegenheit. »Geh, Madhrab. Verschwinde aus meinem Reich, bevor ich mich von deinem miesen, kleinen Trick erholt habe und es mir anders überlege.«

»Was meinst du damit, ich hätte verloren?«, hakte Madhrab nach.

»Denk nach, Bewahrer. Du bist ein kluger Mann und wirst es schon bald feststellen. Die Zeit vergeht schnell. Viel schneller, als du denkst«, antwortete der Gedankenschinder und verzog seinen Mund zu einem schamlosen Grinsen.

Für Madhrab wurde es endlich Zeit, die Grube zu verlassen. Wie lange würde die Wirkung seines innigsten Gedankens vorhalten? Er wollte es nicht auf einen Versuch ankommen lassen und machte sich daran, den Gang zu verlassen und in der Grube an den Wänden emporzuklettern. Dieses Mal wollte er sich nicht von der Panik ablenken lassen und das Klettern wohlüberlegt in aller Ruhe angehen.

Tritt für Tritt und Armzug um Armzug arbeitete er sich aus der Tiefe der Grube in die Höhe. Sein Weg wurde von dem hämischen Gelächter des Gedankenschinders begleitet.

Verlorene Zeit

Erschöpft und am Ende seiner Kräfte hatte Madhrab endlich den oberen Rand der Grube erreicht. Dort klammerte er sich an das Gatter und rief, so laut er konnte, nach seinen Ordensbrüdern, die ihm das letzte Hindernis vor seiner Befreiung endlich beseitigen sollten. Ein ums andere Mal wäre er auf seinem steilen und rutschigen Weg aus der Grube beinahe abgestürzt. Die Arme und Beine hatten während des Kletterns so sehr geschmerzt, dass er dachte, sie fielen ihm bald ab. Aber der unbedingte Wille, zu überleben und die Grube im Vollbesitz seiner geistigen Kräfte wieder zu verlassen, hatte ihn nicht aufgeben lassen. Am häufigsten jedoch hatte er sich Elischas Bild vor Augen geführt, was ihn am Ende sicher nach oben gebracht hatte. Ihr hatte er versprochen, so bald wie möglich zurückzukommen. Viele Versprechen hatte er in seinem Leben nicht halten können. Dieses jedoch würde er keinesfalls brechen, dessen war er sich sicher. Letztlich verdankte er Elischa sein Entkommen aus der Grube und damit auch die Gelegenheit eines gemeinsamen Lebens und der Freiheit.

»Öffnet endlich dieses verdammte Gatter!«, rief Madhrab ungeduldig.

Nach einer Weile vernahm er sich schnell nähernde Schritte. Zwei Sonnenreiter, deren Alter er höchstens auf sechzehn oder siebzehn Sonnenwenden schätzte, kamen herbeigelaufen und wunderten sich gewaltig über den unterhalb des Gatters hängenden Mann. Madhrab hatte die Gesichter der beiden zur Wache im Verlies eingeteilten Männer nie zuvor gesehen. Er vermutete, dass sie dem Orden noch nicht vor allzu langer Zeit beigetreten waren, sonst müsste er die jungen Krieger eigentlich kennen.

»Was schreit Ihr so, alter Mann?«, fragte der kleinere der beiden Sonnenreiter.

»Und wie kommt Ihr überhaupt unter das Gatter?«, wollte der größere wissen, der sich verwundert die Augen rieb.

»Was glaubt ihr, was ich hier unten treibe?«, ärgerte sich Madhrab. »Ich kletterte aus der Grube und verlange nun, dass ihr mich sofort hier herauslasst. Das verlangen die Regeln des Ordens und das Urteil der Bewahrer.«

»Schon in Ordnung, regt Euch bloß nicht auf!«, meinte der größere Sonnenreiter. »Wir kennen die Regeln sehr wohl und öffnen das Gatter für Euch. Aber Ihr müsst Euch gedulden, zuvor müssen wir den Bewahrern Meldung erstatten, dass jemand aus der Grube entkam. Das gab es noch nie! Wie lautet Euer Name?«

»Ich habe keine Kraft mehr, verdammt«, fluchte Madhrab, »beeilt Euch. Ich bin Madhrab.«

»Hier …«, der kleinere Sonnenreiter warf Madhrab ein Seil zu, »… bindet Euch am Gatter fest, Madhrab. Das wird Euch sichern, bis die Bewahrer eingetroffen sind.«

Eigenartig, dachte Madhrab verwundert, *sie scheinen mit meinem Namen nicht das Geringste zu verbinden. Keine Überraschung, nichts. Sie wissen nicht, wer ich bin.*

Dankbar nahm er das Seil entgegen, schlang es mit einer Hand um seinen Körper während er sich mit der anderen am Gatter festhielt und band es an die dicken Eisenstäbe. Immerhin hatte er die Strapazen des gefährlichen Aufstiegs nicht auf sich genommen, um am Ende seines Weges entkräftet wieder in die Tiefe zu stürzen. Ungeduldig wartete er auf das Eintreffen der Bewahrer, das ihm angesichts seiner greifbar in die Nähe gerückten Befreiung wie eine Ewigkeit vorkam. Madhrab zählte die Sardas, bis sich der Grube endlich Stimmen und Schritte näherten. Ein Gesicht schob sich über den Rand der Grube und blickte ihm direkt in die Augen. Der Bewahrer kannte dieses Gesicht. Es war das Antlitz einer Frau mittleren Alters, deren Augen eine Wärme und Fröhlichkeit ausstrahlten, die ihm nur allzu bekannt vorkam und sein Herz vor Freude höherschlagen ließ. Eine graue Haarsträhne fiel ihr ins Gesicht. Es war Yilassa. Die Kriegerin war jedoch deutlich gealtert und hatte an Gewicht zugelegt, seit sie sich vor seinem Abstieg in die Grube zuletzt gesehen hatten. Die Fältchen um ihre Augen verrieten Lebenserfahrung. Sie musterte den Lordmaster eingehend. Madhrab hatte den Eindruck, dass sie in ihrer Entscheidung hin- und hergerissen war. Offenbar war sie sich unschlüssig darüber, ob sie den hinter dem Gatter befindlichen Gefangenen kannte oder nicht. Jedenfalls fiel ihr ein Wiedererkennen nicht leicht.

»Madhrab?« Die Stimme der Ordensschwester klang vertraut, zeichnete sich jedoch durch einen dunkleren und wärmeren Klang aus, als er dies erwartet hatte.

»Ja, verdammt«, sagte er verärgert, »was zögerst du? Ich hänge schon eine halbe Ewigkeit an diesem verfluchten Gatter, lass mich endlich hinaus!«

»Bei allen Kojos, Madhrab!«, rief sie, wobei sich ihre Stimme vor Freude überschlug, ihr Gesicht zu einem breiten Grinsen verzog und sich Tränen aus ihren Augen schlichen. »Ich kann es kaum fassen. Seid Ihr es wirklich oder seid Ihr nur ein böser Geist aus der Grube? Euer Erscheinen grenzt an ein Wunder. So viel Zeit ist vergangen, seit wir uns das letzte Mal sahen.«

»Natürlich bin ich es«, antwortete Madhrab, »ich sagte dir doch, dass ich wiederkomme.«

»Rasch, Sonnenreiter«, befahl Yilassa den sie begleitenden Sonnenreitern, »öffnet das Gatter und lasst den Lordmaster heraus!«

»Sehr wohl, Lordmaster«, bestätigten die Sonnenreiter die Anweisung gegenüber Yilassa.

Madhrab konnte es kaum erwarten, bis sich das Gatter endlich vollständig geöffnet hatte, er die Seile lösen und aus der Grube steigen konnte. Yilassa konnte sich nicht zurückhalten, zerrte den Bewahrer sofort in ihre Arme und drückte ihn fest an sich. Dann schob sie ihn wieder von sich, hielt ihn an den Schultern fest und musterte ihn erneut von oben bis unten.

»Unglaublich«, sagte sie kopfschüttelnd, »nach so vielen Sonnenwenden kehrt Ihr zu uns zurück. Wir glaubten, Ihr wärt für immer verloren, dem Herrn der Grube auf Gedeih und Verderb ausgeliefert. Und jetzt steht Ihr vor mir.«

Von den Worten Yilassas verwirrt brachte der Lordmaster keinen Ton heraus. Was hatte sie damit gemeint »nach so vielen Sonnenwenden«? Das war bereits die zweite Bemerkung solcher Art. Hatte er sich in der Grube so sehr verändert, dass ihn niemand wiedererkannte? Es kam ihm vor, als wäre es erst gestern gewesen, seit er in die Grube hinabgestiegen war. Ein schrecklicher Verdacht drängte sich ihm auf. Er hatte sich nicht getäuscht, Yilassa hatte sich ebenfalls verändert. Sie wirkte deutlich gealtert.

»Wenn Ihr mir die Bemerkung erlaubt«, fuhr sie lächelnd fort, »Ihr seht verwahrlost aus und seid recht grau geworden, obwohl Euch der Rauschebart und die lange Haarpracht nicht schlecht zu Gesicht stehen. Sie machen Euch … sagen wir … irgendwie weise. Vielleicht solltet Ihr dennoch ein Bad nehmen, Haare, Bart und Fingernägel bei nächster Gelegenheit kürzen. Für den Kampf ist die bis zu Eurem Bauch reichende Länge Eures Bartes gewiss nicht zu gebrauchen, und stellt Euch nur vor, ein Gegner packt Euch an den langen Haaren und zieht Euch daran nach hinten oder Ihr setzt Euch beim Essen darauf.«

Was redet Yilassa für einen Unsinn, dachte Madhrab bei sich, *hat sie meine Rückkehr so sehr durcheinandergebracht?* Der Lordmaster sah sich unter den Sonnenreitern um. Die meisten Gesichter kannte er nicht, was ihm eigenartig vorkam. Auf einem der Gesichter blieb sein Blick allerdings länger haften. Madhrab glaubte zunächst an ein Trugbild oder eine Geistererscheinung und wurde blass.

Gwantharab?, fragte er sich. *Wie ist das möglich?*

Gwantharab war tot. Der Kaptan war in seinen Armen gestorben und er hatte das Grab des Freundes selbst aufgesucht. Irgendetwas stimmte nicht. Hatte er den Verstand verloren? Träumte er und befand sich womöglich noch in der Grube? Hatte sich der Herr der Grube am Ende doch seines Geistes bemächtigt? Er ließ seinen Blick wandern, kam jedoch nicht weit, denn bereits bei dem neben Gwantharab stehenden Sonnenreiter blieb er erneut hängen. Madhrab rieb sich erstaunt die Augen. Er musste sich täuschen. Dieser Sonnenreiter unterschied sich in nichts von dem anderen Sonnenreiter. Die gleiche Größe, Statur, Haarfarbe und selbst die Gesichtszüge sahen identisch aus.

Das muss ein Traum sein, sagte er sich, *Gwantharab gibt es nicht zweimal. Bin ich verrückt geworden? Lebe ich in der Vergangenheit und der Kaptan ist wieder auferstanden?*

Madhrab fand im Moment größter Irritation keine vernünftige Erklärung. Was war mit ihm geschehen? Nichts passte mehr zusammen. Offensichtlich merkte Yilassa ihm die Verwirrung an und fasste ihn vorsichtig an der Hand.

»Kommt«, sagte sie behutsam, »ich denke, wir sollten in aller Ruhe reden. Ihr habt gewiss viel zu erzählen und ich berichte Euch, was sich inzwischen ereignet hat. Verlassen wir diesen Ort des Schreckens. In meiner Kammer wird uns niemand stören.«

Wortlos folgte der Lordmaster Yilassa und ließ sich von ihr aus dem Verlies führen.

Wie lange hatte Elischa gehofft, ihrem Leiden entfliehen zu können, bis sie die Hoffnung und sich selbst aufgegeben hatte. Anfangs hatte sie die Tage im Hause Fallwas gezählt. Nach etwa einer Sonnenwende ergebnislosen Wartens und Bangens war sie dazu übergegangen, nur noch die Monde zu zählen, und als dies ebenfalls zu viele wurden, die Sonnenwenden. Sieben lange Sonnenwenden – ohne ein Zeichen von Madhrab – mussten vergehen, bis sie das Zählen schließlich ganz eingestellt hatte.

Inzwischen hatte sie sich an das harte Leben in der Burg an der Felsenküste im Osten Ells gewöhnt, soweit von einer Gewöhnung in ihrer Lage überhaupt die Rede sein konnte. Sie war die niederste Magd im Fürstenhaus und wurde wie eine Sklavin behandelt. Drei Kinder hatte sie dem Fürsten Chromlion in der Zeit geboren, zwei Bastardsöhne und eine Tochter. Kinder, die ihr nach der Geburt weggenommen wurden und in den Gemächern des Fürsten zunächst von einer Amme, anschließend von einem Kindermädchen und einem Hauslehrer aufgezogen wurden. Elischa bekam die Kinder, wenn überhaupt, nur aus der Entfernung und mit gesenktem Haupt oder auf den Knien rutschend zu Gesicht. Aber das war ihr gleichgültig. Ohnehin wurde ihr Leben seit vielen Sonnenwenden schon von einer Kälte und Gleichmut bestimmt, die sich die Orna nie zuvor hatte vorstellen können. Gewalt und Demütigung gehörten zu ihrem gewöhnlichen Tagesablauf. Sie hatte ihr Herz verschlossen und ihren Verstand ausgeschaltet, um sich zu schützen. Das gelang ihr nicht immer. Mit jedem weiteren Tag, an dem ihr Leben schrecklicher und das Leiden unerträglicher geworden war, hasste sie ihre Peiniger mehr.

Hass war das einzige Gefühl, das sie in ihrem Innersten zuließ.

Die Kinder bedeuteten ihr jedoch nichts. Allesamt waren sie das Ergebnis von Vergewaltigungen. Fürst Chromlion hatte ihr insbesondere in den ersten Sonnenwenden ihres Aufenthalts immer wieder Gewalt angetan. Nacht für Nacht war er – meist betrunken – in ihre Kammer gestiegen und hatte sie dafür benutzt, seine Lust zu befriedigen und ihr seine Macht über ihren Körper zu demonstrieren. Er demütigte sie, wann immer er dazu Gelegenheit fand. Hatte sie sich aufsässig gezeigt oder ihm seinen Willen verweigert, hatte er sie öffentlich im Burghof auspeitschen lassen. In einem Anfall besonderer Grausamkeit hatte er sie vor den Augen der gesamten Dienerschaft in der Küche wie ein Stück Vieh bestiegen. Die Köchin Acerba hatte währenddessen schallend gelacht und sich vor Lachen mit ihren prankenartigen Händen kräftig auf die Oberschenkel geschlagen, bis sie blaue Flecken davon bekam. Ein Teil der Dienerschaft hatte den Fürsten bekräftigt, sein schändliches Treiben bis zum Schluss mit lauten Rufen angefeuert. Nichts als Hohn und Spott hatte sie von den Bediensteten geerntet, als Chromlion endlich mit ihr fertig war. Wenige, Elischa konnte sie an den Fingern einer Hand abzählen, hatten beschämt weggesehen und Mitleid mit ihrem Schicksal gezeigt.

Bald darauf trug Elischa das erste Kind unter ihrem Herzen. Von Anfang an hatte sie die in ihrem Leib heranwachsende Brut des Fürsten gehasst und sich geschworen, diese niemals auszutragen und nach Kryson zu bringen. Eher wollte sie sterben und zu den Schatten gehen. In ihrer Verzweiflung hatte sie sich eine Treppe hinuntergestürzt. Die Verletzungen waren schwer und sie hatte das Kind unter Schmerzen und mit schweren Blutungen verloren. Die

Strafe folgte auf dem Fuße. Kaum war der Blutstrom versiegt, hatte Chromlion sie in einer dunklen Zelle im Burgverlies bei Wasser und Brot für die Dauer eines Mondes einsperren lassen. Ihre Einstellung hatte sich dadurch nicht geändert. Wenige Monde später hatte sie ihr zweites Kind verloren, indem sie in einem unbeobachteten Moment von einem Balkon zehn Fuß in die Tiefe des Burghofes sprang und sich dabei nicht nur beide Beine gebrochen hatte. Elischa wäre beinahe verblutet und die Schatten hatten zu jener Zeit nach ihrem Leben gegriffen. Doch ein Heiler hatte sie vor dem Tod bewahrt, nachdem Chromlion diesem selbst mit dem Gang zu den Schatten gedroht hatte, wenn Elischa die schweren Verletzungen nicht überstünde. Über den Lauf einer Sonnenwende hatte die Orna gebraucht, sich von dem Sprung und dem Verlust des ungeborenen Kindes zu erholen. In jenen Tagen war sie nur zu leichten Arbeiten herangezogen worden und Chromlion hatte sie meist in Ruhe gelassen. Die Zeit der Genesung musste zu Ende gehen, früher, als Elischa lieb sein konnte. Kurz darauf begann das Leiden erneut. Sowohl Elischa als auch das Fürstenhaus hatten aus den Erfahrungen gelernt. Die Orna wurde unter engere Beobachtung gestellt und einmal in jedem Mond von einem Heiler eingehend untersucht. Sobald dieser feststellte, dass sie erneut mit einem Kinde schwanger ging, wurde Elischa in Verwahrung genommen und die meiste Zeit bis zur Geburt eines Kindes in ihrer Kammer auf die Lagerstätte gebunden, sodass sie sich kaum regen konnte. Die zugeteilte Verpflegung war in jenen Monden der Schwangerschaft allerdings deutlich besser, und zwischendurch durfte sie, begleitet von zwei Wachen, im Burghof spazieren gehen. So brachte sie in drei Sonnenwenden hintereinander Chromlions Bastarde nach Kryson.

Zu ihrer Erleichterung verlor der Fürst nach der Geburt des dritten und jüngsten Kindes, seiner Tochter Nihara, das Interesse an der Orna. Elischa hatte sich des Öfteren gefragt, was ihn dazu veranlasst hatte, sich endlich von ihr abzuwenden. Vielleicht war es die Tatsache, dass sie abgemagert und verbraucht war, sich bis auf eine tägliche Wäsche mit kaltem Wasser nicht mehr pflegte. Die tägliche Arbeit und die Schläge hatten sie abgestumpft. Ihre Hände waren zerschlissen, die Fingernägel rissig und abgebrochen, der Rücken und die Beine blau und krumm geschlagen. Das Haar war in großen Teilen verfilzt, stand teils wirr vom Haupt ab oder hing in langen Strähnen in ein von Schmutz überzogenes und verhärmtes Gesicht, dessen einstiger Glanz und Ausstrahlung längst vergangenen Tagen angehörte. Ihre einst strahlenden Augen waren stumpf und leer, lagen tief in den dunkel umrandeten Augenhöhlen, und die Mundwinkel zogen sich mit jedem Mond weiter nach unten. Womöglich hatte Chromlion auch eingesehen, dass sie ihm niemals gehören würde und ihre Liebe nur einem einzigen Mann vorbehalten blieb. Oder er hatte sein Ziel erreicht, nachdem er sie lange genug gedemütigt und gequält und sie ihm drei Kinder geboren hatte. Gleichgültig, was dazu geführt hatte, dass Chromlion sie fortan ignorierte, als sei sie nicht vorhanden, Elischa sollte dieser Zustand mehr als recht sein, hatte er ihr doch die Möglichkeit gegeben, sich zumindest in den Nächten ungestört in ihre Kammer zurückzuziehen und von glücklicheren Tagen zu träumen.

Einzig die Anfeindungen durch die Köchin Acerba waren geblieben und gipfelten zuweilen in unerträglicher Qual. Elischa hasste die fette Köchin so sehr, dass sie sich eines Tages nicht anders zu helfen wusste, als dieser unbemerkt ein schleichendes Gift ins Essen zu mischen. In den Vorratskammern der Burg hatte Elischa einen giftigen Pilz entdeckt, der sich auf einigen über eine längere Zeit gelagerten Vorräten angesiedelt hatte. Der einmalige Genuss dieses Pilzes blieb harmlos. Aufbereitet, mit einer Prise Rattenkot verfeinert und zusammen mit den Giftdrüsen einer gemeinen Kellerspinne zu Pulver zerstampft und jeden Tag in Form eines geschmacklosen Giftes dem Essen beigemischt, entfaltete der Pilz allmählich seine tödlich schleichende Wirkung. Acerba wurde krank, klagte über Unwohlsein und blutige Exkremente. Sie erbrach sich häufig und wurde schließlich aus Angst vor Ansteckung und einer drohenden Seuche aus der Küche des Fürstenhauses ausgeschlossen. Bald darauf wurde die Köchin schwächer und schließlich an ihr Bettlager gefesselt. Die Heiler wussten keinen Rat, vermuteten eine unheilbare Krankheit, die sich anscheinend nicht auf andere in der Burg übertrug. Zähne und Haare fielen Acerba aus. Kaum noch in der Lage, feste Nahrung zu sich zu nehmen, magerte Acerba ab, bis sie fast nur noch aus Haut und Knochen bestand. Die Schatten tanzten schon seit Monden in der Kammer der Köchin in Vorfreude, sie endlich mit sich in ihr Reich nehmen zu können. Ungerührt des elenden Zustandes ihrer Peinigerin verabreichte Elischa der Köchin weiterhin an jedem Tag zu zwei Mahlzeiten das Gift. Später, als Acerba nicht mehr essen wollte, mischte sie das tödliche Pulver ins Wasser. Nach einer langen Zeit des Leidens, zwei Sonnenwenden später, war Acerba tot. Niemand verdächtigte die Orna und Elischa plagte keinerlei Reue. Das Fürstenhaus Fallwas hatte sie zu einer Mörderin werden lassen, die keine Schuld empfand.

Acerbas Tod lag viele Sonnenwenden zurück und die Zeit der Demütigung war beinahe in Vergessenheit geraten. Seitdem waren Elischas Tage mit schwerster Arbeit ausgefüllt gewesen, die sie klaglos und stumpfsinnig verrichtet hatte. Sie führte ein weitestgehend von anderen unbeachtetes Leben, eingesperrt zwischen den Mauern der Burg. Bemüht, nicht aufzufallen und Fehler zu vermeiden, hatte sie sich im Lauf der Zeit wenige Freiheiten erarbeiten können, und in diesem Zuge war ihre Bewachung auf ein Mindestmaß reduziert worden. So durfte sie sogar auf den Türmen der Burg spazieren gehen und den Blick ungestört und voller Wehmut über Meer und Land schweifen lassen. Auf ihre eigene Weise hatte sie sich mit ihrem Schicksal als Magd des Hauses Fallwas abgefunden, obwohl sie die Sehnsucht nach Madhrab und ihrem gemeinsamen Sohn an vielen Tagen plagte.

Die Kinder waren inzwischen erwachsen geworden. Die Söhne zu kräftigen Männern herangereift, die Chromlion persönlich im Schwertkampf und in der Jagd ausgebildet hatte. Die Tochter hatte sich zu einer schönen und liebreizenden jungen Frau entwickelt, die so manch begehrlichen Blick der Männer auf sich zog. Wenn Elischa die Tochter aus der Entfernung beobachtete, fühlte sie sich an sich selbst erinnert. Nihara war ihr in vielerlei Hinsicht ähnlich, nicht nur dass sie ihrer Mutter sehr ähnlich sah und ihre unterschiedlich gefärbten Augen geerbt hatte, sondern auch in dem, wie sie sich bewegte, sprach und verhielt. Die Orna fand diese Ähnlichkeit erstaunlich, da sie seit der Geburt kaum einen Kontakt mit Nihara pflegen konnte. Der Fürst hatte Elischa niemals nahe genug an die Kinder herangelassen und sie hatte in dieser Hinsicht keinerlei Interesse gezeigt. Dennoch, je älter und selbstständiger die Kinder wurden, desto öfter hatte sie mit dem Gedanken gespielt, das Wagnis einzugehen und sie anzusprechen. Zu lange schon hatte sie ein Leben bar jeder Hoffnung im Schatten verbracht und war darüber einsam geworden. Alleingelassen, ihres Lebens und der Liebe beraubt, würde ihr eine Beziehung zu ihrer Tochter vielleicht helfen, die Kälte und das Nichts aus ihrem Herzen zu vertreiben. Elischa brauchte endlich wieder jemandem, mit dem sie reden konnte und der ihre Nöte und Ängste hoffentlich verstand.

Die Sonnenreiter stießen die aus dem Verlies ins Haus des hohen Vaters führenden Flügeltüren auf. Das grelle Tageslicht der Sonnen Krysons blendete und schmerzte den Lordmaster, als er hinaustrat. Madhrab kniff die Augen zusammen. Das Licht war wie ein Schock für den Bewahrer. Damit hatte er nicht gerechnet, nachdem er davon ausgegangen war, in die Zeit der Dämmerung zurückzukehren, und offensichtlich eine längere Zeit im einheitlichen Grau der Grube verbracht hatte. Wie lange sein Aufenthalt in der Grube tatsächlich gedauert hatte, wollte und konnte er sich nicht vorstellen. Sein Erscheinen erregte die Aufmerksamkeit einiger Sonnenreiter und Bewahrer, denen sie auf dem Weg in Yilassas Kammer begegneten. Die Ordensbrüder tuschelten zwar aufgeregt untereinander, hielten sich aber respektvoll zurück.

Yilassas Kammer war zweckmäßig und dem Rang eines Lordmasters entsprechend angemessen eingerichtet. Madhrab war nicht entgangen, dass Yilassa unter den Bewahrern zwischenzeitlich ein hohes Ansehen genoss und den Rang eines Lordmasters gleich unter dem Overlord bekleidete.

»Nehmt bitte Platz«, bot Yilassa dem Bewahrer einen mit weichen Fellen ausgekleideten Sessel an.

Während sich Madhrab setzte, wurden Speisen und Getränke aufgetragen. Yilassa zog ihren eigenen Sessel heran und setzte sich Madhrab gegenüber.

»Der hohe Vater liegt im Sterben«, begann sie das Gespräch, »Ihr müsst wissen, er ist sehr alt und schwach geworden. Seit ungefähr einer Sonnenwende hat er sein Lager nicht mehr verlassen. Nur dank der fürsorglichen Pflege und der außergewöhnlichen Fähigkeiten der Orna lebt er noch. Wenn Ihr mich fragt, grenzt es an ein Wunder, dass ihn die Schatten nicht schon früher geholt haben. Oder es ist Magie im Spiel.«

»Boijakmar!«, Madhrab brachte den Namen des hohen Vaters nur mit Verachtung über die Lippen.

»Ihr solltet ihn nicht für das verurteilen, was er Euch angetan hat, Madhrab«, riet Yilassa. »Er wollte den Orden und das Erbe Ulljans schützen. Das war seine Bestimmung.«

»Er hat mich verraten«, fuhr Madhrab verbittert auf, »mich, Elischa, meine Familie und Freunde. Hast du dich etwa von seinen Worten blenden lassen, während ich in der Grube nach Brairac Ausschau hielt?«

»Nein, gewiss nicht«, antwortete Yilassa, »es war falsch und schändlich und der Overlord weiß das. Ich habe mit ihm geredet. Er dachte, Ihr wärt eine große Gefahr für den Orden und Ell. Eure Macht fürchtete er wie nichts anderes auf Kryson. Ihr habt ihn mit jeder Eurer Taten und dem Eindruck der Unbesiegbarkeit in seinen Ängsten bestätigt. Die Krieger folgten und vertrauten Euch blind, so wie ich es tat und noch immer tun würde. Als Ihr Euch gegen die Ordensregeln stelltet, sah er sich gezwungen zu handeln. Madhrab, der hohe Vater liebte Euch wie einen eigenen Sohn. Das hat er mir selbst gesagt.«

»Willst du wissen, was ihn wirklich trieb?«, fragte Madhrab.

»Natürlich. Erzählt mir, was Ihr in Erfahrung bringen konntet.«

»Einst kehrte er alleine von einem Feldzug der Sonnenreiter gegen die Bluttrinker zurück. Vermeintlich siegreich, obwohl er all die Frauen und Männer verloren hatte, die mit ihm geritten waren. Die Sonnenreiter erzählten sich die Geschichte eines glorreichen Sieges nur allzu gerne. Doch die Wahrheit sieht anders aus. Die meisten ihm anvertrauten Krieger verlor er während einer nächtlichen Schlacht an die Bluttrinker. Er handelte nicht, weil er zu feige war, eine Entscheidung zu treffen. Stattdessen wartete er, bis sie sich verwandelt hatten und ihre Seelen verloren waren. Erst dann zog er gegen sie und schickte einen nach dem anderen in die Flammen der Pein. Ihre Köpfe steckte er im Land der Bluttrinker zur Abschreckung auf Pfähle. Das war Boijakmar. Aber der Sieg war im Grunde eine Niederlage, denn er wurde von Quadalkar geschlagen und mit dem dunklen Mal gezeichnet. Wusstest du das?«

»Nein, das war mir nicht bekannt«, Yilassa zog überrascht eine Augenbraue nach oben, »aber bedenkt, auch ich und Ihr selbst wurdet mit dem dunklen Mal des Bluttrinkers geschlagen. Wollt Ihr Boijakmar vorwerfen, dass er von einem mächtigeren Wesen besiegt wurde, das ihn benutzt hat? Das dürft Ihr nicht.«

»Nicht? Aber du weißt, was das bedeutet«, fuhr Madhrab fort, »der hohe Vater stand unter dem Einfluss des Königs der Bluttrinker, einem Saijkalsan, der sich dem dunklen Hirten verpflichtet hatte. Damit diente auch er und mit ihm der gesamte Orden dem dunklen Hirten. Statt für die Wahrung des Gleichgewichtes einzustehen, brachte er es in Gefahr. Er hat uns alle betrogen, Yilassa. Sag mir, wie lange ich in der Grube war.«

Yilassa sah Madhrab tief und ernst in die Augen, stand auf, nahm einen Spiegel von der Wand und reichte diesen dem Lordmaster.

»Ihr habt wirklich keine Vorstellung, nicht wahr?«, fragte sie und biss sich dabei auf die Unterlippe.

»Nein«, bestätigte Madhrab ihre Befürchtung und nahm dabei den Spiegel aus ihren Händen entgegen.

Das Spiegelbild kam ihm nicht unbekannt vor. In einem seiner Träume in der Grube hatte er eine Begegnung mit sich selbst, die seinem jetzigen Gegenüber nicht unähnlich gewesen war. Doch dieser Spiegel log nicht. Madhrab sah ruhig und wortlos in den Spiegel. Ein älterer, verwahrloster Mann starrte ihm entgegen, den er kaum wiedererkannte. Er hatte langes, ungepflegtes graues Haar auf dem Haupt und trug einen weißen Vollbart, der ihm tatsächlich bis zum Bauchnabel reichte. Bis zu seinem Aufstieg hatte er all dies nur für einen Albtraum gehalten. Die Erkenntnis über die Veränderungen, die ihm die verlorene Zeit zugefügt hatte, traf ihn wie ein Schlag und schlug eine tiefere Wunde, als ihm ein Schwerthieb jemals hätte zufügen können. Eine Wunde, die nicht mehr heilen würde.

»Wie lange, Yilassa?« beharrte er auf ihrer Antwort.

»Zu lang«, sagte sie.

»Wie lange?«

»Beinahe dreiundzwanzig Sonnenwenden, Madhrab. In drei Monden werden es dreiundzwanzig, um genau zu sein«, Yilassa hielt seinem bohrenden Blick nicht stand.

»Dreiundzwanzig«, flüsterte Madhrab fassungslos.

Madhrab war plötzlich sehr blass geworden. Der Spiegel rutschte ihm aus der Hand, fiel auf den Boden und zerbrach klirrend in viele kleine Teile. Die Erkenntnis traf ihn wie ein Schlag. Schmerzlich wurde er gewahr, was der Herr der Grube gemeint hatte, als er dem Lordmaster mit auf den Weg gab, er habe bereits verloren, seit er den Grund der Grube betrat. Sie – und damit meinte er Boijakmar, Chromlion und den Herrn der Grube – hatten ihm seine Zeit und einen Teil seines Lebens geraubt. Wertvolle Zeit, die ihm gehört hatte, die er mit Elischa verbringen wollte und die er nicht zurückdrehen konnte. Verlorene Zeit.

»Ich hätte niemals in die Grube steigen dürfen«, sagte Madhrab sehr leise mit belegter Stimme. »Boijakmar hat mich abermals betrogen und Brairac ist tot. Ich fand ihn in den Gängen der Grube. Er war dem Wahnsinn unrettbar verfallen und flehte mich an, ihn zu töten. Ich habe einen treuen Freund mit meinen bloßen Händen erwürgt. Ich verriet meine Liebe, Yilassa. Nichts und niemand wird dies wiedergutmachen können. Die Zeit ist für immer verloren. Verstehst du?«

Yilassa hatte Tränen in den Augen, als sie Madhrab sprechen hörte. Der Lordmaster klang so verzweifelt und verbittert, dass sie annehmen musste, sein Herz zerspränge jeden Augenblick von der Last, die ihn drückte. Sie konnte ihm nicht helfen. Der Bewahrer war untröstlich. Ihre Augen trafen die seinen und sie erkannte eine plötzliche Entschlossenheit, die sie unheimlich anmutete.

»Was habt Ihr vor?«, wagte sie den Lordmaster zu fragen.

»Etwas, was ich schon vor dreiundzwanzig Sonnenwenden hätte tun sollen«, sagte Madhrab und sprang von seinem Sessel auf. »Gib mir mein Schwert und die Rüstung, Yilassa. Ich werde den Orden verlassen, Elischa suchen und ein Versprechen einlösen.«

»Elischa? Die Orna ist verschwunden, Madhrab. Vor langer Zeit schon. Die heilige Mutter Hegoria war in großer Sorge, als sie die Nachricht aus Eisbergen erfuhr. Fürst Alchovi ließ sie suchen, bevor er ermordet wurde; die Eiskrieger durchkämmten das ewige Eis und wir schickten Sonnenreiter los, sie zu finden. Doch selbst nachdem die Zeit der Dämmerung endlich vorbei war – das war nicht lange nachdem Ihr in die Grube gegangen seid – und das Licht beider Sonnen Ell wieder erleuchtete, fanden wir keine Spur von ihr. Aber es gibt immerhin Hoffnung. Die heilige Mutter behauptet, Elischa sei nicht zu den Schatten gegangen. Sie habe zwar keine Verbindung zu ihr, aber sie spüre, dass sie lebt.«

»Dann werde ich sie suchen. Und bei allen Kojos, die mich vor langer Zeit verlassen haben, ich werde sie finden. Ich glaube zu wissen, wo ich zuerst suchen muss. Der Herr der Grube schickte mir einen fürchterlichen Traum. Sollte dieser sich als wahr erweisen, wird es ein blutiges Ende nehmen. Führe mich zu Boijakmar, Yilassa. Ich muss ein letztes Mal mit ihm reden.«

»Ich bringe Euch zu ihm. Aber ihr solltet vorher wissen, dass er mich für seine Nachfolge bestimmt hat. Ich wäre seit der Gründung des Ordens vor mehr als fünftausend Sonnenwenden die erste Frau, die den Orden der Sonnenreiter und Bewahrer führt«, erklärte Yilassa nicht ohne Stolz, »aber jetzt, da Ihr wieder hier seid, werde ich selbstverständlich auf die Ehre verzichten und Euch den Vortritt lassen. Ihr seid der nächste Overlord, Madhrab. Euch und keinem anderen gebührt dieser Rang.«

»Nein, Yilassa«, lehnte Madhrab die noble Geste ab, »ich habe schon vor langer Zeit mit dem Orden abgeschlossen. Leider habe ich das viel zu spät erkannt. Ich kann und werde das Angebot nicht annehmen oder mich noch einmal den freiheitsraubenden Regeln unterwerfen, an die ich nicht mehr glauben kann. Mit der Geburt der Lesvaraq hat sich der Sinn des Ordens längst überholt. Das Erbe des Ulljan gibt es nicht mehr, also existiert nichts, was es noch zu bewahren gäbe. Das Beste wäre, du löst die beiden Orden auf oder gründest einen neuen, der sich ausschließlich der Wahrung des Gleichgewichtes und der Gerechtigkeit auf Ell widmet.«

»Mir scheint, Ihr habt in der Grube tatsächlich den

Verstand verloren«, antwortete Yilassa entsetzt, »ich kann die Orden der Sonnenreiter und Orna nicht auflösen. Das steht mir nicht zu.«

»Dann ändere wenigstens die Regeln und führe den Orden aus der Dunkelheit zu neuem Glanz«, schlug Madhrab vor. »Du hast die Macht dazu. Wer sonst außer dem neuen Overlord könnte dies tun?«

»Aber ohne Euch ist der Orden nichts«, flehte Yilassa, »wir brauchen Euch und die Erfahrung des Kriegers.«

»Jeder ist ersetzbar. Ich, du und Boijakmar. Ich werde den Orden noch heute verlassen, wer von den Sonnenreitern und Bewahrern mit mir gehen will, kann dies aus freien Stücken tun«, bot Madhrab an.

»Gwantharabs Zwillinge werden mit Euch gehen«, meinte Yilassa, »sie sind gute Kämpfer und Kaptane geworden und stehen ihrem Vater in nichts nach. Ihr habt sie bereits an der Grube getroffen und dachtet wahrscheinlich, Ihr hättet Geister gesehen. Sie brennen schon seit Sonnenwenden darauf, sich Euch anzuschließen. Ich konnte sie nur mit Mühe davon abhalten, selbst in die Grube zu steigen und nach Euch zu suchen.«

»Aye«, nickte Madhrab, »ich danke dir. Dann kann ich wenigstens das Versprechen gegenüber Gwantharab einhalten. Was ist mit Madsick? Wird der Junge mich ebenfalls begleiten?«

»Nein, das denke ich nicht«, erwiderte Yilassa nachdenklich, »Madsick ist längst erwachsen und hat das Haus des hohen Vaters schon vor einigen Sonnenwenden verlassen, um seiner eigenen Wege zu gehen. Wir wissen nicht, wo er sich aufhält.«

Das hatte sich der Bewahrer gedacht. Madsick war ein eigenwilliger Junge gewesen, was sich in fortgeschrittenem Alter gewiss fortsetzte. Aber Madhrab war besorgt. Sicks

Aussage während ihrer Begegnung im Verlies und seine Träume in der Grube hatten ihn beunruhigt. Der Lordmaster hatte dem Jungen zwar bislang vertraut, ein Fünkchen Skepsis war jedoch stets geblieben. Er konnte schwerlich einschätzen, ob Madsick gefährlich war oder nicht. An einer Verbindung des Jungen zum Herrn der Grube hatte Madhrab keinen Zweifel. Das hatte er selbst feststellen können. Aber Madsick hatte ihn immerhin aus dem Verlies gerettet und ihn vor einem Abstieg in die Grube eindringlich gewarnt. Vielleicht würde er das Geheimnis um Madsick nie enträtseln können oder aber sie begegneten sich eines Tages wieder. Dann würde er wissen, woran er war und ob das einst in den Jungen gesetzte Vertrauen berechtigt war.

»Bevor wir Boijakmar aufsuchen, brauche ich noch einige Informationen von dir. Ich war offenbar sehr lange in der Grube und habe nichts von den Veränderungen auf Kryson mitbekommen. Ich bitte dich, mich zu unterrichten. Wie ist die Lage?«, wollte Madhrab wissen.

Yilassa berichtete dem Lordmaster ausführlich über die von ihr in den vergangenen dreiundzwanzig Sonnenwenden beobachteten Ereignisse, zumindest soweit sie sich an diese erinnern konnte. Die Zeit der Dämmerung war vorüber, das hatte der Lordmaster sofort erkannt, als ihn aus dem Verlies kommend das Tageslicht geblendet hatte. Gar nicht lange nachdem Madhrab in die Grube hinabgestiegen war, hatte sich das die Sonne verdeckende schmutzige Wolkenband einfach im Nichts aufgelöst. Danach war beinahe alles wie zuvor. Die Sonnen schienen am Tage, überschnitten sich zur mittäglichen Tsairu und wechselten sich in ihrem Lauf mit dem großen Mond Krysons ab. Die Zeit der Dämmerung hatte ihre deutlichen Spuren bei den Nno-bei-Klan, den Pflanzen und den Tieren hinterlassen, und die Natur auf Ell brauchte lange, um sich von den Folgen zu erholen. Doch mit dem Ende der Dämmerung trauten sich die Wesen des Lichts aus ihren Verstecken hervor und begannen in jener Zeit, erstaunlich zahlreich, sich meist eine neue Bleibe zu suchen. Platz gab es fürwahr genug. Die Zeit der großen Wanderungen und Neubesiedlung folgte auf die Zeit der Dämmerung. Insbesondere die fruchtbaren Gebiete und die Grasebenen vor dem Riesengebirge waren begehrte Ziele für Tierherden wie auch für die Nno-bei-Klan. Neue Dörfer und Gehöfte wurden gegründet und eifrig gebaut. Das Leben eroberte sich Stück für Stück seinen Teil Ells zurück.

Noch bevor die Zeit der Dämmerung geendet hatte, war aus der Hauptstadt der Klanlande berichtet worden, dass ein Heiliger nach Tut-El-Baya gekommen sei, die Geißel der Schatten überwunden und viele Kranke gerettet habe. Was daran Wahrheit und was Legende war, wurde in der Folgezeit nie vollständig aufgeklärt. Tatsache war jedoch, dass die Seuche innerhalb weniger Monde auf ganz Ell verschwunden war und gleichzeitig die Schatten aus der Regentenstadt vertrieben worden waren. Der angebliche Heilige wurde von den Nno-bei-Klan wie ein Kojos gefeiert. Bald darauf krönten sie ihn zu ihrem Regenten, huldigten und verehrten ihn. Ihm hatten sie es zu verdanken, dass die Schreckensherrschaft der Praister nicht fortdauerte und der oberste Praister Thezael unter Androhung einer Todesstrafe mitsamt seinem Gefolge aus dem Kristallpalast gejagt wurde. Den Gerüchten zufolge solle der Heilige unermesslich reich sein und über schier unbegrenzte Mittel verfügen, um die Hauptstadt wieder aufzubauen und die Klanlande zu einer neuen Blüte zu führen. Die Erwartungen waren hoch. Schon war die Rede von einem goldenen Zeitalter des Glücks und des fortwährenden Wohlstandes, obwohl noch kein einziger Stein bewegt und kein Korn gesät worden war. Die Fürsten waren mit dem vom Volk erwählten Regenten einverstanden. Ein erstaunliches und vor allem einzigartiges Ereignis. Nie zuvor hatte es ein im Grunde einfacher Mann aus dem Volke zum Regenten geschafft. Hinter vorgehaltener Hand wurde gemunkelt, dass jedes Fürstenhaus für seine Zustimmung eine ordentliche Summe Anunzen in Gold erhalten habe.

Der Name des von den Massen gefeierten Heiligen war Jafdabh, und an seiner Seite schritten seine Jünger und Leibwächter durch die Straßen der Stadt, die auf die Namen Renlasol und Drolatol hörten. Zwei ehemalige Sonnenreiter, die den heiligen Jafdabh auf seinen Pilgerpfaden über den Kontinent Ell begleitet hatten.

Madhrab konnte sich ein Grinsen nicht verkneifen, so traurig er im Grunde diese Botschaft fand und so betrübt seine Stimmung auch sein mochte. Er und Yilassa erinnerten sich gut an den einstigen Händler, der sein Vermögen mit den übelsten, anrüchigen Geschäften und dem Tod verdient hatte. Hätten ihn die Bewahrer vor seiner Berufung zum Regenten erwischt, wäre Jafdabh verurteilt worden und in die Grube gewandert. Doch als Regent stand er über den Gesetzen und niemand würde ihm bis zu seinem Tode je wieder einen Vorwurf machen oder ihn wegen seiner windigen Geschäfte anklagen können. Jafdabh legitimierte seinen Anspruch als Regent, indem er die Tochter des vormaligen Regenten Haluk Sei Tan zur Frau nahm. Ihr plötzliches Auftauchen an der Seite Jafdabhs war eine Überraschung für die Nno-bei-Klan, hatten sie die Regententochter doch für verloren, wenn nicht gar für tot gehalten. Sie hatte ohne Zweifel einiges durchgemacht in der Zeit, in der die Seuchenopfer und die Schatten durch die Gassen Tut-El-Bayas streiften. Die Regententochter, die zuerst selbst für eine kurze Zeit nach Haluk Sei Tans Ableben Regentin war und von Thezael eigenmächtig abgesetzt worden war, hatte während ihres Verschwindens gelitten und ein Bein verloren, das durch eine goldene, mit bunten Kristallen durchsetzte Beinstütze kunstvoll ersetzt worden war. Doch sie war mit Jafdabh auf den Thron des Kristallpalastes zurückgekehrt und hatte ihren Anspruch, zu herrschen, offen geltend gemacht. Thezael hatte die Wahl. Der Praister musste weichen oder sterben.

Neben ihrem Gatten bestimmte Raussa fortan über die Geschicke der Klanlande. Das Regentenpaar war jedenfalls nicht das schlechteste, erzählten sich die Klan.

Raussa gebar zwei Kinder, eine erstgeborenen Tochter und einige Sonnenwenden hernach einen Sohn, die am Hofe gleichermaßen zu Thronerben erzogen wurden.

Die Nachricht über die feige Ermordung des Fürsten Corusal Alchovi war ein Schock für Madhrab. Zu Lebzeiten hätte Corusal die besten Aussichten unter den Fürsten gehabt, Haluk Sei Tan auf dem Thron nachzufolgen. Aber ein Neider hatte dem weisen und umsichtigen Fürsten diesen Schritt offenbar nicht gegönnt. Die Gerüchte deuteten auf eine Ermordung hin, bei denen die Praister ihre Finger im Spiel hatten. Der Attentäter war jedoch verschwunden und wurde nie gefunden. Für die Dauer von zwanzig Sonnenwenden übernahm Alvara, die Gattin des verstorbenen Fürsten, die Regierungsgeschäfte des Hauses Alchovi, bis sie zugunsten ihres Sohnes Tomal zurücktrat und diesem die Führung über den Eispalast und die nördlichsten Gebiete der Klanlande anvertraute.

»Wir hatten einige gute und fette Sonnenwenden, Madhrab«, meinte Yilassa, »aber ich bin erstaunt, wie schnell die Klan den Krieg, die Seuche und die Dämmerung vergessen haben. All das Elend und das Sterben, das uns an den Rand der Dunkelheit brachte. Manchmal kommt es mir vor, als wäre all dies nie passiert. Es liegt schon so lange zurück.«

»Für mich sind die Erinnerungen frisch, als wäre die Schlacht erst gestern zu Ende gegangen. Die verlorene Zeit, wo ist sie geblieben?«, schüttelte Madhrab traurig den Kopf.

»Ich weiß es nicht und es tut mir unendlich leid für Euch. Niemand wird Euch zurückgeben können, was Euch der Herr der Grube genommen hat. Das Schicksal ist grausam und ich kann gut verstehen, wenn Ihr all das hinter Euch lassen und fortgehen wollt«, sagte Yilassa, »aber es gibt auch Bedrohliches zu berichten. Eine Gefahr, die sich wie ein schweres Gewitter im Süden des Kontinents zusammenbraut. Vielleicht ist das Euer wahres Schicksal und die schönen Zeiten sind mit Eurer Rückkehr vorbei. Für uns alle. Im Augenblick sind es nur Gerüchte und vereinzelte Spähberichte, die uns Sorge bereiten. Wir hatten keine Gelegenheit dem nachzugehen.«

»Wie schätzt du die Lage ein?«, erkundigte sich Madhrab.

»Schwer zu sagen, die Angaben sind nur unklar und manche Worte ergaben keinen Sinn. Soweit wir gehört haben, soll Gafassa gefallen sein.«

»Die Felsenstadt der Tartyk?« Madhrab traute seinen Ohren kaum. »Sie waren immer neutral und die Drachen waren wie eine unschlagbare Armee. Was erzählen die Späher?«

»Wirres Zeug, leider. Nichts Genaues, mit dem wir etwas anzufangen wüssten. Es heißt, Gafassa sei zu einer toten Stadt geworden, beherrscht von dunkler Magie, die Drachentürme eingestürzt und das Drachensterben habe die Drachen heimgesucht. Dann wiederum gibt es Berichte, die besagen, die Drachen hätten sich den Rachuren angeschlossen und halfen eine neue Armee aufzubauen. Chimärenkrieger mit der Kraft eines Drachen, fliegende Chimären, die in der Lage seien, Drachenfeuer zu speien, mit ledernen Schwingen, Pranken und Klauen, die schärfer und stärker als Blutstahl wären. Ich weiß nicht, was davon stimmt. Angeblich soll der Schänder Grimmgour wieder erstarkt sein und eine Eroberungsarmee aufbauen, um die Klanlande erneut anzugreifen und dieses Mal endgültig zu vernichten.«

»Das hört sich nicht sehr glaubwürdig an«, stellte Madhrab fest, »aber wer weiß. Die Magie ist zurück. So viel ist sicher, und für die Rachuren wäre genug Zeit vergangen, eine neue Armee gegen die Nno-bei-Klan zu schicken. Du solltest die Augen offen halten und vorbereitet sein. Es könnte ein neuer Krieg drohen.«

»Ich werde wachsam sein, Lordmaster«, antwortete Yilassa besorgt, »denn ich teile Eure Ansicht, dass wir die Ruhe vor dem Sturm erleben. Schlimmer als zuvor. Viel schrecklicher und grausamer. Aber das ist nur ein Gefühl.«

»Hast du von den Lesvaraq gehört?«

»Den Zeichenträgern?«, vergewisserte sich Yilassa und Madhrab nickte. »Manche Klan behaupten, Fürst Tomal sei ein Lesvaraq. Eines dieser mächtigen, unbegreiflichen Wesen, denen Unsterblichkeit nachgesagt wird. Anscheinend soll es auf Ell einen zweiten Lesvaraq geben, der sich im unerkundeten Vulkangebiet um den Tartatuk herum in der Nähe des Rachurengebietes aufhält. Wenn es die Lesvaraq gibt, dann haben sie sich bislang zurückgehalten und nicht nach der Macht über Ell gegriffen oder einen Krieg gegeneinander geführt. Tomal kümmert sich um das Fürstenhaus Alchovi und eifert seinem Vater nach. Er gilt als starker und guter Fürst, dem seine Untertanen am Herzen liegen. Die Eiskrieger sind auf ihn eingeschworen, wie sie es auf seinen Vater waren. Sapius, der Magier – Ihr kennt ihn – soll ihn vieles gelehrt haben und sein ständiger Berater sein. Sie sind unzertrennlich. Eine eigenartige Frau befindet sich im Kreis seiner Vertrauten. Soweit mir berichtet wurde, hört sie auf den Namen Tallia. Die Eisbergener meinen, sie sei eine Felsgeborene, was sie angeblich abgestritten hat. Ich habe sie nie gesehen, aber sie soll angeblich eine Felsenhaut besitzen. Sie ist noch nicht lange dort, vielleicht ein oder zwei Sonnenwenden höchstens, seit wir das erste Mal von ihrer Anwesenheit im Eispalast erfuhren. Es heißt, sie soll aus dem Riesengebirge gekommen sein.«

»Klingt sonderbar«, räumte Madrhab ein, »aber ich glaube an die Völker der Altvorderen. Mit der Macht und den Lesvaraq kehren auch sie wieder.«

»Ach, Madhrab, ich glaube, Ihr habt Euch den falschen Zeitpunkt ausgesucht, die Grube zu verlassen. Ich hätte Euch den Frieden der letzten Sonnenwenden wirklich so sehr gegönnt. Aber auf Kryson riecht es nach Krieg und Veränderung. Ein Kribbeln und eine Unruhe liegen in der Luft, als würde sich der Sturm jeden Augenblick mit Wucht über uns entladen. Die Gegner sammeln ihre Kräfte und warten nur auf eine günstige Gelegenheit, um endlich loszuschlagen. Ich vermute, es wird einen unüberschaubaren Kampf geben. Jeder gegen jeden.«

»Mag sein«, antwortete Madhrab, »aber was kümmert mich das. Ich bin alt. Meine besten Sonnenwenden sind verloren. In diesem Krieg werde ich gewiss keine Rolle mehr spielen.«

»Ihr belügt Euch selbst, Lordmaster. Niemand wird sich einem solchen Krieg entziehen können und Ihr schon gar nicht. Ihr seid ein Krieger. Ein Mann, der die einzigartige Gabe der Kojos besitzt. Ein Bewahrer, der dem Schicksal der Grube entflohen ist. Ein freier Mann. Macht Euch nichts vor, kommt es zum Kampf, werdet Ihr mittendrin sein. Das ist Eure Bestimmung. Und hört auf zu jammern, Madhrab. Ich verstehe Euren Schmerz, aber Ihr seid nicht alt und habt noch einige Sonnenwenden vor Euch, bevor Ihr Euch den Schatten anschließen könnt.«

Yilassa stand auf, schloss einen massiven Schrank auf und zauberte das Schwert und die Rüstung des Bewahrers daraus hervor. Ihr Gesichtsausdruck war ernst, als sie das Blutschwert Solatar an Madhrab übergab, dessen rötliches Leuchten für einen Moment heller als sonst schien, als er sein Schwert in die Hand nahm. Ein beinahe zärtlicher, leiser Ton erklang, als Madhrab vorsichtig mit den Fingern über die Klinge strich, gerade so, als wollte Solatar seinen Herrn mit sanften Klängen begrüßen.

»Ich glaube, das gehört unzweifelhaft Euch, Lordmaster«, sagte Yilassa mit unveränderter Miene, »ich habe es die ganze Zeit für Euch aufbewahrt in der Hoffnung, Ihr würdet es eines Tages wieder an Euch nehmen. Jetzt ist es so weit. Vielleicht kein feierlicher, aber ein für mich bewegender Moment.«

»Solatar«, flüsterte Madhrab, »wir werden Elischa suchen und diejenigen richten, die sich uns dabei in den Weg stellen, und diejenigen unter ihnen, die ihr etwas angetan haben.«

Ein leichtes Zittern ging durch die Klinge, so als ob sie dem Bewahrer zeigen wollte, dass sie sich auf das Blut und die Seelen ihrer Opfer freute und lange voller Ungeduld auf den Kampf gewartet hatte.

Das Zimmer des Overlords war abgedunkelt worden. Die wässrig trüben Augen vertrugen das Tageslicht schon lange nicht mehr. Der steinalte Mann lag bis zum Hals zugedeckt unter einer warmen Felldecke. Dennoch zitterte Boijakmar vor Kälte, als läge er seit Horas nackt im eisigen Wasser. Hätte er noch Zähne sein Eigen nennen können, hätten diese laut geklappert. Aber so vibrierten die leicht geöffneten Lippen vor einem zahnlosen Mund. Die Nasenspitze, Lippen und Fingerkuppen waren dunkelblau, nahezu schwarz. Abgestorbenes Fleisch, das nur darauf wartete, abzufallen und vollends zu verwesen. Der Gestank der Verwesung zog sich unangenehm durch die Kammer und lockte die Schatten in die Nähe seines Lagers, obwohl er noch am Leben war. Der einst stolze und starke Bewahrer war nur noch ein Schatten seiner selbst. Das Gesicht eingefallen, die Arme und Beine spindeldürr. Er drehte langsam den Kopf, um besser sehen zu können, als sich die Tür öffnete und Yilassa, gefolgt von einem älteren Mann mit langer Haarpracht und Rauschebart die Kammer betrat. Als hätte der Overlord die geistige Präsenz des unvermuteten Besuchers gespürt, erschrak er heftig und versuchte sich sogleich unter der Felldecke zu verstecken. Aber selbst dafür war er zu schwach und konnte sich kaum regen.

»Wovor fürchtest du dich, Vater?«, sagte Madhrab zur Begrüßung. »Die Schatten greifen ohnehin nach dir. Was könnte ich dir antun, was nicht ohnehin bald von selbst geschieht?«

»Madhrab«, die Stimme klang schwach, höher als Sonnenwenden zuvor, und vor allem uralt, mehr nach einem leisen Wispern als nach einem Laut.

»Ja, Vater«, sagte Madhrab, »ich kam, dich ein letztes Mal zu sehen, bevor du zu den Schatten entweichst.«

»Du bist der Grube tatsächlich entkommen«, sagte Boijakmar klaren Verstandes, »wer hätte das gedacht. Andererseits, wer außer dir hätte es schaffen können? Es war dumm von mir, zu glauben, du könntest den Herrn der Grube nicht überwinden.«

»Schon möglich, aber es hat lange gedauert. Du und der Herr der Grube habt mir meine Zeit und einen wichtigen Teil meines Lebens geraubt. Gib sie mir wieder, Boijakmar.«

Der alte Bewahrer kicherte, sein ganzer Körper schüttelte sich dabei. Sein Kichern endete in einem schrecklichen Hustenanfall, bei dem er beinahe erstickte und einen blutigen Schleimklumpen hervorwürgte.

»Die verlorene Zeit ist unwiederbringlich verloren, mein Sohn«, stellte Boijakmar fest. »Es tut mir leid, aber du hättest in der Grube bleiben und sterben sollen, dann hättest du nicht bemerkt, wie dein Leben nutzlos verstreicht. Aber du musstest dich dagegen wehren, wie du dich gegen alles andere gewehrt hast. Das hast du nun davon. Du bist zurück, hast einen Teil deines Lebens verloren und wirst bis zum Ende deiner Tage unglücklich sein.«

»Und was ist mit dir, Vater?«, erwiderte Madhrab. »Hattest du ein erfülltes Leben? Bist du glücklich, deinen Sohn und alle anderen hintergangen zu haben? War das den Verrat wert? Die Schatten lauern auf dich. Welches Ende erwartet dich dort? Denkst du, sie werden dir die ewige Ruhe gönnen nach allem, was du getan hast?«

»Nein«, krächzte der hohe Vater, »sieh mich doch an, Madhrab. Ich habe mein Leben dem Orden gewidmet und dabei auf vieles verzichtet, was ein erfülltes Leben bedeutet. Aber das war meine Bestimmung. Bis zuletzt war ich davon überzeugt, das Richtige zu tun. Für den Orden. Für das Erbe des Ulljan. Darauf habe ich einen Eid geschworen, als ich noch sehr jung war. Ich musste Opfer bringen, die meinen Geist, meine Seele und mein Herz schwer belasteten. Eines davon warst du, sosehr mich der Verlust meines

Sohnes auch schmerzte. Wir unterscheiden uns in unserem Denken und Handeln nicht so sehr, wie du denkst, mein Sohn«,

»Wahrscheinlich liegst du in vielen Dingen richtig, aber in einer Sache muss ich dir widersprechen, Vater. Ich hätte dich niemals verraten. Nicht für den Orden und nicht für Ulljan.«

»Doch, das hättest du und würdest es noch tun. Tief in deinem Herzen weißt du das«, seufzte Boijakmar. »Du hättest mich und den Orden für deine Liebe zu Elischa verraten. Eine Liebe, die niemals entflammen durfte. Die Liebe zwischen einem Bewahrer und einer Orna hat alles verdorben und ein Wesen geschaffen, das Kryson verändern wird. Töte den Lesvaraq, wenn du dies vermagst. In der Tat hast du das Erbe Ulljans und damit mich und den gesamten Orden verraten. Ja, du bist schuldig und gewiss nicht in geringerem Maße, als ich in meinem Leben Schuld auf mein Gewissen geladen habe. Aber bevor ich zu den Schatten gehe, bitte ich dich dennoch um Verzeihung. Denn ich liebe dich wie einen Sohn, den ich niemals haben durfte.«

»Wo ist sie, Vater?«, verlangte Madhrab den Aufenthaltsort Elischas von Boijakmar.

»Wenn du es selbst noch nicht erraten hast, werde ich es dir nicht sagen«, krächzte der Overlord von Hustenanfällen geschüttelt. »Denke scharf nach, was sich zuletzt ereignet hat, und vertraue deinen Träumen. Euer unheiliges Band der Liebe wird dich zu ihr führen. Dessen bin ich mir gewiss, auch wenn ich es nicht gutheiße. Aber ich bin uralt und sterbe. Was kümmert es mich noch, was aus Ell wird?«

Madhrab ließ betroffen den Kopf sinken. Er wusste, dass Boijakmar die Wahrheit sprach. Der Lordmaster drehte sich um und verließ ohne ein weiteres Wort die Kammer des sterbenden Overlords. Er horchte in sich, erinnerte sich an einen Albtraum und wusste, wo Chromlion Elischa gefangen hielt.

Aus dem Schatten der Wand löste sich plötzlich eine dunkle Gestalt, die an das Sterbebett des hohen Vaters trat und sich über ihn beugte.

»Du weißt, was du mir versprochen hast«, flüsterte die Schattengestalt in Boijakmars Ohr.

Der hohe Vater hob langsam den Arm und zeigte mit knochigem Zeigefinger auf Yilassa, die blass, mit vor Schreck weit aufgerissenen Augen und offenem Mund am Ende des Bettes stand. Die Schattengestalt drehte den Kopf und sah Yilassa breit grinsend an.

»Eine gute Wahl«, sagte das Gefäß, als es auf die Kriegerin zusprang.

Ein stummer Schrei löste sich von Yilassas Lippen, als sich ihr Geist für kurze Zeit mit dem des Gefäßes verband und ihr einen Blick in den tiefsten Abgrund des Bösen erlaubte. Nur wenig später löste sie sich wieder von ihrem zweiten Ich. Ihr Blick wanderte zum Bett des hohen Vaters. Sie lächelte kalt.

Boijakmar war tot.

Madhrab verlangte nach seinem Pferd. Doch wieder wurde ihm leidvoll vor Augen geführt, es gab kein Zurück für ihn. Die Zeit und das Schicksal kannten keine Gnade. Najak war zu alt, um den Bewahrer auf eine Suche zu begleiten und ihn auf seinem Rücken zu tragen. Auf einer saftigen Weide durfte der einst prächtige Hengst seine letzten Tage in aller Ruhe genießen. Der Lordmaster würde sich von seinem treuen Streitross für immer verabschieden müssen. Er kam sich wie ein Fremder vor und kannte sich auf Kryson nicht mehr aus. Nichts war ihm mehr vertraut. Viele der Freunde waren tot. Die Eindrücke und Veränderungen überwältigten ihn, waren eindeutig zu viel, sie alle zu erfassen und zu verkraften. Das verheerende Gefühl, alsbald und immer tiefer in einen Abgrund zu rutschen, wurde stärker. Irgendetwas musste es doch geben, woran er sich festhalten konnte. Wenigstens fühlten sich sein Schwert und die Rüstung unverändert an. Solatar war womöglich die einzige Konstante in seinem Leben, die ihm geblieben war und sein Selbstvertrauen zurückgeben konnte. Aber er wusste, dass die Sicherheit des Schwertes trügerisch sein konnte. Denn er würde töten müssen, um zu sich selbst zurückzufinden. Das Schicksal eines ewigen Kriegers, das ihm gar nicht behagte.

Ich werde mich schon daran gewöhnen, wenn ich erst alles erfahren habe, versuchte sich der Bewahrer selbst Trost zuzusprechen.

Beinahe übertrieben langsam legte er die Rüstung an. Er wollte jedes Teil zwischen seinen Händen spüren und prüfen, ob es nicht gelitten hatte. Am wichtigsten erschien ihm dabei, dass er sich währenddessen auf sich selbst konzentrieren konnte. Das Anlegen der Rüstung beruhigte ihn.

Madhrab entschloss sich, Haare und Bart nicht abzunehmen oder zu kürzen. Stattdessen flocht er sie zu dicken Zöpfen. Sie waren die einzigen Zeugen und der Beweis seiner langen Abwesenheit in der Grube. Fortan sollten sie ihn daran erinnern, wie viel Zeit er verloren hatte.

Auf dem Vorplatz vor dem Haus des hohen Vaters hatten Gwantharabs Zwillinge auf den Bewahrer gewartet. Hardrab und Foljatin grüßten den Lordmaster freundlich und für seinen Geschmack zu förmlich. Aber das hatten sie mit ihrem Vater gemein, der, obwohl er bis zu seinem gewaltsamen Tod ein sehr guter und vor allen Dingen treuer Freund gewesen war, stets großen Respekt gezeigt und Wert auf Disziplin und einen guten Umgang gelegt hatte. Die beiden Brüder waren ihrem Vater wie aus dem Gesicht geschnitten. Schon als sie noch Kinder waren, hatte er die Ähnlichkeit erkannt. Sie mussten ihn unweigerlich an Gwantharab erinnern, was ihm einerseits gefiel, andererseits aber schmerzliche Erinnerungen weckte. Auch daran würde er sich gewöhnen müssen. Der Bewahrer hatte Gwantharab ein Versprechen gegeben. Sollten sie sich auch nur als annähernd so loyal und als begabte Kämpfer wie ihr Vater erweisen, dann würden sie ihm eine große Unterstützung sein. Darüber war Madhrab sehr erfreut.

Die Zwillinge besorgten ihm aus den Ställen ein neues Streitross. Das Pferd reichte nicht an Gajachi oder Najak heran, aber es würde ihn sicher an sein Ziel bringen. Und das genügte dem Lordmaster für den Moment.

»Reiten wir«, sagte Madhrab, nachdem die Pferde gesattelt waren und sie den Proviant aufgeladen hatten.

»Wohin werdet Ihr uns führen, Herr«, fragte Foljatin nach dem Weg.

»Wir reiten an Tut-El-Baya vorbei gen Süden, immer entlang der Felsenküste in das Hoheitsgebiet der Fallwas. Dort werden wir uns die Burg des Fürsten genauer ansehen.«

»Die Felsenfestung Fürst Chromlions?« Hardrab horchte auf. »Er wird nicht erfreut sein, uns zu sehen. Damals schickte er Boijakmar eine Schriftrolle über seine Absichten, ließ sich danach aber nie wieder im Haus des hohen Vaters blicken. Wollt Ihr die Gefahr wirklich eingehen? Chromlion hat gute Schwert- und Axtkämpfer in seinen Reihen, die sich darauf verstehen, ihre Burg zu verteidigen.«

»Wenn es sein muss, nehmen wir die Burg im Handumdrehen ein und schleifen sie bis auf die Grundfeste«, erwiderte Madhrab. »Seid Ihr dabei?«

»Sehr wohl, Herr«, nickte Hardrab eifrig, der sich nicht vorstellen konnte, wie Madhrab das anstellen wollte.

»Natürlich, was könnte es Schöneres geben«, freute sich Foljatin.

»Ein Leben in Frieden und Liebe. Ein Leben, in welchem das Leben einen hohen Wert hat. Das ist das Ziel, wonach wir streben sollten«, tadelte Madhrab die beiden Kaptane der Sonnenreiter.

Hardrab und Foljatin sahen sich an, als wollten sie jeder zur gleichen Zeit sagen, der Lordmaster sei zu weich geworden oder hätte den Verstand in der Grube gelassen. Sie waren jung und brannten auf den Kampf, wollten sich endlich beweisen und Helden sein. Aber Madhrab sprach von Liebe und Frieden. Das waren Ziele, nach denen sie vielleicht in vielen Sonnenwenden streben wollten, nachdem sie auf zahlreich überstandene Abenteuer und gewonnene Schlachten zurückblicken konnten. Der Bewahrer war tatsächlich alt geworden.

Einige Bewahrer, Orna und eine ordentliche Zahl an Sonnenreitern schlossen sich Madhrab an, den Orden gemeinsam zu verlassen. Yilassa und die heilige Mutter erhoben bei der Verabschiedung der Krieger keine Einwände, sodass der Auszug aus dem Haus des hohen Vaters ohne großes Aufsehen verlief. Allerdings dachte Madhrab, lange nachdem sie die Häuser verlassen hatten, an den Ausdruck in Yilassas Augen. Er wusste nicht, was er davon halten sollte. Sie waren Freunde und doch meinte er eine Feindseligkeit in ihnen erkannt zu haben.

Eigenartig, dachte er, *ich habe diesen Ausdruck schon einmal an ihr gesehen, als sie eine von Quadalkars Kindern war und mich vernichten wollte. Aber sie wurde doch von dem Einfluss des dunklen Mals geheilt, wie alle anderen auch, als der Bann gebrochen war. Sie hat sich von einem Moment auf den anderen verändert. Als ich aus der Grube stieg, war sie wie früher. Fröhlich und warmherzig, bei unserem Abschied jedoch …*

Madhrab wurde in seinen Gedanken unterbrochen, als Foljatin von der Vorhut zurückkehrte und sein Pferd neben das des Lordmasters lenkte.

»Es ist nicht mehr weit, Lordmaster«, deutete Foljatin an und zeigte in die Richtung, aus der er gekommen war, »sollten wir die Nacht durchreiten, könnten wir morgen zur Tsairu vor den Mauern der Festung Fallwas stehen. Die Wachen werden uns allerdings sehen können. Eine Überraschung ist vollkommen ausgeschlossen. Lange bevor wir das Tor erreicht haben, werden sie unsere Ankunft erwarten und gewiss vorbereitet sein. Es gibt keine Deckung weit und breit. Von den Türmen der Burg hat Fallwas die beste Sicht über weite Teile seiner Ländereien und selbst vom Meer aus braucht er keinen überraschenden Angriff zu fürchten.«

»Nenne mich nicht Lordmaster, Foljatin, »meinte Madhrab. »Ich bin kein Sonnenreiter und Bewahrer mehr. Du und dein Bruder seid aus freien Stücken mit mir gekommen, aber nicht um die alten Traditionen des Ordens fortzusetzen. Wir sind künftig freie Krieger, die sich zusammengeschlossen haben, dem Gleichgewicht zu dienen und für die Freiheit und den Frieden zu kämpfen. Ob sie uns bemerken oder nicht, ist ohne Bedeutung. Du solltest dir keine Sorgen deswegen machen. Vielleicht erkennen sie uns als Feinde, möglicherweise auch nicht.«

»Aber … die Bogenschützen der Fallwas sind bekannt und berüchtigt. Wir sind nicht allzu viele. Sie könnten uns mit einem Pfeilhagel eindecken und von den Pferden holen, bevor wir überhaupt in die Nähe der Burg kommen«, wandte Foljatin besorgt ein.

»Das werden sie nicht«, antwortete Madhrab mit einem Lächeln auf den Lippen, als wisse er mehr als die anderen über das Verhalten des Fürsten. »Sie werden die Rüstung und das schimmernde Schwert sehen. Jeder verschossene Pfeil wäre reine Verschwendung. Sobald Chromlion davon erfährt, wird er sich mir entgegenstellen. Ich glaube nicht, dass er sich hinter den Mauern seines Vaters vor mir verstecken wird. Ihn dürstet schon allzu lange nach Vernichtung, und ich werde ihm eine Gelegenheit dazu bieten. Wir reiten die Nacht durch. Unterrichte die anderen von meiner Entscheidung.«

»Aye«, antwortete Foljatin, wendete sein Pferd und ritt zu den übrigen ungebundenen Kriegern, um sie von Madhrabs Willen in Kenntnis zu setzen.

Ein kühler Morgen, dachte Elischa und schlang sich eine Wolldecke fester um den Körper, als sie auf dem höchsten Turm von Burg Fallwas angekommen war, um sich den nächtlichen Schlaf aus den Augen zu reiben und den entgegengesetzten Sonnenaufgang zu beobachten.

Die alte Magd liebte dieses frühe Schauspiel eines jeden Tages. Sie erinnerte sich mit Schrecken daran, wie die Zeit der Dämmerung vor dreiundzwanzig Sonnenwenden das Licht der Sonnen verschluckt und damit das wunderschöne Farbenspiel am Himmel verdeckt hatte. Dreiundzwanzig Sonnenwenden. Elischa wusste genau, wann sie in die Burg gebracht worden war und sie hatte keine Sonnenwende ihres Leidens verdrängt oder vergessen.

Solange die Sonnen ihre Kraft noch nicht vollständig entfaltet und die Dunkelheit der Nacht überwiegend vorherrschte, hielt sie die von innen leuchtende Muschel des

Skippers in der Hand umfasst. Die Muschel spendete ihr Licht und Trost, darüber hinaus hatte die Orna das Gefühl, dass ihr die Muschel Wärme gab. Deshalb nahm sie das für sie wertvolle Erinnerungsstück an ihre Schiffsreise mit auf den Turm. Elischa war das frühe Aufstehen vor Sonnenaufgang längst gewohnt. Sie empfand diese Zeit des Tages als die ruhigste und schönste. Meist ungestört konnte sie sich um diese Zeit innerhalb der Burgmauern und bis hoch hinauf in die Türme frei bewegen. Das war auf Burg Fallwas nicht immer so gewesen. Würde Acerba noch leben, wäre es der Orna nach einem solchen Ausflug schlecht ergangen.

Ich bin alt geworden und von Gram und schwerer Arbeit gebeugt, sagte Elischa in Gedanken zu sich selbst. *Meine Gelenke und Knochen schmerzen. Als ich Madhrab kennengelernt habe, hätte mich die kalte Morgenluft lediglich erfrischt, statt mich wie heute zum Frieren und Zittern zu bewegen.*

Langsam schoben sich die Sonnen empor, erst nur ein schwacher grüner Streifen am purpurnen Himmel vor dunkelvioletten Wolken, der rasch in einen feuerroten Schein wechselte, blendend hell im Kern. Eine aus dem Meer, die andere gegenüber aus der Erde hinter den Wäldern des Faraghad. Die Sonnen Krysons begrüßten sich und erhellten den Morgen.

Elischa konnte die Wärme durch die Decke auf ihrer Haut spüren, die sich wohltuend ausbreitete. Erstaunlich, welche Kraft die Sonnen besaßen. Bald würde sie die Decke nicht mehr brauchen, je mehr die Sonnen die Nacht und damit die Kälte verdrängten. Die Orna ließ ihren Blick und die Gedanken übers Meer schweifen.

Wie schön und friedlich Kryson doch im Grunde sein kann, dachte Elischa.

Der Gedanke kam ihr selbst eigenartig vor, denn in ihrem Innersten wusste sie aus Erfahrung, dass das prächtige

Farbenspiel der Sonnen – wenn das Gleichgewicht zwischen Tag und Nacht wechselte – sie nicht über den ständigen Kampf zwischen Licht und Dunkelheit täuschen durfte. Dies war nur ein kurzer Moment des Durchatmens, in welchem sie ihre Seele baumeln lassen konnte. Kryson war eine grausame und gnadenlose Welt. Es war ihr alles genommen worden. Ihr kümmerliches Leben im Hause Fallwas war nichts wert. Sie war eine Gefangene, deren Leben nutzlos verschwendet wurde. Sonnenwende für Sonnenwende. Elischa hatte nichts mehr zu verlieren. Die Ruhe der letzten Sonnenwenden war nichts als ein schier unerträgliches Warten auf den großen, verheerenden Sturm, der ihre Welt erneut ins Chaos stürzen würde. Sie hatte genug Verzweiflung gesehen.

Die Wachen beachteten die Orna nicht. Anfangs waren sie vorsichtiger gewesen und wollten Elischa den Zutritt zu den Türmen nicht gestatten. Doch sie versprach, die Wachen nicht zu stören und nichts anzustellen, was sie in Schwierigkeiten brächte. Schließlich hatten sie Elischa gewähren lassen und sich an ihre morgendliche Anwesenheit gewöhnt. Sie war eine niedere Magd, was konnte sie schon tun, und selbst wenn sie sich dazu entschließen sollte, ihrem Leben ein Ende zu setzen und sich in die Tiefe zu stürzen, wen kümmerte das.

Elischa musste an Madhrab denken. Der Bewahrer war nicht gekommen, wie er es versprochen hatte. Es war so lange her. Sie hatte in letzter Zeit Mühe, sich sein Bild vor Augen zu rufen, obwohl sie es in der Vergangenheit wieder und wieder getan hatte. Doch sosehr sie ihn auch geliebt und vermisst hatte, war sie machtlos gegen die allmählich verblassende Erinnerung. Erging das nicht jedem Wesen so? Die Schatten der Vergangenheit wurden dichter und irgendwann lag über allem der Mantel der Vergessenheit.

Das war der Lauf der Dinge. Nichts währte ewig. Aber vielleicht lag genau hierin die Hoffnung. In tausend Sonnenwenden würde sich niemand mehr an sie und Madhrab erinnern. Das Leid ihres Lebens hatte ein Ende. Elischa war sich sicher, es war nicht wichtig genug, um die Ewigkeit zu überdauern. Natürlich glaubte sie sich daran erinnern zu können, wie Madhrab war, wie er geduftet hatte, den Klang seiner Stimme und wie sich seine Nähe anfühlte, wenn er sie in die Arme genommen hatte. All dies löste in ihr ein Wohlgefühl aus, ohne sich noch genauer vorstellen zu können, wie es sich tatsächlich anfühlte. Der Verlust seiner Bilder bedrückte sie und ließ Elischa zuweilen panisch werden. Ihr Herz schlug bis zum Hals und sie dachte, sie müsste ersticken. Erst wenn sie sich wieder auf sich selbst besann, konnte sie sich beruhigen. Das Bild der aufgehenden Sonnen half ihr dabei.

»Heda!«, rief ein Turmwächter laut.

Elischa schrak aus ihren Gedanken hoch und sah sich mit zwischen den Schultern eingezogenem Kopf geduckt und ängstlich um. Sie war offensichtlich nicht gemeint. Die anderen beiden Turmwächter kamen herbeigelaufen und blickten in die Richtung, die er ihnen zeigte. Die Orna folgte mit den Augen dem weit über das Geländer lehnenden Turmwächter und entdeckte zunächst nicht viel mehr als eine sich bewegende Staubwolke, die zwar größer wurde, aber nur langsam näher zu kommen schien. Das vielfältige Farbenspiel der Morgendämmerung machte es schwierig, mehr zu erkennen. Aber schließlich gelang es ihr doch, einzelne Schatten und Konturen auszumachen. Unter der Staubwolke befanden sich Reiter, dessen war sie sich sicher. Wie viele es waren, vermochte sie nicht auszumachen. Der Größe der Staubwolke nach zu urteilen, mochten es vielleicht zwanzig oder mehr Reiter sein. Sie waren noch weit entfernt und würden nach ihrer Einschätzung erst gegen Mittag bei der Burg eintreffen, wenn sie denn überhaupt diese Richtung beibehielten. Normalerweise kein Grund für die Wächter, sich Sorgen machen zu müssen. Dennoch reagierten sie in höchstem Maße alarmiert und nervös. Einer der Wächter lief zu der nächsten Glocke, einem massiven und schweren, reichlich verzierten Meisterstück von einer Glocke und weckte die Burg mit den lauten und durchdringenden Glockenschlägen.

Was hatten sie gesehen, das ihr entgangen war? Elischa musste sich noch einmal vergewissern, kniff die Augen zusammen und entdeckte etwas, das sie zusammenzucken ließ. Für einen kurzen Moment fiel ein Sonnenstrahl auf einen der Reiter. Elischa glaubte, ihr Herzschlag setze aus und sie fiele gleich tot über die Brüstung. Hatte sie sich in ihrer Wahrnehmung getäuscht? Aber die Orna sah ausgezeichnet. Sie besaß die Augen einer Naiki-Jägerin, die selbst im höheren Alter nicht nachgelassen hatten, und die geschulten Blicke der Turmwächter und deren Reaktion bestätigten ihr, dass sie richtig gesehen haben musste. Ein rotes Leuchten umgab den Anführer der Reitergruppe.

Madhrab! Bei allen Kojos, wie ist das möglich?, dachte Elischa.

Der Bewahrer musste tot sein. Wie sonst war es denkbar, dass er in dreiundzwanzig Sonnenwenden nicht nach ihr gesucht und sie aus den Händen der Fallwas befreit hatte. Chromlion war der Todfeind des Lordmasters, und Madhrab hätte längst die Auseinandersetzung gesucht, wenn er die Gelegenheit dazu gehabt hätte. Irgendetwas musste ihn aufgehalten haben oder er war aus den Schatten und der Dunkelheit zurückgekehrt, um Rache zu nehmen. Die Gedanken rasten ungeordnet durch ihren Kopf. Plötzlich kamen all die Gefühle in ihr hoch, die sie längst vergessen glaubte. Das Hoffen und Bangen nahm seinen festen Platz ein. Obwohl ihr nach wie vor kalt war, begann sie plötzlich zu schwitzen.

In der Burg herrschte schnell hektische Betriebsamkeit. Aus allen Gebäuden und Türmen kamen, alarmiert vom Klang der Glocke, Wachen, Bedienstete und Krieger gelaufen, die sich im Innenhof versammelten. Chromlion selbst war lediglich in seine Stiefel geschlüpft und hatte sich einen Mantel umgeworfen, um sich nach der Ursache des Aufruhrs zu erkundigen.

»Was ist los?«, hörte Elischa den Fürsten rufen.

Die Orna duckte sich hinter die Brüstung des Turmes, damit sie von Chromlion nicht gesehen wurde.

»Reiter!«, beugte sich einer der Wächter vor, um dem Fürsten zu antworten. »Sie kommen von Norden. Und sie sind schnell unterwegs.«

»Wie viele und wann werden sie hier sein?«, wollte Chromlion wissen.

»Wir haben dreißig gezählt. Bei dieser Geschwindigkeit müssten sie zur Tsairu vor dem Burgtor stehen«, rief die Turmwache.

»Dreißig?«, wunderte sich der Fürst. »… und deshalb ruft ihr die ganze Burg zusammen?«

»Verzeiht, Herr«, antwortete die Turmwache, »wir glauben, es handelt sich um Sonnenreiter. Der Anführer trägt eine im Licht rot schimmernde Rüstung. Wir dachten, das solltet Ihr wissen.«

Chromlion stand wie angewurzelt im Innenhof seiner Burg und starrte ungläubig zu den Wachen auf dem Turm. Jegliche Farbe war aus seinem Gesicht gewichen, als hätte er einen schrecklichen Dämon gesehen, der ihm nach dem Leben trachtete. Er brauchte lange, bis er sich von der Stelle bewegte.

»Beobachtet die Reiter und lasst sie keinen Moment aus den Augen«, rief Chromlion schließlich, »ich ziehe mich an und komme nach oben.«

Der Fürst erteilte den Wachen und Kriegern barsch einige Befehle und ließ die Türme mit Bogenschützen verstärken.

So schnell sie ihre Beine trugen, verließ Elischa den Turm, rannte die Treppen hinunter bis in ihre Kammer. Blass und atemlos ließ sie sich auf ihr Lager fallen und weinte. Weinte, bis sie keine Tränen mehr übrig hatte.

Das Fürstenhaus der Fallwas fest im Auge trieben die Reiter ihre Pferde zu schnellerem Gang an. Madhrab führte die Gruppe an und schonte weder sich selbst, die Gefährten noch die Pferde. Sie waren die Nacht durchgeritten, hatten sich und ihren Rössern lediglich zwischendurch kurze Rasten gegönnt, um die Tiere abzureiben, etwas zu essen und zu trinken. Das Ziel ihres Rittes lag greifbar nahe vor ihnen und blies die bleierne Müdigkeit aus ihren Köpfen und Knochen. Keiner wagte Madhrab anzusprechen, der wie ein unermüdlicher Geist voranritt. Sie alle wussten, dass er in der Grube Zeit verloren hatte und nicht eher ruhen würde, bis er seine Feinde besiegt und Elischa endlich gefunden hatte. Die Zukunft danach blieb jedoch für sie alle ungewiss.

Als sich die Sonnen gegen Mittag überkreuzten und die Tsairu die Burg und die Umgebung in ein tiefes Rot tauchte, hatten die Reiter das Fürstenhaus der Fallwas erreicht. An den Flanken der Rösser klebte der Schaum ihres Schweißes. Ihr schweres Schnauben, das Klirren ihres Geschirrs und das Knarren der Sättel durchdrangen die ansonsten vorherrschende bedrückende Stille. Als ob Kryson den Atem angehalten hätte und die Zeit stillstand, reihten sich die Reiter nebeneinander auf und blickten schweigend auf die vor ihnen liegenden Mauern der Burg. Dort hatte sich die Verteidiger zahlreich auf den Mauern und Türmen verteilt, jederzeit bereit, den möglichen Feind zu empfangen. Eine Stimme zerriss die Stille der Tsairu. Sie war klar und deutlich zu vernehmen. Und ließ keinen Zweifel darin aufkommen, was sie begehrte.

»Chromlion«, erklang der Name des Fürsten voller Verachtung, »kommt heraus und stellt Euch Eurem letzten Kampf!«

Der Fürst hatte seine Rüstung längst angelegt. Es war lange her, seit er diese das letzte Mal getragen hatte. An Bauch, Armen und Beinen in den vergangenen Sonnenwenden zugelegt, hatte er durchaus Mühe gehabt, sich hineinzuzwängen. Aber schließlich hatte sie, an der ein- oder anderen Stelle zwar zu eng und drückend, doch gepasst. Die Stimme des Rufers war unverkennbar die des verhassten Mannes aus den Bergen, dessen Familie er vor langer Zeit abgeschlachtet hatte. Madhrab.

»Chromlion«, ertönte die Stimme erneut, »öffnet das Burgtor und zeigt Euch. Uns ist nicht daran gelegen, die Festung Fallwas zu erobern. Aber Ihr kennt mich. Ich werde nicht zögern, Euer Zuhause dem Erdboden gleichzumachen, Stein um Stein abzutragen und Euch herauszuzerren, solltet Ihr Euch hinter den Mauern und Euren Kriegern verstecken wollen. Es wird keine Gnade geben. Entscheidet Euch. Mann gegen Mann oder ein Sterben für alle und jeden, den ich in der Burg lebend vorfinde.«

»Öffnet das Tor«, befahl Chromlion dem Torwächter nach einer Bedenkzeit.

Nachdem Elischa sich beruhigt und ihre Fassung wiedergefunden hatte, war sie zurück auf den Turm gegangen. Von hier oben hatte sie einen guten Überblick und konnte sowohl in den Innenhof der Burg sehen als auch, was sich vor den Mauern abspielte. Ihr Herz schlug bis zum Hals. Sie erkannte den in der roten Rüstung steckenden Krieger kaum wieder. Der Mann mit dem Blutschwert in der Hand hatte zwar die Statur und die Größe von Madhrab, war aber im Gegensatz zu Chromlion, dessen Gesicht nach wie vor erstaunlich glatt und jung geblieben war, offensichtlich stark gealtert. Der graue Bart und der Haarzopf verliehen Madhrab ein weises Aussehen, obwohl sie ihn nach außen auch härter, verwegener und grausamer erscheinen ließen, als Elischa ihn in Erinnerung hatte. Die Stimme war zwar rauer geworden, aber gehörte eindeutig Madhrab. Sie hatte keinen Zweifel daran, dass er ihretwegen gekommen war und nach einer Entscheidung suchte.

Elischa erschrak, als sie bemerkte, von wem sich Chromlion vor die Mauern begleiten ließ. Er war seinerseits auf den Rücken eines schwer gepanzerten Rosses gestiegen und ließ sich von ihren Söhnen durch das Burgtor reitend nach draußen begleiten. Hinter dem Fürsten hatte Nihara ein Pferd bestiegen und folgte ihrem Vater und den Brüdern. Die Orna hoffte, dass sich Madhrab nicht durch den Anblick ihrer Kinder ablenken ließe. Immerhin sah ihr Nihara sehr ähnlich. Die Absicht des Fürsten erkennend fürchtete sie, der Anblick der Tochter und der Söhne könnte allzu schmerzlich für Madhrab sein. Doch dies war nicht die einzige Sorge, die sie drückte. Nie zuvor hatte sie für ihre Kinder etwas empfunden. Sie hatte sie sogar gehasst, bis sie ihr irgendwann gleichgültig geworden waren. Aber jetzt, im Angesicht des Mannes, den sie so sehr liebte, hatte sie Angst um das Leben ihrer Söhne und das ihrer Tochter Nihara. Wie würde Madhrab reagieren? Würde er Tochter und Söhne in seiner Enttäuschung und Wut erschlagen? Die Orna verstand sich und ihre Gefühle selbst nicht mehr.

Warum begann das Herz einer Mutter ausgerechnet jetzt in ihr zu schlagen?

»Madhrab«, begrüßte Chromlion seinen ärgsten Feind, »ich muss gestehen, dass ich Euch für tot hielt. Ihr habt sehr lange gebraucht, um zu uns zu finden. Als ich Eure Familie erschlug … wartet … lasst mich nachdenken, das liegt gut vierundzwanzig Sonnenwenden zurück, dachte ich, wir würden uns eher begegnen. Aber Ihr seid mir durch unglückliche Umstände entwischt.«

»Ich lebe und stehe vor Euch, Chromlion«, antwortete Madhrab, »Ihr habt mir alles geraubt. Meine Familie, meine Liebe und mein Leben. Jetzt werdet Ihr dafür bezahlen.«

»Wohlan, alter Mann«, lächelte der Fürst überheblich, »ich habe Euch jemanden mitgebracht. Seht Euch die Gesichter meiner Begleiter genau an. Das sind Elischas und meine Tochter und Söhne. Die Ähnlichkeit zu ihrer Mutter könnt Ihr nicht übersehen.«

Madhrab schwieg und musterte die Männer an Chromlions Seite kritisch. Sein Blick blieb schließlich auf dem Antlitz Niharas hängen. Der Anblick der jungen Frau versetzte ihm einen schmerzhaften Stich, der ihn wanken ließ. Die Ähnlichkeit mit der Frau seines Lebens war verblüffend. Während er in den Zügen der Söhne sowohl Chromlion als auch Elischa wiedererkannte, glaubte er in Nihara die Orna unmittelbar vor sich zu sehen. Sie war das Ebenbild seiner lange vermissten Liebe, nach der er sich so sehr gesehnt hatte. So hatte Elischa ausgesehen, als er ihre umwerfende Schönheit das erste Mal erblickt hatte.

»Wo ist Elischa?«, verlangte Madhrab zu wissen.

»Die Magd wird sich vor Euch irgendwo in der Burg verstecken«, meinte Chromlion herablassend. »Kaum verwunderlich, nach all dem, was geschehen ist. Sie wird Euch gewiss nicht sehen wollen. Immerhin habt Ihr sie im Stich gelassen, während ich mich wie ein treu sorgender Gatte um ihr Wohlergehen kümmerte und ihr die kalten Nächte der Einsamkeit versüßte.«

»Dafür werdet Ihr leiden, Chromlion«, keuchte Madhrab bitter. »Ich wollte Euch einen schnellen Gang zu den Schatten bereiten. Doch diese Gelegenheit habt Ihr längst verspielt.«

»Wir werden sehen«, sagte Chromlion, und an seine Söhne gewandt: »Ich habe Euch beiden den Kampf beigebracht. Alle Talente eines Bewahrers ruhen in Euch. Tötet ihn.«

Die Söhne des Fürsten setzten sich gleichzeitig in Bewegung.

»Sollen wir dir beistehen und uns darum kümmern«, fragte Hardrab und sah dabei seinen Bruder Foljatin von der Seite an.

»Nein«, lehnte Madhrab ab, »das ist alleine meine Angelegenheit. Aber haltet euch bereit. Ich sage euch, wenn es so weit ist.«

Elischa hatte alles mitgehört und zitterte am ganzen Leib. Mit lähmendem Entsetzen beobachtete sie, wie sich Madhrab langsam vom Rücken seines Pferdes gleiten ließ und die Söhne des Fürsten und Elischas kampfbereit mit erhobener Klinge erwartete. Die jungen Krieger saßen nicht ab, sondern gaben ihren Pferden das Zeichen für den Angriff. Mit schweren Hufen verfielen die Tiere sofort in den Galopp und preschten auf Madhrab zu. Die Brüder zogen ihre Schwerter und wollten den Krieger gemeinsam in die Zange nehmen. Madhrab duckte sich, fiel auf die Knie, Solatar heulte auf und riss einem der Streitrösser den Bauch auf. Das Pferd geriet ins Wanken, rutschte auf den Vorderbeinen weiter und warf seinen Reiter ab, dessen

Schrei unter dem fallenden Tier erstickt wurde. Geschickt wendete der zweite sein Pferd, während der andere Bruder versuchte, sich unter seinem tödlich verletzten Tier hervorzuarbeiten. Mit einem Sprung war Madhrab bei ihm und versenkte seine vor Freude singende Klinge im Hals des Gegners. Verwundert starrte sein Opfer den Krieger aus sterbenden Augen an, während er mit den Händen verzweifelt versuchte, sich die Klinge aus dem Hals zu ziehen. Madhrab stellte dem sterbenden Sohn einen Fuß auf die Brust und drückte diesen zu Boden.

»Es tut mir leid, Junge«, sagte er ohne jedes Mitgefühl, »aber du dürftest überhaupt nicht existieren.«

Er drehte die Klinge und zog sie mit einem Ruck aus dem Hals seines stark blutenden Gegners. Mit einem letzten gurgelnden Atemzug ging der erstgeborene Sohn Chromlions zu den Schatten.

»Nein«, schrie Elischa verzweifelt, »das darf nicht sein. Nicht durch deine Hand, Madhrab!«

Ihre schlimmsten Befürchtungen wurden wahr. Madhrab kannte keinen Halt und Gnade. Und Chromlion kostete seinen Triumph kalt lächelnd in vollen Zügen aus. Bedeuteten ihm die Kinder nichts? Hatte er sie nur gezeugt, um Elischa zu demütigen und ihre Kinder eines Tages von Madhrab in einem letzten Gefecht abschlachten zu lassen? Wollte er ihr damit ein letztes Mal und endgültig das Herz zerreißen? Indem er die Söhne von Elischa regelrecht hinrichten ließ, stellte er ihre Liebe auf eine harte Probe. Chromlion wollte das zwischen ihr und Madhrab geknüpfte Band mit Gewalt zerstören.

Der zweite Reiter war heran. Die Wucht des galoppierenden Pferdes traf mit der Flanke auf Madhrab und riss diesen von den Beinen. Im Fallen schlug der Krieger mit dem Schwert nach dem Streitross. Solatar schnitt sich tief in das Hinterteil des kreischenden und schäumenden Pferdes. Das sich vor Schmerzen auf die Hinterhufe bäumende Tier schlug wild mit den Vorderhufen aus. Doch Madhrab wich aus und brachte sich in Sicherheit. Sein Gegner verlor den Halt und fiel auf den Rücken. Behindert durch die schwere Rüstung war er zu langsam, sich sofort wieder aufzurichten, und zappelte wie eine auf dem Rücken liegende Schildkröte mit allen vieren in der Luft. Bevor sein im Kampf zwar geübter, aber unerfahrener Gegner auf den Beinen war, stand Madhrab wie ein gnadenloser Vollstrecker über ihm, das Schwert mit beiden Händen weit über den Kopf erhoben, mit der Spitze nach unten zeigend.

»Du hast das Leben nicht verdient«, sagte Madhrab teilnahmslos.

Vor Entsetzen weit aufgerissene Augen starrten dem rachehungrigen Krieger aus einem allzu jungen Gesicht entgegen. Der zweite Sohn war starr vor Furcht angesichts seines übermächtigen Gegners. Madhrab zögerte keinen Augenblick, kannte kein Erbarmen. Das Blutschwert senkte sich mit Wucht durch die Panzerung, Kettenhemd, Wams, Haut, Fleisch und Knochen mitten in das heftig schlagende Herz des Gegners. Kalt und heiß zugleich fühlte sich die Klinge an, die dem sterbenden Sohn des Chromlion mit einem metallischen Schrei des Triumphes die Seele entriss.

Elischa verbarg ihr Gesicht hinter den Händen. Sie konnte und mochte nicht mit ansehen, wie Madhrab ihre Söhne richtete. Etwas fühlte sich vollkommen falsch daran an. Sie konnten nichts dafür, trugen keine Schuld an dem, was oder wer sie waren und wie sie letztendlich nach Kryson gekommen waren. Doch sie mussten durch Madhrabs Hand sterben, weil Chromlion es so vorgesehen hatte.

Chromlion drehte sich auf dem Sattel seines Pferdes zu Nihara um und sah seiner Tochter in die Augen.

»Hast du gesehen, was der Mörder mit deinen Brüdern angestellt hat?«, hörte Elischa den Fürsten die gemeinsame Tochter fragen.

»Ja, Vater«, antwortete Nihara.

»Dann bist du dran«, sagte Chromlion, »denke daran, was ich dich gelehrt habe, und räche deine Brüder. Bring mir den Kopf des elenden Verräters.«

»Ja, Vater«, nickte Nihara.

Nihara stieg vom Rücken ihres Pferdes, nahm einen Bogen von ihrer Schulter und legte einen Pfeil auf. Ihre Bewegungen waren geschmeidig und so schnell, dass Elischa mit ihren Blicken kaum zu folgen vermochte. Schon war der Pfeil losgelassen und befand sich laut sirrend in der Luft. Die Überraschung war gelungen, der Pfeil schlug ungehindert in der Brust knapp oberhalb des Herzens des Bewahrers ein. Nihara hatte den Bogen mit einer solchen Wucht gespannt, dass sich das Eindringen wie ein aus nächster Nähe abgeschossener Pfeil anfühlte und die an sich stabile Rüstung mühelos durchschlug. Die Pfeilspitze trat am Rücken wieder hervor. Madhrab wurde nach hinten von den Beinen gerissen, schlug hart auf dem Boden auf und schob durch den Sturz unfreiwillig die Pfeilspitze wieder in seinen Körper zurück. Madhrab stieß den Atem keuchend hervor und spuckte Blut. Die Zwillinge Foljatin und Hardrab eilten in großer Sorge an seine Seite und versuchten ihn aufzurichten. Aber Madhrab wehrte sie vehement mit den Armen ab, als er die Tochter des Fürsten mit großen Schritten auf sich zurennen sah.

»Fort!«, schrie er die Zwillinge an, stieß die beiden zur Seite und sprang auf die Beine.

Fast zu spät brachte er das Blutschwert nach oben, um

den tödlich gedachten Schwerthieb seiner Gegnerin abzufangen. Nihara schwang ein leichtes Schwert mit einer dünnen Klinge, mit dem sie eine ungeheure Geschicklichkeit und hohe Geschwindigkeit entwickelt hatte. Madhrab musste rasch feststellen, dass sie wesentlich besser und weit ehrgeiziger als ihre Brüder war. Angeschlagen und beeinträchtigt durch den in seiner Brust steckenden Pfeil war sie eine gefährliche Gegnerin. Mit einem Schrei brach er den Schaft des Pfeiles ab und schleuderte ihr diesen entgegen. Geschickt schlug sie den Pfeilschaft beiseite und platzierte ihren nächsten Angriff. Madhrab konzentrierte sich zunächst nur auf seine Verteidigung, beobachtete, Hiebe und Stiche abwehrend, ihre Schritte und Bewegungen. Es dauerte nicht lange, bis er alles gesehen hatte, was er wissen musste. Chromlion hatte sie vieles gelehrt, und für einen gewöhnlichen, durchaus auch meisterlichen Gegner hätte ihr Können ausgereicht, um diesen zu den Schatten zu schicken. Doch für Madhrab reichte ihre Erfahrung nicht aus.

»Hört auf!«, rief Elischa in ihrer Verzweiflung vom Turm herab. »Bei allen Kojos … sie ist meine Tochter, Madhrab.«

»Schweig, Weib«, rief Chromlion lautstark, »sonst lasse ich dich binden und knebeln! Hast du noch nicht genug Prügel eingesteckt?«

Madhrab begann sich gegen die Vorstöße Niharas zu wehren. Dabei wagte er nicht, ihr ins Gesicht zu sehen. Zu sehr erinnerte sie ihn an Elischa. Und gegen seine Liebe zu kämpfen und diese am Ende nach so langer Zeit zu töten, wäre zu viel gewesen. Elischas warnende Zwischenrufe indessen nahm er nur am Rande wahr. Er brachte seine Gegnerin bald in große Schwierigkeiten. Ihre Beine wurden langsamer und die anfangs vehement vorgetragenen Angriffe spürbar schwächer. Zunehmend öffnete sie ihre

Verteidigung und bot ihm dadurch unfreiwillig Gelegenheit, auf ihren ungeschützten Körper vorzustoßen. Was sollte er tun? Den Kampf in einem günstigen Moment zu beenden und Nihara zu töten, kam ihm vor, als töte er zugleich Elischa. Welch boshaften und niederträchtigen Plan hatte sich Chromlion bloß für ihr letztes Aufeinandertreffen ausgedacht! Nihara wehrte sich erbittert gegen eine drohende Niederlage, die ihr mit jedem weiteren Vorstoß des erfahrenen Kriegers deutlicher vor Augen geführt wurde. Lange würde sie seinen Angriffen nicht mehr standhalten können und dem Blutschwert wie ihre Brüder zuvor die Seele opfern müssen. Ein Schwerthieb riss Nihara den Bauch oberhalb des Nabels auf. Sie schrie auf und ließ ihr Schwert fallen, griff sich mit den Händen an den Bauch.

»Nein, Madhrab!« schrie Elischa, so laut sie nur konnte, »tu das nicht. Bitte, töte sie nicht!«

Madhrab horchte auf. Zum ersten Mal nahm er die Stimme Elischas bewusst wahr. Seine Augen suchten ihren Blick auf den Türmen. Dort sah er sie in ihrer Verzweiflung stehen und verstand. Mit dem Knauf des Schwertes schlug er Nihara bewusstlos. Die junge Frau sank regungslos in sich zusammen.

»Verdammt«, rief Chromlion verärgert, nahm die Blutaxt von seinem Rücken und sprang von seinem Pferd, »dann muss es wohl sein. Blutaxt gegen Blutschwert. Unser allerletzter Kampf.«

Madhrab machte sich bereit, den Gegner zu empfangen. Chromlion lief, die Axt mal rechts, mal links schwingend, auf Madhrab zu. Den ersten Hieben wich der Krieger geschickt aus, ließ seinen Todfeind kommen. Lockte ihn und forderte ihn durch sein Verhalten dazu heraus, kräftiger zuzuschlagen. Gleichgültig wie Chromlion die Axt führte, der Fürst traf den ständig ausweichenden Gegner nicht.

Madhrab war zu schnell und hatte trotz des höheren Alters nichts an Geschicklichkeit und Wendigkeit eingebüßt. Stattdessen traf ihn die Schneide des Blutschwertes am Bein und fügte ihm eine tiefe Wunde zu. Madhrab wollte seinen Gegner zermürben. Ihn langsam ausbluten lassen. Diese Taktik hatte Chromlion von einigen Veteranen über Madhrab schon einmal vernommen. Aber er fand kein wirksames Mittel dagegen. Seine Wunden wurden zahlreicher. Die Rüstung nutzte ihm gegen das Blutschwert nur wenig. Im Gegenteil, sie hinderte ihn eher daran, sich schneller fortzubewegen.

Vornübergebeugt auf seine Axt gestützt blieb Chromlion schwer atmend stehen. Der Schweiß vermischte sich mit Blut und troff aus nassen Haaren von seiner Stirn.

»Bringt es zu Ende, Madhrab«, keuchte Chromlion, »ich kann nicht mehr und gebe auf. Ihr habt gewonnen.«

In Erwartung des letzten, entscheidenden Schwerthiebes fiel der Fürst vor Madhrab auf die Knie.

Madhrab trat an ihn heran und setzte Solatar mit der Schneide an den Hals des Fürsten.

»Ihr seid es nicht wert, Chromlion«, sagte er überraschend. »Eure Söhne waren tapferer als Ihr und hatten den Tod durch mein Schwert verdient. Euch aber wird dieses Ende nicht vergönnt sein.«

Madhrab wandte sich an Foljatin und Hardrab. Sein Blick verhieß nichts Gutes, zeigte aber zugleich, dass er sich von nichts und niemandem von seinem Vorhaben würde abbringen lassen.

»Entwaffnet den Fürsten, entkleidet ihn und bringt mir Hammer und Eisendorne«, rief er den Zwillingen zu, »wir nageln seinen Leib zur Abschreckung an das Tor der Burg. Mögen ihm die Krähen die Augen aushacken und sich an seinem verdorbenen Fleisch laben.«

»Willst du das wirklich?« vergewisserte sich Hardrab noch einmal. »Ein schneller Tod und die Sache ist ein für alle Mal vorbei.«

»Wir nageln ihn ans Tor«, sagte Madhrab, »... und wehe dem, der ihn herunternimmt, bevor sein Fleisch verrottet ist.«

Die Zwillinge packten den Fürsten unsanft unter den Armen. Chromlion war zu geschwächt, um sich dagegen zu wehren, und hing wie ein schlaffer Sack zwischen den Brüdern, die ihn zum Burgtor schleiften. Unter den Wachen, Kriegern und Bediensteten der Burg entstand Unruhe, als Madhrab umgehend zur Tat schreiten wollte. Madhrab jedoch ließ in seiner Härte und Verbitterung keinen Zweifel an seiner Entschlossenheit aufkommen.

»Ihr könnt es Euch aussuchen«, rief er den Frauen und Männern im Hause Fallwas zu, »wir verschonen Euer Leben oder brennen die Burg auf der Stelle nieder. Letzteres wird keiner von Euch überleben, das verspreche ich Euch.«

Außer einigen Unmutsäußerungen verhielten sich die Bewohner der Burg ruhig. Sie wagten nicht, sich gegen den Krieger in der roten Rüstung aufzulehnen, der in ihren Augen zu allem imstande war und seine Drohung, ohne zu zögern, in die Tat umsetzen würde.

In Begleitung einiger Bewahrer und Sonnenreiter betrat Madhrab das Innere der Burg, während Foljatin und Hardrab den Fürsten banden und vorbereiteten. Der Krieger sah sich um und fand den Eingang zum Turm, in welchem er Elischa vermutete. Mit bis zum Hals klopfendem Herzen stieg er die Stufen hinauf und konnte es kaum abwarten, bis er das Ende der Treppe endlich erreicht hatte. Schwer atmend blieb er am oberen Ausgang in der Tür stehen. Seine Augen suchten die Orna, bis sich ihre Blicke trafen. Tränen standen in Elischas Augen, als sie den alten

Mann in der Tür stehen sah, nach dessen Nähe sie sich so lange gesehnt hatte.

Langsam löste sie sich von der Brüstung und bewegte sich auf ihn zu.

»Madhrab«, flüsterte Elischa.

Sie hielt ihren Kopf schief und betrachtete ihn aus ungläubigen Augen, als wäre er ein von den Toten erwecktes gespenstisches Wesen. War er es wirklich? Unschlüssig blieb sie nur zwei Fuß vor ihm stehen, ohne seinem Blick auszuweichen. Plötzlich löste sie sich aus der Starre und schlug ihm mit der flachen Hand ins Gesicht. Er wehrte sich nicht, versuchte nicht einmal ihre Hand festzuhalten. Sie schlug noch zwei weitere Male zu, bis sich seine Wangen rot färbten und brannten.

»Madhrab!«, schrie Elischa.

Mit beiden Fäusten hieb Elischa kräftig auf seinen Brustkorb ein. Hämmerte auf ihn fortwährend ein, ließ ihrer Enttäuschung und vor allen Dingen der Wut freien Lauf. Die Gefühle ließen sich nicht beherrschen, brachen ungehemmt aus ihr heraus. Angestaut über all die Sonnenwenden ihres Leidens machte sie sich mit einem Mal Luft. Seine Wunde blutete und schmerzte, aber Madhrab hielt still und ließ sie gewähren.

»Madhrab« – ihre Schreie gingen in ein verzweifeltes Schluchzen über – »wo warst du? Unser Leben! Du hast unser beider Leben geopfert. Wofür?«

Madhrab sagte kein Wort und zog die Orna stattdessen an sich, hielt sie in seinen Armen, so fest er nur konnte, und drückte sie dicht an seinen Körper. Am ganzen Leib zitternd, ihr Gesicht in seinem Brustkorb vergrabend, konnte und wollte sie ihre Tränen nicht mehr zurückhalten. Sie wusste nicht, ob sie vor Freude, Wut oder Verzweiflung weinte. Der Grund war ihr gleichgültig. Madhrab war gekommen, sie von der Qual zu befreien. Nach dreiundzwanzig Sonnenwenden hatte er sein Versprechen gehalten und war zu ihr zurückgekehrt. Seine Nähe zu spüren tat ihr unendlich gut.

»Ich liebe dich«, sagte Madhrab leise.

»Ich liebe dich auch«, antwortete Elischa.

Madhrab fasste Elischa an der Hand und führte sie aus dem Turm nach unten.

Foljatin und Hardrab hatten das Tor inzwischen herabgelassen, sich in der Burg Leitern besorgt und die Eisendorne in der Schmiede der Burg in glühendem Feuer erhitzt. Der Krieger erschien in Begleitung Elischas. Seine Miene war unverändert hart und unnachgiebig.

»Bringt Chromlion nach oben und haltet ihn dort fest«, befahl Madhrab.

»Lass Gnade walten«, flüsterte Elischa leise, wohl wissend, dass Madhrab ihre Bemerkung überhören würde, »das Leiden muss ein Ende haben.«

An Seilen wurde Chromlion am Burgtor nach oben gezogen, gerade so viel, dass er mit den Beinen vier Fuß über dem Boden hing. Als er in die gewünschte Position gezerrt worden war, stieg Madhrab mit Hammer, Handschuhen und Eisendornen bestückt auf eine der bereitgestellten Leitern und begann, den ersten Eisendorn mit dem Hammer durch die Hand des Fürsten zu treiben. Chromlion brüllte seinen Schmerz hinaus.

»Der ist für meine Mutter«, zischte Madhrab, während er weitere Dornen, die Leiter mal hinauf und wieder herabsteigend, durch das Fleisch des Fürsten entlang der Arme und in die Füße trieb, »und der hier für meinen jüngsten Bruder Solhab … dieser für Nythrab und ein weiterer für meine kleine Schwester Hira.«

»Mieser, dreckiger Bastard von einem Bauern«, stöhnte Chromlion und spuckte Madhrab ins Gesicht.

Chromlion schrie ohne Unterlass und übertönte für die anderen die Worte Madhrabs, die in seinen Ohren fürchterlich schmerzten. Jeder von seinem verhassten Todfeind ausgestoßene Name brannte wie Feuer in seinem Fleisch, raste durch seine Adern und verursachte einen quälenden Schmerz in seinem Kopf.

»… dieser ist für Elischa und der für Brairac, einer für mich selbst und der letzte … für die verlorene Zeit.«

Der letzte und zugleich längste Eisendorn drang durch die Stirn mitten in den Schädel des Fürsten, riss diesem den Kopf mit einem Ruck nach hinten und nagelte ihn am Tor fest. Augenblicklich hörte das Schreien auf. Das Leben erlosch in den Augen Chromlions. Madhrab stieg von der Leiter und betrachtete sein grausiges Werk. Er horchte in sich hinein, versuchte zu ergründen, was er empfand. Doch da war nichts. Kein Gefühl der Genugtuung. Nichts.

»Rücken wir ab«, befahl Madhrab den Gefährten.

»Wohin willst du uns führen?«, wollte Elischa wissen.

»Ich weiß es nicht«, meinte Madhrab, »lass uns einen Ort suchen, an dem wir unser Leben neu beginnen und gemeinsam ohne Sorge leben können. Vielleicht gibt es einen solchen Platz irgendwo in den Grenzlanden, und wenn wir ihn dort nicht finden sollten, suchen wir weiter. Diese treuen Frauen und Männer werden uns dabei helfen.« Madhrab deutete auf die immer noch bewusstlose Nihara. »Deine Tochter nehmen wir mit. Ihre Wunden sind nicht allzu schwer. Sie wird sich unter deinen pflegenden Händen rasch erholen.«

Die Tsairu neigte sich bereits dem Ende zu und die Gegend um die Burg erstrahlte im hellen Schein der Mittagssonnen. Die Zwillinge Hardrab und Foljatin packten

Nihara auf den Rücken eines Pferdes. Madhrab gab das Zeichen zum Aufsitzen. Ohne sich noch einmal umzusehen, ritt die Gruppe in eine ungewisse Zukunft davon.

Mit toten Augen und weit geöffnetem Mund starrte Chromlion anklagend in Richtung des Faraghad-Waldes. Der starre Blick verfolgte die sich langsam entfernenden Reiter, bis sie gen Nordwesten verschwanden.

Die ersten Blutkrähen ließen sich krächzend und um die besten Fleischbrocken streitend auf den Schultern des Fürsten nieder. Mit spitzen Schnäbeln pickten die dunkelrot gefiederten Vögel an seinen Augen. Mit dem gewaltsamen Tod des letzten Fürsten blieb das Haus Fallwas ohne Erben und war geschlagen. Die Burg jedoch sollte fortan den Bediensteten, Wachen und Kriegern gehören.

EPILOG

Kryson heißt Tag und Nacht.
Im steten Wechsel sie erscheinen.
Kryson gleicht Licht und Schatten.
Mag hell erleuchten und doch im Dunkeln stehn.
Kryson bestimmt Leben und Tod.
Endgültigkeit, so nah und doch so fern.
Kry wird niemals ohne Son bestehen.
Wer versteht dies Spiel der Ewigkeit,
dem verheißt das Gleichgewicht unendliche Macht.

Kryson ist Gut und zugleich Böse.
Sich selbst nur schadet, wer nach Zerstörung trachtet.
Kryson zeigt sich in Schwarz und Weiß.
Hab acht, hässlich und schön mag täuschen das Auge.
Kryson schafft Freund und Feind,
im fortwährenden Streit sie liegen.
Kry wird niemals ohne Son vergehen.
Wer versteht den Kampf um Gegensätze,
dem beschert das Gleichgewicht ewiges Leben.

Kryson ist die Welt, in der wir leben.
Unbegreiflich und doch so einfach zu verstehn.
Sein oder anders sein.
Gleich oder verschieden.
Eines bedingt das andere und umgekehrt.
Der Sieger ist Verlierer zugleich, der Held nur ein Versager.
Liebe und Hass liegen so nah beisammen.
Glück und Verderben nur einen Schritt auseinander.
Wer heute obsiegt, liegt morgen darnieder.
Das Gesetz Krysons kennt keine Gnade.

(Aus den Schriften des Lesvaraq Pavijur »Kryson«,
Kapitel 150, Seite 3067)

Auf dem Gipfel des höchsten Berges auf Kryson, dem Choquai, stand der Prinz der Felsgeborenen mit weit ausgebreiteten Armen und genoss die seinen Körper wütend umtosenden Winde. Kein Normalsterblicher hatte diese Höhe erklommen oder würde diesen Ort jemals mit eigenen Augen sehen. Selbst für einen Felsgeborenen wie Vargnar stellte diese Höhe eine große Herausforderung dar. Auf dem Gipfel des Choquai gab es keine Luft zum Atmen und es war bitterkalt. Er brauchte den unmittelbaren Kontakt mit den Felsen, um in solchen Höhen überleben zu können. Vargnar atmete durch den Stein. Doch es war schwer, auf dem Gipfel ein freies Stück Fels zu finden, das nicht von Schnee und Eis überzogen war. Der Prinz hatte sich einen schmalen Streifen freikratzen müssen, auf dem er nun regungslos stand. Zu seinen Füßen saß ein frierender Felsenfreund, der seine kleinen Hände unter seinem pelzigen Körper versteckt hatte.

»Ihr seid verrückt«, meckerte Goncha, der kleine pelzige Felsenfreund des Prinzen, im Geiste, »müsst Ihr Euch stets solchen Gefahren aussetzen? Was wollt Ihr beweisen? Ich weiß, dass Ihr ein tollkühner Kletterer seid. Aber bedenkt, ich muss Euch meist begleiten und fürchte dabei des Öfteren um mein Leben.«

»Hadere nicht mit deinem Schicksal, Goncha«, antwortete Vargnar, »du hast es gut bei mir. Habe ich dich jemals im Stich gelassen oder dich Gefahren ausgesetzt, die ich nicht selbst auf mich genommen hätte?«

»Nein«, schmollte Goncha, »aber das ist es ja eben. *Ihr* lebt gefährlich und damit ich auch. Anscheinend braucht Ihr das Gefühl, das Euch wie ein Haufen ungeschliffener Steine in Eurem Bauch kitzelt. Ich jedoch benötige das keineswegs.«

»Mag sein, aber sieh dich doch um«, meinte Vargnar, »ist

das nicht herrlich hier oben? Niemand stört uns und du kannst beinahe ganz Ell überblicken. Dieses unendliche Gefühl der Freiheit gibt es nur auf dem Gipfel des Choquai. Vergleichbar wäre allenfalls ein Flug auf dem Rücken eines Drachen.«

»Ich sehe nur Felsen über Felsen, Schnee und Eis. Es ist so kalt, dass sich mir die Haare meines Pelzes einzeln aufstellen und die Kälte direkt bis unter meine Haut kriecht. Wenn wir nicht aufpassen, werden wir von einem Windstoß unversehens in die Tiefe gerissen. Sollten wir noch lange hier oben verweilen und uns jeden vernünftigen Gedanken von den Winden aus dem Schädel pusten lassen, drohe ich alsbald in eine Winterstarre zu fallen. Ich hoffe nur, Ihr werdet mich rechtzeitig wecken und nicht auf dem Gipfel des Choquai zurücklassen. Mir graut vor dem endlosen Abstieg. Und im Übrigen sind die Drachen längst tot. Erinnert Euch an die Berichte der Felsgeborenen des Südens, die uns von dem Drachensterben berichteten. Die Türme von Gafassa sind eingestürzt. Wie lange liegt das nun schon zurück? Waren es zwanzig oder mehr Sonnenwenden? Ich glaube, es waren sogar dreiundzwanzig. Korrigiert mich, sollte ich falschliegen.«

»Ach, Goncha«, ärgerte sich der Prinz, »du kannst einem die beste Laune verderben. Aber dabei fällt mir ein, erinnerst du dich noch an diese wunderschöne Frau? Ich denke, es wird Zeit, mich langsam nach einer Gefährtin umzusehen.«

»Ich kann Euch nicht folgen, mein Prinz«, sagte Goncha offensichtlich verwirrt, »wen meint Ihr? Eine Eisprinzessin?«

»Nein, natürlich nicht. Du weißt schon. Das Mädchen, das bei dem alten Einsiedler … wie hieß er noch gleich?«

»Kallahan«, warf Goncha prompt ein.

»Genau … das Mädchen, das bei Kallahan untergekommen war. Sie sah aus wie eine Felsgeborene. Ich hätte mich unsterblich in ihr Antlitz verlieben können«, schwärmte der Prinz.

»Sie war aber keine Felsgeborene. Ihr hättet gewiss nur wenig mit ihr anfangen können. Wählt Euch eine Eisprinzessin zur Gefährtin. Solltet Ihr mir nicht glauben, dann fragt Euren Vater. Saragar schwört auf ihre Vorzüge in Fragen der Liebe«, schlug Goncha vor.

»Die Eisprinzessinnen sind mir zu kalt. Sie besitzen ein Herz aus Eis«, meinte der Prinz betrübt.

»Eis auf Stein, das passt. Wollt Ihr das Eis schmelzen oder Steine erweichen, müsst Ihr Euch eben mehr anstrengen, mein Herr«, kicherte Goncha.

»Halte dich zurück mit deinen losen Gedankengängen. Du wirst unverschämt. Aber warum wies das Mädchen eine solche Ähnlichkeit mit den Felsgeborenen auf? Denkst du wirklich nicht, sie könnte zu mir passen?«, blieb Vargnar beharrlich.

»Ihr Aussehen verdankt sie einem magischen Duell, bei dem sie durch einen Blick einer Hexe versteinert wurde, wenn ich mich Eurer Worte richtig entsinne. Sie ist eine Nno-bei-Klan und keine Altvordere, obwohl sie eine beachtliche magische Begabung aufweist.«

»Ich glaube, sie ist selbst eine Magierin«, antwortete Vargnar.

»Ich glaube das nicht nur, ich weiß sicher, dass sie eine Magierin ist; um genauer zu sein, eine freie Magierin«, berichtigte Goncha den Prinzen.

»Was wohl aus ihr geworden ist?«, fragte der Prinz.

»Ihr wisst es nicht?«

»Nein, sonst würde ich nicht meinen allwissenden kleinen Freund fragen«, ärgerte sich der Prinz.

»Gut, dann will ich Euch erzählen, wie es ihr ergangen ist. Nachdem Tallia erfuhr, dass sie von den Fesseln der Saijkalrae befreit und zu einer freien Magierin geworden war, deren Schicksal die Verbundenheit mit einem Lesvaraq sein sollte, brach sie auf, diesen zu suchen und sich ihm anzuschließen. Auf ihrem Weg nach Eisbergen traf sie nicht nur auf uns, sondern auch auf ihren alten Meister Kallahan. Sie brachte es nicht übers Herz, ihn zu verlassen, denn hätte sie dies getan, wäre der Zyklus des Lesvaraq unwiderruflich vollendet gewesen und Kallahan wäre bald gestorben und in das Land der Tränen gegangen. So aber blieb sie beinahe bis zum Schluss bei ihm, bis er sie schließlich vor einigen Monden fortschickte. Kallahan starb, nachdem Tallia den Lesvaraq endlich getroffen hatte. Ich glaube, sie liebte den alten Einsiedler von ganzem Herzen. Wirklich schade, ich mochte ihn auch irgendwie.«

»Ausgezeichnet, Goncha. Jetzt hast du mir die Laune vollends zerstört. Musstest du mir unbedingt erzählen, dass Tallia auch noch diesen uralten Saijkalsan liebte?«

»Wie einen Vater, das hätte ich vielleicht erwähnen sollen«, schmunzelte Goncha.

»Das wäre nicht schlecht gewesen. Habe ich dich richtig verstanden, dass die Zyklen der Lesvaraq vollendet sind?«

»Ja, mein Prinz. So ist es. Ein neues Zeitalter hat begonnen. Die Macht und mit ihr die Magie sind zurück auf Ell«, sagte Goncha.

»Dann wird es Zeit, dass wir aufbrechen«, schlug Vargnar vor. »Die sieben Streiter müssen sich finden und die Suche nach dem Buch der Macht beginnen.«

»Ein guter Vorschlag, den ich begrüße«, antwortete Goncha, »aber ich wäre Euch sehr dankbar, wenn wir den freien Fall auf dem Rückweg in die Burg dieses eine Mal vermeiden könnten.«

»Kennst du einen schnelleren Abstieg als den Sturz in die Tiefe?«

»Nein, aber auch keinen gefährlicheren! Eines Tages werden wir zerschmettert an den Felsen kleben. Ich weiß es genau.«

»Du bist ein Schwarzseher und beschäftigst dich zu viel mit düsteren Prophezeiungen. Komm, lass uns gehen. Ich nehme dich auf den Arm, während wir abwärtsfliegen.«

»Na gut, was bleibt mir anderes übrig«, seufzte Goncha und kletterte in die Armbeuge des Prinzen.

Vargnar sprang.

In der Halle des Königs saß Saragar auf dem steinernen Thron. Der König der Felsgeborenen war alleine und lauschte den Steinen, wie er es in letzter Zeit des Öfteren getan hatte. Sein Kopf ruhte leicht auf die Seite gebeugt auf seiner Hand, den Arm auf eine der mächtigen Lehnen des Throns gestützt. Die Augen hielt er geschlossen. Ein tiefer Seufzer stahl sich aus seiner Brust. Als er die Schritte des Prinzen in einer der oberen Etagen wahrnahm, brach er die Verbindung zu den Steinen ab und richtete sich auf. Wenig später betrat Vargnar die Halle des Königs und grüßte seinen Vater respektvoll.

»Was flüstern die Steine, mein Sohn?«, fragte Saragar den Prinzen.

»Die Zukunft ist ungewiss«, sagte Vargnar, »das Rauschen, Klopfen und Flüstern erscheint mir, als wüssten die Steine nicht, was uns bevorsteht.«

»Das ist nicht ungewöhnlich in Zeiten des Umbruchs. Ich selbst lausche ihnen oft und werde nicht schlau aus dem, was sie mir berichten. Aber ich hatte nichts anderes erwartet. Trotz ihres Alters und des unbegrenzten Wissens vom Anbeginn der Zeit sind sie nicht unfehlbar und wissen nicht alles. Vielleicht hat der Schleier über unserer Zukunft sein Gutes. Wer will schon wissen, wann und auf welche Weise ihm das Ende droht?« Saragar verzog seine felsigen Lippen zu einem Lächeln und zeigte die steinernen Zähne, »du bist mit Goncha viel im Riesengebirge umhergezogen. Die innere Unruhe treibt dich. Was bedrückt dich?«

»Ich weiß es nicht. An manchen Tagen habe ich das Gefühl, wir sollten endlich handeln. Worauf warten wir? Dreiundzwanzig Sonnenwenden sind seit unserer Rückkehr vergangen. Wir haben nichts unternommen, unsere alte Stärke wiederzuerlangen. Der Krieg der Nno-bei-Klan gegen die Rachuren ist längst vorbei. Die Bluttrinker sind vernichtet und der Fluch gebannt. Sie sind weit zäher, als ich dachte, haben die Seuche überstanden und die Katastrophen, die ihnen der dunkle Hirte schickte. Das Volk der Klan war am Ende. Doch inzwischen haben sie sich erholt, als wäre nie etwas gewesen. Wir ließen sie gewähren und zu alter Blüte zurückfinden. Sie haben neue Siedlungen gegründet, Dörfer und Städte gebaut, Kinder gezeugt und Armeen aus dem Boden gestampft. Weiter und weiter breitet sich dieses Volk aus, so wie sie es schon einmal taten, bevor sie uns vertrieben und nahmen, was uns gehörte.«

»Du hörst den Steinen nicht zu, Vargnar«, sagte Saragar, »und du bist zu ungeduldig. Wir haben Zeit und können warten. Es gibt keinen Grund für dich zur Hast. Manchmal ist es besser, die Ereignisse im Ganzen zu verstehen, bevor wir uns zu einem Handeln entscheiden. Mag sein, dass die Klan sich in Sicherheit wähnen und die Schrecken des Krieges und der Dunkelheit bereits vergessen haben. Das liegt in ihrer Natur. Im Gegensatz zu den Felsgeborenen haben sie nur ein kurzes Gedächtnis und eine noch viel kürzere Lebensspanne. Das ist der Lauf der Dinge. Aber ihre Welt hat sich verändert, ohne dass sie es tatsächlich bemerkt haben. Nur wenige unter ihnen können sehen und begreifen, was wir erkennen.«

»Was meinst du, Vater?«

»Siehst du es denn nicht?«, zeigte sich der König überrascht. »Du scheinst ihnen in manchen Dingen ähnlicher zu sein, als du denkst. Dein Tatendrang und deine Ungeduld verschleiern deinen Blick auf das Wesentliche. Die Macht ist längst erwacht und die Magie wird mit jedem Tag stärker.«

»Das weiß ich. Und dennoch ist es ihnen gelungen, zu überleben und sich weiterzuverbreiten.«

»Aber für wie lange, Vargnar«, antwortete Saragar, »denk nach. Ein tödlich verletztes Tier bäumt sich in die Enge getrieben und vor dem Tod noch einmal auf, das Unvermeidliche zu verhindern, obwohl es tief in seinem Innersten weiß, dass es das Letzte ist, was es in seinem Leben tun wird. Nichts anderes geschieht mit den Nno-bei-Klan. Einzig mit dem Unterschied, dass sie im Gegensatz zu dem natürlichen Instinkt eines Tieres nicht wissen, was ihnen bevorsteht. Habe ich etwa nicht recht, Goncha?«

»Ihr seid sehr weise, mein König«, antwortete Goncha, der sich geehrt fühlte, dass ihn der König nach seiner Meinung fragte, »und selbstverständlich habt Ihr recht. Sie genießen die Ruhe vor dem Sturm in vollen Zügen. Der Kampf um das Gleichgewicht hat erst begonnen, und auf seinem Höhepunkt wird dieser Krieg vernichtender sein als alles, was sie je gesehen haben. Die Lesvaraq sind stark geworden und wir sollten uns entscheiden, welchem wir folgen wollen.«

»Was denkst du, wäre die richtige Wahl?«, wollte Saragar wissen. »Wie legst du die Worte der Steine aus?«

»Das ist eine schwierige Frage und ich hoffe nicht, dass

Ihr Eure Entscheidung auf meine bescheidene Wahrnehmung stützen werdet. Wir müssen wählen zwischen Tag und Nacht. Weder das eine oder noch das andere wird uns die Sicherheit gewähren, die wir uns erhoffen. Beides kann richtig oder falsch sein. Im Grunde ist es gleichgültig, für welchen Lesvaraq wir uns entscheiden. Die Dunkelheit kann gut, das Licht schlecht sein und umgekehrt. Die Steine legen sich nicht fest. Aber mein Gefühl sagt mir, dass wir uns dem Lesvaraq des Lichts anschließen sollen. Kallya ist ihr Name.«

»Hoffnung«, warf Vargnar ein, »ihr Name passt zu uns. Das könnte tatsächlich die richtige Wahl der Felsgeborenen sein.«

»Das wissen wir nicht«, mahnte Saragar, »aber die Einschätzung des Felsenfreundes teile ich. Vieles spricht dafür und nur wenig dagegen.«

»Ihr solltet allerdings beachten, dass der andere Lesvaraq sehr stark sein kann. Die Steine sagen, er trage die Insignien der Macht gleich zweimal. Das wäre besorgniserregend, denn niemand weiß, was sich das Gleichgewicht dabei gedacht hat, als es diesen Lesvaraq nach Kryson brachte. Und ich kann nicht einschätzen, wie sich das doppelte Zeichen auswirken wird«, gab Goncha zu bedenken.

»Niemand vermag das«, antwortete Saragar, »aber ich denke, dass wir uns dieses Mal für das Licht entscheiden. Ich danke dir, Goncha.«

»Und wo finden wir den Lesvaraq des Lichts?«, fragte Vargnar.

»Das herauszufinden wird eine deiner vornehmsten Aufgaben sein«, stellte der König fest, »und du wirst Kallya das Buch der Macht verschaffen. Aber sieh dich vor. Deine Begleiter auf der Suche werden wach sein.«

»Sagtest du nicht, einer der sieben Streiter sei ein Lesvaraq?«

Doch, das wäre möglich. Aber das bedeutet nicht, dass er am Ende der Suche auch das Buch für sich erringen muss. Du wirst geschickt vorgehen müssen, sollte nicht Kallya, sondern Tomal einer der sieben Streiter sein.«

»Das sind die besten Voraussetzungen für eine solche Suche, Vater.«

»Vertraue keinem von ihnen. Jeder der Streiter wird sein höchsteigenes Ziel verfolgen. Sei nur dir selbst treu und sonst niemandem. Diese Einstellung wird dir am Ende helfen, glaube mir«, sagte Saragar.

»Ich werde bestimmt darauf achten, Vater«, antwortete Vargnar, sich vor dem König der Felsgeborenen verneigend, »du kannst dich auf mich verlassen.«

Vargnar verließ die Burg der Felsgeborenen noch am selben Tag. Sein Weg sollte ihn in den Süden Ells führen. Dort, so hatten ihm die Steine geflüstert, musste sich Kallya aufhalten.

Das beschauliche Fischerdorf an der Ostküste Ells hatte sich in den vergangenen Sonnenwenden prächtig entwickelt und wies inzwischen sogar einen befestigten Hafen auf, in welchem zahlreiche bunt bemalte Fischerboote – große wie kleine – mit roten, grünen, weißen und schwarzen Segeln angelegt hatten und ihre frische, teils noch lebendige Ware ausluden. Netze und Segel wurden geflickt, Taue ausgebessert und die Decks blank geschrubbt. Im Hafen ging es jeden Tag geschäftig zu.

Von einem Fischer und seiner Frau unmittelbar nach dem Ende der Zeit der Dämmerung gegründet, hatte sich das Dorf, aufgrund seiner günstigen Lage, der angenehmen Wärme über die ganze Zeit des Laufs einer Sonnenwende hinweg und des Fischreichtums an Zahl und Arten in den Gewässern vor der Küste, schnell zu einem beliebten Ort entwickelt, an dem es für die auf der Suche nach einer neuen Heimat befindlichen Nno-bei-Klan lohnte, sich niederzulassen und ein neues Leben zu beginnen. Hier, dachten sie, würden sie die Schrecken des Krieges, der Seuche und der Dämmerung endlich vergessen können. Hütten und Wege wurden gebaut und das umliegende Land für die Viehzucht, den Anbau von Früchten und Getreide erschlossen. Die Siedler waren den Kojos für die ihnen erwiesene Gnade sehr dankbar und hatten ihnen daher einen Tempel aus Holz erbaut, dessen Außenwände sie weiß getüncht hatten. Der Tempel hob sich mit einem nach oben spitz zulaufenden, rot gestrichenen Turm, der von einem mit einer hüfthohen Brüstung umgebenen Balkon umspannt war, von den übrigen Hütten und Häusern des Dorfes in der Höhe und seinen Ausmaßen deutlich ab.

Es war eine große Ehre für die zahlreichen Fischer, dass sich die Praister ausgerechnet in ihrem Dorf niedergelassen und den Tempel offenbar zu ihrem Hauptsitz auserkoren hatten. Natürlich wussten sie nicht, dass der oberste Praister Thezael seinen Sitz im Kristallpalast aufgeben musste und zuvor durch den Regenten Jafdabh – auf Wunsch von dessen Gattin Raussa – mitsamt den ihm treu ergebenen Praistern aus Tut-El-Baya verjagt worden war. Es hatte sich auch noch nicht bis ins Dorf herumgesprochen, dass die Praister bei einigen Fürstenhäusern in Ungnade gefallen waren. Das fernab vom Trubel der in der Folgezeit erneut aufblühenden Hauptstadt weit im Süden gelegene Fischerdorf kam den Praistern daher sehr gelegen, sich zu sammeln und neue Pläne zu schmieden.

Besonders stolz waren die Klan des Dorfes aber auf eine als wagemutig bekannte Frau, die eines Tages mit ihrem Boot – marode Nussschale wäre der wohl treffendere Begriff für das Boot gewesen, das aufgrund zahlreicher kleinerer Lecks regelmäßig mit Wasser volllief – in den Hafen gesegelt kam und sich für eine Weile im Dorf aufgehalten hatte, um ihre Wunden versorgen und die Löcher im Bootsrumpf stopfen zu lassen. Aufgrund von Speeren, Seilen, der Haut eines großen Moldawars und dessen Gebiss an Bord wurde sie fortan als Moldawarjägerin und Beschützerin der Fischer bezeichnet. Sie blieb für immer, nachdem ihr die Dorfbewohner eine Hütte gebaut, ein Fest zu ihren Ehren ausgerichtet und ein besseres Boot versprochen hatten. So war das Fischerdorf um eines jener höchst seltenen Exemplare reicher geworden, die sich im Angesicht ihres eigenen Todes in die Fluten auf den Rücken eines Moldawars stürzten, um sich mit diesem Auge in Auge einen Kampf auf Leben und Tod zu liefern. Warum sie dies immer wieder leidenschaftlich wagten, konnten die Moldawarjäger niemandem erklären. Nicht einmal sich selbst.

Ihre Anwesenheit verhieß dem Dorf jedoch Sicherheit, die sie lange vermisst hatten. Dies hatte sich rasch in der Gegend unter den Flüchtigen herumgesprochen und bald weitere Siedler angelockt. In den Gewässern vor der Küste tummelten sich hin und wieder einige Moldawars, die den Fischern das Leben schwer und das Fischen gefährlich machten. Kam ein solcher Moldawar vor der Küste in Sicht, wurde die Jägerin gerufen, ihr Werk zu verrichten. Erst danach wagten sich die Fischer hinaus auf die hohe See, ihre Netze für einen fetten Fang auszuwerfen.

Ein immer gern gesehener Gast im Hafen des Dorfes war das Handelsschiff Gayaha, das unter der erfahrenen Führung des Skippers Murhab schon viele Sonnenwenden entlang der Küsten des Ostmeeres über das offene Meer bis nach Eisbergen segelte und stets nützliche Waren und wertvolle Gegenstände im Tausch gegen geräucherten Fisch, Moldawarhäute und Lebensmittel anzubieten hatte.

Das vergleichsweise große Segelschiff hatte einen eigenen Liegeplatz im Hafen, obwohl es nur alle sieben Monde in den Hafen einlief. Dann allerdings wurde ein üppiges Fest mit Musik, Tanz und gegrilltem Fisch gefeiert, wie es nur die Fischer im Süden Ells vermochten. Dreiundzwanzig gute Sonnenwenden hatte das Dorf hinter sich gebracht. Eine Zeit des Friedens und der Glückseligkeit. Es hatte ihnen an nichts gemangelt. Unter den Einwohnern selbst hatte es selten Streit gegeben, und wenn, dann nur harmloses Gezanke über Nichtigkeiten oder belanglose Meinungsverschiedenheiten, die schnell wieder ausgeräumt und in einer Versöhnung geendet hatten. Eine Zeit, die fast zu schön war, um wahr zu sein. Alles hatte sich am Ende zum Guten gewandt.

Unweit des Dorfes befand sich eine kleine Erhebung, die von den Dorfbewohnern mit einem Augenzwinkern Fischbuckel der Liebe genannt wurde. Vom Dorf aus betrachtet sah der mit kleineren Felsbrocken überzogene Hügel – mehr war es nicht – wie von Seepocken überzogene Rücken eines Fisches aus. Es war ein Ort, an den sich frisch verliebte Paare gerne zurückzogen, um sich von allzu neugierigen Augen unbeobachtet hinter den Felsbrocken zu verstecken und sich ihrer Liebe und Leidenschaft hinzugeben. Vom Fischbuckel aus hatten die Liebenden eine hervorragende Sicht über das ganze Dorf, den sich an den Hafen anschließenden schneeweißen Sandstrand und das weite Meer.

An diesem Tag jedoch fanden sich auf dem Hügel keine Liebenden. Lediglich ein Felsgeborener in Begleitung eines Felsenfreundes hatte sich dort für eine Rast niedergelassen und beobachtete mit Interesse das muntere Treiben der Fischer im Dorf. Das eigenartige Paar fiel nicht auf. Aus der Ferne gesehen wirkte der Felsgeborene, als wäre er selbst einer der zahlreich verstreuten Felsbrocken auf dem Hügel, und der Felsenfreund war zu klein, um überhaupt wahrgenommen zu werden.

»Ein schönes Fischerdorf«, sagte Vargnar zu seinem Felsenfreund.

»Beschaulich«, antwortete Goncha.

»Eines müssen wir den Nno-bei-Klan lassen, sie verstehen ihr Handwerk und wissen mit Holz und Eisen umzugehen«, meinte der Prinz beinahe neidlos anerkennend.

»Das stimmt«, meinte Goncha, »dafür haben sie so ihre liebe Mühe mit der Steinbearbeitung. Ihr könntet ihnen viel beibringen, mein Prinz.«

»Schon möglich und ich könnte dabei sogar noch etwas von ihnen lernen.«

»Ein wirklich erstaunlicher Gedanke für einen Prinzen der Felsgeborenen, Herr«, gab Goncha verwundert von sich. »Sollte sich Eure Einstellung gegenüber den Nno-bei-Klan auf unserer Reise etwa verändert und Euer Hass auf dieses Volk sich gemildert oder gar in eine gewisse Zuneigung gewandelt haben?«

»Unsinn«, erwiderte Vargnar verärgert, »ich muss manchmal nur darüber nachdenken, welche Vorteile uns doch ein friedliches Zusammenleben bringen könnte. Wir könnten uns austauschen und voneinander lernen, statt uns gegenseitig zu bekriegen und zu verdrängen.«

»Doch, mein Prinz«, meinte Goncha, »so kenne ich Euch noch nicht. Ihr müsst Euch verändert haben. Eure Gedanken sind geradezu revolutionär. Hättet Ihr sie nicht ausgesprochen, könnten sie von mir stammen. Oder ist es der Anblick des Dorffriedens, der Euch zu solch sentimentalen Anwandlungen hinreißt, oder spürt ihr die Schwingungen der Felsen unter Euren Füßen, die Euch von endlosen Liebesnächten und gewagten erotischen Erlebnissen berichten, die wiederum Euer Herz aus Stein erweichen und die Sinne benebeln? Nehmt Euch in Acht, Prinz Vargnar. Die Liebe ist die stärkste Macht auf Kryson.«

Vargnar legte sich auf die von den Sonnen aufgewärmten Felsen und beobachtete die fröhlich spielenden und vor Freude kreischenden Kinder auf den Wegen und Plätzen des Dorfes. Sie kannten keine Furcht, hatten das Grauen und die Schrecken der Vergangenheit nicht mit eigenen Augen erblickt. Vermutlich hatten ihnen ihre Eltern nichts davon erzählt, um sie zu schonen und ihr unbekümmertes Wesen nicht zu zerstören. Der Anblick der Klankinder rührte den Prinzen und er dachte daran, sich doch bald eine Frau zu suchen. Und wenn es zu seinem Bedauern schon nicht die freie Magierin Tallia sein konnte, dann wenigstens eine Eisprinzessin, die sein Vater so hoch schätzte.

Ein Geräusch, das sich wie entferntes Donnergrollen, begleitet von tausend Flügelschlägen anhörte, ließ den Prinzen abrupt zum Himmel aufblicken. Das Licht der Sonnen blendete ihn für einen Augenblick, bevor sich eine rasend schnell bewegende schwarze Wolke vor die Sonne schob und das Licht verschluckte. Erst bei genauerem Hinsehen erkannte Vargnar, dass es sich nicht um eine Wolke handelte, sondern um eine große Schar fliegender Kreaturen, die sich in einer losen Formation dicht zusammenhielten und auf die Küste zuflogen. Vargnar erkannte, dass es sich nicht um einen Vogelschwarm handelte. Die Kreaturen besaßen breite, lederne Schwingen und bewegten sich im Flug wie Drachen. Und doch waren sie keine Drachen. Dafür waren sie viel zu klein von Wuchs. Zudem besaßen sie jeweils zwei Arme und Beine, die menschlich anmuteten. Lediglich die stacheligen Schwänze wiesen auf eine Echse hin.

»Was ist das?«, fragte Vargnar erschrocken.

»Ich weiß es nicht«, antwortete Goncha, der sich angesichts des bedrohlichen Schwarmes aus der Luft hinter einem Felsen geduckt hielt, »aber die Kreaturen sehen gefährlich aus, wenn Ihr mich fragt. Sie kommen gewiss nicht in friedlicher Absicht oder um mit dem Dorf ein Fest der Liebe zu feiern.«

»Nein«, murrte Vargnar, »das glaube ich auch nicht. Sie wollen töten und sind auf Zerstörung aus, das fühle ich. Woher diese fliegenden Monster auch immer stammen mögen, sie verheißen Krieg. Wir müssen die Steine befragen.«

Die dunkle Schar näherte sich rasch dem Fischerdorf. Mit kräftigen Schlägen ihrer Schwingen pflügten sie durch die Luft, und ihr Kreischen zerriss die friedliche Stille der Umgebung und übertönte das glückliche Lachen der Kinder. Im Dorf wurde eine Glocke geschlagen. Plötzlich brach Chaos aus. Die Kinder liefen schreiend und aufgeregt umher. Mütter suchten panisch nach ihren Kindern, wenn sie diese nicht sofort erblickten. Andere Dorfbewohner wiederum bewaffneten sich mit Prügeln und Beilen, und einige Fischer hielten Speere und Netze bereit.

»Die Angreifer sind zu viele«, stellte Vargnar mit Entsetzen fest. »Das Dorf wird nicht alleine gegen diese Kreaturen bestehen können.«

»Was habt Ihr vor?«, fragte Goncha ängstlich. »Wollt Ihr den Klan im Kampf womöglich beistehen?«

»Versteck dich unter einem Felsen, Goncha«, wies Vargnar den Felsenfreund an, »ich möchte nicht, dass sie dich sehen oder du in Gefahr gerätst. Lausche dem Flüstern der Steine und versuche herauszufinden, was diese Kreaturen sind und woher sie kommen. Jemand muss sie losgelassen und ausgeschickt haben, das Dorf zu vernichten.«

Das ließ sich Goncha nicht zweimal sagen. Mit seinen kleinen Beinchen wuselte der Felsenfreund, so schnell er konnte, unter den nächsten Felsen, grub sich mit hektischen Schaufelbewegungen tiefer ein und brachte sich in Sicherheit, bevor ihn die Angreifer aus der Luft entdecken konnten. Den Kopf an den Felsen lauschte er den Steinen und hörte in der Ferne das Rauschen und das langsame Klopfen im Rhythmus eines Herzens. Der Prinz hingegen löste sich aus seinem Felsen und machte sich mit schweren, stampfenden Schritten in Richtung des Fischerdorfes auf, wohl wissend, dass er sich den Nno-bei-Klan eigentlich nicht zeigen durfte. Aber was sollte er tun? Der Frieden im Dorf und die spielenden Kinder hatten ihn beeindruckt. Er konnte nicht zulassen, dass sie von einem auf den anderen Augenblick einfach ausgelöscht wurden. Die letzten Schritte rannte Vargnar. Die Reaktionen auf sein Erscheinen fielen jedoch nicht freundlich aus. Dies hätte den Prinzen nicht verwundern sollen, schließlich musste er den Klan mindestens genauso fremd und feindselig vorkommen wie die Kreaturen aus der Luft. Schon kamen die ersten Männer mit erhobenen Waffen heran und wollten den Felsgeborenen angreifen.

»Haltet Euch zurück«, rief Vargnar mit donnernder Felsenstimme, »ich bin nicht Euer Feind. Ich komme, Euch zu helfen.«

Die Dorfbewohner waren unschlüssig und schwankten in ihrer Entscheidung, den vermeintlichen Feind zu vertreiben. Oder sollten sie dem Fremden vertrauen, der so anders aussah als sie selbst und vielmehr einer Statue glich als einem lebendigen Wesen. Das Entsetzen und die Angst in ihren Augen vor dem mächtigen Krieger blieben. Doch das durfte Vargnar nicht kümmern, wollte er gegen den unbekannten Feind etwas ausrichten und retten, was noch zu retten war. Sie brauchten nicht lange zu warten. Eine Wahl wurde ihnen von den Angreifern abgenommen.

Die ersten Kreaturen erreichten im Flug den Rand des Fischerdorfes und stürzten sich kreischend auf ihre Opfer. Die gellenden Schreie waren durchdringend und schmerzten in den Ohren. Ihre dunklen, mit goldenen Punkten durchsetzten Augen schimmerten vor Mordlust. Erst jetzt war der Prinz in der Lage, das fliegende Unheil besser zu erkennen. Ihre mächtigen Schwingen waren an der Oberseite von im Licht glänzenden schwarzen Schuppen bedeckt, während sie an der Unterseite durchgehend ledern schienen und von zahlreichen dunklen Adern durchzogen waren. Ohne ihre Schwingen und Schwänze wiesen sie in etwa die Körpergröße des Prinzen auf. Vielleicht neun Fuß in der Länge oder mehr. Die Schwänze wiederum waren mit denselben Schuppen besetzt, wie sie an den Schwingen vorzufinden waren, und endeten in einer mit Lederhaut überzogenen fleischigen Kugel, aus der spitzige Hornstacheln wuchsen. Statt Händen besaßen sie Pranken mit scharfen Krallen. Die Füße jedoch waren in der Form denen der Nno-bei-Klan vergleichbar. Beine, Arme und Brustkorb waren überaus muskulös. Vargnar erkannte auf einen Blick, dass ihre dicke Lederhaut nicht leicht zu verletzen war und die meisten Waffen der Dorfbewohner nutzlos sein würden. Ohne sein Eingreifen hatten sie keine Möglichkeit, den Angriff zu überleben. Ihm war jedoch bewusst, dass er nicht überall zugleich sein konnte und die Verteidigung in einen harten Kampf mit schweren Verlusten aufseiten des Fischerdorfes ausarten musste. Die fliegenden Kreaturen waren trotz der alles vernichtenden Wucht und großen Reichweite seines Felsenschwertes gewiss nicht leicht zu treffen. Er musste den richtigen Moment abwarten und eine empfindliche Stelle herausfinden. Sollte dies nicht fruchten, beabsichtigte er, sie mit einem gezielten Wurf aus seiner Steinschleuder aus der Luft zu holen und ihnen am Boden liegend den Rest zu geben. Vargnar war ein guter Schütze und wusste mit Steinen und der Schleuder umzugehen.

»Kommt her«, donnerte Vargnar den Kreaturen angriffslustig entgegen, »hier endet euer Flug!«

Zwei Kreaturen hatten ihren Gegner sofort erspäht und nahmen den Felsgeborenen aus der Luft in die Zange. Flügelschlagend blieben sie in der Luft direkt über ihm stehen und starrten hasserfüllt auf ihn herab. Wie auf ein verabredetes Zeichen hin öffneten sie gleichzeitig ihre lang gezogenen Mäuler, in deren Mitte sich eine schwarze Zunge wie eine Schlange wand und daneben und davor lange, messerscharfe Zähne befanden, die dem eines überaus gefährlichen Raubtieres ähnelten. Ein einziger gezielter Biss würde genügen, um einem Nno-bei-Klan den Kopf abzureißen. Ein Fauchen aus ihren Kehlen kündigte eine Überraschung für Vargnar an.

Die beiden Kreaturen hüllten den Prinzen in ein so heiß brennendes Feuer ein, dass er fürchtete, seine Felsenhaut könnte der Hitze nicht lange genug standhalten.

Drachenfeuer!, schoss ihm ein schrecklicher Gedanke durch den Kopf, *nur Drachenfeuer wird so heiß und bringt einen Felsen zum Schmelzen. Vergleichbar mit dem ewigen Vulkanfeuer im Inneren Krysons.*

Erleichtert richtete sich Vargnar zu seiner vollen Größe auf, als er feststellte, dass der feurige Atem der Kreaturen begrenzt war. Zu kurz, um ihn ernsthaft zu verletzen, aber lange genug, ihm das Wasser aus den Poren zu treiben und ihn austrocknen zu lassen. Er würde Unmengen an Wasser brauchen, wenn dies erst vorbei sein sollte.

Die Enttäuschung war groß, als die eigenartigen Drachenwesen erkannten, dass die Wirkung ihres Feuers bei Vargnar keinen Schaden angerichtet hatte. Sein Körper war zwar von oben bis unten mit einer dicken schwarzen Rußschicht überzogen, die sich mit dem ausgeschwitzten Wasser zu einer zähen, klebrigen Masse verdichtet hatte, ansonsten jedoch unversehrt geblieben. Ihre Frustration entlud sich in hässlichem Geschrei, bevor sie sich von oben auf den Krieger stürzten. Doch im Nahkampf hielten sie dem Felsenschwert des Prinzen nicht stand. Mit wenigen Hieben zerteilte Vargnar die Angreifer in mehrere Stücke. Dunkles, heiß dampfendes Blut ergoss sich über ihn, als die Kreaturen tödlich verwundet über ihm zu Boden fielen.

Der Prinz sah sich um und seine Augen weiteten sich vor Entsetzen. Das halbe Dorf stand lichterloh in Flammen. Dicker schwarzer Rauch stieg in den Himmel auf und verdunkelte das Licht über dem Dorf. Über den Straßen des Dorfes flimmerte die Hitze des Drachenfeuers. Ein Feuersturm drohte die übrigen Häuser und Hütten zu erfassen. Der Tempel der Praister war von dem Feuer verschont geblieben. Lediglich die weiß getünchten Wände färbten sich schwarz vom Ruß. Die Mehrzahl der Fischerboote brannte, und auf den Straßen des Dorfes lagen zahlreiche Leichen, deren Körper verkohlt oder enthauptet worden waren. Wie Aasfresser hatten sich die Kreaturen sofort über die Leichen hergemacht, stritten untereinander heftig zeternd um das begehrte Fleisch. Sie berauschten sich am Blut der getöteten Dorfbewohner, das sie aus deren aufgerissenen Hälsen und aus den Rümpfen tranken.

Am Hafen sah Vargnar eine Frau gegen mehrere Drachenwesen kämpfen, die sie bereits eingekreist hatten und versuchten von allen Seiten anzugreifen. Aber die groß gewachsene, drahtige Frau hielt verbissen dagegen. Sie hatte ihr langes schwarzes Haar zu einem Zopf zusammengebunden und trug eine eng anliegende graue Lederkluft und ebensolche Stiefel, die ihr bis über die Knie reichten. Ein solches Kleidungsstück war selten anzutreffen und galt als sehr wertvoll.

Eine leichte Rüstung aus der Haut eines Moldawars, dachte Vargnar überrascht, der das Material schon einmal an einem Eiskrieger in Eisbergen gesehen hatte.

Mit zwei Speeren bewaffnet wehrte sich die Jägerin gegen ihre Angreifer. Weitere Speere hatte sie griffbereit neben sich auf dem Boden aufgereiht. Voller Bewunderung stellte der Prinz fest, wie geschickt und treffsicher diese Frau war. Nie zuvor hatte er eine Nno-bei-Klan auf solche Weise kämpfen sehen. Doch viel mehr noch überraschten ihn die von ihr gezeigten Regungen, während sie gegen den übermächtigen Feind antrat. Sie zeigte keinerlei Furcht oder Zurückhaltung. Im Gegenteil, sie schien in dem Kampf regelrecht aufzublühen und Freude daran zu empfinden. Ihre Augen drückten Entschlossenheit aus, als sie den nächsten Gegner mit einem gezielten Stoß ihres Speeres tötete. Sie war Herrin der Lage und hatte bereits einige der Drachenwesen aus der Luft geholt und getötet.

Der Prinz kämpfte sich zu der Jägerin durch, setzte Steinschleuder und Felsenschwert virtuos ein. Drei der Wesen zwang er mit der Schleuder zu einer unsanften Landung und schlachtete sie anschließend mit dem Schwert. Ein weiteres Mal wurde er aus der Luft überrascht und vom Drachenfeuer eingehüllt. Er musste warten, bis die Wirkung nachgelassen hatte. Die Jägerin stellte sich in dieser Hinsicht geschickter an und kämpfte mit einem wachsamen Auge, das sofort erkannte, wann eine der Kreaturen den feurigen Atem gegen sie einsetzen wollte. Entweder wich sie der feuerspeienden Kreatur rechtzeitig aus oder schleuderte einen ihrer Speere in das kurz vor der Attacke weit geöffnete Maul des Wesens. Vargnar war zwar stärker, aber bei Weitem nicht so wendig wie die Jägerin. Sich durch eine Gruppe der geflügelten Bestien durchschlagend, die sich begierig über einige Opfer hergemacht und ihn daher nicht beachtet hatten, stand er plötzlich vor seinem Ziel. Aus dem Augenwinkel musterte die Frau den Felsgeborenen und zog überrascht eine Augenbraue nach oben, ohne sich allzu sehr über das Aussehen des Prinzen zu wundern oder von ihrem Gegner ablenken zu lassen, dem sie soeben den Speer mit ungeheurer Wucht mitten in die Brust rammte.

»Wanaca«, sagte sie mit heiserer Stimme, »mein Name ist Wanaca. Und nun lasst mich meine Arbeit verrichten.«

Vargnar war irritiert. Er hatte sie nicht nach ihrem Namen gefragt.

»Prinz Vargnar«, stellte sich der Felsgeborene vor, »ich kam, Euch zu helfen.«

»Helft Euch selbst oder den anderen im Dorf, Prinz … wer oder was oder von und zu auch immer«, meinte sie unfreundlich. »Ich bin eine Moldawarjägerin und brauche Eure Hilfe nicht.«

»Wie Ihr meint«, zeigte sich Vargnar beleidigt, »dann eben nicht. Aber beschwert Euch nicht, sollte Euch der Kopf fehlen oder das Feuer Euren Leib versengen.«

»Lasst mich in Ruhe, Fremder«, meinte Wanaca, den Speer in den Kopf ihres nächsten Gegners stoßend, »ich kann und werde jetzt nicht mit Euch plaudern. Macht Euch nützlich. Es sind immer noch genug Feuerspucker für Euch übrig.«

Wanaca hatte den Prinzen wütend gemacht. Was bildete sich diese Nno-bei-Klan ein? Was dachte sie, wer oder was er war? Und warum zeigte sie keine Angst? Wenn sie auch keine Furcht vor den Drachenwesen hatte, dann hätte sie doch zumindest vor ihm welche haben können oder wenigstens Respekt. Mehr hatte er nicht erwartet. Mit wuchtigen Hieben machte er seinem Ärger Luft, durchtrennte Schwingen und Fleisch, schleuderte weitere Drachenwesen von sich weg und schnitt anderen den Leib mittendurch. Aber es waren zu viele, um sie alle zu töten oder Schaden von dem Dorf fernzuhalten. Die Gewissheit einer drohenden Niederlage erschütterte ihn. Auf eigenartige Weise waren ihm diese Nno-bei-Klan während seiner Beobachtungen sympathisch geworden. Er hatte alles in seinen Kräften Stehende getan, um das Unheil von dem Fischerdorf und dessen Einwohnern abzuwenden.

Vor seinen Augen wurde eine junge Frau von einem Drachenwesen entführt. Vargnar kam zu spät. Die feuerspuckende Bestie hatte die Fischersfrau aus der Luft mit einer Pranke am Haarschopf und mit der anderen an der Schulter gepackt und war sofort mit ihr aufgestiegen. Mit einem Schrei trug das Drachenwesen sein Opfer mit schnellen Flügelschlägen davon. Aber die Kreatur hatte die Frau nicht getötet, was Vargnar eigenartig anmutete.

Schaffen sich die Drachenbestien einen Vorrat, fragte er sich, *oder wohin bringen sie ihre Opfer und was haben sie mit ihnen vor?*

Dem Prinzen fiel auf, dass sie sich nur Frauen und Mädchen holten. Männer und Knaben wurden getötet, sobald sie deren habhaft wurden. Wanaca rettete ein entführtes Mädchen mit einem gezielten Speerwurf. Zum Glück war die Kreatur mit ihrem Opfer in den Krallen noch nicht zu hoch gestiegen, als sie tödlich getroffen auf ein brennendes Dach stürzte und das Mädchen unversehrt daran herunterrutschte.

Verbissen kämpfte Vargnar weiter und ließ dabei die Moldawarjägerin nicht aus den Augen, die sich scheinbar mühelos immer wieder aus ausweglosen Situationen befreien konnte. Bis auf einen kurzen Moment der Unachtsamkeit, in welchem Wanaca über den Kadavar eines Drachenwesens stolperte, auf dessen Blut ausrutschte, den Halt verlor und stürzte. Als hätten die Bestien nur darauf gewartet, stürzten sie sich auf die Jägerin und wollten Wanaca in Stücke reißen. Die Moldawarhaut schützte sie zwar vor den Krallen und Bissen, dennoch waren Nacken, Kopf und Arme den Angriffen ungeschützt ausgeliefert.

Pah, dachte Vargnar, der die barsche Zurückweisung noch nicht verkraftet hatte, *das hat sie nun davon. Soll sie ruhig zusehen, wie sie da wieder rauskommt. Ich helfe ihr nicht.*

Stattdessen erschlug er zwei weitere Gegner, die ihm zu nahe gekommen waren und sein Schwert unterschätzt hatten. Wieder wurde der Prinz von Drachenfeuer eingehüllt. Eine Bestie hatte sich ihm von hinten aus der Luft genähert. Vargnar war zu beschäftigt gewesen, sie zu bemerken. *Allzu oft darf mir das nicht mehr passieren,* schalt er sich selbst, *du musst besser aufpassen, sonst schmückst du am Ende den Strand mit feinem Sand.*

Als er endlich wieder frei war, blickte er sich nach Wanaca um. Sie lag ohne Kopf in ihrem Blut. Aus ihrem Rumpf sprudelte im Rhythmus ihres Herzens pulsierend das Blut, an dem sich zwei Bestien labten und ihren Durst stillten. Eine andere Kreatur hatte sich mit dem Kopf der Moldawarjägerin auf und davon gemacht.

Was für ein Jammer, dachte Vargnar, *Frauen wie diese gibt es nur selten. Sie war so tapfer und furchtlos. Einen solchen Tod hat sie nicht verdient. Dennoch starb sie ehrenhaft. Ich werde sie in guter Erinnerung behalten. Das ist alles, was ich für sie tun kann.*

Vargnar beobachtete, wie laufend weitere Klanfrauen entführt wurden. Machtlos versuchte er das Schlimmste zu verhindern, sprang mal hierhin, mal dorthin. Löschte Brände und rettete den einen Dorfbewohner vor den Zähnen und dem Feuer, während er zur selben Zeit einen anderen an die Drachenwesen verlor. Der Prinz tötete nicht wenige der fliegenden Kreaturen, und als die Zahl ihrer Kadaver schließlich doch größer wurde als die der überlebenden Angreifer, zogen sie sich kreischend zurück und verschwanden alsbald aus dem Blick des Dorfes.

Der Kampf war vorbei und hatte ein Bild der Verwüstung und des Grauens hinterlassen, das Vargnar nachging und ihn nicht so schnell wieder loslassen sollte. Zum ersten Mal in seinem Leben empfand er für ein anderes Volk so etwas wie ein echtes Bedauern für das, was sie durchgemacht hatten. Inmitten des Dorfes stand er zwischen den Trümmern und schwelenden Balken der Hütten und Häuser, die größtenteils vollständig abgebrannt waren. Zwei Drittel des Dorfes waren zerstört und mehr als die Hälfte der Fischerboote verbrannt und im Hafenbecken versenkt worden. Die Zahl der Vermissten und toten Dorfbewohner vermochte er nur grob zu schätzen. Mit einem Schlag, dem Überfall durch die Bestien der Lüfte, war es vorbei mit der Idylle und dem Glauben an das Licht und ewigen Frieden. Die Nno-bei-Klan des Dorfes hatten erfahren, in welcher Welt sie wirklich lebten. Kryson konnte grausam und gnadenlos sein. Die Überlebenden beachteten den Prinzen in ihrer Trauer nicht, sodass er sich mit hängenden Schultern und Kopf aus dem Dorf zurück auf den Hügel schlich.

Goncha hatte ihn kommen hören und kletterte auf einen Felsbrocken, den Prinzen zu begrüßen.

»Ihr habt wie besessen gekämpft, Gegner um Gegner getötet und habt dennoch das Gefühl, Ihr hättet den Kampf verloren«, sagte Goncha.

»Ja, ich wollte das Dorf retten«, antwortete er mit trockener Stimme, »die Einzigen, die am Ende verschont blieben, sind die verdammten Praister und ein paar wenige Dorfbewohner. Unter ihnen viele Kinder, die sich rechtzeitig verstecken konnten.«

»Ihr müsst etwas trinken, Herr«, schlug Goncha besorgt vor, »wir dürfen nicht riskieren, dass Ihr auseinanderfallt.«

Vargnar griff sich einen Wasserschlauch aus ihrem Proviant und trank diesen in großen Schlucken aus. Ein zweiter Schlauch folgte, den der Prinz ebenfalls bis auf den letzten Tropfen leerte.

»Nicht übel«, meinte Goncha, »in einem Trinkwettbewerb hättet Ihr bestimmt gewonnen. Die Drachenwesen müssen Euch ganz schön zugesetzt haben, so wie Ihr ausseht. Wir sollten eine Wasserstelle suchen, um die Vorräte bald wieder aufzufüllen. Wer weiß, was uns in dieser Gegend noch blüht.«

»Ich habe die geflügelten Bestien unterschätzt. Sie sind stark und gefährlich. Außerdem besitzen sie die Macht des Drachenfeuers, damit habe ich nicht gerechnet. Was hast du herausgefunden? Wissen die Steine von den fliegenden Kreaturen?«, wollte Vargnar wissen.

»O ja«, antwortete Goncha, »die Kreaturen stammen aus den Tiefen Krysons. Erstaunlich, da sie doch in den Lüften viel besser aufgehoben wären. Aber tatsächlich wurden sie in den Brutstätten der Rachuren gezüchtet und mit Boshaftigkeit geschlagen. Die Frauen der Klan entführen sie, weil ihre Leiber in den Brutstätten für die Zucht gebraucht werden. Sie tragen die Drachenwesen aus. Ich bin mir nicht sicher, ob sie die Eier legen und ausbrüten oder die Chimären lebend gebären. Wir haben es sicher mit einer Rachurenchimäre zu tun. Ein Viertel Drache, ein Viertel Nno-bei-Klan, ein Viertel Rachure und ein Viertel … das Letzte konnte ich nicht verstehen. Jedenfalls schrecklich genug, um eine solche Chimäre hervorzubringen. Sie züchteten Tausende davon in ihren Höhlen. Fragt mich nicht, wie sie an einen Flugdrachen gekommen sind. Es muss der letzte Drache auf Ell sein, denn die anderen sind längst tot. Ich will mir nicht vorstellen, wie lange die Rachuren diese Zucht bereits unbemerkt betreiben konnten und welche Kreaturen sie noch mithilfe des Drachen hervorgebracht haben. Jedenfalls sind es viele. Zu viele, um sie aufzuhalten. Mit ihrer Hilfe werden die Rachuren schon bald einen neuen Angriff wagen und die Klanlande überrennen, werden sie nicht rechtzeitig aufgehalten. Der Sohn der Rachurenherrscherin führt eine Armee an. Rajuru selbst steht mit den Schatten im Bunde. Sie wird mit jedem Tag mächtiger. Nur ein Wesen, das selbst die Schatten beherrscht, kann ihnen genügend Widerstand entgegensetzen. Es heißt, dass sich das verlorene Volk der Nno-bei-Maja in den Schatten verbirgt. Sie besitzen die Fähigkeit, sich den Rachuren entgegenzustellen. Ungewiss ist das Schicksal des begnadeten Kriegers Madhrab, denn er hat zu viel Zeit auf seinem Weg verloren. Wahrscheinlich wäre er die Lösung des Konfliktes gewesen und hätte das Gleichgewicht ins Lot zwingen können. Folgen wir dem Flüstern der Steine, stammt er von dem verlorenen Volk der Altvorderen ab. Madhrab jedoch hat sich zurückgezogen. Sie wissen nicht, ob er jemals wiederkehren wird, um die Geschicke Ells zu beeinflussen. Soweit ich die Steine verstand, hat Grimmgour an der Spitze der Armee Krawahta bereits verlassen und zieht gegen die Klanlande. Die Drachenchimären waren lediglich die Vorhut.

»Das hatte ich befürchtet«, sagte Vargnar. »Wir sollten uns beeilen, den Lesvaraq zu finden.

»Ja, Herr«, sagte Goncha.

Vargnar und Goncha horchten erschrocken auf. Aus der Ferne vernahmen sie dunkle, dumpfe und doch rhythmische Trommelschläge, die langsam lauter wurden und näher kamen. Begleitet von dem wunderschönen Spiel einer Flöte und dem melancholisch traurigen Gesang aus mehreren unglaublichen Kehlen hörten sie die gleichmäßigen Schritte Tausender Füße. Eine große Armee marschierte gegen die Klanlande.

Der Krieg hatte erneut begonnen.

Legende

Acerba: Köchin im Hause Fallwas. Sie leitet die Bediensteten des Fürstenhauses.

Alchovi: eines der sieben Fürstenhäuser der Nno-bei-Klan. Neben den Fallwas das bedeutendste und mächtigste Fürstenhaus. Fürst Corusal Alchovi steht dem Hause vor. Fürstin Alvara ist seine Gattin und gilt als einflussreich.

Die Alten: Ältestenrat der Tartyk. Umstritten ist, ob mit den Alten die Drachen selbst bezeichnet werden oder der Rat gemeint ist.

Altvordere: alte, magische Völker des Kontinents. Sie sind die Helden der ersten Stunde. Zu ihnen gehören die Burnter, die Nno-bei-Maya, die Naiki und die Tartyk.

Anunze: gängige Münzwährung und erstes Zahlungsmittel auf Ell. Es gibt Prägemünzen aus Gold, Silber und Bronze.

Arnjol der Befreier: ehemaliger Kriegsfürst der Nno-bei-Klan, der sich einen Namen im Kampf gegen die Nno-bei-Maya machte und zur Zeit Ruitan Garlaks gegen die Altvorderen stand.

Ayadaz: Höfling am Kristallpalast in Tut-El-Baya. Ein Neffe des Fürsten Habladaz. Geliebter der Regententochter Raussa.

Ayomaar: Rachure aus Krawahta, der einen Ruf als berüchtigter Krieger hat. Er ist einer der Leibwächter der Rachurenherrscherin Rajuru. Der leibliche Bruder von Tromzaar, Kroldaar und Onamaar.

Baijosto Kemyon: Naikijäger und verfluchter Krolak.

Baumwolf: gefährlichstes Raubtier auf Ell, lebt auf Bäumen und in großen Rudeln in den Wäldern. Die größten Rudel wurden im Faraghad-Wald gesichtet. Ihnen wird nachgesagt, sie seien intelligente Jäger und organisieren Treibjagden auf ihre Opfer.

Baylhard: Eiskrieger und Moldawarjäger. Ein unerschrockener Hüne. Leibwächter des Fürsten Corusal Alchovi.

Belrod: ein Maiko-Naiki. Der Sohn Metahas und ihres leiblichen Bruders.

Bewahrer: Angehörige des von Ulljan gegründeten Ordens der Sonnenreiter. Sie stellen die Führung des Ordens, sind auserwählte Elitekrieger, die obersten Richter auf Ell und Leibwächter der heiligen Orna.

Blutstahl: rot schimmerndes Edelmetall, das empfänglich für Magie ist. Die Altvorderen behaupteten, Blutstahl besitze eigenes Leben und eine Seele.

Boijakmar: Overlord der Bewahrer, oberster Richter und hoher Vater des Ordens der Sonnenreiter.

Brairac: Kaptan der Sonnenreiter und Kriegsveteran. Er gehört zum Vertrautenkreis Madhrabs.

Brünnkäfer: handzahme, daumengroße Käfer, die von den Orna als Wegsucher eingesetzt werden.

Burnter: Volk der Altvorderen, das auch die Felsgeborenen genannt wird.

Calicalar: Sapius' Vater. Ein langlebiger Tartyk. Er ist der Anführer der Drachenreiter.

Chimären: Mischwesen, gezüchtet aus einem Rachuren und anderen Lebensformen, die den Rachuren in einer hohen Artenvielfalt als Krieger, Arbeiter und Wächter dienen.

Choquai: höchster und mächtigster Berg im Riesengebirge, nordwestlich gelegen, mit ca. dreiunddreißigtausend Fuß Höhe. Für einen Sterblichen nicht überwindbar.

Choquai-Pass: einzige Passstraße und Landweg über den Choquai nach Eisbergen, verläuft an den höchsten Stellen in etwa achtzehntausend Fuß Höhe.

Chromlion: Bewahrer fürstlicher Abstammung aus dem Hause Fallwas, der nach Madhrabs Absetzung zum Lordmaster aufgestiegen ist. Erbitterter Gegner Madhrabs.

Dardhrab: Sklave der Rachuren. Todsänger.

Darfas: Diener am Kristallpalast in Tut-El-Baya.

Darzalan: ehemaliger Regent der Klan während der Inquisition der Praister.

Decayar: Blutschwert des Saijkalsan Quadalkar.

Dialla: Drachenkind und Eroberin der Felsenstadt Gafassa. Gehört den Legenden nach zu den ersten Tartyk mit einer magischen Verbindung zu den Flugdrachen.

Draqfeste: Edelstein.

Drolatol: ehemaliger Sonnenreiter, der sich dem Todeshändler Jafdabh angeschlossen hat. Er gilt als einer der besten Bogenschützen der Nno-bei-Klan.

Dschan: Riesenvogel, den die Nno-bei-Klan zu Späherzwecken einsetzen, kann einen ausgewachsenen Krieger auf seinem Rücken durch die Lüfte tragen.

Der dunkle Hirte: leiblicher Bruder des weißen Schäfers, oberster der Saijkalrae. Er hört auf den Namen Saijrae.

Echralla Dar: Name, den die Rachuren den Sonnenreitern gegeben haben. Er bedeutet »Krieger der Flammen.«

Eiskrieger: Leibgarde des Fürsten Alchovi. Die meisten Angehörigen der Truppe stammen aus dem ewigen Eis. Sie gelten als freiheitsliebend und dem Fürsten gegenüber als absolut loyal. Ihr Zeichen sind die über der Brust gekreuzten Schwerter und die gefürchtete Schlingenklinge.

Eisprinzessin: Angehörige der Felsgeborenen. Ein spirituelles und tödliches Wesen, das seine Opfer durch Schönheit in den Bann zieht und ihnen die Lebensenergie entzieht.

Elischa: eine Orna. Sie ist eng mit Madhrab verbunden. Ihr gemeinsames Kind ist Kallya, ein Lesvaraq.

Ell: Kontinent auf Kryson.

Enymon: Saijkalsan und engster Gefährte des Saijkalsan Raalahard.

Falarijon: Naiki, Mitglied des inneren Rates der Naiki.

Fallwas: eines der sieben Fürstenhäuser der Nno-bei-Klan. Neben den Alchovi das einflussreichste und mächtigste Fürstenhaus. Fürst Fallwas steht dem Hause vor und ist Chromlions Vater.

Faraghad: großes Waldgebiet auf Ell, dessen Kern weitestgehend unentdeckt ist.

Farghlafat: Baum des Lebens.

Fee: zweiter, sagenumwobener Kontinent Krysons, der auch als der magische Kontinent bezeichnet wird. Heimat der Flugdrachen.

Feera: Elischas Stute.

Fikaar: Waldgebiet auf Ell.

Finius: Drachenkind und Eroberer der Felsenstadt Gafassa. Gehört den Legenden nach zu den ersten Tartyk mit einer magischen Verbindung zu den Drachen.

Fitso: Vertrauter Jafdabhs in Tut-El-Baya.

Fjoll: fingernagelkleine grüne Höhlenspinne, deren starkes Nervengift tödlich ist.

Foljatin: Sohn des Gwantharab und Zwillingsbruder von Hardrab.

Freydhab: Vertrauter Jafdabhs in Tut-El-Baya.

Gafassa: Hauptstadt von Tartyk im Südgebirge, wird auch die Felsenstadt genannt.

Gafilha: Naiki, Mitglied des inneren Rates der Naiki.

Galiha: Ort im Süden von Ell, bekannt für seine Minen, in denen unter anderem Erze abgebaut werden, aus denen Blutstahl gewonnen wird.

Gayaha: bedeutet Schmuggler. Ein Segelschiff aus Jafdabhs Flotte mit Kapitän Murhab.

Das Gefäß: Boijakmars schwarze Seele.

Gihaya: unterirdischer Fluss, der durch das Reich der Rachuren fließt und von dem im Südgebirge entspringenden Payramir gespeist wird.

Gnatha: räuberischer Laufvogel, der im Gebiet um den Vulkan Tartatuk vorkommt.

Goncha: Felsenfreund. Treuer Berater und engster Freund des Felsgeborenen Prinz Vargnar.

Grathar: berüchtigte Schwefelminen im Zentrum des

Rachurenlandes, in denen überwiegend Sklaven für den giftigen Schwefelabbau eingesetzt werden.

Grimmgour: Anführer der Rachuren und Befehlshaber der Chimärenkrieger, wird von seinen Feinden »der Schänder« genannt. Sohn der Rachurenherrscherin und Saijkalsanhexe Rajuru.

Grutt: große giftige Kröte, die in den Sümpfen der Grenzlande vorkommt.

Guylamar: Vertrauter Jafdabhs in Tut-El-Baya.

Gwantharab: Vater der Zwillinge Foljatin und Hardrab. Ehemaliger Kaptan der Sonnenreiter und Vertrauter Madhrabs. In der Schlacht am Rayhin gefallen.

Haddar: Vertrauter Jafdabhs in Tut-El-Baya.

Haffak Gas Vadar: Calicalars Flugdrache. Ältester Drache auf Ell.

Hafira: Magierin aus Tartyk, die aus einer verbotenen Verbindung der Naiki und Nno-bei-Maya hervorging. Der Legende nach gilt sie nach der Vermählung mit einem Drachen als Mutter des Volkes der Tartyk.

Haijarda: blaues Feuer für Kriegszwecke, dem nachgesagt wird, dass es auf herkömmliche Weise nicht zu löschen sei.

Haisan: Leibwächter der Saijkalrae und oberster Saijkalsan. Er ist berüchtigt für seine Glutaugen.

Hardrab: Sohn des Gwantharab und Zwillingsbruder von Foljatin.

Helamor: Drachenkind und Eroberer der Felsenstadt Gafassa.

Henro: oberer Praister und Vertrauter des obersten Praisters Thezael.

Hira: jüngste Schwester des Bewahrers Lordmaster Madhrab. Sie lebt mit ihrer Mutter in Kalayan.

Hofna: Leibwächter der Saijkalrae und oberster Saijkalsan. Er ist berüchtigt für seine gelben Augen.

Hora: wichtigste Zeiteinheit auf Ell, die ungefähr einer Stunde entspricht.

Hylok: großer, aber im Grunde harmloser Käfer, der als Larve parasitär, vorzugsweise im Magen anderer Lebewesen, heranwächst. Im ausgewachsenen Stadium dringt er über die Speiseröhre nach draußen.

Ikarijo Poujas: Naiki-Jäger und enger Freund der Brüder Taderijmon und Baijosto.

Iskrascheer: das legendäre Schwert der Fürstenfamilie Alchovi.

Jadnayver: Edelstein.

Jafdabh: berüchtigter Todeshändler, handelt mit Rauschmitteln, Sklaven und Waffen, scheut keine Gefahr und gilt als einer der einflussreichsten und vermögendsten Nno-bei-Klan. Es heißt, er besitze ein größeres Vermögen als alle Fürstenhäuser zusammen.

Jakkard: Gefangenenanführer in Harrak.

Joffra: Meisterschmied der Nno-bei-Klan. Er schmiedete das legendäre Blutschwert Solatar und gilt als der beste Schmied für die Bearbeitung von Blutstahl.

Jora: Schwester des Bewahrers Lordmaster Madhrab. Sie zog in die Hauptstadt der Klanlande, Tut-El-Baya.

Kalayan: Dorf im Riesengebirge am Choquai-Pass. Madhrabs Geburtsort.

Kallahan: einst Magier und Schüler des Lesvaraq Ulljan, der nach dessen Vernichtung durch die Saijkalrae zu den ersten und mächtigsten Saijkalsan gehörte. Mit der Vollendung des neuen Lesvaraq-Zyklus durch Sapius und Tallia war seine Aufgabe erfüllt und er trat seine Wanderung in das Land der Tränen an.

Kallya: Lesvaraq. Ihr Name bedeutet in der Sprache der Altvorderen Hoffnung. Zeichenträgerin und magisches Geschöpf der Macht.

Kaltar: Edelstein.

Kamjons: tagblinde Höhlengräber mit großen schaufelartigen, klauenbewehrten Händen. Sie bewohnen Höhlen, graben Tunnel, gelten als friedfertig und ernähren sich nur gelegentlich von Fleisch.

Kaptan: Bezeichnung für den Rang eines befehlshabenden Offiziers der Sonnenreiter.

Kaysahan: ehemaliger Lordmaster der Bewahrer, Diplomat am Hofe des vergifteten Haluk Sei Tan und Geliebter der Regententochter Raussa. Er wurde Opfer einer Intrige.

Klan: Kurzform für Nno-bei-Klan.

Kojos: Gottheiten werden auf Ell Kojos genannt. Es gibt unzählige Kojos für beinahe jeden Bereich des täglichen Lebens. Die Praister sind die obersten Diener der Kojos. Sie pflegen Rituale, bringen in Tempeln und Schreinen Opfer dar und beten, um das Wohlwollen der Kojos zu erlangen und ihren Zorn zu besänftigen.

Kopa: Baum mit berauschenden, die Sinne aufputschenden Blättern.

Krawahta: unterirdische Hauptstadt der Rachuren.

Krolak: mit einem Fluch belegter Gestaltwandler, kann in unterschiedlichen Formen vorkommen. Als besonders gefährlich gilt ein Krolak, dessen Fluch auf einem Baumwolf beruht. Diese Krolaks sind tödliche und äußerst mächtige Bestien, die selbst von den magischen Völkern der Altvorderen gefürchtet wurden.

Kroldaar: Leibwächter des Grimmgour, der in der Schlacht am Rayhin gefallen ist.

Kryson: Der Begriff bedeutet Tag und Nacht und beschreibt die sich bedingenden Gegensätze jedes Gleichgewichts wie Gut und Böse, Schwarz und Weiß oder Licht und Schatten. Zugleich ist es der Name der Welt.

Land der Tränen: legendäres Reich des Todes für Auserwählte und Magiekundige. Viele Gerüchte ranken sich um die magische Ruhestätte. Ist das Land die eigentliche Geburtsstätte der Lesvaraq? Ist es ein Land zwischen den Welten? Angeblich steht Farghlafat, der sagenumwobene Baum des Lebens, dort.

Lesvaraq: die mächtigen Zeichenträger und Hüter des Gleichgewichts. Sie sind Magier und die auserwählten Anführer der Völker.

Letztgänger: ein Bewahrer mit einem Lebensalter über sechzig Sonnenwenden. Bewahrer verbringen ihre letzten Dienstjahre im Orden als sogenannte Letztgänger, meist nach Auflösung des Bandes mit der ihnen anvertrauten Orna. Sie erhalten einen letzten Auftrag, den es bis zu ihrem Ruhestand oder ihrem Gang zu den Schatten zu erfüllen gilt.

Levallan: Edelstein.

Livaya: Vertraute Jafdabhs in Tut-El-Baya.

Lordmaster: Heerführer der Bewahrer und Sonnenreiter, vergleichbar einem General. Der Rang eines Lordmasters entspricht dem eines Fürsten.

Maagal: Torwächter im Hause Fallwas.

Madhrab: Bewahrer im Rang eines Lordmasters. Er schlug

als Bewahrer des Nordens und Befehlshaber des größten Verteidigungsheeres der Klanlande die Rachuren in der Schlacht am Rayhin zurück. Fiel beim Regenten in Ungnade, weil dieser befürchtete, dass Madhrab zu mächtig würde.

Madsick: Sohn des Foltermeisters Sick. Ein begnadeter, wahrscheinlich von Natur aus magiebegabter Musiker, der die geisterhafte Fähigkeit besitzt, sich nahezu unsichtbar und geräuschlos zu bewegen.

Maiko-Naiki: ein besonders groß gewachsener Naiki mit kindlichem Verstand, der sich durch besondere Stärke und magische Resistenz auszeichnet. Das Ergebnis einer traditionell und sehr eng unter den Naiki gepflegten inzestuösen Beziehung.

Malidor: Sapius' ehrgeiziger Schüler, der den Lehrer verraten hat. Ein Saijkalsan.

Master: Rangbezeichnung für Truppenführer der Bewahrer mit bestandener Masterprüfung in mindestens einer Waffendisziplin.

Mayele: Vertraute Jafdabhs in Tut-El-Baya.

Menara Dar: Name der Drachenreiter von Tartyk in der alten Sprache.

Menotai: beliebtes strategisches Brettspiel für Denker.

Metaha: Naikihexe unbestimmten Alters, Mitglied des inneren Rates der Naiki.

Mirya: Vertraute Jafdabhs in Tut-El-Baya.

Moldawar: riesiger Raubfisch mit vier scharfen, hintereinander angeordneten Zahnreihen, kann bis zu achtzig Fuß lang werden.

Moluschoaffe: winzig kleiner Affe, der höchstens so groß wie ein Finger wird.

Mond: Ein Mond zählt vierzig Tage. Kryson besitzt neben den beiden Sonnen einen Mond.

Morgenruf/Nachtwache: Kräutergebräu, weckt die Sinne.

Murhab: Skipper des Segelschiffes Gayaha. Arbeitet für den Todeshändler Jafdabh.

Naiki: magisches Waldvolk der Altvorderen.

Najak: Madhrabs Streitross, Nachfolger von Gajachi.

Nalkaar: untoter Anführer der Todsänger. Ehemaliger Schüler der Saijkalsanhexe Rajuru, die ihn nach einem tödlichen Unfall aus dem Reich der Schatten zurückholte und seither als ihren Diener benutzt.

Nihara: Tochter von Elischa und Chromlion.

Nno-bei-Klan: großes, weitverbreitetes Volk mit menschlichen Zügen.

Nno-bei-Maya: das verlorene Volk. Ein magiebegabtes Volk der Altvorderen.

Nonjal: ein Heiler.

Nythrab: leiblicher Bruder des Bewahrers Lordmaster Madhrab. Er lebt in Kalayan, kümmert sich um den Hof und ist ein erfahrener Bergführer.

Onamaar: Rachure aus Krawahta, berüchtigter Krieger. Er ist einer der Leibwächter der Rachurenherrscherin Rajuru. Der leibliche Bruder von Tromzaar, Kroldaar und Ayomaar.

Orna: Heilerinnen, Hellseherinnen und Prophetinnen. Der Orden der Orna wurde von Ulljan gegründet. Ihre Verbindung zu den Bewahrern durch das Band der Orna und der Bewahrer ist legendär.

Overlord: höchster Rang unter den Bewahrern, er bekleidet zugleich das Amt des hohen Vaters aller Sonnenreiter und stellt den obersten Richter auf Ell.

Pavijur: Der Lesvaraq des Lichts war einst Großmagier neben Ulljan. Verstarb versehentlich in einem Kampf gegen Ulljan.

Payagata: das Tor des Himmels in Gafassa, der Hauptstadt der Tartyk.

Payramir: Fluss, der dem Südgebirge entspringt, durch die Hochebene von Tartyk fließt und unter dem Namen Gihaya durch das unterirdische Reich der Rachuren führt. Er mündet am Ende ins Ostmeer.

Praister: Diener der Kojos. Eine mächtige religiöse Organisation, die von sehr einflussreichen Praistern bis hin zum einfachen Bettelmönch alles aufweisen kann. Sie dienen in Tempeln.

Pruhnlok: ehemaliger Sonnenreiter und Gefährte Renlasols. Wurde während seiner Reise zu den Bluttrinkern mit dem dunklen Mal Quadalkars geschlagen und zu einem Schicksal als Kriecher verdammt.

Quadalkar: Vater aller Bluttrinker. Als Diener des dunklen Hirten galt er als der mächtigste Saijkalsan. Nachdem er ein Opfer der großen Inquisition geworden war, sich von den magischen Brüdern abgewandt und diese zum ewigen Schlaf verflucht hatte, zerstörte er in seinem Zorn den halben Kontinent Ell. Selbst mit dem Fluch der Bluttrinker belastet, zog er sich mit seinen Kindern zurück und sucht seitdem nach Erlösung.

Raalahard: Saijkalsan und enger Gefährte Enymons.

Rachuren: Volk, das aus dem Süden stammt und überwiegend unterirdisch lebt.

Rajuru: Saijkalsanhexe. Eine der ersten Saijkalsan. Sie ist mächtig, gilt als kaltherzig, grausam und vergleicht ihre Stärke mit der von Quadalkar. Gleichzeitig ist sie die Herrscherin über alle Rachuren und Chimären.

Ralijo: Naiki, genannt der Giftmischer, Mitglied des inneren Rates der Naiki.

Raussa: Tochter des Regenten Haluk Sei Tan und seiner Gemahlin Ukulja. Prinzessin und Thronerbin des Regentensitzes im Kristallpalast von Tut-El-Baya.

Rayhin: größter Fluss in den Klanlanden.

Reelog: legendäres Reittier aus den Wäldern Faraghad, das sich die Naiki zunutze machen. Das wahrscheinlich schnellste Tier auf Ell.

Renlasol: ehemaliger Knappe von Madhrab, der zum Bluttrinker wird und sich dem Todeshändler Jafdabh anschließt.

Requas: hochwirksames Pfeilgift der Naiki.

Rilahatas: kleines Dorf an den Steilklippen zur Küste des Ostmeeres. Malidors Heimatdorf.

Ruitan Garlak: auch »die Eisenhand« genannt, berühmter Klananführer, der die zerstrittenen Stämme einte und als Held der ersten Stunde gilt. Er unterstützte die Inquisition der Praister, wandte sich gegen alles Magische und vertrieb die Völker der Altvorderen aus ihren Stammgebieten.

Sagar: seltene Drachenechse mit sehr harter Panzerung, deren teures Leder für die Herstellung von magischen Rüstungen begehrt ist.

Saijkal: der weiße Schäfer.

Saijkalrae: die ungleichen Brüder und Anführer der Saijkalsan, der weiße Schäfer und der dunkle Hirte.

Saijkalsan: Gilde der den Saijkalrae dienenden Magier mit einem Meisterstatus.

Saijrae: der dunkle Hirte.

Sapius: langlebiger Tartyk, der seinem Volk einst den Rücken kehrte und zum Saijkalsan wurde. Er blieb den Saijkalrae nicht treu, wandelte sich zum freien Magier und machte es sich zur Aufgabe, die Lesvaraq zu schützen, sollten sie denn eines Tages wiedergeboren werden.

Saragar: König der Felsgeborenen und Vater des Prinzen Vargnar.

Sarchas: halbintelligente Rudeljäger, vergleichbar Bluthunden, mit ausgezeichnetem Spürsinn. Sie werden gezähmt und für die Jagd auf verurteilte Verbrecher eingesetzt.

Sardas: kleinste Zeiteinheit auf Ell, die in etwa der Dauer eines Wimpernschlages entspricht.

Schatten: der Tod in Schattengestalt.

Schattenreich: Reich des Todes für Normalsterbliche.

Semijawa: Ausdruck in der alten Sprache, der »Seelenriss« bedeutet. Er bezeichnet ein Naturereignis, das sich in einer hohen Klippe vor der Hochebene von Tartyk zeigt. Semijawa bildet die natürliche Grenze zu den Klanlanden und dem Gebiet der Rachuren.

Sick: ein Foltermeister aus Leidenschaft.

Die Sieben: Eine uralte Prophezeiung spricht von sieben Streitern alten Blutes auf der Suche nach einem magischen Buch.

Solatar: magisches Blutschwert des Madhrab.

Solhab: jüngster leiblicher Bruder des Bewahrers Lordmaster Madhrab. Er lebt mit der jüngsten Schwester, Nythrab und der Mutter in Kalayan und ist ein Bergführer für die Handelskarawanen.

Solras: ehemalige Späherin der Sonnenreiter, die von den Naiki aus der Sklaverei befreit wurde. Mutter eines Lesvaraq und fortan Trägerin der Naiki-Geheimnisse.

Sonnenreiter: Der Orden der Sonnenreiter wurde von Ulljan gegründet. Sie gelten als Elitetruppe auf Ell, die das Erbe des Ulljan bewahren.

Sonnenwende: Eine Sonnenwende zählt im Kalender von Ell vierzehn Monde.

Spaikis: Eisendorne an Stiefelsohlen, die ein Ausrutschen auf Eisflächen verhindern sollen.

Speefok: Name für die Späher der Sonnenreiter.

Sulsak: berüchtigtes Folterinstrument. Auch Maske der Pein genannt. Eine vergitterte Maske, die über den Kopf des Opfers gezogen wird und mit gefräßigen Tieren wie den Teroch-Käfern oder Ratten gefüllt wird.

Tadeira: Gwantharabs Frau.

Taderijmon Kemyon: Naikijäger, Mitglied des inneren Rates der Naiki. Der leibliche Bruder von Baijosto Kemyon.

Tallia: Mädchen aus Tayhg-Ralas, dessen Gesicht vom Bewahrer Chromlion zerschnitten wurde. Der Saijkalsan Kallahan nahm sich ihrer an. Der dunkle Hirte hat sich Tallia zur Braut auserkoren.

Tareinakorach: große Furt über den Rayhin. An diesem Ort fand die Entscheidungsschlacht der Nno-bei-Klan unter der Führung Madhrabs gegen die Rachuren statt, in der die Rachuren vernichtend geschlagen wurden.

Tarheidas: im Süden der Klanlande gelegene Minen zur Förderung von Eisenerzen.

Tarratar: ein kleinwüchsiger Hofnarr und Wächter des Buches.

Tartyk: sowohl Sapius' Heimat als auch die Bezeichnung für das Volk der Tartyk, der sagenumwobenen Drachenreiter. Sie zählen zu den Völkern der Altvorderen. Ihre Macht basiert auf ihrer Verbindung zu den Flugdrachen.

Tartyk: Langlebiger aus Tartyk mit einer Lebensspanne von mehr als eintausend Sonnenwenden. Der sichtbare Alterungsprozess setzt erst in den letzten einhundert Sonnenwenden ihres Lebens ein.

Tayhg-Ralas: Dorf am Ostmeer, bekannt für Flachsvorkommen und Landwirtschaft. Renlasols Heimat.

Telaawa: Eigenschaft der Maiko-Naiki, mit der sie Angehörige ihres Stammes in Gefahr auch auf größere Entfernung durch ihren Instinkt wiederfinden können. Sie sehen ein Bild des Gesuchten vor ihrem inneren Auge.

Teroch: fleischfressende, äußerst gefährliche Käferart aus den Sümpfen der Grenzlande. Statt Vorderbeinen besitzen sie scharfe Scheren. Am Hinterkörper, an den mittleren und hinteren Beinen sind die Käfer stark behaart. Sie vermehren sich stark und schnell. In großen Schwärmen tödlich, wenn sie ein Opfer erst befallen haben.

Thezael: oberster aller Praister, hat seinen festen Sitz am Kristallpalast des Regenten in Tut-El-Baya. Ein Meister der Leichenpräparation, der die Edlen des Hofes zu den Schatten geleitet.

Throlhab: Madhrabs verschollener Vater.

Todsänger: magische Sänger und Seelenfresser. Der erste Todsänger ist Nalkaar. Alle Todsänger stehen in einem Abhängigkeitsverhältnis zum ersten Todsänger.

Tomal: Lesvaraq. Träger eines doppelten Zeichens. Ein magisches Geschöpf der Macht.

Tromzaar: Leibwächter des Grimmgour, der in der Schlacht am Rayhin gefallen ist.

Tsairu: Naturereignis, während dessen sich die beiden Sonnen von Kryson zur Mittagszeit in ihrem Lauf überschneiden und vor allem in den nördlichen, vor dem Riesengebirge gelegenen Klanlanden eine länger andauernde Mittagsdämmerung auslösen, die sich durch ihre tiefrote Färbung auszeichnet.

Tscharaxbaum: seltener Baum mit weißer Rinde, dessen Blätter eine heilende Wirkung haben.

Tsitok: Edelstein.

Tut-El-Baya: Hauptstadt des Klanlandes am Ostmeer und gleichzeitig Regentensitz. Ihr Wahrzeichen ist das Wunderwerk Kristallpalast.

Ufirra: fliegendes Waldhörnchen.

Ukulja: Mutter der Thronerbin Raussa. Sie wurde von Thezael abgesetzt und hingerichtet.

Ulljan: Lesvaraq der Dunkelheit und ehemals Großmagier neben Pavijur. Die Saijkalrae zerstörten Körper und Geist ihres Ziehvaters Ulljan.

Valkreon: alter Tartyk in seiner letzten Lebenszeit, der als Diener im Hause von Sapius' Vater Calicalar tätig ist.

Vargnar: Prinz der Felsgeborenen. Sohn des Königs Saragar.

Vortax: Edelstein.

Vrakrar: Kojos der Toten und Herrscher über das Reich der Schatten.

Wanaca: eine Moldawarjägerin.

Der weiße Schäfer: leiblicher Bruder des dunklen Hirten, oberster der Saijkalrae. Er hört auf den Namen Saijkal.

Yabara: Bluttrinkerin, die als Königskind die rechte Hand Quadalkars ist. Sie ist die leibliche Schwester von Nochtaro und hat ein Auge auf Renlasol geworfen.

Yasek: Bezeichnung der Tartyk für Lord oder Fürst. Der Anführer der Drachenreiter darf sich Yasek nennen.

Yilassa: Als Kaptan der Sonnenreiter gehörte sie zum Vertrautenkreis Madhrabs, dank dessen Hilfe man sie als einzige Frau in den Kreis der Bewahrer aufnahm. Sie wird zur Nachfolgerin des hohen Vaters in der Stellung des Overlords auserkoren.

WOLFGANG HOHLBEIN

DIE CHRONIKEN DER ELFEN

ELFENBLUT

762 Seiten, Hardcover mit Schutzumschlag
ISBN 978-3-8000-9503-2

Elfen-Epos aus Meisterhand

Aufgewachsen in den Favelas von Rio, kennt Pia den täglichen Kampf ums Überleben und plant einen Coup, um an Geld zu kommen. Dabei geht so ziemlich alles schief und Pia wird plötzlich in eine winterliche mittelalterliche Welt katapultiert – WeißWald. Einst herrschte hier Krieg zwischen Elfen und Menschen, der mit dem Verschwinden der Elfen und einer Prophezeiung endete. Prinzessin Gaylen wird wiederkehren und mit ihr die Kraft des alten Elfenzaubers.
Eine Prophezeiung, die für Pia alles verändert, denn schließlich ist sie es, die man in WeißWald einfach nur »Gaylen« nennt …

Die faszinierendsten Gestalten der Fantasy in neuem Licht.

www.otherworld-verlag.com

Otherworld
FANTASY BY UEBERREUTER

Das säurefreie und alterungsbeständige Papier EOS liefert Salzer, St. Pölten
(hergestellt aus chlorfrei gebleichtem Zellstoff aus nachhaltiger Forstwirtschaft).

ISBN 978-3-8000-9502-5

Coverillustration: Thomas von Kummant
Umschlaggestaltung: init, Büro für Gestaltung, Bielefeld
Karte: Joseph Koó
Lektorat: Ulrike Gerstner

Gedruckt in Österreich
7 6 5 4 3 2 1

www.otherworld-verlag.com